德川家康

〔日〕火坂雅志 著

何晓毅 译

天下 家康伝

山東文藝出版社

果麦文化 出品

目录

序章

日本是个山清水秀之地。

脉脉群山葱郁叠嶂，野地坡坎四季有花，河川清泉流入广阔的大海。创造出如此优美风景的天工，便是那永流不尽的“水”。

耸立在日本暖流和千岛寒流交汇处的海中岛屿，便是日本列岛。飘自海上、含有湿气的暖风，带来丰沛的雨水，在北国变成冰雪，积于群山。雨水和冰雪融水滋润大地，养育着这个岛屿上的人们世世代代繁衍生息。

看着潺潺清流，人们心中会不由得涌出一股暖流。这不需要什么理由。看到从岩石间滚滚涌出的清流，看到潺潺的流水，干涸的心田便会充满气力，便会从绝望的深渊里看到希望的明天。

有一个人，无限热爱着这青山绿水，此人便是江户幕府开幕之人德川家康。

家康晚年希望在富士灵峰山麓平原地区，灵峰伏流泉涌之地，修建自己的隐居所。他选中的，便是“柿田川涌水”。

柿田川涌水位于今日静冈县骏东郡清水町。其涌水量为日本之首，日均涌水113万吨。

柿田川水清醇甘洌。用水瓢舀一勺涌水，水入心田，甘甜的滋味洗舌润喉，一股清凉沁人心脾。

柿田川涌水是一个自然宝库。站在此处环顾四周，顿觉心胸清爽纯净，充满透明之“气”。

清流河底，三岛梅花藻好似少女招手，轻轻摇曳；水边则群生着茂密的水芹和大叶碎米芥。富饶的自然孕育着石斑鱼、木叶鱼等众多生命；及至晚秋，大群香鱼为了产卵，摇动背鳍，争先恐后，逆流而上。

浮现在年老的家康眼里的，是在河面激起水珠、追逐鱼儿戏耍、腹橙翅绿的美丽翠鸟。

“老夫自打年轻时起，便想在有如此美景之地平心静气地颐养天年。可惜迄今为止，为征战所累，未能如愿。现如今退隐而居，大概亦不太晚。”

坐在河边一块大石上的家康，宛如吐雾修仙一般，若有所思，自言自语。

作为家康侧近，同时也是金座[1]总头领的后藤庄三郎，在其所著《骏府记》中记载道：

（家康）曾曰，欲隐居于泉头胜地之处，来春隐居。

此处所说的“泉头”，即为富士伏流水涌出的柿田川涌水。泉水涌出之地，当时人称作“泉头”。此文意思是说，家康对此地的明媚风光一见钟情，竟说来春便要隐居于此。

---

1. 金座：江户幕府负责金币铸造以及真伪鉴定等的组织，后藤庄三郎世代统治金座，此名世袭。（本书脚注均为译者注，下同。）

这一年，即元和元年（1615年）五月，家康攻克了大坂[1]城，消灭了丰臣家族。在完成夙愿胜利而归后，为了显示自己的威武雄风，他远赴全国各地鹰猎（即放鹰狩猎）。鹰猎后，他在从关东往西返回居城骏府途中，特意来到了柿田川涌水。

水清树茂的泉头之地，实为取道东海道[2]途中休息的最佳场所。每次往返于骏府和江户之间，家康都会特意在此休息，饮水润喉。不难想象，家康定会觉得："如此佳境，天下少有啊！"

完成终生大业后，家康决定在泉头安度晚年，遂命人营造隐居所。

当时承担此重任的便是德川家臣本多正纯和土井利胜。虽说是重任，其实事情并不太复杂。

柿田川东边本有一座当年关东八州霸王后北条氏构筑的泉头城。后北条氏灭亡后，城楼倒塌，变成废墟，但城墙和地基并未遭到破坏。只要在泉头城遗址上重新营建居所，周围修筑墙门、马厩、侍卫兵营，便足够使用。天下已太平，不再需要构筑坚固的城堡。

"老爷果真要隐居吗？"

侧近本多正纯一副半信半疑的表情。

"大坂城烧毁了，乱世结束了，老夫也无用了！"

"老爷……"

---

1. 大坂：现在日本大阪的原名。

2. 东海道：从江户沿太平洋一侧直到京都的官道，也称东海街道。日本称主要官道大道为"街道"，此意与汉语"街道"意思有别。

本多正纯似乎想说什么，却什么也没有说出来。因为家康凝视着泉水的眼神，带着从未有过的平和，充满了令人不能提起那些无聊权谋话题的宁静。

“为了能随时从房屋下到清泉，需要修造一段石阶；要把泉水引入庭院，再造一个水草丰茂的水池；还要修建一个船场，坐船游玩也不失为人生一雅兴。”

家康眼前仿佛已浮现出营造完工后的隐居所一样娓娓道来。

“水屋的水当然要用泉水。还有，简易一点也无妨，在房屋旁边再修建一个品茗的茶室。”

“老爷要求好多啊！”本多正纯苦笑道。

“老夫终于到了不用忍耐的这一天了。如此奢望，也不过分吧？”

“老爷的一生，确是忍辱负重的一生啊！”

“忍辱负重？”

家康眯着眼，望着常绿树林远处高耸入云、山顶白雪皑皑的富士灵峰。

“确实如此。在老夫的一生中，有多少次生死瞬间啊！像你这样的年轻人，是不可能理解的。”

“虽说年轻，下臣也已五十一岁了。”本多正纯道。

“可是与老夫和令尊本多佐渡守（即本多正信）相比，你还是个乳臭未干的毛孩子，你从未经历过那种被逼到可能要遭遇九族灭顶之灾的生死瞬间。”

“哦……”

“老夫时至今日，还常被昔日的噩梦魇住。”

“噩梦？”

“巨大岩石塞满腹腔的噩梦。此时想起来，老夫口中还会涌出酸水，胸口还会感到憋闷。”

家康脸色突变。

“最痛苦的噩梦，便是揭竿而起的民众像云一般涌到老夫面前那次。”

“听家父佐渡守说过，老爷最受惊的便是那次三河暴动吧？”

“是啊。闭上眼睛，还能听到五十年前那次战乱的惨烈回响，还能闻到那血腥气味，那副惨象仍历历在目啊！”

在自言自语的家康耳中，潺潺的清泉水声似乎也一下子变得遥远。

第一章

暴动

永禄七年（1564年）正月，子夜——

走廊传来嘈杂的脚步声。

正在三河冈崎城熟睡的家康，被这嘈杂的脚步声吵醒。

“大人！不好了！”脚步声停在家康寝室外边，脚步声主人扯着破锣嗓子喊道。

“七之助吗？”

“是、是……”

在走廊上气不接下气大口喘气的正是家康近侍平岩七之助亲吉。他的一张细眼白脸紧张僵硬，可见发生了非同小可的大事。

“深更半夜的，什么事啊？”

家康睁开他厚重的眼帘，直愣愣地看着纸拉门上青白色的月光。

冈崎城主松平家康，年方二十三，正当年轻气盛。

松平家很长一段时间都在骏河[1]今川家的保护伞下。四年

1. 骏河：东海道藩国之一，位于今静冈县中部及东部一带。

前今川义元在桶狭间合战中战死后，家康终于回到自己的领地三河国[1]，重获独立。他抛弃了从今川义元大名中取一“元”字而成的“元康”一名，开始自称“家康”。

但不管怎么说，家康还是初出茅庐，经验不足。

三河国东有今川家的骏河国，西有织田家的尾张国[2]，夹在东西这两个强国之间，三河国外交从未安定，德川家康对领地的经营也从未顺心顺手，家臣团的人心也从未被他完全掌握。在这种情况下，任何时候发生任何事情都不足为怪。

“这个……”

“什么事？快说！”

后来的家康以敦厚的人品广为人知，但此时的家康还是满腔热血，年轻气盛。

“派去刺探暴动方面消息的斥候刚传回消息。”

“什么消息？”家康掀开寝具，翻身坐起。

“原来一直盘踞在本证寺、胜鬘寺、本宗寺的暴徒们，开始向北移动！”

“什么？”

“看样子，暴徒目标便是我冈崎城。”

“暴徒要来打冈崎城？”

喜好练武、身体强壮的家康全身一紧。

“还是来了。”

---

1. 此“国”是古代日本的行政区划，不是现代意义上的国家。

2. 尾张国：东海道藩国之一，位于今爱知县西部。

家康瞪视着黑暗处，不由得打了个冷战，腋下冒出一股黏汗。

“敌人有多少？”家康问平岩亲吉。

“据斥候消息，不下八百。”

“八百……”

家康边自言自语，边在心中盘算起来。此时冈崎城内手下将兵仅有五百，若要迎击暴徒，显然兵力不足。只有紧急召集返回乡里的家臣们回来保卫冈崎城，不然对付不了这些暴徒。

“派出快马，召地方臣民紧急返回冈崎！”家康发出命令。

“是！”

平岩亲吉弯腰鞠躬，转身冲出过道去传令。家康大声叫侍童拿来黑丝威桶侧胴铠甲，连铠甲底下的内衣都来不及穿，便让侍童帮他穿上铠甲，系上腰甲结绳，戴上臂甲，一身全副武装。

家康无意间看到侍童全身打战。

这个侍童名叫于熊，年仅十四岁，自家康回到冈崎城起就一直跟在他身边，是三河国一个地方武士青山家的儿子。他眉清目秀，聪明伶俐，深受家康喜爱。

“怎么啦，于熊？害怕了？”

“大敌当前，小人不敢。只听说那些高举南无阿弥陀佛大旗的一向宗暴徒，比地狱恶鬼还可怕！”

“别在意，你看我不是也很害怕吗？”

家康用戴着臂甲的手，握住于熊的手。于熊柔软的手指，像严冬池中的冰凌般冰冷。

“老爷也害怕？”

“但老爷我是三河国国主！”

“是！”

“老爷我绝不能因为胆小怯懦，便失去好不容易到手的三河故土。”

“老爷……”

“打仗前先得填饱肚子。拿饭团来！”

于熊拿来涂了一层八丁味噌[1]的饭团。在家康吃饭团时，仍不断有前方暴徒的消息传来。

从本证寺、胜鬘寺、本宗寺出发北上攻打冈崎城的一向宗暴徒们，途中包围了上和田寨，与驻守上和田寨的松平家世臣（谱代[2]）大久保一族展开激战。

大久保一族是法华宗信徒，当下家主是五郎右卫门忠胜。一族上下以五郎右卫门忠胜为中心，齐心协力，堪称现下家康麾下最强军团。但即使是如此强势的大久保一族，在蜂拥而来的一向宗暴动势力面前，也只有招架之力。

“上和田寨若失守，冈崎城便将完全失去屏障。”

想到可能出现的危机，家康突然觉得吃进嘴里的八丁味噌饭团像沙子般难以下咽，他把咬了一口的饭团放到陶盘上。

“来人！”家康冲走廊喊道。

“小人在！”

院子的黑影里单膝跪着一个年轻人。此人眼睛圆睁，鼻梁塌陷，相貌奇异，下巴有稀稀落落几根胡子，年龄只有十几岁。

---

1. 八丁味噌：冈崎（今爱知县冈崎市）一带名产，是一种黄豆味噌（大酱）。

2. 谱代：世代继承一个家系之意，此处即为祖祖辈辈给松平家做家臣之人。

“平八？”家康看了一眼年轻人。

“在！”

“你不是回父母家了吗？”

“小人已与本多家断绝关系。小人希望生死与共的唯有大人一人，并非父母兄弟！”年轻人咧开嘴笑了一下。

平八——全名本多平八郎忠胜。他出生的本多家，全族都信仰三河国人大多信仰的一向宗（即净土真宗本愿寺派）。去年秋天三河国一向宗暴动后，本多家就归顺了一向宗暴动势力，反叛家康。结果本多家唯有家康近侍本多忠胜一人立场坚定：“小人对来世不抱希望，只愿在现世服侍大人。”他改信家康信仰的净土宗，与自己的家族分道扬镳。此次听说一向宗暴徒要攻打冈崎城，他便联络了与自己想法相近的年轻家臣们，急赴冈崎城，驰援家康。

“平八，你将来坠入地狱可与我无关啊！”家康故意刺激本多忠胜。

“只要能与大人在一起，地狱也是天国。”

“好小子！”

看到下臣对自己如此忠心，家康心中一热。

“平八，这个给你！”

家康当即交给本多忠胜一支枪。

“这是？”

本多忠胜去掉枪鞘，定睛凝视着月光下发着青光的枪头。

这是一把大笹穗枪[1]。枪面有木纹，枪刃银光闪烁，刃纹犹如波浪。翻过枪身一看，宽大的血槽里雕有梵文、三钴柄剑、莲台图案。一眼便能看出，这是一把举世罕见的名枪。

本多忠胜看着手中的稀世名枪，浑身颤抖，脊背感到一阵寒气。

"如此稀有名枪，小人受之有愧！"

"你背叛你的家族，把仅有的一条性命交给我家康。如今我家康能给你的，只有这把枪。"

本多忠胜不是一个贪婪物欲之人，也绝不是一个能被赏赐多寡所左右的人。但他能抛弃家族信仰，背叛自己的家族，死心塌地跟随家康，或许就是面前这位主人偶然显露出的那种执着愚鲁的侠气使他下定决心也未可知。

"此枪为师承势州村正的藤原正真制作，号称蜻蛉切。"

"蜻蛉切？"

"听说是因为蜻蛉只要停在枪刃上，便会被切成两段，因此才有如此称呼。怎么样？不满意吗？"家康直视着本多忠胜的双眼。

"绝非……"

如此场面，当然应该千恩万谢，但本多忠胜却没有说出什么感激之言。他猛地一把抓住枪把，高高举起道："小人愿跟大人

---

1. 大笹穗枪：号称日本三大名枪之一，又名蜻蛉（即蜻蜓）切。"穗"指枪头，"笹"指竹叶，意即枪头如竹叶状。实际枪身长55.6厘米，刃长43.7厘米，最大宽度3.7厘米，枪厚1厘米。现藏静冈县三岛市佐野美术馆。

上刀山，下火海！”

“好！”家康深深点头，“天亮出发！直奔上和田寨，支援大久保他们。”

“大人不用亲自出马，只需小人带人去支援，大人还是坐镇冈崎城为好。”

“胡说八道！”家康一声大骂，吓得本多忠胜不由得眼睛大睁。“大敌当前，大将躲在城堡里成何体统？不亲自出马，谁能为你卖命？”

黎明前的暗夜——

家康打开冈崎城门，在寒风呼啸中出发。他骑在深枣色马上，跟在身后的只有手持蜻蛉切长枪的本多忠胜、从小苦乐与共的近臣酒井忠次、石川数正、天野康景等四百余人。为了留下一百人守城，只能用这四百余人去对付八百多人的暴动势力，家康确实心有不安。

本来等到三河各地的地方武士集合完毕再出发也不迟，但骑在马上的家康觉得："万一上和田寨失陷，则万事皆休。"他焦急万分，紧握马缰的手捏出一把汗。

寒风凛冽中，黎明的天空，闪烁着明亮的启明星。在明亮的启明星下，家康咬紧牙关，用马鞭猛烈地抽打坐骑。

“我绝不认输，也绝不能像父亲那样早死。我一定要胜利，胜利，胜利！要比天下任何人都更能活过这乱世，去回敬那些欺辱和嘲笑我的小人！”

万千思绪，萦绕在他激动的胸中。

作为三河国大名松平家松平广忠的世子，家康于天文十一年（1542年）出生在冈崎城。他小名竹千代，后改名元信，后又改名元康。

家康出生时，三河国的东邻是号称东海地区[1]最大势力，位兼骏河国、远江国[2]两国守护大名的今川义元。三河国积贫积弱，家康的父亲松平广忠苦心经营也难以为继，只能归附今川伞下，勉强求全。为了表示归附，松平广忠不得不把世子家康送到骏河国首府的今川家去当人质，那时家康才六岁。

然而在跟随从们一起远赴骏府的途中，家康却被渥美半岛地头蛇户田康光劫持，然后又以一千贯铜钱的价格被卖给尾张国大名织田信秀（即织田信长之父）。堂堂大名公子竟然被用铜钱买卖，简直令人难以置信，但在当时那个严酷乱世却是现实。

那以后，家康在尾张国织田家眼皮底下的那古野城[3]下度过了两年的时光。

八岁时，身在异乡的家康受到更加不幸的消息的打击：父亲松平广忠在冈崎城内被家臣岩松八弥刺死，冈崎城也被一直企图扩大势力的今川义元趁乱派军占领。幼年家康日思夜想的故乡冈崎城，就这样被今川义元霸占。自那以后，今川派遣代官常驻冈崎城，统治着三河国。

然而，幼年家康遭受的灾难并未到此结束。

---

1. 东海地区：日本本州岛中部地区，亦称东海道。含今爱知县、岐阜县、三重县、静冈县。

2. 远江国：东海道藩国之一，位于今静冈县西部。

3. 那古野城：即今名古屋城，据传为织田信长诞生地。

因为织田信秀世子织田信广被今川军抓获，所以父亲被刺死的心灵创伤还未痊愈，家康就又被织田家作为交换人质转送给了今川，被送到今川领地骏府。

在织田家过的当然是人质生活，到了骏府照样过的是没有自由的人质生活。跟他说话的，只有当年从三河跟随而来的酒井忠次、石川数正等十来个随从。

“无权无势，便是如此耻辱痛苦。”

这便是当时幼小的家康深入骨髓的感受。

于是家康暗下决心：一定要变得强大。

但是三河国被今川家实际统治，自己身为人质，当然只能是有心无力。为了发泄深藏心中的憋屈郁愤，他便每日埋头练武，强健身心。

家康每日与随从们练习剑术、杖术、棍术，还在骏府西郊的安倍川练习游水。他还向住在人质住处附近的今川家臣讨来一匹已不能上战场的枣红老马，在能看到富士灵峰的原野上狂奔。

家康绝非美男子。他的脸盘像石佛般又宽又大，手小腿短，一双目光深邃的金鱼眼给人印象深刻，表情略显忧郁。如此其貌不扬的家康，常常骑着老态龙钟的老马，奔跑在骏府城外。

当时的骏府，因为受到向往京都文化的家主今川义元的影响，是一座充满优雅氛围的城市。骑着枣红老马的家康于是常被骏府人嘲笑。那些优雅之士指着他的脊背偷笑：“看，那就是三河的乡巴佬！”

当然家康受到的屈辱不只如此。本来身份地位远比他低的今川家下人们也用轻蔑的眼光看他，甚至有人出言不逊，侮辱家康。但他一直在忍耐。为什么能如此忍辱负重？因为他知道：“上天赐予我严酷命运，此为天意。上天在考验我能否在这乱世坚持到最后，混出个模样。”他总能把不幸当作对自己的考验。

深藏在家康内心的、绝不向命运低头的“气”，可以说才是他所有行为的原动力。

永禄三年（1560年）五月，在今川家过着屈辱人质生活的家康终于迎来了人生中的一大转机。

此年，今川义元为上洛（即进京），率军沿东海道西进，未曾想在桶狭间受到尾张国新兴大名织田信长奇袭，战败身亡。失去大将的今川军全线崩溃，一口气退回骏河国。家康趁此混乱之机，回到冈崎城。他要摆脱今川家的影响，使三河国完全独立。他活像一个干劲冲天的“二世老板”，着手重建因父辈经营不善行将倒闭的三河国这一中小企业。

但是要想重建松平家，前途实在多舛。家康虽然夺回了位于三河国西部的冈崎城，但三河国的东半部依然还被今川家占领着。即使是三河国西部，因为长期被今川家占领，其影响力也很难一朝一夕清除。于是在很多地方武士之间，都流传着一种冰冷的情绪：“一个乳臭未干的毛孩子能干什么？最后还不是要靠今川家？”

为了彻底清除今川家的影响，家康使出的一个绝招，便是与邻国尾张国织田信长结盟。

永禄五年（1562年），家康亲往尾张清洲城，拜会信长，与信长约定结成统一战线，此即所谓“清洲同盟”。“清洲同盟”自结盟之日起，直至信长死去，从未破裂。

家康在夯实外交基础后，开始着手全面掌握三河国西部，但是有一股很强的势力阻挡在他面前。这股势力便是遍布三河全域、深入三河各阶层的一向宗门徒。

家康带着四百手下直奔上和田寨，天空渐渐发白。

寒冬凛冽，呼吸间就口吐白气。

“老爷，能见[1]的松平家传来消息！”骑在金黄斑马上的本多忠胜从背后追上来，用自己特有的大嗓门报告道。

“哦，是能见的重吉啊！”

“重吉大人带领手下五十余骑，赶来支援我们。”

“再好不过！”

寒风凛冽，家康眯上眼睛。

半刻（约一小时）后，家康带领众人赶到上和田寨附近的净珠院。净珠院是家康信奉的净土宗寺院。

“便在此安营吧！”

家康命人在大殿挂起帐幕。他坐上马扎凳，与酒井忠次、石川数正、天野康景、鸟居元忠、本多忠胜等开始军议（即开作战会议）。

参与军议的这几人，从主人到随从都很年轻。酒井忠次、石川数正两人虽是家老，却也才三十几岁；天野康景二十八岁，鸟居元忠二十六岁，至于本多忠胜，他比家康还小六岁，只有十七岁。他们虽然年龄不大，却并不缺少实战经验。在从属今川义元

1. 能见：地名，位于今爱知县冈崎市能见町。

的时候，松平家的他们作为先锋，参加过大大小小多次战斗。

“先由小人带手下冲入暴徒包围网，撕开一个口子。”本多忠胜双目闪闪发光，首先开口。

“那也太过鲁莽。”

提出异议的是在家中被称作“心不偏”的天野康景。“心不偏”是当地土语，往好说是坚持公平，没有私欲；往坏说是顽固不化，不好说话。

“没有策略，一味鲁莽地冲进去，只能被暴徒们包围，结果白送死。”

“敢问天野大人有何想法？”本多忠胜瞪视着天野康景。

“能见的松平家人已带兵赶来支援，我们只可等援军到了，再集中兵力，然后一举进攻。”

“那太慢了！老爷都亲自出阵来战了！打仗不在人数，就看谁能占有先机。”

“你们俩都给老子闭嘴！”

鸟居元忠大喝一声，叫停本多忠胜和天野康景。鸟居元忠本是一个以船运、马运为业的生意人，平时寡言少语，对人冷淡，但关键时刻却比谁都冷静，深受家主家康信赖。

“大人有何想法？”鸟居元忠看着一直抱着双臂、沉默不语的家康问。

“我想用半藏。”家康睁开半闭的眼睛，慢慢环顾了一下左右的家臣。

"半藏？大人说的可是伊贺忍者[1]服部半藏？"家老酒井忠次问道。

酒井忠次嘴角有一层淡淡的胡须，相貌端正。他娶了家康父亲松平广忠的妹妹为妻，因为有此血缘关系，在松平家臣团中举足轻重。

"正是伊贺的半藏。"

"伊贺忍者来路不明，内心难晓，谣传还与骏河今川家有染。随意用之，恐有不妥。"酒井忠次说了自己的担心。

"非也。"家康摇摇头，"这些人唯利是图。只要给他们金钱，他们肯定为我出力。"

"可冈崎城金库并无多少储蓄。"

"忠次，别吝惜金钱！眼下暴徒动乱，我三河国已到生死存亡的关键时刻！"

家康以不容置疑的坚定语气，否定了酒井忠次的不同意见。

待家臣们走后，家康转身对着安置在大殿中央的镀金铜如来佛大声喊道："半藏！"

一团黑影从阿弥陀如来头顶吊在空中的天盖背后悄无声息地应声而下。这是一个一身暗红色忍者装束、身高超过六尺的大汉。他半跪在家康面前道："愿听大人指令。"

"事情你在天井后已听到，有劳你帮一把。"

"要小人去拿下暴徒头领首级吗？"大汉抬起发着暗光的

---

1. 伊贺忍者：伊贺国位于今三重县西部，多出忍者。伊贺忍者也称"伊贺者""伊贺众"等。

眼睛。

此人名叫服部半藏正成，出身于伊贺忍者中的上忍家，世代受雇于各国大名，进行谍报活动。半藏正成之父半藏保长曾为家康祖父松平清康和父亲松平广忠两代人效力，半藏正成自己则曾为骏河今川家效力，后返回三河，成为家康耳目。正如酒井忠次所言，这是一个神秘难解之人，但关键时刻总能帮上大忙。

“不，取首级倒不必。”家康不动声色道，“你过来！”

家康把半藏正成叫到身边，在半藏正成耳边悄悄说了一件大事。

时隔不久，天已变亮。在净珠院大殿屋顶一宿没睡的哨兵爬下梯子，神色紧张地跑进大殿。

“上和田寨的三曲轮[1]起火了，曲轮可能已被敌人攻陷！”

“大人！”

“大人！”

心急如焚的本多忠胜和鸟居元忠等人一齐大叫起来。他们单等家康发布命令，便要出去攻击。

“镇静！”家康喊停他们，“寨里大久保等人如何？”他问起上和田寨内的情况。

“三曲轮的兵撤到了二曲轮，还在顽强抵抗，但情况不妙。”

“嗯……”家康用手掌摸着肉厚的下颌，好似吃了石头，表情沉重。

---

1. 曲轮：即城郭。日本城堡以天守阁等主要建筑为中心，从里到外，周围建数圈曲轮，作为守卫兵舍等用。

“如此袖手不管，不用多久二曲轮、一曲轮也定会陷落。望大人尽快下达出击命令！”

家康没有理会本多忠胜充满血性的狂喊。他打开大殿门，走到门外。

净珠院距上和田寨仅二町[1]距离，三曲轮的滚滚黑烟和四面八方围攻城寨的暴徒大旗近在咫尺。

一向宗暴徒每次进攻都是高举南无阿弥陀佛大旗，口中大喊“死则极乐！死则极乐！”攻击敌方。他们坚信自己是为保卫佛陀而战，即使战死也能到极乐世界。如此情绪高昂、精神强韧的战斗集团，世上少有。

一向宗暴徒除寺院僧兵外，还有寺院属下的农民、商人、工匠；甚至当地的地方武士里，也有不少人参加。本来应该跟随家康的家臣中，也有许多热心的一向宗信徒，这些热心的一向宗信徒也大都参加到暴动势力中来，比如本多正信、渡边守纲、酒井忠尚、夏目吉信等，随便一数就不下二百人。

另外，三河国东条城的吉良义昭、八面城的荒川义广等有财有势的人也加入暴动团伙，煽风点火。甚至在家康的亲戚中，如樱井的松平家次、大草的松平昌久等，竟然也与暴动分子同流合污。

“父亲留给我的竟是如此一个烂摊子。”听着暴徒们的呐喊声，家康狠狠地咬了一口拇指的指甲。

三河国一向宗势力壮大是有理由的。

---

1. 町：日本特有的长度单位，1町长60间，约109米。

战国时期被称作一向宗的净土真宗本愿寺派始祖乃是莲如和尚，他是镰仓时代净土真宗祖师亲鸾的后代。本来，以杀生为业的渔民、猎人和连人都杀的武士等，死后是不可能进入极乐世界的，但净土真宗却主张只要口念“南无阿弥陀佛”，死后便不会下地狱，而是能升天，进入极乐世界。因此，想进入极乐世界，不需要艰苦修行，甚至连“菩提心（信仰心）”都不需要。连信仰心都不需要，这确实令人不胜惊愕。但因净土真宗承认人的弱点，承认人的浅薄，因此牢牢地吸引了一般百姓来信仰。

亲鸾圆寂后，净土真宗分成了高田派等几个门派，其中以亲鸾子孙为门主的本愿寺派逐渐走向衰落。到了战国时期，复兴本愿寺派并给本愿寺派带来大发展的便是莲如。他选择向战国时期获得独立的中小自营业商人、地方武士，以及深受领主苛刻年贡压榨的农民等弱势人群布教。这些弱势人群渴望在弱肉强食的战国社会里，能有组织保护自己的利益；而回应时代需求，给这些弱势庶民带来安全感的，正是莲如的一向宗。

一向宗因保护新兴商人和地方武士、农民等，势力急剧扩大。同时，因为以弱者为支持基础，一向宗自然而然也就与统治阶级大名形成对立。比如在加贺国，一向宗甚至驱逐了守护大名富樫，完全占领了加贺国，导致没有大名的藩国出现。

但三河国与加贺国的情况又有所不同。三河国因为积贫积弱，松平家从祖父松平清康到父亲松平广忠，一直采取的都是承认一向宗，为一向宗布教提供方便，利用一向宗安抚地方武士的政策。

三河国一向宗的中心，是野寺地区的本证寺、针崎地区的胜鬘寺、佐佐木地区的上宫寺这三座寺院，号称三河三寺；此外，还有莲如后裔子孙担任主持方丈、作为一家众寺院[1]地位高贵的土吕地区本宗寺等。这些寺院大殿都有高墙和壕沟保护，还建有望楼等，乍看还以为是城寨。寺院周围形成了寺内市井（寺内町），商业繁荣。

协助一向宗布教，确实对松平家控制三河国发挥了作用，但这同时也是一服毒药。最后的结果就是，父亲松平广忠完全不能插手一向宗控制区域内寺内町一带的治理，只能放弃征税权，甚至赋予一向宗自治权，承认一向宗寺院对寺内町的所有权利。此即“守护不入”。

松平广忠死后，实际控制了三河国的骏河国大名今川为避免混乱，也在事实上继承了对一向宗的“守护不入”政策。

但对于开始走三河国独立路线、希望重新统治自己领国的家康来说，一向宗就成了最为棘手的对象。一向宗已成为祖先给自己留下的“负遗产”。如不求变，三河国势必永远都是一个弱小国。为对抗今川家霸权，需要大量军饷辎重。家康有意无视一向宗“守护不入”的既得权益，向三河国三寺之一的上宫寺派去家臣菅沼定显，强制征收粮饷。此事发生在去年，即永禄六年秋。

对于家康的这一强硬手段，一向宗方面当然激烈抵抗，这就直接导致了此次大规模暴动。

---

1. 一家众寺院：净土真宗内与本愿寺法主属于同一家系的人，他们主持的寺院通称一家众寺庙。

“岂能容忍一向宗永远如此放肆？此次即使损兵折将，也绝不能向暴动势力妥协。”

家康痛下决心，要解决一向宗这一心腹大患。

话虽如此，三河国武士中其实很多人都是一向宗信徒。特别是重臣石川家，当年一向宗门主莲如为扩大教团势力，到三河国来布教时，他们随同而来，担负护卫重任，后定居在碧海郡小川村。忠于家康的侧近石川数正及其叔父石川家成苦口婆心劝导家人，但石川家都是虔诚的一向宗信徒，不可能说服他们背叛自己的宗教。石川家于是分裂成了跟随家康的数人，和加入暴动一方的多人两派。而且其他家臣中，如本多家、渡边家、鸟居家、加藤家、中岛家、太田家、坂部家、矢田家等，也都全族皈依一向宗。

家康的家臣分裂成了家康派和一向宗暴动派，再加上本来就反对家康的一些国众[1]，以及松平家反家康的部分势力，他们要么加入暴动势力，要么煽动门徒，共同使三河国陷入一片混乱。如果不能收拾如此局面，任由混乱继续下去，今川家势必会趁机介入。必须尽早镇压暴动，重整家臣团——这便是家康眼前的最大挑战。

大久保还率手下坚守在上和田寨，但他们也只有招架之功，并无还手之力。三曲轮已被一向宗暴动势力攻陷，退回防守的二曲轮此时也危如累卵。

---

1. 国众：战国时期特指领国内具有一定实力的地方武士或农民等。“众”表示很多人。

暴徒们高举南无阿弥陀佛大旗，口中高喊："死则极乐！死则极乐！"冒死攻击。前边的人中箭身亡，后边的人继续踏着尸体往前；此人中箭身亡，其后边的人还会继续踏着尸体前进：他们绝不停止攻击。

守卫上和田寨的大久保及其手下，都是虔诚的法华宗信徒。大久保一族以齐心协力、团结一致著称。一族首领大久保五郎右卫门忠胜瞪着血红的眼，大声向族人七十余人及其属下喊道："绝不能让一向宗徒众占领城寨！"

大久保一族每人都个性鲜明：另立门户的大久保治右卫门忠佐号称"美髯公"，后活跃于长筱合战，被织田信长赞赏为"长筱美髯"；其胞弟大久保彦左卫门忠教以口无遮拦、能言善辩著称，并因著有《三河物语》而广为世人所知；而他们的外甥、当时年仅十二岁的大久保千丸更是出类拔萃，后成为家康侧近，改名大久保忠邻，最终竟登上德川家谱代家老首席的高位。

对法华宗的虔诚信仰，把人才济济的大久保家团结成一个整体，同时也是众人舍身抵抗一向宗暴徒猛攻的原动力。

但话虽如此，守寨众人死伤惨重，指挥守卫二曲轮的大久保七郎右卫门忠世（千丸之父）一只眼睛也被射伤，伤势严重。大久保一族咬紧牙关坚守的城寨眼看便要失陷。

"大人！大人还不来增援吗？"大久保忠世身负重伤，却还手持长枪，直立在望楼上，悲壮地大喊。

而身在净珠院的家康还是按兵不动。他当然知道上和田寨危在旦夕，但他还是不动声色，冷静地等待时机。

"大人，不能再等了！大人难道要眼看着大久保他们被杀吗？”血气方刚的本多忠胜恨不得一把抓住家康质问。

“当然不会舍弃他们。”家康一字一句，仿佛从喉咙里挤出一般。“再等等！”

家康茶褐色的双眼，没有看涨红了脸的本多忠胜，而是看向更远的天空。

“等……到底要等到何时？”

“等到我下达出击命令。”

“大人！”本多忠胜狠狠咬牙。

就在家康和本多忠胜你一言我一语之时，站在大殿房顶放哨的人大喊：“二曲轮着火！二曲轮也被敌人攻陷了！”

听到这个消息，本多忠胜提起蜻蛉切长枪，大喊一声：“再也等不及大人的命令了，小人自己去！”就要一个人冲出去。

正在此时，刚才在房顶上大喊的人下来向家康禀报：“暴徒举动颇令人费解。”

“费解？”

“攻入二曲轮的敌人，突然又开始后退。而且刚才占领的三曲轮里，敌人也开始后撤。”

“当真？”家康并未显出多么惊讶。

返回身的本多忠胜却像被狐狸迷住一般一脸迷惑：“这……这到底发生了什么？”

敌人撤退的理由马上便搞清了。原来一向宗势力的后方根据地，即本证寺、胜鬘寺、本宗寺，不知被谁放火，大殿燃烧。消息传来，暴徒们一下乱了阵脚。

“大人令服部半藏干的，莫非便是此事？”家老酒井忠次若有所思。

“大潮终于波动！”家康缓缓站起身来，“敌人阵脚已乱。若要出击，此为良机！”

“大人！”

“大人！”

鸟居元忠、本多忠胜等抢着叫道。

“出击！”

家康下令。

激战的上和田寨附近有一座老旧的荒神堂，茅草屋顶上长满荒草，屋檐倾斜，难以遮风挡雨。面北的荒神堂昏暗无光，旧木板上却盘腿坐着一人。此人是一个身穿臂甲、脚蹬甲挂准备出击的武士。他脸颊刀削般消瘦，久经战阵的肌肤钢铁般黝黑，唯有单眼皮下边闪着饥饿的野兽般刺人的目光。

“都从城寨撤下来了？”武士嘴里嚼着山鸡肉干，瞪着满身灰土、气喘吁吁跑进堂内的小兵。

“本证寺、胜鬘寺、本宗寺失火，信徒们为尽快灭火，要各自奔回自己的寺院去。”

“愚蠢！”武士扔掉手中没吃完的肉干，眉头深皱。“这正是敌人的诡计。敌人想故意搅乱我方阵脚，然后趁机攻打。”

“但……”

“寺院的火，有留守寺内町的信徒们灭火。即刻传令，不得后退！”

“遵命！”

“慢！传令不足以挡住后退。我自己去！”

武士推开小兵，站起身。他身材虽然瘦小，却全身充满斗志。

此人正是暴动一方的参谋本多正信，他此时年方二十七，比敌对一方大将家康年长四岁。他后来成为家康心腹，形影不离，但其出身却不甚清楚。

虽然自称本多，但本多正信却并非本多忠胜那样属于主流家系。他应属旁支的旁支，石高[1]最多四十。一说他出身鹰匠，但并无确证。据《德川实纪》记载，本多正信是“鹰匠书吏”。若说擅长书记，能读会写，修习汉学，精通兵法，那定然不会是一个普通的鹰匠，应该是管理鹰匠的小吏比较可信。

不管他是鹰匠还是小吏，相对于大久保一族、石川数正、酒井忠次等世代都是松平家家臣的人而言，本多正信毫无疑问出身卑微，不足一提。但此人却有着他人没有的谋略。他心底暗藏着强烈的野心，自认“纵观三河，甚至东海道，头脑明晰如我者无有一人。总有一日我会名扬天下”。这正是一个能以下克上的战国乱世孕育出来的枭雄型人物。

但“鹰匠书吏”本多正信的日常生活却与他自己的理想大相径庭。一会儿是鹰饵太贵，一会儿是鹰房修缮花费太多，他每日都在跟无聊的上司打无聊的交道。

“我绝非为做这些无聊小事而生。”

正当他绝望的时候，发生了这场三河一向宗暴动。

---

1. 石高：本为表示土地收获米谷量的一种制度，又称石高制。日本战国以后大名或武将的领地、俸禄也按石高计算。日本当时1石约为今20—30公斤。

本多正信日夜期盼的正是如此乱世。他甚至觉得，这是老天爷赐给自己的一个良机。因为上宫寺被强制征收年贡而引起一向宗门徒暴动后，听闻此信的本多正信当即跑到位于冈崎城北八里[1]的上野城。上野城城主正是酒井将监忠尚。

酒井将监是家康侧近酒井忠次的叔父，但与自家康在今川家当人质时便辅佐家康的酒井忠次不同，他对松平家几乎没有什么忠诚心。若有机会，他甚至想取代家康，自己当三河国主。本多正信接近的，正是这样一个酒井将监。

“此次暴动将使松平家摇摇欲坠，这正是将监大人夺取国主地位千载一遇的良机。”本多正信在酒井将监耳边悄声说。

“但要夺位，谈何容易。该如何是好？”

“在下有一小策。将监大人不需烦恼，只需听在下所言行动即可。”

由此，本多正信加入酒井将监一伙，成为酒井将监军师，帮助酒井将监煽动一向宗势力，一步一步提高并巩固了自己的地位。

暴动的成功与否，将直接影响本多正信往后是否能从一个无名小吏一跃成为军师。

家康走出净珠院，令手下高举“厌离秽土欣求净土”中军大旗，向上和田寨进军。

白绸上用墨书写的“厌离秽土欣求净土”几个大字，是松平

1. 里：日本古代距离单位，1里相当于36町，约3.927公里。

家菩提寺[1]大树寺方丈登誉所书。此语源于奠定了净土思想基础的源信大师[2]所著的《往生要集》一书，意思是对肮脏的现实已厌恶，祈求向往净土世界。本来的意思只是强调极乐往生，但家康觉得与其寄希望于不确定的来世，不如彻底推翻严酷的现世，因此他对这一句话做了自己的解读。

眼下自己虽连一国、连家臣团都管理不好，国内还被一向宗势力搅得焦头烂额，但“定要顽强作战，不辱此旗”，家康暗下决心。

家康军先锋本多忠胜、二军鸟居元忠等率军一口气攻入因寺院着火而军心散乱的暴动势力。他们骑马冲入敌阵，马踏枪刺，所向披靡。一直苦守上和田寨的大久保等人，看到援军，精神大振。

“大人增援到了！”

“我们也冲杀出去！”

他们打开二曲轮寨门，像要发泄一直被围攻的憋屈一般，猛烈反击对方。

战者，势也。气势一变，士兵的行动和士气都会发生变化。占领了三曲轮的暴徒们一片慌乱，失去了原来的气势，开始退却。

“大人英明，此战必胜无疑。”骑马跟在家康身边的石川数正兴高采烈地说道。

---

1. 菩提寺：供奉先祖牌位的寺庙，又称檀那寺、菩提所。

2. 源信大师：平安时代天台宗高僧，净土真宗七高僧之第六祖。

“未必，不能高兴太早！”家康勒住缰绳。

“敌人阵脚已乱，再猛攻一阵，定当——”

“看那边，数正！”骑在马上的家康向前方扬了扬下颌。

石川数正顺着主人的视线看去，发现前方出现了意想不到的情况。刚才还慌乱撤退的一向宗暴徒，突然停止撤退，开始回攻。这些口念“南无阿弥陀佛”的暴徒的气势，似乎比刚才更盛。眼前的光景对家康一方来说，无疑是一场噩梦。而且暴徒们不是回攻大久保防守的上和田寨，而是直接攻击从后边攻来的家康军。

“这……可如何是好？”石川数正回头看向家康。

家康手拉马缰，任马信步跑圈。

“暴徒们竟能如此迅速稳住阵脚，开始反攻……难以置信！”

石川数正看着前线上空的烟尘和无数随风飘动的南无阿弥陀佛旌旗，一脸迷茫。

“不管相信与否，眼下看到的正是不折不扣的现实。看来风向变了。”家康皱起眉头。

本多忠胜的先锋队和鸟居元忠的二军被进攻而来的暴徒势力逼退，陷入苦战。天野康景的三军紧急增援，这才终于稳住阵脚。但如果正奔向本证寺、胜鬘寺、本宗寺的信徒都返回前线来参战，那家康军势必陷入不利。

“咱们先退回来，整顿阵脚，再攻不迟。大人！”石川数正悲愤地喊道。

“不可！”家康摇了摇头，“在此关键时刻，我们如果无情地抛弃大久保一众，夹起尾巴逃跑，那将失信于三河国众人，唯此绝不可行！”

“大人！”

“生死存亡，在此一举！”

家康说完，狠咬一口下唇。一阵含有血腥气的晨风，吹过家康的脸颊。

与此同时，在暴徒势力中心，有一人在拼死呐喊。此人便是本多正信。

“不得退却！谁退谁下十八层地狱。目标唯有佛陀之敌家康一人！”本多正信挥舞着片镰十文字枪[1]，怒斥己方纷纷后退的兵卒。

团队很容易随波逐流。特别是像一向宗门徒这种信仰心同一的团队，更是容易受到煽动，从而激发出巨大的力量。为鼓舞门徒士气，本多正信扯着嗓子高声煽动：“退则地狱，退则地狱！想上极乐世界，不要怕死，勇往直前！”

本多正信并非热心的一向宗信徒，他甚至对于认为只要念一声佛，然后不论做什么都能进极乐世界这种教义，很不以为然。但对于本多正信这种地位很低的人来说，要出人头地，利用团队的组织力量简单有效。

“退则地狱，退则地狱！”

本多正信的喊声，像扔进水池里的石块激起的波纹，一圈圈扩大，最后变成巨大的水波，攻向家康军。面对这一波攻击，家

1. 片镰十文字枪：一种十字状有三个枪头的冷兵器。片镰十文字枪是只有单边横向枪头，类似镰刀的一种十文字枪。

康不能退却一步。

“击溃敌人，击溃敌人！舍命击敌，杀出血路！”

与敌方的本多正信同样，此时的家康也绝不能露出败象。

大将决一死战的决心鼓舞了手下，被敌人阵势压住的本多忠胜、鸟居元忠、天野康景率队稳住阵脚，拼命抵抗暴徒攻击。双方你进我退，展开激烈的白刃战。

“忠次，出击！”

“遵命！”

家康命令酒井忠次也率队增援，加入战阵，战斗愈加激烈。

此时手下兵员差不多都已派出，家康身边仅剩几个近侍和石川数正手下一队，防守已极度薄弱。

“数正！出击！”家康命令身边的石川数正。

“万万不可。敌军万一攻入中军，那可如何是好？”

“此时已非后虑之时，只有一鼓作气，打败敌人！”

“可万一——”

“出击！再不出击，老子亲手砍你！”家康充血的眼睛怒视石川数正。

石川数正被家康凶狠的气势压倒，无奈也率队冲向敌人。

家康周围陷入奇妙的寂静。远处战场传来海啸般的呐喊声，而家康身边却像被暴风忘记一般，波涛不惊，一片安宁。

但家康血气上头，毫无闲情逸致感受这片刻的宁静。

“此战非胜不可。”

家康下意识地咬住大拇指甲。因为用力过度，拇指被咬破流血，但他还在咬。

恰在此时，家康看到前边有两匹马飞奔而来。可能主人已战死，两匹马背上都看不到骑手。这两匹马一路尘沙，直奔向家康。

“老爷，危险！快躲开！”侍童于熊吓得脸色苍白。

于熊话音未落，两匹无人马背上突然冒出两个人影。这两个人影头裹黑头巾，也不握马缰，只用双腿夹住马肚子，双手向前举着火铳。闪着黑光的枪口，对准的不是别人，正是家康。

已经躲不开了。

于熊嘴里喊着什么扑向家康。他龇牙咧嘴，急得快要发狂的表情，不知为何，却鲜明地烙印在家康的眼眸里。

“噔！”

“噔！”

就在这一瞬间，两声枪响，身穿铠甲的家康仿佛被狼牙棒击中一般，剧痛传遍全身。

“难道这便是我家康的终点了吗？”

在家康蒙眬的意识中，浮现出父亲松平广忠意外早逝的面影。他的身体缓缓歪斜，最后倒在地上。

“老爷！”

“大人！”

侍童和近侍们围住家康拼命喊叫。骑在马上的两个贼人，一股风似的从众人身边跑过。

第二章

男女

一向宗暴动势力和家康军围绕上和田寨发生的战斗，以双方不分胜败告终。

——家康被火铳击中落马。

消息传到战场，一向宗暴徒们士气大涨。但支持家康的能见松平、大给松平、深沟松平等松平族人相继率手下赶来增援，于是形势逆转。暴徒们看到攻打冈崎城已不可能，只好撤退。

危机解除时，家康已不在前线。他被近侍们抬回冈崎城，接受治疗。所幸两枪都没打中要害：一枪打中黑丝威桶侧胴铠甲左胸部，但铠甲厚实，没有穿透，铅弹被铁板挡住了；另一枪则掠过右肩上部，肩部铠甲被打飞。

虽然右肩受伤，却无性命之忧。只是因为被火铳击中，家康极度恐惧紧张，当晚发起高烧，昏睡不醒。

在蒙胧的意识中，家康做了一个梦。他梦见了一个女人。

寂寥的青雾缓慢流动，家康站在一条河边，此河是哪儿的什么河却并不清楚。周围景色似曾相识，或许便是冈崎城附近的矢作川。

在滔滔水流中，有一个女人向家康招手。那女人一丝不挂，全身赤裸。长而湿漉漉的黑发，像水中飘动的水藻，缠绕在女人丰满的胸前。

“过来啊。”

明显相距很远，但女人的声音却响在家康耳边。

“佳人何许人也？”家康问那女人。

“大人贵人多忘事，小女是……”女人一脸嗔怨。

如此说来，又好似在哪儿见过，但也好像从不认识。眼前的女人不仅丰乳迷人，洁白的胴体也丰满光润，耀眼夺目。多想抚摸那似能弹开水珠的美肤，家康咽了一口唾沫。

实在无法抑制内心的冲动，家康踏进冰冷的河水，伸手去摸那女人光滑水润的肌肤，梦却醒了。

“啊，原来是梦啊！”

家康躺在床上，回味着残留在指尖上的女人柔软的肌肤的感觉。

家康已经二十三岁，但他对女人的体验却并不多。他的第一个女人，还是在骏河今川家当人质时，受家主今川义元之命，所娶的今川家臣关口亲永之女濑名姬，此即被称作筑山夫人的家康正室。今川家臣之女濑名姬与家康同龄，她相貌虽美，但气度不凡，性情孤傲。与家康梦中的女人相比，她胸部扁平，肌肤也如欲拒人于千里之外般冰冷。

婚后第三年，家康与濑名姬生下世子竹千代（信康）；一年后，又生下长女龟姬。然而两人性格不合，在一起也无话可说。对这位自视极高、性格不合的妻室，家康一直敬而远之，不能交心。

他知道，无论如何，自己都是来自三河的人质。因此他对这位出身今川家臣的妻室，本来就心存隔阂。而濑名姬也觉得：“我本来能嫁给更好的人为妻，为何一定要被这个三河乡巴佬缠住？”濑名姬也对自己的丈夫家康心存极大不满。

当时的骏府住着许多因逃避京都战乱而来的公家[1]贵族，是一个充满高雅文化气息的都市。在这样的环境中长大的濑名姬看来，来自三河的人质家康，无疑是一个土气得令人难以忍受的乡巴佬。

“女人真累人。”这便是当时家康对女人最真实的感受。而作为人质，他也不会被允许与其他女人发生关系。这种情况，直到桶狭间合战今川义元战败而死，家康趁机返回三河国，获得独立后才发生变化。

家康虽然回到了三河国冈崎城，但濑名姬和两个孩子却被扣留在骏府。虽然一家人不幸被强制分居，但对家康来说，实际上却等于推掉了一直压在他头上的一块大石头，他由此获得了事实上的自由。返回冈崎城后，他与身边的几个侍女也曾同寝共卧，但这也不过是满足他年轻的情欲。与和濑名姬在一起时同样，他从未感到感情上的满足。

家康卷起衣袖，摸着臂膀，自言自语道：“男人如我，生来便无桃花运啊！”他感到一种莫名其妙的孤独。

两年前，永禄五年（1562年），通过交换人质，家康成功地从今川家把濑名姬和一儿一女接回冈崎城。他在冈崎城附近一

---

1. 公家：主持朝廷事务的世袭贵族。

个叫作“筑山”的小丘陵上修建了府第，供妻子儿女三人居住。但家康和濑名姬之间的夫妻感情，却还是如冰似雪，毫无改观。

“可是那女人……”

家康脑海里又浮现出梦中那个丰满佳人白净的胴体。那相貌好似在哪儿见过，却又无论如何想不起来。柔润洁白的肌肤，稍显低沉的嗓音，令家康此时想起还不由得心灵一颤。

“如此关键时刻，我竟在想男女之事！”

家康挥去妄念，想叫近侍进来，问一下自己受伤后的战况。恰在此时，寝室纸拉门悄无声息地被拉开。看见清冷的月光下伸进房间的裸足，家康惊觉有人进屋。

“谁？”家康坐起身，问了一声。

应该是被家康的问声吓到了，进来的人僵立不动。

“老爷醒来了？”是一个女子轻柔的声音，“大夫草药有效，小女以为老爷还未睡醒。”

“你是？”知道来人是个女子，家康放下心来。

“小女这便点灯。”女子点亮放在墙角的油灯。

夜色褪去，灯光照亮女子的俏脸。看到女子的面容，家康不由得倒吸一口冷气。

女子的面容，与刚才梦中的女子一模一样。

“老爷……老爷看得……小女好害羞！”女子含羞一笑，声音有些沙哑。

“你是？”

“家老酒井忠次大人派小女来照顾老爷。”

“好像从未见过。”

“前几日刚进城内。小女贱名奈奈。”

女子端端正正跪在榻榻米上，双手三指点地，屈身低首，对家康毕恭毕敬一礼。家康透过女子水晶花颜色的轻衫，看到女子从肩到胸、腰的线条很是丰满诱人。

“哦，奈奈！”

“是！”抬起尖瘦的下颌，女子轻笑一声。

“哦哦，与刚才梦中的女子好像啊。”

奇妙的感觉，使家康觉得自己还在混混沌沌的梦中。

“老爷伤口还疼吗？大夫送来止疼药汤，恕小女以口给老爷喂药——”

“别别别！”家康慌忙制止。

想到女子红润的樱唇要与自己的口唇相交，家康一阵头晕。越看越觉得这个叫作奈奈的女子，是自己最喜爱的那种女人。

奈奈似有十七八岁，体态丰盈，脸宽颊丰，气质高雅，落落大方。但看她后颈及袖口露出的手腕，却好似一把便能折断般纤细，与丰乳肥臀、宽肩壮腿形成鲜明对照。

“叫忠次来！”为斩断从下身一阵阵上涌的情欲，家康故意冰冷冷地传令。

“老爷可是要传家老？”奈奈歪着头，一脸迷惑。

“我要知道暴徒们的情况，现下不是躺着睡觉的时候。”家康掀开寝具，想站起来，但脚下一软，又倒了下去。

“老爷不可！”家康的脖颈感受到了女子口中吐出的热气。

三日后，家康已看不出丝毫伤痛，精神飒爽地走出冈崎城，出现在战场上。数日前刚被火铳击中，在病床上养伤的家康，此时却高举“厌离秽土欣求净土”大旗，精神飒爽地出现在战场上。一向宗暴徒们看到此景，不由惊呆了。

此后一连数日，家康都率军出击，攻打盘踞在三河三寺及本宗寺里的暴动势力。

“这到底是怎么回事？”煽动一向宗暴徒的酒井将监忠尚问谋士本多正信。

“未曾想家康运势如此之强！”

“当时如一枪打死，则形势大变……唉，运势不由人啊！”酒井将监表情扭曲，一脸凶相。

“可是，将监大人，臣下能否问一事？”本多正信睁大眼睛，目光清澈。

“说吧！”

“攻打上和田寨时，有人偷袭家康。臣下不知详情，敢问可是三寺中人？”

“啊，你问那事啊！”酒井将监舔了舔下唇。

“可是总本山派来的刺客？”

“是啊。三河的情况，大坂石山本愿寺门主显如大人也甚为关心，有信说大人特意选派了两位善操火铳的纪州杂贺枪手前来助力。”

“那是杂贺人了？”本多正信点了点头，豁然明白，“然而，此举是否有些危险？”

“危险？有何危险？”

“此乃三河国内之事，我等三河信徒足以解决。总本山此时多管闲事，恐对我等今后不利。”

“此事不用多虑。如无杂贺人狙击，此时形势恐更加不利。目下重要的是，如此劣势如何扭转。”

“嗯……”

本多正信与酒井将监同样焦急万分。

在家康军的连续攻击下，一向宗势力逐渐陷入被动。正如家康所料，坚守上和田寨，打开了解决问题的出口。

二月中旬，一向宗方面有人来试探能否和谈。来冈崎城传话的是守卫上和田寨的大久保一族长老大久保常源。

大久保常源剃了光头，一身出家人打扮。他是大久保家现任家主大久保五郎右卫门忠胜之父，也是从家康祖父松平清康至父亲松平广忠时代起就一直为松平家尽力的三朝元老。在上和田寨守卫战中，作为一族的精神支柱，他一直鼓舞着年轻人，为守卫上和田寨发挥了巨大的作用。

大久保常源以一派强悍老武士的精干形象坐在家康对面。

“和谈一事，由土吕本宗寺信徒私下传给臣下。暴徒中有许多人本是大人家臣，但却加入暴徒一方，与大人为敌。他们传话说：若能乞得大人宽恕，愿重新回来伺候大人。”

“事已至此，竟敢乞求宽恕？”家康皱起眉头。

三河国这次陷入混乱，原因何在？不就是因为他们这些贼人舍弃对主君的忠诚，选择了自己的信仰吗？此时感到自己一方局势不妙，便反过来又向曾以刀剑相向的主君献媚求饶。

“未免太过精明！”家康满心不高兴。

“大人意向如何？”大久保常源偷窥了一眼家康的神态，“臣下深明大人心有怒气。如若简单应允和睦，则迄今为止的千辛万苦，其意义又从何说起？然以臣之见……”

“你有何高见？”

“若不趁此良机饶恕暴徒众人，长期残留祸根，则大人领内治安恐难安定。若领内不能安定，则如拱手赠邻国今川家以可乘之机。”

“言下之意是要我饶恕暴徒，与一向宗暴徒握手言和？”

“若大人严惩暴徒，则家臣团必将一分为二。臣以为当下应忍辱负重，适当妥协为好。”

“那，暴徒方讲和的条件具体……？”家康问。

土吕本宗寺提出的讲和条件如下：

一是承认参与暴动的武士们对固有领地的领有权。

二是不问一向宗寺院以及所属檀家的任何暴动之罪。

三是确保本次暴动主谋众人性命安全。

若接受以上三个条件，则今后一向宗众徒发誓忠于家康，并协同攻打酒井将监固守的上野城。显然所有条件都对一向宗暴徒一方有利。

“岂有此理！如此混账条件，绝不接受！”家康暴怒，“当下战况对我有利，我为何要向暴徒让步？”

“大人生怒，臣深以为然。如上三条，全部接受当然极难。至少主谋罪魁不受相当惩罚不足以平众怒。”大久保常源道，

“然话虽如此，万事以中庸为上，何况大人并非要将一向宗赶尽杀绝。臣以为可与暴徒一方交涉商谈，该让则让，该忍则忍，找寻敌我双方妥协之法，结束三河国当下战乱局面，刻不容缓！”

“双方妥协？”家康一脸不屑的表情，“若忍让从宽，岂不令这些贼人更加放肆？”

“大人……”

“暂且不理，等熟虑后再答不迟。”家康让大久保常源下去了。

此时室内只有他一人，但他心里却思绪万千。他觉得，如果就此与暴徒们妥协，不明不白地结束此事，“不是重犯亡父当年之过吗？”但为了不给周边诸国可乘之机，大久保常源主张多少让步妥协，尽快结束三河国战乱，也未尝没有道理。

“该何去何从？”

正当家康陷入深思之时，走廊传来华服沙沙之声，原来走来的是一群身穿华服的女人。

“大人可在屋内？”外面传来一个傲慢的声音。

“确在室内。可老爷有令，未经许可，任何人不得入内。”

“大胆！你在跟谁说话？”

侍童于熊似与来人互不相让。

“奴家有要事要见大人，让开！”

“不可！夫人——”

一个女人推开于熊，进到室内。此人便是家康之妻，濑名姬。自打入住冈崎城附近的筑山府第后，人们也称她为“筑山夫人”。

筑山夫人像要找什么似的，用敏锐的目光扫视了室内一遍道：“久违了！”她抻了抻衣襟，坐到家康对面。

“夫人从筑山亲来城内，实属罕见啊。”家康避开对方的眼神。

与面前这个正妻打交道，家康总是感到浑身不自在。大约是因为每次与筑山夫人见面，都能令他鲜明地回想起在骏府做人质时的痛苦经历。虽说不是筑山夫人之错，但这对于夫妻关系来说，确是一件不幸的插曲。

“难道奴家来此，有什么不便？”

“岂敢岂敢！我还想看竹千代和龟姬呢，孩儿们都还好吧？”

“俗话道，有苗不愁长。虽然亲爹不管不顾，但作为松平家后嗣，竹千代照样健康成长。”

“那好啊！”

对于筑山夫人锥子般的冷嘲热讽，家康不知如何回应是好。实际上自从妻儿三人搬回冈崎，因一向宗暴动，国内陷入战乱，家康亲往筑山府第的次数，确实屈指可数。

“我问你，那个贱女人现在何处？”筑山夫人嘴角露出一丝冷笑，问道。

“那个女人？谁啊？”家康装糊涂。

筑山夫人刚来，家康就隐约感到她此行的目的。

“还装不知道啊？”筑山夫人狠狠地瞪着家康，“一个叫作奈奈的贱人。”

“哦，奈奈？”

“酒井忠次早已告诉我了，听说大人染指了身边这个侍女，宠爱有加。”

“我不知道这件事啊。”家康不露声色，继续装傻，但内心却气得大骂：“忠次这混账，多嘴多舌！”

“人口难堵。那贱女子一事，城下早已人人皆知。”

“胡说八道，哪有什么人人皆知？”

“如此说来，真有其事？”筑山夫人蜡像般润白端庄的脸庞越绷越紧，“还请老爷把那个贱女叫过来！”

“濑名——”

“以侍女贱身，竟诱惑大人，真是不知好歹，须得令她知道身份贵贱。”

“可我完全不知夫人所云何指啊。”家康决定装傻装到底。

他比谁都清楚筑山夫人性格暴烈。她像一堆危险的干柴，只要稍有不慎冒出火星，便会燃成冲天大火。

“大人您这是要欺辱奴家了？”筑山夫人的逻辑突然跳跃。

“岂敢欺辱！”

“不，大人正是要欺辱我，还要欺辱我们今川家，才收留一个贱女人在身边。”

“不是说了我并不知有此一事吗？”

“可我却知道，大人嫌弃我。大人想的是若那女人生下男儿，便要休弃我这结发妻子，舍弃竹千代。”

“别胡说八道！濑名！”

“我……悔不当初！”筑山夫人紧咬下唇，越说越气愤。

半刻以后，筑山夫人才离开冈崎城，回到筑山府第去。

“啊，累死我也！”家康长吁一口气，终于从紧张中解放出来。

他并非厌恶筑山夫人，但每次见面都这样，令家康感到无限压力，疲劳不已。

就在此时，刚才不知藏在何处的奈奈突然冒出来道：“夫人这是回去了吗？”

“你——”

“名不虚传，果然是个大美人，还有大名家夫人的高贵气质。像小女这等，无论如何不能相提并论。”

“嫉妒了？”

“岂敢。小女身份低贱，不可做非分之想。”奈奈温顺地垂下眼帘。

家康想起第一次拥抱奈奈时，那种令自己“啊”出声来、清醒地感到爽心的感觉。

仅看外表，奈奈言谈举止清雅不俗，颇显纯真羞涩。但一旦上床，则羞涩之气立刻烟消云散，随之而来的是密藏在柔润白肌里的无限激情。这种反差，令家康神魂颠倒。每次攻打完一向宗暴徒回府，家康都要狂热地拥抱奈奈的肉体，像要平息自己在战场上疯狂的血性一般。

好似觉得这便是自己的命运一般，奈奈从一开始就自然地接受了家康的狂热。

“你说你是在大和国[1]出生的？”

当晚，家康在锦衾中抚摸着奈奈长长的黑发问。

---

1. 大和国：今日本奈良县。

“嗯。家父是出入南都[1]七大寺之一东大寺的御医。”

“身为奈良御医千金，却为何漂泊三河？”

“年轻气盛，铸下大错。”

“什么大错？”

“不顾家父反对，与一个药师私奔，奔到三河，却被那男人抛弃。”

据奈奈说，她被人抛弃后，正在三河池鲤鲋[2]驿站走投无路、不知所措之际，突然想起父亲有一个远房亲戚在松平家重臣酒井忠次手下当小头目，酒井忠次的城寨在冈崎城北边的井田地方。奈奈拖着沉重的双脚，在举目无亲的土地上行走，好不容易找到远房亲戚，才被他介绍做了这个侍女的活儿。

知道奈奈的这些苦难经历后，家康豁然理解了奈奈的温文尔雅，奈奈的聪明伶俐，奈奈跟自己喜爱的人下地狱也在所不辞的重情轻理的个性。受过苦难的人，才能理解别人的苦难。家康从未见过奈奈这样的女性。

在这点上，家康的正室筑山夫人，却是“不懂他人苦难之人”。家康脑海里忽然浮现出筑山夫人那木偶般的冷美人的形象。

“可是老爷与一向宗贼人，到底要打到何时呢？”奈奈用微微湿润的柔软的手指，在家康胸上轻画着问道。

“为何问这个？”

---

1. 南都：奈良（平城京）别称，相对于北都平安京（京都）而言。

2. 池鲤鲋：地名，今爱知县中部知立市，当时为东海道五十三个驿站（宿场）之一。

“小女为老爷担心。老爷就寝中总是做噩梦，说梦话。”

“我做噩梦？”

“正是。”奈奈轻轻点了一下头，“此次对战使三河国一分为二，连小女子这个外国人都能看出。老爷可是为此头疼苦恼？”

“嗯。”家康仰望天井，陷入沉思。

三河一向宗暴动一事确实一直缠绕在家康心头，挥之不去。大久保常源传来的一向宗的讲和条件，如扎在喉咙里的鱼刺，难以下咽。

“应予赦免，还是不应赦免？”

若接受对方条件，赦免那些逆反分子大罪，则心中怒火难平。

“奈奈！”

“嗯？”

“要是抛弃你的那个男人来跪在你面前祈求宽恕，你能饶恕那个男人吗？”

“啊……”奈奈一脸迷茫，“那种事，绝不会有！”

“假如的话，你能饶恕抛弃你的人吗？”家康再次问奈奈。

奈奈看着家康此前从未有过的认真眼神，开始虽然迷惑不解，渐渐地也严肃起来。

“如何是好呢？不到那时候还真不知如何是好。”

“那可是你曾把身心都给予过的男人，但那个人却抛弃了你，你肯定恨不得杀死他。”

“确是恨之入骨。”奈奈慎重地挑选着字眼说。

“还是有恨啊！”

“但我早已忘记了。”

“忘了？”

“若让仇恨永记心头，恐会被仇恨挡住眼睛，看不到本该看到的东西。任何人都有犯错之时，实际上小女也……”奈奈眼睛里蒙上一层阴影。

“就是说，你能饶恕那人？”

“不能饶恕，但也不再记恨。轻信那种男人的并非别人，正是我自己。”

“女人还是坚强啊！”家康嘴角露出会心的微笑，“我要是你，定然不会饶恕！”

“饶恕后，若发现到底还是个不足饶恕的无耻之徒，那自己亦可主动弃之不理。”

“哈哈，聪明！”这次家康开心得笑出声来，“爱妾此话令我心情舒畅！”

“小女不值一提的闲话，还能使老爷心情舒畅？”

“说够了，奈奈……”

家康把手伸向奈奈下身，拉开衣衫，摸进奈奈柔润的腿间。奈奈随即眉头轻皱，樱唇微张，微喘轻吟。

十日后，冈崎城的樱花满开之时，家康与三河一向宗暴动势力成功讲和。

为了让和谈成功，家康方全面接受了一向宗暴动方的条件。表面上看是软弱的表现，因此家臣们大部分都反对。特别是年轻气盛的本多忠胜等人，满脸通红，拳头紧攥，怒不可遏：“大人竟连反贼都饶恕？那些反贼，杀死我多少兄弟？非千刀万剐，不能解恨！即便大人饶恕，下臣也绝不饶恕！”

“我自有主意。”

不论近臣们如何反对，家康都没有改变想法。

因为家康方接受了所有的条件，一向宗暴动方也不得不遵守约法三章。根据讲和条件，他们开始围攻煽动暴动的酒井将监忠尚盘踞的上野城。被大军包围后，酒井将监知道抵抗已无可能，只得逃出上野城，投奔骏府今川家而去。

此时，陷入绝境的是酒井将监的谋士本多正信。

“未曾想家康竟是一位能有如此决断之人。”本多正信紧咬微黑的下唇。

其实本多正信一直认定家康绝不可能与一向宗暴动方妥协。虽然一向宗方的形势当下处于劣势，但只要有本山石山本愿寺在后方支援，而在东三河还保持一定势力的今川家若也能做出某些举动，他相信“局势定能逆转”，但他的期待完全破灭了。

“家康这厮，到底是个不值一提的笨蛋，还是个不可小觑的枭雄？”

总之酒井将监已逃走，本多正信自己留在三河的意义已不存在，搞不好还会被投降分子抓住，指责自己：“操纵酒井将监、煽动暴动的便是此人！”然后把自己作为暴动主谋之一献给家康。

本多正信摆脱追逃，不知去向。此后在各地流浪，数年未敢回到三河。

三河一向宗暴动终结后，酒井将监、本多正信等煽动暴动的许多人都不得不逃亡国外。三河国豪族吉良义昭、荒川义广等逃到京畿。松平一门中参加暴动的大草松平家的松平昌久也不得不放弃城寨，潜逃他方。而夏目吉信、渡边守纲、蜂屋贞次、波切孙七郎、鸟居直忠等俯首乞求饶恕的旧臣们，家康都以改宗为条件，准许他们回城。

对于这些曾以武力反叛自己的旧臣，家康有自己的考虑。毕竟当下三河国因长达半年之久的一向宗暴动战乱，国力极度贫弱。“此时此刻，明知是有毒馒头也得吃。”家康痛苦地做出决断。

饶恕旧臣以后，家康还需解决一个大问题：对于领国内的一向宗寺院，是否还要一如既往承认其特权？讲和条件中确实有一条是承认三河国内一向宗寺院的存续和守护不入的特权。为了结束战乱，家康不得不接受这个屈辱的条件。但“如此一来，与亡父在世时便无任何变化。看来我追求的三河国完全独立，还只是到了登山口而已”。家康深感烦恼。

因为自己缺乏统帅能力，少有人望，结果造成家臣团分裂。年方二十三岁的家康心情沉重，他甚至觉得自己“好似并不具备乱世大名应有的能力”。

作为一个独立的大名，在战国乱世生存下去，这方面，家康一直很佩服一个人——此人便是邻国尾张国大名织田信长。

织田家家主织田信长以桶狭间合战大胜而名扬天下，而家康与此人很早以前便有深交。那是他在尾张国当人质时，当时自己年幼无助，名字还叫竹千代。有一次，他被比自己大八岁的织田家少爷信长领到河里去钓鱼，结果差点在那古野城外西郊的庄内川河里溺水身亡。

当时他不慎溺入河中，喝进大量泥水，失去意识。信长跳进河里，一把抓住他的手腕，把他救上了岸。信长被太阳晒得黝黑的脸颊上淌着水滴，他瞪着细长的眼睛，怒斥幼小的家康："笨蛋！连游水都不会吗？"

后来他才知道，信长对于有能之人、可用之器，总之任何于己有用的人或事物都异常喜爱。相反，如果发现对方对自己来说是无能无用的，即便对方是未成年的孩童，他也毫不留情。

"我来教你游！"

家康边咳嗽边把口中鼻中的泥水吐出，刚缓过气来，便听到叉着双腿站在河边的信长甩来一句。

此时信长刚十五岁。

信长作为尾张国古渡城主织田信秀的世子，当时刚与今川军在吉良城交战过一次，那是信长首次出战。

织田家本来并非尾张国守护大名。当年尾张国的守护大名是斯波家，织田家仅为斯波家的守护代[1]。织田家作为守护代，有两个源流：一个是以岩仓城为主城，统治丹羽、叶栗、中岛、春日井等四个郡的织田伊势守家；另一个是以清洲城为主城，统治海东、海西、知多、爱知等四个郡的织田大和守家。其中织田大和守家三个有力的家臣之一，便是当时的胜幡城主，信长

1. "守护大名"是镰仓、室町幕府的官职名，本是受命领管一国，至室町时代，守护大名们逐渐强化了对领国的统治。"守护代"是替代执行守护一职之人。

之父织田信秀。

织田信秀虽属于守护大名的家臣的家臣，却逐渐露出头角，压倒了尾张国内其他势力。而之所以能做到这一点，是因为他领内有一个富饶的三角洲——津岛。津岛位于木曾川河口附近，是连接伊势湾的船运交界点。织田信秀以津岛带来的巨大财富为基础，进入浓尾平原的中部地区，相继在那古野、古渡等地筑城，开始进攻东邻三河国。

与乱世枭雄、步步为营扩大势力的父亲相比，少年信长终日纠集三教九流，沉溺游兴，玩物丧志，所以被世人称作“混世魔王”。

家康很快跟信长学会了游泳。只是信长教游泳的手法可不一般：他命身边的浪荡子抓起家康就扔进河里。

“只要拼命，便不会死。”信长冷眼看着家康在水中挣扎。

身为三河国主世子，家康当然不愿毫无意义地丢掉性命。他拼命挣扎，手脚并用，乱抓乱扑，时浮时沉。在这时浮时沉的拼命挣扎中，他自然学会了浮游。

“只会漂浮啊？没劲！”

家康好容易学会在水中浮游，信长却觉得还远远不够。信长骑上马，把家康带到上游深水潭，不管三七二十一，一把将他从崖上推下水潭。信长这种举动，说得好听是教游泳，说得不好听，其实只是以欺人取乐。但家康没有求饶喊苦。当初虽然因为恐惧双腿打战，但很快他便能自己从崖上跳下水潭，划水游回岸边。

“臭小子，有两下子！”

周围树上传来阵阵暮蝉的鸣叫，身上仅裹着一条暗红色兜裆布的信长咧嘴大笑。

这便是家康有关尾张时代的信长的记忆。不久他便被转移到骏府，与信长的交流也暂时中断。

但事情就是如此巧合。信长在桶狭间打败今川义元后，家康趁机回到日思夜想的三河国，继位大名，取得独立主权。

“咱们联手吧！小子！”

时隔十几年，再次在尾张国清洲城见面时，信长对家康如是说。信长虽还有一些当年顽童的痕迹，但早已扔掉“混世魔王”的顽童外壳，变身成一个率领尾张国及其家臣团的年少气盛的大名。

家康在清洲城与信长会面后，决定与今川家彻底断绝关系，与织田家结盟，此即所谓的“清洲同盟”。

出生在弱小三河国的家康与今川断交，联手织田家，绝非幼时感伤使然。其实他从当时的信长身上，看到了自己追求的武将的理想形象。

家康看到信长，便觉得自己有一点无论如何都学不会，那便是信长的“决断力”。信长做任何事情都能做到速断速决，想到便立刻付诸行动。当然有时也会判断失误，但即使失误，他也绝不后悔。总之一直是向前向前向前！家康对信长这种颇具破坏性的突破力充满崇拜。

而且还有一点，就是信长此时已经有了一个极为远大的理想。

“我要夺取天下！”

清洲城结盟时，信长随口一说，轻描淡写，好似在说一件理所当然的事情。但事实上，那却是个几乎无法想象的梦想。

家康和信长结为“清洲同盟”时，信长虽然打败了骏河国的今川义元，但与邻国美浓国[1]的斋藤家还在交战。而且即便打败并占领美浓国，京城还是遥不可及。

况且甲斐国[2]武田信玄、越后国[3]上杉辉虎（谦信）等东国的强国强将还横挡在通往京城的路上。虽然失去往时的威风，但继承骏河国的今川氏真，还有关东的北条氏康，依然不可小觑；再往西国看，中国[4]一带的毛利元就，越前国一乘谷[5]的朝仓义景等，势力亦极为强大。意欲上洛的诸国大名比比皆是。

“据说吾名即是夺取天下之意。”看着眼前家康困惑的眼神，信长得意地解释道，“唐国有一种反切古习，即用两字表一字。信长一名，‘信’之声与‘长’之韵结合，成‘桑’音，取‘桑’意。‘桑’即指日本国‘扶桑’之‘桑’。也就是说，‘信长’是一个将要夺取日本国天下之名，这是命名恩人泽彦宗恩大师泄露的天机。”

家康也知道泽彦宗恩这个京都妙心寺出身的僧侣。泽彦宗恩

---

1. 美浓国：今日本岐阜县南部。

2. 甲斐国：今日本山梨县。

3. 越后国：今日本新潟县。

4. 中国：指日本关西以西的中国地区。当时称京都附近诸国为近国，距离京都远的九州诸国为远国，处于近国和远国之间的地区便被称作“中国”。

5. 越前国一乘谷：越前国在今福井县北部。一乘谷位于今福井县东南部，当时是朝仓义景主城所在地。

是信长家师，据说私下也给信长出主意，做参谋。

家康不太相信，他怀疑道："以此大名，织田大人便能夺得天下？"

信长发出刺耳冲顶般的尖声大笑："敝人还不至于那么愚蠢！"

信长直视着家康的眼睛道："不愿攀登高峰之巅者，亦不能征服低山之顶。"

"那高峰之巅便是天下？"

"正是！"信长点了点头，"你跟着我，咱们一起向高峰之巅攀登。从你小子流清鼻涕那时起，我便看出你小子绝非一般之人。"

信长好似说的就是那次他把家康扔进深水潭，但年幼的家康并未求饶一事。世人都以为年轻的信长每日只知与恶友顽童们玩闹，岂不知信长是在深刻地观察每个人。

但家康不可能轻易便答应跟着信长爬高山。虽然信长要自己跟他一起夺取天下，但他知道"自己当下连一个小小的三河国都控制不住"。所以对于信长这一貌似狂妄的提议，家康当时既未答应，也没拒绝。当时的他连耸立在骏河与甲斐国境的日本第一高山富士山顶都不敢想，天下什么的，简直"岂非梦中之梦"？

直到结成"清洲同盟"两年后，平息了三河一向宗暴动的今天，家康还是没有改变这一想法。只不过信长那句"不想攀登高峰之巅者，亦不能征服低山之顶"，像一根铁钉，深深地扎在他心里。

镇压一向宗暴动后，家康终于控制住了三河国。他开始重新向东三河进击。东三河至今还残留着今川家的势力，家康必须赶走今川势力，重新掌握东三河。

顺便解释一下，此处所说的东三河，即今爱知县丰桥市、丰川市一带。家康居城冈崎城在西三河，今安城市、丰田市、西尾市等也都属于西三河。用今日东海道新干线车站来说，距名古屋近的三河安城站属于西三河，而丰桥站则属于东三河。

六月，家康亲自率军，向东三河发起进攻，相继攻克今川势力占领的吉田城、田原城等。由此，三河国内的今川家势力被一扫而光，家康命酒井忠次入驻吉田城，本多广孝入驻田原城，从而确立了对东三河的统治。

成功统一三河国后，家康对家臣团做了改组：

东三河旗头[1]：酒井忠次。

西三河旗头：石川家成。

在东西两个旗头之下，家康重新配置了家臣团。

之所以没安排自己最信任的近臣石川数正，而是任命其叔父石川家成为西三河旗头，家康是有着自己的良苦用心的。把不但有能力，而且还有威信的酒井忠次任命为东三河旗头，人人都会心服口服；但如果把经验不足的石川数正置于老家臣之上，任命为西三河旗头，则势必会造成家臣团内不必要的矛盾。家康自小

1. 旗头：武装集团的首领、头领。

生活在不得不察言观色的环境中，因此他对人心的微妙之处，甚至有些过分敏感。

当然，家康并非只是在意别人的看法，他还把与自己有血缘关系的许多松平家同门之人安排在两个旗头手下，使之受旗头领导，以牵制并削弱他们的影响力。

如此安排是因为三河一向宗暴动时，樱井松平家、大草松平家等曾加入暴动一方，与自己的松平家死战。樱井的松平家后来归顺了家康，但大草的松平家却顽固抵抗到底，最终逃亡他乡。

虽说都是松平家同门，但正因为是同门，“才会萌生取代宗家的野心”。

家康不觉得刚满二十三岁的自己具有能令家臣团人人口服心服的能力。甚至可以说，他心中实际上并无能统率身边这些极具个性的三河臣众的自信。所以此次重排家臣序列，就是想明确这些个性鲜明的家臣们的上下序列，构筑一个有组织有纪律的强有力的团队。

酒井忠次麾下配有：

同门众：樱井松平、长泽松平、深沟松平等。

国众：牧野康成、奥平贞能、菅沼定盈、户田忠重、西乡清员等。

谱代众：本多广孝、本多忠次。

石川家成麾下配有：

同门众：大给松平等。

国众：铃木重显、奥平信光。

谱代众：酒井重忠、平岩亲吉、内藤家长等。

其他人，包括鸟居元忠、柴田康忠、石川数正、本多忠胜、榊原康正、大久保忠世等，都划入家康的直属队——旗本队。

第三章

新的战斗

统一三河国后，家康很长一段时间用于专心强化在三河国内的统治，很少关心三河国外之事。

三河国因一向宗暴动，国力衰弱，民不聊生。家康首先必须使领内百姓安居乐业，搞活商业，恢复经济。

三河国有一种特产，叫作“三河棉”。据桓武天皇时期的典籍记载，棉花种子于延历十八年（799年）传入日本。当时有一个昆仑人[1]漂泊到了三河国幡豆郡福地村，此人身上带有棉花种子。自那以后，三河国就成了日本最有名的棉花产地。世传“三和女人多”，便是因为摘棉花需要大量女性，近邻诸国大量女性都来赶场子摘棉花。结实耐用、穿着舒适的棉布，被棉布商人

---

1. 据《日本后记》卷八记载：延历十八年（799年），秋七月。“是月，有一人乘小船，漂着参河国。以布覆背，有犊鼻，不着袴，左肩着绀布，形似袈裟，年可廿，身长五尺五分，耳长三寸余，言语不通，不知何国人。大唐人等见之，曰昆仑人。后颇习中国语，自谓天竺人。常弹一弦琴，歌声哀楚。阅其资物，有如草实者，谓之绵种。依其愿令住川原寺。即卖随身物，立屋西郭外路边，令穷人休息焉。后迁住近江国国分寺。”“昆仑人”是当时中国人对天竺、东南亚一带的人的泛指，日本也借用了中国的说法。另，此记载中之“中国”，为日本的“中国地区”。

们卖到京畿，给三河国带来巨大的财富。而三河国内的一向宗势力能那么强大，也是因为三河棉带来的巨额财富。

家康要夺回被一向宗寺院掌握的三河棉利权，必须与来往于三河和京城之间的棉布商人直接联手。但商人们迄今为止一直与一向宗寺院打交道，共命运。他们把部分利益交给一向宗寺院，由此获取一向宗寺院遍布诸国的檀家组织给他们做生意提供的保护和方便，所以商人和一向宗寺院之间已建立起了一种互惠互利的关系。

不过年轻一代的商人中，也有人厌恶这种因循守旧的经商模式。

茶屋四郎次郎清延，本姓中岛，原本出身于与三河国小笠原家有渊源的一个武士家庭，但在其父亲中岛明延时期一家放弃了武士身份，变身商人，开始上京做吴服生意。商铺名中有茶屋二字，是因为他在经营吴服的同时，还在自己的宅邸内经营着一间茶屋，为足利义辉将军等武将、公卿显贵提供茶点。

茶屋清延因为父亲早逝，二十岁刚出头便继承了家业。在京城出生长大、从小见多识广的茶屋清延，自来就不习惯三河国商人接受一向宗保护、与一向宗同流合污、安于现状的商业模式。

其实如此经商的并不仅是三河国商人。当时的流通经济，基本上都被接受朝廷、公家和社寺等保护的少数商帮垄断了。茶屋清延的父亲明延，也因为在宅邸开茶屋，与足利将军家及其他公卿家关系紧密，并向这些公家进献大量金银财宝等，所以受到保护，在京城确立了自己的商业地位。

但三河国一向宗寺院势力很大，茶屋清延作为一个新商人，要想获得在京城深受欢迎的三河国棉布，不得不出高价，从与一向宗相互勾结的棉花商人手中采购。对此，茶屋清延觉得很不合理。

“生意能不能更透明、更合理？”

就在茶屋清延绞尽脑汁、苦思冥想之时，他得知家康镇压了一向宗暴动，统一了三河国。他还听说家康深受与一向宗勾结在一起的棉花商人之困，无法突破商人们的利权铁壁。家康年龄仅比自己长三岁，应该不会因循守旧，固守陋习。茶屋清延觉得：“若能拜见一面，有利而无害。”当即便酌量搜购了一批“三河那乡巴佬大名定当喜爱”的香木、白绢等贡品，便从位于京都新町通的店铺出发了。

从京都到三河国冈崎城，有六日路程。到达冈崎城后，茶屋清延找到父亲当武士时认识的松平家重臣石川家成，请石川家成引见。

“既是京都茶屋主人，那一定要见。”家康当即派使者前来传话。

在冈崎城接见所，茶屋清延首次拜会了家康。

茶屋清延来前听说家康好武，拜见后看到他果然锻炼有素，腰板挺直，颌健颊康，双唇紧闭。茶屋清延能强烈地感受到家康的坚强意志。说家康乡巴佬确实是个乡巴佬，但其相貌在京都一带却是绝对少见，似能闻到黑土的味道。

家康坐在上段，他用恨不得吃掉对方的可怕的眼神直视着年轻的商人。

“你便是茶屋四郎次郎清延？”

“小人正是。”

“不必多礼，平身抬头吧！”

“是。”

抬起头的年轻人，聪颖伶俐，目光炯炯有神，没有商人特有的那种精于算计、见利忘义、卑躬屈膝的表情。能有如此气质，大概是因为此人身上流淌着武士的血液。

“听说祖上为中岛家？”家康问道，“中岛家原是三河国幡豆小笠原水军一族，你也喜海吗？”

“不，小人自小生在京都，不知三河之海。”

“哦，我也曾有好长时间不在三河。”

“早年听亡父讲过，老爷在尾张和骏河颇受困苦。”

“令尊于我有恩。早年在骏河做人质时，平时生活不便，令尊必从京城送来油盐大米、和汉典籍、奈良笔墨等周济。”

“竟有此事？”

“贤侄竟不知？”

“小人不知。”茶屋清延俯身低首。

“闻说贤侄在京做吴服生意？”

“吴服生意以外，还开不值一提的茶屋等。”

“莫道不值一提，听说将军大人及五摄家[1]公卿等亦多有造访清延茶屋。”

---

1. 五摄家：镰仓时代出自藤原氏族的五个嫡系家族，即近卫家、一条家、九条家、二条家和鹰司家。他们可以通过大纳言、右大臣、左大臣等职位晋升到摄关体系中最高的摄政和关白官位，是公家中地位最高的家族。

"老爷消息灵通。"

"早有耳闻。"家康嘴角露出温厚的微笑，"其实我早就想见贤侄。"

"那是因为何事？"

"本想派人上京去请，恰巧贤侄亲自光临。我有一事相求，不知能否相助？"家康手撑膝盖，探出身子。

"有事相求？敢问何事？"

"我欲将三河国棉花生意，全权委托给贤侄的茶屋。"

"这……这……老爷且慢！"茶屋清延一脸慌张。

实际上茶屋清延此番来见家康，就是想参与三河棉花买卖生意，希望取得家康支持。但他万没想到家康竟先主动提出，而且是要他全权代理。如此优惠条件，怎能不令他张口结舌，惊诧不已。

但家康有家康的打算。要想切断一向宗寺院与棉花商人之间相互勾结的关系，必须采取果断措施。他苦思冥想想出的对策，便是把棉花买卖的所有利权全部转交给一个新商人。

"如此一来，必将招惹三河国一向宗门徒强力反抗！"茶屋清延白俊的脸颊显出红潮，他使劲咽下一口唾沫，"稍有不慎，暴动再起也未可知。"

"贤侄所言极是。"家康的眼神像是要透视清延一般，"对致使国内分裂的门徒暴动，我早已不胜其扰。如不趁当下一向宗势力衰弱之时果断下手，则将来势必带来更大混乱。"

"因此，先下手为强？"

"此于我而言，实为一次豪赌。是否值得赌这一把，其实我也一直犹豫不决。但今日见到贤侄相貌，我下定了决心。”

“老爷看到小人这平凡无味之相貌，便下了决心？”

“正是！”家康点头肯定，“我并不懂相面之术，但对方能否舍得性命拼杀，还是看得出来。”

“舍得性命拼杀？”茶屋清延再次抬起头来，不解地看向家康。

乍看家康，他觉得此人敦厚诚实，但从其口中说出的话，却充满挑战，青春勃发。

“我并非精明有能之人，非但不是聪颖过人的精明人，甚至没有能令家臣和领内民众畏服的天赋资质。我唯有一个愿望而已。”

“敢问老爷所愿为何？”

“我仅愿创造一个属下民众不用枪剑，仅使锄锹，能安心耕种的领国。为达此目标，现下宁愿流血牺牲，与人拼杀。贤侄有无决心，舍命与我共成此大业？”

“啊！”茶屋清延瞠目结舌。

获得茶屋四郎次郎清延协助后，家康命令一向宗寺院退出三河国。

三河国内的本证寺、胜鬘寺、上宫寺及一家众寺院的本宗寺下各有一二百座小寺院，本来势力极强。但此时原来煽动三河一向宗暴动的那些主谋祸首都已逃往领国之外，参与暴动的原松平家家臣中的大部分人也都转而皈依净土宗，发誓忠于家康。长期以来，被一向宗折磨的家康终于看到“时机成熟”，他果断放弃当时的妥协政策，开始反攻。

接到命令后，一向宗门徒们猛烈抗议："这违反讲和条件！"

但一向宗寺院一方早已失去从前的势力。家康坚决摧毁了负隅顽抗的三河三寺，把拒绝听命、强硬反抗的僧侣全都驱逐出境。本证寺方丈空誓逃到加茂郡[1]的足助，胜鬘寺的了意逃往信浓国的井上，上宫寺的胜祐、信祐父子逃至尾张国的苅安贺。一家众寺院的本宗寺也被家康治得断了香火。此后近二十年间，三河国内一向宗的所有信仰和传教行为皆被家康禁止。

"老爷，您变了！"

随着一向宗寺院退出三河，领地内的零散暴动也基本都被镇压，家康终于能喘一口气了。奈奈看着家康，一脸从未见过的哀怨之气。

"我变了？"

"变了！"

"我自觉与从前一样，不觉有变啊！爱妾可否告诉我，到底哪里有什么变化？"

家康边说边伸手去抱奈奈的细腰，奈奈却推开家康的手道："从头到脚，从里到外，全都变了！"

"不知道你说的是什么？"家康一脸懵相。

"小女从前刚见到老爷时，老爷不会说假话。"

"我何时说假话了？"

1. 加茂郡：今新潟县中部加茂市。

“老爷保证一向宗寺院存续，答应信徒们可以继续传教，现下不是全都轻易食言了吗？”奈奈眼中露出怒气，“违约食言之人不可信。老爷今后定也不会把小女当回事，必定会说假话骗小女。”奈奈越说越生气。

“怎么了，奈奈？”对着面前这个锋芒毕露的女子，家康有些不知所措，“爱妾该不是为鹈殿之女而怒？”

要说有什么事能惹此女生如此大气，家康只能想到一件事：最近，家康又迎娶了一位侧室，是东三河豪族鹈殿家的千金阿德。

鹈殿家始祖据传是入住三河国宝饭郡西郡的平安时代歌人藤原实方的子孙。现在本家传人上乡城主长照之母是今川义元的胞妹，被赋予了相当于今川家的待遇，在东三河势霸一方。桶狭间合战后，返回三河的家康于永禄五年（1562年）进入宝饭郡，攻打鹈殿家。鹈殿家的居城上乡城建在土丘上，周围有河川和城壕，易守难攻。家康久攻不下，最后派甲贺忍者潜入城内，放火烧城，造成混乱，才趁乱激战，攻陷城寨。结果鹈殿家传人长照死于乱战，子氏长、氏次及女阿德被囚。后来，氏长和氏次作为交换人质交给了今川家，家康手中就只剩下阿德。

阿德细眉翘眼，色白脸长，气质高雅。不过家康娶阿德为侧室，实际上是出于政治目的。家康期望迎娶具有名门望族鹈殿家族血统的阿德为侧室，以安抚东三河地区反抗自己的地方武士们。

可对于同住城内的奈奈来说，阿德的存在当然不可能让她开心。

“阿德与你不同，我心中只有爱妾奈奈一人。”家康热情诉说。

家康如此说，并非仅为应付眼前发怒的奈奈。奈奈这个女人对于家康来说，就像清澈透明的流水一般。每当家康与一向宗暴徒交战以及处理严峻的战后问题身心受伤后，都能被奈奈丰满光艳的肉身和体贴可人的暖心轻柔地抚慰涤荡，家康的身心因而焕然一新。

家康本想娶奈奈为侧室，但因身份地位有别，被奈奈自己婉拒了。

“小女想说的，并非此等末节之事。”

灯火照耀下，奈奈的半边脸上，怒气和哀怨交互显现。

“那你到底想说什么？”家康有些不耐烦了，“心中若有何不快，赶紧说！”

“如果能对老爷说，那当然好。”

“奈奈？”

“对老爷来说，‘理政’有何意义？”

“为何问此问题？”

“小女不敢。只是心中有念，想当面问问老爷。”

家康从未见过奈奈如此严肃，她的眼神如利剑一般直射过来。

“对我来说，理政即为生命。”

“生命？”

“我必须通过理政，保护自己的家臣和领民。为达此目的，有时不得不与人刀枪相见，有时不得不玩弄谋略。”

奈奈道："被老爷赶出国外的一向宗门徒，同样也是三河国民。老爷所言，小女听来只觉得好似诡辩。"

"好好听我说！"家康换了一下坐姿，"我并不是要骗那些门徒。但若如从前那样放任他们为非作歹，那国内上下必将混乱。老爷我的命令任何人都可不听，三河国力势必衰退没落，最终招致他国侵略。"

"老爷是说，因此把那些可怜人都赶出去也是应该的？"

"一向宗寺院门徒并非可怜之人，他们一直怂恿利用民众。"

"小女不懂。"奈奈摇了摇头。

"你一个女儿家，不须想那些家国大事，只要如此坐在我怀里即可。"家康抓住奈奈扭身拒绝的粉腕，一把拉到自己怀里。

"老爷请见谅，小女再也——"

"不需多言！"

家康把奈奈放到榻榻米上，用自己的厚唇堵住了奈奈不住地战栗的樱唇。

次日，奈奈的身影从冈崎城内消失。家康派人四处查找，但是杳无音信。

失去奈奈后，家康才知道："那个女人，对我竟是如此重要！"

正室筑山夫人、侧室西郡之方（阿德）皆是因政治需要而娶的女人。不论自己感觉如何，她们背后都有一个有实力的娘家，即使在卧床上行房事，家康也不得不考虑这些。而奈奈则不同，当初便没这些令人窒息的关系。任何时候都不会成为重压，任何时候都会包容自己，都会用她那仁厚温暖的心滋润自己干涸的心田——对家康来说，奈奈就是这样一位女性。

如果说，奈奈对于一个男人来说是个方便的对象，也许并不过分。她会在你最需要的时候出现在你身边，她对你没有多余的希求，对其他女人也从不显出嫉妒之心。

家康觉得，自己“也许太过钟情”这个女人了。

心情不畅，闷闷不乐，但时光不待。家康在郁闷中度过年末，迎来了永禄八年（1565年）初春。在此期间，他几乎没有什么特别行动，只是专心整治内政，努力忘掉失去的奈奈。

但是当然不可能忘记。虽然他想努力忘掉，把记忆藏到内心深处，其实却越来越思念。

“大人，外出鹰猎去吧！”看到家康闷闷不乐，本多忠胜道。

可家康对家臣也不能敞开内心。

“鹰猎啊？”

“对。好久没有冲锋陷阵，身子骨都生锈了。下臣陪大人出去，到野外放开跑一圈，活动活动筋骨如何？”

虽然不知内情，但本多忠胜看到主人每日郁郁不乐，有些担心。

“好啊，鹰猎确能令人心情愉快。”

“那，下臣这便去命鹰匠准备。”

草木还未发芽，野外枯草连天，此时正是鹰猎的绝好季节。猎鹰停在家康左腕戴的胭脂色皮手套上。家康目光炯炯，环视着风吹草低的原野。

家康派出二十余个探鸟斥候，到原野各处去找野鸭、雉鸡。发现猎物后，斥候们应疾驰回来，告诉家康他们。

“还是找不到猎物啊。”与家康一起出来狩猎的本多忠胜有些心急。

“狩猎要平心静气，不能着急，平八！”

“可咱们出来已有一刻（约两小时），天气似乎有些不好了。”

顺着本多忠胜的视线，可见西边天空确实涌出不少黑云，风也有些刺骨。

“如此看来，似要下场雨或雪吧！”

“发现雉鸡！”

就在本多忠胜说话时，有一探鸟斥候边喊边飞速跑来。

“老爷！”

“嗯。”

家康率领本多忠胜等随行，跟在斥候身后急忙奔向发现雉鸡的方向。

疾奔两町（约两百米）左右，前方出现一个长满枯苇的池沼。

“雉鸡在哪儿？”家康专心观察。

“在前方！”

斥候手指向的池沼边上，确有一只青色尾巴的雉鸡。雉鸡很大，长得滚圆。

鹰猎最难的是猎雉，难在要准确掌握放出猎鹰的时机，使猎鹰在雉鸡发现有人、惊吓飞起的瞬间抓住雉鸡。家康弯下腰，放低身子，轻轻走到猎鹰能抓住雉鸡的距离。他从枯苇缝隙中观察着雉鸡的动静，觉得时机已到，低声发出一声："去！"便把左腕往前一送，放出猎鹰。猎鹰离开家康左腕，疾飞出去。

感到有人的雉鸡刚要飞起，便被猎鹰捕获。

"抓住了！"四散的家臣们欢呼起来。

猎到这只雄雉鸡之后，当天还猎到了一只雌雉鸡、三只野鸭、五只斑鸫等，收获颇丰。

本来猎到猎物后，该在野外起火烧烤，众人一起吃喝玩乐。但当日天色已晚，并且下起了冷雨。

"如此天气，在露天狩猎场烧烤岂不扫兴？"本多忠胜看着越下越大的雨夹雪，愁容满面。

"事不由己，还是回城吧！"家康躲在枝叶繁茂的朴树下说。

"大人且等，下臣这便去找能避雨的地方。下臣记得附近确有一家大户人家。"

本多忠胜说完，不等家康答应便带着数名随从奔进白雾般的雨雪中。

鹰匠和找鸟的斥候们各找灌木丛，石头般缩着身子躲雨避寒。朴树下只剩家康一人，他感到一丝孤单。他淋了雨雪，身体渐渐感到寒冷。况且即使不淋雨，狩猎时也全身大汗，内衣全都湿透。"这可如何忍得？"当下最需要的是赶紧取火暖身。

就在家康被雨雪冻得全身发抖、不知如何是好之时，雨幕那边有一人走来。家康以为是本多忠胜回来，近看却不是。

出现在家康面前的是一个戴着斗笠的陌生男子。不是武士打扮，更像一个平民。那陌生男子抬起胳膊扶着被雨淋透的斗笠边，用谨慎的目光看着家康道："敢问可是冈崎城主大人？"

"确是。有何贵干？"家康右手扶着腰上的佩刀，警惕地问道。

"奈奈夫人敬候尊驾光临寒舍。小人在前领路，烦请老爷随小人屈尊赏光。"

"奈奈？"听到自己一直找寻的爱妾名字，家康脸色大变。

"刚才说的可是奈奈？"家康手搭在男子肩上，又问了一遍。

"正是！"男子缩了缩肩，点头道，"正是曾在老爷身边侍奉老爷的那位女子。"

"奈奈……现在何处？她有何贵干？"家康急不可待地问。

"等见到老爷后，奈奈夫人自会亲口奉告老爷。"

"你是何人？"

"小人只是传言信使。老爷身边人若回来则难免东猜西测，还请老爷这便随小人去吧。"陌生男子敏锐地看了一下周围。

本多忠胜他们还不见回来。刚才还在身边的侍童于熊，也不知到哪儿撒尿去了。雨雪很大，鹰匠和其他侍从们都躲藏在树丛下，似乎完全不知道自己这边发生的事情。家康如果就此随他而去，本多忠胜他们回来后定会慌乱不堪。作为三河国领主，似不该如此轻率。但是："真想见她……"

家康无法抗拒自己的冲动，这个从自己手上溜掉的女人让他产生了强烈的思念之情。此时不去，今后恐再无机会见到奈奈。

想到此，强烈的思念之情，超越了他身为领主的身份之重。

“奈奈现在何处？”

“所在不远，请随小人来。”

“带路吧！”

家康解开拴在朴树上的马缰，翻身上马。

热血上头，心跳加速。对此时的家康来说，除了这个女人，世上的一切都从他脑子里消失了。那传信的男子活像一只猴子，在前边飞跑。家康则赶着马，跟在飞跑的男子后边，他此时连雨雪的冰冷都感觉不到了。

如此跑了大约有十町（约一公里）左右，冰冷的雨夹雪终于停了，前边是一片葱郁的竹林，竹林中有一间雅致的草庵。在围着草庵的竹篱前，家康下了马。

“奈奈夫人便在庵里。”男子接过家康递来的马缰，摘下头上还在滴水的斗笠，若有所指地说。

“哦！”

“小人这便告辞。”

男子轻轻点头一礼后，便转过身消失在渐暗的夜幕中。

家康强压住自己迫不及待的心情，推开柴扉。柴扉里边的院子开满水仙花，这正是奈奈身上的香气。穿过充满水仙香气的院子，推开庵门，家康听到一声熟悉的声音：“谁啊？”他来不及脱掉满是泥巴的草鞋，嘴里答应着：“是我！”便跨进门，踏上走廊。

只见里间坐着一个女子，在昏暗的光亮中，屏住呼吸盯着家康。女子眼瞳中充满眼泪，似乎当即便要滴落下来。

“奈奈……”

家康有一肚子疑问要问，但不等他开口，奈奈已跑过来，扑进家康两手张开的怀里。

“冻坏了吧？”奈奈喘着气道。

在雨夹雪中骑马赶来，家康身上的衣服全都湿透了。

“会着凉的。老爷快到那边火炉边烤烤，换上干衣服暖暖。”

“不必！”家康火急火燎地说着，伸手便往奈奈的红梅色罗裙里摸去。

“老爷不可！”奈奈扭着身子，要躲开家康的手。

“为何？”

“小女有话要给老爷说。”

“有话以后再说。”

“不可！”严词拒绝后，奈奈摆脱家康，跑回燃着火炉的里间。

“老爷恕罪！”奈奈跪在榻榻米上，三根手指着地，深深地屈身低头。

奈奈瀑布般的黑发飘落在榻榻米上，家康则一脸茫然。

“爱妾，何来恕罪之说？”家康满目疑惑地看着奈奈。

“小女该死，一直瞒着老爷。”

“瞒……瞒什么？”

“从头至尾。迄今为止，小女说给家康大人的，全是假的。”奈奈垂着头。

“此话怎讲？”

“我既非奈良侍医爱女，与药师私奔之说也是杜撰。所有这一切都是为了接近家康大人，取悦酒井忠次大人手下头目而编造出的貌似合理的故事。”

“难以置信！”

与心爱的女人再会后猛烈燃起的爱欲之火，像被人从背后突然浇下一桶冷水一般，瞬间熄灭。

“为何做出此等下作之事？”

“谨遵总院之命。”

“总院？你是？”

“我本是侍奉石山本愿寺方丈大人的女子，受命潜入冈崎城内，刺探松平家镇压三河一向宗的动向。”

一口气说完后，也许心情稍微轻松，奈奈抬起头看着家康。

眼前的女人似乎比以前更加靓丽，更加光彩迷人。聪颖明亮的黑瞳，丰润秀美的樱唇，与以前没有任何变化。但是听到真相以后，家康觉得眼前这一切都像遥远缥缈的皮影。

“莫非你是一向宗奸细不成？”家康声音沙哑，他觉得口干舌燥。

“大人万勿以那种眼神看小女！”奈奈显出一副可怜相，“从前说给家康大人的所有事情都是杜撰，唯有一点是真实的。”

“那是什么？”

“对大人的真情。”

“你这……”家康觉得自己被眼前的这个女子耍弄了，“你这奸细如何能有真话？”

“信不信那是大人的自由。”顺着奈奈的脸颊，流下一串眼泪，“小女一直说假话做奸细内心痛苦不堪，实在难以为继，便不辞而别，意欲逃出三河国。但在逃出之前，哪怕见一面也好，想见到家康大人，当面告罪。”

奈奈泪眼汪汪地看着家康，痛苦地倾诉。

“因此便差人引我前来？”

“正是。”

家康心很乱，对作为一向宗贼众奸细潜进冈崎城内的奈奈绝对不能宽恕，此时此地亲手斩掉她也难解心头之恨。但或许因为还年轻，家康宁愿相信眼前这女子所说的“唯一真实”。

“绝不能宽恕你！”家康冷冰冰地说完，转过身背对奈奈，“我也绝不能原谅我自己行为不慎，对你过于钟情。”

“家康大人……”

“你远走高飞吧！我不亲手杀你，算是我对你的真情吧。”

背后传来女子低声的呜咽，该是奈奈在抽抽搭搭地哭泣吧。

为努力切断心中对奈奈的留恋，家康果断穿上草鞋，打开门扉，走到外边。恰在此时，一个人倏地挡在家康面前——正是那个把家康从猎场带来的男子。男子身后站着七八个汉子，手中都握着长刀或短矛。

“果然女人猛如虎啊！”男子歪着嘴角冷笑，“不知被骗，竟敢轻易前来密会女人？三河国竟有如此愚陋的国主！”

“尔等可是石山本愿寺徒众？”家康手按刀柄，怒目而视。

“那还用说！”男子话音未落，一刀便砍将过来。

家康侧身躲过，顺势拔出刀来，横在胸前。

“尔等埋伏刺杀，奈奈可知？”

“当然！那女人也是我们的同伙啊！”

男子嬉笑嘲弄的话语，荆棘般刺痛了家康的心。他怒火冲天，痛感被自己信赖深爱的人背叛的耻辱和愤怒。

“我还是太幼稚了！”

家康紧咬下唇，但无论如何后悔，也不可能挽回失败。

一个贼人高举长刀，双脚像爬虫般蠕动着逼近家康，然后猛地砍将下来。家康用刀挡住，使出浑身力气往前一推。他毕竟坚持练武习剑，身体强壮。只见那贼人经不住家康一推，身子一歪，一个趔趄跌倒在地。

“杀！”一个头目样的汉子抬抬下颌，命令手下动手。

一个贼人发出一声怪叫，举起手中短矛向家康刺来，家康缩身躲过短矛，挥刀砍断短矛木柄，顺手回刀从贼人腰下向上斜削到他腋下。那贼人腋下像石榴般裂开，身子摇摇晃晃向后倒下，一命呜呼。

“有两下子啊！”目光浑浊的小头目嘲笑道，“还不想死吗？”

“那还用说！老子活着，还有许多事要做！”

“那太可惜了！你小老儿一死，这三河国便又成我一向宗繁盛之国了。”

“少废话！”家康一步跨向前，举刀向小头目斜砍下去。

就在家康刀砍下去的瞬间，那汉子往下一蹲，腾地跳起来。家康手中失去目标的刀，砍掉了院子里盛开的水仙花。

“送你下地狱吧！”

落到地面的汉子，话音未落，抬手便向家康胸前飞出暗镖。

躲不开了。

“南无……”

家康不由得倒向一边，便在此时，怀中突然飞进一个异常温暖的肉体。

“快跑！”

家康闻声睁眼一看，不知何时，奈奈扑进自己怀中。而奈奈的肩上，插着暗镖。

“你、你干什么……”

就在家康抱住奈奈时，地面传来杂乱而响亮的马蹄声。

“大人！”

“老爷！”

随着马蹄声，传来寻找主人的本多忠胜等人的喊声，刺客们不知所措，马蹄声越来越近。

“没辙了！撤！”有人大叫一声，刺客们便蜘蛛四散般钻进竹林，不见踪影了。

院子里只剩下家康和奈奈。

“不要紧吗？”家康关心地问怀中负伤的女子。

但奈奈却未露出丝毫痛苦的表情，她猛地一下从家康怀中抽出身。

“大人多保重！大人如此轻易信人，不知何时便会送命。”

“奈奈……”

“你我就此永别吧！”

奈奈向家康露出一张花儿般的笑脸，然后奔出院子，敏捷地飞身爬上拴在门前的家康爱马。奈奈再也没看一眼家康，她拍拍马便消失在夜幕中……

奈奈刚消失，本多忠胜便从马上翻身下来，跑到家康身边。

“大人，没事吧？”

“嗯。”

“下臣到处找大人，在那大户人家听说这附近暗藏有一向宗残党，便匆忙赶回来找。”

“贼人都已逃走。”

“那……”

“哦，忠胜！”家康饱经战阵的脸上露出痛苦的表情，“我恐信了不该信之人。”

“大人所指何人？”

家康没回答本多忠胜，他抬头仰望雨后繁星如辣椒花般闪烁的夜空。

“你说是我太轻易信人了，奈奈？但要说那是我致命之处，你不也与我同样吗？”

家康感到一种徘徊在冰雾中的孤独，彻骨的孤独无声地裹住了他的全身。

以此日为界，家康斩断了自己内心所有的犹豫不决，开始专心应对新的斗争。

永禄九年（1566年）十二月，家康自身发生了很大的变化。

京都朝廷赐给家康“德川”一姓，并任命他为从五位下三河守。当然，改姓是为了获得三河守一职，松平家并非与武士源氏和平氏有关系的名门望族。

当初家康曾向朝廷上奏，希望获得三河守的官职，却被朝廷以“从未有松平家任三河守的前例”为由冷酷拒绝。为了加强对领国的统治，家康需要官职赋予的权威。但只要还姓“松平”，他便不可能获任守护大名一职。而此时给家康出主意的，便是京都商人茶屋四郎次郎清延。

“在下与公家有面交，特别是颇受近卫大人照顾，大人可否容在下向近卫大人美言几句？”

“近卫？贤侄所说的可是五摄家之首的近卫前久大人？”家康问。

“正是！”茶屋清延白净的脸上现出和蔼的笑容，深深点头。

“公家有公家方可知晓的规矩，近卫大人或可知道某条不为人知之路。”

“那求之不得，烦请贤侄尽早行动。”

家康从还不太富裕的冈崎城仓库里尽量挑选了一些贡品，交给茶屋清延，请他上京替自己打点。

回到京城后，茶屋清延不仅找到近卫前久，还找到了担任神祇职位的吉田兼右，上下活动。结果吉田兼右发现了德川家的家谱，找到德川家与清和源家系的新田一门有关，也与藤原家系有关，便在德川家谱的最后加上了家康。这样，家康方被任命为三河守。家康家谱虽为杜撰，但此事在当时却也并不罕见。从此以后，家康抛弃松平一姓，开始自称德川家康。

成为三河一国名副其实的统治者，对领国内统治有了绝对自信后，家康便着手解决另一悬而未决之事，即攻打骏河国今川家。

永禄九年时，今川家已日渐衰落。永禄三年（1560年）桶狭间合战今川义元大败而死后，世子今川氏真继承家督重任，但人望难免有限，家臣中不断有人反叛。今川家统治下的远江国内，井伊谷的井伊直亲、曳马的饭尾连龙相继出现造反动向，远江国陷入混乱。

家康在统一三河国并使国内安定后，便看中了远江国混乱这一良机。

“现下为乱世之秋。”家康坐在冈崎城松之间上段的高座上，对跪坐在下段的酒井忠次、石川家成、石川数正、大久保忠世、鸟居元忠、榊原康政、本多忠胜等谱代家臣们说：“弱者只能被强者任意宰割，就像当年我们三河国一样。”

“大人卧薪尝胆，终于把三河国夺回自己手中！”与今川家领地相邻的东三河旗头酒井忠次道。

“是的。”家康点点头，“世道已变，今川家已无往日之威，当家今川氏真因家臣叛乱每日战战兢兢，不敢相信任何人。”

“听闻井伊谷的井伊直亲、曳马的饭尾连龙因被疑谋反而被氏真杀害。”石川家成道。

“位居守护大名高位，却如此不信下属，世风日下啊。远江混乱，恐将持续一阵子。”酒井忠次看着家康道。

“忠次所言极是。我等若要出击，舍此还待何时？”

“那便打吧，大人！”坐在最下边的本多忠胜一拍膝盖，弹起身子，“终于要去吃远江这块豆腐啦！”

“且慢。虽说势力已衰，但拥有骏河、远江两国的今川家不容小觑，此战绝不容易。”家康一字一句，慎重地选着字眼。

大久保忠世进言道：“可否请求尾张国织田大人出兵相助？”

“不可！”家康摇头。

与家康结盟的尾张国织田信长最近正忙于攻打美浓国。信长与家康结成“清洲同盟”后，消除了东部国境的顾虑，遂集中精力、兵力，攻打北部通往京都通道上的美浓国，以便为将来上洛打开通道。美浓国当家斋藤龙兴是信长岳父斋藤道三之孙，为斋藤三世。

为了集中精力攻打美浓，信长把自己的居城从尾张南部的清洲，搬到与美浓国境接壤的小牧山。刚开始攻打时，遭到美浓军顽强抵抗，织田军进攻受阻。但织田军不懈地反复进攻，而美浓国内的国众也从侧面应援，经过不懈努力，近年终于有了成果。由于美浓国加治田城主佐藤纪伊守、右近右卫门父子反水内应，信长终于把美浓东南部收入掌中，为占领美浓国打开局面。

此时正值如此重大节点。

虽说两人义结金兰，互为盟友，但在此关键时刻，家康无论如何不能去请求信长来支援自己攻打远江。

“我们只能用自己现有兵力去打。”

“大人，可……”

大久保忠世似乎还想说什么，但家康干脆地打断道：“不可依靠他人。天下道路千万条，自己的路只能靠自己开拓。”

家康用厚重眼睑下的敏锐目光扫视了一遍家臣们：“此外还有一点，还有一人，与我同样觊觎着今川的领国。”

“那是何人？”本多忠胜屏住气息看着自己的主人。

“那还用问？甲斐之虎啊！”

“甲斐之虎？大人是说信玄？”

“对！”

“信玄……”

本多忠胜不由得把信玄的名字在嘴里一个字一个字地又说了一遍，他眼里闪过一丝青光。酒井忠次、大久保忠世等其他重臣的表情也都一下子紧张起来。

在日本群雄乱舞的战国乱世，甲斐之虎——信玄一名，便是如此如雷贯耳。

第四章

进路

战国时代大名分为两类。

一类是下克上，用自己的实力夺取大名地位的所谓“战国大名”；另一类是作为统领一国武士集团的守护，祖辈效力于幕府的所谓“守护大名”。

出身于尾张国守护大名斯波家属下的守护代织田大和守家三奉行[1]之一的信长，属于前者的典型。而名震一时的枭雄松永弹正久秀，也是一个从控制畿内[2]的三好长庆属下攀升到大和国大名的暴发户式战国大名。家康自己的祖辈松平家也不属于守护大名，若要分类，也应分到战国大名中。

与此相对，守护大名谱系的大名有：骏河国今川氏、周防国大内氏、阿波国[3]细川氏等。在战国乱世的大浪淘沙下，许多守护大名都走向衰落，被新兴势力所驱逐，但其中也有少数摩拳擦掌，经过不懈奋斗，完成从守护大名向战国大名的转变。

---

1. 奉行：战国时代官职名，相当于今日的“某某长”。
2. 畿内：特指京城周边今京都、大阪、奈良、神户一带，今又称“近畿地区”。
3. 阿波国：今日本四国岛的德岛县。

武田信玄便是此类大名中的一个典型。他出生在源于武家名门清和源氏的甲斐国守护武田家，受到颇有家学修养的母亲大井夫人影响，信玄从小师事妙心寺东海派僧侣岐秀元伯[1]，少年时便熟读佛书《碧岩录》，并钻研《孟子》《孙子》等儒书和兵书。信玄还特别沉迷禅宗，日夜坐禅，潜心研习参禅课题。因为过于专注，家臣们甚至真心以为信玄："长此以往，莫非有朝一日会出家？"

但沉迷于参禅的信玄在二十一岁时完成了华丽转身。

信玄父亲武田信虎虽长于阵仗，但感情起伏激烈，一旦控制不住情绪，便不问青红皂白随便杀死身边臣下，对家臣们来说，是一个非常难以服侍的暴君。自然而然地武田家内部便人人自危，心怀不满。以甘利虎泰、板垣信方等为中心的几个重臣遂想："驱逐信虎大人，举嫡子晴信（信玄）大少爷为主！"

天文十年（1541年），信玄举兵发动兵变，把父亲信虎驱逐到今川领地骏河，自己坐上武田家当家宝座。信玄虽出生于世袭的守护大名之家，但若有阻挡自己前进的障碍物，哪怕对方是与自己血脉相连的血亲，他也能冷酷地把他除掉。这是一个冷酷的合理主义者，是一个名副其实的乱世枭雄。

坐上武田家当家宝座后，信玄积极推进扩张政策，发兵攻打邻国信浓国。他首先消灭了诹访郡武将诹访赖重，进而击溃小县郡村上义清等，步步紧逼，节节胜利，一步步巩固自己的地位。

---

1. 岐秀元伯：战国时期临济宗妙心寺禅僧。天文二十一年（1552年）被武田信玄母亲大井夫人招入甲斐国，入住位于西郡的长禅寺。

武田信玄信守一条人生哲学：胜负之事，十分胜负以六七分胜为十分之胜。八分之胜难免有险，九分十分之胜则为己方大败之远因也。

此为《甲阳军鉴》[1]中记载的信玄语录。意思是说胜负之事，只需有六七分胜利最好。若取得八分胜利，便会有危险。而要是取得九分或十分的大胜，难免会造成次战大败。

大胜是大败的远因，此话看似非常奇妙难解。彻底打败敌人，肯定不是坏事，但人太容易沉醉于胜利的喜悦之中。击溃敌人、大获全胜后，全军上下容易产生轻敌骄傲的情绪。陶醉在胜利的美酒中，失去警惕性，继续训练、努力奋斗、追求上进的欲望势必减弱，受到曾经的成功束缚，对时刻变换的现实疏于分析，思维方式便会开始僵化。信玄是一个比任何人都知道因骄傲而轻敌的危险性的武将。

后来信玄接受信浓国[2]北部武将们的支援请求，与上杉谦信（当时名叫长尾景虎）直接对决。

甲斐之虎信玄与越后之龙上杉谦信，在信州川中岛经过五次直接对决，双雄互不相让，势均力敌，未分胜负。但信玄通过各种巧妙的谋略，最后还是把信浓国成功收入自己手中。随后信玄又侵入上野国[3]，把西上野也成功收入自己版图。

1.《甲阳军鉴》：记录武田信玄战略战术以及战役的兵书。江户时代广为流传，是所谓甲州流的兵书经典。

2. 信浓国：今日本长野县，亦称信州。

3. 上野国：今日本群马县，亦称上州。

"风林火山"军旗[1]所到之处，果然所向披靡。但信玄也有求之未果的野心——他渴望的是"海"。

当时最强的物资运送手段并不是陆上交通，而是近海或河川的"船运"。装载量大的舟船，有着超过车马成千上万倍的运送能力。因此希望通过物资流通强化领国经济的战国大名们，无不希求控制船运。信玄的对手上杉谦信能三番五次发动大军远征关东、北陆，就是因为他掌握的日本海船运给他创造了巨大的财富。尾张国织田信长急速露出头角的原因，也离不开伊势湾船运带给他的经济利益。

当时水上交通的中心，是通过若狭[2]街道等官道连接的日本海，因为大量物资可以通过日本海直接运送到最大的消费地区京畿。若狭小滨、越前敦贺、越前三国、越后直江津、出羽[3]酒田、津轻[4]十三湊以及虾夷[5]之地的松前等港口，皆因船运繁盛一时。

武田信玄与上杉谦信在川中岛多次激战，实际上也是为了打通从信浓通往日本海的交通要道。但他的这一企图却被与他同样善于作战的上杉谦信阻止。

---

1. "风林火山"军旗：传武田信玄令人在军旗上书"疾如风，徐如林，侵掠如火，不动如山"，故以此四字借指信玄军旗。这段话出自《孙子·军争篇》："其疾如风，其徐如林，侵掠如火，不动如山，难知如阴，动如雷震。"

2. 若狭：今日本福井县西南部。

3. 出羽国：今日本山形县、秋田县一带。

4. 津轻：今日本青森县一带。

5. 虾夷地：今日本北海道。松前即今北海道松前郡松前港。

“太想要海了。”

对于生长在内陆甲斐的信玄来说，这是他发自内心的夙愿。没有海，武田家作为战国大名便不可能再有发展。战国乱世，与今日的全球化相似，是一个人员、物资、金钱广泛流动的时代，信玄也担心赶不上潮流。

既然打不通日本海的海上通道，那便只能寄希望于打通太平洋一侧的海上通道了。

武田家领国南边是今川家领国骏河国及远江国。但武田家与今川家长期结盟，今川氏真之母是信玄的姐姐，信玄子武田义信也娶了今川家公主为妻，故两家关系密切，有着极深的渊源。但对海上船运的梦寐以求，令信玄做出与今川家断交的决定。而娶今川家公主为妻的世子义信反对绝交，为此他竟废除义信的继承权，并幽禁义信于东光寺，令其自决。

就在信玄对今川家领地虎视眈眈之际，德川家康也试图侵占远江，以期扩大自己的势力。

永禄十年（1567年）五月，冈崎城里举办了一场婚礼。新郎是城主德川家康的世子竹千代（信康），新娘是织田信长的公主五德（德姬）。这时两人都还只有九岁。

结成“清洲同盟”后第二年，为强化同盟关系，家康和信长决定联姻，商定了竹千代与五德之间的婚事。今日终于完成婚约。

竹千代长相近似其母筑山夫人，眼睛水灵，性格有些倔强。从尾张坐着摇摇晃晃的花轿嫁过来的五德，也遗传了织田家的相貌俊朗，鼻梁高挺，樱桃小口，肌肤白嫩。两个人坐在台上，恰似一对金童玉女。

当上新娘公公的家康，看着眼前的两个佳人，不由得感慨万千："我也到了给儿子娶亲之龄啊。"

此时家康二十六岁。

"我不能永远只安居此三河一国，不思进取。听闻以竹千代为缘联姻成功的织田大人不久便可平定美浓，我亦当行动起来。"听着成婚大典上祝福的歌谣，家康心中暗想。

平日与家康不相往来的正室筑山夫人，在自己独子的大喜之日，也前来祝福。然或因新娘五德是打败今川义元的信长之女，筑山夫人心有不悦，她看少年夫妇的眼神总显得冷淡。

本来已成亲的竹千代，作为德川家世子，应住进冈崎城，但其母筑山夫人却面露难色。

"竹千代还年幼无知，妾欲把两人都置于身边，用心管教，对他们言传身教我德川家风。"

筑山夫人如此主张，不愿让竹千代他们住进冈崎城。

"虽说年幼，但竹千代亦有九岁。我九岁时，已给今川家做了人质。"

"大人与竹千代不同。"

"有何不同？"

"竹千代并非人质，他是我三河国尊贵后嗣。"

夫妇两人意见不合，最后家康只能屈从，年幼的竹千代夫妇便随母亲移居城外的筑山府生活。

此年八月，织田信长攻克斋藤氏居城稻叶山城，占领了美浓全国。

进入稻叶山城后，信长将城名改为岐阜城[1]。岐阜这一唐国式城名，取自周文王从渭水河畔岐山兴起，至其子武王时终于平定中国全境的史实。出此主意的是信长的学问之师，同时也是信长的谋士，僧侣泽彦宗恩。

泽彦宗恩此时还送给信长一枚重要印章，印文是“天下布武”四字。

“天下布武”，意思就是向天下广布“武”。但这“布武”并非单纯地用武力征服天下。此语出自《春秋左氏传》，意思是要像被称作明君的周武王那样，“具七德之武者制天下”[2]。此处所谓“七德”，即：“禁暴”“戢兵”“保大”“定功”“安民”“和众”“丰财”。七德以儒家鼓励臣民安居乐业、实现国泰民安的思想为基础。也就是说，不能把武仅仅作为一种暴力手段使用，而是要用之于创建以七德为基础的和平国家，天下布武的真正含义便在于此。信长非常喜欢这枚印章，此后用了一生。

因为占领了美浓国，信长向实现上洛的夙愿大大前进了一步。

家康派出贺使专程去岐阜城向信长道喜，并呈上鹰、马、三河棉三百反[3]等礼物。

---

1. 岐阜城：在今日本岐阜县岐阜市金华山，关原之战后废城。又称金华山城。

2. 原文如此。按，《左传》无此。楚庄王原话为：“夫武，禁暴、戢兵、保大、定功、安民、和众、丰财者也。”“武有七德，我无一焉，何以示子孙？”

3. 反：日本古代面积单位，分土地面积和布匹面积两种。1反棉布宽9寸5分，长2丈8尺。也写作“端”。

“织田大人向西推进，我也不能继续如此碌碌无为！”

家康受到信长战果刺激。他已私下与西远江地方武士们有所接触，并进行策反，得知有相当多地方武士希望摆脱今川家统治。但要真正出兵进攻远江国，家康还需一决定性招数。

“我欲派使者去见武田。”家康对侧近石川数正道。

“武田吗？”一脸胡须的“美髯公”石川数正微微歪一下头。

在大部分都是鲁莽武夫的家康家臣团中，石川数正是一个兼通连歌[1]、茶道、香道等风雅之道的雅士。他以出身清和源氏一族为傲，能说会道。因有如此才能，石川数正常被派往他国负责与对方交涉。

“从前亦派使者前往武田家，但对方态度傲慢无礼，口是心非。回复亦不疼不痒，毫无诚意。是否还有再派使者之必要？”石川数正以自己能言善辩的口才进言道。

确如石川数正所言，在家康试图进攻远江国时，曾派使者拜见东国实力最强的武田信玄，希望与武田家联手，共同对付今川家。对此，信玄觉得：“不就是只能管一个三河小国，乳臭未干的毛孩子吗？”他并未把家康放在眼里。他更倾向于越过家康，直接与信长打交道。信长掌握美浓国后，势力已波及北伊势，正在扎实地打通上洛通道。近日，信玄五女松姬刚与信长世子织田信忠缔结婚约。

---

1. 连歌：日本传统诗歌形式之一，兴于镰仓时代。此种诗歌创作需要根据严格的韵律要求，一人一句，多人共作，后派生出俳句（当时叫“发句”）等形式。

“倘若被自己心仪的女人无情地拒绝过一次，难道你便就此放弃追求吗？”家康道。

“女人？”石川数正一脸疑惑。

“只是比喻而已。只要坚持交涉，风向也许会变。”

“啊？”

“听闻今川担心信玄行动，已命停止对甲斐供盐。另有传闻道，信玄宿敌越后国上杉辉虎（谦信）与今川氏真私下有通。”

“如此一来，信玄或有求于大人亦未可知。”

“实话说，我等当前实力有限。若想攻打今川，无论如何应与信玄联手。”家康狠狠地咬了咬牙。

就在家康派遣石川数正前往甲斐，积极与武田信玄交涉，试图联手对付今川之时，家康盟友信长的行动早已更为迅速。他首先把胞妹阿市嫁给北近江[1]大名浅井长政，与浅井长政结盟。永禄十一年（1568年）后，把北伊势收入手中的信长，派使者去见寄居在越前国一乘谷的第十三代将军足利义辉的胞弟足利义昭，计划把足利义昭迎到自己领国内。

信长视线前方只有两字——上洛。

他计划把足利义昭推为新将军，然后一口气攻占京都。如能成功，就是战国大名谁都梦想，但谁都未能实现的一大壮举。

一般大名武将虽也有上洛梦想，但都认为首先应巩固自己领国，养精蓄锐，观察判断周边局势，然后决定是否行动。但信长

1. 近江国：今日本滋贺县。

与其他人想法不同，行动迥异。

“首先攻入占领再说，其余之事到时再想不迟。”

信长在美浓的立政寺拜见了足利义昭。在拜见席上，信长开诚布公地对足利义昭说，欲推义昭为将军，举兵上洛。足利义昭听闻此言，当然感激涕零：“余此生唯此愿望而已也！”

挟上足利义昭后，信长便获得了上洛的理由，此后便只有如何打通上洛道路一事而已。

上洛必经的近江国，除浅井长政外，还有一个势力强大的六角承祯。信长对六角承祯承诺，只要配合，上洛成功后，将把京都所司代一职交给他。但六角承祯冷笑道：“说梦话吧？”他根本没理信长。

“既如此，唯有武力征服六角，打通近江路。”

信长集中自己在尾张国、美浓国、北伊势等地的全部兵力，并向盟友家康发出增援邀请，集结四万大军，从岐阜城出征。大军越过不破关，攻入近江国。途中，信长又与胞妹夫浅井长政军汇合，共同包围六角承祯盘踞的观音寺城。

九月十三日，信长攻克观音寺城，六角承祯父子败走伊贺国。信长乘胜而进，同月二十六日，终于攻入京都。此时距织田军从岐阜城出发，仅二十余日。

“信长上洛入京！”服部半藏从京都飞驰回三河，向家康禀报。

家康派出家臣鸟居元忠等率领五百骑支援信长上洛战，同时他还派服部半藏潜入京畿收集情报。

“上洛入京竟如此神速！”信长电光石火般的行动，令家康咋舌不已。“他是位先行后思之主，这一行动模式给了他远超周围人想象的突破力。”

自己即便站在同一立场，也绝不可能取得与信长同等伟业，信长确有许多可学之处。

“京城有何变化？”家康问单膝跪在院子里的服部半藏。

“对于大军入京，当初公家和市民都很害怕。”

“那是当然！”

“但上洛入京的将兵并未烧杀抢掠，市面并未出现多大混乱。织田大人军纪严明，不许抢掠市民一分一文。若有违反，格杀勿论。”

“佩服佩服！”家康由衷赞叹。

信长行动看似鲁莽冒进，其实却有着极为严密的考虑。若不能收买京城人心，那要守住自古以来号称易攻难守的京都则几乎不可能。

“所以说，真正的困难还在后边。”家康为信长今后将会遇到的困难忧虑。

但家康的忧虑乃杞人忧天。信长还在继续进军，并节节胜利。他在上洛以前，便出兵相继攻克那时实际统治京都的三好三人众[1]盘踞的山城胜龙寺城、摄津芥川城、河内[2]高屋城等城寨，心有余悸的三好徒众退回本籍之地四国的阿波国。大和国信贵

---

1. 三好三人众：即三好长庆属下三好长逸、岩成友通、三好政康三人。三好三人众在三好长庆死后挟长庆幼子三好义继号令京都，后被织田信长驱逐。

2.. 河内国：今大阪府东南部，又名河州。

山城城主松永弹正则献上大名物九十九发茄子茶入[1]，也表示臣服。诸如此类，畿内周边大名与地方武士接踵归顺。结果，信长在上洛后十余日内，便掌握了大半个畿内。

信长在京畿的一举一动，在东国诸位大名中掀起阵阵涟漪。特别是甲斐的武田信玄，受到极大冲击。

信玄此时已四十八岁，步入人生成熟期。他不但领有甲斐一国，占有信浓国大半，此外还掌握了西上野。或许正是在这一时期，他头脑里产生了强烈的上洛念头。

“治天下者，到底谁为最佳？”

自织田信长上洛消息传到甲斐城以来，信玄每日登上踯躅崎馆[2]附近的梦见山，在岩石上坐禅，就此问题自问自答。

捷足先登的织田信长，已成信玄的一块心病，令他不能忽视。当年的织田信长对信玄来说，犹如一粒沙子般微不足道。但不知何时，这粒沙子却在山坡上滚动，从一粒沙子变成一块巨石，沉重地压在信玄头上。

信玄一直认为，当今杰出武将，无有出己之右者。在川中岛与自己激战的对手上杉辉虎（谦信）确为打仗天才，但他缺乏称霸天下最重要的天赋——执着，或说欲望。没有向上之心，便不可能夺取天下。他直觉到上杉谦信缺乏的那种强烈的上进心，织田信长却有。在此意义上，或可说织田信长与自己相似也未

---

1. 大名物：特指千利休时代的著名茶具。九十九发茄子茶入：当时著名的装抹茶粉的茶罐，现存东京世田谷的静嘉堂文库美术馆。

2. 踯躅崎馆：武田氏居城，位于今山梨县甲府市古府中。

可知。

据《信长公记》记载，在尾张国天永寺僧侣天泽路经甲斐时，武田信玄曾邀请天泽到自己的踯躅崎馆做客。信玄在随意打听了尾张国情况后，问天泽道："织田信长如何？"天泽主持的天永寺便在织田信长年轻时居住的那古野城附近的味鋺之地，信长的品行为人，天泽当然亲眼可见。

"每日早晨骑马，勤练火铳、弓箭、刀枪之术，还特别执迷鹰猎。"

"还有其他嗜好吗？"

"还偏爱幸若舞[1]与小曲，且仅跳《敦盛》中'人生五十，下天一日，犹若梦幻，虽享此生，谁不死灭？'一节。小曲亦仅反复咏唱'人生难免有一死，流芳百世何作为？若为世人有作为，世人必将赞我美'一句。"

"竟喜如此雕虫小技？"

《信长公记》记载说，武田信玄听后一脸愕然。

《信长公记》所载此逸闻实为织田信长上洛成功前之事。但当时武田信玄虽对织田信长的怪癖和品行惊诧不已，却也直觉："看来信长此人，并不想死于榻榻米之上。"他分明感到了信长行走在刀刃上的生死观。

以"六七分为胜"为人生哲学的武田信玄，从未有过织田信长那种人生如梦的想法。他一直关心如何改变自己，以适应战国

1. 幸若舞：一种配合叙事性歌谣的简单舞蹈，题材以和源义经有关的故事或以曾我十郎、曾我五郎兄弟为主角的复仇故事为主，颇受战国武将喜爱。

乱世，在这乱世中闯出一片天地。他的方法论是无论情况如何变化，都不掉以轻心，都要争取六七分胜利，最后压倒敌人，取得最终的胜利。

战国群雄之争，其实也是群雄的人生哲学之争。没有自己的人生理念的，只能被淘汰。织田信长的哲学是人生如梦，人生既然如此虚幻无常，便应该轰轰烈烈大干一场。

“泡沫总是泡沫，信长还是没有脚踏实地。真能称霸天下的，非我莫属！”信玄受到织田信长上洛的刺激，开始产生称霸天下的念头。

从梦见山下来后，信玄把家臣山县三郎兵卫昌景召入居所。

山县昌景是信玄侧近之一，本名饭富源四郎。其兄饭富虎昌因受信玄废黜武田义信嗣子事件牵连被杀，他便改姓山县。山县昌景勇猛无畏，其威名远扬诸国。敌人只要看到身穿统一赤色铠甲的山县赤甲队，便闻风丧胆。

“大人有命？”山县昌景抬头看着信玄，凝重的脸色早已被战火涂成赤铜色。

“喂，三河那小子可是派人来了？”

“正是。名叫石川数正，不懂世事，又来说事。难道不知道大人不想理他吗？”

“把那人叫来！”

“啊？可是……”

“无须多言，叫来吧！我要亲自见见。”

信玄用拇指摸了摸冒出细汗的鼻头，这是他做出重大决断时的一个习惯性动作。

三日后的早晨，石川数正赶回冈崎城，兴奋地向家康报告："大人，好消息！"

"哦，数政啊！"家康正就着涂上八丁味噌的豆腐田乐[1]吃菜饭，"等一下，这便吃完。"

"吃饭回头再说！"石川数正一屁股坐到家康面前，"武田终于要行动了！"

"什么？"家康放下手中的筷子，"你说信玄要……"

"对，决定攻打今川。已派出山县三郎兵卫昌景做先锋，开到通往骏河的富士川边的河内路，运去兵粮、兵器、马草等，做开战准备。"

"终于等到这一天了！"

家康掩饰不住自己的兴奋，热血涌上脸颊。

"大人且慢高兴，还有更好的事呢。信玄入道有大人求之不得的提议。"

"求之不得的提议？"

"正是。"石川数正一脸得意，往家康前挪了挪。"信玄入道对下臣说：打败今川家后，武田家愿与德川家瓜分今川领地，远江国赠予德川大人，武田家只要骏河国，问大人意下如何？"

"瓜分今川领地？"

在此之前，信玄一直回避这一话题，今日却突然提出如此破格的条件，家康一时间惊讶得不知如何是好。从信玄与自己的实力来看，此提议是否对自己太过有利？

---

1. 豆腐田乐：一种涂上味噌的烧烤豆腐串，也称田乐豆腐。

“不过……”

家康又改变了想法。或者说，得知织田信长已上洛入京的消息后，武田信玄为扩大领土，已心急如焚！既如此，我当利用其焦虑着急的弱点。

“如何回复是好？”石川数正问家康。

“告诉他，我方无异议。”家康干咳两声道。

令石川数正再去甲斐后，家康把侍童于熊叫到身边。

“即刻召集重臣们集合，商定攻打今川阵势。”

“是要出征远江吗？”于熊喜形于色，“此次请老爷也容小人跟随老爷立功。”

“于熊还从未参战过吗？”

“从未。”

“好机会，好好立功！”

“遵命！”

于熊用力点头答应，然后飞也似的跑出走廊。

顺便解释一下，此次出征，于熊初战立功，遂改名青山忠成，后为家康子德川秀忠重臣。今天东京“青山”这一地方，就是因该地曾为青山忠成府第所在而得名。

冈崎城内遽然忙乱起来。酒井忠次、大久保忠世等重臣们都到齐后，家康向大家通报了武田信玄希望瓜分今川家领土的提议。

“果然是求之不得之事啊！我方若与武田两面夹攻，今川家绝无还手之力。如此一来，远江一国，岂非我囊中之物？”酒井忠次得意地说。

“两军相遇，不打不知谁强。不管怎么说，今川家长期以来都是东海一带实力极强的名门豪族，万不可轻敌。”

家康脑海里还深深烙印着自己当人质时骏府的繁盛景象，因此他说话颇有分寸，态度谨慎。

“那，谁做先锋？”大久保忠世问道。

“我欲命本多忠胜为左先锋，鸟居元忠为右先锋。你们两人，可有决心？”

“下臣手早已发痒了！”本多忠胜粗声大笑。

家康在家臣面前，铺开三河、远江国境一带舆图。

“从引佐郡的井伊谷路开始进攻。引佐郡当地武士菅沼忠久、近藤康用、铃木重时等已送来誓约书，约定其所领地方归顺我方。于是便由他们领路，进攻远江。”家康说完看着家臣们。

“遵命！”全员目光炯炯，声音洪亮地回答。

永禄十一年（1568年）临近年底的十二月，家康发兵冈崎城，开始进攻远江国。

家康率领六千精兵，没从今川军防守坚固的东海道进攻，而是从今川军防守薄弱的三河国内陆山岳地带的阵座岭攻入远江。在前头领路的便是早已被家康策反的远江国引佐郡地方武士菅沼忠久、近藤康用、铃木重时三人。

德川率军连续攻克井伊谷城、刑部城、白须贺城，最后攻占面向骏河滩、位于平原地带的曳马城（今滨松城）。而与家康密结瓜分今川领地盟约的武田信玄，也几乎同时从甲府出兵。他亲率一万两千精兵，向骏河进军。

身在骏河府的今川氏真接到信玄军进攻的消息后，当即派出重臣庵原忠胤率一万五千军，前往国境迎击。但当武田军攻来时，庵原忠胤却闻风丧胆，不战而逃。

“今川军未战即溃，不堪一击啊！”信玄哈哈大笑。

骏河今川家倒向信玄的家臣除庵原忠胤外，还有葛山氏元、濑名信辉、三浦义镜等，竟达二十余人。他们从前线撤下自己所领军队，退却到骏河府西方的濑名谷，表示无意抵抗信玄军。骏河国内如此败象传入远江国今川家臣耳中，家臣们知道“今川家已无可救”，纷纷倒向家康。小笠郡高天神城小笠原长忠、马伏冢城小笠原氏兴等相继表示臣服家康。

“这些叛贼！”

今川氏真涂了白粉的脸气得扭曲变形，他用手中的扇子猛砸榻榻米，后悔莫及。但既被德川军和武田军夹击，家臣团又纷纷叛变逃离，如此局势之下，今川氏真早已失去抵抗能力，只有逃跑。他逃出骏府，逃进远州挂川城[1]。因逃跑时自顾不已，竟连给夫人（北条氏康女）与侍女们准备轿子都来不及，夫人及侍女们只能随着辎重和杂兵徒步逃亡，悲惨至极。

十二月十三日，武田信玄兵不血刃，进入骏府。

“今川氏真逃进挂川城。”派往远江国东部的斥候向占领曳马城的家康报告。

“难道信玄已占骏府不成？”今川家如此不堪一击，家康感到难以置信。

---

1. 远州挂川城：远州即远江国别称，挂川城在今静冈县挂川市，当时是今川氏真重臣朝比奈的居城。

家康在今川家当人质时，今川家如日中天，盛极一时。当时的家主今川义元号称东海道第一强豪大名，他在极尽繁荣的骏府城下，庇护了许多逃避京城战乱而来的公卿贵族，一时间骏府城下绚丽多彩的京城文化氛围十分浓郁。

当年盛极一时的骏府，在今川义元死后未过十年，竟然如此不堪一击，土崩瓦解，即便家康也万万不能想象。

“此即为乱世之意吧。”

弱肉强食，弱者将被强者驱逐——今日的今川家将走上当年受今川家之压的松平家所走过的路。此绝非与己无关之事，自己只要稍有懈怠，等待自己的将是同样的命运。

“若不日益精进，壮大势力，便难免……”

家康浑身打个哆嗦，决心将此教训铭记于心。

曳马城在西远江，今川氏真据守的挂川城在东远江，两城相距七里（约二十八公里）路。家康亲率大军从曳马城出发，经东海道，千军万马，直奔挂川城。

守卫挂川城的是今川家臣中具有岿然不动忠诚之心的悍将朝比奈泰朝。在德川大军包围下，朝比奈泰朝率军顽强抵抗，坚决不降。

在两军你进我退的激烈攻防战中，迎来了永禄十二年（1569年）。新年元日，家康在战场亲自指挥攻打挂川城。此时服部半藏来到前线，带来派到各地的暗探传来的消息，消息泼了家康一头冷水。

“武田军秋山信友大将从信浓国伊那口沿天龙川南下，越过国境，攻入远江国，现在东海道见付摆下战阵。”

“什么？”家康猛地站起身，脸上一下子失去血色。

“难以置信！”家康紧紧咬住下唇。

开战前曾约定，大井川以东骏河国归信玄领有，以西远江国归家康领有。武田军若是果真攻入远江国，那便是明目张胆违约。

家康匆忙派出斥候前去确认，终于得知信玄家臣秋山信友果然已攻入远江国。家康当即派石川数正去拜见驻留在骏府的信玄，向信玄表示强烈的抗议。

不久，石川数正铁青着脸回到正在攻打挂川城的家康处。

“信玄入道有何说辞？”

“这个嘛……”石川数正低下头，似不便说。

“快说！不至于推说不知吧？少卖关子！”

“秋山信友攻入远江，确是信玄入道亲自下令。”

“什么？”

“信玄大人道：得知德川大人对挂川城久攻不下，便派军前来增援。并无他意，请德川大人理解。”

“还并无他意呢！”家康忍不住大声喊起来，“秋山信友摆下战阵的见付，是东海道要冲，恰在挂川城与曳马城之间。派出大军在那里摆下战阵，正如一根楔子插进远江，还说别无他意？笑话！”

“大人……”

“像信玄入道这样的老滑头，嘴上说要与我瓜分今川领地，实际上必是当初便不仅要占骏河，连远江也要占领。是我老实巴交，竟轻信那老滑头，定下愚蠢盟约。”家康脸涨得通红，义愤填膺。

“数正！”

“在！”

“即刻返回骏府，向信玄入道传我话：无须增援。”

“遵命！”

“事已至此，须得早日攻下挂川城。”家康仰头望着漆黑的夜空，悲壮地下定决心。

接到家康无须增援的口信后，信玄令秋山信友从远江撤回。如此行动，当是眼下先应付家康，随后再伺机而动之举。

但挂川城却久攻不下。越是心急硬攻，伤亡越大。像是嘲笑德川军进展迟缓一般，信玄给正在攻打挂川城的家康送来一封催促信：“挂川城莫非还未攻克？在下欲早日看到今川氏真首级。若有需要，在下愿随时派军支援。”

被人如此挤兑，家康也有自己的尊严。

正月十七日，德川军对挂川城发动总攻，不克。二十日夜，挂川城守军反而对位于天王山的德川军阵地发动夜袭。经过激烈攻防，德川军击退偷袭，随后在挂川城周围筑城，把挂川城包围得水泄不通。

恰在此时，局势生变，驻扎在骏府的信玄为应对新局面，无力再觊觎远江。

原来是相州小田原[1]的北条军为支援今川军，越过国境，进军骏河。

1. 相州小田原：相州，相模国别称，今神奈川县。小田原，今神奈川县小田原市。

同为东国豪强大名的骏河国今川、相模国北条、甲斐国武田，曾签订互不侵犯条约，此即所谓的“三国同盟”。但因信玄欲窃取今川领国，进犯骏河，三国同盟便告瓦解。今川氏真在被信玄赶出骏府后，便向北条求助。关东霸主北条在上野与信玄有利害冲突，他也不希望信玄势力壮大。于是北条便以讨伐信玄违反盟约为由，发兵进军骏河。

北条氏政率军攻入骏河后，沿东海道向西进军，在骏府东五里（约二十公里）处的大道关所萨埵岭摆开阵势。北条军阵地与武田军阵地之间仅相隔一条兴津川。

北条氏政派使者去见正在围攻挂川城的家康，呈上亲笔信：“信玄入道，违反盟约，卑鄙无耻。君若信此小人，则后果难以乐观。劝君与我等携手对敌。”将家康卷入复杂的外交漩涡中。

“该选哪条路走？”

面对北条氏政希求结盟的来信，家康不知如何回复是好。

北条氏政信上说，希望家康和今川氏真和好，为此，他自己愿从中撮合：“解除挂川城之围，从东西夹击骏府信玄。此举当使信玄顾此失彼，陷入困境。”北条氏政还跟家康私下约定，愿说服今川氏真，在光复骏河、返回骏府后，无条件地把远江国让给家康。

家康召集正在围攻挂川城的家臣们商议。

“北条所言极是，信玄入道确不可信。此人心怀诡计，欲利用大人消灭今川氏真，之后自己再出兵占据远江。”重臣酒井忠次道。

“未必如此，忠次兄未免过虑啊！”与武田家直接交涉的石川数正觉得酒井忠次说话过分，“信玄入道确实违反与大人的盟约，派秋山信友进驻远江，但据他辩解是为支援我方。况且，在我方抗议后不是很快撤兵了吗？”

“你这厮是否已被信玄入道收买？”酒井忠次瞪视着石川数正。

“什么？如此说法，是要诬陷我投向武田家吗？”石川数正气得美髯不停地抖动。

两位重臣激烈争吵，互不相让，现场气氛沉重。

“你们俩都给我住嘴！大难关头，岂能自乱？”家康呵斥酒井忠次和石川数正两人。

“大人有何高见？”坐在最下位的鸟居元忠问道。

家康摸了摸几日未刮的邋遢胡子，想了想道：“我亦觉信玄入道此人不可信。然北条氏政所言，亦不可全信。眼下谁人都想霸占名存实亡的今川家领地。”

当日重臣们意见纷纷，总是未能得出结论。

“看来应走何方道路，最终还得自己决定。”家康深感自己肩上担子沉重。

在天王山阵地，家康彻夜未眠，一直凝视着篝火飞散在夜空中的银色火花。

他对信玄已不太相信。信玄违反盟约，派兵进入远江，显然是一种背信行为，想必当初便未将刚平定三河一国的家康放在眼里。虽然口头约定战后瓜分今川领地，但信玄内心或许不仅要占领远江，甚至将来还要吞并家康的三河，然后继续向西扩张也未可知。

“细思之下，此人恐怕……”

家康不禁打了个冷战。对于武将信玄，他感到一种当年被今川义元控制时也从未感到过的发自心底的恐惧。但他并未被这种恐惧吓倒。虽然恐惧，但对具有追求巨大权力和胜利的野心，信守冷酷的人生哲学的信玄，家康内心深处却生出某种憧憬。

对，这种感觉，只能说是憧憬。

家康自幼便失去父亲，几次被送进织田和今川家充当人质，遭遇过常人未曾受过的屈辱。可是为何屡屡受辱？家康深知，屡屡受辱皆是因为“弱小无力”。

弱小的大名只能衰落，走向灭亡。只有强大有力的大名才能在乱世中生存下去。对家康来说，信玄便是这样一种力量的象征。因此他对信玄那样的人生充满憧憬。他常常自问，自己如何才能成为信玄那样强大有力的大名。

当然目前自己还弱小无力。家康知道仅凭正面进攻的正攻法，不可能像武田家那样扩大领土。信玄所作所为自己虽不能完全苟同，但信玄所作所为里却有某种目前自己所欠缺的东西，也是不争的事实。信玄与具有强大突破力的织田信长，都是自己应该效仿的对象。因此，此时定然不能与北条联手，共同夹击武田军。

“假若真与北条联手，那我岂非堕落成见利忘义、屈从强者的卑鄙小人了？”

此时的家康，还在探索着属于自己的人生哲学。

次日，家康派使者去萨埵岭北条氏政阵地，给北条氏政传言曰："夹攻信玄入道一事，因我方军备不足，恕不能如愿，祈请海涵。然与挂川城内今川氏真和解一事，答应亦未尝不可。北条大人若愿从中说和，我方求之不得。"

人在干，天在看。假若此时与北条一起夹击信玄，那将给自身烙上不可消去的暗影。况且被困在挂川城内的今川氏真，当年也是家康盟友，自己出手消灭，总是有损形象。若有可能，还是避免此事发生最好。

"无论发生何事，我家康都应做一个行为端正、无愧于天地之人。"

此为家康深思后得出的结论。

北条氏政接到使者传来的家康口信后，虽气得长脸抽搐，但也看到自己从中撮合便能解除德川军包围，令挂川城开城，以及实现和解的可能。此时若能使家康撤退，帮今川氏真解围，那自己便能继续在东海道保持相当大的影响力。

北条氏政派使者到挂川城去见今川氏真，说服今川氏真与德川军讲和。

对此变化，迅速做出反应的却是武田信玄。

"看来撤退时机已到。"

他虽在骏河国行军布阵，却一直关注着北条氏政和德川家康的动向。得知挂川城出现和睦的迹象后，他当即决定把大军撤回本国甲斐。

做出撤退决定后，信玄行动极为敏捷。正如军旗上所书"风林火山"所示，进攻时如火如荼，撤退时像无风之林，寂静无声。

四月二十四日，信玄撤出阵地，退回甲斐。但他却命穴山信君继续驻扎在与北条军对峙的兴津城，命板垣信安继续驻扎在骏府附近的久能城，以确保自己对骏河国的领有权。

今川氏真打开挂川城城门，此日为五月十五日。

走出挂川城的今川氏真受内兄北条氏政庇护，在北条兵的保护下，沿海路逃到沼津[1]大平城。

今川氏真逃出挂川城后，家康命重臣石川家成入住挂川城，命石川家成侄子石川数正接任西三河旗头一职。

抵抗德川统治的远州地方武士虽然还有很多，但家康答应愿意归顺的原今川家臣可继续领有领地。他继续北上，相继攻克天方城、饭田城等，顺利扩大并巩固对远江的控制。

称霸骏河国和远江国的今川家灭亡后，家康便成为一名威震东海道的大名。不仅武田信玄、北条氏政，就连远在越后的上杉辉虎（谦信），也不敢小觑与已上洛的织田信长结盟的德川家康。

但枪打出头鸟。家康在巡视骏河国与远江国国境大井川时，便发生了一起颇具象征性的事件。

此日，家康率本多忠胜等一百五十骑精兵，沿大井川巡视。不巧突然下起大雨，大井川河水猛涨。在瓢泼暴雨中，走在前边的本多忠胜回头对数骑后的家康报告道："大人，前方似有武田兵！"

家康派人前去刺探后得知，确是武田家人所共知的猛将山县

---

1. 沼津：今静冈县沼津市。

昌景所率的赤甲队。

“怪哉！若在河对岸也没什么，可山县赤甲队却在河这边……难道又是违反约定不成？”

“不理就是！”家康对本多忠胜说。

“探子说山县赤甲队人数不下三千，而我等仅有一百五十骑。万一打起来，恐性命难保。”

“但……”

“想必山县昌景也不会在此与我等为难。”家康决定不理会武田军。

但山县赤甲队在路过家康一行后，大概发现家康人少势单，突生欺弱念头，忽然调头，猛攻过来。

“不知天高地厚的三河臭小子！”山县昌景对联手北条氏政对抗自家武田军的家康一直怀恨在心，“竟敢对抗我家大人，你这小滑头！今天叫你尝尝老子的厉害！”山县昌景的脸上露出狂傲的笑容。

骑在骏马上的赤甲队，冲过瓢泼大雨，溅起如浪泥水，向家康一行冲来。家康一行被发生在眼前的突变惊得目瞪口呆，竟然在河边呆立不动。

武田军强就强在骑兵军团。

武田信玄就是率领号称战国最强骑兵从本国甲斐出发，连续攻克信浓国、飞驒国、上野国、骏河国等，以压倒性优势，扩大了领土。

而且，甲斐国自古以来便以盛产良马著称。有一种名马号“甲斐黑驹”，名如其意，说的正是甲斐产的黑色骏马。此马全身漆黑发亮，自古名扬内外，按规定每年都要进献给朝廷。据传当年圣德太子痴爱甲斐黑驹，甚至曾骑黑驹驰上富士山顶。还有传说，武田家祖上甲斐源氏便是在甲斐国一带经营马场起家的。由此可见，战马与武田家的渊源关系，自打武田一族发家时代便已密不可分。

此外，武田信玄门下家臣，各自领有百骑甚至四百骑左右的骑马武士。当然，仅有多数骑兵，在实际战场上若不能灵活运用亦无意义。《甲阳军鉴》记载有山县昌景的有关言论："武士者，须熟习弓箭、枪炮、乘骑、刀枪之术。而最初应熟习者，骑术也。次为刀剑，再次为弓箭，后为枪炮。盖因弓箭、枪炮可率众使之，而骑马冲锋陷阵、杀敌立功则非己莫能为之也。"

由此可见，武田家武士们皆身怀高超骑术绝技，具有一骑当千的战斗能力。

此时，便是如此令敌人闻风丧胆的武田家骑兵军团轰隆隆直冲而来。即便久经战阵的家康，也被眼前突然出现的景象惊出一身冷汗。

"下臣舍身阻击，大人快跑！"本多忠胜悲壮地大喊。

"不可！"

"大人，在此处送命不值。"

"老子不会死！"

面对乌云般攻来的武田骑兵队，家康用汗津津的手拔出刀。

与骑兵厮杀，常用战术是先刺马，对马射箭矢枪弹，用矛枪刺马腿，马倒敌人自然也就落马。但家康本来兵少，此时又在巡视途中，枪箭不足。

守在家康身前保护主君的士兵接连被山县骑兵冲散刺倒，惨象宛若噩梦。

“老子来啦！”家康见本多忠胜猛叫一声，单骑冲入敌群。

“不能死，平八！不，平八不会死！”

人死如灯灭，死了所有念想便都如梦般湮灭，家康咬紧牙关。

然而在此危急时刻，冲到眼皮底下的山县军却突然掉头，开始撤退。

“发生何事？”家康一头雾水。

家康等人茫然无措，雨也渐小，远处传来武田军武士们的高声大笑。或许山县昌景当初便无趁机把家康彻底消灭之意。他故意发动袭击，威震家康军，令家康方面知道：“若反武田，便如今日。”用以恐吓家康。非如此则不能解释武田军今日的莫名行动。

想到这里，与其说逃脱死亡心有余悸，不如说家康因想到被武田军愚弄，打心底涌出一股烈火般的愤怒。经过今日一事，家康深感“甲斐人不可信”。此事加深了他对信玄的警惕，也令他深刻认识到乱世生存的残酷。

此年，家康进一步平定远江，至年底，基本掌握了远江国全域。

第五章

上京

元日改元，此年即元亀元年（1570年）。

平定远江后，家康为加强对远江国的统治，开始在曳马重新筑城。新城竣工后，家康入城时，改曳马地名为滨松，改曳马城为“滨松城”。但家康并无时间精力指挥筑城，他受盟友信长之邀，踏上西进征途。

两年前成功上洛的信长，通过为自己树立的将军足利义昭营造二条御所、降服北畠家、平定伊势国等，逐步强化了对畿内全域的控制。在此形势下，信长派出使者向畿内近国二十一国各大名送去传阅告示，要求各大名亲自上洛，朝拜朝廷并给足利义昭将军请安。

请各大名上洛来朝拜朝廷并给足利义昭将军请安，理由貌似冠冕堂皇，事实上却等于宣布：“进京来向我信长俯首称臣。”家康作为盟友，当然响应信长要求，即刻动身赴京。两人虽是盟友，但强弱自明，序列当然是信长为兄，家康为弟。

动身上京前，为见世子竹千代（德川信康），家康特意去了一趟冈崎城附近的筑山府。

“竹千代，都还好吧？”

家康与久违的爱子面对面坐在榻榻米上，院中飘来盛开的梅花的幽香。

竹千代此时十二岁。多日未见，竹千代的个头已长得与家康几无区别，身体也壮实许多。

“孩儿都好，父亲，恭喜父亲平定远江国！”

“嗯。”

看到儿子已长得如此壮实，家康喜上眉梢。

陪在竹千代身旁的是嫁入德川家两年、越来越秀美的德姬，但竹千代生母筑山夫人却不见身影。

“你母亲大人呢？”家康问。

“嗯……”竹千代为难地低下头，“母亲大人今晨头疼不适，卧床未起。”

“噢，是吗？”家康扭头看了一眼院中盛开的白梅。

他知道筑山夫人不愿见自己的原因。

“她在生我的气消灭了她娘家今川家。”

每次想到筑山夫人，家康便感到郁闷。号称东海道之雄的今川家走向衰落，其领地远江国被家康夺取，是乱世之必然。今川氏真无能，未能守住祖辈传下来的领地。相反或也可说，家康若稍有不慎，同样的命运也在等着他。因此，对于挂川城开城后逃到北条家统治领地，受北条家庇护的今川氏真，家康没有一点怜悯之心。但是把出身于豪门今川家作为人生唯一骄傲的筑山夫人，却与家康有着完全不同的感受。对此，家康觉得：“实在无可奈何。”他开始感觉到，要与筑山夫人互相交心已很困难。

但筑山夫人给自己生养的竹千代却很乖巧。与世上所有父亲一样，他对自己儿子的将来也寄予极大的希望。

“滨松正在建造新城。”家康对儿子说。

“孩儿已有所耳闻，完工后父亲是否将移居该城？”

“嗯。”家康点头，“要强化对新占领的远江国的统治，为父须亲临该地监视。信玄亦不可信，很可能会伺机进犯，也须牵制住。”

“是的，父亲。”

“正要对孩儿说，冈崎城空出后，为父欲把冈崎城交给孩儿你，你可愿意？”

“孩儿能当冈崎城主？”竹千代喜上心头，脸上露出灿烂的笑容，“孩儿诚惶诚恐。然孩儿还未完成元服[1]，恐有不妥。”

“当然，此事为父已有考虑。为父当下受织田大人之召，须上京一遭。等为父自京回国，便即刻举行元服之礼，孩儿也做好准备。”

“孩儿明白，父亲！”竹千代少年的脸上红潮显现，郑重点头答应。

元龟元年（1570年）二月，家康率领三河国及远江国兵三千人，从冈崎城出发上京。

家康先到岐阜城，给回到岐阜城过年的信长请安问好。两人自打建立“清洲同盟”以后，八年来从未会过面。在这八年间，信长捷足先登，超越其他大名，成功上洛。家康也成为领有三河与远江两国的大名，两人情况发生了很大的变化。

---

1. 元服：日本古代成人礼，11岁到16岁之间举办，结发戴冠，弃乳名，用大名。

不过信长还与当年在尾张国时一样，一副玩世不恭的顽童态度。他看到家康，只随口一句："来了啊？"

信长说话总是很短，不给对方深思的时间。

"跟我来。"

"去何处？"

"到了便知。"

家康刚到岐阜城，信长便带家康登上岐阜城天守阁[1]。

岐阜城建在长良川环绕的金华山上。从天守阁放眼望去，但见弯曲的长良川河面，在夕阳的照耀下，像金黄色的龙脊闪闪发光。长良川远方，有揖斐川及木曾川。这些河川长年累月冲积出富饶的浓尾平原，平原远方有铃鹿山地，还耸立着白雪皑皑的伊吹山，景色雄伟壮丽。

"景色如此壮丽啊！"

首次来到尾张国以西的家康站在岐阜城天守阁上，看着眼下美丽壮阔的景色，不禁心旷神怡。

"看吧，那山另一边便是近江国，从近江国越过逢坂山便是京城。"

站立在天守阁上的信长，用手中的白扇指着西边。

成功上洛后，信长经常来往于自有领地岐阜与京都之间。京都有信长拥立的将军足利义昭，但家康已有耳闻，围绕主导权，信长与足利将军产生了意见冲突，两者之间关系颇为微妙。

---

1. 天守阁：日本城堡主楼。日本各地之"城"皆为大名或地方豪族居住的城堡，不含城下市井地区，与中国的"城"含义有所不同。

“此番召集各路大名上京给将军请安，当是织田大人要当着足利将军的面，显示自己地位在将军之上。”

家康想着心事，回头看了一眼傲慢地仰首看着外边的信长。

“本人不用多久，便要统一天下。”信长看着眼下的长良川道，“阻挡本人统一天下的，统统都不放过。不管他是家人兄弟，还是多年的重臣近侍，哪怕他是将军，也不放过。”

隔肩射来的信长那冷峻的视线，令家康双膝颤抖。

“对于将军的横行霸道，愚弟也早有耳闻。听说将军背着织田大人，给朝仓义景、上杉辉虎、信玄等去信，要他们上洛。”

“那混账，早忘了靠谁才当上将军的！”信长毫不掩饰内心的愤怒。

正月刚过不久，信长便派人送约法三章到二条御所，用以限制足利义昭将军的行动。信长虽豪言要统一天下，但眼下局势却不容乐观。虽说畿内几乎全部掌握在手，但周围可说全是敌人：越前国的朝仓义景，比任何人都更加崇敬将军的上杉辉虎，还有受信长上洛刺激、蠢蠢欲动的武田信玄等。足利义昭竟给这几个信长一直警惕的大名送信，请他们上洛，信长当然怒火中烧，表示绝不放过此事。

“在这世上，愚兄我能真心相信的，只有贤弟德川大人你一人。”信长态度与刚才截然不同，露出细腻且莫名孤独的表情。

“织田大人？”

“自贤弟还是个流鼻涕的毛孩子时，我便知你。人都不可信。不论嘴上说得如何好听，可若有利可图，便会立马背叛。但德川大人你不同，贤弟与他们不属同一种人。”

“为何有如此看法？”家康歪歪头，不明白。

“不知道。”信长生气地看着他，“但直觉如此告诉我。”

“啊？”

“听着，你绝不可背叛我！老子夺取天下要你助力。”

“诚惶诚恐！”

“统一这小小日本后，老子还要出征大唐和天竺，你跟我好好干！”

不知此话是否当真，总之信长说完高声大笑，笑声惊飞了停在栏杆上休息的白鹰。

与信长汇合后，家康从岐阜城出发，于三月五日抵达京都。对家康来说，这是他人生第一次上洛入京。此时正值春光明媚的大好时节，洛中樱花盛开，落英缤纷。

“好一个京城洛中！樱花都好似与三河不同，连水的味道都好似不一样。”

看着飘落在鸭川水面的风情万种的花瓣，一起上洛的石川数正心荡神驰。

“什么？管他京城樱花还是三河樱花，樱花便是樱花，哪儿不都一样是樱花？”

本多忠胜很不以为然，瞪了一眼石川数正。

家康对赏花不感兴趣，但他也觉得石川数正所说的有道理。与浑浊的流水中游着鲫鱼、鲤鱼和鲇鱼的三河矢作川等河川不同，京都的河川清澈见底，连流水声都潺潺动听。但家康此时还不知道自打平安京创建以来，长期作为日本中心的此地，有何种魅力如此吸引天下豪杰。

信长入京后，住进法华宗妙觉寺，这是他在京城的临时府第。家康则住到一直以来关系紧密的洛中新町通茶屋四郎次郎家。

此后，响应信长号令，归附织田家的大名们各自率领家兵来到京都。计有：伊势国坂内城主北畠具房、大和国多闻城主松永弹正久秀、摄津国池田城主池田胜正、河内国高屋城主富山昭高、同河内国若江城主三好义继、飞驒国樱洞城主姊小路自纲、备前国砥石山城主宇喜多直家等各路豪杰。

信长命京都奉行木下藤吉郎秀吉负责关照家康等各路上洛入京大名。

木下藤吉郎秀吉本是尾张国一个农民家的穷崽子，曾置身于尾张国木曾川一带在河川中打鱼抓泥鳅混日子的人中，后成为给信长拿草鞋的小跟班，被信长看中，从台所奉行升至百人长，再被任命为京都奉行，位居织田家重臣最末位。对此人令人难以置信的超速发迹，家康也早有耳闻。

满开的樱花快要落尽时，木下藤吉郎秀吉事前没打招呼，便突然出现在家康借住的新町通茶屋四郎次郎家。

对，只能说是突然出现。

出现在家康眼前的秀吉颜面被战火熏得黝黑，笑时的表情和眼角的皱纹活像一只猴子。他个头矮小，其貌不扬，但一言一行皆惹人喜爱。与其说这是织田家重臣威风凛凛造访，家康觉得，还不如说这是一个老朋友顺路来看自己。

秀吉此时三十四岁，比二十九岁的家康大五岁。

“啊呀，啊呀，啊呀！”一进家康住的茶屋房间，秀吉便夸张地高声怪叫起来，“果然是京都屈指可数的豪商茶屋家豪宅！你看这遮住钉帽的螺钿装饰，还有这山形船底天井的精美做工，稀有的紫檀梁柱，好一座极尽奢华的豪宅美邸啊！羡慕！养眼！”秀吉毫不顾忌地环视房内。

要说失礼也算失礼，但并不令人感到不快。或许因此人有着一种开朗的天性，不会令人反感。

可能真是对建筑感兴趣，秀吉只顾着细看室内。站在家康身边的酒井忠次终于看不下去了，面露恼色对秀吉道：“木下大人，是否有些欠礼？大人难道不是来拜见我们大人的吗？”

“失敬失敬！”秀吉像个恶作剧的孩童被人识破一般，趴在地上，深深低下头道，“在下织田家家臣木下藤吉郎秀吉是也！失礼失礼！”

家康是主君信长盟友，按地位算，秀吉应在家康之下，因此酒井忠次不满秀吉失礼也自有道理，但重又抬起头的秀吉脸上却并无歉意。

“此次入京，承蒙关照，不胜感谢。”家康优雅大方地回道。

直到后来家康才知道，此人与人打交道的常用手段便是先露出自己的弱点，令对方放松警惕，然后顺势钻进对方心中。

“承蒙赏脸，进宫谒见与拜谒幕府皆顺利完成，上大人亦非常高兴。”木下藤吉郎秀吉眼角的皱纹挤得更深。

上洛以来，信长令家臣们称呼自己为“上大人”。家康已看出来，每当提及信长，这个貌似猴子的阳光男人便显出紧张的表情。信长在织田家里被敬畏的程度，由此可见一斑。

“木下大人亦多有辛苦。对我家臣的细心照料，我理应深表谢意！”

“岂敢岂敢！”秀吉好似要掩饰难为情，抬手拍了拍消瘦的后颈。“在下深知德川三河守大人是上大人最为信赖的上客，唯恐招待不周，多有怠慢。”

“是吗？”为不给对方空子钻，家康没有多言，只是点了点头。

“大人可尽览了京城名胜？洛中樱花虽盛期已过，但御室樱花却正盛开。大人莫非不喜赏花，而对京城艳丽女子更感兴趣？”

“……”

看来秀吉这是想要刺探家康内心，想知道家康是喜物，还是好色，或是爱财。探知对方弱点，想必是此人的处世之术。

看到家康绷着脸没说话，秀吉知道：“看来这一手对此人行不通。”

“哈哈，无聊之言，失礼失礼！”他很快露出笑容道，“其实今日来访，有要事要问三河守大人。”

“要事？”家康抬起眼帘。

“三河守大人可知此次上大人遍邀各路大人上洛之良苦用心？”

“敢问有何良苦用心？”

“此话不可外传。上大人本意是要讨伐越前国一乘谷朝仓义景。朝仓义景不应上大人之邀上洛，本在计算之内。”

“难道要以拒绝上洛为由，发兵征讨朝仓？”

听了木下藤吉郎秀吉的话，家康恍然大悟，终于明白了信长此次行动的真正目的。信长是要以召集各路大名进宫谒见及拜谒将军为名，集中各国兵力，攻打越前国一乘谷朝仓义景。

“此招绝妙！”

家康不由得赞叹。因为朝仓义景不应召上洛进宫谒见，不来拜谒将军，信长便有了远征北陆的大义。

“那，何时出征？”家康问秀吉。

“若顺利，不出十日，出征令便会发出。”

“哦！那木下大人为何要把如此大事说给在下？”

“德川大人是上大人最为重要的盟军。在各路大将中，若万一有人不赞同远征，只要德川大人先声赞同，其他人便不会再有异议。”秀吉用讨人喜欢的眼神看着家康。

“木下大人造访寒舍，可是受织田大人之命？”

“不是，是在下自己要来。即便上大人无有命令，我们这些家臣应做的也是为了上大人万事顺利，提前做好一切准备。况且在下觉得无论如何，按常理也应先取得德川大人同意。”

“原来如此啊！”

秀吉既能被信长相中，提拔为京都奉行要职，自有他的非凡才能。织田军能如此迅速壮大，其背后或许便是信长慧眼识才之能。

“明白，我方就此便做出征准备。”

“那，在下就此告辞了！”

“不送！”

秀吉走后，家康把重臣酒井忠次叫来，把信长攻打朝仓义景的意图说给他听。

“大人并非织田大人属下家臣，有何理由非要同去远征越前国一乘谷？”酒井忠次一脸不满。

“此言非也。有织田大人，才有我家康。自打我们义结金兰以来，我便下定与织田大人同生共死的决心。”家康坚定地说。

确如秀吉所说，不出几日，信长便发出攻打朝仓义景的出征令：“讨伐逆贼朝仓义景！”

四月二十日，信长亲率三万余大军，从京都出发，直奔越前国一乘谷。柴田胜家、丹羽长秀、木下秀吉等织田军几位主要大将都加入远征军。另有应召入京的松永久秀、池田胜正等畿内各大名，盟友德川家康，公家飞鸟井雅敦、日野辉资等，也都加入远征军。公家加入远征军，是应信长之邀。信长希望以此令世间知道远征朝仓义景是朝廷的意愿。

在这次远征军中，还有新入信长麾下的明智光秀。明智光秀本是把信长引荐给足利义昭将军的中介人，但随着信长与将军关系紧张，他感觉跟随足利义昭将军或恐没有未来。为开拓自己将来道路，他毅然决定投身织田军。

各怀心计的武将们沿着长满芦苇的琵琶湖西岸进军，穿过若狭，攻入越前国敦贺地区。

首先要攻打的目标是手筒山城。织田军不费吹灰之力，便攻克手筒山城，取敌首级一千三百余。接着又连续攻克金崎城、疋田城两城。织田军势如破竹，先锋越过木芽岭，直捣朝仓义景固守的一乘谷。

恰在此时，异变突起，急报传到驻扎在金崎城的信长手里。

“浅井长政谋反！”

“岂有此理！”信长紧握拳头，愤怒大喊。

信长愤怒自有道理。近江国小谷城城主浅井长政娶了信长胞妹、号称国色无双的阿市为妻。信长一直信赖内弟浅井长政，他万想不到浅井长政会反叛。

其实本来也并非完全没有后顾之忧。浅井家从来都与越前的朝仓家交情很深，结有同盟关系。因此，信长此次远征朝仓义景，事前并未与浅井长政商量，而是令镇守后方的将领事后去取得谅解。信长事前分析浅井长政，觉得：“长政痴迷妹妹阿市，当我一鼓作气攻入越前后，他心中即使有些许不满，最终也只能保持中立。”

但他这一分析还是错了。看似准备周到，但信长总犯此类低级错误，想问题容易陷入主观。对于信长未征求自己意见便攻入越前国，浅井长政非常气愤。他经过痛苦的思考，还是觉得与其被内兄强逼，不如坚持对朝仓家的信义。

“长政，你这狗贼！”信长气得头暴青筋，心中充满对内弟的愤怒。

从营建在岬角的金崎城上，能看见被夕阳照成暗红色的日本海，满带潮气的海风猛烈吹来。

占据北近江的浅井长政背叛，对于深入越前国的织田军来说，无异于退路被切断。况且本来近江国地方武士中便有很多一向宗信徒，浅井长政若煽动他们，近江各地势必爆发一连串暴动。

不容片刻犹豫！犹豫不决，将给织田军带来灭顶之灾。

信长把织田家主要家臣悉数召集到金崎城。

“撤退！”信长宣布，残阳照在他伟岸的身躯和庄重的脸上。“我们不能就此死于此地。快撤，快撤，撤回京都，重整旗鼓，再来征讨朝仓义景和浅井长政！”

“那，还应即刻通知德川三河守等各路大将，令他们也当即撤退。”织田家重臣柴田胜家道。

“且慢！”

“可……”

“此时若通知撤退定会动摇军心，军心动摇则全军势必陷入混乱。且等我撤回安全之处，再通知德川三河守他们也不迟。”信长表情严峻地凝视着日本海。

信长有着自己的远大目标，那便是天下。为了称霸天下，他坚信首先自己得活下去。不论对方是忠实盟友，或是世袭家臣，为了自己生存，信长都能冷酷地践踏而过。此人信奉的便是此种冷酷的人生哲学。

信长为不使敌人知道自己撤退，令营地篝火继续燃烧，阵地旌旗也不撤。

织田家旌旗是黄色的底子，旗上绘有三个永乐钱，反映了以尾张国津岛经济实力为背景成长壮大的织田家，自信长父织田信秀起便重视货币经济的家传思想。

宁可忍受如此重要的军旗被敌人夺取的耻辱，也要保全自己性命。

为了有序撤退，需要决定织田家各大将的撤退顺序。大将信长自己首先撤退这毫无疑问，问题是全军最后撤退的“殿军”该由谁来承担。

撤退时，直接受到敌军追击的便是殿军。殿军要拼着性命阻击追兵，拖延时间，直到主君撤退到安全的地方，为此要有牺牲性命的觉悟。

“谁来？有谁愿为我舍出自己的性命？”信长环视家臣。

众家臣安静如水，涟漪不起。谁都爱惜自己的性命，也都知道，一旦牺牲，仅会在短时间内受到称赞和同情而已。

“难道我织田军无勇士吗？”

信长失去耐心，又喊了一声。便在此时，一个破锣嗓子大喊一声：“下臣愿做殿后！”

“哦，猴子，是你啊！”

“是下臣！”

不仅信长，在场所有武将的目光，都射向站在最后边的这个男人——木下藤吉郎秀吉身上。

“殿军大任，请容下臣秀吉承担。上大人，还有诸位同仁无须担心，尽可放心撤回京城。”

“说得好！”信长快步走到站在最后边的秀吉身边，“此恩末代不忘！”

“诚惶诚恐！”

“别死啊，猴子！”

信长拍了拍满脸皱纹的脸上充满悲壮决心的秀吉的肩膀，看着秀吉的眼睛，深深点头，然后回身飞身上马而去，再也没有回头。

一个给信长拿草鞋、在信长身边打杂的下人，竟然一路飞黄腾达、飞速出世、位列织田家重臣序列，这样的秀吉，在织田家重臣中，总是被人鄙夷。信长自己对于臣下的出身并不太在意，但重臣中的柴田胜家、丹羽长秀、林秀贞、佐久间信盛等却总以轻蔑的目光看秀吉，认为秀吉是“一个只会耍嘴皮子，靠给上大人拍马屁爬上来的小暴发户”。

织田家是一个以信长为顶点的实力主义集团，因此即使与这些同僚重臣关系不好，对秀吉来说也无大碍。但要再往上爬，便有必要把周围这些对自己的看法一扫而光，令他们知道：“那个人也是一条汉子！”

“人生便是一场赌博！”

这是秀吉的人生观。不赌一局非生即死的人，绝不会收获成功。此时自告奋勇担当殿军，若能拯救全军，则不仅会令各位重臣对自己刮目相看，更能取得主君对自己的绝对信任。此时的秀吉，心中没有丝毫对“死”的恐惧。

阵地上早已没了信长的身影。主君从落日余晖中的金崎城出发，此时无疑正沿着夜路驱马直奔京都。柴田胜家、林秀贞等平时关系紧张的重臣们陆续围到秀吉身边。

“小瞧老弟了，命要紧啊！”

连平时毫不掩饰自己讨厌秀吉情绪的柴田胜家，此时也特意过来拉着秀吉的手，眼中滚动着泪水，安慰秀吉。

各重臣从自己手下拨出精锐弓箭手或火铳队三十人、五十人留给秀吉指挥，然后追在信长后边陆续撤退而去。秀吉把各将领留下来的兵卒与自己的手下合并，共一千六百人，组成殿军。

次日凌晨，家康还坚守在距离金崎城一里余（约四公里余）的自军阵地上。

“大人，情况有异。”

前日晚夜阑人静之时，伊贺忍者服部半藏来给家康通报织田军阵地发生的异变。

“看情况，好像织田大人已撤离金崎城。”

“什么？”家康牛眼大睁，“没搞错吗？织田大人绝不可能不打招呼便撤出阵地。”家康怒气满腔，瞪着忍者装束的服部半藏。

“小人不敢，千真万确是事实。听说什么北近江浅井长政与朝仓义景勾结，举旗谋反，织田大人似担心退路被切断不得不撤退。”

“我们大人难道不是织田大人盟友吗？竟不给我们大人说一声，便随意撤出阵地，简直岂有此理！织田大人这不是要害我们死吗？”身旁的酒井忠次不由得粗声吼叫。

“休得胡言，忠次！”家康皱起眉头。

“可是，大人，我们已被遗弃在敌人包围中，敌人不久定会追击过来。”

“知道！”

“事已至此，等待我等的命运只有全军覆没了。”酒井忠次脸色苍白地说道。

“全军覆没”四字，沉重地压在家康的心口。

此时，家康脑中倏地浮现出一个久远的情景。那还是自己在尾张国织田家当人质的少年时期，信长以教自己游泳为名，把自己扔进河里。当时家康在泥水中拼命挣扎，差点淹死，但站在岸边的信长一副顽童相，只是恶作剧般哈哈大笑。家康此时莫名其妙地想起此事。

在幼小的家康眼中，当时的信长就是一个恶魔。但当家康在拼命挣扎中学会游泳后，信长接受了家康。自那以后，信长便把还是少年的家康当作一个男子汉看待。

当得知信长把自己遗弃在敌阵中时，家康瞬间便感觉："与那时无异啊。"他觉得这是在考验自己，只是这次不是信长，是"上天在考验我"。

家康的斗志从心底滚滚涌出。

"我们也撤。忠次，传撤退令！"

撤退准备匆忙开始。

便在此时，信长家臣秀吉突然出现在家康阵地。他弯下矮小的身子，深深俯首道："事发突然，十万火急，未及通报，还望包涵。"

"不是吧？"酒井忠次瞪视着秀吉，"织田大人把我们看作什么了？为了自己逃命，竟拿自己的盟友、拿我们大人当弃子！"

"住口，忠次！"

家康喝住情绪激动的酒井忠次。不仅忠次，阵地上德川家所有家臣都义愤填膺。若不是家康制止，说不定会有人当场便抓住秀吉胸口打起来。

"织田大人可是已在返回京都的路上？"家康努力压住自己的怒气，平静地问道。

"确是。"秀吉点头，"可北近江浅井长政既已反叛，上大人回京途中亦不好说安全。是死是活，唯有上天可知。若运好命大，当能逃过这一劫吧。”

秀吉竟也用了“上天”一词！平时一脸滑稽的猴脸，此时却面色铁青，一副异常恐惧的表情。

“那，木下大人此时来此有何吩咐？”

“在下自告奋勇，充当全军殿军。”

“大人当殿军？”

“正是。我率军做后盾，当拼死阻止敌人追击。德川三河守大人请快率军撤退。”

秀吉声音有些颤抖。虽说自告奋勇充当殿军，但等待他的残酷命运，使他也不禁全身颤抖。

“木下大人！”家康握住秀吉双手。

当年在京都初次见面时，家康觉得这是一个令人琢磨不透的轻狂之人，但在如此危险的撤退战中自愿担任殿军，却绝非一个轻薄小人所能行之事。

“愿木下大人天运亨通！”

“德川大人也请多保重！”

“咱们都要活下来！”

家康用力握住秀吉的手。

随后不久，德川军便开始撤退。他们撤出金崎城附近阵地时天还未亮，撤出阵地行军不到一里（约四公里），东方天空便逐渐发白。

“秀吉率兵一千六百，此时还坚守在金崎城内。”鸟居元忠骑马到家康身边道。

鸟居元忠本家是行商商人，有着独特的情报网。后来家康曾评价鸟居元忠是：“无懈可击之人。”意思就是说鸟居元忠不可小觑。连家康都觉得不可思议，似乎鸟居元忠行商人的耳目无处不在。

“木下大人这是要坚持到最后一刻啊！”

“是啊。无惊人的勇气和能力，做不到这一步啊。”

“为报答木下大人的气魄，我们也必须突破敌人包围。”

家康紧握马缰的手渗出汗水。

在德川军前方，松永弹正、池田胜正等正率军悄声急撤，后方仅有为数不多的木下军作为后盾阻击朝仓军追击。

同一时刻，最先从金崎城撤退的信长与侧近们正要撤到近江国朽木谷一带。出征时信长率大军走的是琵琶湖西岸西近江路，此次撤退，为预防近江国一向宗暴徒造反惹事，特选择经朽木谷翻越朽木山岭而过。

太阳升高后，秀吉看到其他友军都已撤退完毕，遂决定自己也撤出金崎城。

此时越前一乘谷的朝仓义景已获知盟友浅井长政举兵造反，援助自己。确知信长撤退消息后，朝仓义景翘起嘴角，向全军发出追击命令：“织田军已被浅井军及我军夹击，成瓮中之鳖，即刻追击，彻底歼灭，赶尽杀绝！直取信长首级！”五千朝仓军的激烈追击战就此开始。挡在他们面前的，只有秀吉领导的织田军殿军一千六百人。

远处的后方隐约传来轰隆隆的枪炮声和人喊马叫声。

“看来朝仓军追上来了。”家康看着上空。

退却战难打！追兵以压倒性优势乘胜追击，而退却方却要边阻击边杀开退路，绝不轻松。秀吉殿军若被歼灭，家康的德川军便会完全暴露在敌军的猛攻面前。不仅如此，前方还有一向宗暴徒等地方武装势力随时会来骚扰。

“快！”家康猛抽坐骑，向前飞奔。

突然树林中冲出一队山贼，挡在德川军面前。这些山贼身穿兽皮，眼露野兽般冷光，手握刀剑和竹枪。

“这儿交给下臣！”走在前头的本多忠胜操起手中的蜻蛉切名枪，冲进山贼群中。

展现在眼前的是名副其实杀出的一条血路。蜻蛉切所到之处，山贼尸体如木桩般纷纷倒下，家康的德川军从本多忠胜杀出的血路一冲而过。

从金崎城到越前的若狭国境界关岭有一里半（约六公里）的距离。若在平时，一里半距离信步便到，但此时这段距离却好似遥远无尽，不知何时才能赶到。山道坡陡路窄，骑在马上的家康听到士兵们急促的喘气声，内心颇为难受。他也想上到山岭后令手下休息片刻，但此时形势危急，不可松懈。他想：“还是一鼓作气冲下山岭为好吧。”

就在家康取出竹筒想喝口水润喉时，路边松林中突然冲出一群身穿铠甲的兵卒，从装束看显然与刚才那些山贼不同。这群人打的旗子上写着“南无阿弥陀佛”，看来应是一向宗暴徒。霎时间，山岭上乱成一团。家康决心已定，他握住挂在腰上的刀柄。

便在这一瞬间，不祥的枪声划破天空。

“浅井军吗？”家康眼睛血红，往枪声大作的方向看去。

此时若被一向宗暴徒和从小谷城攻来的浅井长政包围，那将万事皆休，绝无活路了。

“大人，看来并非朝仓方兵队。”本多忠胜乘骑奔到家康前报告。

“那这枪声从何而来？”

“大人小心！”本多忠胜大叫一声，用蜻蛉切拨开一向宗暴徒射来的一箭。

“我来！”

本多忠胜举起蜻蛉切，正要刺向冲到家康面前的一向宗暴徒，恰在此时，枪声又响。

“忠胜……”家康闭上眼睛，脑中浮现出本多忠胜中枪倒下的身姿。

但眼前发生的事情却令人难以置信。中枪倒下的不是本多忠胜，而是冲到家康面前的一向宗暴徒们。气焰嚣张的一向宗暴徒们，像枯木倒地般纷纷中枪倒下。

“发生何事？”闻到刺鼻的硝烟味，家康皱了一下眉。

大久保忠胜手下冲到家康面前飞身下马：“报告大人！”

“何事？”家康直盯着满脸污泥的小兵。

“受三河一向宗暴动牵连，被驱逐出境的本多正信大人，此时欲前来归附大人麾下。”

“你是说，刚才的枪声便是……”

“本多正信大人率领火铳队，前来增援大人。”

“正信？”家康思绪万千。

本多正信本为松平家家臣，却自任三河国一向宗暴徒参谋，与家康为敌。家康脑海里，此时鲜明地浮现出当时被一向宗暴徒围攻的痛苦场面。

“为何恰在此时那人却……”

但眼前形势危急，不容多想，摆脱敌人追击最为重要。

史称“金崎城撤退”的此次退却战，异常惨烈。作为织田军殿军，秀吉接受军师竹中半兵卫计策，应战后退却，退却后再应战，边战边退，经过激烈战斗，损失众多兵力，才终于摆脱全灭命运，成功地撤到若狭国加屋场。《武功夜话》一书记载了当时秀吉军惨状：“战马倒毙，矛头碎断，刀剑成帚，惨不忍睹。”

秀吉军艰难地撤到家屋场，虽还受到朝仓军的追击和一向宗势力的骚扰，但与守在此地的家康火铳队合流，终于摆脱危险。德川军和秀吉军你争我抢，从朽木谷慌乱撤退，狼狈逃回京都。

“保命回朝，善莫大焉。”

回到借住的新町通茶屋家后，茶屋主人四郎次郎看着满脸泥水血汗的家康，双手合掌。

“那边汤房已备好热水，大人请先洗尘沐身。”

此人总是如此周到。

但家康还有比沐浴洗尘更关心的事要问。

“织田大人可平安回京？”

“是。听说昨夜已平安回京。有说织田大人回到京都时，随身护卫仅剩十余人。”

“只要平安回来就好！”家康安下心来。

“但不可能就此结束。”茶屋四郎次郎一脸疑虑。

“你是说？”

“京都到处谣传，说织田大人被自己完全信任的浅井长政背叛，不日将讨伐浅井长政。”茶屋四郎次郎小声道。

讨伐浅井的谣传，很快变成了现实。

“长政小贼，老子绝不轻饶！”

内弟的反叛令信长怒火中烧，他命各路大将征讨浅井和朝仓。德川军当然不能例外，也加入了征讨朝仓和浅井的大军行列中。

为准备征讨，家康计划先回一次领国三河。就在家康忙着准备出发时，大久保一族长老大久保忠世来见道：“大人，可问一事吗？”

“何事？”

“前日提出欲回归大人门下的本多正信一事。”

“哦，那事啊？”家康轻皱眉头。

金崎城撤退战时，本多正信曾率领二十余火铳手驰援德川军，击退了一向宗暴徒围攻，挽救家康于危机之中。本多正信本为三河一向宗暴徒谋士，因对抗家康，被驱逐出境。但此次却调转枪口对准了当年的同伙一向宗信徒，并想重新归附家康。

“此人有何用心？”

撤回京都后，家康忙于他事，没答应本多正信的拜见。三河一向宗暴动时被耍弄的痛苦记忆，还牢牢地刻印在他心里。

“事情已过去五年，臣以为大人已可宽赦正信。”大久保忠世为本多正信说情。

大久保忠世是本多正信当鹰匠书吏时的上司，一直对本多正信的才能青眼有加。本多正信被驱逐出境后，大久保忠世私下照顾本多正信留在三河的妻室，想方设法使他们不至于风餐露宿。此次本多正信意欲归附，想靠他说情。

“那贼这几年在哪儿？都干了什么？”家康问。

“听说当初逃到一向宗势力强大的加贺国、越前国一带，后加入大和国松永弹正久秀门下。”

据大久保忠世说，本多正信此次随松永弹正久秀远征北陆，当听到原主家康退却陷入危机后，不顾枪林弹雨，火速率领手下火铳队返回救援。

“正信也对自己的过去深感悔恨。此次肆意率队离开战列，本多正信已不能再回松永大人门下。此人将来定会助大人一臂之力，还请大人好心宽恕。”大久保忠世热心劝说。

“那，他放弃一向宗了吗？”家康还是心有疑虑。

“此事臣未听说。但此次援战，枪口对准一向宗信徒，救大人于危急之中，臣以为即是正信忠于大人之无二证据。”

“嗯……”家康摸着下巴。

当日，家康为回三河领国，从茶屋四郎次郎家出发。走过鸭川河上三条大桥，走到栗田口快到日之冈时，家康发现前面地藏堂前有一人跪拜在地上。

正是本多正信。

他比当年三河一向宗暴动时消瘦许多，脸颊清瘦，锁骨突起，无不显露出浪迹各国所受的艰辛，看来在大和国松永弹正久秀手下的日子也不轻松。

“是否要打声招呼？”家康心中一时犹豫不决。

虽说心有怜悯，但想起此人曾与己为敌，家康便不愿轻易相信。

就在家康移开视线，策马从地藏堂前走过时，跪拜在地的本多正信抬起头道：“大人且慢！”他看似决心已定：“大人，小人有话相告。大人若不听，小人已下定决心，愿在此切腹相报。”

“切腹？”家康停下马。

“正是。”本多正信目光如刃，直视着家康，“小人当年不知天高地厚，犯下大错，错认一向宗为终生侍奉之主，狂妄不逊，有眼无珠，竟与大人为敌。”

“……”

“小人离开三河五年，大人不断成长壮大，小人心服口服。或应说大人有天生之才，终于开花结果。”本多正信跪在地上，继续道，“今日在此，小人向大人发誓，愿放弃一向宗信仰。”

本多正信看着家康的眼神充满决心。

“你说此话，可非虚言？”家康骑在马上，犹疑地看着跪在地上的本多正信。

“小人向神佛发誓……不，从今日起，小人所信神佛唯有德川三河守家康大人一人！”

“……”

两人都沉默不语，仿佛兵家真刀实枪对决时令人窒息的沉默。这短暂的瞬间，不论对家康来说，还是对本多正信来说，都好似无限漫长。

本多正信是一个在三河一向宗暴动中给家康带来无数麻烦的谋士，头脑聪颖，善于谋事。但被驱逐出故乡三河后，他浪迹诸国，遍阅天下无数英雄，终于醒悟：“当年觉得这个家主年幼无能，没放在眼里。但此人随着年龄增长，已突破自己限界，逐渐变强变大。若能助力如此有价值的主君，可谓三生有幸。”

本多正信沉默不语，但在内心却一直向家康倾诉衷肠。如果不接受我的恳求，那便当场切腹，以求一死。

终于，家康缓缓开口道：“好吧，许你跟随我军行动。”

“那……”

“看在金崎城撤退战有功分上，许你回归。”

“感谢洪恩，三生有幸。”本多正信深深伏地行礼，“从今往后，直至我本多正信命归黄泉，誓将全身全灵献给三河大人！”

本多正信清瘦的肩膀抽搐一般颤抖，家康却像没发生任何事情一般，策马从他身边走过。

本多正信没有食言。直至元和二年（1616年）七十九岁死去为止，本多正信一直与家康形影不离，为家康献计献策。家康全副身心信赖精通政务的本多正信，对本多正信另眼相看。在家臣团中，本多正信是家康唯一能交心说实话的人，两人始终保持“管鲍之交”。

第六章

征战

五月十八日，家康回到领地三河国冈崎城，但他无暇休息。他组织了五千精兵，重又踏上西征的征途，此次的目标是浅井长政领有的北近江。

信长在家康到达以前便已攻入北近江，布阵龙鼻。龙鼻是横山山地龙脊般延伸在北端的一个丘陵，位于浅井长政居城小谷城南两里（约八公里）左右。

六月二十四日，德川军赶到龙鼻附近的胜山阵地，家康不及休息便去拜见信长。

“来了！”

信长黑革缀绳铠甲上披着南蛮舶来的黑天鹅绒斗篷，他以锐利的目光看着掀开织田木瓜帐幕进来的家康。

信长坐在几案后，柴田胜家、佐久间信盛、丹羽长秀、明智光秀、木下秀吉等织田家重臣神情严肃地围坐在信长左右。

“德川大人，前次多谢。”

秀吉好似要感谢家康此前在金崎城撤退战中应援自己，特意对家康注目行礼。

但信长却对金崎城撤退战一字未提。对于把盟友家康丢弃在敌阵中自己逃跑这一行为，至少也应说句道歉之语，但此类世间常识，对他来说是不存在的。与信长交往既久，家康也早已习惯如此。

“浅井有何举动？”家康坐到秀吉为他特意准备的几桌前，问信长道。

“越前一乘谷朝仓义景重臣朝仓景健率领援军已赶到附近。长政恐会冲出小谷城，与朝仓援军合流。”

“那，敌兵多少？”

“浅井、朝仓两军合计共两万一千余人。我方加上你带来的五千，共有两万八千。我方人数虽超敌方，但敌方占有地利，不可小觑。”

当初被内弟浅井长政背叛气昏头脑的信长，此时已回过神来，神色冷峻，眼神像研磨锋利的刀刃般锋利。

“如此来看，两军必将正面冲突，野外对战！”家康道。

二十八日晨，织田、德川联合军与浅井、朝仓联合军在姊川两岸隔岸对峙。

姊川从伊吹山山麓流向西南，最终流进琵琶湖。河面宽阔，宽达一町（约一百米），但水深处却只及成人肚脐。

信长把军队分成两路：左翼以驻扎胜山的德川家康军为先锋，再加上佐久间信盛、丹羽长秀、木下秀吉、稻叶一铁等，共近两万兵力，正面对阵朝仓军一万五千人；右翼是驻守龙鼻的信长亲率中军及坂井政尚、池田恒兴等八千余人，对战浅井军六千余人。

首先发动攻击的是朝仓和浅井联军一方。朝仓军先锋队杀声震天，举枪成林，徒步蹚过姊川浅滩，蜂拥而来。

“大家豁出性命迎击！拿出我三河武士骨气来！”家康大声呐喊，鼓动士兵拼命阻击。

酒井忠次指挥火铳队，向踏得水花四溅刚要上岸的朝仓军先锋队开枪。在硝烟刺鼻的猛烈枪击中，朝仓军先锋队纷纷倒下。但敌人并未就此退却。他们踩着同伴的尸体，不顾一切地冲上岸来。在英勇善战的朝仓军的猛攻下，德川军渐渐有些难以支撑。

头戴金溜涂头形头盔的家康，从盔檐下注视着战况，他看到战况有变，回头喊道：“忠成在吗？”家康命留守在身边的近侍青山忠成道：“派人去找榊原康政！”

“传什么令？”

“如此下去难以克敌，命康正从侧面发动攻击！”

“是！”青山忠成精神抖擞地回答。

青山忠成当即派人去给榊原康正传命。接到家康命令后，榊原康正迅速行动。他率领手下，绕到朝仓军侧面，尖刀般猛然插进敌军中。这一攻击，有力地挫伤了朝仓军的猛烈进攻。再加上织田军方稻叶一铁赶来增援，战况终于朝有利于德川军的一方转变。

与此同时，信长率领的中军在战斗伊始却吃了浅井军不少苦头。织田军十三层队列被攻破十一层，连信长自身都直接受到攻击，一时甚至感到有生命危险。但氏家直元等别动队从浅井军右侧偷袭，击退朝仓军的稻叶一铁也从左侧夹攻而来，形势发生逆转，浅井军和朝仓军军心动摇，全线崩溃，开始败退。

后世所称的“姊川之战”，以织田、德川联军大胜而终。据

《信长公记》记载，浅井、朝仓两军战死一千一百余人。

溃败的朝仓景健逃回越前国一乘谷，浅井长政逃回居城小谷城。但信长做出决定，认为不必乘胜追击，仅命秀吉在距小谷城二里（约八公里）许的横山城做了城守，自己率军撤回京都。向足利义昭将军报告战果后，信长便径自回岐阜城而去。

结束激烈战斗后，家康也班师回到领地三河冈崎城。

“恭喜大人大胜而归！”留守冈崎城的家臣平岩亲吉出城迎接家康。

“城内可有变故？”

“禀告大人，除筑山夫人言胸痛卧床静养之外，别无他事。”

“侍医看过吗？”虽说早已别居，但也是十余年的结发夫妻，家康对筑山夫人身体还是很关心的。

“侍医看过，说恐为痉挛发作，正在施术治疗，无甚大恙。”

“竹千代可好？”侍童帮家康换下征尘仆仆的铠甲内衣，家康问平岩亲吉道。

“公子悔恨至极。”

“悔恨？悔恨什么？”

“此次出征，竹千代公子也想随大人一起出征。下臣听说公子拿身边侍从发泄出气，怪罪他们没早点给自己行元服之礼。”

“传竹千代！”家康命道。

竹千代从冈崎城附近的筑山府来到冈崎城。依家康之命，竹千代的妻子德姬也同伴而来。夫妇两人进来后照例先向家康道喜，恭贺大捷。

“我听亲吉说了。竹千代，就算你不想留守，也不能拿手下人发泄出气啊。如此下去，今后还有谁会跟你？”

“父亲，”竹千代年轻的眉头挤出皱纹，“孩儿早已不小。下次出征，务请父亲答应带孩儿一同上战场。”

或因继承其母筑山夫人的血性，竹千代性情暴躁，个性强烈，任何事都不愿落人之后。听师傅平岩亲吉说，不论学问，还是弓箭、马术、刀枪、相扑、摔跤等武艺，竹千代从未败给过他人。作为武将之子，“未来可期”。家康虽不说出口，但内心对儿子的成长却也充满欢喜。

“今日传你们过来，不为别的。出征前曾跟你说过，要把冈崎城交给你们。三河冈崎城自打祖父以来便是咱们家的根基之地，你应与德姬携手，一起守住这座城堡。”

“孩儿遵命！”竹千代展开愁眉，在家康面前低首行礼。“孩儿不知父亲用意，刚才说话多有不恭，深感不安。孩儿一定不负父亲期待，谨言慎行，坚守祖传城堡。阿德，你也说点什么！”竹千代看了一眼德姬。

“小女无才，身为竹千代大人之妻，当与夫君尽心尽力。”德姬双手手指着地，白皙的脸一脸严肃，俯首行礼。

“还有，许你元服戴冠，并赐名‘信康’。”家康道，“‘信’字取自德姬父亲织田大人，‘康’字取自为父我之大名。怎么样？满意不？”

“孩儿怎敢不满？既蒙父亲与泰山大人赐名与我，孩儿誓为东海道第一，不，天下第一弓箭手。”竹千代手抓膝盖，郑重表白。

元服戴冠后，家康世子竹千代改名“德川信康”，搬进冈崎城住。为辅佐年轻的德川信康，家康还把师傅平岩亲吉、监护人西三河旗头石川数正、冈崎三奉行本多作左卫门、高力清长、天野康景派给信康。信康生母筑山夫人也随信康夫妇移居冈崎城。

把冈崎城传给世子信康后，家康带着侧室西郡局，移居新筑成的远江滨松城。

滨松城筑在一个三方原台地南端突出到平原部的丘陵之上。在滨松还被称作曳马的时期，曾筑有一座寨子般的小城，但作为家康远征各地的据点，未免太寒碜。因此，家康决定在位于曳马城西南的这个丘陵上新筑城堡。工程从年初开始，经过九个月的营建，终于，城门周围重要场所皆用石块砌成、三层高的望楼耸立的要塞，出现在远州秋高气爽的天空下。

整个江户时代，滨松城城主一直是德川家系的藩主和谱代大名，而历代城主从寺社奉行升任大坂城代或者升为老中的大有人在，充分说明此城作为镇守东海道的要冲，一直受到幕府重视。

因为德川家康、松平乘寿、松平信祝、井上正经、水野忠邦、井上正直等历代城主皆飞黄腾达，世人认为滨松城吉星高照，故称滨松城为“出世城”。

从高耸在城内的三层高的望楼上能看见远处白浪翻滚的远州海滩，沿海岸线有绵延数里的沙滩。与波涛不惊的三河湾景色不同，这里的景色波澜壮阔，令人精神振奋。

但是，站在望楼上的家康思绪早已飞到其他地方。

“还有一人想夺取此远州之地，然后沿东海道一路西进。”

此人不是别人，正是与家康瓜分原今川家领地的武田信玄。

把自己的居城从冈崎城转到滨松城，固然是为了加强对新领地远州的控制，还有一个很重要的理由，是为了防止对远州虎视眈眈的武田信玄的侵略。与家康约定瓜分今川家领地的信玄本企图占领骏河一带，但当时与今川家结盟的小田原北条强烈反对，发兵攻入骏河，击碎了信玄占领骏河的美梦。信玄不会轻易放弃。随后他便纠集两万一千大军，越过碓冰岭，进入关东平原，对北条氏领地相州小田原城发动攻击。

小田原地区面向相模湾，背靠箱根山脉，不但因为是北条家世代居城而市井繁荣，也因为是唐船来往的商都而经济繁荣，同时还因为是当时关东的政治经济中心盛极一时。《小田原记》对当时的繁荣景象记载如下：

> 各地町人，各种匠人，自西国、北国成群结伴而来。昔日镰仓繁荣，亦不过如此。

小田原城最繁盛时人口多达十万余人，超过以海外贸易而荣、人口八万余人的泉州堺，与日本首都京都人口匹敌。

武田军虽围攻了小田原城，但小田原城及其城堡周围的城下町区有城壕和城墙组成的强大“总构”守护，武田军虽用弓箭枪炮猛攻，终究未能攻破坚固的“总构”，最后只好放火烧掉附近农家，放弃围攻小田原城。

但武田和北条这关东两雄的攻防战并未就此结束。

北条氏康组织兵力，在相模国爱甲郡和津久井郡交界处的三增岭摆下伏兵，准备伏击从小田原撤退的武田军。获知这一消息后，信玄一边命主力继续往三增岭进军，一边命山县昌景等率领别动队从北条军侧面发动奇袭。这一战术奏效，信玄击破了北条军的伏击，成功撤回甲斐。但他后来找机会又攻入了骏河。

从去年年底到今年元龟元年（1570年）年初，信玄通过修筑江尻城、清水港等，加强了对骏河的控制。在家康忙于与盟友信长一起远征越前、攻打近江期间，信玄强化了对骏河的统治，同时对与国境相接的远江国也增强了压力。此事令家康感到从未有过的巨大危机。

“此人令人恐惧！”家康对信玄心有余悸。

这种感情难以用语言表达。对家康来说，信玄就是压在头顶的一块乌云，或更确切地说是远在天边、只能昂首仰望的富士山巅。

家康打心底恐惧信玄，同时又对信玄抱有一种近似崇拜的感情：“自己何时才能像此人那样勇敢、机智？”

但此时不得不与这个恐惧和崇拜并存的对象正面对决，这是家康不能退缩的宿命。

“不打败信玄，自己便无路可走！”家康浑身一阵激灵，悲壮地下定了决心。

下定与信玄对决的决心后，家康最初着手的是联手信玄宿敌越后国上杉辉虎（谦信）。他派使者前往上杉辉虎居城越后国春日山城，提出结盟的愿望。

同一时期，小田原的北条氏康也呼吁上杉辉虎结成对信玄的包围网，两者之间已结成“越相同盟”。因此对上杉辉虎来说，在他与北条氏的包围网里，加入在东海道日益成长壮大的家康，也是求之不得之事。

“共同击碎信玄的狼子野心！”上杉辉虎答应与家康结盟。

因与上杉辉虎结成同盟，家康遂与信玄断交。此后，家康便与号称战国最强的武田军团成了敌对关系。

对于这些动向，信玄当然不会无动于衷。

“这个三河小贼，竟来跟我耍小聪明！看我怎么收拾你！”

信玄计划用外交手段来对抗家康及其同盟军信长。他联合与信长、家康敌对的越前国朝仓义景、近江国浅井长政以及一向宗总本山大坂石山本愿寺、比睿山延历寺等寺社势力，从东西两方，对家康和信长形成夹击态势。

各路大名各怀鬼胎，战国乱世，风云聚变。

翌年元龟二年（1571年），信玄终于开始采取实际行动。他亲率两万五千大军，渡过大井川，侵入远江国，在海岸附近的小山、相良构筑营寨，试图控制东海道。

“还是来了！”

在滨松城接到这一消息后，家康浑身不寒而栗。但此时不是惧怕信玄的时候，必须竭尽全力，调动所有智慧和力量，无论如何要击退武田军，死守远江。

家康召集众将，在滨松城内召开对付武田军的军议。在酒井忠次、石川家成、大久保忠世、本多忠胜、鸟居元忠等德川家谱代家臣的座列中，新近归附的本多正信也列坐在最末尾。

“信玄最大目的，当是攻占高天神城。”酒井忠次用手中的扇子指着摊开在众人面前的舆图道。

无人有异议。

在东海道，人人皆知“制高天神城者制远州”。位于远江国小笠郡中央标高132米的鹤翁山顶的高天神城，周围都是陡坡绝壁，历来易守难攻，堪称天然要塞。且北临东海道，南望远州滩，居高临下，是一个天然的战略要冲。当年东海霸王今川从骏河进军远江时，便首先占领高天神城，后以高天神城为基地，成功攻占远江全国。因此，信玄首先进攻高天神城毫不奇怪。现城主小笠原氏助原本家族世代皆为今川家臣，但在家康占领远江国后归顺家康，成为德川家臣，领两千兵守卫高天神城。

“高天神城若被侵占，则远江的地方武士们势必动摇不稳，部分人或许不战而降。无论如何，都不能把高天神城拱手让给敌人。按常理，应派兵增援，进入城内，加强守卫，防备武田军来袭。”酒井忠次道。

酒井忠次的发言，合情合理。在座的武将们，无不觉得酒井忠次所言有理，点头称是。唯有一人一脸不以为然道：“可是，信玄会那么单纯，让人以常人的尺度衡量吗？”

不以为然的是坐在末座的本多正信。

“难道老夫想法浅薄不成？狂妄无礼！”酒井忠次心生恼怒。

本多正信是一个长期四处浪迹，好不容易才刚回归德川家的末座家臣。如此一个末座家臣，竟敢对自己这个首席老臣说三道四。

“可笑！简直岂有此理！”酒井忠次心中不快，满脸不高兴。

“在下并未说大人想法浅薄。在下只是觉得谋略家如信玄，恐不会采用谁都想得到的平凡战术。”本多正信毫不在意酒井忠次发怒。

“你一个曾用枪口对准大人的叛徒，难道不知道自己姓甚名谁吗？”

“此话说得怪！在下已获大人宽赦。”

“强词夺理！”酒井忠次与本多正信互不相让。

两人火气越来越大，一直沉默不语的家康此时插嘴道：“别吵了！如此小事一桩，何至高声争吵？平时总是冷静沉着的忠次也有失本分！”

“话虽如此，可大人——”

“我以为正信所言有一定的道理。”家康手摸着肉厚厚的下颌，好似要确认自己的想法。“信玄入道确非简单世俗之人，定当要弄什么花招。但具体会要什么花招，我等此时却不可得知。”

“大人是否有些过虑？”石川家成出来和稀泥。

“非也！”家康摇摇头，“目前先不派兵增援高天神城。我们单等信玄入道亮出底牌，再行动不迟。”

面对百战磨炼出来的老滑头，家康有些神经质。

元龟二年（1571年）春，武田军开始进攻高天神城。

围城武田军共有两万五千人，而城内守军不足攻城军十分之一，仅有两千人左右。可高天神城的确是一座名副其实的要塞，守城大将小笠原氏助虽然失去一个外郭城，但仍率领守军拼命抵抗武田军猛攻。

“恳请派兵增援！”高天神城十万火急请求家康派兵。

虽击退了初日攻击，但若遭受长期围攻，兵力之差势必决定胜负，高天神城被信玄攻陷只是时间问题。

“看来还是得派援军吧。”家康内心斗争激烈。

此时若失去高天神城，将给自己带来极大的损失。但信玄拥有彪悍的武田骑马军团，即使派去援军，展开野战，能否战胜武田骑马军团，也确实没有信心。况且不论胜败，无疑总会有巨大牺牲。即便如此，家康内心还在犹豫：“不能单看胜败损益，按信义也应救援小笠原。”

但次日高天神城形势却发生了令人难以置信的变化。武田军仅围攻一日，便放弃攻城，大军沿天龙川开始北上。

“仅包围一日便撤退，到底发生何事？”

家康派服部半藏率领的伊贺忍者出去打探武田军动静。

不久，服部半藏送来消息：“信玄入道途经犬居城，撤回信浓国。”

敌人莫名其妙的行动，其实更令人坐卧不安。家康也因信玄此次的意外撤兵，变得疑神疑鬼。

“当是关东北发生了某种不测事态，信玄入道毕竟与周围的北条、上杉为敌。虽不知发生何事，但进攻远江一事，或可暂时放心。”酒井忠次乐观道。

其他家臣们也大都因武田军撤退而放下心中的一块大石头，只有家康还不能完全放松对信玄的警惕。他知道：“当下信玄眼中只有西方，那人绝不可能轻易放弃占领通往京都的东海道的野心。”

而在家康的家臣团中，唯有一人与家康想法相同。此人便是本多正信。

“下臣欲与大人单独交谈两句，不知可否？”

本多正信眼睛很小，但看着家康的目光却敏锐智慧。

酒井忠次等老家臣们大都觉得“此人不知天高地厚”，他们毫不掩饰一脸不以为然的厌恶，但本多正信却毫不在意。

“好吧！”家康让家臣们都下去，军议厅只剩下他和本多正信两人。

家康令侍童送来香煎汤[1]，与本多正信面对面坐下边吃边说。

“信玄入道所有行动，必有诡计，绝不可放松警惕！”本多正信把手中大碗放到腿边，性急道。

“正信，你觉得信玄入道真意何在？”

“此为圈套！”本多正信怕被人听到般悄声道。

“圈套？”家康喝了一口香甜的香煎汤。

“正是！”本多正信点点头，“臣以为信玄入道为麻痹我们，故意撤出对高天神城的包围，返回信浓国。但信玄入道绝不会甘心放弃位于从骏河进入远江咽喉位置的高天神城，不久定会有某种行动。”

“你真不可思议啊！”家康轻皱眉头，看着眼前的本多正信，“我也有同样想法。你好似我心中的影子，看你便如看另一个自己一般。”

“大人过奖！”

---

1. 香煎汤：一种甜味炒面糊。

“总之，今后免不了与信玄要真打一仗。”

正如本多正信所言，此次行动是信玄精心设计的圈套。信玄虽把兵撤回信州高远城，但他并未放弃对德川领地的野心。

进入四月，信玄对信浓国饭田城城代秋山信友发布命令：“沿伊那谷南下，进攻远江！”

据斥候情报，获知武田军行动后，家康加强了对北远江的防卫。

但秋山信友进入远江后，却突然调头攻入三河，攻克并占领了位于伊那大道路边、由铃木重置守卫的足助城。三河内陆的山岳地区，有地方武士奥平氏、长筱的菅沼氏、田峰的菅沼氏等所谓的山家三方众，在足助城陷落后，他们相继反叛德川，倒向武田一方。

不仅远江，连自己领地三河国都受到威胁。看到如此局势，家康惊得出了一身冷汗，而因为信玄撤兵放松警惕的德川家臣团也剧烈动摇。

仿佛要特意嘲笑家康一般，信玄亲率大军，南下攻入三河国，一举攻克东三河野田城。信玄并未满足，他挟攻克野田城余威，率兵继续南下，直逼吉田城。吉田城是东海道要冲，也是东三河旗头、德川家首席家老酒井忠次的居城。但以酒井忠次为首的东三河兵此时都被调来防卫远州，不在吉田城，故吉田城防卫极为薄弱。

“信玄真正目的原来在此啊！”家康握紧拳头。

侵入东三河，当是为隔断远州滨松城的家康与守在西三河冈崎城的世子信康。在德川领地强行打入楔子，把德川领地分成两段，这才是信玄大胆奸诈的策略。

当然家康并不会吸着手指静观事态发展。他急命酒井忠次返回吉田城，为牵制信玄，自己也率兵从滨松城出发去增援。

“绝不容信玄如此随心所欲！”家康不由得用力抽打坐骑。

酒井忠次先返回吉田城，接着家康大军也赶到吉田城。

吉田城修筑在今爱知县丰桥市的丰川和朝仓川合流处。本丸楼北侧是悬崖峭壁，其他东南西三方筑有二丸郭城，二丸郭城外围还筑有三曲轮，整个吉田城构造极为坚固。

“我吉田城深挖沟，高筑墙，易守难攻。管他什么大军，都休想攻陷我吉田城。”城主酒井忠次充满自信地说。

“但对手是那位信玄，绝不可掉以轻心！”跟随家康进入吉田城的本多正信，以罩着一层纱般的讥讽目光看着酒井忠次。

“你……你这是在侮辱老夫吗？”

“岂敢岂敢！在下仅仅是指出一个事实而已。不论任何事情，都不应忘记做最坏的打算。”

最近酒井忠次与本多正信事事对立。在曾浪迹诸国、见多识广的本多正信看来，酒井忠次这些以出身三河国名门为傲，遇事谨慎有余、冒险不足的家臣，“对于变化无常的局势，不可能随机应变”，他心中有些焦虑。

虽不能当对方面如此直说，但家康也已感觉到本多正信指出的问题。家康虽觉得自己想法与本多正信比较接近，但他知道“此时不是搞内部分裂之时”。从小吃够苦头的家康，知道如果偏向某一方，势必会在家臣中留下争斗的火种。他道：“你们二位均言之有理。无论如何，我们得竭尽全力守住吉田城。”

武田军开始攻打吉田城。家康发动全军还击，武田军久攻不克。就在家康觉得可能要坚持长久守卫战时，信玄突然改变进攻矛头。

在吉田城东半里（约两公里）处，有一座支城叫二连木城。此城是防卫吉田城的据点之一，由酒井忠次麾下户田康长带领手下五百人守卫。信玄停止进攻吉田城，突然去袭击了这座二连木城。

“大人，二连木城来人要求紧急增援！”酒井忠次苦叫起来。

信玄看到正面攻击吉田城很难得手，便改变战略，采用了先拿下吉田城外围支城二连木城、再回头围攻吉田城的战略。

二连木城城主户田康长仅有十岁，还是一个少年。本来这并非能当一城之主的年龄，但四年前户田康长父亲户田忠重死去后，家康觉得“若立户田忠重幼子为城主，则自古在渥美半岛具有巨大势力的户田一门，便会完全归顺”，因此令当时年仅六岁的户田康长继任户田家家督，接任二连木城城主。他把自己异父妹松姬许给户田康长，把户田家当作自己一族看待，并把二连木城交给户田康长。也就是说，信玄此时攻击的，是家康最不想被人攻占的二连木城。

“哪壶不开提哪壶！”家康不由得想。

“这可如何是好？若不增援，那二连木城恐坚守不了三日。”作为户田康长上司，酒井忠次掩饰不住内心的焦躁。

“你只要考虑如何守住这座吉田城即可！”家康一口喝干侍童用青花瓷碗端来的水。

“可是，二连木城……”

“我自去增援二连木城，救援城内坚守的将兵们要紧。”家康毅然立起。

“大人不可冒险！”本多正信反对，“事已至此，放弃二连木城为上。不可因一时意气用事，而忘了大局。”

“你是说大人我意气用事？”家康一向信任智慧超群的本多正信，但此刻被他如此一说，也一下气上心头。“武士者，守信重义方为武士也。见二连木城兵将死而不救，今后谁还会跟我？”

因为是自己任命少年户田康长为二连木城城主的，所以家康比谁都希望能守住这座城。

但本多正信却坚持己见：“比信义更重要的是大人自己的生命。大人若出城增援，定会掉进信玄入道设下的圈套。难道大人要自投罗网不成？”

与家康不同，本多正信无有任何负担，因此他才能看到事情的本质。但家康不同，他有自己必须坚持的信念。

“若无信义，则无今日之我！”

“可是，大人——”

“住口！”家康说完，转过身背对本多正信。

确实，家康在很多方面与本多正信想法相似。但有一点却大不相同，那便是作为一个武士，他们有着根本的价值观的区别。若要家康在利和义之间任选其一，他即便抛头颅洒热血也要选择“义”。而本多正信则并非如此，他知道：“信玄入道用二连木城兵将生命做鱼饵，是要钓年轻气盛、血气方刚的大人出城上钩。”他看出了信玄的用心。本多正信此人在任何时候、任何情况下，都冷静客观。

当日深夜，家康不顾本多正信苦谏，为解二连木城之围，亲率五千兵将，打开吉田城后门，出去偷袭包围二连木城的武田军。

二连木城修筑在朝仓川河岸丘陵之上。

二连木这一少见地名，似起于城内繁茂的巨大榆树。巨大的榆树不是一棵，而是连绵半里（约两公里）左右；且东边小土丘上也有许多较小的榆树，亭亭玉立，迎风摇摆。信玄中军阵地，便设在二连木城东边这座长满榆树的小土丘上。

此晚恰好新月初上，除微弱的星光外，四周尽被潮湿的夜气笼罩。果然是一个发动夜袭的绝好时机。“要给信玄当头一击，机不可待，时不再来。”随着家康的手势，五千兵将衔枚勒甲，悄悄接近武田中军阵地。

“拿下信玄入道首级！”

接到家康命令，德川军突然对武田中军发动攻击。

时值更深夜阑。武田军虽说彪悍勇敢，但若在夜晚睡眠中突然受到偷袭，不用说势必会陷入一片混乱。可武田军当晚并未躺下休息，等待呐喊声中冲上土丘的德川军先锋队的，是黑暗中迎面射来的枪林弹雨。冲在最前边的兵卒们，一片一片倒下。

“难道他们知道我军行动？”家康表情一僵。

信玄当初便估计家康为给二连木城解围，定会在夜晚发动偷袭，因此派出许多斥候刺探德川军消息。

竟敢跟老子叫板？老子打过多少仗？

在呐喊声和刀枪剑戟的刺杀声中，家康似乎听到了信玄在狂笑。

但开弓没有回头箭，既然已开打，便无回头路可走。

“找信玄！抓信玄！”家康红着双眼大吼。

拼死也要抓住信玄，不砍掉敌人大将首级则此次战役不可能取胜。

黑灯瞎火中，两军展开白刃战。找不到敌将信玄所在，只有混战的时间在一分一秒地耗掉。

德川军五千，而武田军则有两万。随着混战时间拖长，在兵员数量上远超德川军的武田军逐渐占据优势，开始压倒德川军。

终于，与伊贺忍者一起被家康派去刺探信玄所在的服部半藏一阵风似的跑到家康面前：“信玄入道已在近侍护卫下，撤回后方。”

“他娘的！”家康气愤地咬住下唇。

既然知道已不可能取信玄首级，那打下去已无意义。

“撤！”

命令撤退的钟声敲响。撤退的德川军受到武田军追击，在没有取得任何战果的情况下，损兵折将，退回吉田城。户田康长也只能放弃二连木城，紧随家康逃进吉田城。如此一来，失去城主的二连木城便被武田军占领。

但武田军并未在二连木城长居。武田军仅占据二连木城五日，便撤回自己的甲斐国去，果然一个疾如风。

武田军虽撤走，但家康并无安心感。受信玄此次进攻，家康领有的三河国和远江国中，东远江被武田军占领，三河北部即所谓的三河内陆也被划入信玄版图。

同一时期，盟军织田信长也被浅井长政、朝仓义景、三好三人众，以及受比睿山和石山本愿寺门主显如煽动而与上述众人联手的一向宗门徒包围，捉襟见肘，苦于应付。包围信长的势力背后，能看到受足利义昭将军之邀企图上洛的信玄的影子。信玄虽然一门心思侵犯家康领地，但他与畿内局势并非毫无关联。

若信玄再次进犯，则家康的远州滨松城及世子驻守的三河冈崎城恐也难保，必须尽快制定对策。

“被敌人占领的城，只能一个一个再夺回来。”回到滨松城后，家康满脸失望地边吃滨纳豆边自言自语。

与一般抽丝的纳豆不同，滨纳豆是用纳豆菌发酵的大豆，晒干后能用手捏着吃。作为滨松附近大福寺的名产，家康很喜欢这种味道浓厚的食物。而且，此物还因为营养价值高，能长期保存，便于携带，最近已用作征战士兵的兵粮。

“半藏！”家康面向夜晚开着红山紫茎花的院子，喊了一声。

随着家康的喊声，红山紫茎白色的花后有个人影晃了一下。近日谣传信玄领地的甲斐国忍者强盗在滨松城下出没，因此伊贺忍者服部半藏不分昼夜守卫在家康身边。

“派你手下的伊贺忍者到野田城、足助城去，看武田守军有无什么可乘之隙。”家康道。

但却无人回应。红山紫茎背后的人影看着这边，沉默不言。

“不是半藏？”家康没有多想，便伸手去拿身边的长刀。

“谁？”家康对着黑咕隆咚的院子大喊一声。

但红山紫茎后边的人影却一动不动。

“我已看见你藏在树后，是武田派来的吗？”

“……”

“不说话就看刀！”家康握住刀柄。

他对自己的刀术很有信心，一两个贼人想要杀他并不那么容易。

“忠成！忠成在吗？”

就在家康大声喊叫近侍青山忠成时，传来一个低沉清脆的女声：“大人，小声点！”那女声继续道，“家康大人，万别作声。敢情忘了小女？”

“这声音……”

家康瞬时怀疑起自己的耳朵。鲜明的记忆，猛然出现在脑海里。一个颦眉微蹙的女人苦闷的呻吟，指尖滑落的乌云般的青丝，都像昨日发生之事，跑马灯般出现在家康脑海里。

“奈奈？”

家康目不转睛地盯着花后暗处。不知何故，他心跳激烈。

“小女在。”

随着一声回答，身穿星点萤火虫纹样紫菀色小袖的女子缓缓走来。

家康与女子双目对视。

的确是作为一向宗谍人被识破后从家康身边消失的奈奈。自从奈奈走后，家康身边的女人，不算不在滨松城和冈崎城内居住的正室筑山夫人，仅有给家康生下次女督姬的侧室西郡局一人。

虽说接二连三的战役使他根本无暇去想女人，但不能完全把奈奈从内心忘掉，应该也是一个重要原因。这个女人给家康留下了如此深刻的与政治无关、纯粹爱恋的欢喜和离别的极大痛苦。

“大人，叫人吗？”随着走廊的脚步声，传来近侍青山忠成的回声。

家康睁圆眼睛直视着奈奈，命忠成道：“噢，不要了，没事了！暂时不要叫人靠近这里。”

家康和奈奈对坐在点着油灯的房间里。

“久未请安，小女给大人赔不是。”奈奈毕恭毕敬地低首行礼。

自从那次分手已经过去五年，但面前这个女人却好似并无变化，还是那么美丽。甚至可说，岁月给这女人的美貌增添了更多韵味，使此女有了更迷人的魅力。

作为一个男人，他想问很多很多事情。但局势紧张，各国蠢蠢欲动，再加上如今所处的地位立场，使得家康不能放松警惕。

“你竟能钻进城里！你是怎么躲过服部半藏的监视的？”

“小女一心想见大人，不顾性命危险前来拜见，可好不容易见到了，大人却对小女说出如此无趣之话，实令小女心寒！”奈奈眼中涌出泪珠，微笑道。

“还有脸说这等漂亮话！我问你，你……”

“小女还是一向宗密探，当然此刻也还是为门主显如大人服务。”

“是么！”家康有些扫兴，这女人总是如此不分对错。

“大人城内火药库附近，小女同伙放火挑事，城内卫士皆被引到那里。大人若还惜命，还是多加用心为妙。”

“不需你操心！”

“生起气来还是扭头不看人，与从前一模一样。”奈奈用白皙的手掌遮住口，咯咯咯笑出声来。

被面前的女人取笑，家康感到很不快。

“我若叫人来你便没命了，竟还敢如此浪笑！”

“小女并不怕死。自打离开大人，小女便如一枚蝉蜕。这肉身，亦不过一具行尸走肉而已。”奈奈用哀怨的眼神，看着家康。

但家康早已不是能被如此诱惑的眼神所动摇的无知少年了。

“少说废话！我问你，此次来有何目的？”

“小女以本门门主密使身份冒昧造访。”奈奈口气突然严肃起来。

“石山本愿寺门主显如密使？”家康脸上露出紧张的神气。

“正是！”奈奈若无其事地点头。

“石山本愿寺为我盟军织田大人仇敌，亦即我德川某人之敌，敌人有何事来找我？”

“开门见山说吧，显如大人希望你与信长断交。”

“大胆！”

“这也是为你好！”奈奈严肃地说，“家康大人应该不是不知道信长如今在畿内如何被围困吧？”

“……”

确实，畿内针对信长的包围网日益强大。除越前国朝仓义景、近江国浅井长政、阿波国三好三人众之外，还有在畿内一带渗透到边边角角的宗教势力，即比睿山延历寺、石山本愿寺等反信长的势力等。此外，若甲斐国的武田信玄也加入反信长一派，则信长所处苦境可想而知。

况且听说号召结成对信长包围网的，竟是京都二条御所的足利义昭将军。足利义昭将军虽然是在信长支持下上洛继任将军，但觉得自己是被信长利用的摆设，心生怨气，遂利用将军权威，号召各路大名起来打倒信长。

客观地看，要打破如此强大的包围网，几乎绝不可能。

“此时信长还在拼死挣扎，但若甲斐武田信玄西上，则信长之类，势必一败涂地。到那时，大人的命运当然也可想而知。”奈奈脸似要靠近家康，轻声道，“大人你曾镇压过三河一向宗信徒，本为本愿寺敌人。但若能与信长断交，并调转枪口去歼灭信长势力，则迄今为止所有恩怨皆可付之流水。门主大人要小女如此转告大人。”

“想让我背叛织田大人？”家康凝视着奈奈。

“大人当然绝不想失去三河及远江领地。若想逃过这一劫，便不需对信长之类讲究什么义理人情。”奈奈道。

家康沉默不语。

方才看到从红山紫茎后走出来的女人时那种喝醉酒般的陶醉感觉，此刻已消失得无影无踪。想到不得不与当年自己用全部青春热爱的女人如此说话，家康内心充满痛苦，感到无限寂寞。

“你想说的就是这些吗？”家康长长吐出一口气，对奈奈道，“你难道认为我德川是那种为了自己性命而出卖朋友的人吗？”

“正因为知道大人并非那种人，所以小女我才——”

“那还何必要问？答案不问自知。”

“家康大人！”奈奈还不死心，双手扶在家康膝上，“小女一心想挽救大人，小女向天发誓这是真心，还望大人明鉴。”

“少说废话，我不想听！”

“不，不想听也得听。”奈奈口中的热气吐到家康脸上，“前日二连木城一战，听说大人被信玄像捏婴儿手般不费吹灰之力就打得狼狈不堪。信玄若真要攻打，则大人必定一败涂地。”

“胜败乃兵家常事，不打如何知道谁胜谁败？”

家康也不愿服输。虽说亲身感受到与信玄实力之差，但此时从这个女人口中说出还是让他觉得脸上无光。况且，战场上即便万一失利，家康也有决不放弃的原则。

“有一原则，重于性命！”家康看着女人含泪的目光。

“那是什么？”

“信义！”

“信义？”

“若无信义，则不但作为武士，即便做人亦无意义。越是在此艰难时期，越是要坚守自己贯穿脊梁的原则到最后。”

“小女不懂！”奈奈猛烈摇头，黑丝乱飞。

“不懂也罢。信义之类，只有男人才会理解。”

“可我还是要——”

“你走吧！”

家康扭头不再看这女人，远处竹林传来沙沙的风声。

第七章

三方原

元龟二年（1571年）九月，为打破对自己的包围，信长开始行动。当然不可能同时对付四面八方的敌人，为此他采取的战术是——各个击破。

信长首先选中的目标是比睿山延历寺。

自从平安时代初由传教大师最澄和尚在京都鬼门处（东北方向）开山以来，延历寺一直守卫着常明法灯，是镇护国家的根本道场。俯瞰琵琶湖的比睿山灵峰成为一大佛教圣地，建有三塔十六谷[1]以及三千余寺院殿堂，鳞次栉比，还有来自各国的学问僧在此钻研佛教经典。比睿山灵峰是当时佛教的最高学府，亲鸾、日莲、道元、荣西、一遍等各自创立单独学派的高僧们，年轻时都曾在比睿山修行，钻研教义，而后发扬光大。

但随着时代的变化，延历寺也逐渐堕入俗世。僧侣们开始厌恶灵峰上寺院里的清贫生活，纷纷下山，住在山麓坂本地区叫作

---

1. 三塔十六谷：延历寺建筑群，分东塔（北谷、东谷、南谷、西谷、无动寺谷）、西塔（东谷、南谷、南尾谷、北尾谷、北谷）、横川（芳谷、解脱谷、戒心谷、都率谷、般若谷、饭室谷），共三千多间庙堂。

“里坊”的寺院里，过着与普通人一样奢侈享乐的生活。信长骂延历寺僧侣为：“一群抱着长刀的放债人。”完全不把这些僧侣放到眼里。

比睿山延历寺自古便有“山法师”，也就是僧兵，保持着强大的军事力量。以比睿山守护神日吉山王权现的神威为背景，山法师横行霸道，所以历代为政者都怕他们三分。连院政时独揽朝廷大权的白河院，在指出自己不能随心所欲的三大事项时都无奈地称：“贺茂川的水”“双六的骰子”“山法师”。把横行霸道、为所欲为的山法师与泛滥成灾的河水等并称。

此外，比睿山僧侣们用香客进献的功德钱向市井町人放债，并以此积累财富。从寺院借钱的利息，远比称作“土仓”的民间高利贷利息低。因此，甚至连有些大名都向延历寺借钱，用作军资。特别是浅井家和朝仓家，都向延历寺借贷了巨额资金。

所以，信长把最初的攻击目标选定为比睿山延历寺，便有搞掉浅井和朝仓“主银行”之意。

九月十二日，信长向麾下诸将发出烧杀比睿山的命令。织田军从三方包围坂本町，他们砸开总门，稀里哗啦闯进町内，见房子便烧。僧侣们仅穿着僧服，慌慌张张只顾往比睿山上逃跑。但织田军不管三七二十一，冲上去抓住人便剥光衣服，砍头弃尸，连町内的女人幼儿都没放过。烧光坂本町后，织田军一鼓作气攻上比睿山，同样放火烧掉以根本中堂为首的所有庙堂，彻底破坏了三塔十六谷三千坊这一佛教灵地。

《信长公记》说信长：

尽散年来胸朦。

意思是说长年积在心中的郁愤，一下烟消云散。

火烧比睿山一事，令世人震惊。京城人私下议论纷纷：“信长不是人！这是天上魔王干的事！”“可怕啊可怕！那家伙，总有一天会遭佛祖报应的。”但信长对什么佛祖报应、世人谩骂当然毫不在乎。他只觉得：“此后少了一颗眼中钉。”用蛮力突破包围网后，他命明智光秀为坂本城主，控制南近江。

但信长火烧比睿山的行为，给企图西上京城的甲斐武田信玄提供了一个求之不得的理由。逃过织田军虐杀、苟延残喘的正觉院僧侣正豪盛等逃到甲斐，找信玄控诉信长的残忍凶暴。

“信长可憎，乃我佛之敌。恳请信玄大人派兵讨伐天魔外道信长贼人。”

信玄本来便是一个虔诚的佛教徒，他收留并精心保护正觉院僧侣正豪盛等，对他们发誓道：“大师们所诉，贫徒知道了。贫徒这便在甲斐营建替代延历寺的寺院，供大师们修行。”

复兴比睿山这一大义，点燃了武田信玄上洛的野心之火，他要付诸行动。

自元龟二年岁暮到次年三月开春，德川领地表面上平稳无事，但家康并未放松警惕。敌人的脚步声，已在耳边响起。

这一时期，东国发生了一个很大的变化。一直与德川家康及越后上杉谦信结盟、共同对付武田信玄的小田原北条家，突然撕毁盟约，转而与信玄联手。给北条家带来繁荣的北条氏康死后，四世北条氏政完全掌握了从军事到外交及内政的所有实权，并做出毁约和联盟武田信玄的决定。北条氏政一百八十度转换外交方针的原因，是呼应京都足利义昭将军的号召：足利义昭试图组织一个巨大的信长包围网。

与北条家结盟，最大的受益者是武田信玄。他从此再无后顾之忧，能集中全部兵力，投入到为上洛扫清道路的战役中去。而且，此时北陆加贺发生一向宗暴动，开始进犯上杉谦信领有的越中国境一带。因此上杉谦信也不得不把大部分兵力用于镇压一向宗暴动。一向宗暴动，毫无疑问是受石山本愿寺门主显如指示。对信玄来说，这可是千载难遇的好机会。

“上天要我向京都进军！”

这年五十二岁、人生进入成熟期的武田信玄，终于决定西上。

可是这对于从正面承受信玄压力的家康来说，却是关乎生死存亡的紧急事态。

“固守国境，一步都不能让武田军进入我领地。”家康命令道。

虽说迄今为止与武田军也多次交战，但此番较量，却关系到领国命运，其深刻程度远非之前任何一次交战所能比。信玄若全力进攻德川领地，则家康一方“不仅不可能阻止信玄侵略，甚至将毫无还手之力，一败涂地”，德川家臣们对信玄那看不见的巨大影响深感恐惧。

家康内心也害怕武田信玄此次侵攻。若与武田军正面对决，那等待自己的或许便是灭亡。他每日做噩梦，连续许多个晚上不能入睡。但他知道，绝不能在家臣面前露出任何恐惧的情绪。

全军统帅若显出不安，那将士必将失去信心。一定得控制住自己的情绪，在将士面前必须充满自信。

元龟三年（1572年）秋，服部半藏收到派到武田领地去侦察的手下传来的消息，报告给家康："信玄已发布西上军令。"

"此话当真？"家康握紧的拳头，不由得又使上劲。

"确实无误！"服部半藏平时很少动感情，但此次就连他都有些亢奋，"在秋叶街道、伊那街道沿线，从各地征收来的粮草已堆积如山，人员来往也非常频繁。"

"信玄这是要沿着街道南下，直接攻入我领地啊！"家康咬着大拇指指甲，这是他精神紧张时的一个毛病，"继续侦察，不得放过武田军任何举动。发现异常，即刻来报。"

"是！"

服部半藏走后，家康把家臣们召集到滨松城大广间[1]。

必须尽快商议对抗策略。

酒井忠次、石川家成、大久保忠世、本多忠胜、鸟居元忠、榊原康政、本多正信等悉数来到大广间，坐在军议席上。每人脸上都显出紧张的神色，油灯照得他们的脸色甚至有些铁青。

"信玄终于动起来了！"家康道，"不能让武田军的铁蹄践踏我们的领土。但冷静地想，若想把武田军阻止在国境之外，恐也不能。"

"那，大人，我们如何做才对？"本多忠胜手扶膝盖，身子前倾，问道。

1. 大广间：日本古代举办聚会或宴会的大房间。

“固守城池！”家康以沉郁的声音说完，环视在座的家臣们。

武田家领地除原有的甲斐外，还有骏河及信浓两国，此外还占领了远江国东部以及三河、飞驒、上野国各一部分，石高轻松超过150万石。况且武田军还有战国最强的骑马军团，历次战役皆连战连胜，从未吃过败仗。

家康对武田军的强大深有体会。正因此，他才想：“固守滨松城，不让武田骑马军团发挥作用，把武田军拖入持久战。”当然仅是一味地躲在城内不动，也不可能打开局面。因此家康要派使者去求信长派兵增援。

“织田大人会派援兵来给大人解围吗？”酒井忠次表示怀疑，“臣看织田大人是个极为自私之人，必将无情地放弃增援大人。”

“不会，不会的。”家康断定道，“织田大人不会弃我们于不顾。织田大人与我是一莲托生，曾发誓同生死、共命运。我若灭亡，织田大人便要正面对战信玄大军。织田大人定会竭尽全力，支援我们守卫滨松城。”

“可是，即便织田大人派兵增援，我们能否打败信玄入道？”本多正信自言自语般说道。

“不好说。”家康只能如此回答，“打仗不能光想活命。要置生死于度外，方能置之死地而后生。”

“大人……”家臣们咽下要说的话，注视着家康。

家康派出快马急使前往岐阜城。信长接到家康希望派兵增援的信后说：“知道了。”他当下便决定派兵支援。“回去给德川大人传话，本人对德川大人期望很大，希望他当先锋，与武田军决一死战。”信长表情冷漠地说。

使者回到滨松城，把织田原话传给家康。家康心想：“原来我是打武田军的先锋？”或者说自己便是信长夺取天下的垫脚石吧。但此时只能置生死于度外，对付武田军。

甲府盆地突然冷起来。

一个初霜的早晨，信玄终于开始行动。

天空湛蓝通透，山峦红叶遍布，甲斐驹岳山顶白雪皑皑。在干冷的寒风中，山县三郎兵卫昌景率领五千先遣队从甲斐府出发，总大将武田信玄亲率两万五千大军随后。此外，秋山信友还率五千别动队，从信浓国直接进入织田领地美浓国，去包围位于东美浓的岩村城。山县昌景率领的先遣队经信浓国伊那街道直逼三河，而信玄率领的主力军则经秋叶街道，越过兵越岭，攻入远江国。

武田军的一系列行动，通过派到各地的斥候，接连不断地传到身在滨松城的家康手中。

“这是兵分三路进攻而来啊！”影子般跟在家康身边的本多正信看着舆图道，“虽说兵分三路进攻而来，但秋山率兵进攻的美浓国是织田大人的领地，我们只要对付信玄入道主力军和山县三郎兵卫先遣队即可。”

“正是如此！”家康摸了摸下巴。

“进入三河的山县兵，会直接去攻打冈崎城吗？”本多正信看着主子。

“不，那不会。要攻城，五千兵太少。当在某个地方与信玄主力合流。”

“如此看来，信玄入道首要目标当为开战即一口气击溃我滨松城，然后一鼓作气，趁势西上，直奔京都。”

“做梦！”家康咬住下唇。

作为一个武人，家康也有他的自尊。最终当然只能固守滨松城，拖住信玄；但如果仅守不战，则己方将士难免会产生恐惧情绪，士气低下亦不可避免。

“在把信玄拖入守城战前，应在某个地点袭击一次。”好似看穿家康心思一般，本多正信提议。

与本多正信秘密商量过后，家康把本多忠胜和内藤信成叫来。

“麻烦两位去干一场。”家康把他们两个叫到跟前道。

“一切听大人之命。为了大人，臣愿置生死于度外，闯进敌营，直取信玄入道脑袋。”本多忠胜双目炯炯发光。

“有这觉悟便好，只是还不到舍命之时。此次两位只需带兵凑近武田军先遣队，折腾一下他们即可。”

“只是折腾一下？”内藤信成不解。

内藤信成在德川家中与本多忠胜并为猛将，不管对手是什么人，都不会怯懦。因此家康选中他们去迎击武田军先锋。

“两人听着！”家康看着内藤信成和本多忠胜道，“打仗讲究气势。若无气势，则开战前便已分胜负。信玄入道根本没把我们放在眼里，或许觉得我们根本就不是对手。你们俩去敲打一下，打掉武田军的嚣张气焰，让他们知道一下咱们的厉害。”

“这任务有趣！”本多忠胜咧嘴笑出声。

“那，兵呢？”

“给你们八百。”

“八百？太多了吧？”本多忠胜和内藤信成一脸惊讶。

集中在滨松城内的德川军仅有八千，八百绝非小数。

“一不做二不休，要打便要真打，不可缩头缩脑，二位也要有此觉悟！”

“下臣明白！”

次日早晨，本多忠胜和内藤信成率领八百将士，从滨松城出发。送走本多忠胜他们后，家康还是忐忑不安。

“怎么啦？老爷！”侍童青山忠成看到家康一直咬着大拇指指甲，问道。

“老爷我也该去。”

“老爷也要去？”

“为了让全军将士知道武田军无甚了不起，不必害怕，作为大将，我必须亲自出战。”家康像被谁推了一把般猛地站起。

本多忠胜、内藤信成率军出发不久，家康也亲率三千兵从滨松城出发。

“绝不能让信玄入道小觑！”汹涌澎湃的斗志，激励着三十一岁的家康。

本多忠胜和内藤信成组成的先锋队沿东海道向东进军，家康率兵远远跟在后边缓行。他骑在马上仰望天空，秋日的万里晴空，飘浮着刷子刷出般的淡淡的云彩。

家康暗想:“信玄入道此时会想什么呢?”

信玄沿秋叶街道进入远州后，进驻了犬居城。犬居城位于从北远江山岳地带通往平原部的关口，守将天野景贯很早便私通信玄，归附信玄麾下。但信玄并未在犬居城长居。北远江一带有一座要冲叫作二俣城，信玄把部分兵力分给儿子武田胜赖，令胜赖率兵去攻二俣城，而自己则令天野景贯为先导，率余部进入远江平原，连续攻占天方城、饭田城、各和城等无足轻重的小城。

东远江最重要的要塞无论从哪个角度看都是高天神城和挂川城，但信玄故意不先攻这两座城。他像野狼为了物色猎物在平原东奔西跑一般，率军在东远江一带四面出击，此时正包围着小城久野城。

信玄到底是何意图，家康百思不得其解，他觉得:“莫非信玄入道的最高策略便是要把守卫高天神城、挂川城的我方势力与守卫滨松城的我方势力隔断?”这个可能性很大。进攻敌地时，信玄常用的策略便是在对方势力中插进楔子，隔断对方。迄今交手数次，家康对此已有领教。

“即便如此……”

同样是在这一秋高气爽的艳阳天下，有一个信玄正磨刀霍霍企图蚕食德川领地。想到这里，家康觉得全身毛孔都渗出黏稠的细汗。

德川军先锋本多忠胜、内藤信成率兵渡过天龙川。

天龙川水深浪急，不能徒步过河。骑兵骑在马上驾驭得当才能勉强渡河，而大部分步卒则只能乘摆渡船过河。

先锋队过去不久，家康也骑马渡过天龙川，进入信玄四面出击的东远江。过河后行军一里（约四公里）左右，便到一个叫作“见付”的地方。

见付当年曾是远江国国府所在地，当下则作为东海道途中驿站，十分繁荣。见付北边高台上有见付端城，城主为地方武士堀越氏。

当年占领远江国后，家康看着见付曾想：“是否该在此地建城？”因为从牵制与自己瓜分了今川领地的信玄这个角度来看，此地不但距离秋叶街道出口近，且沿东海道东进不足一日便可到骏河国国境，家康当时便觉得此地为最佳建城驻守之地。但后因见付背靠天龙川，家康担心天龙川若发洪水，便与三河国冈崎城失去联络方式，这才作罢。家康于是最终选中了在见付以西四里（约十六公里）的滨松建城入住。但即便如此，见付此地的军事重要性其实丝毫没有变化。

进入见付后，家康以当地豪族安间平次弥府为中军帅府。

安间平次弥在家康占领远江以前，便看出家康不同凡响，对家康衷心推崇：“大人终究会成为东海道，不，天下名将！”安间平次弥虽是商人，但其义气却不输武士。哪怕武田军铁蹄踏进东远江，他还是公开声明：“老夫绝不离开此地，誓与町人一起抵抗武田军进攻。”家康对如此有骨气的商人很是看重和信赖，此人原名弥平次，家康便赐给他新名“平次弥”。

安间平次弥用自家庭院涌出的泉水点茶，佐以家传粟饼，献给家康。而招待家康的，是安间平次弥的爱女阿梅。

阿梅与长着一副鬼面瓦脸的父亲平次弥不像，颇有几分姿色，脸蛋圆圆胖胖，丰乳肥臀，大腿粗壮，正是家康喜欢的长相。

正要与武田军进行殊死决战的家康，比任何时候都满腔热血。他呆呆地看着阿梅云丝半遮的雪白脖颈，领口若隐若现的丰满肥乳，心中强烈地产生了“想抱她”的欲望。但他知道，当下局势紧张，此事绝无可能。

“老爷怎么了？”阿梅一脸懵懂。

“没、没什么，怎么啦？”家康回过神来，一时耳赤脸红。

“嗯，家严叮嘱小女，要用心服侍老爷。只要老爷能心神安宁，小女任由老爷使唤。”

“那便是说？”

那便是说，要阿梅做家康的侍寝。爱女若能受到家康恩宠，那对安间平次弥来说也是一件极为荣幸之事。

“不可，万万不可。”家康心想，他试图拼命抑制自己烈火般熊熊燃烧的情欲。

但只要一上战场，命便不由己。与信玄对战，便是如此惨烈。既然朝不保夕，命如晨露，那何不在如此水灵的姑娘身上，哪怕一瞬也好，刻上自己生命的印痕呢。

“过来，阿梅！”家康把阿梅抱到怀里。

阿梅没有抵抗。拥抱自己的男人身上的欲火好似传导给阿梅，阿梅气息急促，眼瞳湿润，哀哀地看着家康。

“可以吗？”

“嗯。”

此后之事便不需细说。家康似要忘记即将到来的巨大恐惧，一心把自己沉浸在年轻女子柔软的身体中。

半刻后，阿梅伺候家康匆匆穿好衣服，家康来到重臣们等候的大房间。

“大人，植村清兵卫来了。”本多正信道。

“噢，来了啊！”家康正等此人到来。

植村清兵卫与安间平次弥同为见付商人，为家康侧近植村正胜分家，头脑灵活，会见机行事，故家康派他住在对战武田军的前线见付。植村清兵卫在见付经营一家酒馆，酒馆很大，雇有管家、伙计、打杂等。他还在见付村外大道旁的松原开了一家茶店，给过往行人提供饮食。当地人私传：“植村掌柜不怕苦不怕累，很能干。”但他们不知道植村清兵卫的真正目的。植村清兵卫其实是以做生意为幌子，注意大道上过往行人，为家康收集情报。

家康每次鹰猎回府时，路过植村家必进屋休息。植村清兵卫每次都捧上满满一碗冷酒献给家康，故外号叫作“冷酒清兵卫”。

“武田军现下如何？”家康探出身子，问植村清兵卫。

“不知为何，信玄入道好似正在解除对久野城的包围。”

回答家康问话的植村清兵卫，已从一个和蔼可亲的商人，变成了神秘莫测的探子。

“当真？”

“当真！”

“还有什么大行动？”

“当下好似并无其他行动。”

“可是信玄不可轻视。若无目的，此人绝不可能解除对久野城的包围，莫非以此试探我方虚实？”

渡过天龙川的德川军行动，当然早已传入信玄耳中，但家康照例猜不透信玄所思所想。

“莫非有什么圈套？”家康内心莫名不安，“清兵卫！”

“在！”

“火速前往本多、内藤处，要他们万分小心敌人动向。”

“遵命！”

“你也继续注意武田军动向。若有什么变化，不论多小，都要火速报告。”

“小人明白。”冷酒清兵卫神情严肃，垂首领命。

此时，德川军先锋队本多忠胜、内藤信成军已从见付进驻太田川附近。本多忠胜接到冷酒清兵卫传令后，带领数名侧近，骑马登上三野高地。从三野高地往下能看到太田川及对岸的木原村。

登上三野高地后，看到眼下景象，本多忠胜目瞪口呆：“这、这……”

割完水稻的水田里，满是随风招展的军旗。白底旗上有两条黑线，摇摇摆摆从上到下，此即为“山道”军旗。能撑此大旗的武将只有武田军中大名鼎鼎的勇士美浓守马场信春。马场信春军后，排列的是小宫山昌友、原昌胤等武田家重要武将率领的大军。

“武田军主力原来在此！”本多忠胜咋舌。

他刚从植村清兵卫处得知信玄解除了对久野城的包围，可他做梦都没想到，武田军主力竟突然出现在自己眼前。此情此景，仿佛一场噩梦。

“这不是要趁我方准备不足先发制人，一举歼灭我方吗？”天不怕地不怕的本多忠胜此时吓得脸上失去血色。

武田军主力两万余人，而德川军先锋队本多忠胜和内藤信成两队，再加上驻扎在见付的家康所率部，总共不足四千人。武田军若大举攻来，德川军绝无还手之力。

但本多忠胜绝非如此区区危机便能被吓倒之人。

“快去传话给内藤队，武田军已兵临眼下，我军火速占领高地，准备迎敌！”本多忠胜吓人地喊叫起来，同时派急使去后方，向驻扎在见付的家康报告军情。

不等本多忠胜和内藤信成军做好战斗准备，马场信春率领的武田军先锋队已向三野高地发起进攻。本多忠胜、内藤信成指挥手下放箭，放火铳，拼命防战，阻止敌人进攻。

“什么？武田军到了三野？”听到来自前线的报告，家康愕然。

“大意了！”

家康万没想到包围久野城的信玄，能如此迅速地掉头攻打过来。狡猾的信玄早已看透了家康那点策略，攻其不备，乘虚而入。

“是否应该在此决战？”家康犹豫不决。

大敌当前，若卷起尾巴逃之夭夭，当然非男子汉大丈夫所为，家康心中闪出刀光剑影般锐利的决一雌雄之心。

但家康很快便冷静下来。德川军一半兵力都在滨松城，要以不足四千兵力与信玄正面对战，定无胜算。家康本来计划先展开局部战，迎头打击敌人先锋队，以提高己方士兵的士气。他不想在此与敌人展开真正的决战。

恰在此时，前线本多忠胜派人来报：“在马场美浓守先锋队后，大将信玄率领主力好似也从久野方向攻击而来。我等率部属为盾，决心阻止敌人进攻，望大人火速率主力撤回滨松城。”

本多忠胜的情报，消除了家康内心的迷茫。此地不应是自己死亡之地。真正的决战，应该还在将来。

“撤回滨松城。快！命令全军快速撤退！”家康命道。

命令发出不久，家康便率大军开始撤退。他狠抽了一鞭马，飞奔在返回滨松城的原野上。

德川军从见付撤后不久，号称冷酒清兵卫的植村清兵卫的酒馆便燃烧起来，接着安间平次弥家也火光冲天。这不是敌人放火焚烧，而是植村清兵卫和安间平次弥约好，为掩护德川军撤退，他们自己放火烧掉了见付面向大道的店铺。恰好大风刮来，风吹火起，紧邻商家接二连三被烧，一时白烟弥漫，火光冲天，遮天蔽日，见付一带伸手难见五指。在背后浓烟和火光的掩护下，家康策马冲进天龙川，其他徒步士卒也在池田码头分乘渡船，渡过天龙川。

同一时刻，奋战在前线的本多忠胜和内藤信成，却正受到尽情活用军马机动性的武田骑马军团猛烈的波状攻击。己方死伤多数，本多忠胜全身像被苏枋染料染过一般，到处都是因杀敌被溅到的鲜血。但本多忠胜的战斗激情却并未受到影响。

“传话内藤信成！我部为殿军，要他率部先撤，快撤回去保卫大人！”

出击后撤，后撤再出击，本多忠胜采用出击与撤退交互战法，死命顶住敌人进攻，展开撤退大作战。

但追上来的马场信春骑兵攻势猛烈。

“往哪儿逃？”

紧追而来的敌人骑兵刀尖，擦过本多忠胜斜挂在肩上的贴金数珠。

“狗贼竟敢动老子！”

本多忠胜青眼怒瞠，挺起蜻蛉切向敌骑一刺，便把那个武者刺下马去。

穿过白烟滚滚的见付小镇，虽然损失了许多士兵，但本多忠胜还是艰难地撤到距离天龙川不远的一言坂坡头。但此时又被武田军追上，本多忠胜身边仅剩下五十二骑精兵。

“众位弟兄！”本多忠胜环视麾下将士道，“此地便是我等阴间地府。我们要用自己的躯体，阻挡敌人，助大人平安返回滨松！”

“噢！”将士们发出地动山摇的喊声。

置生死于度外的军队是无敌的。身穿黑丝威胴丸铠甲的本多忠胜挥舞蜻蛉切上下翻飞，蜻蛉切所到之处，以勇猛闻名于世的武田军兵将也避之唯恐不及。在沙尘翻滚中，只有本多忠胜前边杀开一条血路。

血战半刻钟后，本多忠胜终于退到天龙川河边。他跳下濒死的坐骑，一步跳上等着自己的渡船，倒在船中。

武田军也想乘胜追击，但船夫们把船都藏在芦苇荡中，武田军找不到船，无法追击。

因本多忠胜在一言坂奋不顾身阻击敌人，家康才能九死一生，逃过一劫。

次日早晨，烧成一片灰烬的见付小镇上，武田军立起一块高高的牌子，牌子上有信玄近侍小松右近大书：

家康有两宝：一唐头二平八。

唐头指的是家康最为喜爱的装饰有牦牛尾毛的头盔。牦牛是生长在青藏高原、全身长满长毛的动物。通过海外贸易入手的牦牛尾毛，深得战国武将们珍视，他们常常把入手的牦牛尾毛装饰在头盔上以显威风。而与信玄相比存在感轻得好似一口气便能吹倒的家康，就秘藏着一顶与身份不符的舶来高级牦牛毛装饰的唐头。

与此唐头相同：“在一言坂奋不顾身阻击我武田军的本多平八郎忠胜猛将，放在德川军中也是浪费人才，非常可惜。”信玄称颂本多忠胜武勇，顺便讽刺家康不足一道。

撤回滨松城的家康再次深深地感到武将信玄的勇猛恐怖和老谋深算。

“我的那点策略，在信玄入道眼中，就像清流中的小石一般，一切都被他尽收眼底。浅陋轻薄，可笑之极。”家康心里涌出阵阵懊恼。

但他不能一直沉浸在失败的感伤中。信玄的主力，已瞄准下一个攻击目标，正在加紧准备。

信玄并未追击逃进滨松城的家康，而是从见付沿天龙川北上，直指二俣城。二俣城为北远江要冲，建在天龙川和二俣川合流地点的断崖上，是一座天险要塞。守城大将是中根正照，平时作为家康世子信康家老住在冈崎城内，此时为防止武田军南下，率领一千二百兵入住二俣城。

信玄大军即将抵达二俣城时，来自犬居城的武田胜赖别动队已包围了二俣城。再加上经三河而来的山县昌景部，二俣城被包围得水泄不通。中根正照虽然奋力防战，但若信玄所率主力赶到，则孤城寡兵，极难守住。

“二俣城中根正照派人求援！”

家康收到求援信。

“想要援军啊。”家康愁眉苦脸。

中根正照是一个勇敢刚强的硬汉，哪怕面对千军万马，也不会眨一下眼睛。但就是这个中根正照却来请求援军，不难想象，他确实是被逼到绝望的边缘了。

“怎么办，大人？”站在身旁的榊原康政瞪着充血的眼睛问，“不能眼见中根正照死而不救，还是臣下带领手下去增援吧？”

“不可！”家康制止榊原康政。

“为何不可？如不去增援，二俣城便——”

“以我现下兵力，实无分兵增援二俣城之余力。若分兵增援，只会造成滨松城自身难保。”

“那可如何是好？”

“对不住正照，只能期待正照死守了。”

“大人——”

“现下只能如此！”家康攥紧双拳道。

“可是，大人，死守也有限度啊！”榊原康正悲痛地喊出声。

家康自己当然知道不派兵增援，二俣城迟早会失陷。他最为懊恼的便是，虽然知道不增援不行，但自己当下却无能为力。

“千万顶住，再坚持一下，再拖一点时间。只要坚持到织田大人援军赶到滨松，那时便可行动。”仿佛要给自己鼓气般，家康低声自言自语。

家康在滨松城内，像期盼救星般期盼着信长援军。在他焦急期待援军之时，二俣城危机状况不断传来。

“怎么还不来啊？”

家康牙齿咬得咯咯响，他拼命压住自己恨不得抓住枪剑立刻冲上战场的冲动。

在师走[1]的刺骨寒风吹遍远州平野时，家康终于盼到了织田援军。率领援军的是织田家重臣久间信盛和平手泛秀，但兵力只有三千。毕竟信长自身周围有石山本愿寺、浅井、朝仓等许多对手，事实上他也不可能再派出更多兵将支援家康。

“上大人说了，无论如何都得挡住信玄。别的不管，总之武田军进攻织田领地一事是万万不许发生的。”在全体将领的集中军议会上，身穿铠甲的佐久间信盛不容置疑地说道。

佐久间信盛在织田家与柴田胜家、林秀贞同等同为最老家臣，而且还懂茶道、连歌等风雅之事，深有教养。因此在他看来，主君信长这位盟友家康：“不就是早年织田家的那个人质吗？虽说结

---

1. 师走：阴历十二月。

盟为友，但实际上也不过是上大人的一个家臣而已。”他内心很不把家康当回事，因此态度便自大傲慢，说话也颇为不恭。

“既说要阻挡敌人，可是以当下兵力却无能为力。敌人有近三万大军，而织田大人派来的援兵加上我方滨松城原有将兵，一共也不过一万一千。”德川家老酒井忠次哭丧着脸道。

在生死存亡的关键时刻，连平时从不高声说话的酒井忠次也沉不住气了。

“此话怎讲？”佐久间信盛斜睨一眼酒井忠次，半边脸抽了抽，很不以为然地道，“各位这不是未战先输吗？好一个德川军，怎么竟有如此多胆小鬼？”

“此话未免太过失礼！”

“竟敢叫我们胆小鬼？”

佐久间信盛随口一句话，令德川家年轻气盛的本多忠胜和榊原康政等齐声抗议。

佐久间信盛也知道自己捅了马蜂窝，他赶紧回话，缓和当下杀气：“冒犯各位，失敬失敬。总而言之，眼下只能用现有兵力阻止武田军。”

见家康一直闭口沉思，佐久间信盛试探道：“德川大人有何妙策？”

家康抱着双臂，一言不发。军议会气氛沉闷，陷入沉寂。

佐久间信盛心中渐生轻蔑之情，心想：“这老兄，该不是害怕了？”

他觉得经过二连木之战、一言坂之战等，家康被能征善战的信玄再三击败，该不是已丧失自信？事实上，一脸忧愁低首沉思的家康看起来确是脸色苍白。

“在下觉得只有固守一策。”看到家康只是沉默不语，佐久间信盛只好主持军议，“我们固守这滨松城，拖住武田军，或能拖住信玄三四个月，甚或半年也未可知。在下以为此策最善，其他并无良策。”佐久间信盛说完环视一圈其他将领。

“那阁下之意，便是放弃被武田大军包围的二俣城，把城内将兵弃之不管了？”

本多忠胜怒目瞪视佐久间信盛。对忽然从外边来到滨松城内便不把自家大名德川家康放在眼里的这位织田家重臣，他毫不掩饰自己的反感。

“此为战略战术，倘若受困于情绪，那将如何克敌制胜？”虽然知道令人反感，但佐久间信盛仍然态度狂妄，盛气凌人。

“你是说我受情绪左右？”本多忠胜脸色大变。

“我是说要冷静，不要头脑发热，要从大局出发看问题。”

“什么？”

“难道阁下有比我这固守滨松城更好的策略？”

“夜袭包围二俣城的武田军。”本多忠胜双手抓住膝盖道。

“夜袭？”

“对！”

“那种胜负莫测、赌上一把的策略，绝不可能成功！”佐久间信盛嘴角露出一丝冷笑道，“在下知道阁下在一言坂立下殊勋，但同样的战功不可能再来两次三次。”

“既是打仗，不打便不知输赢。”

“一派胡言！若叫我们上大人知道，非笑掉大牙不可。”

“此处并非织田家！”本多忠胜瞪视着佐久间信盛道，那眼神好似敌人不是武田军，而是增援来的织田军。

听着自家家臣与佐久间信盛互不相让的争论，家康心想：“或许真如佐久间所言，只有固守一策。”

本多忠胜的夜袭主张，确实太过危险。夜袭能取得多大胜利，会带来何种后果，确实也不甚明了。滨松城内备有能抵抗长期被困的兵粮和武器弹药。但即使再坚守半年，以后是否能打开局面呢？

回答是：“否。”形势使家康无法不悲观。

眼下畿内的织田包围网，短期内看不出会有什么变化。或者说，受信玄西上举动的鼓励，反信长的那些势力会更加嚣张。长此下去，军心动摇，织田一方难保不出现反叛势力。

事实上，在武田军武将秋山信友攻击的美浓国，便已发生一场大变故。因夫君远山景任病死而成岩村城女城主的信长姑姑，被武田军攻势吓破胆，竟自己打开城门，把秋山信友迎入城内。这位女城主名叫艳方，是一位绝世美女，此后竟与秋山信友成婚。信长为此大怒。

当日军议没有得出结论。但既然并无其他更好的方案，家康冷静比较敌我势力后，不得不倾向于“坚守不出”。

坚守二俣城的中根正照继续顽强抵抗武田大军，坚守城内苦战的兵将唯一的信念便是：“滨松城的德川大人一定会派兵救援！”家康当然知道二俣城守军这一希望。正因为他知道，所以才痛苦不堪。

同一时刻，武田胜赖来到距二俣城一里（约四公里）之外的武田军中军驻地合代岛城见父亲信玄。胜赖此时二十七岁。信玄本来的世子是武田义信，因彼此在与今川家的交往策略上产生对立，七年前的永禄八年（1565年），信玄以谋反罪为名废除其继承权并将其处死。取而代之成为武田家后继的，便是侧室诹访御寮人生的这个儿子武田胜赖。

胜赖眉目清秀，年轻英俊。他知道自己将来必将继承武田家，白里透红的脸上充满年轻的自信和霸气。

信玄命他为攻打二俣城大将，但久攻不克，他开始心急气躁。

“敌人抵抗颇为顽强。我方只有在兵员数上压倒敌人，正面进攻，方能攻克。父亲，恳请允许我发动总攻！”胜赖请求父亲信玄同意自己集中兵力发动总攻。

信玄没看低首恳求的胜赖，而是抬头看着远处飞翔在远州清冷无云的天空中的雁群。

“美不胜收！”

“什么？”

“无忧无虑，无遮无拦，自由自在飞翔在天空的雁群，真是美不胜收！为父我多想像这大雁一样，展开大翅，自由地飞翔到京都的天空去啊！”

“您说什么呢，父亲？”胜赖抬起头问，“京都不是就在眼前吗？现下霸占京都的信长，就算再加上滨松城的家康，他们怎么可能是父亲您的对手？”

“此言不差，我是什么都不怕。”眼瞳上映着漂浮的彩云，信玄一字一句地缓缓道，“若一定要问害怕什么，那便是……”

“是什么？”

“嗯，没什么。”信玄转回头，目光锐利地看着胜赖，“不可失去冷静，不强攻亦可。”

“可……”

“攻城时断水最为上策。无谋强攻，只能损兵折将，愚蠢之极。先找到二俣城水源，然后切断水源，渴死守军。”信玄严命胜赖。

筑在断崖上的二俣城没有水井。为此，从城内沿山崖向天龙川筑有井楼，城内用水皆从井楼处靠吊桶到天龙川汲水。

武田军砍下大树，编成许多木排，把木排从天龙川上游放流，冲撞二俣城井楼，破坏了井楼。二俣城被武田军断水，即刻陷入困境。守将中根正照虽率众顽强抵抗，但城内用水枯竭，无论如何再也不可能支撑下去。

抵抗两个月后，元龟三年（1572年）年底，十二月十九日，中根正照把二俣城拱手交给武田军，率兵撤回滨松城。

二俣城失陷的消息当日便传遍远江国全境。本来便害怕武田军的神尾、饭尾、贯名、奥山等远江国地方武士，纷纷派使者去武田军中军拜见信玄：“愿为武田大人效犬马之劳。”争先恐后对信玄表示臣服。于是，远江国近半便归入武田军势力范围。

事已至此，家康心明如镜：“信玄必将集中所有兵马，前来攻打滨松城。”

信玄驻扎的合代岛位于滨松城西南五里（约二十公里）处。家康把服部半藏等大量伊贺忍者派到天龙川一带和秋叶街道沿途，要求他们严密监视武田军动向，不得漏过武田军一举一动。

十二月二十二日早晨。

“信玄行动开始！”一声急报打破了城内冰冻般的沉寂。

据报，武田军已渡过天龙川，在浅滩兵分两路，正在缓缓南下。情绪激动的家康耳中，似乎已听到骑兵队直奔滨松城的嘚嘚的马蹄声和士兵们草鞋沙沙擦地的行军脚步声。

“大人，出血了！”

经站在身边的本多正信提醒，家康才回过神来，低头一看，大拇指尖有血渗出来，应是自己无意识地咬大拇指指甲的结果。他一直注意不要把自己内心的慌乱显示出来，但还是没有遮掩得了内心的不安。

“不后悔吗？”吮了一下咸咸的血，家康说了一句真心话。

“后悔？后悔什么？”

“好不容易到了其他地方，却又回到我麾下。说不定你投靠错了主子，要以城为枕，死于本次守城之战了。”

“微臣死而无悔。自打大人原谅微臣大逆之罪起，微臣便已下定决心，要与大人共生死。”本多正信信誓旦旦，但他的脸色看起来也十分苍白。

随后时时刻刻不断有武田军动静传到滨松城内：

“武田军兵分两路，一队从笠井方面，另一队从贵布祢方面行进而来。”

“按此速度，本日午后便可到达滨松城北。”

与分析军情并行，城内人来人往匆匆忙忙加紧备战守城。若被武田军包围，必须有坚持长期抗战的觉悟。滨松城原有八千军兵，再加上织田军援军三千，必须确保这一万一千人的兵粮。所有人都口干舌燥，喉咙干疼。他们知道，即将到来的将是异常艰苦卓绝的守城战。

当日正午后不久，发生异变。

“武田军行动有异。”在外刺探武田军情的服部半藏回来急报家康。

“有异？有什么异？”

“好似并无攻打滨松城之意。”

“什么？”家康以为自己听错，“信玄只是从滨松城边走过？怎么可能？”

“可，确实如此！”服部半藏抬头道。

据服部半藏报告，分成两路的武田军在滨松城东北欠下之地附近会合，但并未南下直击滨松城，而是突然掉头往西而去。

“怪了！”家康一时不知如何是好。

服部半藏的消息并非误报，各路探子均传回同样报告。由此看来，武田军西进应无疑问。

家康召集紧急军议。

“信玄入道有何意图？”首席家老酒井忠次胡须颤动。

“信玄为何不来攻打滨松城？难道觉得我们不是对手，不值得攻打吗？”从三河赶来应援的石川数正因气愤而满脸通红。

“竟被那家伙小瞧了！”本多忠胜攥紧拳头，狠狠地砸了一下膝盖。

信玄对家康居住的滨松城置之不理，好似觉得此城毫无价值，其真意到底为何，目前不得而知。但信玄这一举动对家康家臣们来说，却是奇耻大辱。

与家臣们同样，家康也感到耻辱和窝心。“信玄莫非是要随意践踏我的领地，穿过我的领地直接西上？”热血一下冲上家康头顶。至少自己已下定决心，面对号称战国最强的武田军，哪怕粉身碎骨也要坚守城塞，战斗到最后。但他背水一战的悲壮决心，却被对方完全无视。

对于如此强大的敌人，家康的愤怒首次超越了恐惧。他恨不得仰天怒吼：“竟敢瞧不起我！”但此时正在军议。家康作为大将，不论出现何种情况都必须保持冷静。

“大家冷静，我们不能自乱阵脚。”家康呼吁家臣们保持冷静。

“德川大人要大家冷静，但德川大人莫非庆幸信玄直接西上，自己便可守在滨松城内，冷眼旁观事态发展？”织田派来增援的佐久间信盛毫不掩饰自己讥讽的眼神，看着家康。

“绝无此意！”家康愤然，回看一眼佐久间信盛。

“那，大人欲做何行动？”

家康一时语塞。

倘若任由武田军西上，守在滨松城内的德川军当然不会损失一兵一卒。但作为交换，家康将会有更大的损失，那便是失去自“清洲同盟”以来筑成的信长对自己的信任，以及家臣们对自己的尊敬和服从。世人当然也会嘲笑自己：“家康那家伙，胆小怕事，不惜牺牲武士荣誉。”一个武士若被人看作懦弱小人，则无异于被宣布死亡。即便能活命，也会一直被天下武将蔑视，家臣们也会因主人懦弱而不愿追从。

挑战信玄，是输是赢不得而知。但对此时的家康来说，除追击武田军以外，没有其他选择。

“出城追击！”家康命令。

家臣们一齐大喊：“噢！”

“此时若不追击信玄，有悖武士之道。诸位，做好为我牺牲的准备！”家康话音低沉，充满魄力。

“理所当然！我等性命早已托付给大人，誓与大人共命运！”本多忠胜瞪着炯炯有神的双眼看着家康。

“下臣也是！”

“微臣也誓与大人共命运！”

“胆小怕死的，我们家中没有一个！”

家臣们众口齐喊，呛人的热气飘荡在滨松城大广间。

迄今为止，家康的家臣团其实并非完全团结一致。三河国地方武士本来个性强烈，各有各的毛病。家康亡父松平广忠及祖父松平清康时代，为统率这些个性强烈的三河武士，吃了不少苦头。甚至还有本多正信那样，在此前的三河国一向宗暴动时反叛家康被驱逐，后又回归家康的武士。此外，还有远江国等新近成为家康领地的原今川家旧臣等地方武士，他们各有打算，心态复杂。甚至在旧臣中，东三和旗头酒井忠次与西三河旗头石川数正之间也有权力斗争。诸如此类，家康家臣中存在各种复杂的路线对立。

上述家臣兵将的人心分歧及对立，在家康做出追击信玄的决断后，都归于一统。主家的存亡危机，反而带来家臣们的精诚团结。

为了追击武田军，家康对形势做了缜密的调查和分析。

改变前进方向的武田军，此后一路兵马嘶鸣，直上三方原。所谓三方原，是位于滨松城北的一个宽广台地，因此地无水源，不能耕种，长满杂草，于是成了荒原。武田军便是从三方原上向西斜插而过。

十二月二十二日未时（下午两点），家康留五百兵守滨松城，亲率其余大军，出北城门，追击武田军。出击的法螺号声，在干燥寒冷的旷野上，忽高忽低地呜呜。

从滨松城到三方原，是一条坡度不大的慢坡。家康头戴牦牛白毛装饰的唐头头盔，身穿威风凛凛的铠甲，在寒风中眯缝着眼，策马急进。为鼓舞全军士气，家康拿出一直秘藏不露的唐头戴上，充分显示了家康对此战的非凡决心。

兵士们高举的枪头反射出隆冬惨淡的阳光。

德川军先锋是本多忠胜。能冲锋在全军前头、鼓舞全军士气的，除了在一言坂之战中威名远扬的本多忠胜以外，更无他人。跟在本多忠胜后前进的依次是：石川数正、酒井忠次、松平家忠等。再后是织田援军：佐久间信盛、平手泛秀。总大将德川家康率中军跟在最后。

“缓慢前进。”家康命令全军。

三方原高地是一个东西长两里（约八公里）的台地。武田军进到西端祝田后，应从祝田下坡。所以家康采取的战术是：趁武田军从三方原高地开始下坡时，“居高临下，发动急袭”。武田军受到突然袭击，必将陷入混乱。从坡上往下袭击，居高临下，对己方有利。此战术与两军正面硬碰硬不同，己方人数虽寡，却也有十分胜算。

问题是，到武田军开始下祝田坡为止，绝不能使其发现己方。必须在随风飘荡的荒草掩护下，人屏息马衔枚，尽量缓慢安静地进入阵地。

家康令服部半藏手下的伊贺忍者在前方刺探，若发现武田方斥候便杀掉，一切为了防止己方情报传入敌军中。

“胜败在此一举！”

此战或将成为自己人生的分水岭。面对常胜军团武田军，不能抱有侥幸心理，以为能活命。要像在大风中随风晃动的芒草一般，保持无心，赌上全部身家性命。唯此，“才有可能出现胜机”！

家康用力握住马缰。德川军兵将融入荒原风景中，无声无息地前进。天上只有乌云遍布。

本来就乌云遮天，冬日天黑又早。于是行进不久，周围便渐渐变黑，寒风刺骨。

“敌人该快要下祝田坡了吧？”紧跟在家康身后的近侍青山忠成问。

“或许吧。”

“天快要黑，敌人定当急于前进。果然不出老爷所料，一切都按老爷所想而动。”

“若能那样当然好。”家康抬头望着天空中翻滚的黑云，自言自语。

便在此时，突然传来呐喊声。呐喊声从远处传来，那是先锋本多忠胜和二军石川数正进军的方向。

“发生何事？”青山忠成看着家康，“本多和石川军从武田军背后发动突袭了吧？”

“不会，太早，此时敌人应当还未全部下坡。”家康感到不妙。

随着呐喊声还传来了火铳声，虽然不知发生何事，但前方已打起来了定是不假。

“快派人去看本多忠胜！十万火急！快看到底发生何事！”

“遵命！”青山忠成神情紧张。

没过多久，派出去的人从前线带回情报。

“我方遭遇武田军伏击。”翻身下马的兵士喘着粗气报告道。

“伏击？怎么回事？”失去理智的家康在马上伸手一把抓住兵士的后领。

“大人，请冷静！”听到消息火速赶来的本多正信插到家康和报信士兵之间。

“能冷静吗？难道信玄没下祝田坡吗？”

“对，武田军没下祝田坡，而是在坡上设伏静等我军钻入圈套。”报告消息的兵士跪在地上。

“竟有此……”

刹那间，家康脑中一片空白。

没想到会出现如此意外的事态，家康张着大嘴，蓦地说不出话来，心中闪出不祥的念头：“莫非信玄入道当初便是为了在三方原设计伏击我，才故意不攻击滨松城？”

看来只能是如此。久经战阵的信玄知道围攻滨松城太花时间，因此设计把家康主力诱骗出城。他知道大军若从滨松城前大摇大摆通过，年轻的家康定会受到刺激，火气冲头。家康的心理已完全被信玄看透。

“中计了！正信！”家康脸一歪，咬住下唇。

“大人！”

“对手本就比我强大太多，可我却想用小聪明来战胜信玄，我是多么愚蠢啊！”

“事已至此，后悔已无意义，开战了！”本多正信道。

《三河物语》记载说，史上著名的“三方原合战”，以武田军投石开始。投石即用远掷石块攻击敌人，为武田军最为擅长的战法之一。若投掷的石块命中敌人，敌兵就会负伤，敌兵负伤后便不能勇猛进攻，所以信玄一直随军带有专门投掷石块的村人。

第八章

生 死

信玄把中军布阵在三方原高地的根洗松，静等德川军来送死。

他布好阵地，向全军发令道：“不可放跑敌人一兵一卒！”

武田方先锋是：右翼，山县昌景；中央，小山田信茂；左翼，马场信春等三队兵马。先锋后第二梯队是：武田胜赖、武田信丰、内藤昌丰等。再后便是中军，也就是大将武田信玄亲率的旗本队。中军后的殿军则是同门穴山梅雪。

从先锋到后卫，布阵严密，严丝合缝。

“三河的小毛孩，你还是太嫩了！”

信玄骑在马上，看着自家骑兵队巨象乱踩蚂蚁般，踩踏着枯草冲杀进德川军中。

他知道家康作为信长盟军，不可能眼看着自己的大军从滨松城旁毫发无损地通过。任何人只要稍有骨气，都害怕被天下人在背后骂胆小鬼。

“家康像被诱饵钓上的鱼儿，兴冲冲跑出城来，下边便只有挨打被吃了。”信玄会心地微笑。

最早接战的是德川一方先锋石川数正与武田一方最早冲出的

小山田信茂队。石川队一千二百，小山田队三千。双方最前方火铳队开枪后，便冲到一起，展开惨烈的白刃战。两军喊杀震天，在傍晚昏暗的高地上，刀枪剑戟激烈碰撞，迸出无数火花，金属气味弥漫空中。

兵员数小山田队虽超过石川队，但石川队拼死抵抗，顶住了武田军的猛烈进攻。

“冲！往前冲！谁要是退一步，我砍死谁！”石川数正提高嗓门，大声鼓舞属下。

作为西三河旗头，石川数正也有自己的尊严，特别是在立功争胜方面不能输给东三河旗头酒井忠次。因他誓死不愿服输，意外地生出了奋战到底的坚强力量。

石川数正率领手下顽强奋战，令武田一方的小山田信茂十分恼火：“这厮有两下子啊！”

虽说比自己一方人少，但石川数正他们这些三河武士却拼死厮杀，不轻易认输。小山田队仗着人多拼命冲杀，但不管如何冲杀，总是被抵抗回来。渐渐地，小山田队甚至被逼得开始后退。

“如此打法，岂能取胜？”小山田信茂骑在马上，双眉紧锁。

德川军虽人人拼命，但强手如云的武田军内部的功名争斗也极为激烈。小山田信茂绝不允许自己被如此击退，他想到一计，命己方故意溃败逃跑，诱骗石川数正追击。石川数正不知是敌人诡计，觉得正是攻击良机，大声命令全队：“敌人退败了，都给我追！快追！”石川数正对部下大声呐喊，追击只顾逃跑的小山田队。

“人都说武田军个个是猛将，看来也不尽然。”想到自己将要取得的大胜，率兵追赶乱逃敌人的石川数正心中得意。但他不知自己已远离主力，孤军深入到了敌人的伏击圈里。

同时，武田军阵营右翼的赤甲队山县昌景看到小山田队败退，却火冒三丈：“信茂这家伙干什么？竟被少于自己的敌人追打逃跑？有辱我武田武士大名！”

“昌景大人，看样子有些蹊跷？”身旁的近侍道。

“什么蹊跷？”

“小山田队看似被追击逃跑，可看着好像并无损伤，这莫非是诱敌深入之计？”

“嗯……”山县昌景眉头紧皱。

恰在此时，举着蜈蚣旗的传令兵从信玄中军赶来：“大将有令！”

“什么？”

“小山田队似把一部敌人诱入我阵，大将命山县大人增援小山田队，一举歼灭敌人。”

“原来如此。”山县昌景精神一振，精明的脸上亮出几道深深的刀痕，“建功立业的好机会来了！想不到猎物竟然自己上钩！出发，去增援小山田队！”

山县昌景在枣红色坐骑后臀狠抽一鞭，一马当先冲了出去。从铠甲到队旗一片红色的山县赤甲队跟在山县昌景身后飞奔而去，那景象宛若一条火龙奔驰在原野上。

而石川数正队孤军深入的军情，此时也传到家康耳中。

“数正这蠢货，简简单单便被诱骗而去！”

家康最怕的便是石川数正刚愎自用，致使全队自灭，并以此为转折点，使整个战局全面有利于武田军。

“派传令兵去本多忠胜处，要他火速救援数正。”家康喊道。

传令兵火速赶到前线向本多忠胜传达家康命令。

“遵命！”本多忠胜头戴鹿角头盔，率军猛向自军正面的山县昌景队冲去。

此刻，孤军深入的德川军先锋石川数正队受到突然掉头反击的小山田信茂队袭击，失去追击气势，开始被逼后退。此时倘若敌军援军赶到，“我将有灭顶之灾！”当石川数正终于知道自己当前所处险境后，刷的一下冒出一身冷汗。

他往旁边一看，看到了一片红色旌旗。毫无疑问，那肯定是威震一方的山县昌景赤甲队。“若被小山田队和山县赤甲队如此夹攻，我便只有横尸原野了。”石川数正恐惧得发抖。

好在此时本多忠胜援军赶到，石川数正才勉强逃脱全军覆没的危机。

本多忠胜率队勇敢攻入山县赤甲队阵列。本多忠胜和山县昌景都是东国一带无人不晓的猛将，两队将士你勇我猛，互不相让，激烈厮杀。随后，武田军左翼马场信春队也加入战斗。德川方则派出酒井忠次迎击，前线陷入一片混战。

大军双方主力奋战，不可能很快决出胜负。战场多处激烈混战，你进我退，我进你退，胜负难辨。如此战况，决定胜负的分水岭，类似突发洪水的河堤。只要一处被洪水冲垮，则洪水从决堤口汹涌而出，河堤瞬间崩溃。因此任何细小的缺口，都不能轻视。武田信丰、内藤昌丰等武田方不断投入新队。若被击溃一处，则势必极难挽回劣势。

“此时若不顶住……”家康心脏怦怦乱跳。

看到德川军出现险情，织田家派来的援军佐久间信盛和平手泛秀无奈，也只好挥军冲入混战。家康也向围在自己身边的中军发出出击命令：“大久保忠世，榊原康政，上！”于是大久保忠世、榊原康政率队向小山田队猛攻，再次击退了小山田队攻击。

三方原的暮色，愈加苍茫昏黑。再过不足一顿饭工夫，战场将完全融入漆黑的夜幕中。

“不容小觑啊！虽然兵员势寡，却打得不错啊！”在中军观战的信玄，不由得称赞善战的德川军。

但信玄脸上并无焦躁感。五十二年的人生大半都在战场上度过的信玄深知，对战只要拖长时间，战况自然便对人数占优势的己方有利。

“时候已到，该收尾了！”信玄像轻吟山歌般快乐地自言自语。

看到德川方各队士兵都显出败迹，信玄满怀信心，命令公子武田胜赖率队出击。

“出击！”

“遵命！”

武田胜赖参战后，本来拼命加固河堤、阻止洪水泛滥的德川军防守大堤，终于被冲开了缺口。洪水从缺口一涌而出，德川军开始溃败。

“败了！”看着己方开始溃败，家康知道自己败了。应该说，自己直面的敌人太过强大，家康深深感到敌我实力之差有多大。“莫非此处便是我葬身之地？”奇怪的是，家康并未感到死亡的恐惧，他只是感到此次败仗有些惨痛，于心不服。

“老爷，敌人已冲过来，请快退后！”近侍青山忠成对他喊。

“你要我逃跑吗？”家康瞪了一眼青山忠成。

“眼下只有退回滨松城，重整旗鼓。”

“即便逃回城里，也无克敌制胜法宝。还不如就此冲入敌阵，直接取了信玄入道首级算了。”大概因为受到激战刺激，家康失去了冷静。他不由得握住刀柄，信口而言。

“老爷不可！”青山忠成急得快要哭出声来，“老爷命重如山。只要留得青山在，不怕今后没有加倍令武田品尝失败耻辱的日子。”

“少废话！”

“不，绝非废话！”

“大胆！不怕我砍你——”

就在家康气得竖起眉头时，青山忠成用刀尖在他的马屁股上刺了一下。不等家康反应过来，马便载着他向着与前线相反的滨松城方向飞奔而去，身侧闪过战死的兵士和倒在地上凄惨呻吟的己方受伤兵士，周围则充满刺鼻的血腥味。

刺鼻的血腥味，猛地令家康清醒过来。

“我这是干什么呢？”

落下夜幕的天空，布满宛若辣椒白花飞散闪烁的繁星，寒冷清澈。

看着寒冷清澈的星空，刚才丝毫没有感到的死亡恐惧，从脚下一丝一丝地向上传来。“还不能死！”家康不知不觉眼角流出眼泪。他策马向滨松城飞奔而去，跟在身边保卫的近侍不足二十骑。

从马上回头看，夜幕下的远方，武田军的火把如火红的飘带般移动，显然是在追杀四散逃窜的德川军。要逃脱武田军的追杀，只有借助夜幕，拼命逃跑。

“敌人紧追不放！”紧跟在主人身后的松井忠次咧了一下溅满敌血的嘴道，“如此下去，可能会被敌人追上。”

“想不到回城之路竟如此之远。”

家康感到太远。屁股被马颠得酸痛，握着马缰的手指冻得发疼。因为极端紧张和寒冷，连下腹部都绞痛起来。

“老爷！”

“什么？”

“老爷当年刚从骏府回到冈崎城时，曾在矢作川抓到鲇鱼赏给小人吃。”

“有那事吗？”眼下情况紧急，怎么却说如此莫名其妙之事？家康颇觉不可思议，不置可否地答道。

“那次在河滩上吃的烤鲇鱼，香得我差点把舌头咬掉。”松井忠次兴高采烈地说，“此时正是报老爷赏小人口福之恩之时！”

“什么意思？”

“来世再见了，老爷！”松井忠次大叫一声，猛抽一鞭坐骑，离开家康，回身冲入追上来的敌群中。

往前直奔的家康背后传来呐喊声和厮杀声。

“蠢小子！”

家康表情严峻，咬牙咧嘴，但内心却悄悄双掌合十，求佛保佑。

果断冲入敌阵的松井忠次被斩身亡，铃木久三郎也激战而死。他们用自己年轻的身躯挡住敌人，助力主人逃亡。

摆脱敌人紧追的家康一行气喘吁吁逃到犀崖附近。所谓犀崖，是三方原高地南北方向的一条深谷，从此深谷到滨松城只有半里（约两公里）路程，但家康感到这半里好似千里万里。

家康发现有火把逼近犀崖。

“武田追兵吧？”

他不由得紧张起来。跟随自己逃跑的近侍原本有二十余人，此时仅剩下十余人。

“不，不像敌人。从滨松城方向来的，莫非是来接应老爷的自己人？”青山忠成答道。

青山忠成说对了。来到跟前的火把队，是留守滨松城的夏目次郎左卫门吉信带领手下来接应家康。

“大人！可接到大人了！”夏目吉信泣不成声。

夏目吉信从逃回城里的半死不活的兵士口中得知大败消息后，坐也不是站也不是，他急忙带领属下二十五骑，奔出城来，接应城主家康。

“殿后交给属下。属下要以自己小命换大人大命，阻止敌人追击。大人快回城去！”

“次郎左卫门——”

“冒犯大人，烦请大人把坐骑给属下，大人骑属下坐骑回城去。”话没说完，夏目吉信已从马背上跳下来。

“不能让你替我送命，已有几人为保护我战死，不能再有人为我送命了。”家康踌躇不定。

夏目吉信道：“属下本为三河一向宗暴动分子，曾向大人放箭，与大人为敌。属下一直心中有愧，属下希望在此赎罪立功。”

夏目吉信本为三河国众，一向宗暴动时，与酒井忠尚、荒川义广等联手反抗家康，后投降归顺，成为一员忠实家臣。但夏目吉信自身对自己的过去心存歉意，一直暗找报恩赎罪的机会。从夏目吉信眼神中能清楚地看出他的坚定决心，此时即便家康不愿换马，他也绝不听从。

“没有时间了，快！”

“我德川不会让你白白牺牲！”家康只好把自己的坐骑换给夏目吉信，又把自己头上的唐头也交给吉信。

戴上家康的唐头后，夏目吉信高兴地笑道：“属下终于死而无憾了！”

看着夏目吉信率队消失在夜幕中，家康重又骑上马，往滨松城奔去。

戴上家康唐头头盔，骑上家康战马，夏目吉信不再逃跑，立马原地，面对追来的武田军，高举十文字枪，大声喊道：“老子便是德川家康！谁想立功，来跟老子拼命！”

当时的情景，《德川实记》有如下记载：

> 亲率廿五骑，手持十文字枪，口喊主人大名，与追敌厮杀拼搏，奋勇战死。

在夏目吉信等人拼死阻击下，家康总算逃回滨松城。先于家康逃回城内的家老酒井忠次在瞭望楼上燃亮篝火，指挥兵卒似要震断手臂般狂击大鼓。“天黑夜深，恐有人迷路。用大鼓之声，向我方兵士提示城堡位置。”摆脱武田军追击的德川方兵士拖着伤痕累累的疲倦身躯，听着大鼓声，陆陆续续逃回滨松城内。有的兵士甚至一逃进城门，便露出安心的笑容倒地毙命。

但其实逃回滨松城也还不能说便可安心。

“快加强城垣防守，信玄军定要攻来！”

好容易沉下气来的家康，一口喝完侍童送上的一碗水，回头看了一眼自己刚逃回来的方向。

“沉住气！”

他心中对自己说，但身上却还是颤抖不已。或许不知不觉间在马背上拉了稀，一股臭气刺鼻而来。

大战已败，此时懊悔也无济于事。既然决定用数名家臣性命换来自己的生存，自三方原大战失败的瞬间，新的大战便已开始。

“大人！”守城的本多正信跑到家康身边。

“正信啊？”

“是！”

“我方损失多少？”

“还无详报，无法给大人报告确切人数。以臣下看，死伤恐会超过两千。”

“那此刻敌人定当得意忘形。”家康瞳孔中闪过一道光。

“大人可有妙计？”本多正信敬佩地看着家康。

“当然不能就此服输！”家康咬着拇指指甲，“集中无伤兵士，对敌阵发动夜袭！”

“夜袭？”

“虽不会有多大效果，但若不报一箭之仇，我如何还有脸做武士？”

“所言极是！”

“你也有此想法？”

“夜袭即便打输，也会给敌我双方将士留下大人绝不轻易服输的强烈印象。唯有此种坚韧不屈，才能为今后打开局面。”

“本以为你会说我无谋。”家康道。

“大人若不说，下臣本也要向大人进言发动夜袭。”本多正信眼神坚毅，嘴角露出笑意。

“好，即命伊贺忍者，去刺探武田军动向。”

“遵命！”本多正信不等家康说完便点头。

野战决战胜利后，武田军山县昌景队、马场信春队追击德川军逃兵，一直追击到滨松城附近。发现城门关闭后，他们没有继续攻打，而是鸣金撤退，消失在夜幕中。

信玄把中军主力布置在犀崖附近，斥候和忍者则不断来向信玄报告德川军动向。

“德川家康好似摆脱我方追击，逃进滨松城内。”一个眼神灰暗的忍者单膝跪在地上报告。

“让那厮逃了一命啊！”

“可惜。”

“算他命大。”坐在榻榻米上的信玄不动声色地说道，“那，敌我双方的损伤情况呢？”

“我方死亡不足两百，德川方死伤估计有两千左右。”

“大获全胜啊！”坐在信玄身边的公子武田胜赖，脸被火把照得通红，微醺薄醉一般。

“怎么样，父亲？”胜赖看着父亲道，“消灭缩回滨松城的家康，看来不须费吹灰之力。织田家派来增援的平手泛秀已被我斩杀，剩下的佐久间信盛看到战况不利，亦夹着尾巴逃回尾张国去了。德川家看来已无与我争斗的本钱了。”

“不，滨松城不要了。”信玄毫不犹豫道。

“为什么？如此便放过家康，势必为将来留下祸患。”二十七岁血气方刚的胜赖不能理解父亲的想法。

“不可能成为祸根。此时家康定吓得躲在城内一个墙角，披着棉衣全身簌簌发抖。”

“父亲——”

“不管他，我们要抓紧西上！”

信玄口气坚定不移。

“是去京都吗？”

“把风林火山的大旗插到群雄憧憬的京城，是我多年的夙愿。正因为有这未竟大业，我才会不惜流血牺牲，不惜欺世盗名，不惜六亲不认，呕心沥血奋战至今。不踏上京都土地，我死不瞑目！”

“父亲说死不瞑目多不吉利啊？”从父亲的口气中感到非同寻常的决心，胜赖漂亮的眉头皱了一下。

“非也！”信玄侧过脸来，“我无暇与这些不足轻重的人物纠缠，时不我待啊！”

急匆匆说出内心真言，信玄肩膀颤抖，干咳了几声。

“父亲受凉了吗？”胜赖很是担心，“夜风对身体不好，父亲，快到那边工卒搭建的临时小房歇息吧。”

“确实有些累了。”总是精神饱满的信玄，少见地重重地叹了一口气，“但恰在此种大胜后，兵士们容易放松警惕。你替我去看看，要大家保持警惕，不要给敌人以可乘之机。”

德川军在深夜向驻扎在犀崖的武田军发动了夜袭。

率领一百余人奇袭队的是服部半藏，奇袭队员大部分是服部半藏手下善行夜路、会一定武功的伊贺忍者。

“我们的目标是直取敌大将信玄首级。”服部半藏严命部下。

夜袭队在夜幕掩护下摸进敌阵，到处给寂静中沉睡的军帐放火，砍杀拴在橡树和苦槠树上的战马。他们还在各处点燃装满火药的瓦罐，爆炸声令武田军陷入一片混乱。慌乱中爬起来的将士，有人摸黑乱跑，掉下犀崖。

受敌夜袭的消息即刻禀告给了正在小屋里歇息的信玄。

“不得慌乱！反正夜袭的肯定只是小队敌人，命令马场信春尽快控制局势。”

在信玄沉着冷静的指挥下，马场信春迅速行动。他命人把篝火烧亮烧旺，使伊贺忍者不能自由自在地乱钻。而山县昌景则指挥手下把中军周围严密封锁，有效阻止德川夜袭队接近，防止他们斩取信玄首级。

一刻（约两个小时）后，从犀崖返回滨松城的服部半藏单腿跪在家康面前。身穿连环甲的他，扎在额头上的布带撕裂，肩头鲜血直流，显然作战异常激烈。

“属下无能，未能取下信玄首级，愿受大人处罚。”服部半藏垂头丧气。

“服部，干得好！我们总算还了一箭，这下他信玄今后便不能骂我是常败将军了。”家康夸奖道。

“但……”

深蓝色的夜空东边，开始显出一丝白色。家康看了一眼黎明的天空，心想：“信玄接下来会出什么招呢？”

虽说勉强逃了一命，但并未摆脱灭亡的危机。家康不寒而栗，蓦地打了一个冷战。

对于武田军今后的动向，哪怕一瞬都绝不能放松警惕。

取得三方原大战大胜后，信玄并未乘胜攻打家康藏身的滨松城。他率领大军，沿着姬街道[1]继续向西开进，耀武扬威地横穿德川领地，呼啸而过。

但此时的家康，已完全失去追击武田军的能力。三方原一战，德川军死伤一千余人，大伤元气。死者中有许多从在今川家当人质时便与家康苦乐与共的忠诚有能家臣，计有：野野山元政、青木广次、本多忠真、成濑正义、米津政信、大久保忠寄、金田宗房、石川正利、杉山吉利、松平康纯、川澄道成。二俣城

---

1. 姬街道：江户时代与从江户（东京）到京都的主要大道东海道并行的一条街道。从见付宿分叉，沿滨名湖北岸向西，越过本坂岭，直到御油宿（今爱知县丰川市）。

之战中耻辱地弃城逃回的中根正照，为了雪耻，也卓绝奋战，最终献身。至于活命的将士们，也大多身负重伤，战意丧失，暂时不可能再与武田军对战。

家康令人向守卫冈崎城的世子德川信康传命道：“坚守城池！”并派石川数正率队入驻冈崎城，严密监视武田军动向。另外，他还命酒井忠次返回东三河要冲吉田城，以防万一。

在此形势下，信玄在滨名湖北部的刑部，度过了一个征战中的新年。

翌年天正元年（1573年），武田军攻进东三河，包围了菅沼定盈驻守的野田城。经过一个半月围攻，终于攻克。

身在冈崎城的德川信康，对父亲家康静观事态、按兵不动的态度很不理解，牢骚满腹：“父亲还能一直如此按兵不动、任由武田军横冲直撞吗？明知不可取胜，但孩儿也想率队从冈崎城出击，给信玄一点颜色看看。”于是多次派人去滨松城向家康请战。虽说刚满十五岁，但信康已经英名远传。敌人如此肆意蹂躏三河，自军却只能束手观望，他忍无可忍。

对于信康几次三番请战出击，家康每次都回答：“绝对不可出冈崎城，只可忍耐！”并命令入驻冈崎城的石川数正：“决不可纵容信康贸然行动，小心正中敌人下怀。”要求石川数正监视信康，不许信康贸然出城。

眼看敌人蹂躏领地而不能出击，家康与儿子一样愤恨，恨不得要咬破嘴唇。自己流血流汗、好不容易夺回并扩大的领土，如今却只能眼睁睁地看着敌人侵略蚕食，家康心中的屈辱，不可言表。但是，若再像三方原大战那样大败，德川家毫无疑问将被消灭。唯有这一结果，无论如何不能使其出现。

盟友信长，依然还在苦境中挣扎。

信长包围网幕后黑手足利义昭将军听到武田军在三方原取得大胜，欢呼雀跃："信玄终于要上京了！信长一伙定将被消灭得干干净净，一个不剩。若要向我低头，还是趁早。"于是进一步加强了对其他武将的策反活动。受此影响，发生了近江国的山冈景友与一向宗门徒联手，在石山和今坚田筑城，公然反叛信长的事件。

足利义昭与织田信长的对立，已恶化到绝对不可调和的地步。

"此后武田军有何动向？"信长不断派人到滨松城，打听信玄动向。

攻陷野田城后，信玄移动到东海道一侧，摆出要攻打东三河要冲吉田城的阵势。

家康严命驻守吉田城的酒井忠次加强防守："不惜一切手段拖住信玄。一个月，两个月，只要坚持下去，北陆的雪便会融化。雪融化后，越后上杉谦信便会出兵信浓，牵制信玄。"

但是，此时敌军却做出意外行动。

"信玄入道行动有变。"派出属下伊贺忍者到武田军附近刺探的服部半藏来到家康面前低首禀报。

季节已入仲春，滨松城内莺鸟争鸣，樱花初绽。说真的，家康没想到自己还能活到今天，还能再次看到樱花绽开。

"有变？有什么变？"家康问道。

“武田军没有进攻吉田城，而是进入伊那街道，好似退到了长筱城。”

“什么？退回长筱城了？”

武田军行动确实不可思议。长筱城位于三河国内陆山区，在信玄刚攻克的野田城东北三里（约十二公里）之地。此举显然是后撤。

“为何后撤？”家康困惑不解。

迄今为止，家康多次被信玄奇妙难解的行动愚弄。信玄摆出进攻远江国的阵势，其实却攻入三河国，然后突然又从三河转而进攻远江等地，其军事行动变幻无常，每次行动背后总暗藏着某种不可理解的意图。

“难道又有什么诡计？”虽然口中不说，但家康心中明白，信玄用兵战术远超自己。心中如何不愿，他都不得不疑神疑鬼，多思多想。“信玄当是做出退却姿态，令我方麻痹大意，后突然掉头返回，突袭我吉田城。”家康知道以信玄用兵之术，如此行动毫不奇怪。他命服部半藏率手下继续密切关注武田军动向。

恰在此时，有一谣言也传到家康耳中：“信玄好似病倒。武田军突然撤回长筱城，皆因此事。”

“故意散播无聊谣言，此亦不过信玄之流常用伎俩而已。”

家康起初并未把此谣传当真，他从开始便不相信那是真的。像一块巨大岩石般阻挡在自己面前的那位巨人，怎么可能在征战途中突然病倒？

但随着信玄长期停止活动，传言逐渐增加了可信度。

二月底，信玄从长筱城出发，入住北边的凤来寺。位于三河内陆山区的凤来寺是真言宗古刹，寺内以供奉药师如来的大雄宝殿为中心，还有医王院、藤本院、中谷坊等近二十处僧坊点。信玄住进其中的医王院，暂时没有离开。

接到本多正信禀报，家康得知信玄从长筱城转移到凤来寺时没有骑马，而是在最值得信赖的近侍们的严密保卫下乘轿子来的。

“令人生疑。”本多正信直视着家康道。

与家康利用服部半藏率领的伊贺忍者收集情报有别，本多正信当年做“鹰匠书吏”时认识许多鹰匠，他利用鹰匠收集情报，有独立的情报网。

“像信玄入道这样的大将，不在将士面前骑马行军，却秘密坐轿子移动……而且去的还是凤来寺的医王院？微臣觉得，只能是因为信玄入道已病入膏肓，不能在前线指挥战斗了。”

“极有可能。”家康点了点头。

“若果真如此，那对大人来说，确是上天保佑！”

“不可高兴过早！不继续观察，还不能确定。”

因为有与信玄多次对战的经验，家康不得不慎重再慎重。

但此时信玄实际上已卧床不起，他患的是“膈病”。

所谓“膈病”，即当时对今日所知的慢性胃肠炎、食道癌、胃癌等消化系统病症的总称。而信玄所患的，应该不是胃肠炎之类的轻症，而是致命的胃癌。信玄侍医板坂法印一直随军为他治疗，但此时病症当已恶化到无药可救的阶段。或者也可以说，正因为知道自己死期已近，信玄才急于西上，拖着重病的身体亲身征战至今。但他顽强不屈、远超常人的精神力量，在病魔面前也毫无效力。

三月九日，信玄从凤来寺乘轿沿伊那街道向北出发。

虽然受到病魔折磨，但信玄并未失去西上的热情和梦想。他决定先返回自己的领国甲斐养病，等康复后再开始西上之战。

越过国境，进入信浓，到驹场后，信玄终于灯尽油枯，走完他波澜壮阔的一生。此日为四月十二日。

享年五十三岁，胸怀未竟大志，留下无限遗憾，一代枭雄武田信玄离开人世。

临终时，信玄拉着世子胜赖的手叮嘱道："隐伏死讯三年，不得发丧。"

今日武田家能如此兴旺发达，皆是因有武田信玄这个伟大的领袖人物领导指挥。虽说已确定胜赖为继承人，但胜赖的真正能力近乎未知。在信玄看来，世子胜赖虽说并非不是一个勇敢的武将，但要以一当千，统率武田家这些极具个性的武士，在风起云涌的战国大名中占有一席之地，还是不能放心。

信玄遗体被隐秘地护送回本国甲斐。

但世上从无不透风的墙。虽然信玄死前布下缄口令，命对自己死讯至少保密三年，但他的死讯，还是迅速传遍各国，掀起巨大波澜。

因信玄之死摆脱最大危机的家康，不知何故却高兴不起来。对于强大敌将之死，他本来应该欢呼雀跃，手舞足蹈，但他却做不到。他感慨万千："人命竟如此……"人生之无常，竟至于如此！家康莫名地产生了一种寒风吹过荒野般凄恻的寂寥感。

"巨星如信玄，都不能左右自己的命运，何况鄙人乎？"他似乎悟出了乱世残酷无情的生存哲理。

我已三十二岁，与信玄相比，或许确实还有时间。但在这有限的时间内，“到底能干成何事？时间将给我考验”。巨大的野心，像一片巨大的云，从家康的心底，汹涌而出。

信玄之死不但救了家康一命，被信玄西上战略逼得胆战心惊的信长，果然也死灰复燃。

危机已去，信长当即开始行动。得知武田军开始退却后，他率军从居城岐阜城出发，疾风般直奔京畿。在京都以东的知恩院设置中军营帐后，他迅速布兵粟田口、清水、六波罗、鸟羽等要地，包围了京都。

住在二条御所的足利义昭将军吓得脸色苍白。因为煽动武田信玄、浅井长政、朝仓义景、石山本愿寺等组成信长包围网的不是别人，正是他足利义昭。信长很早便获知这个事实，气得怒火冲天，但因是自己把足利义昭招进京都，捧成将军，因此他一直不好随意把足利义昭赶下台去。但信长最为恐惧的信玄已不在人世，最大威胁既已消失，信长便“不用客气了”。

信长决定采取强硬的措施与足利义昭正面对决。

织田军火烧上京后，开始攻打足利义昭居住的二条御所。足利义昭被逼得走投无路，只能恳求朝廷从中说和，向信长全面投降，退出二条御所。

三个月后，足利义昭在宇治的槙岛城起兵，以期再起，但又被信长打败，最终被驱逐出京都。足利家世袭十五代的室町幕府，至此灭亡。无家可归的足利义昭先是逃到泉州堺，后再逃到安艺国，寄身于毛利家篱下。

此后，信长并未停止反攻。他不久便发兵进攻越后，攻打朝仓义景。信长像挣脱围栏的猛虎，攻势猛烈。朝仓义景完全无还手之力，只得逃出居城一乘谷，八月二十日在逃亡途中自杀身亡。

八月二十八日，织田军攻克孤城近江小谷城，消灭了浅井长政。

内弟浅井长政竟敢背叛自己，使自己陷入危险境地，信长心中怒气令他失去冷静。攻下小谷城后，信长竟下达了残忍的赶尽杀绝命令："小谷城下之人，不论男女老少，善恶好坏，一个不留，全部砍头！"

第九章

藤花

信玄死后，为迅速治理被武田军践踏而荒芜的领国，家康住回了冈崎城。他巡视三河国内各地，看到武田方影响力变弱，于是便着手瓦解迫于信玄淫威投降武田一方的地方武士们。

虽然武田胜赖继承信玄位成了武田家新主，但武田家中内乱迭起，若想寻找机会扳回劣势，唯有此时。“除此以外，良机难逢！”与信玄拼得你死我活、终于生存下来的家康逐渐学会了顽强并坚定的乱世生存之术。形势不容停滞不前，不容心存侥幸。“你死我活，弱肉强食”，这便是所有生存在严酷乱世之人的命运。

家康一边准备与武田胜赖重新展开作战，一边在冈崎城与世子信康度过久违的父子时光，享受天伦之乐。

“对父亲来说，信玄入道死后，打败武田家已不须费吹灰之力。”德川信康说话口气像个大人，言谈举止中流露出年轻人特有的自信和傲慢。

“不可小觑武田家。”家康边吃三河特产烤大蛤蜊，边告诫儿子，“敌人虽说撤走，但并非被我们在战场打败。我们仅仅是受到上天保佑，被信玄入道突然病死救了一命而已。强大精悍的武田军骑兵队并未遭受任何伤亡。稍有不慎，我们便将摔大跟头。”

“孩儿明白！”

“武田胜赖刚继任家督，他为提高自己在家臣中的威信，定想赢得战绩，因此势必要积极行动。越是这种时刻，越要慎重小心。切记！”

“父亲叮嘱，牢记在心。”

“那好。”家康深深点头。

信康是个老实爽快、不耍滑头的孩子。其母筑山夫人的高贵气质和父亲家康的诚实义气，都恰如其分地体现在他身上。

“值得信赖。”

对家康来说，信康是一个值得托付的后继人。

“孩儿有一事冒昧相求，父亲！”信康有点为难地开口道，“父亲回到冈崎城后，还未与母亲大人见面。此时城内正好紫藤盛开，父亲可否邀母亲大人过来，一起赏花观景？”

“哦，藤花开了？”

“是。”

冈崎城内有一株紫藤古树。此紫藤不知何时何人种在城内，但家康幼年做人质时被迫离别的亲生母亲于大之方特别喜爱这棵紫藤。因此每到藤花盛开季节，家康看着在初夏熏风中摇摆的藤花，便会想起母亲，内心感到温馨。

“最近你母亲身体可好？”

家康与筑山夫人夫妇二人，从很早以前开始，便只有通过儿子信康才能知道对方的日常起居生活了。

“母亲大人头疼的老毛病最近有所转好，每日生活健康平稳。可因不能外出游山玩水，或许心情有些郁闷。”

“是吗？”

信康是个乖孩子，他也知道自己父母关系不好。但无论他如何从中调和，本来就性格不合的夫妇两人，事到如今想要互相信赖，互相关爱，谈何容易！

但家康本也不希望家庭不睦，他想：“信康能长成如此年轻有为的武士，都是筑山夫人养育有功。若能一起观赏藤花，两人感情或许能有一些进展。”

对于信康的提议，家康终于心动，他当即派人去筑山府请筑山夫人。

或因多次出生入死，家康觉得自己如今变得越来越温柔。他提前动身，到紫藤古树下，坐在树下的条凳上等着筑山夫人。信康说得没错，藤花确实正在盛开。家康看着盛开的藤花，等着筑山夫人到来。但等了许久，还是没有看到筑山夫人身影。

随着时间的推移，他渐渐等得有些恼火。此时，小路那边走来一个穿着水晶花裙装的侍女。

“启禀老爷，夫人身体偶染微恙，不能来见老爷。”侍女胆战心惊地低下头，对家康道。

“夫人不来？”家康盯着侍女。

侍女已不年轻，年龄约有二十七八岁，鼻眼都小，不算什么美人，但稍厚的下唇，却还是显出几分姿色。

“是。”侍女收回肥厚的双重下颌点头说道，“夫人要奴才回老爷话，紫藤花下蜜蜂太多，夫人不喜欢。”

侍女低首回话时，隔着赤松和枫树等树木，庭院对面传来高声说笑声。家康一听那尖锐刺耳的说笑声，便知道正是筑山夫人本人。想必她是带着随从侍女来冈崎城内观望的，大概为的就是让身边人看家康老老实实坐在藤下等待自己，好让他出丑。女人们说笑一阵后，便不再听到声音，应是走远了。

“看来夫人不喜欢的并非蜜蜂，而是我啊！”家康若有所指地道。

“不，夫人绝非……”侍女一脸困惑，不知如何回答。

令本欲与久违的夫人拉近距离的家康出丑的，不是眼前这个侍女。但受人愚弄，家康内心还是很不是滋味，甚或有些怒不可遏。

“此藤花是我母亲大人当年最为喜爱之花，竟然连此花都不喜爱，简直岂有此理！”

“夫人绝非如此不恭。”

“就是如此，那人即是如此之人。”

“老爷对夫人有误解。”

“你个侍女知道什么？”虽也知道自己如此做有些幼稚，但家康还是把眼前这个侍女当作筑山夫人替身，忍不住要刺激几句，“你，叫什么名字？”

“奴才贱名阿万。”

家康看着眼前低首回话的女人，莫名其妙地感到一股燥热。

“喂，过会儿来汤屋（即浴室）给我搓搓背！”

“啊，容奴才请示夫人后再来——”

“这是命令，不用大事小事都要看那人脸色。”家康严厉地命令。

当晚，家康在冈崎城的汤屋宠幸了这个女人。大约早已悟到结局，阿万没有拒绝。

沐浴后回到寝室，家康继续抱着这个女人。在枕边说话，家康才知道，阿万是三河池鲤鲋知立神社神主之女，曾婚嫁，男人早逝，出于无奈，才给筑山夫人当侍女。阿万不是黄花闺女，她那深知肉欲快乐的肢体，令家康身心畅快。抱着阿万敏感的肉体，家康感到终于发泄了因消灭今川家而被夫人一直用无形的荆棘鞭笞的郁愤。

但次日清晨，睁开眼后，家康当即后悔不已。

“不应为满足一时欲火而去抱别的女人。”

家康觉得自己还未成熟。若知道侍女与自己丈夫私通，筑山夫人势必怒火中烧。想到此，家康心情沉重，他再也没有叫阿万来陪寝的兴趣。

像要逃脱自己播下的烦恼种子，家康离开了冈崎城。

回到滨松城后，五月初，家康率军渡过大井川，攻入被武田军占领的骏河国，连续攻克冈部、根古屋等城，并火烧骏河府郊外。七月，家康挥师返回三河，攻打被武田军守将室贺信俊占领的长筱城。经过激烈攻打，终于攻克，成功夺回。

对形势敏感的地方武士，看到家康势力日益壮大，很多人放弃跟随武田，转而投靠德川。其中一人便是三河内陆作手城城主奥平贞能。家康给奥平贞能送去保证他继续领有领地的誓书，同时答应把筑山夫人生的龟姬公主嫁给奥平贞能大公子奥平信昌。

但武田胜赖并不愿任由家康侵占自己的领地。他亲率一万五千大军，攻入远江，放火烧了挂川城和久野城，并继续攻打滨松城。家康虽然击退了武田胜赖的进攻，但毫无疑问，武田家对他来说，依然还是最大的威胁。

也正是在这一时期，家康回到冈崎城不久，筑山夫人便气势汹汹地来到家康居室质问："龟姬婚配一事，你还把我这个当母亲的当人吗？与我不作任何商量便许配给人？"筑山夫人怒视着家康，油灯照得她的眼睛闪闪发光。

"夫人息怒，我本要找时间跟夫人商量来着。"家康不由得畏缩一下。

筑山夫人用力甩开格子块长罩衫下摆，坐在家康面前，冷静得令人恐惧。

"此事我也不再追究，本来大人也从未把奴家当回事，从未尊重过奴家的意见。"

"话可不能如此说——"

"你敢说什么都没有吗？"筑山夫人嘴角露出冷笑，"奴家今日要问你的，并非龟姬一事。"

"那是何事？"

"你敢说什么都不记得吗？侍女阿万一事，难道你想蒙过去吗？"

"阿万……"

听到这个名字，家康惊慌失措。此段时间忙于攻打武田，早把那女人一事忘到脑后。即使偶尔回到冈崎城，他也从未躲过筑山夫人耳目叫阿万到寝所私会。

"你说，那个女人是否给你在汤屋搓过背？"

“噢，大概有过此事。”

“恶心之极！”筑山夫人柳眉倒竖，“在我和信康居住的这座城内，竟能做出那种恶心之事？本也知道你是一个不足信赖之人，但不知你竟至如此不值一提！”

“你都听阿万说了？”家康被夫人骂得狼狈不堪。

“那女人倒死硬，再打再劝都不说，可渐渐变大的肚子却再也无法掩藏。逼问她谁是孩子父亲，她才终于一五一十全都说出。”

“你说阿万腹中，怀有我的孩子？”家康眼睛瞪得牛大，一下子心跳加速。

“恭喜你啊！”

“……”

“你这算是承认了？”

筑山夫人口气异常冰冷。可这异常冰冷的口气中隐藏着冲天怒火，家康不由得打了个寒战。

筑山夫人走后，家康急忙把阿万叫到居室。果然，就算家康这样一个男人，也能看出阿万下腹部隆起。

“老爷恕罪！”看到家康，阿万哇地哭出声来。“夫人一直逼问，小女实在无奈，说了老爷名字。”

“不需道歉。你肚里的小孩，确定无疑是我的种吗？”

“愿对神佛发誓！”阿万抬起满是眼泪的双眼。

“既如此，你能怀孕，对我来说也是一大喜事。”

“老爷……”

“不过，不能再让你住在这冈崎城了。夫人性情暴烈，在身边当侍女的你也是知道的。”家康边说边急速转动脑筋，苦思今后如何对待阿万。

阿万怀的若是男孩，今后便是除世子信康外德川家另一重要后嗣。对于把信康看作唯一心理寄托的筑山夫人来说，应该绝不会容忍还有另一个后嗣存在。想到此，家康知道必须尽快把阿万转移到冈崎城以外的某个地方。但家康当下的主城远州滨松城里，还住着生下次女督姬的侧室西郡之方。西郡之方虽说嫉妒心并不太强，但家康身边早已默认了两位夫人为“冈崎城筑山夫人”和“滨松城西郡之方”。虽说带阿万回到滨松城问题不会太大，但若要在城内生产，或会带来不必要的混乱。

“这可如何是好？”家康苦思冥想。

苦思冥想的结果是，他把身怀六甲的阿万送到滨松城郊外靠近滨名湖的中村家暂住。

中村家此时家主名叫中村源左卫门。中村家祖籍大和国广濑郡中村郡，文明十三年（1481年），受今川之邀，举家迁至远州，独占滨名湖船运和渔捞等各种利权，积累了万贯家产。位于连接滨名湖与佐鸣湖水路岸边的中村家，豪宅数间，壮丽恢宏，堪称滨名湖最大富豪。

家康把阿万托付给此家家主中村源左卫门，有他的理由。其中之一便是，他知道中村源左卫门有保护阿万、将来一直担当阿万母子后盾的财力。不论男孩还是女孩，只要生下来，无疑便是他家康的后人，中村源左卫门必将全力保护阿万母子安全。另一个重要理由是，家康特意把自己的女人托付给他，等于特意把自己的弱点暴露给他，好令中村源左卫门感到：“啊，此人竟能如此信赖自己。”

人是一种不可思议的动物，对于能把弱点暴露给自己的人，或者给自己带来麻烦的人，反而会产生亲近感。共有某种不三不四的秘密后，两人关系反而会更加紧密。

与长期被松平家统领的三河不同，远江国在五年前还是今川家领地。要想平稳统治远江，有必要笼络根植当地的大富豪为自己服务。为此，家康经常访问万斛的铃木家、有玉的高林家等远州有权有势的人家，与他们交谈，拉近关系。这些人之一便是宇布见的中村源左卫门，此人是家康无论采取何种手段都想笼络到自己一方的豪绅。

既然成为阿万母子的庇护人，那他中村源左卫门便与家康有了不分你我的牢固关系。家康的沉浮兴衰，也将直接关系到他中村源左卫门家的沉浮兴衰。事已至此，他中村源左卫门便不可能不死心塌地助力自己。

正如家康所料，中村源左卫门诚惶诚恐，在地板上捣蒜般磕着头道：“小人不惜性命，绝对保证夫人安产，母子平安。大人万请放心。”

“此事仅你知我知，绝不可让外人知道。”

“小人明白！”

翌年，即天正二年（1574年）二月八日，暂居中村源左卫门家的阿万，秘密生下一个男孩。此男孩即家康次子于义伊，亦即后来的结城秀康。

据传，于义伊生在位于中村家正房西南的独立书院客房。书院有八张榻榻米大小的上房和同样八张榻榻米大小的下房，房间周围是宽敞的走廊，并设有汤屋，是阿万秘密产子的绝佳场所。

中村源左卫门家直至近代，一直都在滨名湖一带经营甲鱼养殖等产业，是当地历史悠久的名门豪族，其家屋现在作为重要文化遗产公开供人参观。

中村源左卫门没有辜负家康的信任，成了阿万及其子结城秀康的最佳庇护者。结城秀康成人后，被封为越前松平家家主。他发给中村源左卫门俸禄，并举荐他为武士身份，以报长年养育之恩。结城秀康有一个不变的习惯是，每次到江户参勤交代[1]，途中都要去他的生养之家中村家看看。

实际上，当时阿万生下的并非秀康一个，还有一个双胞胎弟弟。但当时双胞胎被看作畜生胎，人人忌讳，因此弟弟生下后，便被秘密送到阿万娘家知立神社抚养，后名永见贞爱，成为神社神主。

阿万给家康生下男孩后，被称作小督之局，收为侧室，但此后再无家康宠爱住在中村家的阿万的记录。而且事实上，家康连于义伊都一直没见，直到他长到三岁才第一次见面。有说是因家康不愿得罪世子信康和筑山夫人，但从阿万怀孕过程来看，家康从未对阿万母子有过深情或许是最大原因。

当然这段时间，家康日夜忙于大事，本也无闲情逸致去看侧

1. 参勤交代：江户幕府时代各地大名定期到江户“参勤”（参见主君、辅助政务等）的一种制度，宽永十二年（1635年）制度化。原则上每个大名隔年要在江户幕府服务一年，交通吃住等所有费用均为大名自己负担，其妻子亦被要求常住江户，成为幕府人质。

室母子。

当时最大之事，便是阻挡武田胜赖的猛烈进攻。胜赖继承武田家家督位后，开始不断对德川领地进行攻略。他的心中有着巨大的不安和危机感——因为亡父号称天下名将，是一个伟大的人物，因此胜赖从继承家督之位的那一刻起，便感到前所未有的压力："不超过父亲不行。"沉重的压力压得他几乎透不过气来。

战国是一个严酷的时代，只要继位坐上家督宝座的人被发现实力有限，立刻便有被周围虎视眈眈的势力吃掉领土的危险。武田信玄世子武田太郎义信很长时间都被当作武田家后继，但因为围绕针对今川家的外交政策与信玄产生矛盾，就被迫自杀。后来信玄立侧室诹访御寮人所生胜赖为继，继位家督。但信玄死后，武田家臣中有人"不承认胜赖继位"。家臣中暗藏着随时可能爆发的火种，异常危险。

迄今为止，能把这些个性极强、身经百战磨炼的武田军将领们统一成一个战国最强军团，皆依赖于武田信玄卓越的统帅能力和个人魅力。当富有个人魅力和统帅能力的信玄死去后，继位家督的胜赖，当然会被家臣们轻看或不当回事。

但胜赖也并非平庸之辈，他知道："要令家臣们信服自己，必须在他们面前干出超过先父之大事！"于是，胜赖采取的行动便是继续扩大先父信玄像蚕宝宝吃桑叶般蚕食而来的领土。他采取积极进攻策略，要亲自扩大领地。

只要夺得土地，展示出自己的能力，便不怕那些老家臣们不老老实实听自己的话。挑战并取胜，是胜赖坐稳武田家家主宝座的唯一手段。

胜赖为此首先看中的进攻对象，便是远州高天神城。

位于东海道交通要冲的高天神城，是胜赖先父信玄生前指挥攻打，却未能攻克的一座城堡。武田胜赖坚信："只要我攻克高天神城，家臣们必将心服口服。"于是他亲率两万五千大军从甲斐出发，经过骏河，攻入远江。天正二年五月十二日，小笠原长忠守卫的高天神城被武田军包围。

"请速派援军！"高天神城主小笠原长忠派人向家康请求援军。

对家康来说，高天神城若被攻陷夺走，便等于武田胜赖把匕首架在自己脖子上。况且为打掉胜赖的嚣张气焰，无论如何也得守住高天神城。

家康向盟友信长派去使者，希望信长也能派兵增援。虽说信玄已死，但武田家强悍的骑马兵团，照例还是织田和德川两家最大最强之敌。

此时信长还在京都。冲破反织田包围网、暂时摆脱危机后，信长切下一块东大寺正仓院所藏名贵香木兰奢待[1]，在自己住所相国寺举办大茶会，过着比较优雅闲适的生活。

"噢，武田胜赖包围了高天神城！"信长一口喝干堺商人今井宗久用白天目茶碗点的抹茶，抬头注视片刻京都快要下雨的阴郁的天空。

---

1. 兰奢待：东大寺正仓院（位于奈良县东大寺，收藏平安时代各种宝物）所藏沉香木名，正仓院宝物录名"黄熟香"，中国唐时传入日本，现存重约11.6公斤。

“大人莫非要远征远江不成？”身穿枯叶色外套、一副佛僧打扮的今井宗久，抬起茶色的眼睛，看着信长问道。

今井宗久是个商人，因贩卖火药原料硝石而发财。他还在摄津的我孙子这个地方开有一家工房，大量生产火铳。他与大买主信长属于一莲托生的关系，经常出入织田家，将自己未来的商运全部押在信长身上。

“一定得去！”信长把白天目茶碗放到膝前，“此前三方原之战，派去增援家康的佐久间信盛竟被勇猛的信玄兵吓得屁滚尿流，狼狈不堪逃了回来。”

“此事似曾听说。”

“但那可怕的信玄已死，世道该变了。”

“可是还有胜赖继承了信玄衣钵啊？”今井宗久歪了一下头，看着信长。

“胜赖不足一提。从未听说名将之后，同门接连两代都出名将。”

“大人言之有理。”

“我一定会战胜武田！”信长斩钉截铁地断言，“为此，我需要大量火铳和硝石。你也不能光顾着娴雅地点茶，宗久！”

“在下明白。”

为组织兵力增援家康，信长回到岐阜城。待一切准备就绪，他于六月十四日亲率大军从岐阜出发。三日后，便入驻酒井忠次当城主的东三河吉田城。

快马把此消息飞速带给了滨松城内的家康。

“织田大人必定知道这是敲打武田胜赖的绝好机会。”家康信心倍增。

请信长亲自出马，共同向高天神城进军，一口气击败敌人——这便是家康心中描绘的对战武田军的宏图。

但形势却急转直下，完全超出家康预想。

构筑在险峻地形之上、易守难攻、连那威震一方的信玄都未能攻陷的高天神城，却在武田军一月有余的连续猛攻下，失守陷落。

接到失守的噩耗，家康都不敢相信自己的耳朵："竟有此事？"

要说是否对信玄死后武田军的军力分析有误，答案或许为"是"。虽然并无轻视之意，但无疑在某些方面过分低估了武田胜赖的实力。胜赖比家康小四岁，今年二十九岁，有着多年跟随亡父信玄征战的经验，并非一个年少幼稚的二愣子。

信长已从三河吉田城出发，快要进军到滨名湖，但在得知高天神城陷落消息后，随即带兵撤回岐阜城。

"织田军若能支援，不用多久我们便可夺回高天神城。可二话不说便撤回本国，也未免有点太那个了吧？"家臣大久保忠世心中颇为不满。

"住口！"家康不动声色。

"可不是吗？本来高天神城失陷，难道不是因为织田大人驰援太晚吗？织田大人莫非想要让我们德川家与武田家互咬，看着我们一起倒下吗？"

"忠世！多嘴！"家康呵斥大久保忠世。

对于信长，人世间任何常理都行不通。要说不满牢骚，几日几夜也说不完。

武田胜赖占领高天神城后，以高天神城为继续侵略德川领地据点，重新布置兵力，加强对德川家攻势。为对抗武田攻势，家康也在高天神城附近修筑马伏冢城，命大须贺康高守卫。

翌年，天正三年（1575年）刚进入正月，有人来向家康密告："武田军有动静！"

给家康带来武田军消息的，是一个名叫伴与七郎的甲贺忍者。

家康首次任用伴与七郎还是他二十一岁刚开始统一三河国时。当时，今川家因桶狭间之战大败，实力大减，家康为趁机摆脱今川家控制，实现真正独立，与三河国内残存的今川家势力展开殊死搏斗。上之乡城城主鹈殿长持即是当时反德川势力之一。家康欲攻打上之乡城，但上之乡城易守难攻，若强攻，自己伤亡必定很大。因此，家康派遣一直与甲贺的乡士有来往的家臣户田三郎四郎和牧野传藏去找擅长潜入的甲贺忍者，希望他们协助攻打上之乡城。

家康手下本有伊贺忍者服部家族，但在家康当人质时，服部家族受雇于今川家，当过今川家忍者，因此此战不可用。

为协助家康攻打上之乡城，甲贺忍者伴与七郎领来了二百八十个忍者。甲贺忍者集团夜间潜入上之乡城内，在瞭望楼等处放火，令城内陷入一片混乱。由于甲贺忍者神出鬼没的活跃，家康轻松攻克上之乡城，此战也令家康强烈地意识到忍者的重要性。

若说伊贺忍者服部半藏是德川家的公开忍者，那甲贺忍者伴与七郎便是德川家的隐秘忍者。

受家康委托，伴与七郎亲自潜入甲斐府中，刺探武田胜赖及其家臣团的行动。

“有动静？有何动静？”家康看着在院子里青蛙般弯腰缩身的伴与七郎问。

伴与七郎个子矮小，脸也很小，虽说长相平凡，毫无特征可言，但弯曲的后背却显出一股坚韧的气质。他身穿甲贺忍者特有的近乎黑色的深蓝忍者装束，融入夜色，悄无声息。

“武田胜赖在加强高天神城防卫的同时，似乎把长筱城定为下一个攻打目标。”

“此话当真？”家康狠狠地握住右拳。

长筱城是东三河的战略要地，修筑在寒狭川与三轮川合流处的长筱城，东、南、西三方都是面向合流处的断崖，是一座易守难攻的坚固要塞。

攻克亡父信玄都未能攻下的高天神城后，武田胜赖信心大增。他开始考虑夺回在父亲死后被家康夺去的长筱城。

《甲阳军鉴》有记载，大意如下：

> 在甲斐府中的踯躅崎馆开庆功宴时，内藤昌月与高坂昌信议论道：“胜赖大人未用多时便攻下数城，现竟攻克连信玄公都久攻未克的高天神城。既取如此辉煌成功，今后必将自傲狂妄，你我老臣们任何意见也绝不会听入耳中。如此以往，三年以内，我武田家必亡无疑。”

此记载有多少真实性并不可知，但不容怀疑的是，武田胜赖确实希望通过采取对外扩张政策，找到自己的存在感。

奥平信昌是原信玄麾下奥平贞能之子，与家康长女龟姬有婚约。虽年仅二十一岁，与其父同样详知武田家内情，但因家康待其如同家人，故对德川家忠心无二。

家康把奥平信昌叫到滨松城，令其坐在对面，一起吃饭。

“我望你能在最前面迎击武田军。”家康道。

摆在他面前的菜肴是烧河蟹、烤鳗鱼以及煮鲉鱼等滨名湖特产。

“是守卫长筱城吗？”奥平信昌浅黑稍圆的脸上一阵紧张。

“我相信，唯有你能守住长筱城！”

“大人过奖！”

“愿受命吗？”

“粉身碎骨，在所不辞。”奥平信昌俯首受命。

家康看着奥平信昌因为心情悲壮而微微颤抖的肩头，深深点头：“今日可以痛饮狂吃，我也陪你吃到最后。”

“诚惶诚恐！”

家康派奥平信昌入驻长筱城，同时把信长送来的兵粮两千俵中的三百俵送进长筱城，以备奥平信昌守城之用。

正如忍者情报所示，当年四月下旬，武田胜赖亲率一万五千大军攻入三河。

长筱城位于三河国山区，自古便是连接远江、信浓、美浓三国的交通要冲，有着极为重要的军事和经济意义。

奥平信昌受家康之命，率五百手下守卫长筱城。

攻城的武田军主力部队布阵在长筱城北部的丘陵地带，其他部队则布阵寒狭川、三轮川对岸，武田军密不透风地包围了长筱城。

形势危急，家康回到三河冈崎城，甲贺忍者伴与七郎向家康禀报武田军阵容及布阵情况。

“城北大通寺山是武田信丰、马场信春、小山田昌行等两千人，西北方向是一条信龙、真田信纲、真田昌辉、土屋昌次等两千人，西边是内藤昌秀、小幡信真等两千人，南边是武田信廉、穴山信君（梅雪）、原昌胤、菅沼定直等一千五百人。山县昌景、高坂昌澄等其余一千兵为机动队。”

家康目不转睛地看着蹲伏在大吴风草旁的伴与七郎。

“武田胜赖率领的三千中军布阵在医王寺山，甘利信康、小山田信茂、迹部胜资等为殿军后卫。”

“胜赖在城北医王寺山啊？”家康抬起肉厚的眼皮，看着乌云密布的天空。

身旁的本多正信问家康道：“虽说长筱城易守难攻，有天险之利，但仅有五百守城兵，奥平信昌或也无守城把握。大人，是否应派援军去增援？”

“时机未到。”家康摇了摇头。

“大人意思是？”

“仅凭我现有兵力，要对付武田军力不从心，只能等织田大人来了。”

“织田大人会来吗？”

“会来！”家康满怀信心地道，“此战才是真正决战，织田大人不是那种放过战机之人。”

进入五月，五月的阴雨滋润着三河国山野的平川。

在阴雨中，武田胜赖头戴武田家祖传的富士山形前立六十二间兜[1]，挥舞金色指挥棒，大喝一声：“总攻开始！”发出总攻长筱城的命令。

一条信龙、真田信纲等率军从西北方向开始攻打长筱城城门，但城门防守牢固，德川守军从城墙雉堞一齐放箭，武田军无法靠近。

“敌人仅有五百，势力单薄，还磨磨蹭蹭什么？”

虽然胜赖对己方的进攻不满，但以奥平信昌为中心的德川家守军，却硬是顶住了武田军连续多日的猛攻。

“大人定将赶来增援，坚决守到增援到来那一刻。”

奥平信昌曾受家康亲自嘱托守卫长筱城，他大声呐喊，鼓舞守城兵将士气。

一天过去，两天过去。

武田军开始攻城的第四日傍晚，布阵在寒狭川对岸的武田军穴山信君，在河里摆放大量竹筏，准备攻打长筱城野牛门。但武田军的举动被德川守军发现，他们从断崖上推下大量岩石，掷出大量飞镖，击退了穴山信君军队的进攻。

---

1. 富士山形前立六十二间兜：“兜”，即头盔。日本战国武将为显威风，在头盔前方做各种装饰，日语称作“某形前立”，如伊达政宗的头盔前装饰即是玄月形。“六十二间”因为是六十二枚铁板制成，故得名。

武田军又发动人夫从城外挖地下坑道，欲通过地道进入城内。但此举也被奥平信昌事先发觉，并从城内反方向挖地道，反而成功逆袭武田军。

胜赖当初认为守军人少势寡，便发动总攻，希望能短时间内拿下，他没想到却遇到守城方顽强抵抗，最终只好改变强硬策略，在城周围构筑栅栏，切断一切对外联络，对长筱城实行围困战术。

在此形势下，为支援长筱城，信长亲自率领大军，从岐阜城出发，赶来增援。

五月十四日，信长到达三河冈崎城，在大殿客厅，会见了身穿铠甲的家康和信康父子。

“胜赖那小贼，急得不行了啊！”信长像进到自家城里一般，坐在城主上位，嘴角露出微笑。

此时的信长表情充满自信，与前年信玄西上时的紧张神情判若两人。由此即可看出，围绕信长的形势发生了多大变化，而织田军团的实力又有多大增长。

“奥平信昌正在拼死守卫长筱城。但他也有极限，恐不能再坚持下去。”家康看着坐在上位的信长道。

此城城主德川信康也与其父亲家康同样，坐在上位下方的中位。他们周围，则坐着佐久间信盛、丹羽长秀、秀吉、泷川一益等织田家重臣们。此种情景，无论怎么看，家康父子都与织田家臣无二。

“哼！”信长哼了一声，“胜赖得意忘形也就这几天了，老子就是为了打败武田家才来到此地的。”

“可是，武田军骑兵队不可小觑，若展开野战正面对决，恐对我方不利。”家康在三方原吃过大亏，刻骨铭心地知道武田军如何威猛。

“我自有妙计。”信长一副胸有成竹的表情。

“有何妙计？还请大人教示！”家康向前挪了一下。

信长道：“我先要问你，此城内，有无详知武田军内情之人？”

“那当然。”家康把曾根市兵卫叫来，此人曾是武田家臣。

曾根市兵卫小名市丸，受武田信玄世子义信事件牵连，被驱逐出武田家。开始曾寄身今川家，今川家亡后，投奔家康。因此，他对武田家怀恨在心，特别是对取代义信继承武田家主地位的胜赖仇恨满腔。

曾根市兵卫挪到众人前边。信长问道：“武田军骑兵队有何弱点？”

“无一弱点。”曾根市兵卫声音有些沙哑，“武田军战马能跑善战，机动能力强，战况即便发生些微变化，亦能迅速对应。骑兵队训练有素，变化自在。臣不知有何对付之法。”

听到曾根市兵卫回答后，在座将领中有人露出惊叹之声。

但信长还是再三问道：“即便再强，也有可乘之机。你再好好想想。”

曾根市兵卫低头想了一会儿，下定决心般猛地抬起头来道：“一定要说的话，确实只有一个弱点。”

“这一弱点是什么？”

“不给对方任何可乘之机，便是武田军骑兵队最大弱点。”

"什么意思？"信长一下子被吸引住，直视着曾根市兵卫。

"武田军骑兵队确实天下无敌，所有武士都对自己的武力有着绝对自信。但反过来说，正因为对自己的力量有绝对自信，恃才傲物，有时便会不听指挥，有孤军深入敌阵之嫌。上田原之战的失败，便是典型之例。"

"上田原之战？"

"正是！"曾根市兵卫点头。

上田原之战是信玄年轻时大败于信浓国当地豪族村上义清之战。

彼时，村上义清与武田军骑兵队先锋接战后很快便溃败，开始退却。猛将云集的武田军骑兵队看到村上义清兵马溃退，便争先恐后猛追而进。其实，这正是村上义清精心设下的圈套。争先恐后猛追的武田军骑兵队钻进村上义清军的伏击圈，遭到村上义清军逆袭，溃不成军，惨败而归。这场惨败在年轻的信玄心中刻下深深的烙印。从那以后，他采取强权统治这些极易陷入夸示个人英雄色彩陷阱的个性强烈的武士，把他们训练成能进行一丝不乱军团作战的钢铁军团。

曾根市兵卫曾做过信玄近侍，他的说法令人信服。

"但用武田军骑兵队如手足的信玄今已不在。"曾根市兵卫说道，"据微臣所知，四郎胜赖并未被武田家家臣完全信赖。虽说骑兵队为最强军团，但若无头脑统率，那也与乌合之众无二。"

"言之有理！"信长眼中闪过一道冷光。

信长进驻冈崎城次日，亦即五月十五日，苦守长筱城的奥平信昌派鸟居强右卫门为使，来冈崎城请求增援。鸟居强右卫门身上仅裹着一条暗红色兜裆布，全身泥土，脸上、手腕、膝盖到处都是伤口，流着鲜血，简直惨不忍睹。

“好样的！竟能全身潜出包围，回到冈崎城来！”家康首先对此惊讶万分。要突破武田军铁桶般重重包围，谈何容易！

“小人从城内通往城外河川的污水道钻进河里，躲过敌人监视耳目。”鸟居强右卫门两眼闪着光，看着家康。

“前日敌人发射火矢，点燃谷物仓库，为守城运进城内的兵粮大半烧光。”

“什么？”家康一时语塞，回头看向坐在一边的信长。

信长无动于衷，像看什么稀有动物般，凝视着鸟居强右卫门。

“仅凭我们已不可能守住城了，城内守军士气也极其低下，恳请大人速派援军。”鸟居强右卫门快要哭出声来，苦苦哀求。

看到他如此苦苦哀求，家康当然想当即便点头答应，但此时必须先征求共同作战的信长意见。本来两者之间属于对等同盟关系，但不知从何时起，信长和家康之间无形中成了上下的关系。

“织田大人！”家康紧握双拳，站起身来，“若要行动，此是绝佳时机。”

“嗯。”

信长没看家康，口中低声哼着平时爱唱的歌谣《敦盛》。唱了片刻，信长突然站起身来，清澈明亮的双眼看着虚空，用他特有的尖声决然说道：“明晨，向长筱城出发！”

翌日十六日早晨，信长、家康联合军三万八千人从冈崎城出发。

织田、德川联合军开始向北进发后，鸟居强右卫门为早一刻向焦急等待援军的奥平信昌报告消息，先向长筱城飞奔。“援军马上便到！”想到城内守军听到此消息时的欢喜神情，鸟居强右卫门跑得更快。但跑到长筱城外有海村时，却发生了意外。

“什么人？”

鸟居强右卫门突然被持枪兵卒包围。包围他的不是德川军，而是监视城内人员出入的武田军。

“决不能被俘！”

鸟居强右卫门猛地抓起一把脚下的土，撒向周围兵卒的眼睛，掉头便跑，想冲出包围，但四处都是武田军。

鸟居强右卫门被俘，送到武田军中军，交由武田胜赖叔父武田逍遥轩信纲审讯。搜身之后，藏在鸟居强右卫门发髻中的密信被发现。这密信是家康写给守城大将奥平信昌的亲笔信，内容是说正与织田大人一起率军赶来增援。

“信长也来了？”接到禀报，武田胜赖端正的脸庞蓦地涨红。

“事已至此，非得在敌人援军到来前攻下长筱城不可！”胜赖下定决心。

此时，困守在长筱城内的守军兵将还不知道援军已在赶来。

“我有妙策一条。”武田逍遥轩神秘地说。

“有何妙策？”

“借用一下那个叫作鸟居强右卫门的俘虏，怀柔策反那家伙，令他给守军传去假消息。”

“可以，试试看吧。”

武田逍遥轩回到鸟居强右卫门被关的地方，对鸟居强右卫门道：“援军不来了。在得知长筱城兵粮损失殆尽、迟早定会陷落后，织田军已撤回岐阜去。你若想活命，便给城内弟兄们说，要他们早点打开城门投降。老实说了饶你一命。不仅饶命，还分给你土地，封你为武士。”

武田逍遥轩威逼利诱，要鸟居强右卫门向城内守军传达假消息。

“想要我传假消息？”鸟居强右卫门咬住下唇，心想。

“若不答应，当下砍头！”

闪着明晃晃银光的长刀晃在眼前，鸟居强右卫门无奈，只能点头答应。

“不但饶小人小命，还给小人土地，小人何等幸运！既承如此厚爱，小人自当遵命报答。烦请把小人绑在刑柱上，带到城门外。”

没过多久，鸟居强右卫门便被带到河岸边，对岸便是长筱城，河面飘着一层淡淡白雾。鸟居强右卫门双手双腿都被用粗绳绑在刑柱上。梅雨季节的冷雨，淋湿了裹在鸟居强右卫门腰间的那条黑红色裹裆布。

对岸长筱城内的守城士兵们看着眼前的情景，不知发生何事。

鸟居强右卫门深深吸一口气沉入丹田，下定决心，大声喊道：“城内的弟兄们，我鸟居强右卫门回来了！”

鸟居强右卫门又吸一口气，更大声地喊道："德川大人和织田大人的援军马上就到！弟兄们不要泄气，一定要坚持下去！"

对岸的长筱城内欢声鹊起。意气消沉的守城兵将听到此消息士气大振，欢呼雀跃，奔走相告。鸟居强右卫门则被武田兵用枪从左右两边肋下刺穿，当场毙命。

两日后的五月十八日，织田、德川联合军到达距离长筱城一里（约四公里）之地的设乐原。织田军在设乐原西边极乐寺山（信长、柴田胜家）、御堂山（织田信忠、河尻秀隆）、茶磨山（佐久间信盛、丹羽长秀、秀吉、泷川一益）一带驻扎下来。德川家康和世子信康分别在更前方的弹正山、松尾山一带布阵。

说是赶来增援，但织田和德川联合军却并未即刻攻打围攻长筱城的武田军，而是在武田军后边摆下阵势，驻足不前。

进入设乐原阵地当晚，驻扎在松尾山阵地的德川信康便秘密来到弹正山阵地找父亲家康。信康身穿彩线编织的铠甲，威风凛凛。

"深更半夜，随意离开阵地，成何体统？"

坐在马扎上休息的家康看着儿子被篝火照红的脸，皱起眉头。

"孩儿知错，但有一事不问父亲不能入睡。"

"何事？"

"织田大人一事。"信康低声道，"父亲到底如何看织田大人？"

"如何看？什么意思？"

"父亲与织田大人本为对等同盟，可现今织田大人好似已高高在上，把父亲当作自己家臣看待。在冈崎城，自己也好似城主一般举止傲慢。家臣中很多人都心怀不满。”

“哪位家臣不满？”

“这……”信康不敢说。

“听着，信康！织田大人是我德川家最重要的盟友。今次对战武田军，若无织田大人赶来增援，仅凭我德川家绝不可能打败武田家。更何况织田大人还是你岳丈大人，竟敢背后说三道四，简直岂有此理！”

“父亲意思是说，被织田大人当作家臣看待也无所谓？”信康以从未有过的反抗的目光直视着父亲。

“不是那个意思。但仅凭一己之力，必将一事无成。要知道，若无织田大人支援，便无我德川家之今日。”

“孩儿忍无可忍！”

“信康！”

“父亲难道只要打胜仗，其他都无所谓吗？即便不要武士荣誉，只要能活命便一切皆可吗？”

“若无性命，荣誉之类便如粪土！”家康打断情绪激动的儿子的话，“你还年轻，不通世事。你不知道守住家业、守住领地、守住家臣和领民多么艰难。织田大人和我都经历过无数此类困难，以及其他艰难困苦。因此不管发生何事，我都相信织田大人。望你也能如此。”

信康勉强点头，答应了父亲的叮嘱。但离开葵纹营帐的背影，透出一股挥之不去的窝火。

儿子的感情，家康并非不能理解。随着织田家权力基础稳固，信长的态度也发生了明显的变化。从前信长来信，抬头都会写：“三河守尊鉴。”可今年来信抬头却写：“三河守惠鉴。”这不是给与自己对等的大名的书信抬头的写法，而是给家臣的书信抬头的写法。

但家康却觉得：“那有何问题？”

当年在尾张国当人质时与信长一起的生活，鲜明地记在家康心中。被扔进河里快要淹死，但硬是挣扎着游上岸的少年家康受到信长赏识，被信长当作一个男人看待；况且若不是信长在桶狭间之战中打败今川义元，自己或许至今也不可能成为一个独立大名。

“人生终须忍耐时。总有一日，信康也应懂此道理。”家康心想。

在设乐原布阵的信长并未积极对围攻长筱城的武田胜赖发动进攻，他只是发布命令道：“沿连子川设置防马栅！”

织田军设置的不是普通的防马栅，而是一道栅、两道栅、三道栅。兵士们每隔五町余（约五百余米）设置一道，共设置了三道栅栏。设置三道防马栅，是阻止武田军骑兵队进攻，为组织反击争取时间。即便一道防马栅被骑兵队攻破，还有第二道、第三道防御。信长还要家康也同样设置三道防马栅。

不久，设乐原设置完成了长约半里（约二公里）的防马栅。

“引诱武田军出击，等抢功争名的武士冲上设乐原，便一齐发射火铳。”

信长带来了从堺商人今井宗久处购来的三千支火铳。信长秘密准备的妙计，其实便是用火器威力粉碎武田军骑兵队。在连子川边第一道栅内，埋伏了织田军三千火铳手；德川军的三百火铳手也一并埋伏。织田和德川的主力，则布阵在第三道栅后的高地上。

一切准备就绪，单等猎物来钻圈套。可是："武田军到底会不会轻易上钩？"家康亲自见识过武田军骑兵队的勇猛，他很担心。

但信长计划周到。

为诱骗武田军上钩，他命重臣佐久间信盛假装敌方内线，给敌人送去一封密信："信长大人最怕武田军出击设乐原。若在设乐原与武田军骑兵队正面对战，织田军绝无胜机。小人届时将在战场反水策应，从背后攻击己方。小人仅期待武田军大胜之日，能有幸位列众家臣先辈末位。"

佐久间信盛的密信被送到武田胜赖侧近迹部胜资的手中，迹部胜资则把佐久间信盛的密信在军议上公开了。马场信春、山县昌景、内藤昌秀、原昌胤等身经百战的武田家重臣们都觉此事有些蹊跷，不愿相信。但大将武田胜赖却高兴得露出白齿道："无理由怀疑佐久间信盛内应，想必敌人害怕我武田军骑兵队袭击，已陷入混乱。"胜赖对胜利充满信心。

攻克亡父信玄都无可奈何的远州高天神城后连战连胜，让胜赖对自己的能力过分自信。元老家臣们的慎重主张，不可能进入他的耳中。

"敌人若已陷入混乱，便绝不能放过这天赐良机，应即刻发动进攻，一举歼灭敌人。亡父发动西上作战时，信长和家康都捡了一条命，此次绝不可放过。定不放过一兵一卒，完全彻底歼灭敌人！”胜赖意气风发地说道。

山县昌景等还是苦苦进言，希望他不要上当，但胜赖再没理会老臣们的啰唆。他在武田家祖传的日之丸大旗和楯无铠前举行仪式，祈祷胜利。此举表明，胜赖已下定决心，无论战况如何，都决不后退。

五月二十日黄昏，高举风林火山旌旗的武田大军出现在设乐原上。

武田军在设乐原东部丘陵上布下战阵，摆出白鹤左右展翅状鹤翼阵形——

右翼：武田信丰、穴山信君、马场信春、土屋昌次等。

中央：武田信廉、内藤昌秀、原昌胤、安中景繁等。

左翼：山县昌景、小山田昌茂、迹部胜资等。

总大将武田胜赖中军布阵于十町（约一公里）后方。此处位于谷底，因此胜赖不能直接看到前线战况。

本来作为兵员总数少于敌军的武田军大帅，最为理想的便是亲上鸟瞰设乐原的丘陵，与前线兵将在一起，鼓舞士气，指挥作战。但侧近迹部胜资等拍马屁道：“枪弹不长眼，大人若有万一，如何是好？”因此胜赖便一直坐镇谷底中军阵地。

相反，信长起初在后方极乐寺山阵地指挥，后来移动到前线，奔前跑后，亲自指挥并激励藏在连子川岸边防马栅后准备袭击敌人的火铳队。

武田胜赖既继承名将父亲创建的辉煌成果，故不得不时刻想着如何守住武田家武名；而织田信长则仅靠自己力量，连续冲破阻挡在自己面前的障碍：两者区别，一目了然。

信长来到家康阵地。

“为胜利而战！”信长身穿南蛮铠甲，外披红色天鹅绒披风，英姿飒爽。“此战必将消灭长期折磨我们的信玄入道亡灵，你也要有此准备啊！”

“明白！”

信长一副当年在尾张国顽皮胡闹时的恶童表情，家康照例干脆地点头回答。

信长以此种态度对待自己，一般人都会认为信长傲慢无礼，但家康对信长这种充满自信的老大风格并不讨厌。

“那好，回头见。”

“祝织田大人鸿运当头！”

信长与家康简单交谈几句后，便风一般奔驰而去。

设乐原上，隔着南北流向的连子川，两军对峙。东边是武田军一万五千人，西边是织田、德川联合军三万八千人。

织田、德川联合军布阵如下：

右翼：德川军的大久保忠世、大须贺康高、榊原康正、本多忠胜、鸟居元忠、石川数正等。德川家康及信康父子率中军在先锋阵后的弹正山南山腰并排布阵。

中央：织田军的泷川一益、羽柴秀吉、丹羽长秀。

左翼：织田军的佐久间信盛、水野信元等。

从极乐寺山移动到前方的织田信长把中军阵地转移到中央阵地后方的弹正山北山腰。信长世子织田信忠作为预备队，镇守在后方御堂山。

二十日深夜，信长手下亲兵猪子兵介跑到插着金扇大马印、白底葵纹大旗的家康中军阵地。

“禀告大人！”猪子兵介背上插着颜色鲜艳的赤色幌子，大声喊道，“织田大人有命，为有利于明朝决战，应急袭后方鸢巢山敌营，扰乱敌人。请即刻派出以酒井左卫门尉忠次等为中心的别动队偷袭。”

“转告织田大人，家康遵命。”家康当场答应。

偷袭鸢巢山敌营，是酒井忠次在军议席上提出的作战方案，当时信长并未置可否，估计面临决战，才做出此决断。

武田军大部分移动到设乐原，仅在鸢巢山留下两千兵继续包围长筱城。此策便是对后方的鸢巢山发动偷袭，扰乱敌人后方。前方的武田兵将听到后方被袭消息，士气必将低下无疑。

以酒井忠次为大将，德川军四千人在夜色中悄悄向鸢巢山进发。

次日，五月二十一日早晨，酒井忠次别动队对武田军鸢巢山阵地发动奇袭。受到奇袭，鸢巢山敌营兵将一开始虽然慌乱，但很快便冷静下来，与酒井忠次别动队展开惨烈攻防战。

同一时刻，隔着连子川，织田、德川联合军与武田军主力也展开激战。

最初发动攻击的是织田、德川联军。在浓厚的乳白色雾岚中，织田军先锋泷川一益，德川军先锋石川数正、本多忠胜等走出第一道防马栅，冲进河里，溅着水花，开始渡河。

“来了啊！”武田军左翼先锋山县昌景隔雾看到晃动的敌影，眼睛细眯。

“给我狠狠打！”山县昌景向属下赤甲队发出出击命令，他骑在枣红骏马上，一马当先，冲入敌阵。

山县昌景的先锋长枪队一齐挺起长柄枪，正面向德川军阵地突击。长枪队身后是骑兵队地震山摇的马蹄声。

虽然人数处于劣势，但山县昌景赤甲队却拼命厮杀，与人数占上风的德川军难分胜负。半刻（约一小时）过后，竟把德川军先锋石川数正、本多忠胜等逼回防马栅内——而其实，这正是德川军圈套。

“敌人顶不住了，给我追！快追！”山县昌景呵斥属下士兵。此时山县昌景军已追到仅距防马栅半町（约五十米）之处。

便在此时，突然，划破长空的枪声大作。守候在防马栅内的德川军足轻队火铳手，对准追来的山县赤甲队一齐开枪。

“打！给我狠狠打！”在前线指挥德川军火铳队的大久保忠世、大久保忠佐两兄弟，扯着嗓子大喊。

迎面受到火铳袭击的武田军骑兵队血肉横飞，纷纷中枪毙命，滚下马背。

紧跟山县昌景开始进攻的武田军还有第二队武田信廉、第三队小幡信贞、第四队武田信丰等骑兵队。他们争先恐后，对织田、德川联军发动波状进攻，逼近联军防马栅。

就在武田军逼近防马栅的瞬间，哒哒哒哒……随着地动山摇的枪声，织田军足轻队上千支火铳迎面向武田军骑兵队开枪射击。五人，十人，身穿铠甲的武士接连从马上翻身落下，马首中枪，还有人从马前栽下马。

织田军不容敌人反击，在防马栅后一刻不停地猛烈枪击。第一排迎面向武田骑兵队开枪后，身后准备的第二排足轻队上千人接着开枪，然后再后边的上千人开枪。

信长知道火铳装填火药需要二十秒以上的时间，为弥补这一缺点，他发明了三段进攻法，即把三千足轻火铳手各千人一组分成三队，分列三排，一排开枪后，蹲下装弹，另一排起立开枪，开枪后蹲下装弹，第三排起立开枪。如此类推，连续开枪攻击。

武田军骑兵队最大强项是机动性。而信长发明的火铳三段进攻法，完全封杀了武田军骑兵队的机动性。

不仅山县昌景赤甲队，小幡信贞、武田信丰等骑兵队以及右翼先锋，连老蒋马场信春、土屋昌次等骑兵队也都被信长的火铳战法打得阵形大乱、狼狈不堪。

看到此种战况，信长挺起胸膛，大声命道：“吹法螺号！”

法螺号是发起总攻的号角。随着响彻天空的法螺号声，守候在防马栅内的织田军主力，渡过连子川，向武田军发起总攻。

家康也命令击鼓发起总攻。他挥舞金色指挥棒，忘我地大喊：“我军也绝不能落后！”

兵将们大声呐喊着，在设乐原上冲杀。

当年从不知后退、令天下武将闻风丧胆的武田军骑兵队，此时却阵脚大乱，被动挨打，完全失去进攻能力。

双方展开激烈的白刃战，但战况优势在织田和德川联军一方。

据前线传来消息获知战况恶化后，武田胜赖匆忙率军登上能俯瞰设乐原的才之神高地。然而站在高地上俯瞰设乐原战场，他看到的却是己方骑兵队被动挨打的惨状。胜赖不由得愕然，他瞪红了眼，大声喊道：“后续队快上！事已至此，便是总体战！任何人不得退却一步！”

然而前线不断传来噩耗，山县昌景、内藤昌丰、土屋昌次等相继战死。

不知何时，侧近迹部胜资从前线跑回中军阵地，他建议胜赖尽快撤退：“挽回局势已不可能，大人须即刻撤回后方。”

但武田胜赖不听：“大将如何能抛下正在殊死搏斗的士兵临阵逃跑？老子就要站在这里！”

“大人！”

迹部胜资等正在想法说服胜赖撤退，前线马场信春信使赶到禀报：“启禀大人，小人来传主人话：为保大人撤回安全地带，我等舍身阻截敌人进攻。万望大人莫令我等白送性命，定要保命回国，重建我武田家！”

“信春！”

年过六十的老家臣发自肺腑的话，终于令胜赖冷静下来。只可惜，为时已晚。

开战刚过半日，溃不成军的武田军开始败走。马场信春断后，作为殿军阻止织田、德川联军追击，以确保武田胜赖及近侍们从领地信浓逃回本国甲斐。

此战武田军死伤一万余人，其中包括为确保武田胜赖逃命而战死的马场信春等自打信玄时代便效命于武田家的许多重臣老将。而取得大胜的织田、德川联军一方，死伤者也超过六千。

此战号称“长筱之战”，仅从双方死伤人数看，也是史上少有的激战。

《松平记》记载云：

> 今朝卯刻（凌晨六点）至未刻半（午后三点）之合战，甲州众以此为生死存亡之战，战而不胜，悉数败退。

第十章

相克

庭院中牡丹盛开。

盛开的是鲜艳的紫红色牡丹。

有一女子伸出白润纤细的手指，摸着花瓣，深深地叹了一口气。此女便是冈崎城主德川信康之母，筑山夫人。

“为何？”筑山夫人想，“我为何活在人世？活着有何意义？”一种莫名的孤独感涌上心头。

形式上虽说还是夫妇，但她与住在滨松城的夫君家康早已形同路人。其实从成为夫妇那时起，家康便似乎与自己从未有过真心的交流。

但这些都“无所谓”！对于占据夫君家康心中的中心位置，筑山夫人早已死心。

对筑山夫人来说，爱儿信康比夫君家康更为重要，此外还有爱女龟姬。但曾几何时，爱儿信康却被从今川家仇敌织田家嫁来的德姬夺走；爱女龟姬，此夏也要嫁给曾有婚约的奥平信昌。如此一来，筑山夫人身边能与自己交心的亲人将无一人。

今川家灭亡后，筑山夫人失去出身名门的骄傲。而今，最为亲近的人，也一个一个离开自己。

令自己处于如此惨状的罪魁祸首“到底是谁”？筑山夫人心中的怨恨，自然而然指向夫君家康。

夫君家康若不是为了对付今川家而与信长联手，那爱子信康便不会迎娶令人生厌的织田家公主为妻。而娘家关口家主家、名门今川家也不会灭亡得那么悲惨。

想到此，筑山夫人便觉：“夫君可恨！”她不由得双手一握，牡丹花瓣散落一地。

但筑山夫人自己并不知道，在如此强烈的憎恶中，暗藏着连她自己都不能控制、令人窒息的幽深感情。为忘记烦恼，筑山夫人起身往本丸大殿走去。

此时有侍女来报，说有客人来访。

“今川氏真大人来访。”

筑山夫人在冈崎城本丸大殿的芭蕉间会见了来客。

今川氏真是在桶狭间合战中败给信长的今川义元之子，与筑山夫人属表兄妹关系。今川家灭亡后，氏真投靠岳家北条氏，客居相州小田原。但掠夺了今川家领国骏河的信玄与北条氏讲和后，氏真只能离开相模国，浪迹各地，无依无靠的氏真有段时间甚至穷困潦倒在京都四条街头。

作为名门今川家最后的家主，今川氏真作为武将确实无能无才，不值一提，但他却擅长和歌、连歌、蹴鞠等，雅兴文才非同一般。特别是蹴鞠，号称罕世名脚。氏真穷途潦倒在京都时，信长听说他善蹴鞠，便派人传言：“想亲眼见识阁下蹴鞠妙技。”对氏真来说，信长本是打败自己父亲今川义元的仇敌，但他却痛快答应信长，在信长面前展示自己非凡的蹴鞠妙技，并拿到信长奖赏的金子。

长筱城防卫战后，家康努力要把势力扩展到当下被武田家占领的骏河国。他郑重地把氏真从京都请来，把位于骏河国境附近的东远江牧野城交给他，封他为城主。这样做的理由是，家康知道，今川家迄今还在远江国与骏河国一带的地方武士中保有很大影响力，家康希望利用这种影响力扩大自己的影响。

“怎么了？不是封你做远州牧野城城主了吗？当下能在那样的地方当城主已属万幸。”筑山夫人目光冰冷严峻，直视氏真。

今川氏真比筑山夫人大四岁，当年即是今川家总帅，还有着夫君家康不具备的文雅气质。所以筑山夫人当年曾对他心怀憧憬，只是氏真高不可攀。但此时的氏真为混饭吃，早已扔掉自尊，变成了一个甘愿为自己当年的敌人献媚的低贱之人。

“是是，不过有德川大人派去的松平家忠做城番，其实有我无我实无意义，所以我冒昧前来看望夫人。”氏真张开口赔笑，露出染有铁浆的黑牙[1]。

“哦，是吗？”

筑山夫人对德川家不论内政还是外交都毫不关心。对于被夫君为政治目的迎入牧野城的氏真在冈崎一带晃荡闲逛一事，她也从未觉得有何不妥。

“太想念骏府了！”氏真感慨万千地说。他模仿公家，化着淡妆。“骏府今川家庭院中有极佳的鞠壶[2]。我在京都堂上公家鞠

1. 用铁浆涂黑牙齿是日本古代贵族的习俗。

2. 鞠壶：踢蹴鞠的场地。

壶也踢过几次蹴鞠，每次都想起当年在骏府踢蹴鞠时……”

“氏真大人！”看到氏真眼中滚动的泪花，筑山夫人也难以抑制内心的激动。“我也是，一想到从前，眼前的一切都不觉得是真的。”筑山夫人道。能跟自己一起回忆从前在骏府的华丽生活的，当下唯有此人。

“是梦，都是梦啊！”氏真用手中的白扇敲了敲脖颈，“有一年，信长招我去京都相国寺踢蹴鞠，我当时便下定一个决心。”

“什么决心？”

“若一定要报父辈之仇，为此而丢掉性命，那再愚蠢不过。好不容易在人世走一场，何不想法活到人生尽头，能快活尽量快活呢？”

说到这里，氏真微微打开白扇，挡住嘴角，仅露出眼角的微笑。

“氏真大人难道再无其他欲望吗？”筑山夫人问。

“欲望？”

“嗯，比如重返骏府，重振今川家之类的。”

“没有没有，那种事情太麻烦。”氏真使劲摇动白扇，“我现下想的，唯有修炼蹴鞠脚法，像平安朝时被世人看作蹴鞠大神的大纳言藤原成通卿，能千次踢，背面踢，练就一身当今早已失传的绝妙秘技。”

“噢……”氏真竟然如此与世无争，一心只贪图享乐，筑山夫人无言以对。

“今日冒昧造访，实为有一事相求。”氏真突然一脸认真，挪到筑山夫人跟前。

氏真求筑山夫人的是："能否烦夫人问问德川大人，我欲招今川家旧臣来做下人，不知可否？"

虽说已失去战国大名地位，但今川家也是镰仓时代以来延续数百年的名门武家。主家灭亡后，家臣们各逃生路，猢狲四散，此时听到今川氏真当上牧野城城主，便有好多人来投奔旧主，希望能混个一官半职。

"此等大事，为何要来求我？你想如何便如何，有何不可？"筑山夫人对此类话题显然不感兴趣。

"话虽如此，但我还是怕德川大人多心，担心德川大人怀疑我拉拢党徒，预备谋反。"

"胡言乱语！"筑山夫人虽说对大事毫不关心，但她也知道此人绝无反叛夫君家康的霸气和胆量，"不过你虽有求于我，但恕我无法答应。"

"为何？"氏真噘起嘴来。

"氏真大人应该知道，我久已不见夫君。"

"难道你不是德川大人正室？"

"虽是正室，但与摆设无异。今川家已没落，对那人来说，我早已成为毫无利用价值的废物一个。"

"这……"氏真看着筑山夫人，眼中充满同情。

"不需同情。若有事相求，你自己可到滨松城去，直接问那人即可。"筑山夫人冷冰冰地拒绝了氏真。

头针扎般刺痛，或许是与眼前这个过去的亡灵般的人物说了长时间无味之话之故。

“若再无其他事，那就请便吧！”筑山夫人很不耐烦，下了逐客令。

“其实还有一件大事。”氏真很为难地开口道。

“还有何事？”

“有一个人，想推荐给夫人。”

七日后，今川氏真带了一个人，再次来到冈崎城找筑山夫人。他带来的是个医师，是他在京都时经人介绍认识的一个唐人医师。

“减敬，快给夫人请安！”氏真催促一个凝固般呆呆站在筑山夫人面前的年轻人。

眼前这个身穿黑色十德袍服[1]，留着总发[2]的小伙子还很年轻，看似比筑山夫人小七八岁，恐不足三十。他鼻梁端正，嘴唇紧闭，眉清目秀。清澈的草色眼睛，不躲不藏，直视着筑山夫人。

“刚才有失礼节，还望夫人海涵。夫人美貌早有耳闻，竟不知夫人如此国色天香，不由失神，小人知罪。”唐人年轻医师用流利的日语说道。

“大胆！”氏真赶紧呵斥，但筑山夫人却并未感到有何不快。

想想也是，这十多年来，夸奖自己美貌之人从未少过。但

---

1. 十德袍服：江户时代医生、绘师、儒者等穿的一种有下摆的袍服。

2. 总发：当时医生、行僧等留的一种发型。

那些人都是奉承献媚之言，而听眼前这个眉清目秀的年轻人说出口，竟像听到美妙音乐一般浑身舒畅。

“你叫减敬？”筑山夫人问年轻人，“听氏真大人说，你从前在甲斐武田家做事？”

“正是，夫人！”这个叫作减敬的年轻人恭敬地回答，“小人在已故信玄公身旁所做之事不过协助侍医们而已。因此信玄公故去后，小人便离开了武田家。”

“这可怜人，是被武田家扔石头赶出来的。”氏真道。

“被人用石头赶出家门？怎么回事？”

“减敬看着年轻，可在京都名医曲直濑道三门下学了李朱医学，精通医道。因医术高超，打翻了武田家老侍医们的醋坛子。”

“是吗？”筑山夫人看着减敬端正淳朴的脸庞。

“事已过去，小人并不想再提此事。”年轻人谦逊谨慎的态度，令筑山夫人产生好感。

被信长消灭领国的今川氏真和被人赶出武田家的减敬在连歌会相识，随后因同病相怜，意气投合，一来二往，成为好友。

“听闻你是唐人，可这里的话却说得很流畅嘛！”筑山夫人对年轻人的身世产生兴趣。

“家父本为明国大官医师，但被卷入政变，在明国无地可容，只能渡海来到日本。”

“那，还回明国吗？”

“不回了！”减敬斩钉截铁地回答，“家父家母都病逝在此地，小人现今只有孤身一人，浪迹天涯。”

“噢！”

失去故乡，无家可归，孤寂天涯。筑山夫人莫名地感到与自己的身世何其相似！

“我说，濑名！”氏真直呼筑山夫人闺名，“能否拜托你把减敬收留在这冈崎城内？你身边不也需要一两个侍医吗？”

“可，要把与武田家有关的人收留在城里……”

日前的长筱之战后，武田胜赖与夫君家康对立越发尖锐。在此形势下，要把一个虽说被赶出甲斐，但也曾是武田家侍者的人收留在身边，即使是筑山夫人，也觉得多少有些不妥。

“你该不是害怕家康大人吧？”氏真以怀疑的眼光看着筑山夫人，“家康大人多少年来都不把你这个正室放在眼里，难道你还有必要在意那种人的感受吗？”

“谁说我在意他？我是我，我才不管他如何想呢！”被氏真说到痛处，筑山夫人也犟上了。

“况且你也说过吧，很忧心织田家嫁过来的德姬一直不能生男婴。巧在减敬深通妇人血道，此事便交给减敬如何？”

被氏真如此热心劝说，筑山夫人终于心动。确实，信康和德姬之间仅生有公主，此事一直令筑山夫人忧心忡忡。

筑山夫人带着一群侍女来到德姬居所。

虽说住在同一城堡内，但筑山夫人与德姬关系并不太好，双方很少往来。筑山夫人不喜欢有织田权力背景的德姬，德姬也有意回避每次都嫌弃自己不能生男婴的筑山夫人。虽然儿子信康常去向母亲问安，但婆媳关系却比外人关系还冷。

“母亲大人！”筑山夫人突然光临，令德姬慌张无措，“母亲大人若有事，孩儿自当去向母亲大人请安才是。”

“难道没事便不能来吗？”筑山夫人瞟了一眼铺展在房里的唐栈留[1]、天鹅绒、南蛮纸牌等，眼前这些东西显然都是娘家织田家送来的。

德姬匆忙令侍女收拾，然后对筑山夫人赔着笑脸道：“这是家父给外孙女们送来的。有人说家父是个无情残酷的大将，其实家父也很有爱心。”

“其实令尊内心不是欢喜得紧吗！”筑山夫人坐在德姬递来的圆垫子上，冷笑道。

“家父欢喜得紧？母亲大人是指？”

“你只给信康生公主，不给信康生能继承德川家的少爷啊。莫不是单等到了万一那日，便顺势取代德川家，吞并我们德川家领地嘛！”

“恕孩儿不敢苟同母亲大人此言！”德姬吓得脸色大变，“家父绝非那种狡猾之人，况且小妾与信康之间也绝非不可能生出后嗣男儿。”

“噢，好有自信啊！”筑山夫人翻起眼珠看着急得满脸通红的德姬，“信康身上流淌着名门今川家血液，信康绝后一事，我当然也决不允许。今次来访，便是给你带来一个好消息。”

筑山夫人给德姬推荐唐人医师减敬，要德姬接受减敬治疗。

但德姬的厌恶之情却溢于言表：“多谢母亲大人操心，但小

1. 唐栈留：通过明朝船只运送到日本的产于东南亚一带的棉织物及类似纹样的织物。

妾不需麻烦这种来路不明之人。”断然拒绝了筑山夫人的建议。

“真不招人喜爱！”筑山夫人心想，“即便要拒绝，也有更好的说法啊。”

对织田家的敌意与对任性儿媳的恼火，积压在筑山夫人心里。

像要故意做给德姬看一般，筑山夫人把减敬留在身边，经常把对人难言的内心苦恼和不平不满说给减敬听。于是不知从何时起，冈崎城内流言蜚语悄然流传：夫人与那位唐人医师关系暧昧。

当然，身在滨松城的家康对于出现在冈崎城内的家庭风波毫不知情。

天正四年（1576年）至次年，家康与武田胜赖一直冲突不断，因为后者并不甘心在远江扩展势力的失败。

双方冲突的中心是围绕高天神城的攻防战。

东远州要冲高天神城被武田胜赖夺走后，成为武田军深入德川领地的前线基地。夺回高天神城，是家康当务之急。但德川、织田联军虽然不断在高天神城周边与武田军小打小闹，却一直不能夺下高天神城。家康与世子信康也一起多次出击，但都未能取得什么战果，只有时间无情地流逝。

在这些没有结果的攻战中，唯有一事令家康甚感欣慰，那便是十九岁世子信康令人刮目相看的成长。他皮肤白皙，鼻梁挺直，长相确实很像其母筑山夫人；至于性格等方面，连重臣酒井忠次和大久保忠世等都赞叹道：“大公子言行举止越来越像大人了！”

家康也有同感。每想到此，他都感到一阵欣慰。

“父亲！”

天正六年（1578年）正月十六日，德川信康一脸从未有过的严肃表情出现在家康面前。

近来连续几年，家康都在滨松城过正月。元旦日住在城内的重臣、家臣们团聚一起，给家康恭贺新岁。正月初二是三河国豪绅名士登城日，从冈崎城来访的家臣们也共同给家康恭贺新年，随后便是新春歌谣会。

正月十五小正月前后，家康去冈崎城，主持新春歌谣会，然后举办驱邪焚烧仪式，这也成了每年的惯例。

家康刚到冈崎城，肚子有些饿，正坐下吃小豆粥。

“有什么事，信康？大正月的，为何一脸晦气？”

“织田大人是要来我们这里吧？”信康愁眉苦脸地道。

“好像是的。”把一碗热乎乎的小豆粥全部喝进冰冷的肚里，家康放下手中的筷子。“织田大人在吉良一带鹰猎后，还要来冈崎城看看，该是想顺路看看爱女德姬和外孙女吧。”

“孩儿想说的不是此事。”信康失望地看着父亲家康，“三河吉良是我们德川家领地。”

“是又怎么了？”

“怎能随便进到他人领地鹰猎？织田大人去年也到吉良鹰猎，结果连招呼都不给我这个冈崎城主打，便直接回岐阜去了。”

“没问题呀，每次织田大人都派人来给我说过。”

“父亲，真没问题吗？”信康语气突然强烈起来，“虽说名义上是来鹰猎，可一个外国大名，领着一大群手下人随便到别人领地横冲直撞，织田大人这不是不把父亲当作盟友，而是当作家臣看待吗？”

“信康！”这次轮到家康粗声喊叫起来，“你知道自己说的是什么吗？”家康气愤地瞪视信康。

“孩儿什么都知道。”信康闪着亮光的双瞳直视着父亲，“父亲惧怕织田大人。因为太过惧怕，竟失去自己的骄傲，变成任由织田大人使唤的下人。”

“信康！”家康硬是忍住没有抓住儿子胸前衣服揍一拳。“为父对织田大人的态度，你便是如此看的吗？”

“孩儿心里难受，父亲！我德川家无理由被织田大人如此轻看，随意使唤。父亲难道没有干脆打倒织田、夺取天下的霸气吗？”信康放在膝上的双拳微微颤抖，眼睛里滚动着激动的泪珠。

“天下？啊？”家康蓦地睁大眼睛。

“对，夺取天下！”此言如此重大，竟令说出此言的信康不由得干咽了一口唾沫。

“你刚才说的这些话，当我从未听到过。”

“父亲——”

“这种话，今后绝不能再说。不要忘了，没有织田大人，便没有我德川家今日！”

“可是——”

“听说织田大人已从近江安土出发，不日便会来冈崎城。你作为此城城主，还是织田大人驸马，要诚心诚意好好招待，知道了吗？”

家康语气铿锵，不容信康再说什么。

一月二十二日，在三河国吉良痛快鹰猎后，织田信长来到冈崎。城主德川信康与父亲家康一起把信长迎进城内，设宴接风。

对于信长的来访，信康妻子德姬比任何人都高兴。随着夫君信康对织田家与德川家的关系产生疑虑，他们夫妇两人关系也逐渐变得别扭。见到久违的父亲，缓解了德姬长期以来在城内深感孤寂的紧张心情。

“好像啊，像你。”

信长看着德姬一手一个牵着三岁的长女登久姬和两岁的次女熊姬，高兴得大笑。德姬与信康生下的两个公主，也是信长的外孙女。

信长从来对自己的孩子都很少宠爱，可对爱女生下的两个小外孙女却格外疼爱。他把泉州堺商人今井宗久献上的南蛮甜果金平糖拿给外孙女吃，还把外孙女柔软的头发像玩具般摸来摸去。

等外孙女们被乳母抱走后，信长对德姬道：“看着挺健康啊！”

“还好。”德姬点头道。她多么想把自己心中的苦水都倒给父亲，但她知道父亲根本不是那种爱听家长里短的人。

“信康怎么样？”

“近年一直在外打仗，很少回城休息。”

“当然！武将若总待在城里，那便是窝囊废一个。今后还要信康多出力呢！”信长说话那口气，完全是把信康当作自己家臣。

德姬听到这口气并不觉得有何不妥，应是因为她从未把嫁来的德川家看得比自己娘家织田家高。也正因为如此看待德川家，她才好不容易在这个家里保住了自己的自尊。

“听说信康母亲给你介绍了一个唐人医师，要你接受那个医师治疗？”不知从何处听说，信长竟提到筑山夫人给德姬介绍唐人医师减敬一事。

其实德姬有所不知，冈崎城内不论大事小事，德姬出嫁时织田家陪嫁来的侍女都会报告给信长。

“确有其事。”

“听说是从甲斐流浪过来的？”

“女儿我岂能让那种来历不明的人看病！因此我当场便回绝了。”

“是吗？”信长没有再问女儿私事。

当晚，信长在城内的炕炉间与家康密议，主要内容是有关对付武田胜赖的战略问题。

长筱之战虽然大败，但武田胜赖还在不断地对德川领地远江主动发动进攻。此次信长特意来到冈崎城，其实便是做给胜赖看。那意思便是说，你胜赖要是做事太过分，我信长随时都会出动，来应援德川军。

“无须专注高天神城。”信长对家康说。

“虽说不须专注，可……”家康也有他的自尊。远江领地内的高天神城若容武田胜赖一直占领，那自己在领地内豪绅武士面前岂不颜面尽失？

"高天神城是座易守难攻的要塞，若仅集中兵力攻打此城，只能浪费兵力。应放下高天神城，进军骏河。"信长命令般道，"只要进攻骏河国武田领地，高天神城自会变成一座孤城。到那时瓜熟蒂落，攻克该城将易如反掌。"

"越后上杉如何是好？"

"上杉？"信长被暖炉的火照得发红的脸上笼罩了一层阴云。

近几年信长任命柴田胜家为大将，向北陆方面扩展势力。因此，与在越后、越中、能登扩张的上杉谦信发生利益冲突。去年九月，两军在加贺国手取川曾发生一场大战。

手取川之战以上杉谦信大胜而终。

上杉谦信希望与信长敌对的石山本愿寺势力和中国地区的毛利家联手，伺机上洛，控制京城。在此政情不安的形势下，发生了大和国松永弹正久秀反叛信长事件。

"此时若动上杉，恐于我不利。武田与上杉虽说曾互相为敌，但为对抗我们，握手言和的可能性也不能排除，眼下应该密切关注东国形势。"

"确实如此。"家康点头。

"哦，听说织田大人在近江安土营建的安土城，高大雄伟，威震海内啊！"家康好似突然想起，改变了话题。

前年，天正四年（1576年）春，信长在琵琶湖东岸亦即湖东新建了安土城。

安土地处东山道、东海道、北国街道等陆上交通要道，兼有通往湖西的琵琶湖水上交通之利，四通八达，位置优越。此城修建在俯瞰琵琶湖的丘陵上，石基白墙，还有上下高达七层的天守阁，宏伟壮丽。

从来若有事，信长都是从自己领地岐阜城上京；但在领地岐阜与京都之间的安土营建新城后，他就进一步巩固了统一天下的基础。

“我那城可不一般呢！”信长仰起线条分明的下颌，像回到少年时代一样，眼神炯炯闪光。

“很想亲睹新城威容啊！”家康脑中浮现出阳光照耀下巨大光亮的白色安土城。

“我织田将以安土为中心，成为统治日本独一无二之存在。我要让神、佛将来统统都拜倒在我织田脚下。”

“织田大人。”听着信长自我陶醉的心声，家康感到些许迷茫。

“但在那之前，有个敌人我们必须打败！”信长尖锐的目光，直刺家康。“那便是武田胜赖。我将把石山本愿寺、上杉谦信以及毛利这些敌人各个击破！只要打败这些敌人，一条光辉的道路便会展现在真正的霸王面前。”

“光辉的道路？”

“我将勇往直前，走向那霸王之道！”信长斩钉截铁地道。

次日，信长骑上菊花青马背，离开冈崎城，回安土城而去。

此年二月，气候温暖的东海地方，罕见地下了一场深达四尺（约1.2米）的暴雪。

天正六年（1578年）三月十三日，阻挡在信长统一天下道路上的一个巨大障碍死去，此人便是越后国的上杉谦信。

一年前，在加贺手取川打败织田军后，上杉谦信在能登过了年，然后回到领地春日山城，加紧备战，准备远征关东。但在此紧要关头，他却因为中风突然死亡。

上杉谦信之死把信长从北陆方面的威胁中解放出来，让他可以专心对付石山本愿寺势力以及从后方支援这些势力的毛利家。

在此时期，家康按此前与信长商量好的战略，没有继续攻打高天神城，而是反复攻击骏河国的田中城、远江国的小山城等武田方城寨。

有意避开易守难攻的高天神城，令家康不论从心理上还是实际兵力上都比较余裕了，使他能够更有利地展开对武田军的攻击。但话虽如此，家康心里一刻也没有放下过高天神城。

七月，家康在高天神城西距城一里余（约四公里余）的海岸修筑了一座新城横须贺城，作为攻打高天神城的据点，伺机攻打高天神城。

在频繁来往于骏河前线与滨松城之间的这段时间，家康收了一个妾，此女名叫阿爱。

阿爱是挂川城附近西乡村豪绅西乡家的小姐，十五岁时嫁与他人，生有一男一女。但在十七岁时丈夫不幸病故，她便回到娘家。阿爱虽然年轻，却是个有儿有女的寡妇。不过由于近视，她的眼瞳总是含泪湿润。她性格温和，举止大方，与正室筑山夫人、生下次女督姬的侧室西郡之方都不同。家康从这个寡言少语、温文尔雅的女人身上，感受到从未有过的慰藉。他把阿爱娶进滨松城，尽情宠爱。

谣言很快传开，此事终于被冈崎城内的筑山夫人知道。

“不要脸，竟然又搞了一个女人在身边！”筑山夫人皱起她美丽的眉头，“简直欺人太甚！”

“夫人请息怒，内火伤身。”唐人医师减敬边给筑山夫人按摩肩膀，边小声安慰夫人。

“说得对，减敬。我早就把那人当外人了。眼下我有你减敬在，才不生气呢。”筑山夫人回头看减敬，眼神含情脉脉。

在冈崎城内，很多人私下谣传筑山夫人与英俊的唐人医师减敬关系暧昧，连城主德川信康的监护人石川数正也多次向筑山夫人进言：“来路不明之人放在身边，不可理解。人言可畏，若有不三不四谣言传到滨松城大人耳中，那可如何是好？”希望筑山夫人远离减敬。

“我并未做任何有悖人伦、令人耻笑之事。”

实际上，筑山夫人心明如镜。她知道自己仅把减敬作为一个值得尊敬的医师看，心里有什么无处可诉的烦恼时，便找减敬倾诉而已。减敬不但人很善良，而且很有节制，善于掌握分寸。筑山夫人若有什么不妥言行，他具有纠正其不妥言行的高深智慧和高洁精神。筑山夫人从未遇见过减敬般英俊高洁之人。有些话若是冈崎城内老臣们说，筑山夫人定会感到非常不快；但若出自减敬之口，筑山夫人便都会心平气和地答应。

“活像回到少女时代。”筑山夫人对减敬产生了一种貌似新鲜感动的感情。

“减敬要一直留在我身边。”筑山夫人把自己火烫的洁白手指，轻轻放到肩膀上减敬的手上。

“夫人不是有大公子信康大人在身边吗？”

“信康与我一样，内心也很痛苦。”

“大公子也痛苦？”减敬握住筑山夫人的纤手。

“还不是因为织田大人。”筑山夫人一脸厌恶，“织田大人把我们德川家当作他们织田家家臣，随意使唤，信康对此一直心怀不满，忍无可忍。对被信长使唤得言听计从、唯唯诺诺的我家老爷，信康也同样心怀不满。”

“信康大人的心情，小的能理解。”

“还有他家那个媳妇！”

筑山夫人眉头紧锁，怒气毕现。

“自己不争气生不出后继男婴，却不听我劝，不愿接受你的诊疗。那女人，分明是要断我们德川家的后啊！”筑山夫人把平时窝在心中的不满，都说给眼前这个自己最相信的人听。

“说不定果真如此，也未可知。”减敬话音干涩。

“果真如此是指？”

“织田大人或许真是要消灭德川家。夫人，织田大人恐怕是为监视信康大人，才把德姬嫁入贵府的。”

“你也有如此看法？”筑山夫人觉得终于找到知音，不由得兴奋地尖叫。

“请夫人见谅，小的说话有失分寸。这都是为夫人和信康大人着想，胡乱推想。万请听过便忘，不要当回事。”好似对自己说的话感到不安，减敬垂下长睫毛下有着草绿色眼瞳的眼睛。

筑山夫人道：“绝非胡思乱想，全都如你所说，唯有德姬才是诸恶之源！”

“夫人！”

“什么？”

“小的有一个主意，夫人愿听吗？”

“说吧！”

“娶一个侧室如何？”

“给信康？”

“对。”

“噢，好主意。”

筑山夫人嘴角堆满微笑。

母亲筑山夫人与妻子德姬之间的矛盾，给年轻的德川信康内心笼罩上一层阴影。

他自己虽不想承认这个原因，但他心里总是焦躁不安，不能控制情绪。近侍们稍有不慎，便会令他火冒三丈，多少次差点拔刀杀人。

信康唯一能够头脑清醒的时候，是跟随父亲家康出征之时。

“脸色不好啊。”家康敏锐地觉察到信康的变化，“有什么烦恼吗？”

“没有。”德川信康不愿让父亲看到自己烦恼，他努力装出一副若无其事的模样。

“你是纳了一个侧室吧？”在横须贺城太鼓橹（瞭望塔）上，一边观察着武田军占领的高天神城，家康一边问信康。

此二人虽说是父子，但实际上家康对世子信康的家事基本上不管不问。但信康结发妻子是织田家公主，他们二人关系倘若生变，势必会影响织田、德川之间紧密的同盟关系。

“母亲大人一定要孩儿迎娶，况且我们也应该有后嗣。”

“嗯，有道理。”家康点点头，“但你也要多关心照顾德姬公主。那位公主没有其他人可以依靠，她只有你。”

“孩儿想不到这种话能从父亲大人口中说出。”德川信康话中暗含强烈讽刺。他心想：“母亲是你的正房嫡配，可是谁多年来不理不问？一直宠爱着比自己儿子还年轻的侧室妃妾的，又是谁？”信康把一股冰冷厌恶的视线投向家康。

“父亲莫非是担心孩儿会惹织田大人不高兴？但一旦出嫁，德姬便是我们德川家人，织田大人似不应多嘴干涉。”

“事情或许确实如你所说。但这关乎家国大事，切不可轻举妄动，造成不好影响。”

“父亲不说，孩儿也明白。”信康扭脸不再看父亲。

“好一个家国大事！”家康离开太鼓橹后，信康心里还一直不是滋味。为了家国大事，难道就不要一个独立大名的名誉和骄傲了吗？干什么都得看着信长的脸色，只能在信长麾下过日子，还有意义吗？信康没有经历过父亲家康那般人质生活的辛酸过往，而是在蜜糖罐子里长大的。未尝心酸，不知人生艰难。所以他不懂父亲“即便吃喝泥水，也得生存下去”的人生教训。

后来，回到冈崎城的信康便被母亲筑山夫人叫到自己居所。

在筑山夫人居所大厅，除筑山夫人外，还有黑影般平伏在地上的唐人医师减敬等待着信康。

“这家伙便是减敬？”信康以看什么肮脏动物的眼神看着减敬。

母亲与此英俊唐人医师不干不净的绯闻，当然也传进了信康耳中。虽说这是不该有的绯闻，但自己也无法直接向母亲说，因此信康这段时间一直回避着母亲。

“终于把你叫来了！”

眼前久违的母亲，肤色白里透红，妖艳多姿。信康竟从自己母亲身上感到了“女人”的味道，作为亲生儿子，心里别提有多别扭了。

“听说母亲大人叫我，可有什么急事？”

“没事就不来看望母亲吗？”

“孩儿不是那个意思。”

“嗯，好吧。”筑山夫人眯眼微笑，“叫你来，是想要你认识一下减敬医师。”

“孩儿身体强壮，无病无灾，无须看医师。”信康态度冷淡。

“先别拒人于千里之外。这位减敬医师不但医术高明，还见多识广。你以后毕竟要当德川家家主，统率万军。听听减敬医师的话，开阔视野，对你只有好处，没有坏处。”

“若能聆听教诲，感激不尽。但孩儿——”

就在信康要拒绝母亲给他介绍的这位医师时，一个低沉的声音打断了他的话语。

“已现毁灭之相。”

信康全身一震，扭头看到减敬草绿色的眼睛在凝视着自己。

“你竟敢如此无礼！”信康瞪视减敬。

“恕小人冒砍头之险冒昧直言。大人如此以往，毫无疑问必将被人消灭。”

“我会——”

“消灭大人之敌，并非甲斐武田之流。”信康不由得抬了一下身子，减敬继续道：“大人真正的敌人，便是岳丈大人织田信长。只要信长在，德川家绝不会有明天。”

减敬所说之话，像箭矢，深深地刺进信康胸中。

——只要信长在，德川家便不会有明天。

这不正是自己长时以来每日都在苦闷的吗？

“我突然胸口难受，今日失敬告辞。”

信康逃跑一般，扭头就跑出筑山夫人房间。但是回到自己住处，减敬的声音还萦绕在他耳边。阵风吹过房檐，不知何时起雨来，刺骨的寒气从脚下传上身来。

“父亲错了。”信康觉得。对他来说，父亲家康一直以来都是一个猛力追赶也难以望其项背的存在。但父亲坚如磐石的形象，不知何时却开始出现动摇了。

“父亲既然没有希望，那便只能靠我自己。”

信康感到一种强烈的使命感，他觉得自己必须要做些什么。

当晚，信康一夜未能合眼，迎来晨光。

在临近年底的一日，信康把唐人医师减敬叫到自己的地炉暖间。地炉里燃烧的柴薪爆出噼噼啪啪声。

“在下想听阁下仔细说说，”信康真诚地看着减敬，“诸国形势，织田家情况，都城风情等，什么都想听。在下想拓展见闻。”

“大人终于下定决心了？”减敬道。

“下定决心？下定什么决心？”

“为保住自己，下定决心与信长对决呀！”

“在下并未说此话。”

“说没说都无所谓。”减敬脸上露出若有所指的微笑，“叫小人来，大人可给太夫人打过招呼？”

“没有，我觉得没那必要。”

信康还不能完全相信面前这个叫作减敬的人，他还是感到此人深不可测，不能全信。但是，他觉得“能为我用的，明知是毒药也要用”。年轻人特有的对自己的过于自信，使信康胆大妄为。

“小人迄今为止见过无数武将，要论最优秀的武将，不论哪方面看，都只能说是信玄公。”围着炉火，减敬对信康道，“气度恢宏，用人绝妙，任何一面，小人都没见过能超越信玄公之人。”

“你不是对武田家怀恨在心吗？”信康不解地抽了一下嘴唇。

“仇恨只能扭曲一个人的心态，遮掩一个人的视线。”

“城中可有人谣传你是武田家卧底哟。”

“任人去说，小人并不在意。”减敬轻笑一下，继续道，“与信玄公不相上下的杰出人物，当数越后的不识庵谦信。”

“你是说上杉谦信？”

“信玄公和上杉谦信占有地利，若不是大业中途不幸亡故，那天下大势，定是另外一种状况。可惜的是，信玄公和谦信都没能战胜天命。”

“你是说他们没有天命？”

“正是。”减敬点头道，“继承武田家信玄公位的胜赖大人，长筱之战大败；谦信死后的上杉家，也因争夺家督地位，谦信的两个养子喜平次景胜和三郎景虎又争得互不相让。”

“知道，谦信没来得及留下遗言便一命归天，结果上杉家因继承问题发生内乱，搞得越后分裂为二。”信康道。

“其背后，若隐若现的是支援后继候补三郎景虎的关东北条势力。”

“噢。”

“在上杉家内混乱分裂之时，在北陆的织田势力若要开始进攻越中方面，那上杉家将危如累卵。”

“在越前北之庄城指挥北陆方面织田军的应是柴田胜家吧？”信康本来对减敬还抱有戒心，但在听减敬详析诸国形势过程中，渐渐放松戒备，热烈交谈起来。

“世上有很多武将虽有过人的能力，却不占天时和地利。唯有一人，这两条均占有，此人便是——”

“信长吧？”川信康哼了一声。

“织田信长确是一个古今罕有的天命之人。”减敬轻声细语，“他多次陷入生死危机，但都能凭借与生俱来的强运脱离险境，生存至今，越战越强。但即使信长，也还是有一个致命欠缺。”

“那是什么？”信康听得入迷，早已忘了时间，虽夜深人静，他还像着了魔一般，等待减敬继续说下去。

“那便是‘德’。”

“德？”

“对。信长没有治理天下之人必须具备的应有之‘德’。”减敬深邃的眼神中闪着暗光，“信长不受身份限制，不拘一格，大胆用人，使得家中武将奋勇作战，成为织田家扩大势力的原动力。这些想必信康大人早已知道。”

“当然。从前跟随信长鞍前马后提鞋打杂的羽柴秀吉筑前守便是最好例子。”

“另外，信长还毫不犹豫引进南蛮新技术，长筱之战大量使用火绳铳，大大改变了大战的形式。”

“我在战场上也看到，武田军损失惨重。”

“确如大人所言。但是，”减敬压低嗓门道，“信长的做法也有负面效应。他只追求眼前利益，完全忽视了掌握人心。”

“你说信长无德，便是此意？”信康看着围炉中的火问。

“从外边看，织田家团结一致，坚如磐石。但真实情况则是，重臣们为争夺功名，互相激烈仇视。”

减敬举出当下组成织田军内核的柴田胜家、羽柴秀吉、明智光秀等武将大名，指出织田家的组织体系是信长令他们互相竞争，而自己则站在军团顶点高声大笑。

“通过以功取人、论功行赏、不拘一格利用人才，使羽柴秀吉那样非门第出身之人也能出人头地，但同时信长也毫不留情地排除无用之人。织田家内部厚厚地沉积着对专制君主信长的恐惧与愤懑。”

噢！信康长出一口气，他感到：“我的直觉没错。”听减敬分析织田军团的现实后，信康加深了自信。信长并非仅对盟友德川家傲慢、残酷，他对形同自己手足的家臣们，同样傲慢、残忍。

不仅如此。

“信长对平民百姓也极为残忍。比睿山烧杀，把山上的和尚僧侣全部杀绝；攻打浅井长政小谷城时，连手无寸铁的城下市人也全部斩杀了。”减敬端庄的脸上眉头紧皱。

“绝不该那样！”减敬的话刺激了信康年轻的正义感。

减敬继续刺激年轻的信康：“自那以来，信长不但把敌人的士兵当作敌手，就连自己领内的百姓平民也当作敌人看待，从还未离乳的婴孩到弯腰驼背的老人，无不杀戮。信康大人想必听说过，镇压伊势长岛一向宗暴动时，信长把投降的两万男女老少关进小房，全部放火烧死。听说烧死人的气味，传遍四面八方。”

“简直残忍无度！”

“讨伐越前一向宗势力时，他把逃进山谷的人一个不剩全都搜出杀死，山道野地尽是残杀的尸骸，死尸臭味数月未散。”

“简直非人所为！”信康爆发出极度的愤怒。

德川信康有自己追求的理想。真正的大将，应在战场上奋勇向前，杀死阻挡在自己面前的敌人。但对于无辜的平民，却不应破杀戒。所谓武士，应以武护卫贫弱的平民，为此必须严以律己。

“信长如此残忍做法，信康大人有何看法？”减敬问，“信长这种无德之人，大人能容忍他做天下之主吗？”

“不能！绝不能！”信康口唇颤抖。

从那日起，信康常常会把唐人医师减敬叫到自己地炉暖间谈天说地。

正如母亲筑山夫人所说，减敬见识确实丰富，极大地满足了信康对知识的好奇心。而越听减敬的话，他对信长的敌意就越增加。与此相应的是，信康与原配夫人德姬的关系也越来越冷。

年后，进入天正七年（1579年），信康接受母亲筑山夫人建议，收了减敬介绍的一个町人小女阿丝做妾。他并不偷偷摸摸，而是堂堂正正地宠爱阿丝。

德姬不答应了。

“都是母亲大人教唆。”不顾侍女们阻拦，德姬气得满脸通红，冲进筑山夫人居所。

“何事？”筑山夫人翻着白眼藐视德姬。

“是母亲大人把那个叫作阿丝的女人介绍给信康的吗？”

“是啊，怎么了？”

“母亲大人竟然不把我这个正妻放在眼里，做出那种事情！”

“这是给我们德川家生继承人的大事。要是不满，那你就争口气生个男孩试试！”筑山夫人若无其事，“本来这些都是你这个正房结发该操心的事。按理你应该感谢才是，想不到你竟来找事。”

“听说此事是母亲大人身边减敬医师促成的？”德姬紧咬下唇，拼命控制住自己将要爆发的愤怒。

“是不是与你有何关系？”

“当然有关系。”到底是织田家公主出身，德姬毫不畏惧，“有传言说减敬是武田家谍人。既然是那人介绍的，阿丝那女人想必也——”

“住口！”这次该筑山夫人发怒了，“有些话能说，有些话不能说。就算你是信康的妻子，也不能没大没小。”

“若减敬果为武田家谍人，那不论信康还是母亲大人，接近减敬后果都不堪设想。母亲大人——”

“够了！”筑山夫人扭过头，不再理会德姬。

德姬去找筑山夫人质问一事，很快便传进信康耳中。

“德姬从何时起变得如此……”

庭院中水仙花盛开。信康想起当年婚后不久，有次他与德姬并排坐在廊檐，曾一起看着眼前这些水仙花。

正在此时，有个身影忽然挡在眼前。德川信康抬起头，唐人医师减敬头戴草笠，不知何时幻影般出现在他面前。

“有话相告，信康大人。”

“有话回头到地炉暖间去说吧。”

“不，就在此说。”

“很急吗？”

“小人这便要出门外游。”

“什么？”信康吃了一惊，“外游是什么意思？要去哪儿？”

“先去越后春日山城，然后再去甲斐踯躅崎馆。”

“减敬，你这是……”

草笠挡住了减敬的脸面，看不见他的表情。但从减敬耸起的肩头传出一种奇妙的空气，这种奇妙的空气令人很不自在，这种感觉信康在此之前从未感到过。

“在这座冈崎城内，有谣传说小人是武田家谍人。”

“这我知道，但我和母亲都不信这种无凭无据的谣言。也不是，当初当然多少有些怀疑，但现下——”

“大人是说相信小人吗？”

“听君指教，受益匪浅。谁是真正的敌人，我也已完全明白。想起当初曾怀疑你，惭愧之极。”

“但倘若谣传为真，那信康大人作何感想？”

“怎么可能？”

“确如人们所说，小人实为武田家谍人。”减敬说出了令人不寒而栗的话，“小人身负密命，潜入冈崎城内，目的便是要说服信康大人与武田家联手。”

“那你被武田家驱逐，流浪诸国一事作何解释？”

“半是谣传半是真。”

信康一头雾水，心中乱想：“减敬若果真是武田家谍人，那我便是相信了不该相信之人，接近了不该接近之人。”他不知如何是好。“是否该即刻杀掉？”既然知道眼前此人是敌人谍人，那砍头杀掉便是自然决断，但信康却犹豫不决。

“大人若要杀小人，此时此地当机立断砍掉小人脑袋即可。”减敬话音宛若粘在耳中，低沉黏浊。“但若杀死小人，阁下便会永远失去葬送妖魔鬼怪信长之机。”

“什么意思？”信康充满血丝的眼睛直视着减敬，“你说你要去越后春日山城吧？武田家与越后的上杉家，从上辈的信玄和上杉谦信起，便是我们德川家不共戴天之敌。”

“那早已是过去之事。”减敬说，“这段时间一直处于混乱争斗中的上杉家里，谦信侄子上杉喜平次景胜与武田家结盟，因此另一争夺继承权的上杉三郎景虎处境已非常不利。”

减敬所言属实。去年年底，上杉景胜与武田胜赖之妹菊姬订了婚约。与武田家结盟后，上杉景胜成功扭转了在家里一直处于劣势的形势。

“小人去越后，便是要目睹上杉家家督争夺战的最后结局。”

“你是说上杉景胜若胜，武田胜赖便会与其联手，共同对付织田信长？”

“正是如此。”草笠下传出减敬低沉的笑声，“现下武田家与上杉家都知道极速扩张的织田信长才是自己最大的威胁。号称龙虎的两位东国大名之雄，一笑泯恩仇，握手言和，共同对敌。如此一来，信长便再也不能泰然处之了。”

“到那时，父亲——”信康担心届时父亲家康将命运叵测。

“武田胜赖大人和越后的上杉景胜大人都是一代新人，但令尊家康大人实为老人，想法陈旧，恐怕会一直跟随信长，任由其指挥摆布。信康大人，小人劝你还是尽快与令尊大人分道扬镳为妙。”减敬终于说出直刺信康心窝的话。

“与父亲分道扬镳？”

这可是连想都不敢想的事。信康从未想过要与父亲分手。他早已下定决心，自己这一辈子都要跟着父亲走下去。但被减敬如此热心煽动后，他突然觉得还有另外一条正道该走。

“跟随父亲到底对不对？为天下万民之幸福，绝对应该消灭信长。”

“大人应该加入武田胜赖、上杉景胜的新生代同盟！”

“新生代同盟？”

“正是。新的气息，会创造新的时代。在这创造新时代的过程中，大人难道不想发挥自己应有的作用，承担应有的责任吗？”

“可是我……”

“住在滨松城内的远州国家臣们不好说，但在此冈崎城内侍奉信康大人的德川家家臣们，无疑都会听从大人命令，打倒魔鬼信长！唯有此，才是大人的天命！”

“若那样，便不得不与父亲交战。”信康陷入深深的苦恼。

“没有什么害怕的。虽说血肉相连，但若阻挡自己前进的道路，便应不惜抛弃亲情，驱逐父亲。取代失去大名气概的父亲，继承新生德川家位当新家主，有何不好？”

“嗯……”

“不用当下回答。事情办完之后，小人还会回到冈崎城来，届时还望大人给小人一个明确回答。”

“一定要回答吗？”

“恳望！”

水仙花香气更浓了，熏得信康一阵头晕。他抬起头，不知何时院中减敬身影已消失。

当年三月二十四日，春日山城城主上杉喜平次景胜在越后上杉家内斗中，战胜了以御馆为据点的上杉三郎景虎。走投无路的上杉景虎想去投靠北条，在逃亡途中，遭遇身边侧近反叛，无奈只能在鲛尾城自杀身亡。

上杉喜平次景胜由此继承了上杉家家督位，与武田胜赖的同盟关系从此更加坚固。

第十一章

浮 云

天正七年（1579年）四月七日，德川家出了一件喜事。

继长子信康、次子于义伊（秀康）之后，家康又喜得第三子。此子生母为侧室西乡之局，小名长丸，此子便是后来继承德川家家业的德川秀忠。

“恭喜大人喜得贵子！”前来滨松城请安的首席家老酒井忠次俯首道喜。

“冈崎城信康公子再加上滨松城长丸公子，大人身边既有如此优秀的公子，咱们德川家可是万岁万万岁了！”

不仅酒井忠次，德川家其他人也都对德川家次子于义伊不太提及。他们知道，德川大人也是直到于义伊三岁才召见相认。家康虽也知道对亲生孩子不应有厚薄，但因于义伊生母是当时家康故意要做给筑山夫人看，一时任性才临幸的女人，因此他总不愿把于义伊当作自己亲生儿子看。

相反，西乡之局生下的长丸，怎么看都觉得可爱！家康把对西乡之局的宠爱，原封不动投射到爱婴长丸身上。家康长期以来因与正室筑山夫人关系不和而烦恼，善良的西乡之局令家康第一次感受到家庭的温暖。西乡之局极度近视，做事不拘小节，随遇而安，这些都给在战场上渡过生死难关的家康带来宽慰和甜蜜。

家臣们敏锐地感受到家康的宠爱所指，各领地送来的贺礼，堆满了滨松城。

“冈崎城也送来重藤弓和银灰豹纹骏马。到底是英勇善战的信康大公子，送的贺礼都如此非凡。”酒井忠次把礼单递给家康。

“弓箭和骏马？信康也太性急，长丸还是个不会走路的婴儿呢。”家康笑了。

“哦，大人，大公子信康也生了一子，大人可知？”

“未曾听说。要是德姬生了婴儿，还得尽快告知织田大人。”

“这，听说……”酒井忠次很为难，“听说生孩子的不是德姬夫人，而是一个叫作阿丝的侧室。”酒井忠次压低声音道。

“男孩还是女孩？”

“据说是个小少爷。”

“嗯。”家康双唇闭紧。

本来世子信康生下男孩，作为父亲的家康应该高兴才是，可是他却心情复杂。

“德姬想必很生气吧？”家康首先想到的便是从织田家嫁来的大小姐。

“那还用说！微臣听闻德姬夫人大吵大闹，发誓不与信康少爷过了，要回织田娘家去。”

“混账！”家康不是骂大吵大闹的德姬，而是骂自己的世子信康。

德姬可不是一个普通儿媳，她背后有尊贵的织田信长。现下的德川家，离开信长支持帮助便不能存续下去。信康既作为德川家世子，便绝不该放任自己的喜好欲望，而应先考虑家国大事。

“还有一事似也不好。”酒井忠次往前挪了挪，“那个叫作阿丝的女人，听闻是经一位来自武田家的唐人医师减敬推荐介绍，才成为信康公子侧室的。”

“什么？武田家的？”家康脸色大变。

“当初好似来给筑山夫人治疗气闷之病，后慢慢与大公子套上近乎，渐渐地大公子遇事便跟他商量。冈崎城内甚至有谣传说减敬是武田家谍人。”

“不可乱说，忠次！”事情过于重大，家康感到背后一阵寒气，“此话从谁人之处得知？”

“不用从谁处获知，即便是滨松城内，也有很多人知道此事，可见谣传已到何种程度。”

“数正是干什么吃的！”家康气得大骂信康监护人石川数正。

家康把石川数正从三河冈崎城叫到滨松城来，叫他来当然是为询问发生在信康身边的诸事真伪。

“为何能容忍那个来路不明的减敬接近信康？”

“微臣知罪，那个减敬深得夫人欢心，微臣确实不好进言反对。”石川数正额头触地，趴在地上向家康请罪，“况且谣传不过就是谣传，并无任何证据证明减敬即为武田家谍人。”

“我说的并非此事！”家康少有地怒火爆发，大骂石川数正，“只要有此类谣传传出，问题就很大。况且信康侧室还生下男婴，惹得德姬生怒，可有此事？要是德姬告诉织田大人，可如何是好？”

“啊，这……”石川数正白净的脸庞扭曲，语无伦次，不知如何回答。

“事已发生，说你也无用，重要的是如何处理此事。”

“大人所言极是。”酒井忠次在一旁冷眼看着吓得浑身颤抖的石川数正。

同为德川家臣，酒井忠次为东三河旗头，石川数正为西三河旗头，两人为争夺在德川家的主导权互不相让。此次石川数正出事，酒井忠次内心冷笑：“看你还能猖狂多久！”

他鼻孔朝天，冷冷地道：“首先应把那个叫作减敬的唐人医师从信康公子身边赶走。给信康公子生下男婴的侧室，也应趁此机会将她赶出冈崎城。”

“那，那可不行！”石川数正满脸通红，看着酒井忠次，“信康大公子绝对不会答应，夫人肯定也会大力反对。”

“可事情只会越闹越大。”

“嗯……”石川数正无言以对。

听着两位重臣争吵，家康表情阴郁。

岂有此理！信康把与武田家有瓜葛的唐人医师放在身边本已令人不快，更令人不能容忍的是信康背着自己随意行动，却没人来告诉自己。

“信康到底作何打算？”

正因为对信康的将来期望很大，所以家康怒火中烧。

信康大概觉得自己不需要父亲帮助也能自立，但家康认为信康年轻，还不能独当一面。这种年轻人与长辈之间在观念上的差异，令家康心情郁闷。

“数正！”家康严厉地看着石川数正，“走，去冈崎。我要去见信康，直接跟他说。在我到达之前，你先把那个什么减敬抓住，问清他的来龙去脉。”

“此事难办，开春以来减敬去向不明。”

“什么？”

“信康少爷大概知道去向，可不论微臣如何问，信康少爷都只说‘与你无关’。”

“你作为监护人，是不是太放任信康了？”家康把心头的怒火都撒到石川数正身上。

“微臣罪该万死。”

“若有什么万一，你逃不脱干系！”

“臣知罪。”不论主人如何训斥自己，石川数正只能低头认罪。

石川数正飞速奔回冈崎城，对德川信康道：“滨松城大人生大气了！”他向信康报告了受到家康严厉训斥一事。“大人要听少爷当面解释，不日便会来冈崎城。”

“解释？解释什么？我向天发誓，绝没做任何对不起德川家之事。”信康一脸不快。

“但，少爷——”

“即便父亲来，我也没什么说的。”

当日深夜，唐人医师减敬突然回到身边开始骚乱的德川信康住处。信康从寝室起来如厕回来，正在廊檐下用水盆洗手，一个黑影忽然出现在他眼前。

“久违了，信康大人。”

“减敬！是你！”

“嘘……你好大声啊。在下好似成了城内混乱中心了，若有人看到，信康大人可不好交代啊。”

“跟我来！”信康把减敬招进一个无人的收藏间。

“大人是否下定决心？”减敬一坐到木板上便迫不及待地问，“信康大人一事，在下已说给踯躅崎馆武田胜赖大人及春日山城上杉景胜大人，两人都对武田、上杉、德川新生代结盟很感兴趣。”

“且慢，我还没——”

“大人还有什么可犹豫的？事情已动起来。你看，这是我带来的上杉家家臣樋口兼续的亲笔信，请信康大人英断。”减敬从怀里掏出一封信给信康。

樋口兼续正是那位从小跟随上杉景胜，辅佐景胜，在上杉家争位的御馆之乱中，通过成功与武田家结盟，从而为其取得胜利的有功之人。他虽年方二十，但年轻有为，以绝顶聪明名震诸国。后因入赘越后国名门直江家，改名直江兼续。

“没有灯光，这里看不成。”信康知道，只要自己打开这封信，从那个瞬间开始，自己便要走上不归路，绝无回头的可能。

“那用蜡烛吧。”

“回头再看。”信康挡住要起身拿蜡烛的减敬。

“听闻滨松城令尊不日将来冈崎城，向你问个究竟？”

“你怎么连这都——”

“大人作何打算？难道要放弃追求，向令尊低头认罪，请求令尊饶恕不成？”

“我为何要向父亲请求饶恕？不是我错了，是害怕信长、拜倒在信长麾下、被信长当作家臣使唤的父亲错了。”

听到信康断然否定其父的政治路线，减敬道：“言之有理！”他欣赏地看着信康：“武士必有即便舍弃亲情也须做出决断的时刻，而此时正是这一时刻。”

“但……”

“信康大人与武田家往来一事，早已传遍领内。长此以往，此谣传早晚要让信长知道。到那时，信长绝对不会饶恕背叛自己之人。”

“是啊。”

猜疑心极重，严惩背叛者，近几年信长越发残忍的态度，不仅让织田家臣战战兢兢，近邻诸位大名也胆战心惊。

“既然最终要被严惩，还不如先下手为强，难道大人不以为然吗？”

“足下言下之意，可是坐而待毙愚蠢之极？”

“正是！”减敬点头。

被逼到墙角的信康开始倾向于结成武田、上杉、德川年轻一代三国同盟。

“我绝不能束手就擒。”信康双眼闪着蓝光。

看到信康已下定决心，减敬道：“在下还要回到甲斐去商量结盟细节。不到最后关头，信康大人不管令尊问什么，都要假装不知，从未听说。”说完，减敬便消失在夜幕中。

形势紧急，风云突变。信康叫来心腹伊奈忠次，把三国结盟一事告诉了他。

伊奈忠次擅长占卜，做事果断。虽说刚满三十岁，但作为近侍，长期与信康形影不离，因此对年轻主人的烦恼和不安，他比谁都熟知于心。信康也对他信任有加，许多不能与母亲和妻子商量之事，他都来征询此人的意见。

听信康说完来龙去脉后，伊奈忠次非常吃惊，深感事态重大。

“大少爷，这可是连想都不能想的谋反啊！”

“形式上或许可看作谋反，但要使我德川家摆脱永远被信长奴役的命运，只有这条路可走！”

“仓促判断，会后患无穷啊。”

“也不尽然，我决心已下。”信康斩钉截铁道。

伊奈忠次费尽心机、口干舌燥地劝说信康，要他三思而行。但信康决心已定，不听劝阻，决心一意孤行。伊奈忠次眼泪哗哗地滚下，最后无奈，终于低头答应。

“大少爷既然早已下定如此决心，小的当然再也不会说不。”

“忠次！”

“小的自打跟随大少爷那天起，便下定决心与大少爷生死与共。大少爷若一定要起事，哪怕前方是地狱，小的眼皮都不眨，也会陪着一起跳下去。”

“说得好！”信康抓住伊奈忠次的手，眼睛一阵潮湿。

“事关重大，一定要注意保密，特别是绝不能让滨松城大人及其他重臣觉察到任何蛛丝马迹。”伊奈忠次本来就头脑清晰，办事果断。事情只要决定，他自会知道如何做。

“要不要跟监护人石川数正说？”

“不能。与武田、上杉家联手一事在未确定前，除几个值得信赖的人之外，绝不能传给外人。”

“还是跟你说了好！”

一直藏在自己一人心里的秘密，此时能与伊奈忠次共享，信康感到一下子轻松许多。但是真正的困难其实还刚开始。

“武田胜赖不断进攻远州。在滨松城大人还与武田军苦战期间，若公开与武田、上杉结盟，怕是不便？”

“父亲前有武田军，后有上杉军，冈崎有我，必将面临三面受敌、左右为难的局面。”

“确实。”伊奈忠次点头，“滨松城大人若陷入困境，迄今为止对与织田家同盟政策感到不满的家臣们，定当结伴前来向大少爷表忠无疑。”

“若果真那样，信长定然不会视而不见。”

“信长眼下正穷于应付石山本愿寺及与中国地区毛利家联手的摄津有冈城主荒木村重反叛，自身难保。大少爷莫若趁此良机，干脆再与石山本愿寺、毛利家联合起来——”

“那便能包围信长啊！”信康双眼炯炯发光，神采奕奕。

滨松城家康于六月五日回到三河冈崎城，召见了公子信康。

这一年梅雨季节很少下雨，刚进入六月，阳光已像三伏暑日般强烈，城堡周围的树上传来阵阵扰人的蝉鸣声。

“你这混账！”家康一看到信康，不管三七二十一，破口大骂，“到底胡想什么？你也不掂量掂量你自己？”

“父亲为何如此发怒，孩儿不懂。”信康向父亲投去反抗的眼光。这种野兽般的眼光，家康从未在儿子身上见过。

“有人跟我禀报，说你与一个叫作减敬的来路不明的人物来往密切，被减敬妖言迷惑。”

“是又怎样？”

“啊？是又怎样？”家康火冒三丈，“有人谣传减敬是武田家谍人，此话当真？”

“……”

“此事若传进织田大人耳中可如何是好？你这小贼，莫不是想要毁掉我们德川家？”

“被人同情、受人关照才能生存的家，还不如干脆毁掉！”

“你说什么？”

“孩儿誓要重拾自信，重建被父亲搞垮的德川家。”

“你这混账王八蛋！”

好不容易保住的自制心，在此瞬间终于决堤，家康抬手就抽了儿子一巴掌。一条鲜红的血线，从信康嘴角流下。

看到那条血线，家康有些后悔：“怎么能动手呢？”与儿子之间形成如此深的鸿沟，如何才能填平？家康一时间束手无策。

“信康！”家康尽力控制自己愤怒的情绪，尽量冷静道，“作为人父，我应与你多交谈。今晚就咱们父子二人，好好聊聊。”

“没那必要！”信康转过身，避开父亲的目光。

虽与信康见面交谈，但并未找到任何解决方法，家康只能折回滨松城。

随后，事态发生急变。对自己处境忍无可忍的德姬，给安土城父亲大人信长写信，状告亲夫信康和婆婆筑山夫人胡作非为。德姬写的状子竟列出两人十二条罪状：

一是信康外出鹰猎，没有打到猎物，回程路上为泄愤，竟把偶遇的一个僧人绑在马后拖死。

一是观看舞女跳舞，信康觉得舞女跳得不好，心中大怒，便用弓箭射死舞女。

一是信康脾气暴躁，经常动粗。

一是信康与滨松城公公家康吵架，不听公公劝说。

一是筑山夫人不喜来自织田家的自己。

一是信康与筑山夫人叫来曾仕于甲斐武田家的唐人医师，合计试图谋反。

……

此外还有桩桩件件血泪控诉。当初就与她互不感冒的筑山夫人，她当然没有放过；就是对亲夫信康，她也像对待陌生人一般无情地控诉。或者说，正因为是夫妇，曾经的爱情受到伤害，才更让德姬变成了愤怒的恶魔。

不过告状内容大部分并非德姬亲眼所见，她不过是把从侍女口中听到的城内各种谣传写出来而已。与武田家合谋谋反一事，她也并非拿到任何证据，只是出于对丈夫和婆婆的憎恨，才不分真假都写了出来。

若放到世上一般夫妇身上，这一切都会被当作一时生气发牢骚而已，事情过后便不了了之。但德姬和信康不同，他们各有非同寻常的家族背景，背后是织田信长和德川家康两个大名。

读着公主送来的告状信，信长本无动于衷。但看到其中信康和筑山夫人找来曾仕于武田家的唐人医师合谋反叛一条时，信长双目瞪直，眉头轻皱。

“来人啊！”信长叫来近侍，命令即刻派使者去滨松城找家康。

“安土上大人请问德川大人，信上写的这十二条是否俱是事实？望大人回答。”信长派到滨松城的使者见到家康后，摆出一副傲慢的姿态，质问家康。

冈崎城内的谣传，以家康最担心、最不好的形式“传到了织田大人耳中”。家康心脏怦怦直跳，后悔莫及。当时即便把刀架在信康脖子上，也该令他改变主意。但是事已至此，只能做出决断，收拾事态。

家康把重臣酒井忠次和大久保忠世叫来，命令道：“你们二人即刻奔赴安土城，当面向织田大人解释。”

家康咬着大拇指指甲。坐卧不安时咬拇指指甲，是他一个难改的毛病。

“我们去解释……可微臣一直住在滨松城，对冈崎城内的事情一无所知啊。”

酒井忠次言外之意便是：“这不难为我们吗？”他一脸为难的表情。要说解释，难道不应派信康监护人石川数正去吗？

“蠢货！”家康气得脸都涨红了，“是真是假根本无所谓。最为重要的是，能否在织田大人面前做出令万人信服的解释。若不能令织田大人信服，那信康便只有切腹自杀了。”

“大人——”

“二位任务很重，要把这一切原因都归于小两口吵嘴闹情绪，无论如何，都要护住信康。”

“遵命！”

酒井忠次和大久保忠世两人当即动身，前往安土城。

信长在安土城主厅接见了酒井忠次和大久保忠世两人。

“德川家是否要让试图谋反的人继位？”

听到信长横眉冷眼的严厉质问，两人脸色苍白：“大人息怒！绝无此事！这肯定是一场误会！”酒井忠次心慌意乱，连忙解释。

但信长毫不留情：“误会？那你们就来一条一条解释给我听。”

据《松平记》记载，酒井忠次和大久保忠世张口结舌，不知如何回答是好。信长非常生气，对他们道：“如此恶人，不得为家康家后继。若为后继，将来必生大事。”意思是信长警告他们，像信康那样有问题的人，不能成为德川家继承人。若成为继承人，将来一定会出大问题。

主君世子被如此糟践，可酒井忠次及大久保忠世却只是惶恐伏地，并未作出什么令人信服的解释。若此时他们二人有哪怕被信长当场杀死也要保护信康的决心，那么也许还能避免出现最坏的结果，但他们显然对保护信康并无多大热情。

这一时期，德川家臣团内分成跟随家康的“滨松派”和跟随大公子信康的“冈崎派”，两派为权利展开了激烈争夺。酒井忠次和大久保忠世两人属于滨松派，他们知道以石川数正等为中心的冈崎派支持的信康若即位为家主，那他们滨松派势必失势。

“即便大公子信康被废，德川家不是还有西乡之局生下的三公子长丸继位吗？其实对我们来说，长丸公子若能继位岂不更好？”酒井忠次和大久保忠世两人听着信长发脾气，心中却做如此打算，一点都不奇怪。

据《松平记》记载，当时两人不但没有解释，为信康开脱，反而支持德姬告状：“大人所言极是，（信康）确为恶人无疑。千金（德姬）有怒，理所当然。”

信长最后给他们两人撂了一句话：“此事如何处置，由德川大人看着办，就看德川大人的了。”

酒井忠次和大久保忠世两人把信长所说原话带回滨松城，转告给家康。

“你们两个混账，到安土干什么去了？”家康怒骂，“莫非无论织田大人说什么，你们都只是点头称是不成？”

“不敢，但大人——”

“此事可如何决断是好啊！”残酷的现实摆在家康面前。

家康苦思冥想，想得五脏六腑都能出窍，痛苦得彻夜未眠。

“看来只能自己解决了！”

家康只能如此。信长并未下令要家康处死信康，但他正以冷酷的目光注视着家康，看家康到底如何决断。而对家康来说，这还不如信长直接下命令让自己杀死信康。如能那样，“该多么简单啊！”而要自己下令处死自己的血肉之子，这分明是在考验自己。

“织田大人这是在考验我。考验我作为一个盟友，是否值得信赖。”家康最后终于想通了信长此举的目的。

若被父子亲情所累，处理不能果断，拖泥带水，信长大人定把自己看作一个软弱多情之人，蔑视自己。或者更严重，会把自己看作与信康同样的人，怀疑自己与武田勾结，从而终结自“清洲同盟”以来的盟友关系。唯有这点，无论如何必须避免。

“信康！”家康呻吟道。

家康彻夜未睡，迎来天亮。他打开格窗，看着飘浮在初秋天空中的浮云。一片白云，渐渐淡化，融入蓝天，消失得无影无踪。

八月三日，家康率亲兵两千，从滨松城出发，直赴冈崎城。到达冈崎城后，家康未见信康，便立刻向下属下令：“把信康及其母抓起来！”

住在冈崎城内的信康及其母筑山夫人，可怜连抗辩的机会都没有，便被抓了起来。

“这是怎么回事？我和信康到底犯有何罪？”筑山夫人哭喊，“大胆！你们这些贱人岂能随意抓捕我们？叫家康来！家康老爷！家康老爷！”

“很遗憾，夫人，大人说了，他不要见夫人和大公子。”说话的石川数正脸色苍白，他也是刚刚才听家康亲口对他说了信康和筑山夫人的罪状。

“如此大胆抓捕，那是说我们犯了大罪。我们到底犯有何罪？”筑山夫人怒视石川数正。

“谋反罪。”石川数正垂下头，唯唯诺诺地小声道。

“谋反？谋什么反？”筑山夫人惊讶地看着石川数正，鲜红的嘴唇不停地哆嗦。

“勾结敌谍唐人医师减敬，企图做甲斐武田、越后上杉内应。”

“此事我完全不知，减敬不是一个医师吗？”

“不管夫人如何辩说，大人决心已定。”石川数正无奈地道。

“我们何罪之有？他难道要断无罪之人吗？谋反？简直是冤枉人啊！”

“夫人……”

“反正你快叫家康来，我要见他。他要是不见，至少也得让我见见信康。”

“回夫人，微臣也是无能为力，还望夫人恕罪。”石川数正说完，逃跑似的从筑山夫人面前走开。

家康在城内松之间，听跑回来的石川数正转述了筑山夫人的哭诉：所有罪名，自己一概不知，一概与己无关。

“是吗？”

虽说常年分居，不在一起生活，但筑山夫人毕竟还是结发妻子，家康心中不由得涌出一股怜悯之情。

但事已至此，一切都晚了。

“造成如此被动局面的减敬，此时却不知藏在何处。是否应不惜采用一切手段，找到减敬，重新审问一次？”作为信康监护人，石川数正希望还能挽回局面。

“没那必要！”家康表情严肃，“信康侧近伊奈忠次已坦白，说信康跟他直接商量过如何与武田胜赖和上杉景胜结盟一事。”

“即便有那事，也不排除是一时鬼迷心窍。大少爷无论如何，不可能真心要反叛大人，此事绝不可能。大少爷从来都很敬服大人，以能跟随大人驰骋疆场为荣。”石川数正拼命替信康说话。

“信康现下如何？”

“与夫人不同，没有反抗，也没有申诉什么，只是反省自己。”

之后，德川信康被从冈崎城押送到大滨城。这是位于冈崎城西五里（约二十公里）左右的一座小城。信康被幽禁于此，说明他的冈崎城城主地位已被剥夺。信康后来又被从远江堀江城押送到山区的二俣城，而其母筑山夫人则一直被幽禁在冈崎城内。

家康令石川数正继续守卫冈崎城，自己则率兵回到滨松城。

回到滨松城后，家康一点都没轻松，心情反而极为沉重复杂。

“到底是否还有其他解决办法？还有没有救信康的办法呢？”

作为信康的父亲，筑山夫人的丈夫，家康万分苦恼。但所有的苦恼，都绝对不能表露出来。他命人起草了一份文书，严禁家臣们与信康有任何接触，尽量把家臣中的动摇控制在最小范围。

八月二十九日，筑山夫人在被押往滨松城途中，走到远州富塚之地时被杀，享年三十八岁。筑山夫人作为家康明媒正娶的正房，几乎从未与亲夫交过心，最后带着对丈夫的无穷怨恨，含冤而死。

九月五日，家康与武田胜赖死敌小田原北条氏结盟，形成了从东西两面围杀胜赖的局面。家康作为一个奋斗在乱世的武将，他把撕心裂肺的懊恼暗藏在心里，依然奋战在前进的征途上。

滨松城城外的山野和树林，仿佛在冰冷的秋雨中默默流泪。站在瞭望楼上遥望远处的家康心中，也流淌着在人前不能流的苦泪。

看着冰冷的秋雨，家康突然控制不住自己激动的心情。他命令近侍：“备马！”

“天已近黑，大雨滂沱，大人这是要去哪儿？”

“二俣城！”

近侍从回头命令的家康脸上，看到了在战场上都很少见到的一股阴森之气。

家康跨上马，冲进如注的大雨中，跟在他身后的仅有五个近侍。他们一行奔到二俣城时，天已大黑，伸手不见五指。家康连身上的雨水都顾不上擦，便疾步走向关押信康的牢房。

隔着榻榻米牢房的木格，家康与爱子信康会面。

信康消瘦的脸上胡子拉碴，显得极为憔悴，但眼神却意外地清澈明亮，炯炯有神。

“你肯定恨为父吧？”家康先开口，“为父也不想多做解释。唯有一点后悔：当初若能多与你推心置腹，也不至于有今日。”

“父亲大人实不必后悔。”信康直视着父亲家康，“父亲大人决断无有任何不对。孩儿我确实决心与武田胜赖、上杉景胜结盟，与父亲和织田信长兵刃相向。”

“你为何要与父亲和织田大人为敌？”

“为天下大义。”信康道，“火烧比睿山，杀死无数僧侣，镇压一向宗，信徒不分男女老幼尽皆残杀，还嫌不足，还要到处挑起战火，烧杀抢掠。如此信长之世，天下万民绝无幸福可言。父亲若一定要跟随如此残忍的信长一条道走到黑，孩儿只有痛下决心，打倒父亲。除此不足以救世。”

“你全都误解了，织田大人并非——”

“父亲真能确定信长不是嗜血如渴的魔王吗？”

面对信康的真诚质问，家康无言以对。织田大人近年的许多做法确实令人担忧。随着接近实现天下统一的目标，织田大人的行动日见过激。信康所言，或许极有道理。

但……摆在自己面前严峻的现实是，除与信长携手共斗之外，无路可走。

夜幕深处，传来天龙川的水声。伸手便能触到儿子的距离，家康却感到犹如隔着千山万水一般。

“信康！”家康抓住木格，“父亲虽不忍，但不得不下决心。”

“孩儿早知会有今日。作为一个生在武家之人，死不足惧。”

“你理解父亲的苦处了？”

“人总会有一死。若能至死坚持自己的信念和追求，我将笑傲死亡，剖腹示人。唯有一事，万请父亲答应孩儿。”信康平静如镜的眼神看着家康。

“何事？”

“夺取天下！父亲一定要夺取天下！”靠近木格的信康吐出的热气，吹在家康的脸颊上。

“夺取天下？”

“父亲将来若能夺取天下，孩儿死而无憾！”信康不吐不快，“孩儿望父亲能终结这悲惨乱世，建立一个太平天下。”

“好大的事啊！”家康叹了口气，“孩儿想法父亲我懂，但父亲或许并无担起如此重担之才啊。”

“不！”信康摇了摇头，“不论如何沉重，父亲都应担当起来。”

“信康——”

“若不能，那被父亲阻挡不能前行、毁掉志向目标的孩儿将死不瞑目。母亲大人也会枉失一切。”信康清瘦的手指，抓住家康扶在木格上的手。

“求求父亲，一定答应孩儿！”

“……”

家康踌躇逡巡，无法回答。若开口答应，便再无路可退，前途凶险，吉凶未卜。但他也知道：“我自己已亲手毁掉儿子的前程和理想。既如此，儿子舍命追求的天下……”一股热流，从心底涌到家康胸口。

“父亲！”信康脸颊肌肉扭曲，哭笑出声。这张不知哭笑的容颜，成为家康看到世子信康的最后一面。

天正七年（1579年）九月十五日，德川信康在远州二俣城自尽，年方二十一岁，伊贺忍者头领服部半藏担当介错[1]。家康认为，只有具有冷静精神的忍者，才能承担此种冷酷无情的重任。但服部半藏却双眼含泪，两手颤抖，举刀不起，不能下手。最后，实际砍下信康头的，是同时被任命为检使役的一个叫作天

1. 介错：切腹自杀时，在自杀者背后帮助砍头的人。切腹者一刀切腹一般不会即刻死亡，当下必须有人在其背后帮忙砍头。

方通纲的士人。

跟随信康的老臣本多重富自杀。同为老臣的松平康忠、榊原清政等隐退蛰居。冈崎城家臣团中，回到家康身边的有九人。此外，德川家谱代老臣内藤家长分到二十七人，石川数正分到两人，还有五人被迫脱离武士身份，解甲归田。信康侧近们被遣散，三河冈崎城划归石川数正管辖，参与谋反的伊奈忠次被驱逐出境。

后来，伊奈忠次长期沦落在泉州堺一带。本能寺之变爆发后，他跟随家康越过伊贺，终获宽恕，被允许回归德川家。伊奈忠次长于征集兵粮，善于管理民政事务，逐渐显露头角，最终官至关东代官头。

丈夫信康死后，德姬成为寡妇。家康在冈崎城大手门送走德姬，后者回到了娘家织田领地美浓国岐阜城。德姬与信康生下的两个小公主被祖父家康收养，长女登久姬成人后被嫁给信浓国松本城城主小笠原秀政，次女熊姬后被嫁给播州姬路城城主本多忠政（本多忠胜子）。

家康为凭吊死于非命的爱子信康，特意在二俣城附近赐建了一座小寺。当初仅有一间祠堂，被竹林遮掩，是一座无名小寺。事件两年之后，即天正九年（1581年），私访此地的家康看到祠堂后山有清泉涌出，便给小寺起名“清泷寺”。

不断滴落的清水，大概是家康难以咽下的泪水，也未可知。

与小田原的北条氏结盟后，家康为忘记失去爱子信康之痛，专心对付武田胜赖。

此时，不断扩大势力的织田军团，也在各方面展开积极的军事行动。北面，以柴田胜家为大将的北陆方面军对战与武田胜赖结盟的上杉景胜。中国方面，羽柴秀吉正与毛利势力交战。秀吉围攻倒向毛利一方的播磨国三木城城主别所长治，对三木城实行铁壁围困，断其兵粮。天正八年（1580年）正月，三木城陷落，城主别所长治为救将兵性命，以自尽为条件投降。由此，播磨全国被平定。秀吉乘胜进攻但马国，并于同年五月完全平定但马国。

凭此战功，除原有北近江12万石领地外，信长又把播磨国51万石、但马国13万石分给秀吉。由此，秀吉成为拥有76.5万石领地的堂堂大名。秀吉不及修整，便发军包围毛利军在山阴的据点鸟取城，采用与攻陷三木城同样的铁壁围困战术，势在必克。

处于与信长家臣同样地位的家康，也必须加入到织田家家臣间激烈的竞争中。他也要竭尽全力，歼灭武田的势力。但对此时的家康来说，要想歼灭武田势力，必须首先攻克并占领一个要冲，此要冲便是位于东远州的高天神城。

围绕高天神城，德川军与武田军多年来展开了激烈的争夺战。自打天正二年（1574年）被武田胜赖占领以来，高天神城已成为武田军在远江地区的最大据点。

“夺取高天神城！唯有此，才能把远江国内的武田势力一扫而光！”家康在家臣面前坚定地宣告。

信康事件以来，德川家内人心不稳，陷入混乱。即便是为了振作家臣精神，使家臣们精诚协作，也有必要提出一个大目标。

“话虽如此，但武田胜赖从我们手上夺走高天神城已过六年，武田军绝不会轻易把城交给我们。”酒井忠次看着坐在上段的家康。

“中国地区筑前守羽柴秀吉不是对三木城采用铁壁围困战术，攻克了三木城吗？大人有何攻克高天神城之策？”

“羽柴大人有羽柴大人的战法，我有我的战法。”家康冷冷地看着下位的酒井忠次。

既然位居人上，便不能遇事夹杂私情。但每想到信康事件，家康都无法不怪这老家伙没能在信长大人面前用心辩护，无法控制自己内心的怒气。

但酒井忠次却好似丝毫没有觉察到主人这种微妙的心理变化：“今早安土城织田大人来信，言已派检使役前来我城。”

“检使役？”

“对。”酒井忠次点头，“高天神城失陷已过六年，至今还未夺还。为监督德川军战况，特派检使役前来。”

“织田大人竟有如此行动？”在酒井忠次旁边的本多忠胜一脸惊诧，“这不是威胁我们大人，若不能尽快拿下，便绝不留情吗？”

“住口，忠胜！”家康制止了怒气上冲的本多忠胜。

“不，大人难道忘了佐久间信盛被处分的先例吗？”本多忠胜道。

佐久间信盛是信长老臣之一，在三方原之战时，曾率援军前来参战支援。织田军的特色是各将领被分在各条战线，独当一面，独立作战，互相竞争。佐久间信盛负责攻打一向宗总本山，即大坂的石山本愿寺。但石山本愿寺顽强抵抗，竟达十年之久，最终因门主显如主动撤出石山本愿寺、退到纪州鹭森才算攻克。

佐久间信盛经过长年攻防，终于战胜宿敌显如，攻陷石山本愿寺。但是等待他的不是奖赏和夸赞，而是信长的严厉斥责：“我给你增派了七国兵力增援，而你竟然一打就是十年，要你这种窝囊废有何用？”于是没收了分给佐久间信盛的领地，把他赶到大和国深山秘境十津川，幽禁致死。

为了不遭遇与佐久间信盛同样的命运，家康也必须尽快拿下高天神城。

天正八年（1580年）十月，家康率军从滨松城出发，攻打高天神城。

建在远江国小笠郡中央标高132米的鹤翁山山顶的高天神城，四周皆为悬崖峭壁，属于天险，易守难攻。

长筱合战前年，武田胜赖夺取此城后，派骏河当地武将丹波守冈部昌幸、监军恒田尹松驻守。胜赖深知高天神城在对战德川军和织田军上的重要性，故在本已非常坚固的城防基础上，又增加了工事，加强守备。以前只有建于鹤翁山东峰的各曲轮，武田军来后，又在与东峰相连的西峰上新修了丹波曲轮、堂之尾曲轮、井户曲轮等几道曲轮，此外还增建了武田军风格的军马进出口，在山脊新建了马场等。另外，还挖了又长又深的横沟，以万无一失的防备，应对德川军进攻。

“东峰曲轮以外，又新增西峰曲轮，高天神城果真成了一座难攻不落的要塞。”历经战火熏染、脸色铁黑的本多正信看着被红叶染红的鹤翁山感叹。

“害怕了？”家康嚼着脚边的杂草，山腰有一只老鹰迎风翱翔。

“绝不。不攻陷此城，不但大人，连我们这些下人也都没有将来。”

“那个将来，也不知等待我们的是什么。”

“正是为了知道那个将来是什么，我们这一战才非胜不可。”

“嗯。”家康一口吐掉口中苦涩的杂草。

德川军包围高天神城后，在鹤翁山周围的小笠山、中村、能坂、火峰、狮子鼻、三井山等六处修筑营寨，深挖壕沟，捆绑木栅，切断高天神城与外界的一切联系。家康自己驻扎马伏塚中军营帐，摆出一副持久战的姿态。

虽说不想模仿羽柴秀吉的战法，但家康为攻克号称铜墙铁壁的高天神城，也只能采取铁壁围攻战法。

翌年天正九年（1581年），被包围得水泄不通的高天神城逐渐陷入兵粮不足的困境。守城将领冈部昌幸向主君武田胜赖求援，但胜赖正在伊豆与三岛北条军对战，没有多余兵力增援高天神城。

“与北条结盟，终于发挥作用了。”谋臣本多正信看着家康道。

“此战必胜！”

“大人……”

“若不能取胜，不能生存下去，我等如何对得起那些留下遗憾而死的家人！”

三月二十二日，家康准备周全后，向全军下达总攻命令。弹尽粮绝的守将冈部昌幸等在无可奈何之下，只得率部出城应战，结果在德川军猛攻之下被全歼。至此，易守难攻、号称铜墙铁壁的高天神城被德川军攻陷。

由此，武田军势力被一扫而光，家康成功地掌握了远江国全境。

胜利回到滨松城后，家康欲亲赴安土城，当面向信长告捷，但派去的使者带回的信长回信却冷酷无情："我无暇听你汇报那无聊小事。武田还未消灭，望再接再厉！"信长要家康取得更大战果。

"再接再厉啊！"

好似观看薄纱背后的皮影般，家康感到一阵缥缈不清的空虚落寞。

但这不正是我自己选择的道路吗？若不是坚信在这渺茫的前方，一定有什么在等着自己，那自己也绝不会绝情杀子，投身织田军团。

"坚持下去！"家康咬紧下唇。不坚持下去，自己便不会有将来。

当年年底，安土城织田信长派使者来告诉家康："来年春，我将亲自出马，消灭武田军。望德川军不要松懈，做好攻打骏河准备。"

武田信玄的亡灵长期以来如乌云般笼罩在家康头上，现在他终于迎来了消灭信玄亡灵的时刻。

第十二章

纷乱的足音

天正十年（1582年）二月三日，织田信长发兵攻打武田。

信长兵分四路，分别从伊那口、骏河口、飞驒口、关东口发动进攻。信长的战略是从这四路分别进攻武田领地甲斐、信浓、骏河、飞驒、西上野。

此次攻打武田的总大将为信长世子织田信忠。织田信忠率领主力军从信浓伊那口发动进攻，远州滨松城城主家康从骏河口发动进攻，越前大野城城主金森长近从飞驒口发动进攻，与家康结盟的相州小田原城城主北条氏政从关东口发动进攻。

迎击的武田胜赖仅有越后上杉景胜一个盟友，而且即使这位上杉景胜，此时也受到被信长策反的扬北豪绅新发田重家及织田军先锋佐佐成政围攻，只有招架之力，自身难保，根本不可能出兵增援胜赖。

此外，武田家内部也因信长猛烈的策反活动，相继有家臣反叛。其中最令胜赖心痛的，则是木曾福岛城城主木曾义昌反叛。

木曾义昌是武田胜赖的妹婿，算是武田本家族人。但木曾义昌善于投机，他看到武田家必败无疑，便通过美浓苗木城城主远山友政私通信长，反叛武田家。胜赖大怒，于是杀死了木曾义昌母亲、嫡子及三个公主等人质。

木曾义昌引导高举黄色底子上印有三个黑色永乐钱标记军旗的织田信忠主力进入伊那谷。残雪皑皑的山间，回响着织田军的马蹄声。

此时，家康也攻进骏河国。家康也有先导，他的先导则是武田家族的穴山梅雪（信君）。

穴山梅雪是武田胜赖姊婿，武田家领有骏河国后，他被封为扼守清水凑江尻城城主，地位显赫。但竟连这位地位显赫的武田亲属穴山梅雪，都觉得："胜赖已无获胜可能，不能就此给他陪葬。"于是发誓助力家康。

想当年，武田家是挡在家康面前的一座不可逾越的大山，家康多少次差点被这座山压垮。"但……"一直令家康望而生畏的强大的武田家，此时却已从内部开始瓦解。若信玄在世，谁能想象会出现今日局面。

"组织一旦崩溃，竟会如此脆弱。"家康感叹不已。

不论每个武将能力如何卓越超群，若无能统率他们、有威信充分调度他们的强有力的领导者，那这些各具卓群能力的武将，也只能是一群"乌合之众"。

长期君临东国的武田家分崩离析，令人难以置信地说完便完。

德川军势如破竹，攻入骏河国。

二月二十一日，家康进入骏府。

骏府是少年家康做人质时期生活过的地方。当年在此地不可一世、春风得意的今川家早已灭亡，后来占领此地的武田家此时也迎来生死存亡的危机。

本应兴高采烈的家康，此时却并不能畅怀庆祝。

“稍有闪失，等待我的势必也是如此命运。”

想到此，家康猛地打了一个寒战，一阵痛苦的恶寒袭上身来。

“骏府啊！终于又回到骏府了！”

在若有所思的家康身边，有一个化妆成白脸的人，兴奋地东看西看，摸这摸那。此人便是流浪各国，最后被家康收留，并被赐为远州牧野城城主的今川氏真。表妹筑山夫人获罪受罚后，这位娇生惯养的仁兄却照样毫不在乎地在德川家混吃混住。

今川氏真回到今川家府邸昔日荣华犹在的骏府，本应比家康更为伤感，更为思绪万千，但这位仁兄却兴奋地跑来跑去，高声欢叫：“流水冲进水池的瀑布，还是老样子啊！”“噢，须弥山假山还在啊！”“鞠壶也没变啊！”

家康完全不能理解今川氏真这种身份高贵之人的心理。

德川军从骏府继续北上。大军沿富士川河岸的河内路，直奔武田家本国甲斐国。引导大军的，便是在墨染的黑衣上套穿黑色铠甲的武田旧臣穴山梅雪。

穴山梅雪身材虽小，但精悍有力。他的态度也殷勤有加，口口声声“三河守大人”“三河守大人”，谄媚地叫着家康，活像一百年前就已是德川家臣一般，令人肉麻。但家康从他的眼神中看出一种莫名的精明，直觉告诉他：“此人不可全信。”

当然家康也知道，此时还不是以自己好恶选人之时，此时重要的是对自己是否有用。而穴山梅雪，肯定也持同样想法。

家康沿河内路行军。其他各路大军捷报陆续传来。

从伊那口发动进攻的织田信忠主力所向披靡，武田军几无还手之力。保科正直、武田逍遥轩等战功显赫的老将，在来势汹汹的织田大军面前，也只有弃城逃跑。

武田武将中唯一没丢武田军人的脸的是武田胜赖同父异母弟、信州高远城城主仁科盛信。他率军固守高远城，坚决不投降。织田军开出一百枚金币的条件要他投降，他回答说："几枚黄金便想收买老子？做梦！信长惯用甜言蜜语诱骗他人，一旦达到自己目的，他会毫不留情，露出残忍狰狞的面目！"他拒绝劝降，坚持抗战。

高远城攻防战异常激烈。但织田军人多势众，守城军虽勇猛抗战，也仅能坚持一日。高远城陷落，仁科盛信战死。

此时，武田胜赖为增援高远城已行进到诹访上原，接到高远城失陷悲报后，只得撤到韮崎新府城。而此时，跟随胜赖的家臣家兵，已仅剩千人左右。走投无路的胜赖烧掉新府城，带着一家妻小和七百余贴身随从逃向重臣小山田信茂驻守的东甲斐岩殿城。但他们好不容易赶到城前时，等待他们的却是小山田信茂的倒戈。他们不但未被欢迎入城，反而受到火炮轰击。

"行将沉没的泥船，谁都不愿上啊！"胜赖凄然苦笑。透过樱花映入眼帘的山国甲斐的天空，显出从未有过的寒冷。

胜赖带一家妻小逃到天目山麓的田野村时，受到投降织田军的当地乡绅的围攻。他回天无力，只能与一家妻小一起自杀身亡。

时为天正十年（1582年）三月十一日。一代名门武田家至此彻底灭亡。

家康率大军进入甲斐府时，正是武田胜赖自杀当日的黄昏。接到胜赖自尽消息后，家康即刻去见已进驻府中的总大将织田信忠，后者暂住在甲斐善光寺。

“大将出马，初战告捷！在此谨表衷心祝贺！恭贺大捷！”家康低首祝贺。

在家康看来，将要成为信长后继人的织田信忠便是嫡系。而信忠对家康郑重殷切的祝贺，只是“嗯”了一声，并未觉得有何不妥，理所当然地接受。他的年龄应该只有二十六岁，只是比家康死去的儿子信康略大一点而已。

“好勇敢啊！”看着继承了信长白皙端正面容的织田信忠，家康不由得暗暗感叹。

织田信忠眼睛充满血丝。此次进攻武田，信忠被信长任命为总大将，因此他的精神一直处于极度紧张的状态中。

“贵军在骏河口作战有功，贡献很大。等父亲驾到之时，父亲自会嘉奖贵军。”信忠仰着下颌说。

“诚惶诚恐。那，大人现在何处？”家康问信长动向。

“听闻数日前从安土城出发，正赶来甲斐。”

“此次信忠大人大战告捷，想必信长大人亦当欣慰至极吧？”

“贵军及从飞驒口发起进攻的金森长近等都作战有功，唯有关东口的北条氏政莫名其妙！”信忠以不满的目光看着家康。

家康与相州小田原的北条氏政结有同盟关系，因此也承担着向北条军传达信长指示的重要任务。信长曾令北条军从关东口进攻：“北条军越过碓冰岭，直接攻入信州。配合伊那口、飞驒口织田军，歼灭武田势力。”但等到大战开始后，北条氏政却未服从信长命令进攻信州，而是攻入骏河国河东郡及西上野等自己长期觊觎之地，趁机攫为己有。

“望你迅速转告北条氏政，”信忠神经质地细眉上挑，“若不尽快负荆请罪，打完武田后，大军即刻便会攻向小田原。”

“啊！”

信忠所言，无疑便是其父信长所想。北条氏政其实就是趁织田军攻打武田之机，企图自己不费吹灰之力，坐收渔翁之利而已。

“今后外交左右为难啊！”家康心想。

他知道自己必须小心谨慎，站对位置。正因武田家这一强大敌人已消失，迄今维持的实力均衡也崩溃了，所以将会出现新的紧张关系。

与织田信忠会面后，家康离开甲斐，进入信浓，在上诹访恭候信长到来。

三月五日从安土城出发后，信长好似游山玩水一般，沿着东山道悠然东进。到达信浓国浪合之地后，他实地检验了武田胜赖及其世子信胜的首级。

消灭了多年以来的宿敌武田家，信长兴奋异常。

次日，到达饭田阵地后，信长命令侍童森兰丸：“把胜赖父子首级挂出示众！”

营帐外下着瓢泼大雨，雨水击落了仅剩的几朵晚开山樱。高高挂在木桩上的武田胜赖父子首级被如注大雨浇淋，像狂泻着满是遗恨的眼泪。武田胜赖的首级后来还被送到京城，挂在狱门示众。信长的用意是："逆我者，必将如此！"他的目的便是要向天下夸示自己的威武。武田胜赖的首级后来还被送到正在攻打中国地区备中高松城的羽柴秀吉处，被用作对毛利军实行心理压迫的工具。

离开饭田后，信长到达诹访湖旁的上诹访。家康率领手下及归入德川势力的今川氏真和穴山梅雪等，在上诹访法华寺恭迎信长驾到。

"特意前来接我吗？"信长见到久违的家康，喜笑颜开。

信长对在信康事件中即使被强迫做出残酷绝情决断，但还能自始至终坚守同盟的家康抱有极大的信赖。

"虽已开春，可信浓还是很冷啊！"

"是啊！安土一带应已到新叶季节了吧？"家康回应道。

"三河守，你好似还未到我安土城去过吧？"信长一副意外的表情。

"在下二十九岁时曾率军西上，自那以来十二年，在下还未踏进尾张国以西一步。"

"已过如此长时间了？"

"是啊。"

"咱们都年纪大了。想不到当年在尾张庄内川差点被淹死的孩童，已成如此老气横秋的大男人了！连我自己今年都已四十九了。"

从不回头、勇往直前、一路狂奔至今的信长，在终于打败武田家的今天，显然感慨万千。

"事情都处理完后，欢迎来安土游山玩水，老兄我亲自导游。”

“诚惶诚恐。”家康低首答谢。

信长随意看了一眼家康身边的今川氏真、穴山梅雪等，并未理会。但今川氏真从开始便急不可耐，想插嘴说话，此时终于按捺不住，插嘴道：“大人贵人多忘事，可还记得小臣曾在大人面前踢过蹴鞠？”

“噢，你便是那个踢蹴鞠的名脚啊！”信长爱答不理地回了一句。

当年浪迹天涯时，今川氏真曾在京都相国寺，给信长展示过自己的蹴鞠秘技。

“大人若有兴致，小臣一定再给大人踢蹴——”

“不必！”信长不屑地扭过头，不再理他。

十日后，信长进驻世子织田信忠在甲斐府中踯躅崎馆原址新建的临时府邸。

参加甲斐远征的各路大将，在充满新木香味的百张榻榻米大小的大厅集合，接受信长对此次大战的论功行赏。跪坐在大厅的是远征军总大将织田信忠，辅佐大将河尻秀隆、森长可、毛利秀长，以及负责骏河口进攻的德川家康。另外，从京畿跟随信长同行而来的丹波亀山城主明智光秀、丹后宫津城主细川藤孝、大和郡山城主筒井顺庆等也陪坐。与河尻秀隆同为织田信忠辅佐大将的泷川一益因正追击上野方面的武田军残党，此次未能出席。

“此次战役论功犒赏如下！”

信长尖锐威严的声音，回响在被紧张寒气笼罩的大厅。

“首先，德川三河守！”

“在！”

“因骏河口作战有功，特赏骏河一国与你。”

“谢大人洪恩！”家康正襟平伏受命。

由此，家康除三河国、远江国以外，还拿到了骏河国，成为领有东海道三国的大太守，领有范围堪与当年号称东海太守的今川家匹敌。

信长继续封赏。

“甲斐国赏与河尻秀隆。”

“上野国赏与泷川一益。”

“信浓国分别赏与森长可、毛利秀长、木曾义昌等。”

信长把武田家所领领地全部分赏给在此次大战有功的将领们。同时，他对未执行从关东口发动进攻命令，亦未前来甲斐府中集合的北条氏政，采取了极为严厉的态度。

“北条氏政趁讨伐武田之机占领骏河国河东郡及西上野，此不予承认。此两处及本为北条领地的东上野一并收回，赏与泷川一益领有。”信长语气坚定地宣布。

论功行赏、瓜分领地仪式顺利结束。但就在即将散会时，却发生了一件令在座诸将心惊胆战的大事件。

在信长手下众多将领中，家康对一个叫明智光秀的人知之甚少。这一时期，织田家臣中出类拔萃、博得信长宠信的，是在北陆方面与上杉军交战的柴田胜家、在中国方面与毛利势力对战的羽柴秀吉，以及明智光秀三人。

柴田胜家家康知道，是织田家老家臣，且为人正直；那个长相像个猴子、相貌个性鲜明的羽柴秀吉家康也知道，特别是当年在金崎撤退时他自告奋勇承担殿后工作，给家康留下深刻印象；但这个明智光秀，虽上洛时曾见过一面，不知为何却印象模糊。

明智光秀是美浓国出身，曾仕于足利义昭将军，后成为信长家臣。因在平定丹波等作战中战功显赫，遂在家臣中崭露头角。此外，他还以学识渊博著称。他比四十一岁的家康大十四岁，已五十五岁，到了年过半百的半老年龄。

正是此人最后随意说的一句话，令信长脸色急变，火气大发。

“号称东国第一勇武的武田军，被我织田军威势吓破胆，一个个若梳齿般一碰便倒一排，如此可庆可贺之事，世上少有。唉，如此不堪一击的甲斐，想不到竟令我军苦战多年啊！”

“喂，你说什么？”信长的青白眼中，射出一股可怕的冷光。

“微臣不过是说消灭武田家可喜可贺，并恭祝大胜。”明智光秀莫名其妙，不知道信长为何突然发怒。

“不是这！你说甲斐令我军苦战多年，这不是要羞辱我吗？”

“绝无——”

“此次大战，你到底有何贡献？流血流汗、贡献巨大的是德川三河守和河尻秀隆等人。没什么大不了的贡献之人，却把别人的功劳当作自己的伟业自赞，不知羞耻！可笑之极！”

面对信长突然莫名地大怒，光秀不知如何应答是好。他惶恐至极，紧紧握住放在膝盖上的双拳。

然而光秀的惶恐举动，却令信长更加火冒三丈：“每日粉身碎骨、提着脑袋拼命奋战的是老子！不是你！你竟敢忘了老子，摆出一副胜利者的姿态！果然是一个可憎的家伙！”信长嘴里骂着，站起身，走到光秀跟前，一把抓住光秀衣领：“可憎可恨！你这可憎的家伙！”啪啪啪！当着满屋吓得大气不敢出的德川家康等诸将之面，信长在光秀那与其年龄相仿的半老脸上，狠狠地扇了几个耳光。

“即便有错，岂能……”家康内心困惑不解。无论如何，如此对待光秀显然过分了。

冷静想想，织田家今日能如此这般迅速发展壮大，皆是军团各地前线将士拼死奋斗的结果。此次对战武田军，光秀确实没有什么贡献，但他当然也有自己的自负——自己全心全意为织田家发展壮大做出了贡献。光秀不过是无意中把自己的内心所感说出口而已。

“织田大人为何突然如此狂怒？”

虽说奇妙，但家康还是觉得信长惧怕着某种无形的巨物，在那巨物面前烦躁火爆，难以自控。而这个巨大的无形之物，令家康浑身一震：“难道是‘天下’？”

消灭了武田家，信长已能清楚地看到权力的顶点。不是说一直追求的东西越是快要到手，人心越是不能平静、越会陷入惶恐不安吗？此说如不能成立，那便不能解释信长为何对光秀突发大火，竟至抬手扇耳光。

当晚，家康去临时府邸的宿所拜访明智光秀。虽关系极为一般，但光秀在诸位大将面前被信长扇了耳光、闹了个面红耳赤，此事还是令家康不能入睡。

居室内没点灯火，光秀茫然地坐在榻榻米上，呆看着漆黑的前方。

“是德川大人吗?”听到家康招呼，光秀像突然从梦中惊醒，“有失远迎，还请见谅！”

“哪里哪里！在下冒昧造访，多有打搅啊！”

“哪里哪里！快点灯！”光秀叫来家臣，点亮放在房间拐角的油灯。

黑暗被驱走，室内明亮起来。

“在下并无大事，仅想与阁下多聊两句，特带来好酒，请赏光喝几口。”家康拿出装酒的竹筒，“为庆祝胜利，在下战前特意请京都商人茶屋四郎次郎送来六条柳酒，还有滨松名产滨纳豆做下酒菜。也不知合不合阁下吃惯京畿佳肴的口味。”

“不敢当不敢当！”白天被信长羞辱的愤懑还郁结在心，但光秀显然要在家康面前尽量装出平静。“在下本不善饮，平素滴酒不沾。但今晚不知何故，却想一醉方休。”

“善哉善哉！”家康拔掉竹筒栓塞。

光秀令近侍拿来素烧陶杯，把酒满满斟至陶杯边沿。他双手恭敬小心地捧起陶杯，一仰脖一口喝光：“啊，痛快！”

然后他给家康面前的陶杯也斟满酒。家康轻施一礼，端起陶杯，也一口喝光。

白天难堪之事，家康特意一字未提。对光秀来说，白天之事，应是奇耻大辱，肯定不愿任何人再提。

“最近在下常想，若没为大人效命，那我的人生会是什么样的呢？”也许已喝醉，光秀脸色通红，好似自言自语，“德川大人，想没想过此事？”

“阁下可是问在下，若未与织田大人结盟，没为织田大人效命一事？”家康脸色温和，平静地看着光秀。

“正是。”光秀又喝干一杯。

“从未想过。若无织田大人，在下便无今日。不但不可能回故国三河，而且也不可能成为大名独立。”

“可是，正因效命大人，德川大人也失去了很重要的东西啊！”

“明智大人！”家康猛地睁大眼睛。

“我好像喝醉了，说了什么无聊之话，请不要放在心上啊！”光秀舔着陶杯边沿，笑道。

但家康却没笑。对方突然说出敌视信长的话，好似在煽动自己，家康一时不能明白对方的真意。看着在风中摇摆的灯光，家康陷入短暂沉默。

思考片刻后，家康严肃地道：“明智大人，在下以为，人生一世，失去与得到，最后定会恰好平衡，不失毫厘。”

“失去与得到平衡？那是什么意思？”光秀一副不可思议的神情。

“一个人无论年轻时如何幸运，得到多少恩惠，及至晚年，并不一定还能继续享受幸运和恩惠。而即便一生受尽磨难，及至年老之时，突然时来运转，也未可知。即使失去一切，若能不灰心，不气馁，不放弃，坚持不懈，等待属于自己的时机到来，总有一日，能够得到回报。在下对此深信不疑。”

“言之有理。此亦不失为一家之言啊！”光秀把手中的陶杯放到膝边，“但是，德川大人！本人年过五十，即便想信什么，也已时不我待了。人生没有回头路啊！”

“明智大人……”

“深夜即便入寝，也是辗转反侧，不能入寐，脑里浮现的尽是懊悔。那时若那样做多好，这样干也可等，越想越灰心，越绝望。”

“大人此言差矣。明智大人现下可是织田家不可或缺的大将，未来定有光明前途。”家康安慰表情绝望的光秀。

“前途光明？”光秀叹一口气，“在那位大人手下一路狂奔，奔到头，难道会有什么令你感动的结果在等你不成？”

“大人太过疲倦了，今晚还是好好休息吧。”家康说完，缓缓站起身。

走出房间，家康回头，看到光秀还呆坐在原地，神态恍惚地想着什么。

家康回到市川临时营帐，心中隐约产生某种不祥预感。

谋臣本多正信一直未睡，等待主君回来。

“大人可回来了！”

看到家康回来，本多正信终于放心。

“明智大人原来说了这样的话啊。”听了家康转述的光秀言行后，本多正信眨巴着显出浅灰皱纹的眼睛。

“听那口气，岂不是说自己错为织田大人效命了吗？被织田大人在诸将面前无情斥骂殴打，看来打击不小啊！”家康摇了摇头。

“或许事情并非那么简单。”

“什么意思？”

“那位大人情况比较复杂。或许还有其他隐情，只是我们不知而已。”

“噢，你可知道什么？”家康试探地看着本多正信。

三河国一向宗暴动被镇压后，本多正信被放逐，长期流浪各地，建立了连家康都不能及的情报网。

“明智大人最近不是为拉拢四国长宗我部元亲而奔走吗？”

“听说过。”家康想了起来。

长宗我部元亲是从土佐发家的四国枭雄。一直以来，信长为对抗以阿波为根据地的三好一党，采取了联手长宗我部元亲的战略。而负责交涉的，不是别人，正是光秀。因光秀家臣斋藤利三妹妹嫁给了长宗我部元亲，故光秀与长宗我部元亲本就来往亲密。但这种友好关系最近却突然生变。长宗我部元亲势力逐渐强大，三好一党逐渐没落，四国全境有被长宗我部元亲席卷之势。如此一来，在中国地区全力扩大势力范围的织田军，与在濑户内海周边试图扩大势力的长宗我部军，便产生了直接的利害冲突。

“织田大人断不会放任长宗我部肆意扩张，估计织田大人产生了某种危机感。”本多正信道，“便在此时，有一人绕过负责联络长宗我部的明智光秀大人，直接建议织田大人出兵征讨长宗我部，扫平四国。”

“那人是谁？”

“筑前守羽柴秀吉是也！”

烛光在吹进房间的风中摇摆。

羽柴秀吉、明智光秀、柴田胜家为在织田家出人头地争得头破血流，所以秀吉定然不愿看到光秀在谋取长宗我部元亲的战略上获功受赏。

“岂能让明智威风？”

于是秀吉向信长进言，出兵征讨长宗我部元亲。当然，还有一个原因，是他率军与中国地方毛利军交战连战连胜，他觉得自己顺便去征讨四国也不在话下。

“微臣此次定要打击元亲嚣张气焰，令他知道大人您的厉害！”

听闻秀吉如此进言，信长道：“猴儿，爱怎么打怎么打吧！”便把攻打四国的事全权交给了秀吉。但如此一来，光秀便丢尽了脸面，心中不爽。迄今为止的所有努力不但全都化成泡影，连经过长期争取、建立信赖关系的长宗我部也极为生气，责问他：“我相信阁下有诚意，才愿与阁下合作。可事到如今，又是怎么回事？我等被明智大人欺骗，上了大当。”光秀完全失去了对方的信任。

光秀平时很少喜怒形于色，但这次他实在抑制不住自己的怒火，愤怒地向信长抗议：“此举有悖信义！恳请大人收回成命！”

但他的抗议，却激怒了信长：“反了！你不想想能有今天是托了谁的福？翅膀长硬了？竟敢顶撞老子了！”

从那以后，光秀与主君信长的主从关系，便开始出现裂缝，吹起冷风。

“竟有此等事？”听本多正信详细说完光秀与信长生隙之事，家康深深地点了点头。

“织田大人很难伺候。明智大人若不能取得令人刮目的战绩，要恢复业已生变的关系，看来不易。”

“确实。”

“此事难了！”

“武田家因家臣反叛，内部崩坏，才很快便被消灭。莫非织田家也——”

“不得胡说！”家康责备本多正信。

征讨武田军论功行赏大会结束后，信长于四月十日离开甲斐府中。

信长在侍童、近侍们等的簇拥下，骑在马上，在富士山麓的原野上悠然遥望白雪皑皑的富士灵峰。他观赏了人穴瀑布、白丝瀑布等名胜后，来到东海道上。东海道沿途的骏河、远江、三河三国，都是家康领地。

“不得有丝毫马虎，要用心招待织田大人。”家康命令家臣们。

家康命令在沿途每个休息的驿站，都新修了信长专用临时行宫，内设茶屋、汤房、寝室等，每处行宫都极尽奢侈豪华。此外，膳食也极尽奢华。家康令各地豪族进献骏河名产兴津鲷（方头鱼）、沙丁鱼，远江滨名湖产细纹笋螺、象拔蚌，以及三河湾产的各种新鲜鱼虾等。

“此次大战，花费巨大，库藏几近空虚。如此铺张，是否合适？”大久保忠世小心翼翼地问主君。

“混蛋！招待贵客，岂能惜物？若小气吝啬，势必被小看。

更何况，此次贵客是极嗜奢华的织田大人！若金钱不足，平时节衣缩食，厉行节约即可。”

“可是，大人……”

“还有什么事？”

“如此铺张，可与平时尚俭厌奢的大人主张不符啊！”

“此非浪费，乃是我德川家生存战略之一！”家康道。

家康的尽心款待取得了他所期望的效果。

“本以为三河守仅是一粗鲁武人，未想到还有如此周到用心！”信长心满意足，“下次该招待阁下了。善后结束后，即可西上，来安土做客。”

后来信长从三河回到自己领国尾张，再从美浓翻过不破之关，回到近江国安土城。此时已是五月初，快要进入梅雨季节。

滨松城庭院梅树上，青梅连珠。去年结果很少，梅子歉收，今年实为少有的丰年。

“等梅子再熟一点，多晒些梅干！”家康看着枝上的累累梅子，命令身边近侍。

恰在此时，有稀客来访。来人是京城商人茶屋四郎次郎。

“久未请安，失礼了！”

身穿沉香色上衣的茶屋，照例表情温和，举止热情。茶屋四郎次郎在京都新町路经营茶屋和吴服店，同时也是一个与朝廷沟通的中间人，是家康在京畿最重要的情报源。

当时的公家日记《晴风记》记载云：

> 家康使茶屋四郎次郎秘进天鹅两只、金币十枚于禁里。

茶屋四郎次郎每年都受家康委托，悄悄向朝廷进献贡品。

“衷心祝贺大人大战告捷并拜领骏河一国！”茶屋四郎次郎弯腰俯首，恭敬祝贺。

“预祝大捷的六条柳酒在阵中收到，后献给织田大人，织田大人非常喜爱。”

“那敢情好！”茶屋恬静温和的脸上露出笑容。

“今日有何贵干？不做生意，却光顾寒舍？”家康坐到廊檐木板上。

穿着大裆裤的茶屋四郎次郎单腿跪在庭院里。

“不需多礼，你也坐过来吧。”

“岂敢，小的在此即可。”

“不用客气，此次大战多亏你借的大量资金才能取胜。”

“此是此，彼是彼，小的不敢邀功。只要三河守大人能扩大领地，小的也便能做大生意。”茶屋四郎次郎诚心诚意道，“小的有一事想问，三河守大人是否不日将造访安土？”

“什么事都逃不过你的耳目啊！”家康厚重的眼皮下的眼睛眨了几下，“确有其事。休整兵马后，为感谢织田大人赐封骏河，我将往安土城当面道谢。怎么啦？”

“也没有……”茶屋四郎次郎不知为何，却闭口不说。

“可有什么不便不成？”家康感到茶屋四郎次郎的表情非同一般。

“小的也不知给三河守大人说好还是不说好。但三河守大人既然要亲赴京畿，小的还是斗胆相告为好。”

“说吧！”

“是。”茶屋四郎次郎抬起头，“京都朝廷与织田大人之间，关系不妙。”

“关系不妙？”

“三河守大人可知朝廷欲封织田大人为征夷大将军一事？”

“不知。”家康摇摇头。

数日前的五月四日，京都朝廷派出敕使前往安土城，向信长传达朝廷欲推举他为征夷大将军的意向。信长既已消灭武田家，便向平定天下迈出了一大步。朝廷意欲承认信长取代早已失势的足利将军，树立武家政权。

“但织田大人却并未当场答应朝廷。”茶屋四郎次郎压低声音道。

“为何？若被封征夷大将军，则可亲手组成新幕府，不知有何理由不当场答应？”家康歪着粗壮的脖颈，疑惑不解。

“朝廷方面也不知织田大人用意何在。”

茶屋四郎次郎常年进出与朝廷关系紧密的许多公家，当下在朝廷中最有实力的原关白近卫前久便是其中一人。茶屋四郎次郎此次情报，应是出于此人。

“迄今为止的武家人众，不论打仗时如何勇猛无畏，但若有朝一日听到朝廷封官许愿，便唯唯诺诺，即刻跪倒在权威面前。小的说句不好听的话，对公家人众来说，他们很容易驾驭。但此次——”

“你是说镰仓幕府以来，公家人众驾驭武家屡试不爽的手段，唯有此次在织田大人面前行不通了？”

“正是此意。”茶屋四郎次郎点头。

信长与朝廷的关系曾经极为良好。

当年因兵荒马乱，无人顾及朝廷，御所（天皇居所）荒芜破败亦无人修缮，甚至连正亲町天皇日常生活都常常无着落。信长上京后，出资修缮了土御门御所，还进献了许多金银供朝廷日常开支。朝廷方面也应信长要求，出面调停了织田方与石山本愿寺之间的纠纷，并维持了织田军与诸侯群雄的和平等等。

当然如此良好的关系，都是出于双方需要，信长其实心里并不敬畏天皇的权威。“为统一天下，管他是天皇朝廷还是什么，只要有用的，一个不剩都要用。”这便是信长的合理主义思考方式。而信长此种做法，与朝廷笼络武家、巧妙利用武家、以保证朝廷永续的方法，其实完全一致。

七年前的天正三年（1575年），朝廷封信长为从三位权大纳言，还兼任右近卫大将一职。右近卫大将自打开创镰仓幕府的源赖朝就任以来，一直被看作武家栋梁的名誉官职。

为了笼络信长，朝廷使用了官位和官职这一屡试不爽的撒手锏。只要笼络进朝廷体系内，不论给他如何高的官位，他也只能向天皇俯首称臣。也就是说，使用自古以来公家屡试不爽的老一套手段，拉拢信长，拔掉他的虎牙。自那以后，随着信长势力增大，朝廷异常迅速地提拔信长，先后又任命他为内大臣、右大臣等。

但信长并非省油之灯。他不但没被朝廷拔掉虎牙，反而倒咬一口，试图把朝廷置于自己的统治之下。具体表现，就是他强势要求现天皇正亲町天皇退位，禅让给皇太子诚仁亲王。

信长曾给诚仁亲王戴过乌帽子（即元服戴冠），是诚仁亲王的成人礼见证人；而且诚仁亲王的儿子五之宫（后为兴义亲王），还是信长的义子。所以信长的构想是，尽早让正亲町天皇让位给诚仁亲王，而后再使其让位给自己的义子，即年龄幼小的五之宫。若能实现这一目标，那作为幼帝监护人，信长自己便能随心所欲操纵朝廷，号令天下。

武家竟然欲令天皇让位？“岂有此理！”朝廷的公家们对信长的要求义愤填膺，他们感到无限危机。“既然如此，那只有再给他更大甜头，令他老实听话。”朝廷被信长不断要求天皇让位的做法折腾得无计可施，只好又拿出更高的官位来诱惑他：“朝廷欲授任织田大人为左大臣，织田大人是否愿受？”左大臣属于朝廷所有官位中最高的官位（太政大臣为临时官位）。所以朝廷的意图便是用官位笼络住信长，以抽掉信长的脊骨，拔掉他的虎牙，但信长当下便看出朝廷老奸巨猾的企图。

“哼，一个空头官职便能令我上当？”信长大怒，当场回绝了朝廷的提议。自那以后，信长一直住在安土城，没再上京。

信长不接受朝廷授任征夷大将军，即是有着两者如此暗斗的背景。

“小的感觉很不妙，或将有大事发生！”茶屋四郎次郎战战兢兢地看着家康，“织田大人表面敬畏，其实是把天皇当作傀儡使唤，甚或有将来取代朝廷之意，也未可知。”

“胡说八道！”家康虽口中骂茶屋胡说，但他从小就知道信长。“即便有如此想法，也并非不可能。”这才是真正的信长，家康心想。

“还有一事，也令朝廷公家们感到不安。”

“何事？”

“历法。”茶屋四郎次郎道。

当时朝廷采用的是阴阳头土御门家指定的宣明历，以此为全国历法标准。但当时东国的伊豆三岛神社也发行了一种叫作三岛历的历法，尾张国也有独自的尾张历。征讨武田大捷后，信长试图强迫朝廷以尾张历为全国标准历。但自古以来，仅有天皇有权制定历法。此权利若被侵犯，则朝廷便会陷入存亡危机。

茶屋四郎次郎所说“不稳空气”的源头，便是各种诸如此类信长无视古来惯例的言行。

家康对能不断突破阻挡在前进道路上的障碍、在统一天下的大道上狂奔的信长，一直怀有一种类似敬畏的憧憬。但同时他也觉得：“如此过激行为，不定何时便会走到尽头。”

事实上他已开始产生某种危机感。

“三河守大人，小的感到不妙啊。”

“若要去京畿，最好多加小心是吗？”

“正是。”

茶屋四郎次郎此次特意从京都赶来，便是为了告诫家康注意自身安全。

“前日征讨武田大战结束后回京路上，据说织田大人对近卫大人很不礼貌，口吐狂言。”

“嗯。”

家康对此事记忆犹新。此次来甲斐，信长也带了原关白近卫前久一起来。当然，他是要在朝廷高官近卫前久面前显示自己的威风，镇住朝廷。论功行赏结束后，在回安土城的骏河路上，信长对近卫前久道："近卫，你们这一伙从木曾路回去吧！"信长不称官职，而直呼近卫前久大名，说你们这伙人哪有沿着骏河路到骏府接受德川家康款待的资格？你们赶快从木曾路回京都去吧！信长就这样当着众人面，大嗓门训斥了近卫前久一行。

本来兴高采烈的信长，为何表情突变，大骂近卫前久，陪在旁边的家康也莫名其妙。但近卫前久脸色苍白、口唇颤抖、乖乖退走的一幕，却鲜明地刻在了家康心里。

"不仅近卫大人，朝廷的公家们都对织田大人积怨很深。"

"无论积怨多深，手无寸铁的公家们也只能干瞪眼，想怎么也不成。你多虑了。"家康笑出声来。

"是吗？"茶屋四郎次郎却没有笑，"公家就是蜘蛛网，搞不好——"

"怎么？搞不好会被吃了不成？"笑容从家康饱经战火的脸上消失。

第十三章

穿越伊贺

天正十年（1582年）五月八日，家康从滨松城出发，亲自去安土城，对信长分给自己骏河国当面表示感谢，随同他西上的只有五十余骑。不带大量随同行动，这是家康很多年来都没有过的事情。

武田家灭亡后，信长治下版图扩大，街道沿途治安相比从前有了极大改善。连不带兵器的妇女小孩，都不怕强盗袭击，在街道上往来。由于实力强大的信长登场，各地地方武装势力及叛乱都被镇压，长年乱世终于开始走向太平。

跟随家康的人数虽少，但每个人都大名鼎鼎：酒井忠次、石川数正、本多忠胜、榊原康政、大久保忠邻、井伊直政、鸟居元忠、服部半藏等。不仅有长期苦乐与共的家臣们，甚至连最近投降的武田家旧臣穴山梅雪，家康也带着他准备介绍给信长，希望信长能尽早给其分封领地。

家康把长于刺探情报的鸟居元忠、统管伊贺忍者的服部半藏加进随从队伍，就是因为他考虑到茶屋四郎次郎的忠告：“朝廷与织田大人之间关系不稳，空气微妙。”

一行在二川、赤坂、冈崎相继歇宿，从尾张进入美浓街道，通过关原，十四日到达近江国番场。

织田家重臣丹羽长秀特意前来番场迎接，并在新建的临时馆所招待家康一行。

“特意为我等新建如此馆所，感激不尽。”家康饶有兴味地看着全新的建筑，空气中充满清新的木香。

“上大人对领有三河守大人路过之地的家臣们特别关照，要尽最大诚意，热烈隆重欢迎并款待德川三河守大人和穴山梅雪大人。途中三河守大人一行人马通行若有不便之处，还命人即刻修路架桥。”丹羽长秀道。

“如此郑重，诚惶诚恐。”

“上大人对三河守大人一行极为重视。对三河守大人和穴山梅雪大人在此次征战中发挥的作用非常感谢，期待二位大人今后能继续发挥作用。”

然而信长如此超出常规地款待自己，反而令家康感到些许不安。

“自己的贡献，已得到足够回报。倘若将来不再能有贡献，恐将随时被弃。”家康亲身感受过信长的残酷。

但新来的穴山梅雪等却骨碌碌地睁着大眼睛，打心眼里感激：“织田大人竟能如此重视我等？从前在武田家，从未有过如此待遇。”

接受丹羽长秀热情款待后，家康一行次日一早从番场出发，当日午后便抵达安土城下。

不巧的是，天上下起了毛毛细雨。

隔着朦胧雨幕，可以看到高耸入云的高大城堡。

“这便是织田大人自豪的安土城吧？”本多忠胜手指抬起斗笠帽檐，感叹出声。

这座城与家康迄今为止见过的任何一座城堡都不同。安土城所在的山丘，全用石块围砌。在石块围砌的山丘上，是白墙的瞭望楼、长廊和白色的高大围墙。而最令家康瞠目结舌的是地上五层、地下两层的宏伟壮丽的天守阁。壮丽的天守阁高大宏伟，好似能冲破天上的灰色乌云。其宏伟壮丽的雄姿，显示出信长向着平定天下高歌猛进的坚强意志。

耶稣会宣教士路易斯·弗洛伊斯[1]对安土城有如下描述：

> 信长筑殿于山顶。其结构之坚固，外观之豪奢，内装之华丽，可比肩欧罗巴之任何壮丽城堡。而石台坚固异常，高达六十掌宽[2]（约十三米），石台之上建有无数壮丽殿舍，内设豪华。所有殿舍金碧辉煌，其精美豪奢，非人力所可为。城堡中央有一高塔，名曰天守，比之我欧罗巴高塔，更为气派高雅，雄伟壮丽。

信长营建的令异国人士路易斯·弗洛伊斯都感叹不已的安土城天守阁，被认为是日本城堡建筑史上，最早的真正意义上

---

1. 路易斯·弗洛伊斯：(Luís Fróis 1532—1597)，葡萄牙人，天主教传教士，长期在日本传教，著有《日本史》《日欧比较文化》等。“耶稣会”为天主教教会主要男修会之一。

2. 掌宽：palm，西方丈量单位，以手掌宽为单位。

的天守阁[1]。而山丘全体用石块围砌，山丘上营造白墙灰瓦建筑的近世风格城堡构造，也是信长在安土城完成的。装饰在七层高天守阁屋脊上的兽头瓦，在雨中闪着金光，仿佛高高在上，俯视着家康一行。

“这便是信长大人现时的实力啊！”

为了不被气势压倒，家康本意要咬牙坚持，但实际到了安土城，在雄伟的天守阁前，他只有叹为观止。

“与能建造如此壮丽城堡的武将为敌，我武田家如何能胜？”穴山梅雪与家康有相同感受。

家康一行在安土城下大宝坊寺院住下。家康脱下草鞋和被雨淋湿的衣服，换上正装，登上安土城，去拜见信长。

“哦，来了！”

信长坐在紫檀椅子上，喝着南蛮渡来的红葡萄酒。在他身旁，站着一个从脸到手脚全身漆黑的黑人侍从，手捧雕漆盘，盘里是玻璃葡萄酒瓶。此人是信长很喜爱的一个黑人侍从，名叫弥介。

看到这个从未见过的黑人，本多忠胜和年轻的井伊直政等惊诧不已，茫然失措：“这是何人？”

“没见过黑人吗？”信长得意地摸着脸颊，“世界很大，还有很多我们从未见过的东西。不用多长时间，我便将造船出海，把那些从未见过的东西都弄到手。”

“上大人，莫非要出征海外？”家康问。

---

1. 其实松永弹正久秀营造的大和国多闻城，规模虽小，却在安土城天守阁前。

“正是。”信长喝了一大口葡萄酒，“到那时，你也带兵参战吧！”

天下制霸大业还未完成，信长却已说出此等遥不可及的话，家康如听梦呓。

家康给信长献上金三千两、骏马若干及铠甲三百套。

《当代记》云：

> 信长见此，收马铠，返金千两。云在京可用也。
>
> 到京畿后将有各种支出，此千两仅作零用。

信长从进献的金银中取出千两，大方回赠给家康。而同行而来的穴山梅雪则向信长进献两万两大金。

穴山梅雪领地有汤之奥金山（甲斐国）等矿山，收入颇丰。从武田方归附织田方时，他也曾向中介人家康赠送黄金一万两。此人虽是武田家臣，却帮敌人消灭自己主家，用金钱买性命。

信长看到两万两黄金礼帖，讥讽地看着穴山梅雪道：“噢，这便是你性命的价值！”

“承蒙上大人答应下臣继续领有领地，如此区区金品，不成敬意。”穴山梅雪脸上堆着笑。

“看来只要谁答应你领有领地，你便给谁摇尾巴啊！”

“绝无此事！”眼看气氛微妙，穴山梅雪急忙摇头，“末臣正因看到上大人才是平定天下乱世的英雄，方才决心追随——”

“并不稀罕你追随！”信长哼了一声，不再理会穴山梅雪。

当晚，信长在安土城内举办盛大宴会，欢迎家康一行。他命明智光秀负责此次招待。

自从在征伐武田军后的论功行赏会上惹恼信长以来，光秀被命暂休，脱离军务，住在近江坂本城。“招待一事，还是精通礼仪的那家伙较合适。”于是光秀被信长急招出山，负责招待家康。

光秀作为此次招待负责人，想尽一切办法从京畿各地搞来各种高级食材。他亲自指挥，做好一切招待准备。他心中有自己的打算：“此次招待若能顺利完成，取得上大人信任，便能尽早回到前线。”因此他对此次招待非常尽心。

光秀为招待家康一行准备的宴会菜谱为：

本膳：章鱼、石鲷鱼、菜汤、鱼碎、酱菜、鲫鱼寿司、米饭。

二膳：腌鱼肠、宇治丸、海鞘冷汤、海参味噌煮、鲍鱼、海鳗、鲤鱼汤。

三膳：烤山鸟、山药蔓汤、梭子蟹、螺蛳、鲈鱼汤。

与膳：鱿鱼卷、鹬壶烧、香菇汤、鲫鱼汤。

五膳：鲜鲣鱼、醋腌鲜姜、薄刮海带、野鸭汤、牛蒡。

甜点：蜜豆、美浓柿、牛皮饼、花煮海带、唐花。

光秀完全依照武家传统，准备了一场最高规格的正式宴会料理。

从若狭湾及濑户内海运来章鱼、石鲷鱼、海鳗、鲈鱼等海鱼，还有鲫鱼、鲤鱼等淡水鱼，野鸭、山药、美浓柿等野味。

真是山珍海味一应俱全，美味佳肴款待嘉宾。

此次宴会所需费用，全由负责招待的光秀负担。宴会并非仅有一日，连续几日每日都有，仅食材费用就够光秀心疼一阵子。但即便如此操心和花费，光秀的辛苦及负担也并未传达到客人心里。

一日，宴席结束后回到住所，从家康的侍童升至家臣的井伊直政，歪斜着煞白的长脸道："京畿料理，不合我等乡下人之口啊，特别是那鲫鱼寿司[1]。"

"真如直政所言啊！"本多忠胜也表示同感，"与咱们滨松不同，安土距海太远，鲜鱼送来都变臭鱼了。那鲫鱼寿司的臭味，我无论如何都受不了。"

"闭嘴！"家康喝住两人，"一个地方有一个地方的口味。作为武士，怎能对料理挑三拣四？"

"可是，大人——"

"不得因这些无聊小事令明智大人丢脸。"同为侍奉信长的身份，家康很理解光秀此时的处境。

《川角太阁记》对此次飨宴的记载如下：

> 所备生鱼，意外腐腥。

当时正值梅雨季节，光秀精心准备的生鲜鱼类，鲜度不保，鱼腥味充满全城。信长有洁癖，对此极为生气，严厉斥责了光

1. 鲫鱼寿司：近江（今滋贺县）特产，是发酵鲫鱼做的寿司，味道刺鼻。

秀，当场解除了他负责招待的职务。

其实这不过是坊间的传说。光秀被解任，还有其他更为现实的理由。

连日飨宴的第三日，五月十七日，正在备中以水攻高松城的羽柴秀吉派急使来安土城跟信长禀报敌情。使者向信长口传了秀吉的求援口信："毛利大军逼近我阵，万分危急，恳望上大人率军增援。"

"哈哈，这猴子，求援来了？"信长咧着薄唇，笑出声来。

当时围攻备中高松城的秀吉手下有三万人。应高松城主清水宗治请求，毛利军派出四万大军前来救援。总大将毛利辉元在备中高松城西五里（约二十公里）处布阵；号称"毛利两川"的毛利辉元叔父吉川元春和小早川隆景分别进军到前线岩崎山和日差山，与羽柴军隔足守川相望。

"噢，原来羽柴筑前守此时来向上大人求援，是想趁此机会与毛利军决战，一口气吃掉毛利家。"家康在旁边听到使者的传言后，明白了秀吉的意图。此时若信长亲率大军出马，则守城方战意将闻风土崩瓦解。

"好，老子去！与毛利那贼一决雌雄！"被连续几日的飨宴搞得筋疲力尽的信长，突然来了精神，双目显出炯炯光彩。"因为如此情况，宴席虽还未完，但必须即刻做出战准备。"信长对家康和穴山梅雪道。

"上大人不必多念。若有需要，我等这便返回己国，率兵西上驰援。"家康请战。

"那倒不必。毛利那贼，这便灭了他。或不用我灭，他自己会来向我投降归顺。你们就在京畿消停几日，等着好消息吧。”信长高声大笑。

信长令光秀即刻返回居城丹波龟山城，做好出征准备。

“好好干啊！”

“遵命！”

被解除招待职务的光秀当即出发，经由近江坂本，火速奔回居城龟山城。

“此次毛利必将降服！”信长内心充满自信。

当年信长与毛利家对战，因毛利势力与石山本愿寺及上杉谦信联手，织田方一直处于下风。但把中国方面交给秀吉攻略后，经过秀吉不懈奋斗，形势大变，织田方已扭转劣势。被看作毛利领地最后防守要塞的备中高松城，此时也岌岌可危，陷落指日可待。

毛利家臣中以智将著称的小早川隆景以及外交僧安国寺惠琼等，均向家主毛利辉元献策：“现下信长势力大增，不可对抗。若全面对抗，不免落得如武田家灭亡下场。莫如向织田投降，表示归顺，以换取领有两三领国实利，或为上策。”他们希望主家毛利家看清现实，开始与织田方接触，以求实现停战。

信长通过秀吉传来的消息，知道了这些情报。毛利军若能不战而降，那信长亲自出征中国地方，便成为一个仪式。他只是要去中国地方，接受毛利辉元俯首称臣而已。显然前线的秀吉知道如此结果，才特意邀请信长出征。

“这猴子，总是如此会来事啊！”信长想。

在安土城急于为出征做准备时，德川家康、穴山梅雪一行接受信长建议，上京去走马观花。

一行人骑在马上，沿着琵琶湖岸边的滨街道西上。这滨街道为信长修筑，街道两边种有松树，为排水，两侧还特意修有排水沟。当时一般道路仅够两人擦身而过，而滨街道却宽达五丈（约15米）。

一路欣赏闪烁着初夏阳光的琵琶湖，家康一行于五月二十一日到达京都。

在京都，他们照例借住在新町路茶屋四郎次郎的宅邸。

“欢迎光临寒舍！”茶屋四郎次郎深深鞠躬，郑重欢迎德川一行。

半夜，等偏房只剩自己与茶屋四郎次郎两人后，家康表情严肃地问道：“那之后，公家有何动向？”

“表面上似无什么明显动向。”

“是吗？”

“但原关白近卫前久大人与启程回丹波龟山城的明智光秀大人，在安土城下百百桥的近卫公馆，多次私下举办一客一亭茶会[1]。”

“原关白与明智大人举办茶会？”

“对。”茶屋四郎次郎点头。

“既能举办一客一亭茶会，那他们两人是否从来便关系亲密？”

“要说明智光秀大人对朝廷的尊崇，那是远超一般人的，

---

1. 一客一亭茶会：仅有主客两人的茶会。

因此这样的一客一亭茶会，似也并无不可。但当下时局微妙，或许……”

“嗯，确实有些莫名其妙。”家康拇指摸着鼻孔边。

“小的从近卫家杂役处打听到一个消息。茶会时，明智大人曾送给原关白一幅挂轴。”

“挂轴？”

“那可不是普通挂轴。”茶屋四郎次郎压低声，“据说那幅挂轴是今年正月七日，明智大人与天王寺屋津田宗及、茶人山上宗二一起受上大人招待到安土城参加茶会，上大人赠送给明智大人自己亲书‘云破月来池’的挂轴。”

“明智大人竟把那么贵重的礼物转送他人？”家康大惊。

接受信长下赐茶具，是织田家臣的最高荣誉。有谁竟敢把织田下赐的茶具随便转送他人呢？

“在水房待命的杂役还听说，明智大人说这种东西自己不需要，还是近卫大人拿着用吧。”

“嗯……”家康沉重地叹了口气，陷入深思。

在自己和信长都不知道的某处，一定有某种不可告人的事情发生。

住在茶屋四郎次郎宅邸的家康一行，从次日开始，由信长派来的长谷川秀一陪同参观京都名胜古迹。

家康十二年前首次上洛时，是受命参加征讨越前朝仓，当然不可能如此轻松愉快地游览名胜。

他们相继造访了清水寺、知恩院、金戒光明寺、下鸭神社、鞍马寺、贵船神社等。每到一处，茶屋四郎次郎都会事先准备好各地名吃，供他们品尝。

当然，家康并非仅是逍遥自在地游山玩水。他命鸟居元忠和伊贺忍者服部半藏秘密刺探原关白近卫前久、在居城龟山城做出征准备的明智光秀等的动静，任何细小行动都不能放过。

在德川一行看过许多名胜、稍感疲倦时，负责招待的长谷川秀一建议道："去泉州堺看看如何？"

"堺？"

"对。堺有今井宗久、津田宗及、千宗易（千利休）等著名茶人，若能喝到这些名人点的茶，也不失为一大雅事。"

"他们皆是上大人的茶头吗？"

"正是。"

茶头是侍奉武将茶事一切事务的茶人。当年信长的茶头是京都商人不住庵梅雪。但随着信长与商都堺关系加深，堺地豪绅武野绍鸥的弟子今井宗久、津田宗及、千宗易等，逐渐取代了不住庵梅雪的茶头地位。

家康自身对茶道和茶具均几无兴趣，但此时有名有姓的大名们都挖空心思搜罗有名茶器茶具，信长当然也是其中之一。信长收藏有当时风雅人士垂涎三尺的初花肩冲、松岛茶壶等许多驰名天下的茶具。

"请务必光临。上大人也嘱咐，一定要请三河守大人亲临当地品尝一杯。"长谷川秀一热心相劝。

家康没有理由回绝，何况他本来就想亲自看一眼作为国际贸易港汇集天下财富的堺。做出去堺的决定后，家康便委托长谷川秀一联系在堺的住所。

五月二十八日深夜，次日便要出发去堺，家康命侍童道：“传元忠！”不及多长时间，鸟居元忠拖着左腿来见家康。

鸟居元忠是家康还在骏河今川家当人质时代就跟随的老家臣。鸟居家祖籍熊野山伏，后移居冈崎近郊，定居矢作川旁，成为当地武士。但同时，鸟居一族还是周游诸国的商人，有着商人的一面。鸟居元忠情报收集能力非同一般，便是缘于此。家康作战时，总是把鸟居元忠派到最前线，令他充当斥候。

鸟居元忠在家康手下不惜性命，英勇奋战。但在远州诹访原（牧野）攻城、作为斥候出去侦查时，他的左腿被火铳打穿。自那以来，他就只能拖着左腿走路，也因此鸟居元忠不能盘腿打坐。家康为感谢鸟居元忠的忠心耿耿，特许：“仅许你一人，在我面前不须盘腿打坐，可伸腿平坐。”

家康看到鸟居元忠，抬起眼道：“来了？”

鸟居元忠进到屋里，门外梅雨季节下的夜幕格外潮湿。

“大人。”

“好，坐过来吧。”家康招手叫鸟居元忠坐到自己身边。

“听说大人明日一早便出发去堺，可有此事？”

“是啊。”

“在堺，不知大人一行下榻何处？”

“长谷川秀一已联络好，我们暂时在堺代官松井友闲的代官府打搅两天。”

“如此也好。”

“可是元忠！”家康突然把身子往前挪了挪，“如此深夜叫你来，不为别的，是有一大事要托付给你。”

“一切听从大人安排，要微臣做什么请尽管吩咐。”

“自打到京畿后，我便命你注意打听朝廷动向。我们明日出发去堺，你不用跟去，照旧住在茶屋这里。”

“大人是要微臣继续打听朝廷动向？”鸟居元忠看出了家康用意，问道。

“朝廷的任何异变，不论多么细小，都应即刻传到堺，传给我。”家康继续道，“还有一事。”

“大人还有何事？”

“明智光秀！”

“明智大人？”

“我已命服部半藏手下秘往丹波龟山城，注意观察光秀动静。但仅如此，还是有些不太放心。”

“越谨慎越好。”鸟居元忠眼底闪着暗光。

为何要监视朝廷，为何要监视明智光秀动静，这一切鸟居元忠都不问。他嗅觉本来敏锐，也许已感到京畿周边形势有些不妙。

“万一发生大事，你在京都或许自身难保。但此种大事，家臣中也只有拜托给你。”

“微臣无能，承蒙大人信任。”鸟居元忠冷静的眼中，显出些许湿润。“为大人，元忠我粉身碎骨，在所不惜。”

“你愿把命交给我吗？”

“臣愿。”

“有家臣如元忠，三生有幸啊。”

家康把自己宽厚的手掌，按到鸟居元忠干瘦黝黑的手上。仅此一举，主人与家臣便心心相印。

次日清晨，家康与穴山梅雪及本多忠胜等一起，从京都出发去堺。昨晚淅淅沥沥的雨，到清晨变成了大雨。

同一日，信长带着侍童森兰丸等，在大雨中骑马上京，住进位于四条洞院的本能寺。

本能寺本为京都町人信仰的法华宗寺庙，但被信长接收，成为他每次上京时的临时住所。当时本能寺的境域为四町（约四百米）见方。信长在境域宽广的本能寺周围挖水沟，砌石墙，把本能寺营造成类似小城堡般坚固的要塞。负责信长身边警卫的虽只有手下七十余人，但信长世子织田信忠率手下一千余人，也驻扎在据本能寺三町（约三百米）以北的法华寺院妙觉寺里。

离开京都后，家康带领手下五十余骑，沿着鸟羽街道行进。雨一直淅淅沥沥地下个不停。一行人穿过大坂抵达堺时，天色已晚，夜幕已降临。

堺因与南蛮贸易，尽享繁华，此时有八万人口。堺西边是海，其余三边挖有护城河水沟，砌有土墙，是一个护城河环绕的城市。

家康一行从北门进入堺内。堺内纵贯南北的大道两边，尽是店面很大的商家。商家大都是有虫笼窗的两层建筑，有些大店甚至是三层建筑，宏伟如城馆。商家后院，有类似瞭望塔的仓库，从仓库塔上可观察商船出入港口的情况。

此时家家都已关上大门，但大门前都点有玻璃罩油灯。家康一行按预定，住进堺代官松井友闲的代官府。

松井友闲本为尾张国清洲商人，因擅长算数，受到信长重用，被任命为堺代官，为织田家管理财务。因为是商人出身，松井友闲很能理解堺商人的高傲气质，他通过茶会加深与堺商人的交流，很快便掌握人心，胜任了执掌困难的代官一职。

应是提前接到了长谷川秀一的消息，松井友闲亲自在代官府冠木门外恭候家康一行。

“天虽已晚，可町内还是很热闹啊！”在代官府客房坐下后，家康对松井友闲客气道。

家康一行路过町内大街，看到大街两边人来人往，还有很多装着货物的马车及背驮货物的马匹来来往往，他们便觉得代官府也比较热闹。

“丹羽长秀大人今日要远征四国，为大军渡海作战，堺町内人众都在忙乱。”剃成光头、一副僧人打扮的松井友闲眨巴着小细眼道。

“丹羽大人可是奉陪上大人三子信孝大人去讨伐四国长宗我部？”

“正是。渡海大军有两万，平定四国应不在话下。中国方面毛利家降服也是板上钉钉之事。平定天下，指日可待！”松井友闲对织田家的光明前途没有任何怀疑。

次日，召开了欢迎家康一行到访堺的茶会。茶会主持是纳屋今井宗久，他最受信长信任，不仅是首席茶头，还负责金库。此人靠贩卖枪炮和火药一代暴富，被世人蔑称为“无心茶人”。的确，虽然同为茶人，但他与一味追求茶道真谛的艺术家气质的千宗易不同，他仅是把茶当作自己做生意的一种手段。

当日，今井宗久在围炉里用既是师父、也是岳丈的武野绍鸥传给他的常张釜[1]烧热水，墙上则挂着玉涧[2]的山水画，用志野茶碗[3]给众人点茶。

“德川大人何时也要买火铳火炮吧？”

看着家康毛手毛脚地一口喝干志野茶碗里的茶，今井宗久谨慎地提到生意上的事。

“近江国友[4]的——”

“一挺火铳值多少银子？”

“大约要银三十钱，怎么啦？”

“银三十钱也太贵了。”今井宗久夸张地皱起眉，“小人可一挺二十钱供给大人，如何？今后若要火器，可全交给小人来做。”

“价钱当然重要，但更重要的是火器精度。还有，当我方需要时，可否火速备齐需要的数量。”

“大人所言极是。”今井宗久深深点头，“小人所售火器威

---

1. 常张釜：茶道用的一种铁制烧水壶，特点是壶肩有两个外张的铁环。

2. 玉涧：指南宋画僧若芬，又号玉涧老人，其山水画在日本茶人间备受推崇，著名的有《庐山图》（冈山县立美术馆藏）、《庐山瀑布图》（冈山县立美术馆藏）、《潇湘八景图》（现仅余三幅，东京出光美术馆藏《山市晴岚图》、名古屋德川美术馆藏《远浦归帆图》、东京文化厅藏《洞庭秋月图》）等。

3. 志野茶碗：美浓烧之一，产于美浓国（今岐阜县），白釉陶器，深受茶人喜爱。

4. 国友：近江国坂田郡地名，今滋贺县长滨市国友町。战国时代至江户末期，与堺、根来并称日本火器类三大产地。

力，想必德川大人在长筱之战中已有所耳闻。近日我等已在我孙子工房增加锻造火铳数量，大人何时有用，定能满足所需。”

“我考虑考虑。”家康道，“有关生意上的事，麻烦跟家臣石川数正说。”

“承蒙惠顾，甚为感谢！”

考虑到今后，家康知道与深受信长信任的今井宗久加深关系只有好处，没有坏处。由此他也知道了，京畿的茶会原来是商谈政局及生意的场所。

从今井宗久那里出来后，家康回到松井友闲代官府。中午还要参加天王寺屋津田宗及的茶会，他想稍事休息。

回到代官府，京都茶屋四郎次郎派来的使者正在等候。这使者名叫黑次，是茶屋家二掌柜，个头不高，肤色浅黑，貌不惊人，但人却非常机灵，身体矫健。黑次有时也会作为使者造访领国滨松城。

“活像甲贺忍者！”家康心想。如今为尽快搞到情报，商人中也有人常使唤忍者。

“怎么啦，黑次？”家康问。

“奴才受主人四郎次郎之命，有话传与三河守大人。”

“何事？”

“能否请大人先令外人回避片刻？”

黑次看了一眼站在家康身边的侍童。特意要其他人都回避，看来事关重大。家康把手中白扇向侍童摆了摆，命侍童到外边去。听到侍童廊下脚步声越来越远，黑次重新抬头看着家康道：“上大人下命，赐出云、石见两国给日向守明智大人。”

“赐出云、石见两国给明智大人？”

“是。”

“那两国不是毛利家领地吗？”家康歪头不解。

“上大人言下之意是占领毛利家出云和石见后，即分给明智大人。”

“哦。”家康点头。

出云、石见两国现为毛利领地。信长意思是要光秀自己出力流汗，只要拿下这两国，便分给你。此举充分显示出信长赏罚必信、提高军团士气的方针。但问题出在此话后半句。

“作为交换，上大人要把明智大人现有领地丹波国及近江国志贺郡收回。”

“什么？”家康脸色大变。

对信长给光秀下令一事，《明智军记》有如下记载：

> 上以青山与三为使，宣命日向守（明智光秀）受出云、石见之仪。光秀尽悉谨受上意。青山恭贺光秀，拜领两国，可喜可贺。并告知收回丹波、近江缘由。

用出云、石见两国换取丹波一国及近江志贺郡一郡，表面看是加赏，但丹波国有二十六万石，近江志贺郡有十八万石，合计四十四万石。而出云、石见两国四舍五入，合计也不过三十万石。石见虽说有日本最大的银山石见银山，从银山或可获得丰厚收入，但仅从石高来看，此举不是加封，而是减封。

“如此苛刻命令，不知那人会作何感想？”家康设身处地，为光秀担心。

此事若放在尾张农家小儿出身的羽柴秀吉身上，他定会觉得："此为上大人赐予自己的更大的立身出世的机会。"任何被别人看作不幸的事，秀吉都会看作更上一层楼的机会。但明智光秀却并非那种人。丹波国和近江志贺郡是他自年轻时起，经过无数艰辛奋斗，才争取到手的领地。要放弃这些领地，重新开拓新领地，对于五十五岁的光秀来说，已感到有些吃力了。信长大概不会理解此间的微妙之处。

"真像那次啊！"

家康想起小时候自己被信长扔进庄内川一事。不会游泳的家康差点淹死，为了活命，拼死游到河岸，捡回一命。与那时一样，信长这是要考验光秀，给他试炼的机会。

"但此举到底是吉是凶呢？"家康握紧双拳。

"黑次！"家康看着茶屋的二掌柜，"即刻返回京都！"

"遵命。"

家康忐忑不安地看着黑次火速离去的背影。

整理好装束，家康出门去大小路町的天王寺屋，参加津田宗及为他举办的午间茶会。

身穿黑色上衣、一副僧侣打扮的津田宗及，白胖魁伟，谁看他都是一个豪商。

津田宗及出生在堺的一个世代经商的名家，一举手一投足都气派非凡。茶道方面，他本拜武野绍鸥为师，但他却不喜师父直传的清淡茶，而善古典的东山流茶。

在家康面前，他当然摆出格调高雅的木台，悬挂大灯国师[1]的墨迹，陈放不破香炉等。这些尽是风雅人士垂涎三尺的名品。

津田宗及号称堺首富，本与大坂石山本愿寺及阿波国三好一党关系很深。信长为断掉石山本愿寺财源，封锁石山本愿寺，特意切下东大寺正仓院秘藏的兰奢待，下赐给津田宗及等，不惜采用各种手段，答应很多条件，把津田宗及笼络到手。但等长期敌对的石山本愿寺屈服后，信长像翻手掌般，很快便对津田宗及态度冷淡起来。作为“惩罚”（据《宗及茶汤日记他会记》），信长没收了从上代津田宗达开始便是天王寺屋最有名的茶罐，也就是天王寺屋文琳[2]茶罐。

“今日点茶，用堺第一名水，大通庵超善寺井水。”津田宗及道。

“噢，我说喝完茶汤后有一股清香穿鼻而过，很是爽气啊！”家康把津田宗及炫耀的神事翁天目茶碗放到膝边。

“三河守大人了不起啊，竟能尝出水不一样。”

“说到茶道，在下完全是个外行。但水是否好喝，还是能喝出来的。”

“其实茶道，茶具好坏并不重要，最为重要的是点茶的水是好是坏。”

---

1. 大灯国师：镰仓末期临济宗僧侣，僧名宗峰妙超，大灯国师为其俗称。此人善书，且有《大灯国师语录》等传世。

2. 天王寺屋文琳：文琳，一种苹果形状陶制茶罐的称呼。天王寺文琳相传为中国舶来物（唐物），为天王寺屋镇店之宝。后被信长拿走，经历代权力者之手，现存东京国立博物馆。

“可是天王寺屋，你可知上大人把岛井宗室、神屋宗湛等博多商人招待到自己在京都的本能寺住所一事？”

“嗯……”津田宗及表情显然有些不快。

信长计划在征服毛利家、平定九州后，跨过海峡，出兵朝鲜半岛。为实现这一目标，他近期开始把关心对象从堺商人逐渐转移到博多商人身上。虽然表面上高高兴兴，但津田宗及心底无疑也对信长态度转冷。

当晚，家康把住宿地从堺代官府换到法华寺院的妙国寺。

子夜时分，留在京都的鸟居元忠急使突然出现。

“禀告大人！”显然因为跑得太急，使者气喘吁吁。

“何事？”家康敏锐地盯着使者。

“主人命小人禀告大人，日向守明智大人动向叵测，要大人千万小心。”

“有何叵测举动？”家康一下紧张起来，“到底何事如此紧张？慢慢说！”

“是！”

据使者报告，明智光秀于五月二十七日登上位于丹波与山城接境的爱宕山。爱宕山作为修验道七高山之一，是广为世人所知的修行灵山。坐镇在山顶的爱宕大权现不但被修行者崇拜为神，还是本地佛胜军地藏，因此作为军神，也被武家广泛信仰。

“明智大人为何要上爱宕山？难道是为祈祷此次远征胜利？”家康问。

“不是，是去参加连歌会。”

“连歌会？”

"对。明智大人为头人（连歌会召集人），参会者有公子十五郎光庆、西之坊威德院行祐，以及上之坊大善院宥源，还有连歌师巴村绍八、高徒昌叱、心前等。歌会于二十八日卯时（凌晨六点）开始。"

"知道得好详细啊！"

"主人元忠自来便与爱宕山修行者长床坊关系亲密，消息便是从长床坊处打听到的。"

鸟居家本来便是熊野山修行者出身，在修行者中有自己的情报网也不奇怪。

但是，家康还是不解："出征前的各种准备本就紧张不已，为何还要开连歌会？怪啊！"

明智光秀于天正十年五月二十八日凌晨举办的连歌会歌集，世称《爱宕百韵》。其首句为光秀所咏："时在今日，天下五月哉。"歌集全篇咏唱的都是梅雨季节的情景。首句意为天下终归一统的五月，正当此时。这显然可以理解成，为将要统一天下的织田军此次征战祈祷胜利。若按字面意义解释，此句含义并无什么不自然之处。但若要换个角度，亦可做出更为深不可测的解释。

首句"时在今日"之"时"与美浓望族土岐氏重音，可看作双关语[1]。光秀所属的明智氏，属于土岐氏支族。因此若要做另

---

1. 明智光秀连歌原文是："ときは今天が下しる五月哉。"とき发音为toki，汉字为"时"，即时机、时间、时节之意。"土岐"日语发音也是toki，重音双关之说即由此而来。"天"日语发音"あま"，与"雨"发音同。做何解读，因人而异。

一种解释，也并非不可能。即首句的含义可看作，宣布土岐氏后裔明智光秀夺取天下的时节终于到来。

“怎么可能？”家康觉得自己的想法过于荒唐，摇了摇头。

但此时围绕光秀的形势，却也显然指向了同一个方向。倘若对信长言行抱有危机感的朝廷支持怂恿光秀，而光秀把迄今为止受到的那些来自信长的非人待遇变成一股深藏在心底的汹涌暗流，此时要冲出地表，搅乱天下的话……

“一味杀戮，嗜血如命，为战而战的信长所治天下，绝非天下万民之天下。”

家康猛然想起儿子信康临死时的血泪控诉。

当时家康受到刺激产生的强烈冲动的心态，莫非同样的原因也刺激着光秀此时要发动令人恐惧的一击吗？

“此事是说给上大人好还是……”家康犹豫不决。

光秀在爱宕山咏唱《爱宕百韵》是两日之前。此时信长应在本能寺居所与博多商人及公家众人一起酒宴正酣。或者说酒宴已散，早已进入梦乡也未可知。即便派出快马急报，能否赶上也无保证。若一切皆为自己多虑，搞不好反会招来信长不欢。

不论发生何事，还是“听天由命吧”。

家康决定把自己入手的所有情报都束之高阁，置之不理。

六月一日深夜，正当家康在堺的住所进入浅浅梦乡时，明智光秀率领一万三千将士从丹波龟山城出发。将士们草鞋的沙沙声在潮湿的夜幕中回响。全军鸦雀无声，无人言谈。明智军无声地疾行在山阴道上。

从龟山城出发时，光秀对头领们说：“去中国战场前，先路过京都，请上大人检阅我军阵势。”

明智军越过老之坂大坡，进入山城国[1]，六月二日拂晓到达沓挂[2]驻地。

光秀把家臣天野源右卫门叫到跟前，命道：“以你为先锋，带领手下先期入京。若有人泄露我方行踪给本能寺，格杀勿论。”

此时光秀已做出决断。当日织田军大部分在各地作战，京都近郊仅有明智光秀军。

“若想打倒此人，此为千载一遇的良机。”光秀凝视着深似海底的蓝天。

主力到达桂川附近时，光秀命令火铳队火绳点火，徒步士兵换穿新草鞋、半底草鞋（足半）。

等全军渡过桂川后，光秀才对各队头领们明确说，此次攻击目标为本能寺织田信长。

兵士们无法掩饰自己的困惑和摇摆。

“袭击本能寺，杀死上大人？”

“这不是反叛吗？”

对心生恐惧、吵吵嚷嚷的士兵，光秀坚定地宣言道：“各位莫怕！住在本能寺的只是一个千人恨万人骂的妖魔鬼怪。今日夺取天下后，必将重赏各位！”

光秀一声大吼，控制住了兵将们的动摇，鼓舞了兵将们的

---

1. 山城国：战国时藩国之一，位于今京都府南部。

2. 沓挂：山城国地名。

士气。

连成排的明智军淡蓝色的桔梗旗，推开京都各个路口的木门，肃穆而安静地向本能寺推进。

东边天空隐约发白的卯时——

淡淡晨雾中的本能寺内一片寂静，然而寂静突然被地动山摇的呐喊声和火铳声打破了。

京都本能寺发生的事变，身在堺的家康还不知道。但是昨晚一夜浅眠，清晨天还未亮，他便醒来了。正当他吃着小米粥就腌萝卜的早饭时，服部半藏忽然来到他面前急报道："明智势力越过老之坂，正向京都进发。"

"明智，谋反！"家康明白了，毫无疑问光秀已谋反。

"忠胜！忠胜在哪儿？"家康急呼家臣本多忠胜。

很快，本多忠胜拉开拉门进来。

"微臣在！"

"火速上京！"家康命道，"不，或许已不能进京。但有一大事不能不查实。"

"大人要查实何事？"

"上大人之生死！"

看到家康严肃吓人的表情，本多忠胜紧张得屏住了呼吸。家康把情况简单地解说了一下。不用多问，本多忠胜也知道此时天下发生的大乱及家康所处的紧迫处境。

"臣明白，臣这便出发。"

"多加小心。一旦骚乱消息传开，沿途土匪或会趁机打劫，或为杀我，明智派军前来攻打堺也未可知。”

“大人作何打算？”

“我这便离开堺。放心，我还不想把命丢在这里。”

家康看着本多忠胜，微微一笑。

等本多忠胜离开堺、向京都出发半个时辰后，家康召集随从道：“出发上京去向上大人问安！”随即率领随从五十余骑离开妙国寺住所。此时家臣大部分还不知道天下已发生异变。

“怎么这么急啊？也不去堺代官所给代官道个别吗？”晚一步起来刚赶上德川一行的穴山梅雪，在马背上打着哈欠问。

家康却一言不发，没有理他。值此关键时刻，一分一秒都不能耽误。家康面无表情，策马赶路，但他心里却咚咚咚地狂跳不已。

出堺后，家康一行沿着长尾街道，一路向东。行至河内国藤井寺一带，就是长尾街道与东高野街道的交叉点，家康一行在此改变方向，沿东高野街道北上。

太阳已升至中天。风很大，流丝般的乌云从西向东快速移动。

沿着东高野街道北上至饭盛山西麓时，家康一行恰好遇到骑马飞奔而来的本多忠胜一行。令家康大惊的是，随同本多忠胜一起的还有京都商人茶屋四郎次郎及其二掌柜黑次等数人。

“怎么啦，忠胜？”家康拉住马缰问。

“在上京途中，碰见茶屋。”

“发生何事？”

茶屋四郎次郎飞身下马，踉踉跄跄跑到一脸疑色的家康面前，单腿跪下：“禀告大人！”从未慌张的茶屋四郎次郎，此时显然惊慌失措，满头满脑都是汗。

“今日凌晨，上大人住所本能寺被日向守明智率手下袭击，上大人不幸遇难！”

“上大人遇难？”

虽说早有预感，但听到这无情的事实，家康心里还是咯噔一下。

“此话当真？”

“当真！明智军已控制京中全城，城内人心惶惶。小的与黑次在街道路口被封锁前，躲过兵士眼目，火速前来禀报大人。”

“南无阿弥陀佛。”家康双手合在胸前，为信长祈祷。

回想起来，信长可说是为所欲为地活到了今日。他对自己的欲望最为忠实，他一往直前，从不回头，直至今日。而对如此信长，家康“曾抱有无限憧憬”。通过义结金兰的信长，家康知道了天下之大。但随着接近霸王之座，信长却发生了很大的变化。

“杀死信长的不是明智光秀，是上天抛弃了他。”

据《信长公记》记载，当获知袭击本能寺的是自己的重臣明智光秀时，信长自言自语道：

“不及是非。”

意即“没有办法”。

如梦如幻的人生，恍若在刀尖上度过。不论何时何地暴毙，都无悔无怨。悟到自己武运到此为止的信长，或许反而觉得获得解脱，感到轻松，也未可知。

身穿白绸睡衣的信长走出寝殿，召集侍童和卫兵，亲挽大弓，与入侵的敌人做最后的搏斗。

面对群拥而入的敌人，信长与卫兵从廊檐下放箭抵抗，显示出一个武门栋梁最后的尊严和精神。当弓箭射完后，信长等人手操矛枪，凶神恶煞般与敌人肉搏。但最终还是寡不敌众，信长臂膀受伤后，把防线交给卫兵，自己退回寝殿。

> 深入殿内，自内关死御南户（储藏室），切腹自死，惨哉！

关于信长切腹自杀一事，《信长公记》记载如上。

织田信长四十九年的壮烈人生，就此终结。同在本能寺的侍童及卫兵等全部阵亡。信长收集的大量著名的茶具，也与映红京都天空的鲜红火焰一起，化为灰烬。

当日，驻扎在妙觉寺的信长世子织田信忠听闻本能寺发生异变后，即刻率军驰援，但被明智军阻止，退守二条御所，战至最后，最后自杀身亡。

“是吗？信忠大人也死了？”听完茶屋四郎次郎的详报，家康口干舌燥，喃喃自语。

他心中浮现出“因果报应”四字，但是此时并非感伤之时。此时我正在敌阵中心，危机四伏。倘若判断稍有失误，等待自己的便是与织田父子同样的命运。

“这可如何是好？”刚知道事情原委的穴山梅雪睁着大眼，不知所措，“单凭我们这几人，怎会是明智军对手？我倒霉，怎么就碰到如此悔事！早知道不陪你来京畿游山玩水多好！”

“请冷静！穴山大人！”夹着矛枪的本多忠胜瞪了一眼穴山梅雪，回头看着家康，“大人！我们一切听从大人之命。请大人下命！”

酒井忠次和石川数正等重臣们也表情紧张，等待主君发话。

家康犹豫不决。自己把明智行动可疑的情报束之高阁，对信长见死不救，这是为何呢？即便喝泥水吃烂草，我也要生存下去，难道不是为了完成上天交给我的大任吗？

“夺天下！”

家康耳边，响起爱子信康最后的遗言。

信康说，若家康能以夺取天下为己任，那自己便死而无憾。

“孩儿望父亲大人亲手结束这悲惨乱世，构建一个太平盛世。”

信康以自己的死，换得父亲家康背上天下这一包袱。而家康也下定决心，为了被迫绝命的亲人，自己也要一生背负这个包袱。

“信康。”家康抬头仰天，在心中暗暗长叹。

看到主君只顾沉思，一声不吭，家老酒井忠次忍不住地劝道：“我们不能停在这里等死。最好先藏到某个安全的地方，等待形势明朗，再做决断。”

“这畿内方圆，难道还有安全之地吗？明智那贼定当即刻派兵来堺寻找大人，趁火打劫的土匪路霸也不能小看。”石川数正杀气腾腾地瞪视着本来关系就不好的酒井忠次。

“眼下，那个地方不知如何？”酒井忠次仰头往饭盛山上看，那里有饭盛山城的旧迹。“饭盛山城现下虽是荒芜废城，但当年也是三好长庆的要塞居城。以愚之见，当下先躲到饭盛山城废城里，争取时间为妙。”

“那又能如何？”本多忠胜喊叫，“时间拖得越久，对大人越不利。我看应分秒必争，火速赶回本国，纠集军队，以备与明智那贼决战！”

“说得好！忠胜！我也觉得只有这一条路可走。”

家康坚定地说出此话。从他环视家臣的眼神中，已看不到任何迷茫。

家康一锤定音。

但因本能寺之变，畿内陷入一片混乱。要从这一片混乱中突围出去，安全回到领国三河，并不容易，他们当场开始讨论回国路线。

“京都周边街道要冲，都有明智军监视。以小人之见，要躲过贼军耳目，只有从南山城到南近江，穿越伊贺，进入伊势，方才比较安全。”熟知畿内地理情况的茶屋四郎次郎建议。

“穿越伊贺啊？”家康凝视着茶屋四郎次郎。

“对。从伊势白子码头乘船，横穿伊势湾后，便是大人领地三河国。”

“说起来简单，茶屋！你可知道，当年天正伊贺之乱时，那些地方武士都与大人为敌。穿越伊贺之路，可是一条地方武士飞扬跋扈的危险之路啊！”酒井忠次道。

“当下畿内可有安全之路吗？”

“话是那么说……”

“小人不才，愿在前头开路。”茶屋四郎次郎坚定地看着家康道。

“你又不是武士，能做什么？”酒井忠次很看不起手无寸铁的茶屋四郎次郎。

“商人有商人的做法。”

“有什么做法？”

“天机不可泄露，总之大家只要放心跟着小人便可。”

茶屋四郎次郎很有自信。茶屋四郎次郎虽是商人，但他在此次带领家康一行穿越伊贺一事上，堵上了自己的全部身家性命。他的勇气，深深地打动了家康。

“好吧，那便拜托茶屋你了！”家康道。

“领命！”茶屋四郎次郎哽咽地点头。他随即上马，带领手下二掌柜黑次及拉车的小伙计们，先一步出发。

家康目送着茶屋四郎次郎一行远去的背影。

“半藏！”他叫服部半藏。在堺与德川一行合流的服部半藏，单膝跪到家康面前。“令尊出身伊贺，有血缘地缘关系，你应该认识很多当地人吧？去找他们，把他们拉进我方。”家康命令服部半藏。

“出发！”家康用力抽了一鞭马臀。家臣等近五十骑围在家康周围，守护主君向前疾行。

一行穿越宇津木，进入南山城。

南山城一带自古以来便是土匪与野武士等极为嚣张之地。想必本能寺事变的消息早已传到此地，一群眼闪贼光、手握矛枪大刀的野武士，挡在疾行的家康一行面前。

“这些都是逃兵！”一个满脸胡子的汉子腰上绑着草绳，插着两把刀把漆成红色的大刀，终于等到猎物一般，高声大喊，“一个都不能让他跑了！”

“身上值钱的全给老子扒下来！”

贼人们狂呼乱喊，从周围的树林里一窝蜂地涌出来，人数大约在百人以上。

“大人，这些贼人交给微臣！”本多忠胜手持蜻蛉切枪，挡在主君身前。

野武士贼人嘴里乱喊：“杀死他！”举着矛枪大刀杀向本多忠胜。

“活腻了啊！”

本多忠胜嘴角浮现出无畏的微笑。他抡起蜻蛉切，前后左右，尽情刺杀，野武士纷纷倒在他的枪下。手握蜻蛉切纵情刺杀的本多忠胜，貌似鬼神附体。

不仅本多忠胜一个，石川数正、井伊直政等也拔出刀，奋不顾身杀入敌群。但对手是熟知周边地形的野贼，与平时战场上的对手完全不同。从各个角落不断涌出的野武士，令强悍的德川家臣团渐渐感到吃力。

“妈的，杀不完啊！”全身被贼人鲜血染成黑红色的本多忠胜焦躁地喊道。

恰在此时，从家臣团背后传来马蹄声，一群骑马武人冲将过来。

“啊呀！又来敌人了？”

家康大吃一惊。但冲来的这群武人却帮着本多忠胜猛烈刺杀，驱散了蜂拥而来的野贼。

“大人！”武人群中有一人翻身下马，跪伏在家康脚下。

跪伏在家康脚下的此人，便是参与德川信康事件、败露后潜逃出国的伊奈忠次。

“你为何在此？”家康不眨眼地盯着手握血枪、气喘吁吁、跪在脚下的伊奈忠次。

“小人该死！小人未能谏诤阻止信康大人，无颜见大人，只能投靠亲戚，沦落到堺。听到本能寺事变传言，小人便纠集了一帮佣兵，火速赶来增援大人。”

“噢，原来如此。”

“小人知道大人还生小人的气。大人在此要小人命，小人也绝无怨言。不过请给小人一个赎罪的机会，小人愿把自己的贱命献给大……”伊奈忠次哽咽不已，泣不成声。

伊奈忠次的忠心，刺痛了家康的心。更何况，此时多一人便多一分安全。

“饶你一次，跟上吧！”家康忍住快要流下的眼泪，不让手下看到。

“谢大人！”伊奈忠次与他带来的一群武人加入向领国突围的家康一行。

有人加入家康一行，同时也有人脱离家康一行。此人便是穴山梅雪。

跟在最后的穴山梅雪摇着手喊道："我脚受伤了！我得休息一下，随后赶上！不用管我，你们先走吧！"

"穴山大人，单独行动太危险！"本多忠胜担心穴山梅雪的安全。

"无妨无妨，我也不愿给大家添麻烦。况且我还有十二骑家臣，即便遇上几个土匪小贼也不会出什么问题。"

"怎么了？"家康问本多忠胜。

"穴山大人要停下休息，我们劝说不听。"

家康用眼神表示了答应。

等家康一行走远后，穴山梅雪得意地笑道："哎呀，终于摆脱这些累赘了！"穴山梅雪眼睛看着的是自己装着黄金的行李。"老子哪有陪家康一伙送命的道理？若把那些黄金献上，想来明智也不会对我太差。"

与家康一行分手后，穴山梅雪带领手下十二骑转道上京而去。

在安土城给信长献上两万两黄金后，此时手头还有五千两。"五千两黄金买条命，不赔！"穴山梅雪又得意地笑了。哼，岂止买条命！若消灭信长的明智夺取天下，那自己作为最先投奔并提供军资之人，必将受到重用，成为左右手也说不定。若果真那样："明智不仅会给我甲斐一国，说不定连原武田领地也会全分给我呢。"

光明灿烂的未来图景，浮现在穴山梅雪脑海里。

但穴山梅雪却未能走到京都。沿着来路返回京都的穴山梅雪一行走到木津川附近，遭到了造反农民的袭击。"要多少钱都给，只需把路让开即可。”穴山梅雪的喊声，被睁着饿狼般大眼的农民的乱喊声淹没。穴山梅雪及其手下拼死抵抗，也未能逃脱被残杀的命运。行李中的黄金等全被抢走，只剩一堆血肉模糊的尸首留在原地。

同一时刻，家康一行摆脱土匪的袭击，越过国境，进入近江国。他们前进的方向是南近江信乐。

信乐一带，很早以前便以陶器信乐烧著名，战国时代还是南近江各地物资的集散地，周围山丘环绕，别有洞天。统治这一带的，是当地豪族多罗尾光俊。

多罗尾光俊的府邸位于通向伊贺的必经之路上。茶屋四郎次郎提前来到他家，向他说明利害，希望他协助家康。

茶屋四郎次郎在多罗尾府前等待家康一行。

“太好了，三河守大人！一路平安！”看到风尘仆仆的家康一行，茶屋四郎次郎感慨良多，一时哽咽。

“还好，命还在。”家康点头。他全身像生锈的铁屑般疲倦到极点。骑了一整天马，屁股很疼。

“多罗尾光俊，可拉过来了？”

“拉过来了。给了足够的金银，绝不会背叛。”

家康主从一行便在多罗尾府落下了脚。

吃饱多罗尾光俊准备的红豆饭团后，家康还是感到不安。

“前方可安全？”坐在木板地上，酒井忠次不安地盯着茶屋问道。

“从信乐再往前，多罗尾光俊答应派少爷光雅、光广兄弟率领手下五十人护送大人一行。街道沿途伊贺一带的地方武士，服部半藏大人与在下的二掌柜黑次已搭上关系，想必不会有问题。”

“那便好。”

急于赶路的家康主从一行在多罗尾府仅假寐不足一个时辰（两小时），又急忙上路，继续逃跑。

天亮前，他们一行越过御斋岭，进入伊贺国。应是服部半藏和茶屋四郎次郎手下提前下足功夫，本来担心街道沿线的伊贺地方武士们会找事，结果却安静得令人不可思议。家康一行在令人恐惧的寂静中急速穿过伊贺。

出了伊贺快到伊势加太时，在队伍最前头的本多忠胜突然停下马：“那是什么人？”

本多忠胜视线前方，有一群上百人的团伙挡住了前方道路。

“大约是名张的山村甚三郎及其手下们吧！”护卫一行到此的多罗尾光俊之子多罗尾光雅策马来到本多忠胜身旁道。

“没给这些家伙打招呼吧？”本多忠胜拉下脸，回头看茶屋四郎次郎。

“山村一伙领地在远离街道的南伊贺，所以小人觉得没必要特意去找他们打招呼。”

“大意了吧？山村这些家伙，莫非听说京城发生兵乱，想趁机在此等待逃兵发点小财吧？好吧，该老子这蜻蛉切发威了。”

“且等，本多大人！”茶屋四郎次郎拉住正要策马奔出去的本多忠胜，“此时若打起来，我方也势必会有伤亡。此处且交给小的，小的先去试试。”茶屋四郎次郎脸上充满悲壮的决心。

他对家康微微鞠躬行礼后，策马缓缓向半町（约五十米）以外的那伙人跑去。

街道中间，有一个罗圈腿的汉子骑着枣红马，腰上裹着红绳甲。看来此人便是山村一伙的头领山村甚三郎。

茶屋四郎次郎看着好似胸有成竹，但其实腋下已大汗淋漓。

“对方不是鬼神，是有血有肉的人。既然对方是人，那便与做生意一样，有话好说。”

茶屋四郎次郎把紧张藏在心里，策马来到山村甚三郎前：“啊呀啊呀，阁下可是名张乡大名鼎鼎的山村甚三郎大侠？太巧了，能在此幸会大侠，在下三生有幸啊！”茶屋四郎次郎表情夸张地道。

“谁跟你幸会？”山村甚三郎瞪着要吃人的眼睛看着茶屋四郎次郎，手抓在背上的刀把上，一副当下便要拔刀的架势。

“大侠息怒，迟报家名，望大侠恕罪。在下京都商人茶屋四郎次郎是也，今带佣兵数名，运货去伊势，途经贵地。”茶屋四郎次郎回手指了一下停在后边远处的家康一行。

“那又怎样？”

“好不容易走到贵地，可人生地不熟，不知如何去伊势，正想找一二对贵地地理熟悉之人。”

“老子可不想给人领路。”山村甚三郎满脸不高兴，“还有，老子怎么看，你们那些人穿着打扮都不像保护货物的佣兵。”

茶屋四郎次郎那说法显然破绽百出，山村甚三郎明显不信。

“大侠别管那些人像不像。”茶屋四郎次郎跳下马，命二掌柜黑次解下绑在马鞍上的皮袋，双手捧给马上的山村甚三郎。

“这是什么？”

“一点领路钱，不成敬意。在下并无他意，只烦请大侠把在下一行带到伊势白子码头即可。”

山村甚三郎接过皮袋，在手上掂了掂，很重。打开看，里边是二十枚金条。看到金条，山村甚三郎脸上不由得露出笑容。

“若平安送到白子码头，还有重谢，大侠不会吃亏的。”茶屋四郎次郎看到山村甚三郎的笑脸，也和颜悦色地微笑道。

这群人埋伏在此，本来便是为抢逃跑的人的金钱。此时能拿到如此大金，对山村甚三郎来说，当然没必要再动刀枪。

“看来可行。”

茶屋四郎次郎觉得这招可行，当即给黑次使了个眼色。黑次打开绑在马鞍上的另一个皮袋，抓了一把铜钱，挥手便撒到路上。“钱，铜钱！”黑次大喊，“这些铜钱，随大家抢，谁抢到归谁！”

听到黑次的喊声，山村甚三郎手下人都哗地扔下手中刀枪，口中乱喊着，跳下马，一拥而上，去抢撒到地上的铜钱。事已至此，拦路打劫便都无从谈起了。

茶屋四郎次郎终于放下心，回到家康一行处。

“噢，这便是你们商人的战法啊！”家康道。

“是啊，有钱能使鬼推磨嘛！”

“此话有理！”

“金钱有时会令人失去正气，毁掉一切，非常可怕。但若能用好，那便是世上最善解人意之物了。”

“你们商人的战法，这次算是见识了。今后就要看我的战法了。”

家康主从一行翻越加太，平安到达伊势湾白子码头。白子码头有茶屋四郎次郎提前安排的伊势角屋海运船正在等着家康一行。角屋主人名叫七郎次郎，他手下的海运船以伊势湾为中心，巡回各地，生意很大。他与茶屋四郎次郎向来在生意上多有往来，关系也好，还曾到滨松城拜谒过家康。

坐上角屋的海运船，家康终于放下心来，好似重活过来一般。《武边杂谈》记载说，家康就着盐腌寄居蟹，一口气吃下三大碗小米加麦粒的二米饭。

海运船白帆张满，横穿伊势湾，抵达三河国大滨码头后，家康一行上陆。本能寺事变两日后的六月四日正午，家康一行终于安全地回到了三河冈崎城。

第十四章

阿茶

每个人也许都会在某个时刻迎来人生的转机。以那个变化的时刻为起爆点，人生便轰轰烈烈，怒涛般涌动起来，说是决定一生沉浮也不为过。但这种转机往往是以危机的面孔出现的。在危机面前惊慌失措，或只顾保身的人，终将失去千载一遇的机会，最终只能默默无闻，消失在历史的长河中。而面对大风大浪，具有勇敢挑战命运勇气的人，才会迎来打开改变命运之门的机会。

对德川家康来说，本能寺事变便是决定生死命运的巨大危机。但穿越伊贺、成功摆脱这一危机后，迄今为止从未见过的辽阔壮丽景色便豁然展现在家康面前。

逃回三河冈崎城后，家康就着烤味噌，吃了三大碗汤泡饭，而后便沉入了稀泥般的昏睡。次日晨醒，他感到全身每个关节都充满力气，元气大涨。

“我还活着，我还活在这里。”家康自言自语道。

多年以来在乱世里和自己生死与共的盟友织田信长死了，但他并不想就此一直悲伤消沉下去。

对家康来说，信长之死，反而像是压在头顶的沉重乌云被一阵飓风吹走，长期以来被信长控制的灵魂得到解放，自己终于回到可以尽情奔驰的广阔原野。

“此后再也不需看谁的脸色行事，终于熬到了自己想做什么便能做什么，想如何做便可如何做的时候。”

信长之死使家康获得解放。但是换个角度看，或可说自由其实更令人恐惧。自己若有一个判断失误，前方等待自己的，便是深不见底的万丈深渊。

“无须畏惧！时不我待！现下的自己，已不怕失去什么。”家康坚定地给自己鼓气。

“来人啊！”清亮的朝日照射在槅门上，家康对着外边喊。

廊下传来近侍的脚步声。

“传正信来！”家康命道。

过不多会儿，本多正信出现在家康面前。

此次上洛，家康命本多正信留守冈崎城，监视三河国内情况。从京都到三河冈崎城，即便快马，也需两日，因此本多正信在家康一行回到冈崎城前夕才获知本能寺事变。

“大人平安无恙，万事莫胜于此。”本多正信鞠躬请安，“听到事变消息，臣等几欲吓死。直到见到大人，才终于放心。”

“当真？你心里该不是打着若我死了便篡夺这三河及远州的主意吧？”

“大人不可戏言！”本多正信双手抓住膝盖，一脸怒气，“有大人才有微臣。自打归降大人以来，微臣早已下定决心誓与大人共生死。若真有大事，微臣定当率领留守兵将，直奔京畿，救援大人。”

“开个玩笑，惹你生气了。对不起，正信！”家康向本多正信道歉。

本多正信虽是一个长于心计、头脑灵活、极端聪颖之人，但家康从未怀疑过他对自己的一片赤胆忠心。

“不说那些了，大人！”本多正信往前挪了挪，“今后作何打算？”

“嗯？”

“当下微臣已派出多名草莽忍者去打听京都情况。明智虽说谋杀了上大人，可要掌握人心，恐怕并不容易。”

“我也作如是想。”家康摸着下颌，深深点头。

“无论理由如何，明智都免不了弑主之嫌。一个弑主之人，怎可能治世？世人怎会信服一个弑主之人？”家康道。

其实此为家康自己的信条。名不正，则言不顺。无大义，则无人随之。即便有几人跟随，那也只能是一群追逐利益的乌合之众。要令天下信服，要有行动，必先要有大义。

“那，大人，”本多正信双目炯炯有神，“是否即刻集合我三河、远江、骏河等东海三国大军，攻入京都，讨伐叛贼明智光秀，为织田大人报仇？胜利之日，便是大人成为上大人继承人之时！”

“不得急躁！”家康制止住本多正信，“现下重要的是要冷静。先得把握形势，看清方向。到底应如何行动，且在那之后再说。”

或许因为刚九死一生，逃过大劫吧。家康自己都觉得不可思议，此时自己的头脑为何能如此清晰冷静？冷静得不能再冷静，冷静得让自己害怕。

数日后，家康与本多正信坐在一起，几乎要头碰到头，一起分析各国形势。

他们首先分析了此时畿内诸将的动向。本能寺事变爆发后，最早获知事变消息的是丹后宫津城主细川藤孝。细川藤孝之子娶了明智光秀之女阿玉为妻，而细川藤孝自己也与光秀一起服侍过足利义昭将军。因此两家可说是沾亲带故，关系密不可分。举起反旗的光秀，若要寻求志同道合的支援者，最先便应找此人。事实也是如此。光秀当时便派出以飞脚著称的爱宕山修行人，以最快的速度给细川藤孝送去希望同心举旗的书信。

对此，细川藤孝只对使者说了一句："且容细思数日。"并未当场答应。

随后，细川藤孝躲进持佛堂，表示要为织田信长祈祷冥福，竟剃头出家，并把家督位转让给了世子细川忠兴。细川藤孝此举，显然是用自己的行动表明与弑君者光秀分道扬镳的意思。细川藤孝当与家康同感，认为若无大义则无人追从。而对光秀来说，沾亲带故的细川藤孝这一举动，毫无疑问是预想之外的大误算。

比细川藤孝稍晚获知事变消息的，是身在大坂的丹羽长秀。他在事变发生当日，也就是六月二日午后得到了消息。丹羽长秀受信长之命，辅佐信长三子织田信孝在大坂湾准备军船，计划出征四国讨伐长宗我部。得到事变消息后，他当下停止出征，与织田信孝商讨善后之策。为征讨四国征集而来的兵士纷纷逃跑。他们觉得与光秀决战无获胜自信，此后便固守大坂，不再有任何行动。

除丹羽长秀以外，织田家能征善战的大将此时都正在各地征战。柴田胜家在北陆方面与上杉军对峙。羽柴秀吉正在水攻备中高松城，与毛利大军对峙。此二人即便获知事变消息，知道主君信长被弑，也无法脱身，应也不可能有任何行动。

“天赐良机啊，大人！”本多正信指着画有织田家诸将所在位置的舆图，对家康说，“光秀当初目标是收编细川藤孝属下军力，再把丹羽长秀等拉进自己势力范围，但现下看，其如意算盘尽皆失败。现下公开跟随光秀反叛的仅有猪饲等几个近江地方的地方武士。此时大人若能高举为织田大人报仇大旗，率领大军攻入京都，形势必将大变。”

“事情并不那么简单。”家康注视着舆图，“柴田胜家或当机立断，与上杉讲和，然后挥兵上京。”

“大人所言也是，柴田大人是织田家首席家老，深于人情，在家中威望很高。首先率军上京讨伐，也不奇怪。”

“柴田手下及参与助攻的前田利家、佐佐成政等手下兵力，合起来约有一万五千，与控制京都的明智光秀可有一拼。”

“柴田若能与上杉快速达成和解并上京讨伐，可比现在冈崎的大人距离要近啊！”

“对。”家康点头。

此时，家康与谋士本多正信脑子里还完全想象不出正在中国战场苦战的羽柴秀吉会有任何举动。

为何无法想象呢？因为秀吉正在围攻的备中高松城在毛利领地中心，所以他正处在毛利大军包围之中。若本能寺事变信长死讯被毛利军获知，当会即刻对羽柴军发动总攻，秀吉或将全军覆灭，不可能会有给信长报仇之举。

实际上秀吉获知事变消息后，当即命令军师黑田官兵卫通过毛利家外交僧安国寺慧琼与毛利方讲和。但如此消息，当时的家康当然不可能知道。

“京畿情况不要怠慢，继续关注。但我们此时更应注意其他地方。”家康道。

“其他地方？何处？”本多正信看着家康的眼神。

“那还用问？东国啊！”家康干脆利落道。

“东国？”

“本能寺事变消息一旦传开，东国一带必将陷入混乱。当下原武田家领地甲斐被河尻秀隆控制，信浓被森长可、毛利长秀等控制，上野被泷川一益等控制。但他们这些信长手下的大将，一旦失去信长这根大顶梁柱，要继续留在东国应当比较困难。”

“大人言下之意，是要趁此良机，一口气吃掉甲斐、信浓、上野？”

“我并非要趁火打劫。正信，说话要注意影响。”家康不由得皱了皱眉头。

虽然为人精明，但本多正信偶尔不免也会说一些不说为妙、说了惹人嫌的话。

“微臣失礼！”

虽轻轻点头表示歉意，但本多正信双眼却炯炯发光，显示出一股兴奋的野性。

“微臣没走眼，大人确如微臣所期待，危急时刻尽显大丈夫器量，大人本领从此尽可纵情发挥。”

“派忍者去甲斐、信浓、上野等地打听东国诸国形势变化，若有需要，随时派兵东进。”

“遵命！”本多正信兴冲冲地点头答应。

本多正信走后，家康又叫来了依田信蕃。依田信蕃是出身信浓国佐久郡的武将。信玄领有信浓国时，他在信玄手下以勇武著称。武田家灭亡时，他率领属下坚守骏河国田中城，一直抵抗到最后。家康佩服此人刚毅硬气，便招入自己门下，作为客将，厚遇有加。

“我有一事相求。”家康对依田信蕃道。

依田信蕃下巴宽大，四方大脸，一脸顽固倔强气质。肌肤好似黑墨般黝黑，不知是战火熏染如此，还是生来便黑。

“大人有何大事？”

“麻烦你回老家信浓佐久郡一趟。”

“要微臣做什么？”

“有一大事，非你莫属！”

家康招手要依田信蕃到自己跟前，然后在其耳边如此这般悄悄嘱咐了一番。

家康命依田信蕃回到家乡信浓佐久郡，纠合当地武装势力。原武田家领地虽被织田势力占领，但忠于武田家的许多地方武装却并未投降。本能寺事变消息若传到各国，信浓国内必将发生混乱。家康派依田信蕃回去，便是做好趁乱收拾残局的准备。

“若能立下大功，定有重赏。拜托了！”

“诚惶诚恐！”依田信蕃鞠躬低首。

家康一面暗地里严密布置进军东国的战略，同时还做了出征京畿的准备。

他本以为，柴田胜家会即刻征讨明智光秀，但未曾想到，柴田胜家从越中鱼津前线撤回居城越前北之庄城后，却没了声息。

“想不到此人竟如此谨慎！”家康想。

是警惕上杉军从背后袭击，还是因为主君信长之死，惊慌失措，做不出决断？家康猜不透柴田胜家作何感想。但正当如此关键时刻，才应“不顾一切，押上人生全部赌注”。这是在刀刃上行走一般度过多次危机的家康才会有的直觉。若怕输，便不可能赢。柴田胜家正因为犹豫不决，已陷入被动。

“因此应该行动！”家康当机立断。

十日后的六月十四日家康一行生还本国，德川军从三河冈崎城出发，西上出征。同日，进入尾张鸣海。

家康命先锋酒井忠次道：“尽最大可能往前推进！”

酒井忠次遵从家康之命，先于主力，一口气占领了织田家兴旺发达的经济重镇——木曾川下游商业都市津岛。

“如此速度，以臣之见，占领尾张全国也非难事。”石川数正道。

但就在此时，却传来万想不到的惊人消息。一个叫作高须弥助的年轻急使来到尾张鸣海阵地，他是留在京都收集情报的鸟居元忠近侍。高须弥助浑身沾满泥土，四肢都有划伤，途中苦劳，可见一斑。

“元忠可无恙？”家康摇着高须弥助的肩膀急忙问。

他当然没有忘记残留在混乱旋涡中心的鸟居元忠，但情况瞬息万变，不容他有时间去考虑家臣安危。

“主人平安无事。”

“是吗？那太好了！”家康放下心来。

“本能寺事变后，主人元忠暂居爱宕山长床坊一室，装扮成杂兵混入京城，刺探各方动向。”高须弥助道。

“结果如何？”

“筑前守羽柴秀吉率军沿山阳道急回京都，要与明智军决一死战。”

“什么？”家康脸都歪了，“没搞错吗？秀吉在备中正与毛利军对峙，如何能脱身？”

“其实，”高须弥助喘了几口气，咽了一口唾沫道，“羽柴秀吉与毛利方迅速讲和成功，昼夜兼驰，已回到播磨姬路城，然后马不停蹄，如火如箭，继续东上，小人出京时，听说他已在摄津富田布阵。”

“竟然……”

听高须弥助说完，家康还是不能相信自己的耳朵。面对毛利大军包围，战况本不轻松，可那长得一副猴相的羽柴秀吉，到底用何种手段顺利脱身，并火速返回畿内？

“你是前日从京都出发的吗？”

“是！”

“当日已达摄津富田，那已是明智占领的京都鼻子底下。此时莫非已决出胜负了吧。”家康悲鸣出声。

高须弥助的急报，是不容置疑的事实。

家康驻扎鸣海两日后的六月十六日夜，秀吉使者来到驻地。

“我主秀吉于摄津与山城国境山崎地区，挑战逆贼日向守（明智光秀），为上大人报仇。最终击败逆贼，取得大胜。小人受命急报于三河守德川大人。”

“秀吉大败光秀？”本多忠胜、井伊直政等家臣们惊讶得发出轰鸣般的惊叫。

“此话当真？”家康再问了一遍使者。

“千真万确！”使者使劲点头。

据说秀吉在本能寺事变次日六月三日夜便获知主君死讯。他当机立断，命令军师黑田官兵卫与毛利方讲和。

——讨伐逆贼明智光秀！

下定决心后，秀吉行动迅捷。

受秀吉之命，黑田官兵卫与毛利家外交僧安国寺慧琼交涉，以备中高松城城主清水宗治切腹自尽为条件，当晚便与毛利家讲和。次日，清水宗治切腹自尽，与毛利方交换讲和誓约书后，秀吉迅速率军东归。

在倾盆大雨中，羽柴军在山阳道上狂奔。结束备中高松城围攻后，仅用一日，便回到居城播磨姬路城。在居城休整兵马两日，并收集了京畿消息后，他才首次把信长死讯告诉全军。

秀吉最令人称道的是，在危机面前，他对自军彻底封锁消息。因为信长死讯刺激过大，公开消息稍有不慎，将会造成己方全军上下人心动摇，说不定会出现大量逃跑者和反叛者。

回到居城，休整两天后，秀吉号召全军：“给上大人报仇！有忠心的，跟我来！”他以激烈的方式公布了信长死讯，瞬间提高了将士士气。此外，秀吉还把城内积攒的金银财宝米粮等全拿出来分给将士，在鼓舞将士奋勇作战的同时，也切断自己退路，决心背水一战。

战神总是站在能审时度势、当机立断之人一边。

在摄津富田与信长三子织田信孝及丹羽长秀等合流后，秀吉军力达到三万五千人。他在淀川沿岸的地峡山崎，打败了明智光秀的叛军。败将光秀在逃往近江途经京都南郊小栗栖时，被当地人乱枪刺死，结束了他五十五岁的人生。

“秀吉可畏啊！”听完使者叙述的秀吉行动的前因后果，家康不免偷偷地打了个寒战，思绪万千。

但他也并未被突然出现的可能敌影吓破胆。“是吗？是那个家伙啊！”家康心中燃起强烈的对抗意识。

“如此看来，暴发户羽柴筑前守掌握了争夺织田家遗产的主导权啊。”身边的石川数正道，“我们是否顺势挥军西上，与羽柴势力决一雌雄？”

“胡说八道！”家康呵斥石川数正的声音连自己都感到吃惊，“当下天时地利皆在羽柴筑前守一方。况且他有讨伐弑君贼人明智光秀的大义，与如此之人正面对抗，会有什么结果？”

“那如此一来，便……”石川数正一脸不服气。

“说我便不取天下了？”

“对。”

“不可鼠目寸光，被眼前的动向牵着鼻子走。”

此话与其说是给身边的石川数正说，不如说是说给家康自己听。

“说大事，数正！有一大事，要交给你办。”

“大人有何吩咐？”

“作为我的使者，去拜见羽柴筑前守，替我恭祝他讨贼大胜并送上贺礼。”

“若那样，大人不是便承认羽柴筑前守是织田大人的继承人了？”

“派你去祝贺讨贼大捷不过是借口。你此番去最重要的是刺探羽柴筑前守的想法。你擅长外交，如此大任，非你莫能。”

“遵命。”石川数正理解了家康用意，点头答应。

家康派石川数正去京畿向秀吉当面祝贺后，自己当即率兵返回东国。留守滨松城的本多正信传来消息，说本能寺事变的消息传入甲斐、信浓等东国后，各地已开始混乱。

“此时应关注的是东国！”家康表情严肃地提醒自己。

经三河冈崎，家康率军于六月二十一日返回远州滨松城。

“大人目标，到底还是东国，而非西国啊！”本多正信抿起自己薄薄的嘴唇笑了。

家康听着本多正信禀报忍者反馈回来的东国各地的详细情况。据忍者情报，事变发生四日后的六月六日，织田死讯传到了驻扎在信浓的织田家将之中。

“正在信浓和越后国国境关川地区与上杉军对战的森长可，当即把军队撤回自己的领地美浓国兼山。驻守伊那郡饭田城的毛利长秀，也担心地方武士叛乱，撤回尾张国。”

“上野的泷川一益呢？”家康问。

武田家灭亡后，信长把上野国全域及信浓国佐久郡、小县郡分给泷川一益，使其成为厩桥（前桥）城城主。泷川一益在得知主君死讯后，表现得沉着冷静。

“泷川一益把北条高广、内藤昌月、小幡信真、真田昌幸、安中左近大夫等领有上野国内土地的诸位将领全部召集到厩桥城，首先把京畿的事变一五一十、毫无保留地传达给了大家。”

“哦？”家康眯眼感叹。

面对强敌小田原北条军，和入住上野国时日未久等不利处境，能公开所有不利消息，如此诚实大胆，实在并非谁人都能做到。

随后泷川一益态度明了地宣布：“局势既已至此，我本人须火速赶回自己领地伊势国长岛。现欲解放当时入住上野时各位送入厩桥城的人质，并将上野国内所有城池还给各位。”

听到如此宣言，上野国诸将均有感于泷川一益气概，当场答应协助泷川一益返回伊势。当然，如此乱世，泷川一益要顺利回到伊势并非易事。获知泷川一益撤退消息，从未忘记要占领上野国的小田原北条军当即发起行动。

北条氏政与北条氏直父子急派三万大军，攻击撤退的泷川一益一万五千人。双方在武藏国神流川附近交战，兵力占优的北条军击溃了泷川军。败将泷川一益在真田昌幸帮助下，途经信浓，狼狈逃回伊势国长岛领地。

织田家各路将领中结局最为凄惨的，是分领甲斐国全域的河尻秀隆。

事变消息传入甲斐国后，国内各地穷困潦倒的武田家旧将精神大振，纷纷揭竿而起：“报仇雪恨的时候到了！”在武田家旧臣反叛的背后，是依田信蕃等人的活跃。依田信蕃受家康秘命，回到本籍信浓国佐久郡，煽动当年武田家朋辈起兵闹事。河尻秀隆率军镇压叛乱，但烈火既已熊熊燃烧，要扑灭谈何容易？家康趁机派家臣本多信俊为使者，去找四处救火、疲于奔命的河尻秀隆。

“以阁下孤军之力，要镇压甲斐全域叛乱谈何容易？莫如阁下退回尾张，把这里交给我等，不知意下如何？”

意思便是对河尻秀隆说：以你之力，要想控制甲斐全域不容易。你也不要硬撑了，赶紧把这里交给我们吧。

但河尻秀隆却对此嗤之以鼻：“好一个厚颜无耻！煽动叛乱势力的，不就是你们德川家吗？”对于德川方的举动，河尻秀隆大怒，并杀掉了本多信俊。其后不久，河尻秀隆本人也被围攻甲斐府中的叛乱势力杀害。

“大人也于心有愧吧？”本多正信道。

“什么？于心有愧？”家康眼睛睁得牛大，“不入虎穴，焉得虎子？不脏自己之手，如何能往前走？”

“大人所言极是！”

“但本人只脏手，绝不脏心。若陷入混乱，最为遭罪的只能是民众。本人有平定这乱世的大义。为此大义，我不怕被世人误解。”

“大人果然越发强大了！”家康的侧影，宛若背负着地狱的火焰，教本多正信看得心生敬畏。

在滨松城分析各地形势后不久，家康便向全军下达了出征命令。

“本能寺事变后，各地治安混乱不堪，我绝不能放任不管。我命令尔等，出征东国，平定混乱！”家康高声宣告。

家康派曾根昌世（武田家旧臣）、大久保忠世、大须贺康高等为先锋出征。随后于梅雨过后、天气放晴的七月二日，亲率主力一万五千人从滨松城出发。德川军沿东海道向东进军，越过国境，进入骏河国兴津，由此北上，沿富士川沿岸河内路，直奔甲斐国。

甲斐国在织田家家臣河尻秀隆被杀后，陷入无政府状态。各地武田家旧臣纷纷起兵，互相操戈，一片混乱。

家康身裹黑绳连接铠甲，头戴唐头头盔，把本多正信叫到跟前。

“用武力镇压这些草莽大贼吗？”本多正信问道。

“不，不可。”对于这些叛乱草莽的威力，经历过三河一向宗平叛的家康深有体会，“先派人去见主导叛乱的武田家旧臣，劝说他们归降。”

“那些家伙会轻易归降吗？”

“武田家旧臣应也不希望永远如此打下去。前去倾听他们的诉求，尊重他们的自尊，答应他们应有的土地分封要求。若能把这些人笼络到手，则天下无敌！”

“大人这是要把名震天下的武田军团照单全收啊！”

“既已心知肚明，还不快去！”

“遵命！”

受家康之命后，本多正信即刻行动起来。在家康主力到达以前，他先派出脚步快的家丁前往甲斐各地，向当地叛军头目传达：“若能主动归降家康大人，则有重赏。若执迷不悟，坚持对抗，则子孙后代皆不赦！”

与此同时，家康还答应保护因织田军进攻而被战火焚烧的盐山惠林寺等与武田家有关的神社佛寺等，意图掌握甲斐国内宗教势力。

七月九日，家康率主力进驻甲斐府中，大本营便是当年信玄的居所踯躅崎馆。

“此情此景，莫非是梦？”

想起自己当年受号称甲斐之虎的武田信玄威胁，常年战战兢兢，惶恐不安。此时，家康如在梦中，感慨万千。

可此时也仅是进入甲斐而已，还不能说平安无事。

越后的上杉景胜和相模的北条氏政、北条氏直父子动静不容乐观。而且旧武田家领地，此时也已成为各路武将争抢地盘的无法地带。

四周的树上传来聒噪的蝉鸣声。

家康叫来统领伊贺忍者的服部半藏，询问越后、关东方面各地大名的动静。

“上杉军本被织田军攻打，几近灭亡，但现时已完全复活，并进军信浓，欲占领川中岛四郡等，把北信浓收入自己势力范围。”服部半藏禀告道。

“那，北条呢？”

相比其他任何人，家康其实更关心自打初代北条早云以来，连续五代都扎根关东的北条家动向。

“北条家实在是用心周到，堪称滴水不漏。”服部半藏双目露出暗光，“北条军在神流川大败泷川一益后，顺势掌控了上野国全域。然后翻越碓冰岭，侵入信浓国。”

“他这是要趁众人关注京畿事变之机，趁火打劫，加强在东国的霸权啊。”家康不屑地说道。

家康一直在京畿和东国的夹缝中勉强生存至今。作为超越群雄、成功抢先上洛的信长的尖兵，家康一直被置于东国最强甲斐武田军势力威胁之下。家康深知，长期且严峻的生死危机，“练就了今日之我”。但今后将大为不同！如今应是冷静观察京畿和东国动向，开辟自己特立独行道路之秋。

家康进入甲斐府中前后，大久保忠世等德川军先锋已前进至信浓国诹访郡，与从伊那口北上的酒井忠次合流。他们向诹访郡豪绅诹访赖忠进行劝降，但诹访赖忠却坚决不肯低首投降。

“难道北条势力已伸展到此地不成？”大久保忠世气得咬牙发狠。

成功收编诹访赖忠的四万北条军越过信浓国大门岭后南下，直接逼近甲斐国。德川军先锋被逼无奈，只能从诹访郡撤回。

“有两下子！”家康边吃附近村民献上的真桑瓜[1]边想。

真桑瓜并不十分甜，但充满香气，水分极多，解渴祛暑，是山国甲斐酷热夏日的最佳水果。

“当下如何是好？还是先把兵撤回骏河吧？”本多正信揣摩着家康的表情。

---

1. 真桑瓜：一种甜瓜，相当于中国北方的梨瓜。

“实话说，北条方行动如此迅速……”

“没想到吧？”

“对。”

“此时若撤退，则正中对方下怀。”

“大人是说撤退便等于失败？”

“此时才是关键时刻！”家康又伸手去拿放在大盘子里切成四瓣的真桑瓜，“你也吃吧，正信！”

“据说此瓜是凉性的。”

“让头脑冷静冷静，或许会浮现出更好的智慧。”

清凉的真桑瓜汁，从正信嘴角流下。

“在新府城阻止北条军。”家康道。

“大人所说的新府城，是否便是此前武田胜赖在韮崎附近新筑的那座城？”

本多正信眼睛看着空中，显然是在想象。

临近与织田军决战的天正九年（1581年），武田胜赖在甲斐府中西北三里（约十二公里）面向釜无川的一个叫作七里岩的断崖上新筑了一座新府城。战败撤出甲斐府中时，胜赖放火烧掉了新府城，但土墙、城壕等防御设施完好无损。

构筑新府城防御体系的是真田昌幸。

真田是信浓国小县郡的一个小豪族。周围是武田、北条、上杉等强大势力，所以真田常年挣扎在豪强夹缝中。真田昌幸父亲真田幸隆为了能协助武田信玄向信浓扩展势力范围，送嫡子昌幸给信玄做近侍——但其实不过是名声好听一些的人质而已。在甲斐府中度过敏感青春期的真田昌幸，长期在善于战略和谍报的主君信玄身边学习，后被称作“信玄耳目”。至于筑城技术，昌幸则师从武田家军师山本勘助，所以他对筑城有相当的自信。

真田昌幸接受武田胜赖命令，为防御织田军来袭构筑新城。他在七里岩附近连续考察了三日，最终选定后被称作城山的丘陵，新筑主体城堡。此城山在七里岩丘陵地带位置最高，视野开阔，放眼便能看到雄伟的八岳山。

新城最大的防御线是西侧深入釜无川的断崖。由此攻城，绝无可能。真田昌幸又以城山南为前门，北为后门，把第二道围墙（二之丸）修筑在主体（本丸）侧部，从第二道围墙南下，修了两个第三道围墙（三之丸）以保卫前门。前门前还挖掘了武田家传的三日月城壕，营造了战马进出口等。他倾尽自己所有的智慧，最终建成了新府城。

“水泼不进的防御构造啊！”家康把主阵地从甲斐府中转移到新府城遗迹，在首次看到新府城的杰出构造时，他不由得惊叹。“看，那个虎口构造！不仅能防御，还能进攻。更令人瞠目的，是那突出在干壕里的射击构造。那是为了从侧面射击欲跨过干壕攻城的敌人才造的。有如此巧妙的防御机关，攻城几乎是不可能的。武田家的筑城技术竟如此高超，确实令人佩服。”家康浑身一凛，产生了一阵新鲜的感动。

“大人，那射击构造并非出自武田家筑城术。”

家康正被眼前的新府城构造吸引得忘我遐想，却被身旁的本多正信打断。

“什么？”家康回头问本多正信，“那是谁的筑城术？”

“此城构造，据传是以此地为势力范围的当地武士真田昌幸独创。”

“真田昌幸？”家康对此名有记忆。

当年与武田信玄商讨如何分割行将衰亡的今川家领地时，作为武田家使者出现在家康面前的，便是当时信玄的近侍真田昌幸。昌幸年龄比家康小四五岁。不过他当时并不姓真田，因为信玄赐他甲斐国名家之姓，所以他当时名叫武藤昌幸。

昌幸当时不过是一介使者，但家康却至今记忆鲜明，其缘由是当时昌幸倔强地紧盯着自己的褐色眼神。刚开始家康认为此人以信玄武力为后台，“轻视自己”。但随着交涉进展，家康逐渐感到此人其实并非轻视自己。昌幸似乎也对在织田、今川，以及武田等强者如林的环境中，虽被强者摆布折腾，但却坚强地巩固着自己独立地位的家康抱有极大兴趣。

家康还听闻，在织田军进攻的混乱中，武田家世袭家臣及门众纷纷背叛主君武田胜赖，自顾不暇，只有守卫上野国岩柜城的真田昌幸坚持抗战到最后一刻。

正是此人圈地营建的新府城，“此时却助自己抵御北条”。家康感到一种命运的不可思议。

将来家康与昌幸之间还将产生一段奇异因缘，但此时两人当然不可能知晓这一切。

专心抵御北条军的家康，很快便忘记了昌幸。

家康在新府城布好阵时，北条氏直率领北条军在一处叫作若神子的地方也布下了战阵。

若神子距新府城一里（约四公里）有余。此处是连接甲斐与信浓的信州往还街道、佐久往还街道，以及武田信玄开拓的军用路棒道三道相交的交通要冲。当年信玄总是在若神子集合各路兵力，然后由此出发，进攻信浓国。此处对信玄来说，是一个重要的军事基地。

“能把主阵地设于若神子，北条也不简单啊！”家康以锐利的目光凝视着展现在新府城前方的八岳连峰。

据斥候报告，北条军并未驻扎在若神子住宿地，而是驻扎在能俯瞰若神子村落的山顶若神子城。

“若神子城沿山脊建有北城、古城、南城三曲轮，且三曲轮相连。北条军还加固了土墙、城壕等，布防严密。”本多正信指着舆图道。

“如此看来，将要来一场大战啊！”家康脸色显出闷闷不乐。

“确实如此。自打初代北条早云以来，北条家一直梦想成为东国霸主，值此千载一遇良机，绝无放过之理。”

“嗯。”

“对大人来说，此战将决定大人命运，此时绝不可打退堂鼓。”

“可对方兵力占优，且京畿形势也令人不安。因此对我方来说，最好不要恋战。正信，可有什么好点子？”

“臣有一愚策，不知可否相告？”本多正信看着家康。

“什么想法？说来听听。”

“若顺利，我方或能不损一兵一卒，即可把北条军赶到山后去。”

“如此好事，能做到吗？”

“可否把此事全权交给微臣？”

“好吧！”家康本就很信任谋臣本多正信，于是此事便全权交给了他。

本多正信当天便从新府城消失。他带着很少几个随从，前去信浓砥石城。砥石城城主真田昌幸听说家康家臣本多正信突然造访，眉头上挑：“哦？”

德川军与北条军在信浓对峙正酣，本多正信却单身造访北条阵营真田之城，何其大胆？

“如何是好？是否派快马去若神子，急报北条大人？”真田昌幸长子源三郎信幸道。

真田源三郎信幸年方十七，年轻有为，聪明伶俐，颇有其父智将面影。

“不可冒失！”昌幸制止道，“我们并非北条家世臣。对方单身造访，必有其缘由。还是先听其言，观其色，而后再行。”

真田昌幸在城内月见楼接见了本多正信。此时真田昌幸三十六岁，本多正信四十五岁。两人都是长期在战乱中摸爬滚打，经验丰富，已达“老练”。

“真田大人，且容在下不多虚言，开门见山。”本多正信道。

“有何高见，还请示教！”

“大人当已有所耳闻，在下主君德川家康现下布阵新府城，正与布阵若神子的北条氏直对峙。”

“那又如何？”真田昌幸假装糊涂，看着窗外夏日的树木。

“在下有一事相求！”

“何事？”

“有劳大人率领手下，从背后攻击驻扎在若神子城的北条氏直。”

“我还以为有何见教，原来是此事啊！”真田昌幸哈哈大笑。

“当然不会亏待大人。”本多正信没笑。他表情严肃，认真告诉真田昌幸。“作为回报，事后信浓国诹访郡全域归大人领有。”

“诹访郡全域？”真田昌幸双眼蓦地闪出亮光，“此话当真？”

“一言为定！”本多正信干脆利落地答应。

深夜，本多正信躲过敌人耳目，潜回新府城家康营帐。

听完本多正信的汇报后，家康一脸不快。

“什么？你竟答应给真田出具领有诹访郡全域的分封状？”

“真田若能归附大人，则北条军将无路可退。当初微臣以为口头答应即能说服真田，未曾想真田昌幸曰拿不到诹访郡分封状则不会行动。微臣无奈，只能答应。”

“但诹访郡早已答应战后分给依田信蕃。若又答应给真田，那将对相信我而孤军奋战的信蕃作何解释？”

武田家旧臣依田信蕃受家康之命，深入信浓，正在怀柔各路地方武士。为激励他卖命，家康早已答应事成之后把诹访郡恩赏给他。若再给真田昌幸发同一地的领有分封状，则难免落下出尔反尔的骂名。

“此事全都交给微臣，大人不用费心。”本多正信很有自信。

“无论如何，在此关键时期，最为重要的是把信浓国武将能拉一个便拉一个过来！”家康叮嘱道，“正信，可千万不能留下祸根啊！”

此后，若神子北条军暂时没有进一步行动。德川军与北条军相距一里（约四公里）有余，互相牵制，僵持不下。

此时京畿局势如下。

六月二十七日，在尾张国清洲城召开了决定信长继承人的会议。此会世称“清洲会议”。

会上，织田家首席家老柴田胜家推举信长三子织田信孝为后继。而上演了中国大逆袭奇迹、打败叛军明智光秀的羽柴秀吉，则推举信长嫡孙、仅有三岁的三法师为后继，与柴田胜家展开了激烈的主导权之争。

从资历上说柴田胜家在上，但羽柴秀吉则有“为主君报仇”的殊勋。面对如此不容置疑的功绩，资历深厚的家老们也只能闭口无言。清洲会议自始至终都按秀吉的意愿进行。此时谁都能看出来，今后的天下将以秀吉为中心转动。

“噢，就是那个秀吉啊！”

听完石川数正从京畿回来禀告的清州会议始末后，家康的争霸的野心受到了强烈刺激。

今后羽柴秀吉与柴田胜家将在京畿激烈交锋，争权夺利。虽在此次平叛中未能占有先机，但柴田胜家号称“鬼柴田”，他绝不会轻易服输认败。

“羽柴与柴田，大人可要与谁联手？”石川数正问道。

“眼下还不好说。”

“以微臣愚见，羽柴秀吉因最早起兵，为织田大人报仇，讨伐逆贼，故集京都众人气于一身。说到底，此人当下占尽天时地利人和。”

“嗯，对京畿形势，当下静观为上。我应趁织田家臣互争互斗，无暇顾及其他之良机，击败北条军，把势力扩大到东国全域。”家康自言自语，仿佛在说给自己听。

真田昌幸动向成为制胜北条军的关键。因此，家康给昌幸颁发了以下内容的预定分封状：

> 除真田现有领地信浓国小县郡、上野国吾妻郡确定不变外，再分上野国利根郡之箕轮周边及甲斐国内两千贯文、信浓国诹访郡全域与真田昌幸。

真田昌幸不仅受到本多正信游说，还被家康家臣大久保忠世及武田时代同僚依田信蕃等轮番劝说，最后终于态度软化，答应道：“好吧，跟德川大人走吧！”

十月中旬，因真田昌幸与北条断交，一直僵持不下、处于胶着状态的战线突然动起来。真田昌幸与依田信蕃等占领了上野国与信浓国接境的碓冰岭，并连续攻陷了北条军占领的望月城和岩村田城等。其结果，截断了北条氏直军从上野国经信浓国至甲斐若神子驻地的辎重运输。面对如此局面，年仅二十一岁的年轻主君北条氏直惶惑不已，不知如何是好。

“如不采取措施，我等将被困死在甲斐之地。”北条氏直叔父北条氏规开口道。北条氏规是上上代北条氏康五子，此时辅佐北条氏直。

因信浓国诸将相继叛离，战局从开战当初的北条军占优势，逐渐转为德川军占优势。北条氏直希望尽快决出胜负，故命占领甲斐东部都留郡的同族北条氏忠、北条氏胜率军袭击德川军背后。但此作战被德川军事先探知，北条军反遭德川军伏击，大败而归。此战号称“黑驹合战”。

此外，北条军还趁德川主力不在之机，分出一部从伊豆向骏河发动侵袭，但也受到德川守军有力反击，最后只能溃败而退。况且真田昌幸等信浓国地方武士相继背叛，北条军败色渐浓。

“战局以趋势为重。一旦坠入颓势，若硬要扳回，则难上加难。以愚之见，此时宜以讲和为妙。大业且等时局变化，再做打算不迟。”北条氏规向总大将北条氏直进言道。

“虽心有不愿，但叔父言之有理。”北条氏直扭曲着北条家族特有的端正长脸，咬紧下唇。

“时而以军攻之，时而驱使手段与敌周旋，以外交手段扩大领土，此为我北条家自初代北条早云公以来的战术。此时与其和德川军坚持血战，扩大牺牲，还不如逼德川与我平分武田旧领，双方井水不犯河水最为上策。”

“好吧，就按叔父所说的办。”北条氏直点头。

此后不久，便有讲和使者从若神子北条军驻地来到新府城家康营帐。

“对方终于顶不住了！”本多正信一脸得意。

“我北条大人愿与大人永结秦晋，互不侵犯。”

“永结秦晋？”家康笑了。

织田家与北条家在家康作为中介的撮合下，曾经结为同盟。

“到底是谁撕破盟约！”家康心中飘过一丝冷笑。

但此时战局混乱，若问责对方，僵持不化，则将一事无成。

“好吧，北条方既欲结秦晋之好，我方亦愿握手言和。”

但家康并不想无条件与北条方和解。即便和解，也应尽量争取对己方有利的条件。

家康命令本多正信：“命潜入北条军谍人，在北条军中散布谣言。”

“何种谣言？”

“出席清洲会议的柴田胜家、秀吉、丹羽长秀等织田家各路大将，对单方面撕毁盟约、出兵随意占领织田领地的北条军非常气愤，不日或将出兵讨伐北条。”

“柴田胜家与秀吉两人水火不相容，难道会携手出征关东、讨伐北条吗？”本多正信很怀疑。

“所以是谣传啊！”

实际上，家康早已多次请求有同盟关系的织田家诸将派援军增援自己。

但在信长死后，他们为巩固自己立场，争得你死我活，各自自顾不暇，谁也腾不出手来关东增援家康。羽柴秀吉在清洲会议上虽掌握主导权，但柴田胜家等绝不容忍，采取各种手段希望翻盘，两人激烈对立。再加上信长次子织田信雄、三子织田信孝各怀鬼胎，京畿形势危机四伏，一触即发。

“京畿派援军之类，本来便无指望。但只要有谣言，便会令北条军陷入混乱和不安。”

“大人此举确实会有效果。”本多正信信服地点头，“微臣这便派人按大人所说去办。”

“嗯。”

时隔不久，若神子北条军内部便谣传织田军援军正向东挺进。援军总数被兵士们添油加醋，有说四万，有说五万，互相风传。北条氏直心焦火燎，又要令手下冷静，又怕谣传成真，令全军覆没。

“局势既已如此，只能尽早与德川军达成和解。”北条氏直接受叔父北条氏规建议，加紧与德川方和谈。

十月二十九日，德川、北条双方签订约法三章，内容如下：

一、北条军放弃所占甲斐国都留郡及信浓国佐久郡。

二、德川军承认北条家对上野国的领有权。

三、家康把督姬公主嫁与北条氏直。

德川与北条讲和成功，结束了以本能寺事变为起因发生的世称“天正壬午之乱”的东国动乱。

由此，家康以承认北条对上野国，即今日群马县的领有权为代价，成功获得了对甲斐国、信浓国，即今日之山梨县、长野县的统治权。

既有的三河国、骏河国、远江国三国，再加上新获取的甲斐国、信浓国两国，家康终于成为统领五国的大大名，总石高达近一百五十万石。

而北条也因获得对上野国的统领，成为能对关东八州发号施令、名副其实的“关东之王”。

家康侧室西郡之局生下的次女督姬，于次年即天正十一年（1583年）八月，嫁与北条氏直。由此，德川与北条两家结为姻亲。

本能寺事变后未过多久，家康身边便发生很大的变化。

“我自觉与当初艰苦镇压三河一向宗暴动时未有任何变化。”

家康自己虽作如此感慨，但周围人对家康的态度却发生了质变。而北条军撤退后，家康在率军撤回甲斐府踯躅崎馆的途中，也亲身感受到了这种变化。沿道匍匐在地的百姓，神态与从前显然不同。他们对骑在马上的家康毕恭毕敬，他们衷心害怕并敬畏家康。

“此即手中掌有权力之故啊！”

家康想起随着接近权力顶点，突然无故发狂，然后逐步走向疯狂，最终走向毁灭的信长。权力可畏啊！掌握权力之人，无不被权力所吞噬。权力的狂流能搅乱人心，令人忘乎所以，失去本性。

“我绝不变！对！我怎能变呢？”家康对自己说。

回到踯躅崎馆后，大久保忠邻求见。家康曾命大久保忠邻在甲斐国东部盐山附近防守，对当地武士恩威并施。

“情况如何，忠邻？”

“这个……”大久保忠邻似有难言之苦，“微臣冒昧带回一女子。”

“什么？女子？”家康皱起眉头。

"是。"

"什么样的女子？"

"武田家旧臣之女。说是女子，其实是拖儿带女的寡妇，年纪已不小。"大久保忠邻道。

"武田家旧臣？是哪位有名武士吗？"

"大人可否记得，从前攻打高天神城时，有位给我军带来很大麻烦的武将，叫做饭田久左卫门直政？"

"噢，饭田久左卫门当然记得！"家康听到这个名字，来了兴趣，把身子往前凑了凑，"饭田久左卫门虽为敌将，但作为一个武士却令人钦佩。他骑术精湛绝伦，在战场上极为突出，作战勇猛，行动果敢，我常叫年轻近侍们要以饭田久左尾门为范。"

"原来大人早有耳闻。"

"难道你把那个饭田久左卫门之女带来了吗？"

"对。其女被人贩拐骗，差点被卖到奥州，恰巧被在领内巡视的微臣手下发现。"

"什么？被人贩拐骗？"家康脸现阴影。

"被从人贩手中救出就该知恩图报，可那寡妇，脸皮真厚，竟还死磨硬缠一定要面见大人，说有话要面陈大人。微臣对她说，大人日理万机，哪有时间见你一个女子？可她就是不听，微臣也是实在别无他法。"大久保忠邻擦了擦头上冒出的细汗。

"好吧，把那个女人带进来吧！"

"真带进来吗，大人？"

"武田灭亡后，此女如何逃命至今虽不可知，但想必受苦不少。若倾诉之后能少些痛苦，何乐而不为呢？"家康道。

见此女子，一是敬其父饭田久左卫门是员猛将，另外此女子差点被人贩子卖掉的命运，也令家康内心产生强烈震撼。当年家康在被送往骏河今川家做人质途中，曾被渥美半岛当地豪族户田康光绑架，以一千贯铜钱卖给织田家。当时自己的凄惨记忆，此时与此女子的悲惨命运重合到一起。

不时，一个女人被领到家康面前。

听说是拖儿带女的寡妇，家康还以为是个什么半老徐娘。可面前这女子还很年轻，至多二十来岁。

女子一点都不胆怯，大大方方地抬头看着家康。

这个女人说不上是美人，肤色也并不太白，也没有楚楚动人的风情，但她下颌宽厚，显然有着坚强的意志。穿着绛紫色小袖便衣的身体，强健有力，丰乳肥臀。与其说是藏于深闺的武家女，还不如说是一个下地干活的农家女。但此女却强烈地吸引着每个见到她的人。

“此女眼神很不一般。”

家康从未见过哪个女人的眼神如此吸引人。她正面直视自己的眼神，炯炯有神，直刺家康心里，令他产生一种莫名其妙的感情。

“饭田久左卫门勇士的千金是吧？”家康问对面的女子，“名叫什么？”

“小女名叫须和。”女子直视着家康，眼瞳一动不动。

“须和？听大久保忠邻说，你受了不少苦，还差点被人卖了。此话当真？”

“此亦乱世之常。家父是被织田大人消灭的武田家臣，小女已是一介草民，早已认命。”

说话沉着冷静，言辞得体，可见头脑聪慧，胆量过人。

“若生为男子，定为一骑当千的强悍武士。可惜啊！”家康心想。他对此类女子并不厌恶。不但不厌恶，甚或可说反而更觉合他的口味。

“听说你已守寡，尊夫有何不幸？”家康问道。他莫名地对能抱拥如此丰乳肥臀的男人产生了某种嫉妒。

“贱夫神尾孙兵卫在石和的春日神社任神职，生来病弱薄幸，五年前因病故去。”

“有孩子吧？”

“幸有猪之介、阿岩二子。”

“可有话一定要当面说与我听？”家康感到自己不知不觉已对须和产生了深深的怜恤。

对须和产生怜恤的原因，或许是因为看到须和看似坚强，但实际上放在膝盖上紧握的双手却在颤抖，拼命控制自己的紧张，努力保持冷静的神态。

“德川三河守大人！”

“有话便说，不需多虑。”

“那……”

话未说完，须和便解开上身衣襟，把自己的柔胸亮到家康面前。

“这是干什么？”家康不由得倒吸一口凉气。

正如隔衣想象，果然双乳丰满。养育过二子的丰满的乳房，乳晕很小，像朝露滋润的巨大果实，坚挺浑圆，美妙无比。

“小女这贱身，今日献给大人，任由大人处置。”

“胡说什么？”

“愿煮愿烧，或当下用剑穿刺，无论大人如何处置，小女对大人绝无任何怨言。”须和口气坚决，“作为交换，恳请大人收留犬子，为大人做牛做马。”

“你——”

“小女身贱，无所畏惧，只是两个犬子将来难免受人侮辱，尽尝辛酸。为人之母，实难忍心。大人莫笑小女小题大做，小女以身相许，舍命相求，衷心期望大人可怜我孤儿寡母。”女子紧咬的下唇渗出鲜血。

轻浮的好色之心不知不觉间从家康心中消失，取而代之的是猛然从心底涌出的一股烈火般的热情。

“快合上衣服，小心着凉！”家康叮嘱。

“不，三河守大人若不答应，小女绝不穿衣！”须和直视着家康。

“我要是说不答应，你会如何？”

“大人若真不答应，小女当场咬断舌头，撞死在此。”

“胡闹！”

“大人尽可耻笑小女，小女——”

“须和！”家康按捺不住，呼吸急促。

此后不久，原武田家家臣饭田久左卫门之女须和，成了家康爱妾。须和深受家康宠爱，被称作“阿茶之局”。

阿茶不仅作为一个女人感恩家康，更因他把自己的孩子从地狱中拯救出来，而对他心怀无限感恩。

“若为大人，小女愿牺牲一切。虽身为女子，但大人假如叫小女死，小女随时愿冲入敌阵，为大人献身。”在寝床上，阿茶趴在家康耳边轻声细语。

“胡说八道！我能让你做那种事吗？”

“是说假如。”

“虽说假如，但你倒说不定真做得出来！”

“这个嘛……”

阿茶是个聪颖的女人。家康说一，她不用再问，便能理解到十，且从不耍小聪明逞能。她善用轻语妙言，抚慰在战场厮杀、心灵受到创伤的男人，还能用豁达开朗的房中术拥抱男人。家康也算见过无数女人，但如此令人放心、使人放松、善解人意的女人，他还是首次遇见。

回到滨松，家康把阿茶母子三人托付给滨松郊外万斛村的大豪族铃木全右卫门照看。

铃木全右卫门是滨松一带最大的豪族，属于当地头面人物。把阿茶母子三人托付给他，令他照顾，使他自己体会到：“大人竟能如此信赖我。”这样家康就可以把铃木全右卫门拉入自己门下。家康当年把生下次子于义伊的侧室阿万托付给中村源左卫门，用的是同样手段，追求的是同一目的。

据传，家康鹰猎回府时，经常会造访铃木全右卫门府，与阿茶同去附近名刹甘露寺，并排坐在前庭，欣赏飘着梅香的古木。

但此时，已身为五国太守的家康周边并不容他无忧无虑轻松愉快地欣赏梅花。

天下新乱，正在酝酿成形。

第十五章

秀吉

此处有一个人。

此人有着一双骨碌碌转动、黑黝黝闪光、充满野心的茶褐色眼睛。

此人从尾张国中村一农民穷小子的身份爬上来，仿佛乘着乱世的东风在高空飞舞的大风筝，横空出世，令人瞠目。

羽柴秀吉——此人于山崎合战中打败明智光秀，从织田信长众多家臣中脱颖而出，一举成为距离“天下”最近的时势英雄，集世人瞩目于一身。

主君信长存世时，不知他曾在多大的现实层面上考虑过追求“天下人”（掌握天下权柄之人）的宝座。或者说，因为有信长这一绝对主君的存在，毫无疑问，他连想都不敢想诸如此类的追求。

但信长死了。

在得知信长死讯的瞬间，占据秀吉大脑的是肚子好似被掏空般的丧失感和从未体验过的不可思议的解放感。

“啊啊，终于摆脱上大人束缚了！”

自己能有今天，全靠主君信长栽培提携。失去主君的悲哀当然无可比拟，但一直笼罩在自己头上的乌云消散无影的兴奋也令秀吉浑身震颤。军师黑田官兵卫在如此悲情与兴奋并存的秀吉耳边恶魔般嘀咕道：“若想夺取天下，机会千载难逢！”秀吉强烈地意识到要夺取天下，并以自己的意志付诸行动，或许便是始于这一瞬间，也未可知。

“一个只能给上大人提草鞋的穷小子，竟要夺取天下！”

夺取天下，成了令秀吉兴奋无比的最大目标。

当然，虽说上演了一场奇迹般的中国大逆袭，镇压了明智光秀的叛乱，但秀吉还有无数的敌人。在决定织田家后继的清洲会议上，最终决定信长嫡孙三法师继承家督。表面上是羽柴秀吉、柴田胜家、丹羽长秀、池田恒兴四人合议的结果，但柴田胜家绝不可能老老实实、眼睁睁看着信长死后由秀吉主导一切。

“好盛大的葬礼啊！”一个白粉妆脸、细眼细眉的男人对住在京都本国寺临时宿所的秀吉道。

这个白脸男人是今川氏真。今川家灭亡后，氏真投靠表妹筑山夫人，屈居家康门下。当筑山夫人因被疑与德川信康谋反而被处死后，他在德川家再也待不下去了，于是逃出德川家，上京而来。上京后，他在旧知公家里东一天西一天混日子，后听说羽柴秀吉最有可能继承织田政权，他便精明地设法接近秀吉，并成功获得秀吉宠信。

“你是说刚在大德寺举办的上大人葬礼吧？”秀吉摸着下巴上的胡须道。

“是啊！是啊！”今川氏真巴结地连连点头，“京城人都说，从未见过如此盛大的葬礼，羽柴大人才是忠臣楷模。织田右府大人若在天有灵，定然心满意足。”

“阁下可有同感？”

“那还用说！”

“嗯。”

对于今川氏真令人耳根发烧的拍马屁，秀吉耳旁风般地听着。

“可令人不快的是，织田家有些重臣却未参加如此盛大的葬礼！想必羽柴大人也很不愉快是吧？”

“噢，那事啊！”秀吉咬了一口作为茶点端上来的蜂屋柿[1]，“那无所谓，无所谓！”

“大人意思是？”

“柴田胜家等织田家重臣没来参加葬礼，不为别的，正是因为本人未允许他们参加。”秀吉吃着香甜的蜂屋柿，开心地笑了。

“大人为何不许重臣们参加葬礼？”

“故意要惹他们发怒。”

“啊？”

“人若发怒便会不冷静，不冷静便会冲动，那正是本人的目的。”

“在下不懂。”

“不说那话了。氏真大人，能否把骏府或滨松的事情告知在下二三？秀吉我还是个流鼻涕小儿时，曾给今川家臣松下加兵卫

1. 蜂屋柿：蜂屋产的一种柿子。蜂屋即今岐阜县美浓加茂市蜂屋町。

当过小奴，自那以来，好多年未曾涉足东国之地了。有何有趣之事，说来听听。”秀吉以一副招人好感的表情看着今川氏真。

正如今川氏真所言，秀吉没有邀请织田首席家老柴田胜家和信长的众多子孙参加在大德寺举办的葬礼。被允许参加葬礼的，唯有支持秀吉的丹羽长秀、池田恒兴，以及作为丧主的秀吉养子于次秀胜（织田信长四子）等少数人。此事激怒了本来便对秀吉心怀不满的柴田胜家及织田家其他家臣。

“贼猴子，竟以上大人继承人自居！可笑！”柴田胜家气得手乱抖。

与柴田胜家关系紧密的信长三子织田信孝，也因家督一位被秀吉推举的三法师占去，义愤填膺：“哼，我与那猴子不共戴天！”

因反秀吉利害一致，柴田胜家便亲往织田信孝当城主的岐阜城，多次密谋。

“柴田大人！如此以往，秀吉威望会越来越高。要阻止那厮成气候，柴田大人娶了阿市姑姑如何？”织田信孝给柴田胜家提议。

阿市是信长胞妹。织田家与近江浅井家结盟时，她曾嫁给浅井长政。浅井家灭亡后，她便带着三个女儿回到了织田家。年龄虽已三十有六，但被誉为艳绝三国的阿市美貌依然如故。若能娶阿市为妻，柴田胜家便成为织田家姻亲，发言权、影响力自然非同小可。

“阿市公主愿下嫁于我吗？”柴田胜家咽了一口唾沫。

“大人意下如何？”

“我当然无上荣幸，有劳大人做媒。”柴田胜家向织田信孝低下了头。

因为被织田信孝说服，也为自己女儿们的将来考虑，阿市答应再嫁柴田胜家。于是，阿市带着茶茶、阿初、阿江三个小公主，再嫁到了越前北之庄城。

有了这层亲戚关系后，柴田胜家与织田信孝关系更加紧密。再加上因为没被允许参加清洲会议而对秀吉心怀不满的泷川一益，三人遂结成反秀吉同盟。

同一时刻，家康在滨松城迎来一位来自京城的贵客——原关白近卫前久。此人本为朝廷最有实力的大臣，现出家为僧，僧号龙山。

“好美的海啊！胸中块垒，尽皆消散，令人心旷神怡啊！”

近卫前久看着滨松城南的远州滩，精神愉快。

“我每日观此景早已习惯，并未觉得有何特别之处。”家康一脸认真。

“非也！实在令人羡慕不已啊！还有此地各种美味佳肴。本人穷途末路，投奔三河守大人，却受此盛情款待，不胜感激之至啊！”

近卫前久在城内书房接受家康招待午餐。醋拌虾虎鱼、水煮笠子鱼、酒蒸道满蟹等京城闻所未闻、令人欲尝不能的新鲜海味，摆满了红漆杯盘。

“本人近日在京畿备受排挤，能如此享受美食，轻松愉快，已属奢望了。”

“如此乡下粗茶淡饭，不知合不合大人尊口。对久居京城的贵人来说，到底还是京都的水更合口吧？”

“京都那香甜的美水，也因羽柴筑前守横行霸道而变得很苦了。”

家康没有回应，只是一口喝干了杯中的酒。

家康通过茶屋四郎次郎早已得知，眼前这个长得白蜡刻就般白脸的公家魁首，为了保持朝廷权威，曾在暗中支持明智光秀反叛。他还怀疑，镇压了光秀反叛的秀吉，其实也早就知道本能寺事变背后有近卫前久怂恿。因此近卫前久在京城待不下去，便来到他认为有实力对抗秀吉的家康的滨松城。家康觉得近卫前久或许“某个时候会有用”，于是就收留了他。

“羽柴筑前守是个卑鄙小人，任何事情都想用钱解决。”

“有钱才能做事啊！”

“但任何事情都应有限度。说到底，还是读书太少。”

看来近卫前久对秀吉厌恶至极。

原关白近卫前久此后一年间，一直蛰居于家康处。据《武德编年集成》记载：

> 远下滨松，神君（家康）厚遇之，悠然滞留。

家康对于近卫前久总说秀吉之野心云云，并不感兴趣，他一直冷静地关注着京畿的动向。

对于柴田胜家、织田信孝、泷川一益三者的联合，秀吉避开全面对决，采取了各个击破的战术。各个击破战术是秀吉主君信长当年陷入苦境时常用的一种战法。

秀吉很幸运，柴田胜家带着新夫人阿市回到北陆北之庄城后，被暴雪所阻，不到春天雪融，不可能出兵。

“若要行动，唯有此时！”

秀吉首先把目标定为驻扎在近江长滨城的柴田胜家养子柴田胜丰。

长滨城本为信长居城，但在清洲会议上，柴田胜家为在畿内确保立脚点，强烈要求得到长滨城的所有权，秀吉最后让步，把城让给了柴田胜家的养子柴田胜丰。但其实柴田胜丰与养父柴田胜家关系并不融洽。胜丰是柴田胜家姐之子，在成为柴田胜家养子后，胜家又生下了名叫权六的嫡子（柴田胜久）。况且在柴田家臣中，以勇武著称的佐久间盛政颇受重用，柴田胜丰地位早已不保。

秀吉在摄津山崎新筑居城。他关注并分析诸国形势，虎视眈眈地寻找挖掉柴田家墙角的机会。

十二月九日，秀吉在近江安土集结五万兵将。

秀吉集结大军，对柴田胜丰形成了无形的压力。他还派使者带着黄金去长滨城游说柴田胜丰：“阁下才智过人，但在柴田家却备受冷遇，实在令人惋惜。若能归顺我方，定有重赏。”因为养父对自己冷淡，柴田胜丰本就心怀不满，有此诱惑，当即决定归附秀吉，与养父诀别，无血开城，交出长滨城。

不费吹灰之力占领长滨城后，秀吉又率兵越过不破之关，进入美浓，直指威胁自己、形成包围网的三角同盟之一——织田信孝盘踞的岐阜城。

秀吉的行动，令织田信孝胆战心惊，惶惶不可终日。

率大军包围岐阜城后，秀吉宣布：“织田信孝大人违背了清洲会议约定。会议约定，安土城修复完工后，三法师将从岐阜城移居安土城，交由秀吉监护教育。但至今织田信孝大人都未履行约定。织田信孝大人别有用心，路人皆知。”秀吉认定织田信孝违反约定，要以违反约定为理由攻城。

“这可如何是好？”织田信孝心急如焚。

救命稻草柴田胜家因大雪封山，不能出兵救援。伊势长岛的泷川一益也被归附三法师监护人秀吉的织田信雄军阻止，难以前来为岐阜城解围。本以为美浓国地方武士们会支持自己，但在秀吉的威逼利诱之下，他们大都背叛，还留在岐阜城内的仅有不足两千人。

“我不能像父亲那样，在兵火中惨遭烧死。”

织田信孝并无在孤立无援的困境下，固守居城、拒不投降的坚强意志。他决定投降，交出一直留在岐阜城的三法师，同时还把生母坂氏作为人质交给秀吉一方。秀吉遂率军凯旋近江，迎接三法师入居安土城。

家康命石川数正负责与秀吉阵营交涉。他从石川数正处得知，反秀吉包围网业已破裂。

旧年过后，时间已进入天正十一年（1583年）正月。滨松城内举行新年祝贺礼，除三河、远江、骏河诸将外，还有旧年新领有的甲斐、信浓两国武将前来恭贺新年。

“今年正月比往年热闹多了。”石川数正看着坐在松树画前的家康道。

“人多地广了，事情也便会多，麻烦啊！”

“大人所言非也。我德川家今后必将更加繁荣壮大！”或因今日是新年元旦，石川数正特祝家康未来兴旺。

“先不说这些，先说秀吉！那人说什么啦？”家康抬起靠在凭几上的身子。

“羽柴筑前守对大人看来那是相当信任啊！”石川数正道，“羽柴筑前守抽着鼻涕道：‘在当年金崎撤退战中，三河守大人不顾自身危险，把火铳队留给我筑前，助我脱险。我筑前能有今日，全托三河大人救命之恩。今日能否可怜我筑前，再助我一臂之力？若不能合力相助，至少不要加入柴田一方，我筑前便感激不尽。’”

“抽着鼻涕？”家康眯着发困的眼睛，“难道你真相信秀吉所说之话？”

“现下羽柴不想与大人为敌，应为真心。大人若与柴田胜家、泷川一益联手，他势必命悬一线。”

“愚蠢！金崎撤退战与现下，我方与秀吉方立场完全不同，这是在讨价还价！”

“啊！”

“你即刻去给秀吉传话。”家康看着滨松城庭院中盛开的山菊，缓缓地摸着下颌道，“我方现忙于统领新领甲斐及信浓，无暇顾及其他。承蒙羽柴大人抬举，虽一心想助力大人，但我方现时确无力顾及其他，还望大人谅解。同样，柴田胜家大人若有助力之邀，我方亦会婉拒。在下遥祝大人武运昌隆！”

“大人这是要与羽柴阵营、柴田阵营都保持距离吗？”

“秀吉自己也说只要不助力柴田即可，现下不能表明我方态度。”

“微臣明白！”

石川数正走后，家康叫近侍道：“有人吗？”

“有事吗，老爷？”

“备马，出门！”

“虽说已过初三，但今晚还有三河旗本们的贺年宴。大人若不在，旗本们会作何感想？”近侍不知如何是好。

“不需过虑，屠苏已喝腻了。”

“大人要去何处？”

“铃木权右卫门家。”家康低声说完，便上马出城门而去。

大豪族铃木权右卫门府邸在距滨松城二里（约八公里）之地的万斛村。万斛村位于二俣街道与笠井往还两条大道相交的交通要冲。祖祖辈辈威霸于此地的铃木府位于二俣街道边，是一座长宽各两町（约二百米）的宽大宅邸。宅邸院内古木参天，周围有一圈宽阔的水沟。大门是钉满镔铁门钉的榉木门，门楼威风凛凛，格式高贵，说是武士公馆亦不为过。

家康带着随从来到万斛村，在铃木权右卫门府邸门前下马。

天色已晚，夕阳染红西边天空。家康轻车熟路走进大门，穿过庭院，直接走向偏房。这里，住着家康的一个“女人”。

“什么风突然把老爷吹来了？”

不烦侍童出手，家康自己打开槅门，里边一个身穿水晶花色窄袖便衣的女人惊讶地抬头问。

此女便是阿茶。

本来并非羞花闭月的美人，但受到家康宠爱后，阿茶肤色日益柔白滋润，脸庞光洁红润，仿佛从内面发光的珍珠。宠爱给女人带来自信。阿茶言谈举止沉稳有度，待人接物品位高雅。

“突然来不打搅吧？”家康盘腿坐下道。

“老爷说哪儿的话！贱妾以为此时老爷在城内还应有贺宴。作为城主，老爷不参加贺宴不失礼吗？”

“忽然想见爱妾了。御厨师父费心尽力做的那些山珍海味吃腻了，想吃阿茶做的汤泡饭了。”

“老爷的意思是，贱妾从未给老爷吃过像样的饭菜？”阿茶故意噘着嘴，好似在抗议。

“胡说八道！”家康拉住阿茶的手，“对我来说，阿茶自身才是世上最好的美味佳肴！”家康把阿茶抱进怀里。

他把头埋进阿茶丰满的双乳间，心想：“这女人的肉体，与其他任何一个侧室都不同。”

此女真真可心如意。被可心如意的阿茶搂在怀里，家康身心都很放松，日常的紧张烦恼全都忘记，回到一个活生生的男人的状态中。在床第之间，阿茶体贴宽容，有时拘谨，有时奔放，张弛有度，对家康的任何要求都不拒绝。

“爱妾可真是个妙不可言的尤物啊！”云雨过后，家康头枕在阿茶大腿上说。“当初首次见面，便你亲我爱，活像长年厮守的老夫老妻。”

“老爷莫非嫌弃贱妾曾是有夫之人？”阿茶哀怨地看着家康。

“岂能？”家康隔衣抚摸着阿茶圆润的膝盖，“与爱妾在一起轻松愉快，毫无拘束。即便肚内不适，要放屁也不需顾忌。”

“臭死人了！”阿茶羞怯地咯咯笑。

“对，臭味相投！”

“算是吧。”

“今后不论发生何事，阿茶都绝不会背叛我。这点我相信。”

“酒井忠次大人、石川数正大人，还有老爷最信任的本多正信大人。老爷身边有那么多忠义之士，难道还稀罕贱妾一人？”阿茶把手放到摸着自己膝盖的家康手上。

“家臣们确实人人都值得信赖。但当下是乱世，最近的例子便是织田大人，他便是被自己的重臣明智日向守杀死。稍有不慎，驾驭不当，良马也会突然变成烈马，狂嘶乱奔。”

“噢。”

“用人难啊！”

“倘若慢待，女人也会变成凶神恶煞的。”

“我绝不会慢待爱妾你啊！”

“慢待也无妨。老爷是把贱妾从地狱挽救上来的恩人。贱妾早已下定决心，愿把这贱身全献给老爷。”阿茶说话的表情充满坚定的决心。

“阿茶……”家康拉过阿茶小指，含进嘴里。

“你觉得秀吉如何？”家康问阿茶。

“羽柴大人？便是那个大家都知道长得像个猴子的人吗？”

“嗯，是很像个猴子。但这个猴子可不能小觑，实在智慧过人！”

“是要敌对还是联手，老爷可是犹豫不决？”阿茶很清楚家康内心所想。

“嗯。”

“听说羽柴大人是从给织田大人拿草鞋爬上来的？因为他对人世炎凉有切身体会，因此将来或许会成为老爷最大的对手。”

“爱妾看得明白！”

“贱妾以为最可怜的是织田大人的公子们。世人为织田大人后继是羽柴还是柴田争论不休，可从顺序上说，尾张清洲城的织田大人次子织田信雄大人才应是后继人，不是吗？”

“在当下乱世，无能无才便是大罪啊！嗯，且慢！”家康眼前一亮，蓦地从阿茶大腿上爬起来。

“怎么啦？”

“嗯嗯，信雄大人……还有这一手啊！”

“贱妾可说什么得罪老爷的话了？”

“不，正好相反。你可是我的福神啊，阿茶！”家康道，“见谅，我得快回城去，看来今后得忙起来了。”

家康双目闪闪发亮，急匆匆穿衣整带。

匆忙回到滨松城后，家康当即叫来本多正信。

“去见织田信雄大人，即刻准备。”

“去见信雄大人？”本多正信不敢相信自己的耳朵。

“对。”

“可是，大人若一定要见，那叫信雄大人来滨松不成吗？”

“不能。不管怎么说，信雄大人是上大人次子，气度非凡，自尊心强。我不去见，他定不会答应。”

“那，大人这是要去清洲了？”

“只能如此。即刻派人送去帖子！”

一月中旬。

为拜见织田信雄，家康从滨松城出发，前往尾张清洲城。他的随从仅有十五骑。随从少带，是为了不让对方多心。

其实，织田信雄更是个不幸的贵公子。他与在本能寺事变中与父亲信长一起遇难的织田信忠同样，都是生驹家出身的吉乃所生。但与作为织田家后继世子、一直成长在阳光大道上的织田信忠相比，信雄有段时间竟被送给伊势国北田家做养子，命运多舛，一直少见阳光，不能进入主流。

本能寺事变爆发时，信雄恰在伊势国松岛。获知事变急报后，他火速向安土城进军，但与明智军并未正面交锋，便在近江土山撤退。因为此次的软弱行为，信雄名誉扫地，清洲会议上，也无人推举他做织田家继承人。结果秀吉推举的信长嫡孙三法师被确定为织田家继承人，信雄只被推为三法师的监护人。

其实信雄所领石高确实不少。尾张国、伊贺国、南伊势等，合计有一百万石以上。但他内心极为不满："我不过是三法师监护人而已。而且监护人也徒有虚名，三法师还不是被秀吉夺走。"

听说同父异母弟织田信孝去年年底，在居城岐阜城被秀吉包围后诈降，危机过后重与北陆柴田胜家联手，决心与秀吉对决到底。

"相比之下，我自己却……"

信雄作为扩大了织田家势力的信长的次子，他绝不会因领有百万石便满足，他有着自己的欲望。

"不论羽柴还是柴田，都小看我，不把我当回事。但天生我材必有用，世上必将有属于我的地方。”

在严酷的乱世讲究实力的社会里，织田信雄受父亲信长亡灵影响，对自己的力量和才能过于自信。

越过三河国境，家康一行进入尾张国。在清洲城，除了织田信雄外，还有家康已故长子信康的遗孀德姬，此刻便来迎接家康一行。

“久未请安，父亲可好？”

信康自尽后，德姬离开三河冈崎城回到尾张清洲城娘家已有四年，岁月的风霜与夫君的不幸，都在德姬脸上留下无情的痕迹。德姬本来肤色白皙，鼻眼端正，貌美体健，但数年不见，眉目显出厉色，脸颊变得清瘦。虽说形势所迫，但因自己密告而使夫君自尽，并不得不放弃对登久姬、熊姬二女的养育权，最终只能孤身一人难舍难分地离开夫君之家，回到娘家。此事无疑始终是她的一块心病。

“小公主们都好，现今长得越来越像信康和你了。”家康关切地道。

“小女无颜见父亲大人。爱女二人，无一日不千思万想。”

“是啊。”

“现下寄身信雄兄长为城主的清洲城，静度岁月。小女曾求兄长，允小女出家为尼，超度亡夫信康和筑山婆母以及家父。”

“千万不可。德姬还年轻，只有德姬幸福，信康才能瞑目。”

家康与德姬说了许多从前的家事。悲剧之源武田家已灭亡，当事人信长也已亡故，围绕信康一事的恩怨，早已消散。

实际上，家康想要拜见织田信雄时，心中最先想到的便是信雄胞妹德姬。

“此次拜访信雄大人，多亏德姬引见，感激不尽。没给你添麻烦吧？”

“怎会有麻烦！”德姬摇头，“小女还有求于父亲，信雄兄长还请父亲多加扶助。小女知道早已无颜求父亲，但想到织田家的将来，早已看破红尘的小女也不禁……”

“知道。”家康深深点头。

德姬走后，信雄并未即刻来会客间。他无疑是故意摆架子，要在家康面前装大。

夕阳快要落山时，信雄才终于出现在会客间。

侍童点亮会客间的油灯。

“不辞远道，特意来访，辛苦了。”好似模仿亡父信长，信雄面对家康，摆出一副有些倨傲的态度。“有什么话要说吗？”

“信雄大人对当今天下形势，有何看法？”家康看着坐在上段的信雄。

“天下形势？”

“是。”

“有何可说的？柴田胜家、羽柴秀吉都忘了谁才是真正的天下之主！”信雄话音也像其父信长，声尖音高，“父亲信长从一介尾张国之主开始天下布武，经过无数血战和苦斗，扩大了势力。能继承父亲未竟事业的，绝非父亲家臣柴田或羽柴。他们不过是利用父亲血战的成果，来满足自己的野心和欲望而已。”

“但羽柴秀吉立织田家嫡孙三法师为织田家后继，柴田胜家拥令弟信孝大人为后继，此事当真？”家康一脸认真。

“哼。”信雄哼了一声，“本人实难接受的便是此事。三法师还是个不知左右的幼儿。秀吉形式上拥我为三法师监护人，但实际上他自己主持父亲葬礼，我行我素，为所欲为。”

“确实如此。”

“信孝也不好。身为三子，却企图登上织田家家督之位，可笑至极。”

“按道理，应是次子信雄大人继承上大人天下布武大业才是啊！”

“你也如此想？”信雄眼中猛地显出亮光。

“当然！”家康深深点头，“在下少壮之时曾与已故上大人结为兄弟之义，上大人所望之大业，自觉比任何人都深知。上大人若在天有灵，看到重臣们为满足私利私欲如此内讧争斗，不知作何感想。”

“你才是深明大义之人啊！”信雄舔了一下朱漆般红润的嘴唇。

“如有万一，我德川三河守将诚心诚意助力信雄大人。还望信雄大人能扬起大帆，乘船出海。”家康向信雄低下了头。

他说的都是心里话。虽说信雄并无继承其父信长天下布武大业的能力和器量，但在本能寺事变后混沌不清的形势下，与织田家公子联手，势必会拥有万一之时的大义。

“对，乱世方须大义！”家康想。

以此次拜会获得织田信雄信赖的家康刚回到滨松城，便有一人求见："下臣有事相求！"

来人是家臣真田信尹。真田信尹在家康家臣中属于新参家臣。他是信浓小县郡地方武士真田昌幸胞弟，因熟知新领地信浓国形势，受到家康重用。真田信尹当年为武田家武将，在攻打相模国玉绳城时，单身夺得敌将北条纲成黄八幡铠甲上的令旗，一举成名。

"何事？"家康问真田信尹。

"近日越后上杉景胜对我真田家加紧施压。"

"什么？上杉施压？"

"正是。上杉受织田军攻打，曾几近灭亡，但现下又死灰复燃。为阻止上杉侵入信浓，恳请大人出兵助我兄长昌幸一臂之力。"

"嗯……"

家康知道如此请求理所当然。家康领有信浓国时，与小田原北条有正式约定，但与越后上杉却无任何约定。而上杉景胜认为家康与北条的领土协定"并非公式协定"，也就是说，他不承认两者之间这一协定。

上杉家本来便领有现被北条家领有的上野国内部分土地；而在现被德川领有的信浓国内，其也实际统治着更级、埴科、高井、水内的川中岛等四郡。北条与德川私自决定分割自己的领土，他当然不会承认，也不可能承认。

"这厮比较棘手。"家康眉头紧皱。

上杉家自上辈上杉谦信以来，有着注重义气的家风。道理不通之事，坚决反对，决不妥协。况且能与信玄不分伯仲对峙的越后兵也相当精悍，现家督上杉景胜身边，还有虽仅有二十四岁，但精明过人的家臣直江兼续做军师。但家康既已占领信浓，与上杉的直接对决便是不可避免之事。身处最前线的真田兄弟深感危机，实属当然。

“那，上杉有何举动？”

“开始在虚空藏山筑城。”真田信尹在家康面前铺开信浓一带舆图，“虚空藏山是位于真田领有的小县郡与上杉军占领的埴科郡交界处的一座突兀小山。”

“山下便是千曲川啊。”家康看着详细描画着附近地形的舆图。

“对。此地河谷很深，两岸岩石伸向河谷，谷口狭窄，当地人称为鼠口。”

“对镇守小县郡的你们真田一家来说，此城好比刺在喉头的尖刀啊。”

据真田信尹说，虚空藏山上本有一座小型山寨，由葛尾城城主村上义清家臣多田淡路守驻守。但村上义清被武田驱逐逃往越后国后，此山寨便无人驻守，成为空寨。上杉景胜派海津城代村上景国为筑城奉行，进驻虚空藏山废寨，从越后动员大量石工木匠，日夜赶工，急于尽快筑成城堡。

“兄长昌幸居城砥石城距虚空藏山仅二里（约八公里）之遥，且两城处于同一山梁，若对方派出大军攻城，则砥石城不堪一击。”

“昌幸寝食不安吧？”

“兄长派忍者潜进筑城处放火，用各种手段想方设法破坏筑城工事。但上杉家家老直江兼续动员北信浓诸将加强保卫，已很难破坏虚空藏山城筑城进程，城堡完工已在眼前。”

“确实事态严重啊！”

“是啊。”

向家康报告完前线情况后，真田信尹直接奔赴信浓砥石城，给兄长真田昌幸汇报。

“是吗？德川自己说要拨款吗？”盘腿坐在廊下的真田昌幸，边吃烤熟的榧子边道。

“是，答应负担一半费用，命我筑新城以对抗虚空藏山的上杉势力。”

昌幸会意地笑了。

其实昌幸很早便想新筑城堡。现有砥石城不够坚固，不可能顶住立足虚空藏山城的上杉军侵攻。但真田家所领仅有九万五千石，不过是个实力弱小的小豪族。虽形势所迫，但要筑新城，负担还是过于沉重。于是他想到一计，指使在家康身边做事的胞弟真田信尹说服家康，负担部分筑城费用。对家康来说，虚空藏山的上杉军也是一个很大的威胁。令真田筑新城，若能阻止上杉军进攻，那区区筑城费用，不在话下。

双方利害一致，昌幸获得家康援助，开始筑新城。

真田昌幸选的新城址是位于上田盆地中心一个叫作泥渊的地方。千曲川流经此地蛇曲而行，形成一个天然河湾。北侧是陡峭的悬崖，若在悬崖上筑城，千曲川便成为天然屏障。另外，东边是神川流域，从西向北都是泥沼湿地，对攻城一方来说极为不利。因此，这里不仅是一个要隘，更是东山道与北国街道等交通要道的要冲之地。此新城，世称“上田城”。

由于家康不惜重金，不吝工匠，新城工程成为少有的巨大工程，进展顺利，最后终于建成难攻不破的新城。

但新城将给家康和昌幸双方带来令人唏嘘的命运，此时当然无人知晓。

家康注意力集中在上杉景胜动向的这一时期，天下形势大变。

天正十一年（1583年）四月二十一日，羽柴军在北近江贱岳山击溃柴田军，打败了宿敌柴田胜家。此战世称“贱岳之战”。

柴田胜家仅带数骑随从，狼狈逃回居城越前国北之庄城。但秀吉挥军追击，趁势包围了柴田胜家居城。走投无路的柴田胜家放火烧掉天守阁，与爱妻阿市一起自尽身亡。

“贱岳之战”大败后，反秀吉势力土崩瓦解。与柴田胜家结盟的信长三子织田信孝在尾张国野间之地切腹自杀。同情反秀吉同盟的泷川一益也失势没落，所领伊势五郡被没收，领地仅剩近江国内五千石，仅可糊口。

织田家臣团的权力内讧，秀吉仅凭一已之力便全部摆平。在秀吉面前，展现出已故主君信长都未能走到尽头的、通向“统一天下”伟业的大道。

阔步在统一天下大道上的秀吉，开始在摄津石山本愿寺遗迹上新筑大坂城，作为统治天下的中心。耶稣会宣教士路易斯·弗洛伊斯记录了完成后的大坂城雄姿：

天守阁墙体青色，黄金装饰受光照耀，远处可见。

城堡是力量的象征。高耸入云、金光灿灿的五层八重檐天守阁，其威容超越安土城，如实显示出秀吉全力迈向统一天下的气势。大坂城的壮丽威容远传西洋，被西洋人誉为：“地上的太阳超过天上的太阳。”濑户内海海运与畿内河运交汇的大坂之地，此后成为京畿经济中心，获得了巨大发展。

秀吉的突飞猛进，给各国大名带来巨大冲击。中国地区的毛利、越后的上杉、四国的长宗我部等一直密切关注着织田家内部权力斗争的大名们，从各自立场出发，开始摸索如何与京畿新诞生的这个权力交往。

当然，专心经营新领地甲斐国和信浓国的德川家康也是其中之一。

“如是即所谓末世之象也！”在滨松城内与家康下围棋的重臣酒井忠次叹息道，“一个给故织田右府大人拿草鞋的猴子，竟然歼灭了重臣柴田权六（胜家）大人，现下哗众取宠，大有成气候之势！唉，人世之事，深不可测啊！”

“闭嘴！忠次！隔墙有耳。”

“大人难道无悔无怨吗？任凭那猴子猖狂放肆，大人岂能心甘？”

“如卿所言，世道叵测。与这围棋同样，不下到最后一步，谁胜谁负，其实并不知晓。”家康凝视着棋盘，沉静地道。

“胜负一事，中途泄气者全盘皆输！”家康如是想。

不论围棋还是乱世局势，都会因一着瞬间改变局面。不到使出所有智慧、下出决定性一着之时，“必须慎重再慎重”！

家康决定暂时先观望秀吉下一着如何出子，然后再决定自己如何行动。

他早已派石川数正前往秀吉处祝贺“贱岳之战”大获全胜。所带贺礼是肩冲茶罐，茶罐名曰“初花”。“初花”肩冲茶罐为举世闻名的茶罐，茶罐名是因足利第八代将军足利义政从该茶罐的优美形状联想到春天初开的花朵而命名的。家康自身对茶道茶具都不甚关心。但他知道京畿大名们会因一个茶碗、一个茶罐而眼神大变。

收到如此名贵的茶罐，秀吉大为感激：“竟将举世闻名、价值连城的宝物毫不吝惜地呈送于我，德川大人果然豪爽义气，名不虚传啊！”

秀吉则通过使者石川数正，把宝刀“不动国行”[1]作为还礼带给家康。

“话虽如此，可大人，”酒井忠次在棋盘上放了一颗黑子道，“难道不觉得石川数正最近有些怪吗？”

“数正怪？什么意思？”家康翻了翻肉厚的眼皮，有些犯困。

“以微臣所见，石川数正有些偏向秀吉一方。”

“爱臣过虑了！”家康轻笑一声，“数正一人承担着我方与羽柴方的交涉。令他如此做的，不是别人，正是德川我呀！”

“虽说如此……”

---

1. 不动国行：天下名刀，相传为刀工集团“来一门”始祖“来国行”所制，为历代权力者所爱。

虽同为家康家臣，但酒井忠次对石川数正并无好感。酒井忠次是东三河旗头，而石川数正是西三河旗头，二人在德川家中地位同样重要，互为仕途对头，竞争意识强烈。多少有些争斗心，反而能增加家臣们的活力，因此家康对两人的你争我斗，佯装不知。

“听人说，羽柴筑前守那可是世间少有的人精，谁能保证数正不会被笼络过去？”

“恰是数正绝对不会！”

“不！”酒井忠次摇头，“大人或已知晓，数正应羽柴筑前守之求，已把有金缨穗的马标送给羽柴筑前守了！”

“有金缨穗的马标？那不是数正最爱炫耀的宝物吗？”家康感到很意外。

石川家源自武家名门清和源氏，以河内源氏石川判官代义兼为祖。石川数正以祖先为耀，有事无事便拿出石川家祖传的有金缨穗的马标炫耀。

据酒井忠次说，秀吉喜爱黄金，听说石川数正的马标在战场上金光闪闪，便以他人见人爱的人精笑脸恳求石川数正道：“恳请赠予在下！”

对这一无理要求，石川数正不但不说祖传家宝恕不便赠，反而唯唯诺诺答应道：“微臣有此殊荣，深感荣幸。请以俗物，敬献大人！”

“哦，可以吗？”秀吉大喜，回赠石川数正金币十枚。

“这才是秀吉的做法！”家康想。

想要数正此物，固然有暴发户秀吉对源自名门清和源氏宝物的憧憬和向往，但其真正用意，却在刺激对方虚荣心，用黄金买断对方名誉，使两者自然结成不分你我的关系。

石川数正虽不会因想要十枚金币就把祖传宝物金缨穗马标送给秀吉，但不与主君家康商量，便答应秀吉要求，在此时节，可说便已中秀吉之计。

但话虽如此，家康却并没有丝毫改变对自打人质时期起便跟随自己的石川数正的信赖："外交属于难事，他人无法想象，特别是对方是熟知人心人欲的人精。此事并不能完全怪数正。"

随后回到滨松城的石川数正向家康禀报了原委，并拿出秀吉给他的金币，呈送给家康。

"那是你的，还是你拿着吧。"家康没接金币。

家康在滨松城迎来天正十二年（1584年）正月。

表面上看局势稳定，但在稳定的局势下，秀吉的吸引力日益高涨。

面对如此局势，有一人感到无限痛苦和焦躁，此人便是尾张清洲城的织田信雄。轻蔑自己的柴田胜家已灭亡，与自己关系险恶的三弟信孝也已自尽而亡，但羽柴秀吉却根本没把已成为织田家第一重镇的自己当回事。

"岂能容忍那厮一直横行霸道！"信雄眉毛吊起来。

虽然信雄痛苦焦躁，但事态的发展却越来越不照顾他的情绪。信雄本有几个家老，但其中的津田义冬、冈田重孝、浅井田宫丸三人已被秀吉收买。他们一有机会便向信雄进言："羽柴大人眼下如日中天，对抗羽柴大人愚蠢至极。天下早已不是织田家天下。请大人睁开眼，看看现实！”信雄只有义愤填膺。

家老被收买，手脚被束缚，但孤立无援的信雄，还有最后一根救命稻草。

“德川家康！德川家康应有能力与羽柴秀吉对抗！”

信雄想起特意前来清洲拜见自己、承认自己才是织田家最正统后继人的家康诚实的面容。

秀吉虽以“天下人”自居，在大坂筑城，与朝廷的公家周旋，但他也不能小觑新领有甲斐、信浓后，成为五国太守的家康。特别是家康背后还有与之结盟的关东八州霸王北条氏政。

“只要取得他们的支持，不怕打不倒秀吉！”

信雄舔了一下红润的下唇。他当即派使者去滨松城见家康，希望联手。

“终于来了！”本多正信道，“年前大人播下的种子，此时终于发芽了。”

“嗯。”家康在手炉上烤着手，深深点头。

外边下着雨夹雪，庭院中的梅花虽已有几朵绽开，但气温还是很低。

“以支援织田右府大人遗孤信雄为开战大义，一呼百应。终于等到行动的时机了！”

“但秀吉势力在全日本六十余州中，仅畿内便据有十数国之众。若不谨慎行事，终会受致命之伤。”家康并未改变自己的谨慎态度。

“不怕。虽说秀吉控制了畿内十余国，但纪州的杂贺众、根来众[1]等正在动摇着秀吉的根基。中国地区的毛利听说由外交僧安国寺惠琼引见，开始转向亲秀吉路线，但四国还有长宗我部元亲，再往西还有几近席卷镇西（九州）全境的岛津等。大人若能高举反秀吉大旗，即刻便会形成新的秀吉包围网。”

“以爱卿之见，时机便是当下吗？”

“与秀吉决战的前方，能看见‘天下’这一高峰。微臣愿与大人一起，登上那高峰。”

“高峰啊……”

家康在口中咀嚼着这个词。在那高峰上，不知有着何种壮丽景色？

家康请使者向信雄传话，表示愿共同对战秀吉。但他态度坚决，提出一个强硬条件：“绝不能继续留用与羽柴方面私通的津田义冬等三家老。要与羽柴决战，应坚决杀掉此三人。”是否受感情所累，能否除掉通敌的家老，以此便可知信雄意志是否坚强。如此小事便动摇不定之人，“绝不可能一起舍命战到最后”。家康仿佛把刀架在信雄脖子上，确认他决心到底如何。

听到家康回答后，信雄怒张血眼：“如此小事，如何不做！”他命人杀死津田义冬、冈田重孝、浅井天宫丸三家老，表明自己决不后退的决心。

与秀吉对决的障碍已尽皆除去，家康向全军发布动员令：“支援织田信雄大人，讨伐扰乱天下秩序的秀吉！”出征准备如

1. 根来众：日本战国时代以纪伊国北部根来寺为中心居住的僧兵集团。

火如荼。

在如火如荼的备战中，滨松城进入樱花盛开的季节。运送兵粮的驮马和军马在樱飞雪的城内来来往往，一个单手持刀的女人出现在家康面前。

来到家康面前的是头上绑着白色头带的阿茶。

“怎么啦，阿茶？这装束是——”

“老爷，贱妾也要上前线！”阿茶紧盯着家康。

“你要上前线？”

“是！”

“跟你说，打仗可不是女人小孩的玩闹啊！”家康严厉地呵斥道。

“贱妾当然知道。贱妾力量弱小，但也是甲斐武田家武士之女，不仅善骑，也会亡父教予的武艺，自认战场上并不输须眉。”

“不得任性！”

“不，贱妾并非任性！”阿茶用力咬住下唇，“贱妾发誓绝不给大人添乱。贱妾虽无能，但也欲助大人微薄之力。”阿茶表情严肃认真。

家康知道，面前这个女人即便打她骂她，她也不会低头。此女意志之坚强，家康自己比谁都清楚。

“战场上变化叵测。若有万一，不会因你是女人便照顾你。”家康不顾情面地说。

“贱妾明白。只要上战场，老爷把贱妾当男人看便可！”

“但，怎么说你还是个女人啊！”

“那，贱妾剪掉这长发如何？”阿茶抓住乌黑修长的长发便要剪。

“住手！”家康拦住她，“随你便吧！”

“随便？那便是答应了？”

“同样的话，不要让我说两遍！”

“遵命！”

看着阿茶兴奋的笑脸，家康无可奈何地扭过头。

天正十二年（1584年）三月七日，家康率兵八千人，从滨松城出发，沿东海道向西，十三日抵达尾张国清洲，在清洲与织田信雄合流。

“可等到贵军了！”信雄抓住家康双手，鼻翼翕张，兴奋不已。“大人一来，胜似千军万马！这下必胜无疑了！”

“还是抓紧军议为好！”

家康与信雄以及双方重臣集中在清洲城大广间，商讨今后军事战略。

首先开口的是信雄侧近土方雄久。

“据斥候所报，秀吉从大坂城出发，已抵达近江坂本，不久便可能向我方进军。”

“敌人人数多少？”

“确切人数不可知，估计约有三万人。”

“嗯。”家康点头沉思。

德川军八千人，再加上织田军八千人，共一万六千。仅从兵力上说，秀吉兵力超过家康与信雄联合军。

“决战场设在此处如何？”随家康来的本多忠胜用手中扇子指着铺在榻榻米上的舆图道。

本多忠胜扇子所指之地为尾张国与美浓国交界处，附近有木曾川流过。

“我方主阵地，除此以外，别无更佳之地。”

信雄探出身子，看着本多忠胜指的地方，稍显惊讶：“小牧山啊？”

小牧山是信雄亡父信长当年攻打美浓国斋藤氏时筑过城堡的战略要地。宽阔的浓尾平原上，仅有此处隆起一座丘陵，像一倒扣的饭碗。周围没有任何遮挡视线之物，隔着木曾川，能看到对岸远处的美浓国村庄。而且小牧山上涌泉丰富，饮水不成问题。以此作为主阵地，应属绝佳选择。

“不错。”信雄舔着下唇。

从清洲出征小牧山，对织田家来说很吉利。信长曾以小牧山为阵地，攻克美浓国，随后一口气攻入京都。此处确属织田家风水宝地。

只要身上流淌着信长血液的信雄在小牧山布阵，秀吉脑中无疑便会浮现出织田家时代的记忆；而前田利家、丹羽长秀等拿了织田家俸禄的诸将，当然同样会想起当年。此举确属无言压力。

诱骗敌方阵脚混乱，也是家康目的之一。

“秀吉反贼，伸长脖子等着！”信雄得意地叫喊。

在加紧准备决战的同时，家康向越中佐佐成政、四国长宗我部元亲、中国毛利辉元、纪州杂贺众等各地实力者派去使者。使者所往之地皆是与秀吉势力圈接壤之地。其中仅有中国地区的毛利辉元态度暧昧，而越中的佐佐成政、四国的长宗我部元亲、纪州的杂贺众等，都明确声明要支援家康一方。

第十六章

小牧、长久手之战

既战之，则胜之。

家康期待此战必胜。

迄今为止的四十三年人生中，家康与各种各样的人打过交道。年幼时，挡在他面前貌似不可逾越的今川义元；把他与他的军团逼到生死边缘的武田信玄；以及多年的盟友，超越群雄，首先实现上京，试图开创新时代的织田信长。这些人都有自己的人生哲学，他们之间思想与思想的交流碰撞，使战国时代成为一个热血沸腾的时代。

家康回头想："而我是否有自己的人生哲学呢？"

从前曾听围棋名手说过："围棋不过是画在棋盘上图与图之间的胜负。只有画的图比对方更好，才能取得胜利。"确实如此啊！家康在心中点头。不仅围棋如此，群雄争斗的战国乱世不也如此吗？在激烈交锋的群雄中，不是只有在心中描画出最美图案的武将，才能生存到最后，才能战胜他人吗？而战国武将心中所谓的图案，便是该人所信奉的人生哲学——换言之，亦即该人的国家构想。

此时，出现在家康面前的强敌秀吉，在其一步登天的人生中，也找到了他自己的强大的人生哲学，那便是：“有奶便是娘！能给人吃饱饭，人便会聚集到你身边来！”

秀吉自年轻时开始，口头禅便是：“多吃快吃，吃饱不愁！”意思大概便是：“别怕，饭多的是，但不能慢慢吃。快吃吃饱，为我多多干活，后头还有更好吃的。”不是名门出身的秀吉与其他武将不同，手下没有一个谱代家臣。但他的吃饭哲学，却吸引了无数人。他便是用这吃饱饭多干活的口号，调动他人为自己干活。

总之，把“利”吊在人面前，刺激人的“欲”，由此创造出巨大的“力”来，这便是从一个穷小子成长为今日天下枭雄的秀吉在强烈的生存竞争中形成的人生哲学。

世上从无无欲之人。看似清高的公家，表面威武雄壮的武家，一旦揭开他们的假面，露出来的也是深不可测的欲望之渊。秀吉敏锐地看透了人的本质。

“可我自己是否能……”

说实话，家康迄今为止并未找到能对抗秀吉思想的、属于自己的思想。只是他漠然觉得：“以欲诱人，总有走到尽头之日。正如以恐惧之心控制手下的织田右府大人曾经那样。与此有别的方法，一定存在于某处！”与其苦思冥想，不如实际行动。现下只有行动再行动。

住进清洲城二丸城后，家康在联络各地势力的同时，密切关注着秀吉的动向。

第三日傍晚，一个意想不到的使者造访家康。

“有使者到！”侍童报告。

“使者？”家康正吃着随军而来的阿茶做的汤泡饭，“哪儿来的使者？”

“自报为下间赖龙大人的夫人。”

“下间赖龙夫人？”家康歪头不解，“下间不是本愿寺的坊官吗？”

“正是。”侍童点头。

下间家是有着清和源氏的官至三位的源赖政血统的武家。他们当年曾是以摄津大坂为中心对抗信长的石山本愿寺门主显如的坊官。坊官是门主的辅助职位。下间一族代理门主，处理本愿寺所有俗事。

“如此非常时刻，本愿寺坊官夫人找我有何贵干？”家康皱起眉头。

本愿寺门主显如从摄津大坂撤退后，有段时间曾寄身纪州杂贺众门下，后移居泉州贝冢。虽说已失去往日隆盛，但一向宗门徒在各诸侯国内还有着不小影响，不论秀吉还是家康，谁都不敢小觑其存在和动向。尤其加入反秀吉同盟的纪州杂贺众，便是虔诚的一向宗门徒。

“莫非自告奋勇，要助我联络杂贺众？”

不论出于何种目的，都无理由不见。家康道：“见客！”

“来客要与老爷私下交谈。”侍童看了一眼坐在家康身边的阿茶，“据说与老爷早有交情。”

“早有交情？没印象啊！”

“那夫人年轻吗？”阿茶替一脸困惑的家康问。

“回夫人，年轻说不上，但美貌却世上少有。”

“来者不善啊！”阿茶看了看旁边的家康，“明白了。若是本愿寺使者，那可是贵客，得郑重招待。贱妾这便退下，老爷可与往年的相好亲密无间慢慢说话儿。”

“胡猜乱想什么？”

“贱妾不知。”

“无妨，你也陪坐。”家康命侍童带使者进来。

不久，廊下传来衣服摩擦的沙沙声，一个女人进到房内。来者是一个身穿染花金银线刺绣四季花草华丽罩衫的女人。嗯，是不太年轻。

女人跪在家康面前，郑重俯首行礼。

“老爷久违了！”

看到静静抬起的女人的脸庞，家康差点叫起来。跪在眼前的，确实是从前很熟的一个女人。

“奈奈……”

家康心中唤醒了青春的记忆。当年三河一向宗暴动令年轻的家康吃尽苦头，在镇压一向宗暴动的激战中，受石山本愿寺本山秘命，来到家康身边刺探消息的便是眼前这个奈奈。当时家康也太年轻，他从未怀疑年轻美貌的奈奈是敌人派来的谍人，他把自己奔放的爱情都献给了奈奈。当知道奈奈的狡猾和真面目时，家康没有生奈奈的气，而是后悔自己不成熟。或许与此痛苦经验有关，家康至今对女人都不能打心眼里宽恕。即便对自己宠爱的阿茶，他也有种隔着薄纱的感觉。

此人便是给我带来如此伤害的女人，想忘也不可能忘。

“小女做梦都未曾想到能以如此形式再见老爷。”奈奈嘴角露出妖艳的微笑道。

虽说已过了三十五岁，但隔着豪华的衣装都能看出，丰满的胸部，滚圆的腰间，无不露出诱人的魅力。

“你是……下间赖龙大人的……”家康哼哼唧唧地问。

“对，小女乃下间贱内。”

“本愿寺坊官夫人，你可发迹了啊！”

“大人才发迹了，现下可是唯一能与秀吉争夺天下之人。”

“嗯……”

家康和奈奈以意味深长的眼神互相凝视。这种眼神只有长有肌肤之交，互相熟知对方肉体的男女，才能意会。

“噢，这位贵人是？”好似刚发现一般，奈奈看着家康身边表情严峻的阿茶问。

“这位是我——”

“奴家贱名阿茶。”阿茶视线避开对方丰满的胸脯，她感到家康与此女之间有着某种不可告人的秘密。“小女也不知夫人从前与大人有何关系。只是当下局势紧迫，分秒必争。下间使者，还请快点说事为盼。”阿茶瞪视着奈奈。

“失礼了。”奈奈没在意阿茶充满敌意的眼神，妖艳地笑道，“想不到如今三河守大人还带如此如花似玉的奴仆上战场啊！”

“此事与下间夫人无关。”

“阿茶，少说两句！”家康以比较严厉的口气制止了阿茶，他感到自己内心的动摇被阿茶看破，有些慌乱，“说正事，你来有何贵干？”

“无他，唯有一事。”奈奈表情从一个普通女人倏然变成本愿寺外交使者，“数日前，德川三河守大人可是派密使去见我本愿寺门主显如大人？”

“正是。”家康点头。

“大人以决战胜利之日，把大坂和加贺国还给我本愿寺为条件，要我本愿寺在大人与秀吉决战开始之时，在畿内发动徒众，一齐暴动。可有此话？”

“有过那约定吗？”

“大人假装不知，那便无话可说了。”奈奈歪着纤细的脖颈，疑惑地看着家康，“收复本山当年曾经所有的大坂和加贺国，是本山徒众不懈的梦想。但当下秀吉将泉州堺之地划给门主，允许本山营造坊舍，本山已受秀吉大人厚遇，而厚遇之恩总不可忘，因此门主大人现下甚为苦恼。”

“秀吉只不过想收买在京畿势力强大的本愿寺而已，当然我方目的也是一样。”家康冷笑道。

“权谋暗斗，总是如此，此事自然明白。其实，”奈奈噘起形状可人的小嘴，“门主显如大人自己，已决心归附秀吉一方。”

“什么？”

对家康来说，此消息令人沮丧。他咂舌心想：“秀吉早已收买了显如啊！”

德川方本计划利用本愿寺，在秀吉后方发动暴动，令秀吉后顾不暇。但敌人并不愚蠢，不会简单中计。

“难道你就为传此话，特意前来清洲不成？”家康不明白奈奈有何用意。

“怎么可能！”奈奈朗声大笑起来，“我刚才说的，不过是门主大人意向。但如今的本愿寺，可并非铁板一块。”

“什么意思？”家康探出身子。

“门主显如大人有三位公子，其中大公子教如大人与其父显如大人并不同心。”奈奈压低声音神秘地道。

此事家康也有耳闻。与信长交战十一年之久的石山本愿寺，在天正八年（1580年）以门主显如投降而告终战。但显如投降撤出大坂后，长子教如不服，继续留在大坂，坚持抵抗织田军。

“即便被红莲之火烧死，我也不会在佛敌信长面前屈膝投降！”教如怒目圆睁。

但要抵抗如日中天的织田军谈何容易？困守大坂半年后，教如心怀无限懊悔，不得不撤出大坂。

“自那以来，教如大人与其父显如大人几不交谈，关系冷淡疏远。此次显如大人被秀吉笼络，愿归附秀吉，但教如大人及其属下皆不愿服从出身信长家臣的秀吉。贱夫下间赖龙，即是其中一人。”

“嗯。”家康逐渐看出门道来。

下间赖龙是显如长子教如最为信赖的坊官。此次下间赖龙派自己爱妻为使者来访家康，想要传达的意思自然便是：“教如欲与我等结盟。”

家康摸了摸鼻子。

“使者辛苦了。烦请转告下间大人，若有在下能做之事，不论何事，定当尽心尽力，在所不辞。”

在家康和信雄联合军与羽柴军紧张对峙时，首先行动起来的是纪州杂贺众。

杂贺众是热心的一向宗门徒，他们以经商积累财富，以善用火铳而闻名。虽然一向宗门主显如愿归附秀吉，在秀吉庇护下求生存求发展，但杂贺众属于强硬路线的显如长子教如派，他们最早响应家康反秀吉号召，起兵叛乱。而且杂贺众有水军，擅长水战。杂贺众水军与四国长宗我部水军合流，组成船团，沿纪伊水道北上，连续袭击泉州各港口，直逼相当于大坂城入口的木津川河口。

留守大坂城的秀吉胞弟羽柴秀长大惊，匆忙从城内发兵，经过激战，总算击退进攻。但羽柴秀长获知“杂贺众背后，有德川三河守支持”后，他感到家康的威胁，急派使者把相关情报报告给驻扎在坂本阵地的秀吉。

“哦，家康也学会这一套了？”秀吉拧了一下贴在下颌的熊毛假须。

在佐和山附近集中兵力后，秀吉开始进军美浓。为了做好决战准备，他率兵向东推进。

“秀吉开始行动了。”听到急报后，信雄白皙的脸上显出惊恐，“我们能胜吗？”

“该做的都做了，事已至此，胜负自有天命。”家康镇定自若，“此次豪赌，既然骰子已开摇，便不可能停下。信雄大人也要下定决心才是。”

“当然。”

同日，家康也率大军从尾张清洲城出发。

德川军先锋本多忠胜、榊原康政、鸟居元忠及织田信雄家臣土方雄久、小川长正、天野景利等早已进驻小牧山前线，做好迎击羽柴军的准备。

三月二十八日，家康率军抵达小牧山。本多忠胜特意从山上城中下到山下，兴奋地迎接家康入城。

同一时刻，敌方秀吉也进入位于小牧山东北的乐田阵地。

次日，信雄也率军赶到小牧山。

至此，织田德川联合军与羽柴军相隔两里（约八公里）形成对阵，世称“小牧、长久手之战”的战役由此拉开帷幕。

对峙数日后，家康登上小牧山瞭望塔。瞭望塔建在长满树木的深绿色小山顶上，视线没有遮挡，能看到远处。不仅乐田的敌主阵地，甚至连布置在岩崎山、小松寺的羽柴军其他阵地，也如在眼前一般俯瞰一清。

“敌阵有什么变化？”家康问本多忠胜。

“目前还无大动静，估计是等我方先动。”

“看来是想后发制人。”

“是。”本多忠胜点头，“大人不先动吗？”

“对手不可小觑，先动只会被敌人看出我方底细。”

“但是，相比羽柴筑前守，在野战上大人有一日之长。羽柴筑前守是攻城名将，但从未听说能指挥两军正面对战的野战。”

“切不可轻敌。”家康戴着护具的手抓住瞭望塔凭栏，“不管怎么说，秀吉占有天时。时势造人。山崎合战、贱岳合战，那厮连战连胜，此时顺风满帆。对此类对手，要谨慎再谨慎，谨慎总不为过。”

家康此时已四十三岁，早已不是当年在三方原陷入信玄精心设计的圈套、中埋伏大败悔恨终生的愣头青了。

秀吉似与家康想法相似，因此两军对峙，谁都不敢轻举妄动，只有时间缓缓流淌。

最早行动的，不是织田德川联军，而是羽柴军。羽柴军人多势众，将领们都急于立功。有一个自信满满的人，在参加远征军的秀吉外甥羽柴秀次耳边窃窃私语："如此长期对峙，总不能有结果。微臣有一良策，希望不辱贵耳。"此人便是美浓国大垣城城主池田恒兴。

池田恒兴被任命为羽柴军先锋，最早进入尾张，攻克修筑在木曾川岸要冲的犬山城，被秀吉大赞："恒兴功大！"因有如此开门红大功，池田恒兴越发自信。

"有何良策？"秀次问。

羽柴秀次是秀吉胞姐之子，属于少数羽柴亲族之一，年方十七，参与的大战仅有贱岳合战，此次为第二次参与大战。他年少气盛，血气方刚，急于获得舅舅秀吉认可。

"别卖关子了，快说！"秀次对池田恒兴要说的话充满兴趣。

"先把人都轰走。"

"好！"秀次把身边的近侍和侍童等都赶出营帐。

"只要按微臣之策去做，秀次大人必立大功无疑。秀次大人武名必将威震天下，即便那些大名们，也定当对秀次大人刮目相看。"

"竟有如此良策？"

"不假。"

“说来听听。”秀次喘气声大起来。

“敌方实际大将并非织田信雄，而是策应信雄的德川家康。”池田恒兴道。

“那又如何？”

“家康率自家主力远赴尾张此地，因此其本国城池守军必然人少势寡。”

“嗯。”

“我等便可趁机发动奇袭。”

“袭击守军？”秀次双目大睁，喉结上下滑动，咽下一口唾沫。

“正是。”池田恒兴点头。

池田恒兴设想的密策如下：要袭击家康守城，但主城远州滨松城太远，因此目标定在邻国三河的冈崎城，趁家康全力关注乐田羽柴军主阵地时，对冈崎城发动奇袭，从背后切断德川军补给。

“冈崎城若陷落，家康那贼必然惊慌失措。后方受袭，补给切断，他哪还有心再战？”

“噢，此策确属良策。恒兴，你可是赛过唐土诸葛孔明的谋士啊！”年轻的秀次真心佩服池田恒兴，“我这便去向舅舅大人进言，请他许我发动奇袭。”

“若要发动奇袭，越早越好。万一消息泄露，则奇袭不能。”

“嗯，明白！”

听完池田恒兴密策后，羽柴秀次当即前往中军阵地，求见舅舅秀吉。秀吉早已做好持久战准备，因此听到此策，并未当即答应。

“对手是狡猾的德川三河守。如此奇策，能轻易成功吗？”秀吉很怀疑。

“舅舅大人不必担心。敌人做梦也不可能想到留守城池会被奇袭。恳求舅舅给外甥一次建立功勋的机会。”

“是啊。”秀吉在心中快速算计。

奇袭成功的可能性或仅有五成。但若果能成功，则己方几无损失，便能取得巨大战果。而且更为重要的是，本族本来人少，外甥秀次若能立功，则被周围看作暴发户的自己也能增加一些威望。

“甚或可把秀次收作养子，将来作为自己后继。”秀吉年已四十有八，还无后嗣嫡子。他瞬间便做出如此复杂算计。“好吧，去试试吧！”

“多谢舅舅大人信任！绝不辜负舅舅大人期待！”羽柴秀次嘴角冒着白泡道。

四月六日子夜，以羽柴秀次为大将，池田恒兴、森长可、堀秀政等率兵八千，秘密出发。他们的目的是趁家康率主力驻扎尾张远征阵地，本国三河防备薄弱之机，实行“偷袭三河之策”。

秀次率羽柴军别动队于四月七日进入小牧山东二里（约八公里）处上条砦宿营。单等池田恒兴、森长可、堀秀政率先锋队次日转移至大留城，共同对三河冈崎城发动急袭。

“敌人似还未注意到我方行动，德川三河守还不至于能想到我军会偷袭他的主城。”

篝火熊熊，火花飞上夜空，池田恒兴一口喝干手中大朱杯中的美酒。酒是京城名酒六条柳酒。

“羽柴筑前守大人答应若此次奇袭成功，将把美浓、尾张、三河三国封予岳父大人是吧？”池田恒兴的女婿森长可双目闪光。

“答应把土地肥沃、物产丰富、年贡很高的三国封予我，筑前守大人此次也是下了大赌注。或也可说，大人对德川多有怯意。”

“胜算如何？”

“本人从不赌输。此次誓将竭尽全力，拿下冈崎城，获得筑前守大人恩赏！”

“胜利之日，再喝美酒！”

“对！喝！”池田恒兴红着眼睛，与女婿碰杯。

次日清晨，虽才四月，却如夏日一样日照强烈。池田恒兴与森长可为不被敌人察觉，率军小心翼翼按计划移动到大留城。

同一时刻，有人来到小牧山阵地，求见家康。

“有个筱木村民，说有要事面陈大人。”本多忠胜报告。

“筱木？小牧山东边那个村子吧？”

“大人见是不见？”

“传进来！”

家康在营帐中接见了那个筱木村民。这个蓬头垢面的男人紧张得手脚不知怎么放，眼神尽显卑贱，令人生厌。

“有何事要说？”家康并未期待此人会说出什么大事。

“告诉老爷以前，求老爷先答应给小人赏钱。”

“什么？”

“小人禀告之事，绝不会令老爷吃亏。不仅不吃亏，老爷若不听恐有性命之危。”

“哦，那么大的事啊！”

“老爷不听也可。”男子摆出一副无所谓的态度。

“给不给赏钱，老爷我得听了你的话才能决定。快说！要不说，当下便砍下你的头！”家康一把拔出侍童挂在腰间的刀，刀尖指着男子冒出细汗的鼻头。

“啊！”男子吓瘫，发出癞蛤蟆被踩死时的哀鸣，“说！小人说！”

“算你明白。”家康放下刀。

“羽柴军别动队进入上条砦，其中一部移动到大留城了。”

“那又如何？”

“小人觉得，羽柴别动队该不是想从背后偷袭老爷的小牧山阵地？”

“哦？”家康缓缓地抚摸着下颌几日未剃的胡须，沉思不语。

“老爷，赏钱呢？”男子抬起恐惧的目光，战战兢兢地问。

“好啊，念你有功，赏你一贯钱。”

“谢老爷！”

“今后若发现敌人有何动静，不论大小，火速前来报告！”

“一定，一定！”筱木村民一把抢过近侍拿来的钱，趴在地上磕头。

家康当即要谋士本多正信前来商议。

“事情有些蹊跷。”听完情报后，本多正信道，“若要从我阵地背后发动偷袭，完全不必把一部分兵马转移到上条砦东的大留城。”

“正信意下，敌人另有目标？”

“对。”

“那是？”

“十有八九，是大人不在的三河冈崎城。”

“你也作如是想？”家康看着本多正信黄浊的眼神。

“若能攻陷冈崎城，则大人不可能继续留在尾张参与决战。我德川军若撤退，织田信雄大人自然吓破胆。”

“是否属实，再好好查查。”

“是。”

本多正信当即向上条砦、大留城方面派出斥候。然而在斥候回报以前，便有伊贺忍者头领服部半藏来见家康。

“启禀大人，”服部半藏单腿跪在家康面前，“羽柴方行动诡异。昨日，秀吉外甥羽柴秀次进驻上条砦，而其先锋池田恒兴、森长可则带军进驻大留城。”

“嗯。”

服部半藏的报告，佐证了筱木村民的消息。

“看来敌人确实要偷袭三河啊！”家康握紧手中的白扇想。若果真如此，那事态确实万分危急，必须即刻应对敌人的行动。

接着又有更多促使家康做出决定的消息传来，本愿寺奈奈派急使来传：“据潜入羽柴军谍人回报，敌一部企图侵入三河，望大人多加小心。”如此看来，羽柴军袭击三河一事，确切无疑。

家康召集酒井忠次、石川数正、本多忠胜、榊原康正、本多正信等主要家臣，召开紧急军议。

“敌人要侵占我三河。”家康对家臣们道，“榊原康正、大须贺康高率手下火速入驻小幡城，我与信雄大人随后便到；酒井忠次、石川数正、本多忠胜驻守小牧山阵地，牵制羽柴军主力。”

“遵命！”

局势突变，风云告急。

淅淅沥沥下着大雨的半夜，家康率军悄悄撤出小牧山阵地，在寒冷的夜雨中急行军，进入小幡城。

小幡城是为方便与本国三河冈崎城联络而新筑的“传城”。德川军以小幡城为中继地，从三河向小牧山阵地源源不断运送兵粮与兵器。羽柴军从京畿远征至此，辎重运送困难；而以尾张国为本国的织田信雄和确保了最短补给路的德川军，在辎重补给方面占有优势。羽柴军虽兵员占优，但兵员劣势的信雄与家康联军能与羽柴军长期对峙，最大理由便在于占有地利。

家康在小幡城躺下休息，然而因过度兴奋，他辗转反侧，难以入眠。

“眼下最重要的是保存体力。敌人若有动静，即刻追击！”

长期征战的经验告诉他，充分休息、保存体力也是战斗。

天亮前他睁开眼。外边雨已不下，东边天空露出微微白色。

“有人吗？”家康叫侍童，“拿汤泡饭来。”

昨日以来一直紧张，未有时间进食，此时家康感到饥肠辘辘。

还未有人答应，槅门便被拉开。出现的不是侍童，而是端着食盘的阿茶。

“你？不是要你留在小牧山吗？”阿茶的意外出现，令家康有些恼怒。

“即便违背大人命令，贱妾也要死心跟随大人，不论大人走到何处。”阿茶并未感到有何不对。

“真拿你这家伙没办法！”

“贱妾知大人想要汤泡饭，便做好等着。还有下饭用的腌萝卜和滨纳豆。”此女总是无微不至。

家康就着腌萝卜和滨纳豆，吃了三大碗阿茶做的汤泡饭。空腹填饱后，家康感到浑身充满力量。

四月九日，试图入侵三河国的羽柴军别动队开始行动。

最先行动的是驻扎在大留城的池田恒兴、森长可队及监军堀秀政队。先锋在深夜丑时（凌晨两点）渡过庄内川，开始向三河国进军。

渡过庄内川向南行军三里（约十二公里）之处，有座城叫作岩崎城，守将是织田德川联军方的丹羽氏重。丹羽氏重虽年方十六，但英勇无比，声名远扬。城主胞兄丹羽氏次率军出征小牧山，于是他替代胞兄，留守城寨。但不幸的是，此时丹羽氏重身患痘疮（天花），卧病在床。

丹羽氏重病榻前，有前线斥候前来急报，说有敌人大军将从岩崎城东部通过。

“什么？”丹羽氏重一把掀开寝具，像被雷电击中一般，猛地坐起。

“千万不可，氏重大人！大人请安歇！”近侍赶紧拦住丹羽氏重。

“大敌当前，岂可言病！”丹羽氏重瞪了一眼近侍，“派急使去小牧山急报兄长，我立刻率守军出城阻止。”

“大人身体欠佳，且城内全部兵力仅有二百余，若出击，无异于送死。”

“走开！”丹羽氏重甩开近侍拉住他的手，“若使敌人从眼皮底下逍遥通过，我哪有脸面见兄长？更何况胆怯一名若传出去，我将被世人骂作胆小鬼，势必令子孙代代受辱！”

丹羽氏重命近侍做好出战准备，并令把女人幼子转移出城。

寅刻（凌晨四点），丹羽氏重打开城门，率守军出城，对正在夜幕中悄然行军的池田恒兴军发动突然袭击。

丹羽氏重的突然袭击，令夜间不知岩崎城守军人数的池田恒兴大惊。但池田恒兴也是一员久经战阵的猛将。

“这小崽子，让他尝尝老子的厉害！”

拥有超过丹羽氏重十倍以上兵力的池田恒兴发起反击后，丹羽氏重却像海水退潮一般，率手下迅速撤回城内。

羽柴军别动队击溃了阻止其前进的丹羽氏重。但围绕此后的方针，却出现了意见分歧。

监军堀秀政提议道：“如此小城，不必拘泥。此刻应无视此城，直奔三河为佳。”

但池田恒兴反对：“岩崎城守备极弱，且守将丹羽氏重年少无力，身患痘疮。攻克此城，唾手可得。更可以此胜为初战大捷，长我士气，然后便可一口气攻入三河。”

“但若在纠缠岩崎城之时，被小牧山家康察觉我方动向，可如何是好？”

“不必担心，等到那厮发觉我方动向，生米早已做成熟饭。”池田恒兴抱着肚子豪爽大笑。

于是，池田恒兴、森长可、堀秀政在天快亮时，开始攻打岩崎城。攻城消息同时也报告给了还在上条砦的羽柴秀次。

“好！”秀次握着舅舅秀吉赏给自己的黄金指挥军扇，腾地从几桌前站起，“不能只让池田恒兴他们夺取大功，舅舅说过期待我立大功，我们也即刻出砦参战！”

秀次也当即率队出发，追随池田恒兴、森长可、堀秀政，渡过庄内川，向三河推进。

而家康则还在小幡城内一边养精蓄锐，一边收集各方消息。

“好啊，秀次出砦了。”收到监视敌方举动的斥候急报，家康兴奋得双眼闪光。

“天赐良机！”

四十三岁、身强力壮的家康全身每个细胞都充满斗志。他低沉坚定地命令道：“命令全军，即刻出发，追击秀次！”

从小幡城出发后，家康继续密切地关注着秀次的一举一动。

“秀次军已过龙泉寺砦，将到矢田川。”

“敌军渡过矢田川，已达猪子石原附近。看样子似欲在猪子石原小憩后，再渡香流川。”

服部半藏手下的伊贺忍者不断传来最新消息。秀次的一举一动，都如用南蛮千里眼观看般一清二楚。

“猪子石原？”家康眯缝着面甲里的眼睛。

矢田川与香流川之间的土地上，有两块当地人称为“猪子石”的灵石。字如其意，灵石形状好似野猪，在香流川北侧的为牡石，南侧的为牝石。灵石相传极为灵验，因此自古便受到当地百姓的信仰。而灵石所在的两河之间，就被称作猪子石原。

“可在此伏击。”家康对身旁的本多正信说道。

“猪子石的神力，定会助大人旗开得胜。”

“老子从不信神信鬼。”

“大人！”

“老子相信的，只有自己的智慧和力量。”

家康与信雄联军悄悄逼近羽柴秀次。秀次不知道德川方动静，骑在马上，哼着小调，不紧不慢地走着，陶醉在胜利的想象中：“舅舅会给我什么奖赏呢？能分给我一两国领地吧？”

秀次军正在猪子石原东侧白山林休息时，与悠闲时刻极不相符的喊声突然四起。

“敌人！有敌人！”

“有敌人袭击！”

秀次瞬间狼狈：“敌人？怎么回事？”

他起身看去，但见从猪子石原远处，有一队人马高举三叶葵军旗，飞卷烟尘，迅猛地冲将过来。

“是德川三河守吗？”秀次好似看到绝不会存在的魑魅一般，吓得上下齿咯咯嗒嗒颤抖不已。

“给我杀啊！杀！”骑在马上的家康大喊。

火铳队端着火绳枪，轰隆隆射出枪弹。硝烟被风吹散后，弓箭队挺身向前，一起发射箭矢。羽柴军兵士胸部腹部，不是中枪便是中箭，鬼哭狼嚎，倒下一片。

火铳、弓箭后，便是矛枪队。矛枪队把羽柴军阵列从中间截断。羽柴军指挥大乱，不成体统。

“别慌！整队！”

羽柴秀次瞪目大叫，但他的叫声被兵士的悲鸣声、战马的嘶叫声、乱战的呐喊声掩盖，无人能够听到。

突然遇到袭击，阵脚乱成一团。众多士兵丢下武器，一溜烟逃离战场。很快成了双方短兵相接的白刃战，但羽柴军早已失去战斗意志，优势完全在精神抖擞发动袭击的家康一方。

“不得逃跑！逃跑者格杀勿论！”秀次脖颈上暴着青筋大喊。

但侧近们却求他尽快逃离战场：“此处危险！趁还未受伤，大人须速速突围！”

“可是，若突围逃跑，我将脸面尽失，也便得不到舅舅恩赏。”

“大人，逃命要紧！”

“嗯……”

“快走！大人！”

战斗轻松结束。羽柴秀次扔下大红色野慈姑军旗逃走，失去指挥官的兵士四散溃逃。

“大人，大获全胜啊！”榊原康正陶醉在胜利中，在家康旁道。

“大仗还在后边。”家康叮嘱陶醉的榊原康正，“秀次若逃回秀吉乐田主阵地，秀吉势必会率大军亲征。在秀吉来到之前，须尽快消灭敌人先锋池田、森、堀秀政等人。”

为防备乐田的秀吉袭击，家康请织田信雄率队返回小幡城。随后家康翻身上马，率队继续追杀正在围攻岩崎城的池田恒兴等羽柴军先锋。正围攻岩崎城的池田恒兴等，万没想到岩崎城很难攻下。

“如此小城……”

当初根本没把岩崎城放在眼里的池田恒兴等，在誓死守城的兵将面前，显得非常无力。守将丹羽氏重抱病指挥，率领手下顽强抵抗。

“强攻！一定要攻下！”池田恒兴气急败坏地喊。

池田恒兴、森长可、堀秀政兵分两路，对正门和后门发动猛烈进攻。而守城将兵却突然打开大手城门，不要命地主动出击。

岩崎城守军仅有二百余人，但他们却并未如蛤蜊般藏在壳里不出，反而拼死主动出击。守军此举，攻城一方任谁都未曾想到。

“大家不可怕死！死了也能名垂青史！此刻不扬我武人威风，还待何时？”年轻武士丹羽氏重使出浑身仅有的一点气力，鼓舞被围攻的守军士气。

冲到大手门前的攻城军，被冲出城门的寡势守军击退。攻城军整顿队形，重新发动进攻时，守军看好时机，突然撤回城内，紧闭城门。等攻城军攻到城门附近，守军突然又打开城门冲将出来，一口气击退攻城军。如此攻防，经过了三个回合。

“如此你进我退的攻防，只会浪费时间。”

心急火燎的森长可想到一个计策，他令火铳队登上大手门附近的小土丘。

“下次城门若开，便一齐射击，瞄准前头的骑马武士射！”

遵从森长可命令，火铳手们对准冲出大手门的骑马武士射击。丹羽氏重不幸中弹落马，负伤的他被森长可兵包围，乱刀砍死。此后守军指挥不畅，再加上人数寡势，森长可队终于从城西北部攻入城内，岩崎城终告失陷。

虽攻克岩崎城，取得胜利，但攻城一方损失很大。特别是池田恒兴队战死八十八人之多，森长可队也筋疲力尽。池田恒兴、森长可诸队在岩崎城附近的六方山扎营进餐，点检首级。此时，有羽柴秀次急使直奔而来。

“我军出上条砦向三河进军时受德川军奇袭，请火速增援。”

“什么？”池田恒兴咂嘴大惊。

羽柴秀次受到奇袭，说明自军行动已被敌方探知。至此，奇袭三河一策，事实上已以失败告终。

“如何是好？”森长可盯着池田恒兴。

“若秀次大人陷入危机，自当火速增援。怎奈将兵们刚经过一场大战，此刻已筋疲力尽。”池田恒兴咬着青黑的下唇。十四年前在姊川之战中负伤以来，他的一条腿一直不好使。

“此时命将兵们返回去攻击德川军，似有不妥吧？”森长可愁眉苦脸。

“不必过虑！”监军堀秀政摇头。

在别动队先锋中，堀秀政队相对而言损失较少。况且堀秀政是秀吉直属家臣，羽柴家人秀次的安危，他当然最为关心。

“我先带队出发救援，两位随后再来不迟。”

“好吧。”池田恒兴和森长可点头。

堀秀政当即率队出发，前去救援羽柴秀次。随后森长可队、池田恒兴队也从来路返回增援。

但他们有所不知，此时羽柴队已处于崩溃状态，大将秀次自己也自顾不暇，逃离了战场。森长可队、池田恒兴队远远跟在先锋堀秀政队后，沿着街道向北急进。森长可队行进到长久手之地时，情况突变。

长久手是位于香流川上流南部的一片丘陵地，《长久手合战觉书》对长久手地形有如下描述：

> 长久手合战场有如土堤之街道南北相通，道东为水田，道西有水池，水池后为洼地，无法立足。周围皆原野，有小松若干。

德川军来到长有小松树的原野北部的御旗山上。山顶上金扇大马标高举，大马标在春光照耀下，闪闪发光。

派往各处的伊贺忍者不断传来消息，家康完全掌握了池田恒兴、森长可、堀秀政等羽柴别动队先锋的动向。

“绝不会令你白白牺牲！”

想到岩崎城年方十六便英勇牺牲的丹羽氏重，家康气愤得咬牙切齿。因有无数丹羽氏重牺牲自己的性命，才能成就今日之我，绝不能令他们无辜牺牲。

“急袭森长可队！听着，这是给在岩崎城被残杀的丹羽氏重诸人报仇之战！”

家康命令一下，德川军猛地冲出长有小松树的原野，直奔森长可队。德川军刚击败羽柴秀次队，此时士气正高。

井伊直政、本多康重、冈部长盛、天野康景、大须贺康高等家康亲兵家臣们，挥舞刀枪，杀进敌阵。森长可队也勇猛抵抗。刀枪碰撞，火花四溅。金属味、血腥味混杂在一起，弥漫四周。

但森长可队毕竟经过长时苦战，筋疲力尽。经过激烈白刃战，至正午时光，森长可队终于全军覆灭。位于森长可队后方的池田恒兴队也被击溃。森长可在交战中眉间中枪阵亡，池田恒兴也被名叫长田传八郎的武士斩杀而死。羽柴军中，唯有堀秀政因提前出发，未受德川军袭击，逃过覆灭之命。

同日午后，身在乐田主阵地的秀吉接到长久手大败的消息。

“出击！”秀吉为与家康决战，亲率两万大军，从主营地出发。

但取得长久手大战胜利的家康军，此时早已返回小幡城。

及至晚间，又有急报：“家康主力，自小幡城返回小牧山营地。”

秀吉无奈，只好率军撤回乐田主营地。

此后，乐田与小牧山两军又陷入对峙局面，未再出现什么特别举动。

秀吉在长久手一战中失去池田恒兴、森长可等后，深感“家康不可小觑”，因此他不但没敢再次主动出击，甚至还撤出乐田，撤回犬山城。随后又渡过木曾川，把主营地布置到美浓国鹈沼之地。

战斗仿佛平静的大海，进入胶着状态。

“与那厮正面对战，我方只会吃亏。”秀吉在鹈沼营帐中，边吃茶边与随军而来的今川氏真闲聊。

“那人可是相当难对付的啊！”

“莫非家康比我更擅长野战？”

“大人过谦了！”吃着秀吉同情饭的今川氏真讨好道，“大人在山崎讨伐逆贼明智光秀，在越前北之庄击败柴田胜家，天下当然是大人手中之物，此事万众心服口服。”

“若能如此，那敢情好！”秀吉悠悠喝干杯中茶水，“不能再使我军受损了。耍些小聪明，做些小动作，只能带来损失，那是蠢货才干的事。”

“大人作何打算？”

“打算盘，打算盘啊！”秀吉皱起眼，若有深意地笑了。

“打算盘？何意？”

“战争不光是在战场真刀真枪打，还要比这儿！”秀吉用右手食指指着自己头发渐稀的脑袋，“看着吧！”

“噢！”

“再来一杯我点的茶吧！这井户茶碗不错吧？”

好似忘却了两军正在对峙的紧张时局，秀吉拿起近日刚搞到手、被称作“筒井筒”的井户茶碗。

在两军看不到终点的对峙中，嫩叶光亮的初夏过去，进入忧郁的梅雨季节。

两军互相刺探对方动向，任何一方都不愿主动出击，都在等对方沉不住气先动，然后己方后发制人。随着对峙的长期化，小牧山阵地的德川、织田军，驻扎在乐田前线的羽柴军，双方都逐渐失去了警戒心。

“麻烦了！”

内心感到困惑的是自己领地变成主战场的织田信雄。两路大军如此长期对峙在自己领地，水田不能耕，稻秧不能插，仅供如此大军吃喝的兵粮钱都不是个小数。

“秀吉已后撤一步了，谣传不久便会撤回大坂。莫不如趁此机会，我军发动突然袭击一决雌雄，如何？”信雄对家康道。

“不可。”家康摇头否定，“兵员数秀吉远超我方。若轻举妄动，稍有不慎，必将正中对方下怀。当下重要的便是看谁能坚持到最后。”

“急死人了！”

“再忍忍！”

家康安慰信雄。其实并非信雄一人忧郁难耐，家康也忧虑从三河、远江远征至此的将兵中已显现出倦怠之气。

阿茶敏锐地觉察到家康的烦恼，对家康道：“此事妾有一办法。”

“阿茶！”

“不是说好了吗？只要有助于老爷，妾愿付出一切。”

次日早晨起，阿茶丰满的身体便穿着花色编绳的铠甲，腰别大刀，骑在枣红马上，在阵地上来回走动。一个女扮男装、威风凛凛的女将，在朝雾笼罩的原野上鹤立鸡群。

“快看，那不是阿茶夫人吗？”

“铠甲装束虽说威风凛凛，却也包不住色香啊！”

“阿茶夫人都不顾身家性命，屹立于阵地，我等更不能败给巾帼之辈啊！”

德川军兵将口口声声赞叹不已，好似背中插进铁筋一般腰板挺直，勇气大增。

家康对阿茶的行动一方面感到困惑，同时也感到：“不愧为武田家武士之女！生为女儿身太可惜了！”

于是，他对阿茶信赖更深，仅凭相貌美丑和出身，不能衡量一个女人的价值，最重要的是“真心”，家康从过去的苦痛经验中得出如此结论。

当然，他也不能看自己的侧室在战场上陷入险境而不管不顾。他秘传本多忠胜进来，面命道：“保护阿茶，但切不可使阿茶觉察！”

本多忠胜率五十余骑悄悄跟在阿茶周围，随身保护阿茶。不知此情的阿茶，每日早晨照例骑在马上，英姿飒爽地在阵中缓步而行，鼓舞德川军士气。

悲剧发生在半个月后的一日。

“大人，阿茶夫人出事了！”本多忠胜脸色苍白，奔进家康营帐禀报。

“怎么了？发生何事？”家康从桌几旁站起来。

“微臣跟随保护，未能尽责，微臣有罪。阿茶夫人落马受伤了。”

“落马受伤？”

“是。”

“那，伤势如何？”

“猛地摔到地上，此时侍医正在治疗。”

“什么？”家康一脸紧张。

本多忠胜带家康急去看阿茶。

阿茶躺在小牧山城二之丸新筑临时宅邸的一间房内。她脸色苍白，身上的铠甲已被侍女脱掉，换上的白绸睡衣衣襟渗出汗迹。

“要紧吗？”家康问坐在阿茶枕旁照看阿茶的侍医糟屋长闲。

“伤势不妙。”身穿黑色十德服的糟屋长闲低下剃光的头。

“阿茶夫人似怀有身孕，估计已三月有余。”板坂法印道。

“阿茶有身孕？”

“对。摔伤虽不重，但落马时受到冲击，腹中婴儿……”

“流产了？”

家康轻轻握住阿茶的手。阿茶双目紧闭，躺在榻榻米上。

“竟怀了身孕？”

长期以来一直全神贯注与秀吉进行心理战，却忽略了身边人的变化；而阿茶竟也从未告诉过自己。

阿茶知道自己既是软磨硬缠从军而来，便不愿夫君为自己分心。双目紧闭的阿茶脸颊上，流下一串泪珠。

“对不起，老爷！”阿茶睁开眼。

“自己知道吗？”

“妾冒昧行事，竟使老爷贵子流产。”

“多言无益，影响身子。”

“可是——”

“当下只需静养。爱妾真心，老爷我最为明白。”

“老爷……”泪水涟涟的阿茶，用力回握住家康的双手。

“阿茶放心，老爷我绝不会辜负你不顾自身安危的献身行为。”

家康内心立下誓言，仿佛说给自己听似的说给阿茶。

阿茶身姿虽从阵地上消失，但两军对峙却还在无望地持续。

家康一直住在小牧山脚下营地，而秀吉则来往于美浓营地和刚落成的大坂城之间，寻找决战机会。在对峙期间，秀吉继续动员领下诸侯，派兵增援尾张、美浓战线，羽柴军最终达到十万人马。但即便如此，秀吉还是没有主动发动攻击。他只是用逐渐增加兵力来不断地给德川织田联军施压。

为打破如此僵持局面，羽柴军中有人给秀吉出一计策，此人即是黑田官兵卫。

“只要撤掉架起的梯子，家康便只能下来。”

“撤掉梯子？”秀吉看着黑田官兵卫无畏的眼神。

黑田官兵卫本为播磨小寺家家臣，曾助力秀吉平定中国地区，并在本能寺事变后中国大逆袭时立下殊勋。甚至可说，秀吉能有今日，最大的功臣便是黑田官兵卫。

“什么意思？”

“此次战役是家康受织田中将（信雄）大人之邀，举兵而来。因此只要织田中将大人与我们和谈，家康便失去继续作战之正义性。”

“梯子指的是织田信雄吧？”

“正是。”黑田官兵卫摸着伸在榻榻米上的左膝道。

此前荒木村重谋反，黑田官兵卫被幽禁在摄津有冈城土牢，之后左腿便落下残疾。因此秀吉早就默认黑田官兵卫可在主上面前不顾礼节伸腿坐下。

“嗯，有意思。”秀吉摸着假胡子，“官兵卫，还是你精明！”

“大人过奖！”

“嗯，或可说太精明了。”嘴角闪过一丝讥笑，秀吉用手中扇子敲了一下膝盖道，“好，那便倒腾一下信雄吧！”

山上枫叶开始变红的十月下旬，秀吉率军攻入信雄领有的伊势国。信雄听闻后大惊，当即脱离小牧山阵地，率军撤回距离伊势国很近的尾张国清洲城。

把信雄与家康成功分开后，秀吉派黑田官兵卫前往清洲城拜访信雄，表示希望和谈。

“如此长期对峙，只有浪费金钱兵粮，对你我双方均无任何益处。况且本来以刀枪对战有大恩大德的上大人的令郎，也绝非我方主人羽柴筑前守本意。莫如你我双方到此为止，联手结盟如何？”

“不知德川大人作何感想？”

信雄刚开始内心犹豫，并未即刻回答。但他最终还是答应了秀吉的停战倡议。信雄自己对此次长期对峙，早已厌倦。而且秀吉的巧妙之处在于，令黑田官兵卫在交涉过程中煽动信雄的自尊心：“大人莫非担心德川三河守作何感想？如此大可不必。贵方大将是织田中将（信雄）大人。中将大人只要一句话，命令撤退，那他家康绝不敢不听。望中将大人早做决断。”

十一月十五日，秀吉与信雄和谈成功，和议书画押生效。

秀吉直至和谈成功为止，一直保持低姿态，亲赴伊势国桑名以南的矢田河原之地拜见信雄，拜见时献上节刀[1]和黄金百枚，并对之前的无礼表示歉意。此举即是表面上低头“降服”，实质上却把信雄争取到自己阵营。此举不愧是暴发户秀吉的一着妙棋。

“信雄大人竟与秀吉和谈？”

信雄事前未向家康透漏任何和谈风声，便突然决定和解，此事对还在小牧山坚守阵地的德川军来说，无异于晴天霹雳。

“大人，我等竟被人如此耍弄！织田中将大人到底作何打算，才做出如此下策！”

“生米已成熟饭，忠胜，无须多说！”家康挡住火冒三丈的本多忠胜。

“但大人，如此一来，我军继续对战的正义性便将不存。如何是好？”重臣酒井忠次问。

“嗯，”家康摸着饱经战火的下颌道，“羽柴筑前守果然有两下子！不用在战场流血，通过谋略手段便拿下对手！”说完看着远处又道，“撤出小牧山，撤回滨松城！”

“大人！”

“羽柴筑前守熟知人情世故。看来，此次是被那家伙给打败了。”

同月二十一日，家康率军回到滨松城。

---

1. 节刀：天皇作为任命的标志下赐给出征将军的腰刀。

第十七章

上洛

家康患病卧床。

此时已是翌年，天正十三年（1585年）的初夏。

自年轻时起，家康就对自己的身体有绝对自信。迄今为止，他几乎从未生病。但度过厄运之年后的四十四岁，他却首次患上大病。

当初仅是背上长出小脓包。“几个小脓包，无碍大体。”家康并没在意，亦未曾问医。但不久上半身已长满小脓包，毒物似已遍布全身，体乏无力。家康硬撑起身，反而引起高烧，丧失食欲。侍医糟屋长闲几乎不眠不休，专心治疗。

“此病可有名堂？”家康问糟屋长闲。

“长期征战，积劳成疾，使红肿遍布全身。”

“一个小小红肿，至于如此严重吗？”

“虽说只是红肿，但切不可大意。当下只有安心静养，恢复体力，克服病魔。”

“俗事繁多，不能静养啊！”

“大人若有万一，那便什么事都不能做了！”

有道理。除了听侍医忠告静养以外，似也别无他法。如此不出一月，滨松城一带便风传：“家康大人似已病入膏肓。”

家康内心甚至也感到了死亡的威胁：“老子之命，难道便要以此病而告终不成？”

从病床上往外看，窗外水池边生长的菖蒲草，以惊人的浓绿之色袭人而来。

高烧不退的家康在昏昏沉沉中，思考着各种事情。早已封印、不堪回首的记忆，好似远处的皮影般，若隐若现。家康感到自己好似正在坠入万丈深渊，永远不能再见到灿烂阳光。三河一向宗暴徒们、武田家臣众、儿子信康、结发夫人筑山夫人，以及其他众多被自己亲手葬送的亡灵，都眼冒幽光，从地狱伸手召唤：“来吧！快坠入地狱吧！”

“不能死！老子绝不就此死去！”

家康挣扎着坐起身，抓住身边的佩刀，拼命斩向众多亡灵。确实有斩杀的手感，但亡灵却越来越多。群聚的亡灵，纷纷伸手抓住家康的手脚脖颈。啊！苦啊！脾胃仿佛要从喉咙里反出来。

“滚！你们这些亡魂！”

家康要喊出口时，倏地从梦中惊醒。睁开眼，出现在眼前的是阿茶。

“老爷莫非做了噩梦？”阿茶用木棉手巾帮家康擦额头细汗。

“阿，阿茶！”

“哎！”

“人活在世，罪孽深重啊！”

“老爷！”

“若无我，武田家或许也不会灭亡。武田家不亡，阿茶此时也便……”

因为此前流产，阿茶身体生变，不能再生产。若未与自己相遇，阿茶定当有着别样人生。想到此，家康心中像有千万钢针刺扎般疼痛。

“莫非病魔使老爷气力殆尽了吗？”阿茶轻皱眉头，“如此软弱之语，怎能出自老爷之口？”

“是吗？”

“妾从未后悔与老爷相遇。妾本是要被人贩卖掉之贱身，如今能与老爷一起同做宏梦，共筑大业，妾深感无上幸福。”

“爱妾是个很坚强的女子啊！”

“只要有信仰，人便会无比坚强。对贱妾来说，老爷便是超越神佛的存在。为了老爷，即便坠入魔道，妾也在所不惜。”

“从前本多正信也曾说过同样的话。”

“老爷手染鲜血、背负罪孽的同时，也背负上众多人的憧憬之梦。因此，老爷一定要活下去，活下去才能率众多家臣们实现大业。”

“哦，那便是我在这人世生存的意义啊！”

家康一字一句地说给自己听。

家康终于奇迹般地康复了。

但他并不能安闲静养。刚从死亡深渊爬出，便有难题出现在面前。

“真田昌幸举止可疑。”本多正信禀告。

“真田？”家康放下正吃小米粥的筷子，“委细说来！”

"遵命！"本多正信低头应声。

武田家灭亡后，真田昌幸归附于家康麾下，但他心中一直抱有不满。天正十年（1582年）的停战和约规定，原武田领地信浓和甲斐两国归德川领有，上野国归北条领有。由此，真田家原有领地信浓小县郡成为德川领地，上野吾妻郡、利根郡成为北条领地。这些地方，都是真田昌幸父亲幸隆与昌幸两代人出血流汗好不容易打下的领地。"绝不认可两大势力任意宰割，把我真田家的宝贵领地分给北条！"真田昌幸顽强坚持己见，反对德川和北条之间的和约规定，一直没把上野国内的自有领地交给北条一方。

"此事挺棘手！"家康眉头紧皱。到此时为止，为了不把事情搞大，对于真田昌幸违反和约、不交出领地，他一直视而不见。但局势时时刻刻都在变化。要与在京畿扩大势力的秀吉对抗，绝不能得罪关东霸王北条。

"即刻令真田退出，不然我将撕毁盟约！"北条氏政向家康提出强硬要求。

无奈，家康只能要求真田昌幸："请尽快把上野领地转交北条一方。"当然他也知道真田昌幸不会无条件执行此令。"作为交换，在信浓国内给真田家重新划分领地。"

但事情并未就此简单了结。

"少耍我！"听完使者特意到信浓上田城来传达的家康口信，真田昌幸气得把刚吃到嘴里的香炒核桃仁吐到院中，"单凭几句空话便能骗过我吗？"

真田一族是山里的一股弱小势力，周围是武田、北条、上杉等强势战国大名。在这些强势大名之间，此一族精于打算，必要时巴结某个势力，形势生变后又背叛，想尽一切计谋，耍尽一切手段，好不容易才生存至今日。上野领地是自父亲幸隆开始，全族齐心协力，流血流汗，好不容易夺得之地。如此经一族人流血流汗夺得的领地，对昌幸来说，无异于自己的“血肉”。

“不相干的他人为扩大自己势力，竟然不疼不痒地把别人的领地随意交换！岂有此理！”

弱小势力也有自己的尊严。不管谁的命令，尊严都不可交易。真田昌幸在乱世的波涛中翻滚逐流，长于察言观色，他早看透了巨大势力会为他们的利益随心所欲利用自己。

“本以为家康是个熟知艰辛之人，其实也不过如此而已。”真田昌幸浅黑色的嘴角流出讥讽的微笑。

“事到如今，我等只有用智慧对抗。”真田昌幸迅速做出决断，“我有我的手段。”

真田昌幸派出密使，前往越后的上杉家。昌幸既在家康属下，上杉家当然是自己的敌人。而此时对互不相容的敌人，昌幸使者却带去了结盟建议。

“有点胆量啊！”被称作越后之龙的名将上杉谦信死后，继承其位的上杉景胜，在俯瞰日本海的越后春日山城府邸，轻皱着眉头，有些不能相信。

坐在上杉景胜身旁辅佐他的年轻家老直江兼续点头道：“确实如此。”

“真田在武田灭亡后，先后归附织田、北条、德川等，在短时内朝三暮四、三天两头换主人。如此之人的提案，定有不可告人的密谋。”

“看来不能轻率答应。”

“不。”直江兼续摇头，“真田确实不断变换主子，但那是他为了生存的无奈之举。既然来找我们上杉家，显然是真田对德川与北条和谈的结果，把真田家上野国内领地强制转让给北条一事极为不满，于是对德川和北条产生强烈不信任感的缘故。”眉清目秀的直江兼续对主子景胜道。

“但真田不可信！”景胜面露不快。

上杉景胜深受养父谦信熏陶，他最为看重的便是血统门第。在景胜看来，朝三暮四的真田昌幸，不过是魑魅魍魉而已。

但景胜信赖的直江兼续则冷静地看清现实：“当下真田昌幸所领之地，远及东信浓至西上野。昌幸若果真能归附于我，则我上杉家势力范围便一口气扩大不少。趁本能寺事变之机趁火打劫、夺去甲斐和信浓的家康，势必恐慌。”

“言之有理，家康应该警惕。”

“确实。”直江兼续深深点头，“家康日益在东国扩大势力，此时若不阻止，将来后患无穷。为此，臣以为应尽早考虑联合与德川敌对的京畿羽柴秀吉。”

“你竟想得如此之远！”景胜凝视着直江兼续。

“与前代谦信公当时相比，当下世事变化叵测。何为对，何为错，若不能正确判断，即便我上杉家，也不能保证不会蹈名门武田家灭亡的覆辙。”

“嗯。”

“真田昌幸若能答应送次子源次郎幸村来春日山城做人质，

则此事便交给微臣处理如何？”直江兼续俯首。

沉默良久，景胜提醒直江兼续道：“好吧。但记住，我并不相信真田那厮。”

家康正在骏府巡视筑城工程时，惊闻“真田昌幸叛变”。

家康最初以三河冈崎城为居城，后以远江滨松城为居城，随着领地扩大到甲斐、信浓，他决定把居城移到统治领国关键之地——骏府。骏府有当年今川家的巨大府邸，但此府邸对家康来说，尽是幼年到青年时期的痛苦记忆。于是他命人拆除今川家原有府邸，“营造新城”。何况，为了对抗秀吉在大坂营造的大坂城，家康也有必要新筑一座东国最大城堡。是以家康多次亲自到营建现场，过问工事。

听闻真田昌幸叛变时，家康正坐在开始营造的石墙上，拿着竹筒喝水。

“真田投靠上杉了？”家康瞠目结舌，“真有其事？”

“是！”年轻近侍被主君的严厉质问吓得颤颤巍巍，低下头，不敢看家康，“为表示臣服，真田昌幸送次子幸村去越后国春日山城做人质。”

“昌幸这厮！竟敢背叛我！”家康抬手便把竹筒摔到堆砌的石块上，“回去！”

家康回到在工事现场附近临时设置的住处，谋臣本多正信已等在里面。

“此事颇为棘手，大人作何打算？”

“真田此举绝不可恕！若放过不管，则不能使其他信浓武将信服！”

“出兵征讨吗？”

“即刻准备征讨真田！”

“遵命！”

家康并未亲征。他派大久保忠世、鸟居元忠、平岩亲吉等亲信大将和诹访赖忠、保科正直、知久赖氏、依田康国、屋代秀正、小笠原信岭等信浓国武士，编成七千人大军，出征真田昌幸。

上田城真田昌幸严阵以待。他派长子真田信幸入驻前线城塞砥石城，其他家人及家臣则分别入驻小县郡的矢泽城、尾野山城、丸子城等，做好一切准备，迎击德川军。但因为本来还得分出一部分兵力防卫上州方面，因此信浓的真田军全部加起来也不过两千余人，与德川军相比，仅有其四分之一余。虽已向盟军越后上杉景胜求援，但总体劣势，不容置疑。

大久保忠世等德川家臣气势高昂。从信浓国佐久郡小诸方面西进而来的德川军在祢津原布阵，此地距上田城仅有两里余(约八公里余）。闰八月二日，驻扎在祢津原的德川军开始行动。清晨，大军沿着千曲川涌出的水雾笼罩的北国街道向西行进，及至太阳升高、水雾散去时，大军已激起水花，开始跨渡神川。

神川自北向南，挡在北国街道前方，是位于上田城防卫最前线的河流。河流对面，便是高举六连钱旗、严阵以待的真田军。

“敌军有多少？”大久保忠世问刚刺探敌情返回的斥候。

“不过两三百人。”

“仅那几人，便想挡住我军前进不成？”大久保忠世冷笑。

跨过神川的德川军击溃河岸上的真田守军，以怒涛之势，直奔上田城，攻进上田城三之丸，直逼二之丸大手门。

但此时却遭遇了真田军的激烈反击。

真田守军从大手门箭楼上射下无数箭矢，扔下圆木和石块。德川军在狭窄的通路上挤进无数兵士，无法转身躲避，死伤无数。

真田守军不仅如此反击，他们还主动出击。他们向混乱的德川军射下枪林弹雨，然后突然打开城门，冲出真田昌幸主力八百，袭击混乱的德川军。德川军陷入被动，拼死抵抗。突然，北边响起一阵哇的喊声。抬眼看去，上田城下的北边旌旗招展。有一团人高举军旗，向城堡冲将而来。

“糟糕，有伏兵！”前线指挥大久保忠世脸色大变。

被大久保忠世当作伏兵的其实是真田领地的农民。他们高举的六连钱军旗，也是用纸临时制作的。但大久保忠世等德川军将领们，做梦也想不到这是真田昌幸的计谋。

德川军把摇旗呐喊的农民误以为是真田伏兵，为避免腹背受敌，只好匆忙撤退。从上田城撤退后，刚到国分寺附近，他们又被从砥石城出击而来的真田信幸军从侧面袭击。此时驻留在真田乡曲尾的上杉援兵两千人也攻进上田盆地，加入袭击德川军的行动。

德川军腹背受敌，无奈只能原路撤退。但当撤到神川时，却发现神川与来时大不一样：河水水位大涨，水流湍急。原来真田昌幸为了今日决战，在神川上游筑堰截流。神川突然泛滥，是守候在上游的兵看到上田城的狼烟信号，拆开河堰，放出积水之故。

真田军把德川军逼到浊流泛滥的神川边上。

德川军将士纷纷跳进河里强行渡河，许多人落马被洪水卷走，没被淹死的也被真田军追击杀死。

被称作“第一次上田合战”的此次作战，德川军死伤一千三百余人，真田方仅死伤三百余人。此战以德川军大败而告终。

“是我大意了！”

家康一直认为，即便强硬要求，真田昌幸也不敢反抗。他从未把真田放到眼里，觉得真田说到底不过是一个投靠强者、寻找生存空间的小人。但家康忘了，即便弱小如鼠的势力，也有他们的意志和尊严，若被逼急，没准便会豺狼般突然露出獠牙，回咬主人。

又一个痛苦的教训刻印在家康心中。

但家康的苦痛并不仅此。更令他痛苦的，是重臣石川数正的背叛。

石川数正是家康自幼年在今川家做人质时便苦乐与共的股肱老臣。他在德川家中一直占据重要地位，位居“西三河旗头”，与“东三河旗头”酒井忠次一起，共同协助家康渡过了大业草创期。正是如此重要的石川数正，却倒向了大坂的秀吉。

刚知晓此事时，家康认为不过是谁在开无聊的玩笑，他根本没有相信。

“如此荒唐无稽之事，岂有可能？数正怎会背叛我德川？”

“但确有其事，大人！”酒井忠次表情苦涩。

想想也是，迄今并非没有征兆。石川数正作为家康外交官，负责与秀吉交涉，经常来往于京畿和滨松城之间，理所当然经常会见到秀吉。与交涉对象建立信赖关系，以便交涉顺利进行，也是外交官的工作性质，因此石川数正与秀吉关系亲密也属当然。

但秀吉是稀世少有的人精，若交往过深，势必会被他笼络。事实上，秀吉确实郑重招待来到京畿的石川数正，多次以垂涎三尺的表情夸赞他："德川大人有阁下这般家臣，果然幸运。我秀吉若有阁下这样文武双全的忠义之臣，那将如虎添翼啊！"

受到如此款待和赞赏，不会有人恼怒不快。但石川数正也是一个正直坚强的三河武士，他对主君家康的忠诚从未动摇。他的心态产生变化，发生在小牧山、长久手合战之后，与秀吉和解交涉期间。

秀吉通过石川数正给出的和解条件是："将德川大人数名公子中一人送到大坂城做养子。"养子当然不过是中听的名义，实质上却是人质。德川家臣们齐声反对，大骂出口："我们并未屈从于秀吉，在长久手还胜过他们，为何要送人质去给秀吉？""秀吉厚颜无耻本无可非议，但把如此厚颜之话带给大人的石川数正也不是个好东西。莫非被秀吉灌了迷魂汤，反水了不成？"石川数正在德川家中被逼进尴尬处境。

但石川数正有石川数正的想法。

"大人！秀吉威势在京畿早已不可撼动。臣以为上上之策便是放弃正面对抗，与秀吉加深交谊，携手共进，结束这乱世，一统天下！"

"你是说要老子在秀吉面前低头认输吗？"家康质问建议自

已与秀吉终战联手的石川数正。

“并非低头认输！”

“那是何意？”

“暂时联手，单等对方威风扫地时，再寻机会东山再起。况且秀吉并无世子后继，大人公子若为养子，则将来篡权夺位，亦非梦想。”

“嗯……”

家康最终还是采纳了石川数正的建议。他相信外交官石川数正的能力和智慧。他同意石川数正的建议，暂时不与秀吉正面对决。

被选作养子的是次子于义伊。长子信康已亡故，次子于义伊在家康几个儿子中最为年长。

按顺序于义伊成为德川后嗣毫不奇怪，但因其生母小督之局（阿万）本为正室筑山夫人侍女，因家康偶然在汤房临幸而孕。于义伊出生后，长达三年里家康都未予承认。虽说很可怜，但家康从未觉得这个长得像个虎鱼的于义伊是自己的儿子。在他心中，一直偏爱侧室西乡之局生下的三子竹千代（秀忠），偏向定竹千代为后嗣。即是说，对德川家来说，于义伊是个无用的存在。

于义伊被送到秀吉处后，完成成人戴冠之礼，改名“秀康”。此人即为结成秀康。

至此，此事看似完美结束。但在德川家内，家臣们对石川数正的反感实际上却日益见涨。岂止反感，简直是恶评如潮：“数正把秀康送到大坂，作为交换条件，秀吉答应给他十万石。”“那厮已不是我德川家家臣，他已成为秀吉的巴儿狗了！”

其实事情搞到如此地步，背后是秀吉为挑拨德川家臣团而故意流布的谣言。于是谣传加谣传，石川数正最终便在德川家无地可容。

对于此事，家康从未发言。他本来相信石川数正。即使家臣们吵闹，他也认为：“随着时间推移，总会安宁。”他一直乐观地注视着事态的发展。

但被同僚家臣们白眼相向的石川数正却陷入深深的苦恼。陷入疑神疑鬼深渊的石川数正，认为一言不发、保持沉默的家康“看来也怀疑我数正了”。好似看透他此时的心理一般，大坂的秀吉用甜言蜜语劝诱他：“到京畿来吧。若能入我麾下，高官俸禄等着阁下。”

此时是天正十三年（1585年）。秀吉征服了顽强抵抗的杂贺众，平定了纪州，并以胞弟羽柴秀长为大将，率军出征四国，降服了长宗我部元亲。果然一个顺风满帆，如日中天。七月，秀吉被朝廷任命为从一位关白。同时，他降服了富山城佐佐成政，完全扫平了北陆方面的抵抗势力。同年九月，秀吉被朝廷赐姓“丰臣”。

看到如此气贯长虹、如日中天的秀吉，石川数正觉得：“此后定是秀吉大人的时代。一直赖在只知互相拖后腿的德川家中，还有何意义？”十一月十三日，石川数正斩断所有犹豫，终于带着妻子家室及家臣，共百余人，从作为城代驻扎的冈崎城出逃。

德川家元老级家臣之一石川数正叛变出逃。不仅家康，德川家臣团所有人都感到极其震惊。家康匆忙来到石川数正出逃的冈崎城，商议善后对策。

最要警惕的就是从熟知德川家内情的石川数正口中泄露军事机密。

到此时为止，家康一直采用的是酒井忠次、石川数正两旗头防卫体制，后增加旗本，成为三防卫体制。此事件发生后，家康更新了防卫体制。新体制模仿武田信玄军制，以大将八人组成先锋和殿后，并设大番六队旗本中军，统领领下五国全体将兵，大大强化了防卫体制。

打过多次交道后，家康逐渐承认秀吉是个了不起的人。

“虽是敌人，但确有两下子。”

在家康看来，秀吉此人熟知人们所追求的东西，即人内心的欲望。

听说在交涉时，秀吉会分三步走。第一步是用钱收买，这时一半人都会被钱拉下水。对于钱也收买不了的人，他便答应给予地位与名誉。几乎所有人都在意地位和名誉，因此都会答应跟着他走。但这世上总还有几个金钱、地位、名誉都不能使之动心的人。遇到此种人，秀吉将如何应对呢？他会在对方面前诚心诚意低下头，与猴子无异的脸上不顾一切地浮现出令人心颤的表情，哀求道：“对阁下恩义，秀吉我绝不会忘。将来阁下若有任何困难，我秀吉必将竭尽全力助你脱困。即使舍命，也在所不辞。绝对说到做到。”话说至此，还不答应之人可说绝无仅有。

家康曾听叛逃的石川数正说过此事。或者石川数正自己，正是有过类似体验。

虽然遗憾石川数正叛变，“上了秀吉的当”。但意外地，家康也感到一种快意。

秀吉有鉴于原主君信长的失败，虽与信长同样追求天下霸道，却试图以自己的新方法夺取天下。信长破坏既往的所有价值观，然后强制推行自己的改革。对此，秀吉则认为：“彻底消灭敌人，不如吸收敌人的力量，变敌为友更佳。”与其彻底追杀对手，双方受损，不如互相找到妥协点，合力而为，则一可成十，甚至成百。

秀吉对当年与织田家敌对的西方毛利家、东部上杉家，都在尊重对方名誉的基础上，亲自向对方提出自己设想的成长战略和国家构想，成功地把他们纳入自己的势力范围。在上述交涉过程中，作为秀吉代言人，与毛利家进行交涉的是黑田官兵卫，与上杉家进行交涉的是年轻精干的官僚石田三成。

家康与大坂的秀吉，此后相当长时间里保持着一种微妙的关系。

“或许某个时候总得与此人交涉，找到折中点。”

虽有如此想法，但家康并不想主动走出这一步。他本来没有理由主动靠拢秀吉，况且也找不到理由说服在石川数正事件后，以反秀吉为大义团结一致的家臣们。

主动提出交涉的，其实是秀吉一方。秀吉通过在小牧山、长久手和谈中完全被愚弄的织田信雄给家康传话：“在下欲与德川大人平起平坐，品茶聊天，共度良辰。在下愿热烈款待德川大人，恳请德川大人屈驾前来京畿，聊作游山玩水。”秀吉希望家康上洛。

上洛当然不可能仅是游山玩水。家康若能起身上洛，那便意味着臣服丰臣政权。

“大人，切不可随意答应！”

谋臣本多正信不说家康也明白，他完全理解此次交涉的困难和重要性。

天正十四年（1586年）二月二十六日，家康从滨松城出发，前往伊豆三岛。去三岛是为拜见盟友，关东霸主北条氏政。

两人会面时，北条氏政赠给家康大刀、酒樽、大鹰、骏马等，家康也给北条氏政带去大刀、虎皮、豹皮、绯红布料、簪子等见面礼。面会地点是三岛大社神官宅邸。

“此地水气好浓啊！”家康感到。

富士山伏流水变成清澈的泉水，流经此地各处。特别是距三岛大社半里余（约两公里）的街道旁，有一个美得令人窒息的“泉头”。家康一眼便被泉头景色迷住，心想：“若能朝夕生活在此泉旁，必将长命百岁。”

此泉头即今柿田川源头。水中梅花藻开着可爱的白花，琉璃色的翠鸟贴着水面轻盈飞翔。

“大人看来很喜爱此泉头啊！”在神官宅邸面会时，北条氏政摸着修剪整齐的胡须道。

“在下喜爱水美之地。”家康看着公主督姬的公公北条氏政道。

北条氏政是一个身材魁梧的美丈夫。不仅北条氏政，北条家历代家督都相貌端正，高贵文雅，富有教养。其泰然自若的神态，自然是出自关东霸主的尊严与矜持。与从不掩饰自己贪欲、一心向上的秀吉形成鲜明对比。

“京畿的秀吉成功攻下四国，被朝廷赐姓丰臣了是吧？”北条氏政的言外之意，暗含对暴发户秀吉的轻蔑。

“是啊。”家康点头，“不仅四国，据传不日他将出兵镇西（九州），讨伐岛津。若能成功，则西国将变成秀吉天下。不过多久，秀吉必将要向我们东国——”

“德川大人！”北条氏政抱着肚子大笑，“只要有大人和在下在，绝不容他秀吉动我东国一根指头，是吧？”

“但秀吉相当会玩弄权谋，绝不可小觑！”

“所以要在此与德川大人相会，紧密联系，商讨对应之策不是吗？东国与弱小大名众多的西国不同，西国还有越后上杉那种给秀吉摇着尾巴、希望保住自己领国的可恶之辈。”

“……”

“来来来，德川大人！这是我们北条家最好的江川酒。来，别客气，先干了再说。”北条氏政劝家康喝酒。

北条氏政一口喝干陶杯里的酒，把空酒杯砸碎在庭院中的洗手盆上，道：“若想来关东逞能，这便是他秀吉的下场！”

次日，为加深两家交谊，北条氏政在沼津大宴宾客。北条家参加酒宴的除家督北条氏政外，还有伊势贞运、垪和伊予守；德川家参加酒宴的除家康外，还有酒井忠次、榊原康正等重臣。

据《西山本门寺文书》记载，宴会自始至终在和睦气氛中进行，喝酒过量、酩酊大醉的酒井忠次还跳了抓泥鳅舞。

三岛会面两个月后，一个消息如晴天霹雳，传到相模小田原城北条氏政耳中——

丰臣秀吉胞妹朝日姬出嫁德川家康。

“这到底是怎么回事？”北条氏政大怒，“说好一起联手共同对付秀吉的，为何话音未落便来这一套？”

未过多久，便有家康使者来到小田原城。此使者是在此前的宴会上装疯卖傻跳过抓泥鳅舞的酒井忠次。

“此次婚事，说来话长。我家大人也是相当苦恼，最终无奈只好接受秀吉联姻的请求。”

“说来话长？有何长话好说？”北条氏政怒目而视。

“首先要说的是，从京畿嫁来的新娘，已是四十四岁半老徐娘，且早已嫁给佐治日向守。秀吉强令其离婚，不惜强拆鸳鸯，硬把半老徐娘嫁给我德川家。此举应是秀吉为远征镇西，想消除后患之故。”酒井忠次抬起低着的头，看着北条氏政道，“因此，此婚事不过是一种外交手段而已。”

“外交手段而已？”

“确实如此。虽说把秀吉胞妹迎作正室，但我家大人并未屈从秀吉。最重要的证据是，秀吉多次请求我家大人上洛，但我家大人从未答应。”

“确实。”

“其实此事也可算是我家大人从秀吉处娶来人质。我家与贵北条家同盟关系，不会有任何变化。”

“知道了，德川大人也不容易啊。”北条氏政嘴角露出一丝讥笑，“回去告诉德川大人，我北条家自打祖先北条早云以来，便称霸关东。即便将来犬子北条氏直继位第五代，霸主地位亦不会变。无论秀吉如何施压，我北条家霸主地位绝不会动摇。因此，望德川大人切勿被抽掉脊梁骨。”

北条氏政说完，狠盯一眼酒井忠次，傲气地大笑。

秀吉胞妹朝日姬嫁给家康，乃是天正十四年（1586年）五月十四日的事。但对秀吉以既已联姻为借口，促请其上洛一叙的要求，家康却并未答应。

“老爷对那事作何考虑？”阿茶给家康揉着肩，在他耳边轻声问道。

家康既已明媒正娶秀吉胞妹为正室，阿茶便成了家康数位侧室中之一人。但阿茶还承担着家康秘书的作用，家康许多对家臣都不能说的话，却可与阿茶私下交谈。

“那事是什么事？”

“就是从京畿迎来的夫人一事啊！在滨松城举办过大婚之礼后，夫人便被送到三河冈崎城，自那以后老爷不是很少去见夫人吗？”

“哦，那事啊？”家康躺下，枕在阿茶腿上，“没什么特别意思。估计住在有其他侧室在的滨松城，夫人会觉得不便，而且在尽量离故乡尾张近的地方较好吧，所以就送到冈崎城去住了。”

“本来相亲相爱的夫妇硬被拆散，再被嫁到人生地不熟的三河，夫人好可怜啊！”

“同情了？”

“贱妾岂有资格同情夫人？只是觉得虽说当下是乱世，但夫人也是有血有肉的女人，如此对待，岂不太过残忍吗？”

“既已残忍，我当要背负人心之痛。”

“意思是，老爷还是要去京畿，拜见秀吉吗？”阿茶注视着家康的眼神。

“还未决定。”

“老爷好慎重啊！”

“胜负成败，不穿上木屐不知结果。”

“胜算几何？”

“并非一定要谁胜谁败。此时应想的是，为了天下，如何做才对。”

“为天下？”

“为将来可能会出现的某个时机，要随时打磨好牙齿。”

“老爷的獠牙，还是好好藏到哪儿吧。”阿茶拿起家康的手，把拇指含到自己口中。“贱妾愿去冈崎城看望夫人。我们都是妇道人家，想必夫人也会放松警惕。贱妾会想办法从夫人口中探出丰臣目的，随时禀告老爷。”

“我能相信的只有爱妾你了。”家康一把抱住阿茶丰满的肩头。

看到家康一直没有上洛的动向，秀吉又使出一记撒手锏。

“听闻朝日姬在人生地不熟之地思乡情切，深感忧郁。我有意送家母大政所前往冈崎城探视，不知大人意下如何？”

名义上是前来探视女儿，但只要进入德川领国冈崎城，那便等于把生母大政所送给家康当人质。世人皆知秀吉孝敬生母大政所，看来即便把自己如此重要的生母送去做人质，也要“无论如何，万请德川大人上洛一叙”。为请家康上洛，秀吉已不顾一切。

“如何是好，大人？”本多正信问。

“事已至此，实在无理由拒绝。看来只好上洛了。”

“可，如何答复小田原北条是好？”

“实属无奈。秀吉对天下的渴望，即便拿出生母都不愿放弃，可见其情之迫切。如此欲望强烈之人，到底想如何治世，本人也想亲眼见识见识。”

“大人？”

“当下只有随波逐流。”

“那微臣愿与大人同行。”

家康终于决定上洛。

天正十四年（1586年）十月十四日，家康从滨松城出发，于同月二十四日抵达京城，住进一直交往甚密的茶屋四郎次郎府。二日后，他从京城乘船到大坂，住进秀吉胞弟丰臣秀长府。当晚，有一位家康绝对意想不到的贵客前来拜访他。

此贵客竟是用黑头巾包着头脸的秀吉。

“啊呀啊呀，可把阁下盼来了！”秀吉连头巾都来不及拿下，一屁股坐下，拉住家康的手，喜不自禁。“多年未能与阁下如此面对面了啊！咱们上次见还是上大人在世时，自那以来可有时间未见了。”秀吉猴脸堆满笑，眼泪汪汪。

表情虽夸张，但绝非装模作样演给人看。秀吉长于毫不掩饰地把自己完全显露给对方，一下子扑进对方怀抱，连家康此时都几乎要跟秀吉一起感动。

“咱们又不是互不相识，因此还是不要互相猜测了吧。”秀吉开门见山，直入主题。“对手是德川大人，因此在下才愿说实话。实话说吧，在下很不喜欢看到杀人流血。”

“事实并非如此啊！”

“非也非也。好不容易盼到阁下来访，如此重要场合，在下如何能说假话？在下是提草鞋出身，不但不善用刀枪杀敌，更不善骑马狂奔。首先，那样做不是浪费刀剑弹药，浪费兵粮吗？交战双方不是都要受损？”

“……”

“德川大人，不知从何时起，在下啊，已是以天下为己任了！”

“天下？”家康蓦地睁大眼睛。

“对，天下！”秀吉挤着被战火燎黑的眉角，点头道，“或许年轻时缺衣少食日子太长，在下追求的是能让每个百姓都吃饱饭的日子。为此，即使不擅长征战，在下也不得不绞尽脑汁对付至今，好歹活下来了。在下如今打心眼里害怕的，不是别人，只是你德川大人一人啊！”秀吉压低声音道，“同为织田家臣的明智光秀、柴田胜家等，说老实话，在下从未怕过。在下有为不使百姓受饿而战的大义，他们没有。在这个意义上，在下坚信自己有充足的理由，因此才敢与他们决战。”

“结果取得决战大胜啊！”

“但德川大人，唯有对阁下，在下觉得那一套行不通。不，即便能取得决战胜利，但双方势必都会流血牺牲，损失巨大，失去共建新世界的余力。”

“……”

“因此说啊，此次阁下上洛，在下高兴得夜不能寐啊！此恩此德，永世不忘！”秀吉挪了一下膝盖，抓住家康厚实的双手，“为了天下万民，德川大人，明日在大坂城对面时，能否拜托大人向我低头？然后发誓为国为民，竭尽全力？”秀吉急喘的气息，扑到家康脸上。

“关白殿下，请平身抬头！”家康道。

家康的心中，感到“胜负已决”。其实在决定上洛之时，家康早已预料到如此结局。建成让百姓吃饱饭的国家！——此理想若能成为现实，那“无休无止的互相残杀还有何意义”？

家康回握秀吉干瘦的双手。家康感到秀吉的手比想象的更瘦更小，而且秀吉的左手还缺根小拇指。

秀吉好似也感到了家康的疑问。

“这是在下年轻时闯祸打架失去的。”

“闯祸打架？”

“不怕德川大人见笑，是内讧。挑起内讧的，要切下小拇指谢罪，不是武家自古以来的习惯吗？此外在下还犯过许多不可见人的罪孽，才有在下今日。”

“……”

“这一切，都是为了早日结束这乱世，在下才不惜背负罪孽。能理解在下吗，德川大人？”

家康沉默无语，只是用力握了一下秀吉的手。面前此人，也是历经种种艰辛万苦，才有今日。唯有苦劳，是不容怀疑的事实。

“我德川三河守，明日定将当着诸将之面，诚心诚意向关白殿下俯首行礼。”家康像要吐出一口粗气，认真说道。

“哦哦……大人所言，可当真？”

“当真！”

秀吉满面喜色。

“果然一个德川大人，胸怀坦荡，超过其他任何人！”

“诚惶诚恐！”家康深深低下头。

“放心了。在下来前一直担心。你看，此时心脏还咚咚乱跳呢。”秀吉吸着鼻水，流下热泪。

但家康有所不知，在热泪盈眶的演技背后，秀吉对家康的戒心却比原来更强了。他知道：“此人确实不能小觑！”

天正十四年（1586年）十月二十七日，家康登上大坂城，在各路大名齐聚的大广间，谒见秀吉，表示臣服。

第十八章

藏牙

梅雨季节过后，夏日阳光，灿灿照耀。家康结实的身体系上暗红色的兜裆，扑通一声，跳进骏府城附近的安倍川。河水稍嫌冰冷，但从城内跑马而来，火热的身体跳进清澈冰冷的河水里，心神舒畅。挥手拨水，激起水花。在河中畅游，附近翠鸟的声声鸣叫传进耳中。

家康在冈崎城附近的矢作川也经常游水。后移居滨松城、骏府后，他还是只要有时间，便下河游水，增强体质。

此安倍川因是刚流出山之水，故而河水清澈见底。

此时是天正十七年（1589年），家康四十八岁。这是一个“人生五十年”的时代，所以四十八岁是很容易让人感到身心衰竭的年龄。家康不仅游水，他还骑马、练剑等，以锻炼身心，延缓身体的衰老。

拔手、平搔、水车、搔分、邯郸……使完一整套日本古来泳法后，他躺在水上，放松全身，变成一根流木，在河上漂流——其实此亦是被称作“流木”的古泳法之一。

家康看着夏日天空中的朵朵白云，心想：“真正属于我的人生，此时才刚要开始。”

家康确实在秀吉面前俯首称臣。于是除去后顾之忧的秀吉，果敢地发兵远征九州，征服岛津家，完全制霸了西国。他在京都新筑聚乐第，并以聚乐第为中心，对西国领地发号施令。秀吉的冲天之势，早已无人能够阻止。

“当时的判断看来没错！”家康想。此时绝非与顺风满帆之人争霸之时。只要耐心等待，总有机会到来。而为了将要到来的未知时机，“必须五体健全”。所以长生不老、多活一日，便成为家康当下最关心的事。无论如何有能力，但若早死，则一事无成。祖父清康、父亲广忠都英年早逝，所以家康痛感长生重要。

家康从河里上来时，榊原康正、本多忠胜、井伊直政、牧野康成等家臣们已在岸上恭候。榊原康正、本多忠胜两人都是四十二岁，井伊直政和牧野康成一个二十余岁，一个三十多岁，都正当年。他们也都是德川军的核心精锐。

“怎么了？怎么都来了？”家康接过侍童递来的三河棉手巾，边擦身上的水边问。

“微臣们好久未与大人同餐共饮了，想与大人一起吃顿午餐。”井伊直政回头看了一眼河滩。

满是卵石的河滩上生有篝火，不知他们从何处搞到河鱼，烤在火上的虹鳟鱼、香鱼飘来诱人的香味。一闻到鱼香，家康健康的胃囊便蠕动起来。

“大人，请坐这边。”

围着篝火，他们按主从顺序盘腿坐下。接过井伊直政递过来的香鱼，家康一口咬下鱼头。“鹰猎后在鹰猎场烧烤野鸟不错，但香气扑鼻的烤香鱼也实在好吃啊。”

“安倍川的香鱼都是在浅滩吃水藻长大的，比其他河川的香鱼更大更香。”榊原康政道，“与此相比，在聚乐第吃的京畿香鱼，那真是干巴巴的，令人难以下咽啊！”

“啊，竟敢如此口无遮拦？你不是不久便会被秀吉下赐丰臣姓吗？”井伊直政讥笑道。

“还说我呢，不正是你陪大人去聚乐第时，受秀吉奏请，获封从五位下侍从位吗？大家都议论呢，一个陪臣，竟能这么有出息!”

“我那是大人同意的。”

“你们两人都闭嘴，别在大人面前胡闹！”本多忠胜喝住两人斗嘴。本多忠胜自身同样也受秀吉奏请，获封从五位下中务大辅位。但是下赐丰臣姓一事，被他固辞。

家康的主要家臣，如上所述，或多或少都受到秀吉的某种厚遇。当然可以说这表现了秀吉对家康很在意。但显然，秀吉也有他自己的小算盘：摸不准还有第二个石川数正出来，令德川家臣团分裂。当然，德川家臣们对此心里也一清二楚。

“但是大人，这世道变得好无聊了。大人可听闻秀吉要收缴刀枪一事？”牧野康成凝视着家康。

“大人怎能不知？”榊原康政替代默默吃着香鱼的家康回答，“关白要禁止各国农民持有任何刀枪兵器，指挥此事的好像是奉行之一的石田三成。”

“石田三成？该不是丰臣家那位傲慢的家伙吧？”井伊直政也插嘴道。

“正是。三成本无甚武功，仅凭三寸不烂之舌便获得关白信任，在丰臣手下诸将中，似也颇受非议。”说话的榊原康政其实也很不喜欢石田三成。提及石田三成大名，他也一脸不快。

“可不是吗？把我们当陪臣看，很不放在眼里。”平时很少说人坏话的本多忠胜，也少有地一脸厌恶表情。

石田三成治部少辅是丰臣秀吉近臣中的近臣。他从秀吉当近江长滨城主时便仕于秀吉，年纪很轻便成为秀吉近侍，随后又成为主君与手下之间联系的奏者，实力大增。

正如榊原康政所言，石田三成并未在战场上取得赫赫战功，但他近江出身，聪明伶俐，在筹措兵粮及兵器、民政管理等方面都发挥了卓越才能，因而受到秀吉重用。况且随着秀吉夺取天下的目标临近达成，处理日常事务的石田三成越显重要。其权力和影响力，不仅丰臣家臣团，甚至连家康、毛利辉元、上杉景胜等臣服秀吉的各大名，都不能无视。

“别在背后议论别人家事了，听得人烦！”吃饱肚子的家康拿起竹筒喝水。

相比于此类谣传，此时占据家康脑子的是另外一件更为重要的事——如何说服小田原国的北条氏政臣服秀吉。

平定九州后，关白秀吉的目标又转到东国。而东国的最大目标，便是连续五世称霸关东的北条家。但是小田原的北条氏政与家康有着姻亲关系——家康侧室西郡之方生的督姬公主，嫁给了北条家五世家督北条氏直。联姻就是结盟的标志。

秀吉平定九州后，不暇喘息，便通告小田原的北条，奥羽[1]

1. 奥羽：陆奥国和出羽国，范围为今东北地区的青森县、秋田县、岩手县、宫城县、山形县、福岛县等六县。

的伊达、最上、葛西、大崎等东国各主要大名，要求他们臣服归顺。特别是领有伊豆、相模、武藏、上野、下野、上总、下总等关东地区的北条家，成为秀吉统一天下的最大障碍。于是，秀吉命与北条家有姻亲关系的家康负责交涉，而家康也多次派使者去拜见小田原的北条氏直及其父北条氏政，转达秀吉的要求。

"北条家如何回答大人？"本多忠胜问家康。

"事情并没有想象的那么简单。相模的小田原城当年被武田信玄、上杉谦信围攻也未曾失陷，此次估计还作同样打算吧。"

"但世道已完全变了啊！"榊原康政仰头看着天上流动的白云，略显伤感地道，"连取得长久手之战胜利的我们德川家，都未能抵抗住如此巨大的变化。要想在丰臣的天下生存下去，北条只能做出苦涩决断。不是吗，大人？"

"我也把此道理向北条大人讲过数次了。但因为拥有小田原城这座易守难攻的坚固要塞，北条大人反而难以下定决心。估计北条大人不会轻易俯首称臣。"

"那只有打了。"井伊直政刚剃过胡须的青色下巴，对着家康。

"关白或许当初便有此意。"家康道，"征伐镇西岛津家时，他便以中国方面的毛利和四国的长宗我部等西国大名为先锋，也就是要趁机考验新归顺者的忠诚心。由此可知，关白若要出兵征讨北条，势必也要考验我东国诸将的忠诚心。"

此后，秀吉多次要求北条上洛。但北条氏政、氏直父子坚决拒绝上洛。拒绝上洛的理由，不但是为了守住关东霸王的尊严，还因为其背后有暗藏野心的奥羽狂龙伊达政宗撑腰。伊达政宗消灭会津黑川芦名家后，此时领地已扩大到一百五十万石。

北条父子觉得，领有关东八州二百五十余万石的北条家，若与领有一百五十万石的伊达政宗联手，当“可与京畿大军一决雌雄”。他们甚至乐观地认为，假若万一战况不利，“与秀吉有过交战历史的家康，或能见风使舵，转而助力自己”。德川、北条、伊达所能动员的兵力，合计有十六七万。如此大军，完全可能击退京畿军进攻。况且还有易守难攻的小田原城。若能把京畿军拖入长期战，“则京畿军必有辎重补给之苦。越把远征一方拖入长期战，越对自己一方有利”。

在北条家中，强硬派北条氏政和武藏八王子城城主北条氏照等主张对抗。他们费尽口舌，试图说服因岳父家康活动而产生动摇的现家督北条氏直。

恰在此时，发生了一起事件，史称“名胡桃城事件”。此事件的导火线是真田昌幸。

武田家灭亡后，武田家臣真田昌幸见风使舵，三天两头换主人，近期又把次子幸村从上杉家叫回，送给秀吉当人质，表示臣服于丰臣家。做事滴水不漏的真田昌幸还主动与家康交好，迎娶德川家重臣本多忠胜之女小松姬给长子信幸为妻。

真田昌幸既已成为丰臣下臣，秀吉便对多年的悬案即上州领土问题做出如下裁定：“包括沼田城在内的利根郡归属北条家所有。但位于利根郡利根川西岸的名胡桃城一带归真田领有，承认吾妻郡为真田所有。”

对此裁定，要求领有上野国全域的北条表示强烈不满。“上野国全域属我北条家。利根郡三分之一及吾妻郡全域划给真田，岂有此理！”北条氏政大怒。

而另一当事者真田昌幸，虽也觉得把沼田城在内的利根郡交给北条心有不甘，但上野国内失去的领土，在信浓国内已分给自己替代之地，因此他感到“总还算过得去”。于是昌幸服从秀吉裁定，撤出沼田城，住进被允许领有的吾妻郡内岩柜城，并另派家臣铃木主水入驻利根郡内属于自己领有的名胡桃城。

但北条家对秀吉积蓄已久的不满，此时终于以实际行动表现了出来。入驻沼田城的北条家臣猪俣邦宪能登守趁铃木主水不在城内之机，霸占了利根川对岸的名胡桃城。

对此，秀吉大怒。“北条这厮，竟敢无视老子裁定！”秀吉气得满脸涨红，把手中的扇子猛地扔到院子里，“老子迄今一直对他北条家睁一只眼闭一只眼。可此次事件，明显违反我禁止大名私斗的‘总无事令’。”

“大人所言极是！”身旁的侧近石田三成点头。

“治部少辅！”

“在！”

“明年入春即发兵讨伐北条！向北条氏政、北条氏直父子送去宣战布告！命令各大名，做好出征准备！”秀吉一声令下，决定征伐北条。

当然，秀吉征伐北条的决定，最先传给的便是骏府的家康。

“大人，督姬还在小田原城，还是继续想法说服北条氏直，等到最后吧！”听到征讨北条的消息，阿茶忧心忡忡地看着家康。

“有些事能做，有些事不能做。河堰既已溃决，无人能挡住奔涌的洪流。”家康无力地自言自语。

天正十七年（1589年）十一月二十四日，秀吉发布征伐小田原北条家的军令。以家康为首的丰臣属下各路大名紧急上洛，商讨如何讨伐北条。

秀吉身穿金丝织花锦缎外套，口贴熊毛假须，坐在上段，环视一番属下的各路大名。

“以沿东海道进军的军势为此次征伐主力。我欲使德川大人做先锋，不知意下如何？”

“遵命！”家康俯身低头。

“鼓舞人心啊！德川大人愿做开路先锋，胜似千军万马！”秀吉心满意足地点头。

以德川军为先锋，沿东海道进军的有蒲生氏乡、丰臣秀次、织田信雄、细川忠兴、筒井定次、浅野长政、石田三成、宇喜多秀家等，兵员总数达十七万。从信浓路向上野方面进军的北国军有前田利家、上杉景胜、真田昌幸等，总数达三万五千。其余还有从海上进军小田原的水军九鬼嘉隆、加藤嘉明、胁坂安治、长宗我部元亲等，共一万四千人。再加上秀吉亲兵三万五千，征讨大军合计二十五万四千人。

而迎击的北条军，则从相模、伊豆、武藏、上总、下总、上路、常陆、上野、下野等领内各地共发动了七万余兵。

北条一方以主城小田原城为中心，固守在伊豆国韮山城、同国山中城，相模国玉绳城、同国三崎城，武藏国八王子城、同国钵形城、同国岩槻城，上野国箕轮城、同国松井田城、同国沼田城，下总国佐仓城、同国栗桥城，下野国唐泽山城等各地的支城内。他们固守城池，抵抗丰臣军。

铁壁坚守是北条家最为擅长的打法。上杉谦信、武田信玄两位战国最强武将，分别猛攻过小田原城，但都被北条军的固守城池战法击退。

过年后，便是天正十八年（1590年）二月。东海道军先锋家康率领三万大军，进军至接近北条领地伊豆国的骏河国国境，进驻长久保城。

——河堰既已溃决，无人能挡住奔涌的洪流。

家康虽对阿茶说过如此无奈之语，但暗地里，他还在继续说服固守在小田原城的北条父子："应像九州岛津家那样，领地即便被削减，也要想方设法顽强地生存下来。现下藏住自己的牙齿，总有能用的一天。"对家康来说，为了牵制秀吉强化政权，也有必要使北条家在东国保存相当势力。

但北条方早已下定决心全面对决，他们每次都是斩钉截铁地回答："绝不向关白低头！"

三月一日，总大将丰臣秀吉从京都出发。东海道沿途的野山上，樱花已零星绽开。

同月二十七日，秀吉抵达骏河三枚桥，他决定把此地作为进攻北条军的大本营。听闻此消息后，家康急速前往秀吉营帐问安。

"明日一起去看看山中城吧！"秀吉说话的口气无异于要游山玩水。

山中城是北条家的一座支城，位于箱根山中最前线。北条家为阻止沿东海道从西面来的敌人而营造此城，并巧妙配置了多重北条家独特的沟底有正方形垄沟的壕沟。若能突破铁壁防守的山中城，则相州的小田原城便在眼前。

“还是有些危险。若被狙击，如何是好？”家康很慎重。

“什么？在街道两边配置精锐，禁止闲人往来不就行了吗？或者说德川大人有北条方的什么机密情报不成？”

“那倒没有。”

“我听到一个谣传。别在意，只是谣传啊。听说德川大人与北条家绝交后，还多次派密使去小田原城。有人说大人至今还与北条家私通。当然我是很相信德川大人的了。”脸上在笑，可秀吉眼底，却蕴藏着寒光闪闪的刀光。

次日清晨，秀吉坐在双人抬的轿上，出了三枚桥营帐。家康骑在马上，率领卫兵紧随其后。

从三岛出发，走在缓缓的山坡上。笼罩在山中的朝雾散开后，左手方向能看到白雪皑皑的富士山雄姿。

“啊，好雄伟的景色啊！”途中休息，秀吉走下轿子，看着缓缓向上的富士山，大为感叹。“京畿也有好多山，但从未见过如此令人感叹的山。德川大人能早晚观赏如此雄伟的灵峰，真令人眼红啊！”

“每日看着，早已看惯，没有什么感觉。不过这景色果然还是令人心旷神怡啊！”家康顺着秀吉的话说道。

“但从富士山吹下来的下山风好冷啊。在下肚子受凉了，想撒尿了。德川大人不一起撒尿吗？”

“啊？”

无奈，家康只好陪着秀吉，对着灵峰富士山小解。

坡下是很深的山谷。对着谷底痛快地放着尿，秀吉道：“消灭北条后，在下还要继续征服奥州，还有羽州。”

“若能平定奥羽，则平定天下指日可待啊！”

“是啊。统一天下，是我继承的织田右府大人长年的梦想啊！”

“……”

“此梦能成真，也多亏德川大人全力配合啊。我也不说是为了报此大恩，总之我想把北条领地关八州赠送给德川大人您。”

“关八州？”

“如何？关东自打镰仓幕府以来，一直是武家之都。只有与清和源氏有渊源关系的德川大人才适合领有此地啊。”秀吉说完大笑。

但家康却没笑，他心中不明：“到底是怎么回事呢？”既然秀吉能说出此话，想必是问自己能否交换领地。不是问自己，应是早已决定。

风渐渐大起来，低矮的山白竹被风吹得沙沙作响。

不知想到什么，秀吉并未再去看山中城，而是直接打道回三枚桥。或许视察山中城，只不过是秀吉想要创造一个与家康两人单独说话的机会，好向他提出要他移居关东的一个借口而已。但讨伐北条能否成功还未有结果，便提出此事。家康心知肚明：“这显然是要让自己尽量远离京畿。”

若能消灭北条，获得关东全域，那所领将增至二百五十万石。家康此时共领有五国一百五十万石，仅从数字上看是大增了。但是如此一来，不但将会离这个国度的政治经济中心京畿越来越远，而且北条家五代人长年领有此地，影响不可估量，要领有如此之地，谈何容易？

家康当然无法拒绝。但他不能拒绝的原因，不是怕政敌秀吉，而是他觉得："这是上天在考验我！"

当日午后，开始进攻山中城。在丰臣军压倒性的兵力和枪林弹雨的攻击下，山中城在次日亦即二十九日陷落。北条家族的北条氏规在北条家起家的伊豆国韮山拼命抵抗，但秀吉没有理会他。以家康率领的德川军为先锋，大军越过箱根山岭，进入相模国，包围了小田原城。

小田原城背靠箱根山脉，地势险要。

展现在城郭下南部的，是春日阳光照耀下仿佛洒遍银粉、银光粼粼的相模湾。相模湾是从远州滩到伊势湾，连接太平洋黑潮通道的海上交通要冲。

北条家选定军事、经济俱佳，交通方便的此地，作为自己的中心之地，经过多年经营，终于把小田原建成人口十万人、比肩京都的繁荣都市。

小田原城下还有被称作"总构"的城壕和城墙，全长达五里（约二十公里），模仿中国的都城城郭营造。也就是说，城墙与城壕把城堡与城下市井人等都包裹在内，形成一座巨大要塞，使得长期固守城池变为可能。

小田原城被视作难攻不落之城，其理由便在于此。

在东海道势力包围小田原城的同时，前田利家、上杉景胜、真田昌幸等北国势力从信浓路越过碓冰岭，进入关东平原。

北条家守卫上州的要地是松井田城。守将大道寺政繁是北条家首屈一指的猛将，攻打松井田城，势必会遇到顽强抵抗。

前田利家、上杉景胜等人军议的结果，决定放弃蛮攻，选择包围城堡，进行持久战。被截断兵粮的松井田城，于四月十九日陷落。北国势力从上野国南下，进入武藏国，陆续攻克川越城、松山城，直逼北条家在武藏国最大的城堡钵形城。

此时，家康也包围了小田原城。他的中军营帐设在小田原城总构东面的今井村。今井村一带有山王川曲水形成的低洼湿地，而中军就在湿地中东西一町半长（约一百五十米）、南北两町（约二百米）长（约二百二十米）的地势稍高的干地上。

为了在今井设营布阵，家康在小田原城的总构山王口筱曲轮的树荫处查看，结果受到北条方猛烈枪击——北条方当然认为家康是“叛徒”。看到近侍中枪受伤，家康一时大惊。在松平康重率领的先锋队保护下，家康才全身而退。

全军总大将秀吉原驻扎在箱根汤本，但不久他便在能俯瞰小田原城和相模湾的丘陵上，开始新筑石垣山一夜城。

当年上杉谦信、武田信玄攻打小田原城时，因不能确保远征兵粮辎重运输，不能维持持久战，最后只能撤退。固守小田原城的北条氏政、氏直父子，因有过去的成功经验，所以并未怎么害怕秀吉的京畿军。

但秀吉命在京畿的胞弟丰臣秀长利用陆海两路，源源不断运来大量远征必要的兵粮、兵器、火药、生活物资等。秀吉命人在兵营中设市，可歌可舞，兵将们耕田种菜。

“这不是在小田原城外又形成了一个城市吗？”家康侧近本多正信道。

“关白在箱根七温泉之一的底仓温泉新修了石室温泉疗养所，用温泉治疗兵将的枪伤。”家康吃着滨纳豆，轻声道，“长期远征，将兵们身心负担很重。但秀吉让将兵们过上与平时无异的日子，很简单便打消了将兵们的厌战情绪。”

家康说完，抬头看向连绵的箱根山脉。因被箱根连绵的山脉遮挡，从小田原此地看不到富士山。

“原来如此！这做法巧妙啊！”本多正信点头。

“吃苦时间长，因此秀吉特别了解人。”

“城外的敌人如游山玩水般唱歌跳舞，提心吊胆固守在城内的守城兵这下可够受了。看来随着时间拖长，守兵必定士气低下。”

“那无疑也是秀吉目的之一。那人不是要从外边攻克小田原城，而是希望从内部瓦解小田原城。”

亲眼看到攻城名将秀吉的战法，家康心服口服。虽说此巨大城郭被总构护卫，易守难攻，但守卫的到底还是人。“人和”若被破坏，则无论城郭如何坚固，也不能发挥作用。

“他人的长处，应虚心坦怀吸收。”

家康当年从最大敌人武田信玄身上学到许多战术。其结果便是，本来并不善于作战的自己，当下已有在野战方面谁都不输的自信。

家康知道，作为武将，自己并没有什么天赋。或者说，正因为他知道自己有许多不足，他才能贪婪地吸收不论敌友的长处。

正因把他人的长处变成自己的血肉，他才能生存至今。秀吉的攻城术，对家康来说，也是一个再好不过的样板。

秀吉从京畿把侧室淀君叫来，并召请茶头千利休开茶会，尽显闲情雅致。

自己虽悠闲地搞持久战，但秀吉却把围困武藏国钵形城的前田利家、上杉景胜等传到自己营帐，严厉斥责道："你们还磨蹭什么？还不快发动总攻，早点攻陷那破城！"

家康知道，自己悠闲，却骂部下，这都是为了最大限度地区别站在天下制高点的自己与其他将领，"为确保权力牢不可破而为"！

当然秀吉对其他将领采取高压态度，也有他的理由。主要原因便是，伊达政宗要参与进攻小田原城之战。

奥羽地区一百五十万石霸主伊达政宗本有与北条家结盟、对抗丰臣政权的迹象。他年轻气盛，在奥羽地区又连战连胜，因此觉得："秀吉算什么东西！"但熟知京畿内情的禅僧虎哉宗乙及侧近片仓小十郎等都向他进言，说时代潮流不可逆转，逆流而进恶果不堪设想等等。加之他听闻与北条家有姻缘的家康不但参与此次进攻，而且为先锋，便终于想通："现下无奈，只有藏而不露，等待时机东山再起！"终于决定向丰臣秀吉俯首称臣。

前田利家受秀吉之命，劝伊达政宗归顺。伊达政宗便通过前田利家向秀吉通报，自己将亲赴小田原，参与攻城战。

他从居城出羽米泽城出发，沿小国街道，从日本海一侧先进入越后上杉领地，后经北国街道，来到相州小田原。

"那小崽子，终于来了啊！"听闻伊达政宗要来归附，秀吉高兴得用扇子不断地敲打大腿。

秀吉内心别提有多高兴了。伊达政宗降服后，北条家将失去援军，陷入孤立无援的境地。事已至此，攻打小田原城一战已与成功无二。也就是说，在秀吉眼中已看到包括从关东到奥羽的天下统一。迄今为止，他对除自己家臣以外的各路大将一直很客气，但如今似已无客气之必要。面对即将到来的那一天，秀吉改变了自己的态度和做法。

率领手下百余骑来到小田原的伊达政宗，被秀吉暂时软禁在箱根底仓药师堂。三日后，秀吉在石垣山一夜城接见了他，以家康为首参与攻打小田原城的各大将也都在座。此时伊达政宗二十四岁，比家康和秀吉都年轻一代。

秀吉此刻悠然坐在朱漆圈椅上。出现在秀吉面前的伊达政宗发髻解开，头发披散在脑后，只用白纸绳随便扎住，身穿白色外衣，一副死尸打扮。

"一副狂妄无畏的装束！"

家康好似看到一匹不愿简单被人驯养的猛兽。

"过来，走近点！"秀吉用手中的拐杖做手势，招呼伊达政宗。

政宗膝行到秀吉面前。

"再近点！这儿，这儿！"秀吉用拐杖咚咚地点着面前。

政宗再往前挪了一挪。

秀吉用拐杖轻轻地打了一下政宗低下的头："你来得正好。再晚来一点儿，这儿就很危险了。"

“谢饶命之恩！”

“哈哈，好可爱的娃娃啊！”秀吉环顾一眼在座的家康等人，仰天大笑。

丰臣秀吉对伊达政宗的处分如下：

违反“总无事令”占领的新领地仙道四郡及会津四郡全部没收，仅允许领有田村、二本松、盐松三地及原有领地米泽、伊达、信夫等共七十万石。

秀吉增强了统一天下的自信，对家康也抛去假面，露出狰狞的面容。处分完伊达政宗后，他请家康到设在小田原南郊江之浦的茶室喝茶，此茶室为茶头千利休所造。招待家康的茶，也是千利休所点。

“这只赤乐茶碗是利休制作。你看多有雅趣！好茶碗吧？”秀吉得意地道。

家康对茶道之类几乎毫无兴趣。但他知道，身穿黑色外衣的茶头千利休，有着与秀吉胞弟丰臣秀长同等的影响力。

“确实如此！”家康虽笨手笨脚，但也按照茶道做法，喝干了碗里的茶。

“有时候，德川大人心肠太软了啊！”

“心肠软？”

跪坐在汤釜旁边的千利休，以弯镰般锐利的眼神，冷静地观察着家康与秀吉交谈。

“阁下引以为傲的家臣本多忠胜等人不是在攻打下总吗？

可一点战果都没有。该不是攻击时手下留情了吧？”秀吉问。

“大人过疑了！绝无此事！”家康辩解。

此前秀吉曾向家康私下传达：“北条征伐战后，关八州都交给你。”既已知道将来这些都是自己的领地，若对当地武士等猛追狂打，“则势必影响将来对当地的统治”。家康如此判断后，命攻击下总的本多忠胜等尽量劝降对手，有愿表示顺从的，则收为家臣，予以安抚。但如此做法，却好似惹恼了秀吉。

“德川大人，你这是把在下的命令当儿戏吧？”秀吉讥讽地看着家康。

“岂敢岂敢！在下这便派人去下总，要他们尽快搞定下总。”

好似早已听厌似的，秀吉压住哈欠，严肃地道：“算了吧，把攻下总的兵都撤下来，调来一起攻打钵形城，先拿下武藏国再说！”

“遵命行事！”家康深深低首。

从茶室出来后，千利休好似黑色皮影般赶上家康。

“噢，利休大人！”

“德川大人辛苦了！竟被一个当年给织田右府大人提草鞋的人颐指气使……”

“嗯……”家康不知如何回答是好。

“权力令人恐惧啊！权力操控人，也改变人心。关白殿下当年也并非如此之人啊！”千利休弯镰般的细眼冰冷刺人。

千利休虽如此感慨，但他自己却仗着秀吉权势，最近越发自傲自大，不可一世。对此，世间多有传闻。

“德川大人千万要注意啊！千万别坠入权力魔道啊！”

轻轻点头后，千利休耸起肩膀，融入初夏的绿荫中。但不知为何，千利休所说的话却一直回响在家康心中。

攻打下总的家康家臣本多忠胜、鸟居元忠等加入围攻武藏钵形城的大军中。

受到秀吉训斥后，火烧屁股的前田军和上杉军等奋力进攻，再加上本多忠胜手下用二十八人抬的大炮击毁城门大手门之功，钵形城很快便被攻克。北条家终于被逼到进退维谷的地步。

同年七月五日，孤立无援的北条氏政、氏直父子终于放弃固守，决定开城投降。主战派中心人物北条氏政切腹自杀。现家督北条氏直因家康向秀吉哀求，幸获免死，被发配到纪州高野山。

丰臣秀吉正式宣布原北条家领地关八州移交德川家康领有，随后离开小田原，沿奥州道北上。他收回葛西、大崎等没有参加攻打小田原城之战的奥羽各武将领地，对东国统治体系进行了重新调整。

通过此次“奥羽处分”，原葛西、大崎领地交由秀吉近侍木村吉清统领，同时蒲生氏乡入驻伊达政宗离开的会津黑川，统管奥州。秀吉之所以派文武双全的蒲生氏乡入驻会津，一方面是对伊达政宗还不能放心；另一方面最重要的是，要牵制关东二百四十二万石大大名德川家康。

在此期间，德川家康住进新居城武藏国江户城，对当地的土地进行了考察。而将家康新居城定在武藏国江户城，却非北条家的小田原城的，不是别人，正是丰臣秀吉。

令家康入驻作为关东中心长期繁荣的小田原城，对秀吉来说不是好事。为避免家康继承北条家的军事实力、经济实力，无论如何，有必要把家康与小田原城分开。

最早在江户筑城的，是扇谷上杉家家臣太田道灌。后来北条家城代远山入驻，统治附近一带。

“这是……”

刚一进入江户城，跟随家康前来的本多忠胜、鸟居元忠等家臣们就对眼前的惨象哑然失声。

虽然名义上是城，可地基周围没有一处石块堆砌的石墙，只是种着低矮的小竹子，修有低矮的土墙。而江户城本丸大殿，不过是一间顶着碎木片屋顶的老房子。玄关的横框只铺了两片旧船板，破破烂烂，不堪入目。为防守而堆在屋顶的土沙使得屋顶木板朽烂，到处漏雨。板壁全部发霉，榻榻米腐烂，没有一块能用。

与此破烂城堡相应，当时江户城下也极为土气，几无市井人等。《岩渊夜话别集》记载道：

> （江户）东部平原汪汪一片潮水流入的芦苇荡，不足分放十町（约一公里）町屋及武士住家；西南部是浩渺的武藏野茅草原，不知尽头在何处。

东部平原即今东京都的“下町”（普通市民居住区）地区，本为浅滩河湾，长满芦苇的湿地，一片荒凉，连能修十町市民生活和武士住处的土地都没有。西南部即“山手”地区，则是关东垆坶质土层台地，是一片浩渺无边的武藏野茅草原。

此外，挖井涌出的也是盐水，不能饮用。如此恶地，绝非营造大规模城堡及城下市井之地。

“关白欺负我等。”与家康形影不离的本多正信道，“要建城下町，需要花费大量金钱。作为攻打北条的恩赏，名义上给大人增加了领地，但实际上却是要通过造城和营造城下町，削弱大人实力啊！”

“秀吉，你这狗贼！”鸟居元忠咬牙切齿，“大人有何打算？新领地还有奸细私党，北条家残党也很多。要经营此领地，看来相当棘手。”

“此时叫苦示弱，正中关白下怀！”家康细眯着眼睛，放眼望着江户城南一望无际的夏日大海，“看吧！此城面向大海，辽阔无垠。”

“啊？”鸟居元忠、本多忠胜等人懵懂地望着家康。

“像这大海宽广无垠、没有尽头一样，我胸怀之志也绝不放弃。”

“胸怀之志是指？”本多正信问。

“嗯。”家康摸着胡子，没有回答。

完成“奥羽处分”后，关白丰臣秀吉终于完成了统一天下大业，胜利回京。不论对秀吉来说，还是对家康来说，一个新时代的帷幕已经拉开。

第十九章

目 标

丰臣秀吉终于一统天下，成为所谓的“天下人”。

但从这一瞬间开始，秀吉脚下的根基，也开始出现丝丝裂缝。

最初显现的缝隙，是迄今为止作为秀吉后勤有力支撑其连年征战的胞弟，大和大纳言丰臣秀长之死。

随着秀吉日渐荣达，其胞弟秀长也大为发迹，成为领有大和国、纪伊国、和泉国等地的一百多万石的大名。但他却不幸身患肺病，死时年方五十二岁。这是天正十九年（1591年）一月二十二日的事。

丰臣秀长性格温厚，为人诚实，深受各地大名尊重。《武功夜话》评价他道：

> 朴实寡言，忠厚仁义之人。

丰臣秀长不仅人好，而且为了与各大名搞好关系，他费尽心血，无怨无悔地进行对外交涉。家康在与秀吉交涉时，也与作为中介人的秀长见过多次，打过多次交道，建立了深厚的情谊。

“德川大人，在下呢，很愿与阁下这样既有智慧又有实力的大名搞好关系，一起辅佐朝廷，建好国家。”丰臣秀长长着一副与兄长秀吉不太像的柔和面相，稍感害羞地笑着道，“兄长与我，原本都是尾张乡下农民出身。我们深知战乱对田地的毁坏多么令人心痛。这种心情，德川大人能理解吧？”

“当然！”

家康从诚恳倾听大名们心声的秀长身上，看到了丰臣政权的另一种可能性。

秀长的目标，是建立丰臣秀吉位居德川家康等大名松散联合体之上的地方分权政治体制。而呼应秀长如此构想并用行动支持的，是千利休。千利休不仅是位茶人，作为秀吉侧近，他还参与政事。以至于秀吉常云：“家事利休，公事秀长。”

相对于丰臣秀长、千利休派，丰臣政权内还有势力越来越大的另一派。此派以石田三成为首，包括增田长盛、长束正家等在内的近江国出身的年轻奉行们。他们与秀长派地方分权的主张相反，主张构建以秀吉为顶点的坚固的金字塔形中央集权体制。

在统一天下的过程中，秀吉一直重视丰臣秀长和千利休等人的意见。但自从老来得子，宠爱的侧室淀君生下期盼已久的后嗣鹤松后，秀吉觉得：“为了鹤松的将来，必须强化丰臣家权势。”于是他开始把重心转移到石田三成派主张的中央集权体制上来。

在此关键时刻，大和大纳言丰臣秀长辞世。于是丰臣政权内的派系均衡被打破，近江国出身、拥护侧室淀君的吏僚派发言权有了极大加强。

家康一边专心治理新领地关东，一边关注着京畿的动静。他的耳目，照例还是那位京都商人茶屋四郎次郎。

“久未请安！”茶屋四郎次郎把离开江户、时隔多年上洛而来的家康迎进自己新通町的宅邸。“衷心祝贺大人加赠领地并更换领地！”

“是否值得祝贺，还不好说啊！”家康吃着茶点柿饼，无精打采地道。柿饼软黏，香甜美味。

最近数年，京城有了很大发展。秀吉推进营造御土居，把军事防备皆无的京城用高墙围住。应仁之乱以后衰败式微的京城，由于大量人员与物资出入，呈现出一片繁荣景象。收入增加后，京城人纷纷夸赞秀吉：“关白大人是我们的救命神啊！”

家康也看出，秀吉的经济政策非常成功。

“茶屋生意也不错吧？”

“哎，托大人福。因穿着舒服，三河木棉客户盈门。”

“那敢情好！”家康道。

“听闻去年以来，东国出大乱了？”茶屋四郎次郎用刷毛目茶碗点茶。

“你是说葛西、大崎暴动吧？”

“是。”

“葛西、大崎暴动”是此前因“奥羽处分”被消灭的葛西家、大崎家旧臣发动的一次大规模暴动。当时，秀吉安排了近侍木村吉清统管横跨今宫城县北部和岩手县南部的葛西、大崎原领地。然而地处陆奥的葛西、大崎臣民本就对京畿的丰臣政权极为反感。更何况如此之地，由一个仅五千石俸禄的小人物木村吉清统管，未免太过轻待。结果暴动一发不可收拾，木村吉清一人无论如何镇压不了。

“人人都说葛西、大崎暴动，肯定有伊达政宗大人在背后作祟。”茶屋四郎次郎压低声音道。

“京畿人也都如此看吗？”

“不单有此谣传，人们还觉得，伊达政宗大人绝不可能真心接受关白殿下的‘奥羽处分’。”

“确实。虽只见过一面，但伊达政宗此人绝不吃亏，一副不可一世的神气。”家康好似要冲洗口中柿饼的甜味，喝了一口茶。

秀吉命令会津若松（由黑川改称）城主蒲生氏乡镇压葛西、大崎暴动，而蒲生氏乡怀疑暴动势力背后有伊达政宗支持，便向京畿的秀吉上奏：“望关白大人盘诘该人！”接到蒲生氏乡上奏后，秀吉派使者去见伊达政宗，命其：“上洛辨明委细！”

茶屋四郎次郎微笑道：“伊达大人还是太年轻啊！”

“确实太年轻。我年轻时也曾有过不顾后果鲁莽行事的时候啊。”

“大人莫非想起当年在三方原战场，受信玄诱骗拼命追赶，误入武田军伏击圈一事？”

“确有此事。”

“小人不才，总觉得或许关白殿下故意在东国挑事，用以考验大人和伊达大人。”

“果然一双商人眼，好尖锐啊！”家康笑了，“现下之我，与如日中天的秀吉不可同日而语啊！”

“家康大人——”

“唯有静观世相，相机行事。”家康眯眼看着窗纸上早春的阳光，低声说道。

家康滞留京城期间，京畿发生了许多事。首先是伊达政宗上洛事件。

受秀吉传呼，伊达政宗用纸绳绑着散乱的头发，身穿白色净衣，一副死人打扮，出现在京城大街上。走在行列前头的大力士，则手持金色十字刑柱。政宗骑着菊花青马在京城大街上大摇大摆，令京城人叹为观止。面对秀吉的盘诘，他表现得满不在乎。

盘诘在聚乐第大广间举行。除前田利家、宇喜多秀家等实力大名，以及石田三成、浅野长政等奉行们外，东国大名德川家康也参与了此事。

“有戏看了，我倒要看看伊达如何辩解。”家康饶有兴味地关注着事情到底如何处置。

秀吉令告状者蒲生氏乡与被疑与暴动势力有染的伊达政宗两人直接对质。蒲生氏乡如行云流水般滔滔不绝地列出各种伊达政宗通敌的证据，试图证明其参与谋反。看起来，伊达政宗支持暴动证据确凿，罪不可恕。然而，政宗抗辩说，作为证据提出的那封自己送给暴动一方的密信是伪造的，并非自己所书。他所举出的证据是，密信末尾的鹡鸰形花押，与自己真正的花押不符。于是，政宗最终逃脱了问罪。蒲生氏乡一副满腹憋屈的表情，但秀吉既已裁定，他也只能认输。

回到茶屋四郎次郎宅，井伊直政牙咬得咯咯响：“伊达政宗指使暴动证据确凿，一清二楚。关白殿下却被那油嘴滑舌所骗，难道已年老昏聩不成？”

“并非年老昏聩。秀吉当然知道政宗与暴动一伙有染。”

“那为何不问罪？”

“此即为权谋之事。”家康道，“证据真伪之类，此时早已无所谓。政宗能被放过，不过是秀吉还需要他而已。若认为他已无利用价值，此时那厮的身首难道还能连在一起吗？”

“原来是权谋。”

“我们也要谨慎小心才是。”

家康在火炉上烤手取暖。虽说已开春，但门缝吹进的风还是很冷。

在人们的记忆中，伊达政宗上洛一事余韵还未消失，又发生了一件剧烈冲击京畿政界的大事：丰臣秀长死去仅五十日后的二月十三日（此年有闰正月），秀吉命千利休回到堺的自宅蛰居。秀吉所列千利休罪状如下：

一、以新茶具冒充古董，高价出售，牟取暴利。

二、在天皇陛下甚至关白殿下都要经过的大德寺山门上，设置自己脚蹬竹皮屐、手持木杖的木像。

三、与被禁止的天主教信徒私下往来，企图谋反。

对失去丰臣秀长后台、存在感岌岌可危的千利休实施打击的，是秀吉侧近石田三成等奉行们。

“丰臣政权开始内讧了。”本多正信锐利地看着靠在凭几上的家康，“关白殿下抛弃了与各地大名关系紧密的千利休，转而选择了强化丰臣政权不可或缺的石田三成等奉行们。秀长既亡，政权内已无人保利休了。”

“嗯。”家康摸着圆胖的脸颊。

“大人有何打算？稍有不慎，引火烧身也未可知啊。”

“当下唯有静观。”

当下绝非盲动之时，也完全不必自己钻进丰臣家内部发生的争权夺利的旋涡中去。

被命蛰居的千利休，从淀川河岸乘船，沿淀川向下，经大坂湾到堺，住进今市町自宅。千利休闭门思过期间，旧友前田利家、细川幽斋、富田知信等都派使者前来探访问安。

“现下还来得及，恳求大政所（秀吉之母）、北政所说情，向关白殿下低首认错如何？宗匠与殿下情长意深，殿下必会息怒，取消处分。”细川幽斋等关切地劝说。

但千利休拒绝向秀吉俯首认罪：“关白殿下已坠入权力魔道，走火入魔。即便千刀万剐，我也无乞命之意。”

这是以茶道驰名天下的千利休的自尊，也是他洁身自好的美学。

二月二十八日，被传至京城的千利休，在聚乐宅不审庵自杀身亡。

十日后，家康从京城出发，打道回府。在他心中，一种莫名其妙的感觉乱哄哄地闹将起来。

“到底何为天下？人们到底想要什么？为何追求权力？”

越接近山顶，人越孤单。莫非为了填补心中的空白，便追求更大的权力？

欲望无边无际。获取越多，越害怕失去，越会被失去的恐惧所绑架。家康觉得，暗藏在千利休事件背后的，是秀吉的孤独感。秀吉虽坐上光芒万丈的“天下人”宝座，但他却也直面着黑暗的深渊。

回头想想自己：“我自己到底如何呢？”

在别人看来，此时的家康处于仅次于秀吉的天下第二地位。但此座绝非安然无恙。

“我必须追求与秀吉不同的高度。不能为满足自己的权欲而登山，却要为滔滔江河般流淌的某种存在而思考天下大事。”

自己若到达如此境界，面前便会有道路自动延伸。家康作如是想。

回到江户，城下町充满活力，到处都是叮叮当当的敲打声。

家康任命板仓胜重为江户城下町区奉行，开始了江户城下的大改造工程。板仓胜重本为禅僧，还俗后，以卓越的民政和经营手腕著称。在来到江户以前，他做过骏府奉行，且实绩显著，早已名传四方。

板仓胜重用挖江户城内壕得来的土方，填埋深入江户城脚下的日比谷河口。然后削平神田台地，用此土沙填埋隅田川河口湿地，把湿地改成良田。他还新修神田上水渠，引进上游河水，取代咸味井水，供全城市井人等饮用。经过如此大规模开发改造，江户城下逐渐繁荣起来。

“进展不小啊！”家康对指挥工程的板仓胜重道。

“是。”

因长期隐居佛门，板仓胜重与久经战场的武将不同，一副心态平静的修行僧模样。

“只要来江户，便有能挣工钱的事情做，所以小人从关东一带招来了大量工匠和流浪人。看中他们手中钱的商人、艺人、游女等也趋之若骛，来到江户。江户人口相比从前多出不知多少。”

“那好啊。”

“相比京城、大坂，眼下确是到处都是不三不四之人，城下显得杂乱无章。但活力带来繁荣，不出十年，江户必将发展成东国最大最繁荣的城下町。等金钱流转，人们日子好过起来，对大人统领此地心怀不满的北条家旧臣们自然也就不敢再有妄动。”

“原来你还是个智者啊！”家康称赞板仓胜重。

“小人无力上战场杀敌。此等区区小事，若能报答大人知遇之恩，小人便觉三生有幸。”板仓胜重深情地道。

家康想：“虽不是秀吉重用的石田三成，但今后真正于世有用的，或许正是胜重之类，也未可知。”

从此以后，家康在重用久经战阵、功绩显赫的本多忠胜、榊原康政、井伊直政等武将以外，还重用了许多类似板仓胜重的人。不仅是武将，其他如茶屋四郎次郎之类的商人，还有后来成为德川家宗教政策主要智囊的天台僧南光坊天海等，都受到了家康重用。

“用人应量才录用，各得其所！”

秀吉统一天下后，在战场对战的机会，相比从前，定当减少。时代在变化，用人也不得不变化。展现在家康正在走的道路前方的，应是谁都没见过的一个崭新世界。

在江户居住四个月后，同年七月十九日，家康受秀吉之命，重又走上战场。他率军出征的前方是奥州。

奥州虽早已被丰臣政权平定，但至今还有许多地方武士不安分守己。此前发生的葛西、大崎暴动，也是秀吉命令被怀疑为暴动后台的伊达政宗镇压后，才终于平定。然而此暴动刚被平定，战火还未完全熄灭之时，又发生了九户政实叛乱。

九户政实是领有今岩手县中北部至青森县的南部家族中的一人。他不服秀吉对争夺南部家家督地位的裁定，认为：“对奥州之事一无所知的京畿之徒，少掺和我家私事！”他以奥州人特有的反骨精神，举兵反抗。

秀吉命外甥丰臣秀次为总大将，同德川家康、蒲生氏乡、浅野长政、堀尾吉晴等一起出兵镇压。镇压军协助与九户政实对立的南部家现家督南部信直，攻打不到四日，便攻陷了九户政实居城九户城。九户政实被俘，后被押送到位于二本松的丰臣秀次营帐，在该地斩首。

此次“九户之乱”事件的结果，使得天下人都知道，丰臣家的统治已不可动摇，能对抗京畿中央政权的势力，在日本国内已不存在。

平定“九户之乱”后，家康暂时没有离开奥州，因为秀吉命他：“监视伊达政宗营造新城。”

虽然天下已从动乱开始走向安定，但伊达政宗并未隐藏自己的野心。他的领地被大幅缩小——他势力最大时曾领有一百五十万石；然经丰臣秀吉“奥羽处分”后，仅剩七十二万石；又因葛西、大崎暴动被怀疑，原领有的出羽米泽等地又被没收，此时仅剩五十八万石。

“居城可建在大崎家原领地岩手泽，德川大人好好帮帮他吧。”

命伊达政宗在岩手泽筑居城，是秀吉的过人之处。虽从政治上判断，应允许伊达家存续，但秀吉却对伊达政宗抱有强烈的戒心。而岩手泽是一个被山包围的盆地，要封锁毫不掩饰向外扩张野心的伊达政宗，此地应是一个绝好之地。

“阁下有自己的想法。但眼下应是忍耐之时，还是忍着吧。”家康调查完岩手泽后，对伊达政宗道。

“在下并不觉得现下是忍耐。”政宗用他那苍白清澈的独眼，回看一下家康。

“噢，那是？”

“我奥羽之民，自打阿弖流为[1]揭竿反抗朝廷的遥远从前开始，便忍耐再忍耐，一直忍耐至今。但只要倔强地活下去，仿佛

1. 阿弖流为（？—802），平安初期虾夷族长。延历八年（789年），击败征东大将军纪古佐美军。延历二十一年（802年），投降坂上田村麻吕，在河内国被处刑。

在大雪纷飞的日子期盼春天一般，一定有翻身机会到来。我们因为坚信此事，因此任何屈辱都能忍受，都能对抗。”

“这便是奥羽，噢，东国之心吧？”

“德川大人也能理解吧？”政宗嘴角露出无畏的微笑。

“嗯。”家康看着远处绿色屏障般重叠的山峦。

伊达政宗的心情他当然理解。家康自身也是度过无数苦难，才生存至今。年幼之时便失去父亲，与生母生离，最可怜的是被一千贯钱卖掉，命运可谓悲惨。但他一直认为：“只要不忘志向，专心向上，奔向高峰，任谁都会有相等的机会。”若未能抓住机会，那绝非他人之责，而是自己缺乏抓住机会向上的能力而已。

“伊达大人！”家康回看政宗，“城郭画线，你自己亲手做吧。关白殿下那边走个形式，禀告说是我画的即可。”

“大人可是说不用考虑丰臣家意向，由我自由造城？”

“正是。”

“如此做，是否合适？”

“你在冰天雪地等待春天，其实我也在等待时机。”

“德川大人！”

“届时，你我到底是敌是友，此时还不可知啊！”

家康笑出声，用肉厚的手掌拍了拍伊达政宗的肩膀。

在岩手泽滞留月余后，家康离开岩手泽，回到江户。

奥州的伊达政宗把岩手泽改称岩出山，营造居城。东国形势趋于平稳，家康看似也能专心经营自己的江户了。

但此时，京畿却又发生一件大事。

秀吉侧室淀君生下的鹤松病死，年仅三岁。失去爱子的秀吉，不顾人目，大声号哭。其沮丧之相，“惨不忍睹”（据《多闻院日记》）。此时秀吉五十五岁，已到初老年龄。失去鹤松，灰心丧气的他觉得：“我力不从心，看来已不能留种了！”既然觉得自己已不可能再有后嗣，他便指定外甥丰臣秀次为丰臣政权后继人。于是秀吉辞去关白职位，奏请朝廷任命丰臣秀次为新关白，自己则用“前关白”的通称“太阁”自称。

秀吉好似为了忘记爱子鹤松之死，开始专注于多年来一直念念不忘的“入唐”计划。

入唐——即出兵攻打朝鲜和大明。此构想自秀吉旧主织田信长时便已存在。而继承信长遗志、完成统一天下大业的秀吉，连信长望而未及的“入唐”梦想也要继承。他令各地大名，准备出征朝鲜；又命加藤清正为营造官，负责营造渡海据点肥前名护城，并热火朝天地建造军船。

当然，家康也收到了动员令。

“啊呀，太阁殿下太好战了啊！天下刚太平，竟又要出兵异国！”侧近本多正信眉头紧皱。

“太阁通过一场接一场的战斗厮杀，才取得今日之地位。三日不闻硝烟之味，恐怕坐卧不安吧。”

“可大人，终于统一天下了，此时最为重要的是专心搞好内政，休养生息啊。各地大名应都作同样之想吧？”

“看来太阁不懂大家之心啊。”家康用后槽牙咬着盐腌的滨纳豆。

“入唐”一事，天下议论纷纷。“征服朝鲜、大明后，就把统治日本一事交给关白秀次，老子去异国开辟新天地去！”但哈哈大笑、不可一世的只有丰臣秀吉，接到出征命令的各地大名和天下平民，心中都对此次出征有着清醒的认识。

“此次可是从没有过的在异国他乡作战，暂时可能回不了江户。家内一切，都拜托你了啊，阿茶！”家康对侧室阿茶道。

“大人也要渡海出征朝鲜吗？”阿茶担心地看着家康。

“不，听说不会去。远征军主力是加藤清正、小西行长、黑田长政等西国大名们。我与前田利家大人等东国大名，暂时只是护卫太阁殿下，守卫肥前名护城而已。”

“那妾就放心了。”阿茶终于放心。

“但随着战况变化，会出现何事，谁都不能预测。我若有万一，你要在此好好保护秀忠。我能真心相信的女人，只有你了。”家康把手放到阿茶丰满的大腿上。

家康入住江户以来，阿茶的存在感日渐增强。形式上的正室、丰臣秀吉异父妹朝日姬早已离开三河冈崎回到京城，并且已经病殁。而生下后嗣三子秀忠的侧室西乡之局，也已病故。于是家康命自己最为信赖的阿茶做秀忠养母，负责养育秀忠。

后嗣秀忠此前一直在京畿的秀吉处做人质，近日才回到江户。

“阿茶，拜托了啊！”

“既有老爷之托，妾自当竭尽全力。”

家康和阿茶只要两眼相视，便能心通。

两人之间早已无男女房事，但情感远比肉体更深地联结了家康与阿茶。他们之间的关系，可说是一种同心之爱。

文禄元年（1592年）二月二日，阿茶送家康出发，前往京畿。到达京城后，家康与同受秀吉之命上洛的上杉景胜及伊达政宗等合流，然后一起向出征朝鲜的据点肥前名护城出发。

沿山阳道向西一个月后，四月下旬，德川军终于赶到了营建在俯瞰玄界滩的东松浦半岛上的名护城。

名护城作为“入唐”据点，规模比大坂城还壮大。中心本丸天守阁五檐七层，周围配置有二之丸、三之丸、弹正丸、东出丸、游击丸、水手曲轮、山里丸、台所丸等。曲轮全以高石墙造就，天守阁、瞭望楼、长廊等都用白灰涂成了白色。

天守阁屋顶金瓦在初夏的阳光照耀下闪闪发光，家康惊羡地眯眼看着。

“此处风好大啊！”本多正信环视周围后道。

指定给德川家康军的驻地位于俯瞰名护屋浦一个叫作“竹之丸”的地方。竹之丸南边是伊达政宗军的驻地。前田利家、佐竹义宣、最上义光、上杉景胜、真田昌幸等其他东国军，也都被配置在名护屋城周围。

“看来只是渡过此海到达朝鲜，都很不易啊！”家康铠甲外穿的披风，被海风吹得像要撕碎般翻动。

“确实不易！”本多正信点头。

“可太阁殿下仅用如此短的时间，便营建出如此巨大城郭，财力令人惊叹啊！”

"但矢钱[1]并非取之不尽，用之不绝之物。秀吉迄今为止，靠占领新征服之地，收取更多金银财宝，换取了将领的忠心。此次远征朝鲜，到底能否如法炮制呢？"

"拭目以待吧！"本多正信薄薄的嘴唇抽了抽，讥笑道。

"并非于己无关！"家康看着海波汹涌的玄界滩，"万一秀吉远征失败，国家必然疲惫破裂。到那时，就不是一个丰臣政权的问题了！"

"那，大人？"

"静观待变！"家康道。

家康在驻扎地拉绳划线，布置营地，开始在门口堆砌石块时，秀吉抵达名护城。此前，组成远征军前线部队的西国大将们已分乘军船，从玄界滩出海奔赴朝鲜：

第一军：小西行长、宗义智等。

第二军：加藤清正、锅岛直茂等。

第三军：黑田长政、大友义统等。

第四军：毛利吉成、岛津义弘等。

第五军：福岛正则、长宗我部元亲等。

第六军：小早川隆景、立花宗茂等。

第七军：毛利辉元。

第八军：宇喜多秀家。

---

1. 矢钱：日本战国大名向领地百姓征收的军费。

第九军：丰臣秀胜、长岗（细川）忠兴等。

以上九路大军，共计十五万八千八百人。

第一军小西行长、宗义智等从釜山港登陆后，当即包围釜山城。小西行长派使者进城下战书：“我方借路远征明国，谨命贵军领路向导。若领命，则可恕城内人等不死。”如此高压命令，城内守军当然不会轻易答应。第一军遂开始攻打釜山城。由此，点燃了“文禄之役”的战火。

经过长达一个世纪的战乱，日本当时具有世界少有的大量火器，士兵战斗经验也丰富，剽悍勇猛。釜山城不堪一击，秒速陷落，守将庆上左水使（庆尚道水军大将）和庆上左兵使（庆尚道陆军大将）闻风而逃。

小西行长、宗义智等第一军势如破竹，继续攻克东莱城，从中路北上，直指朝鲜都城汉城。而在小西等人之后登陆的第二军加藤清正、锅岛直茂等则攻入庆州，沿东路向汉城进军。第一军于五月二日攻克汉城，此时距第一军登陆釜山仅有二十日。翌日，加藤清正、锅岛直茂等第二军，也进入了汉城。

势如破竹般的进击捷报，当即传给身在名护城的秀吉。

“好啊，打得好啊!”秀吉高兴得差点从坐的马扎凳上掉下来。预料之外的初战大捷，令秀吉兴奋异常，狂气大涨。“下一步便是征讨明国啦！既已如此，老子要亲自去朝鲜指挥战斗了！”秀吉兴奋得脸红脖子粗。

“万万不可！”当时在场的家康出口劝阻狂喜的秀吉。

“说什么扫兴话？”秀吉脸唰地变白，“按此速度，明国成我囊中之物也是指日可待啊。到那时，便请天皇御驾行幸，到都城北京逛逛。将来令秀次做明国关白，日本的关白让给秀保（秀次弟）或宇喜多秀家也行啊！”

看似不知天高地厚的豪言壮语，但秀吉却说得极为认真。陶醉在胜利的喜悦中，他的野心也无边无际地扩大。

对于秀吉如此狂妄的野心，家康打心里觉得：“恐怖莫过于此！”

“远征还未过一月，太阁殿下便亲征朝鲜，未免为时过早！”

“德川大人所言极是。”前田利家在旁帮腔，“异国之地，殿下贵体万一有恙，那可如何是好？如今天下能如此平安，全凭殿下威光所致。”

“微臣与前田大人所想无异。殿下已非殿下自己一人之身，而是天下万民之殿下。恳请殿下三思而后行。”家康俯首恳求。

“你们俩都别担心。”秀吉摇了摇手中的金色折扇，“难道到了异国，便有人敢来动老子毫毛不成？”

秀吉固执于自己想出的主意。而家康和前田利家则轮番劝说，指出渡海前往异国他乡的危险。

“殿下若一定要去，请允许微臣代殿下出征朝鲜！”家康终于下定决心。

“你？你竟如此替我着想？”

“理当如此。对我国民来说，殿下的存在不可或缺。殿下便是天下，天下便是殿下。”

“嗯。”话说至此，秀吉终于心动。

在家康等人的拼命谏言下，秀吉最终放弃了亲赴朝鲜的决定。

“好了好了！那便让石田三成等奉行们去朝鲜，替我做九军指挥。”秀吉即刻传来石田三成，命其渡海赴朝。

家康回到竹之丸驻地，本多正信已在恭候。

“太阁殿下要亲征朝鲜，大人大可不必全力劝阻。”

“何意？”家康坐在铺在木板上的圆垫上。

“殿下若中流弹而亡，那对大人来说可谓求之不得。西国大名大都在异国他乡，趁此千载难逢之机，天下还不唾手可得？”

“胡说八道！”家康喝住本多正信。

本多正信属于听到一便能想到十的头脑回转急快之人。私下议论说话，无出其右者。但有时脑子转得太快，有害而无益。

“如此机会，我毫无兴趣。”

“为何？这可是坐拥天下的良机啊！”

“天下并非如此轻浮之物，而天下也绝不可被如此滑头小人所得！”家康严肃地教训本多正信，“听好了，正信！太阁殿下若在异国故去，天下确会陷入兵荒马乱。天下无主，日本又要回到战乱时代。”

“那不是大人期待的结果吗？”

“我数十年战火生涯，并非为自己私利私欲。那我到底为何战斗至今呢？想了很长时间，我终于明白，我应是为公为民而战。”

“为公为民？”

“对。我并不欲天下。当天下欲我之时，才会有什么发生。以卑劣之心期待天下大乱之人，天下人会跟他走吗？若无为公之心，则不能获得人心。”

家康畅出一口气。他已不是对本多正信说，而是在说给自己听。

开战当初，远征军连战连胜，势如破竹。但到了秋天，局势生变。

在闲山岛、安骨浦海战中，日本水军被朝鲜大将李舜臣率领的朝鲜水军打败。其结果是海上兵粮及弹药补给路被完全切断。

再加上朝鲜各地民众起兵抵抗，利用地利展开游击战，给远征军造成了极大麻烦。

而且，军中还出现了痢疾等传染病。在人生地不熟的异国他乡，长期征战的士兵们吃够了苦头。不仅是最下层士兵，连毛利辉元也病倒，秀吉养子秀胜也在巨济岛病死了。

当初的破竹之势一去不返，战况显然开始恶化。作为秀吉名代到达朝鲜前线的石田三成，把宇喜多秀家、小西行长、黑田长政、小早川隆景等召集到开城，议论如何讲和。

“如此以往，势必踏进无底泥沼，陷入不能脱身之境。应尽快派使者去名护屋城向太阁殿下进言讲和。”熟知当地局势的小西行长向石田三成建议。

但石田三成却当场摇头否定：“殿下绝不会听。和谈之类，殿下听后定会大怒。”

“可所有部队均疲惫不堪啊！”

“只能再看看了。”对石田三成来说，秀吉是神一样的存在，他绝不可能违背秀吉的旨意。

过年后，到了天禄二年（1593年）正月。困守平壤的小西行长，抵抗不住明军和朝鲜军的围攻，开始撤退。此后，日本军又撤出开城，兵力全部集中到京城汉城。而汉城也缺粮少药，极度困难，能守到何时，谁都不敢打包票。

为改变局势，秀吉命令在名护屋待机的伊达政宗和浅野长政等率军渡海。但投入伊达政宗、浅野长政大军也于事无补，日本军还是没有守住汉城，开始撤退。事已至此，秀吉终于明白了战况的严峻程度，开始大幅缩小战线，寻找与明国讲和的机会。

秀吉兴致勃勃开始的“文禄之役”，此时又意外生变。

变化始于秀吉侧室淀君怀孕。

去年，秀吉失去世子鹤松，灰心丧气，对后嗣一事早已放弃，改命外甥秀次为丰臣家后继，并继承关白一职。但未曾想，又有淀君怀孕吉报传来。八月三日，淀君在大坂城生下一男婴。秀吉望眼欲穿的后嗣被命名为“拾”，此子即后来左右丰臣家及德川家命运的丰臣秀赖。

听闻男婴诞生吉报后，远在朝鲜的十万余兵将的命运及战局，瞬时从秀吉脑中消失得无踪无影。“仗不打了！老子要回去看儿子！”归心似箭的秀吉即刻奔出肥前名护城，跑回大坂城去看淀君和婴儿去了。

“岂有此理！”本多正信义愤填膺，“挑起这场战争的本人，也不管讲和一事如何结束，便跑回京畿。在朝鲜前线流血流汗的将士，会作何感想！”

家康没有答话，心想：“统治天下之人，怎能如此随心所欲！”家康像吃了沙子，满肚子不自在。

继承人的诞生，对丰臣家来说确属大事。但挑起此次“入唐”作战，已对国内外产生巨大影响，上位之人，绝不可放弃不管。

“莫非秀吉天下到此为止了？”家康觉得似有上天的冥冥相告。“正信！”

“在！”

“秋日或已来临！”

“大人！”

“天下并非太阁殿下之天下，当然亦非我之天下。天下为万民之天下，有天下而不为万民者——”

“只有灭亡!”

家康没有接本多正信的话。他抬头看着天空，海鹰乘着海风，盘旋在蔚蓝的天空上。

时隔不久，家康也从肥前名护城出发，回到京畿。

与朝鲜讲和虽进展迟缓，但丰臣家内部却出现了新的变化。变化的中心是刚出生的男婴拾。

秀吉老来得子，溺爱得近乎发狂，甚至要喝拾的尿。而因拾的出生，被指定为丰臣家后继的关白丰臣秀次则开始疑神疑鬼。

“太阁殿下或要废黜我，而指定拾为后继。”

丰臣秀次如此不安，自有其理由。事实上，秀吉确实对自己匆匆指定秀次为关白心生悔意。拾出生两个月后，秀吉在伏见居所召见秀次，恨不得俯首，恳切地恳求道：“分日本为五，四分给你，可否把剩余的一分给拾呢？”实际上，他心里却想：“老子流血流汗打下江山，才有今天的丰臣家。把江山传给有自己血统的儿子，有何不可？”但秀次既是自己指定的继承人，此时如要反悔，无论如何也说不出口。

秀吉还决定令正在吃奶的拾与同为刚出生的秀次女儿联姻，他想：“我如此不顾面子出此下策，你也多少懂事些，自己主动把家督一位让给拾吧！”秀吉的努力令人心酸，目的只有一个，便是暗示秀次自己辞退后继人一位。

丰臣秀次若是一个人生经验丰富之人，便能很快觉察到秀吉心思，然后贤明处世，全身而退。但秀次并未体会到秀吉心思。一朝喝到权力的美酒，他便陶醉于其中，不能自拔。

家康感到京畿空气不稳，但他仿佛韬光养晦般，冷静地保持着沉默。

同年秋，参加过秀吉在禁里主办的能乐会，自己也表演了能剧后，家康时隔一年数月，回到了自己的领地江户。

文禄三年（1594年）正月，家康五十三岁。他在江户城接受本多忠胜、榊原康正、井伊直政、鸟居元忠等主要武将拜年祝贺，度过了一段平稳安宁的时光。

然而秀吉很快令其上洛参加伏见城筑城，家康无暇顾及领地内大小事，只能奔赴京畿。

伏见城是喜好营建的秀吉为自己爱子拾及其母淀君营建的居城。丰臣家不惜投入巨资，极尽奢华。与其说是城堡，不如说是宫殿。

“太浪费了！”看着营建现场堆积如山的建筑材料，本多正信深感愕然，“这是大兴土木之时吗？听说出征朝鲜、矢钱使尽的大名们，皆因金库缺钱叫苦连天。”

“可事到如今，无人敢在太阁面前当面谏言。”家康微微皱眉。

“不过有一传言，不知大人是否听闻？”

“传言？什么传言？”

“聚乐第关白秀次大人，借钱给缺钱度日的大名们。”

“噢？”

“想必是收买人心啊。秀次大人后继之座难保，与太阁殿下裂隙已无可挽回。在此情况下，尽量多收买一些大名，也不是不可能啊。”

“或许吧。”

虽然丰臣秀次没说要借钱给家康，但最近他确实多次邀请家康上洛开茶会，参加飨宴，一起鹰猎。还听说有些性急机灵的大名，想到秀吉百年之后，已与秀次在聚乐第密谋。

“岩出山的伊达大人，好似经常出入聚乐第。”本多正信低声道。

“噢，政宗吗？”

“但愿伊达大人不要被火烫伤。”

“别小看那人，那人心眼很多，知道自己如何进退。”家康冷淡地道。

但他还是对伊达政宗的事情一直很关心。或许是因为伊达政宗那闪耀着大胆无畏光亮的独眼，令他想起故去的儿子信康。

“不好了，可能要起暴风了！”

文禄四年（1595年）四月，有急报传到位于伏见向岛的家康住处。传来情报的是藤堂高虎。

藤堂高虎本为大和大纳言丰臣秀长家臣。秀长死后，他作为首席家老，辅佐继位的秀长养子丰臣秀保。秀保是关白丰臣秀次胞弟，作为丰臣家族人，辅佐胞兄秀次。但他在大和十津川温泉疗养时，却从悬崖坠入河中，不幸身亡。有人说，这是害怕丰臣秀次势力壮大的石田三成派人谋杀的结果。

丰臣秀保死后，大和大纳言家无继绝嗣，家老藤堂高虎无家可归，成为浪人。有段时间，他曾上高野山隐居，与世隔绝，后应秀吉之招出山，被封为伊予宇和岛七万石（后加增伊势国安芸郡一千石）大名。

他与家康之缘，源自他带人营造德川家聚乐宅邸大门。

“想不到一个矛枪名手，营建之事竟也是一流啊！”

家康发现藤堂高虎率领的工匠们技艺高超，他私下也向秀吉进言，希望藤堂高虎能出山。

“鄙人不幸，主家缘绝。唯德川大人善待鄙人，对鄙人有知遇之恩。”藤堂高虎虽是丰臣家大名，但对家康却打心眼里感激并信任。

“暴风？”家康问藤堂高虎。

室外确实刮着不合季节的大风。

“为使拾君能继承丰臣家，石田三成动起来了。”

“石田三成？”

“对。”双耳垂肩的藤堂高虎一脸怒色。

真假虽不知，但藤堂高虎坚信主人丰臣秀保之死是石田三成的阴谋。因此，他比谁都恨石田三成。其实不仅藤堂高虎，加藤清正、福岛正则、黑田长政等参与过远征朝鲜的文禄之役的丰臣家系大名中，也有不少人对石田三成心怀不满。原因是在朝鲜前线，石田三成作为秀吉名代态度傲慢，不把其他大名放在眼里。

秀吉年老气短，急于把丰臣家全部传给世子拾。奉行头领石田三成遵从秀吉之意，逐渐对关白丰臣秀次施压。但秀次寸步不让：“此天下已禅让于我！”住在伏见城的太阁丰臣秀吉，与住在聚乐第的关白丰臣秀次之间，关系日益紧张，充满杀气。狂风暴雨，已到眼前。

“藤堂高虎可是要大人小心不要被卷入这场风暴中？”本多正信对家康道。

“对支持拾君和淀君、极欲强化丰臣政权势力的石田三成来说，大人确是眼中钉肉中刺，保不准某天被无事找事，或受牵连。大人不如回避此乱，早点返回江户为好。”

“我也作如是想。此时还未到决定命运之时。”家康继续道，“我这便去向太阁殿下及关白殿下告假，即刻回国。正信，做好准备！”

“遵命！”

“顺便密送使者去找伊达政宗。”

“为何？”本多正信不懂家康用意。

“去告诉他，无用之欲必将带来灭顶之灾。秀吉已失去宽容之心，葛西、大崎暴动时的侥幸，不会再有。”

“大人莫非是要给伊达卖个人情？”

“作何判断，也只能由他了！”

家康缓缓从斜靠的凭几上坐起来。

五月三日，家康从伏见向岛宅邸出发，沿东海道东下。他令在京城的世子秀忠和鸟居元忠继续留在伏见。鸟居元忠与行商人有千丝万缕的联系，有自己独特的情报网。家康必须慎重再慎重，不能有任何疏忽大意。

家康回到江户两个月后，秀吉与关白秀次的对立迎来了悲剧结局。丰臣秀次因谋反之罪，被剥夺关白职位，流放纪州高野山，后切腹自杀。获知局势急变消息后，家康当即上洛。

家康抵达京畿时，丰臣秀次虽已切腹自尽，但事情并未就此结束。石田三成等奉行们开始追究其他大名：“伊达政宗与前关白秀次一直关系暧昧，政宗亦难逃谋反之罪。”于是听从家康忠告回到奥州岩出山的伊达政宗，被紧急传至京畿。石田三成等人对政宗实行了严厉问询，但对方却沉着冷静。

“是怀疑在下吗？”政宗锐利的独眼，盯着石田三成。

“当然。阁下陪前关白鹰猎，与前关白开连歌会，还常同席宴饮。如此长时间一起活动，难道没有密谋不轨吗？”石田三成态度傲慢地责问政宗。

对此，政宗并未显出丝毫动摇：“连号称才智双全的太阁殿下都看错了人，我伊达政宗独眼龙一个，看错秀次大人有何奇怪？”

政宗如此回答，是刺中了秀吉痛处。秀吉早已指定秀次为自己继承人，后为传位给爱子拾，才又收回前言。

而登上伏见城、拜见秀吉的家康，也当面帮政宗脱罪：“东国武士与西国武士不同，他们多为拼命三郎，若使酷刑处罚，则其他武士必将造反，变京城为火海。奥羽之地也必将陷入兵乱。朝鲜讲和还未完全成功，此时不应使国内陷入混乱。”

家康进言有理有据。秀吉经过多方考虑，最终只好免于处罚政宗。

同一时期，在京城四条河原，丰臣秀次妻妾及子女共三十余人遭到了处决。秀次妻妾子女被押到四条河原，在秀次首级前，一个个砍头，并被扔进坑穴。凄惨如人间地狱，令人不忍目睹。

处决后，坑穴被填埋，土堆上立一石塔，石塔上刻“秀次恶逆冢”。秀次府邸聚乐第亦被拆毁，夷为平地。

以强硬手段惨杀养子秀次全家后，秀吉心中并未感到安心，反而如有黑云翻滚，越发坐卧不安。

“若有第二、第三个秀次出现……现下必须除掉一切可能威胁吾儿拾的将来敌人！”

正因为得到的东西过于巨大，失去的恐惧心也成比例般地巨大无边。恐惧心令秀吉彻夜难眠，疑神疑鬼。

秀吉要各大名提交《血判起请文》，发誓推举拾继位并遵守法度；并与德川家康、前田利家、毛利辉元、上杉景胜、宇喜多秀家、小早川隆景六人联名发布五条规定，禁止各大名之间随意联姻和结盟。此举实际上意味着，德川家康等六个实力雄厚的大名，被指定为丰臣政权大老。后因小早川隆景病死，所以世称“五大老”。而五人中，家康不论石高还是实力，都出类拔萃，遂被看作首席大老。另外，直属秀吉的石田三成、浅野长政、前田玄以、长束正家、增田长盛等五个奉行人，则被称作“五奉行”，主持丰臣政权日常政务。于是，以秀吉世子拾将来继承政权为前提的丰臣家新体制，就此完成。

翌年庆长元年（1596年）五月十一日，家康被朝廷任命为正二位内大臣。在武家中，此官位及官职，均仅次于太阁秀吉，为天下第二。

此后，家康被称作“德川内府”，或“江户内府”。内府即内大臣的唐名。

那以后不久，畿内发生大地震，世称“庆长大地震”。家康在伏见向岛的府邸也受灾，仓房等建筑被震倒，家臣中也有人丧命。

“该不是什么不好的预兆？”家康心中产生了某种不吉的预感。

未过多久，不吉的预感变成现实。在朝鲜前线，与明朝的和谈决裂，秀吉决定再次发兵朝鲜。

第二十章

天下

饱尝艰辛的家康留下了很多名言，其中之一便是：“大黑天之极意。”虽鲜有人知，却是记载在《德川实纪》中的真实故事。

据说某日，秀吉宠爱的侍臣曾吕利新左卫门来拜访家康。曾吕利新左卫门对家康讲说七福神大黑天[1]的功德：“因人无食物便不能活，故大黑天踩在米袋上。另外，有食而无财也穷困，因此大黑天扛着装钱的布袋，捏住布袋口，生怕浪费。但若有需要花钱之事，则一只手拿着小锤，准备随时敲出金银，毫不吝惜。大黑天不论春夏秋冬，总是大大地戴着头巾，是要我们有自知之明，千万别往上看。只要有此心态，便能保生涯，享福禄寿。因此世人敬大黑天为福神。”

曾吕利新左卫门说完后，家康回答道：“阁下所言果然有理，然却是不知大黑天之极意。大黑天确是包有黑头巾，但一旦做出

---

1. 七福神大黑天：日本民间信仰。七福神为“大黑天、惠比寿、毗沙门天、辩财天、福禄寿、寿老人、布袋”七个福神，类似中国的“八仙”。七福神之一的大黑天本为佛教护法神，在日本被当作掌管五谷丰登和财富的福神信仰。

决断，那黑头巾随时都可取下扔掉。然后上下左右，环顾四面八方，不使有任何阻碍视线之物。如此，方是大黑天之极意。”

曾吕利新左卫门所说的是平常之时人应有的心态，而家康则用大黑天抛掉头巾来比喻一个人关键时刻做出决断时的心态。也就是说，平时应小心谨慎，但人的一生中毕竟会有孤注一掷的瞬间。为不在那关键之时犹豫不决，必须要能下定决心。

《故老诸谈》还记有如下家康语录：“每个做大将之人，考虑物事都应以文雅大方为宗旨。有宽大之心，只要不破大节，则可不拘小节。”

上述名言都是作为人上之人的心得，时至今日，均未逊色过时。但言及家康此人思想时，无论如何不可或缺的，也最为有名的，却非如下之言莫属：

“天下非一人之天下，乃为天下人之天下也。”

家康上述名言的大意是：“国家的政治不应为某一人自我满足而为。具有国家需要的思想，有为民服务的能力，这样的人才有权利掌握天下。但如果此人陷入自我满足，则上天应驱逐此人。”

家康通过就近观察织田信长和丰臣秀吉两个先驱者，深刻体悟出人世间如此严酷的哲理。

庆长三年（1598年）八月十八日，太阁秀吉在居城伏见城病故。

此前发起的二次出征朝鲜，花费巨额战费，却未取得什么战果；再加上庆长大地震天灾，经济形势乌云密布，民心开始渐渐离开丰臣政权。

“太阁殿下临终那模样，实在令人心酸啊！”本多正信对家康低声道，“最后操心的，只有秀赖（拾）之事。天下大事、朝鲜战场等等，却全都忘得一干二净。”

“嗯。”

家康想起爬上“天下人”宝座的一代枭雄丰臣秀吉临终时的景象。

头脑无比清晰、眼光异常尖锐、能看透对方一切的枭雄秀吉，最后躺在病床之上，却只剩下一副令人不忍目睹的老残可怜相。奄奄一息的秀吉，见人便拉住对方的手：“秀赖就拜托您了啊！”当着谁都痛哭流涕，一把鼻涕一把泪地求对方保护自己的遗孤。家康至今还能鲜明地感觉到，秀吉当时抓自己手腕时匪夷所思的握力。

“秀吉想错了！”家康心想，“天下并非秀吉一人之物，更非丰臣家之物。无论如何拼死抓住不松手，但天下绝非渺小的人手所能抓住的。秀吉大概也感觉到这点，因此才那么无所顾忌地露出自己可悲的一面。”

家康心中飘过一丝感伤，但这种感伤一晃即过。只要还活在人世，自己便须走自己的路，追求自己的目标。

“适才微臣属下有人来报，说石田三成举动可疑。大人千万多加小心，不可大意。”本多正信道。

“难道石田已等不及了吗？”家康忧心忡忡。

“太阁殿下故去后，为巩固丰臣家政权，三成早已竭尽全力。若认为谁有威胁，必将毫不留情，当即消灭。而首要目标，估计只能是大人。”

本多正信利用属下的根来众组织了自己独特的情报网。既能如此忠告，当是已获知什么确定消息无疑。

“莫非想要老夫脑袋不成？”

“正是。”本多正信点头。

“可连如何打架斗殴都不懂的石田三成小儿，在太阁殿下尸骨未寒之际，难道竟敢下如此毒手不成？”

“三成身边有一人叫岛左近，此人实属稀世的打架斗殴能人。”

“岛左近？”

“这家伙也被称作鬼左近，的确什么手段都能使，什么事都干得出来。”本多正信眼中闪着冷光。

岛左近清兴本为大和国筒井家家老，是一员无人不晓的猛将。离开筒井家后，他侍奉于大和大纳言家。后大纳言家绝门，正在他漂泊无定之时，被石田三成以一万五千石高禄招为食客，现全盘掌握石田三成手下军事方面诸事。

本多正信在三河一向宗暴动被镇压后，流浪诸国，曾在大和国松永弹正手下做事，对与松永弹正争夺霸权的筒井家家臣岛左近了如指掌。

“微臣年轻时在战场上见过左近冲杀。此人全身充满凶猛斗志，非一般人可比。此时想起，臣腋下还冒冷汗。”

“稀世打架斗殴能人？”

“确是。一个久经战火考验、度过无数危机之人，自然知道，只要嘴皮子吵架斗嘴，不会有什么结果。”

“好啊，棋逢对手！”家康道，“决胜之秋，便在此时！”

“终于等到此日！”

"看来上天早有安排啊！"

家康坚定了决心，该扔掉大黑天的头巾了。

太阁秀吉病故，也宣告了再次出兵朝鲜即所谓"庆长之役"的终结。"五奉行"头人石田三成前往九州博多，指挥远在海峡对岸的将兵撤退。

在此期间，家康在位于伏见向岛的府邸，加紧密谋活动。

"与伊达联姻。"家康对本多正信道，"为六子忠辉迎娶伊达政宗公主五郎八姬。对方也有此意，已获得伊达首肯。"

"忠辉？便是大人侧室阿茶之方生下的——"

"对，已七岁。"

"可大人，已故太阁殿下不是禁止大名之间私自通婚吗？"

"若在平时，我也不会不遵守禁制。但现下是世道变化之际，不往池中扔块石头，怎能掀起波浪？"

"该想方设法争取各路大名了！"喜好出谋划策的本多正信麻子脸上露出兴奋的表情。

"各大名中，有许多人对所有权力集中于中央政权的现体制不满。况且太阁殿下故去，石田三成掌握实权后，众人更是敢怒不敢言。我将虚心倾听诸位意见，向诸位展示一个与丰臣家完全不同的政权构想。"家康向本多正信说出自己这段时间一直思考的政权构想。

"那是何种构想？"

"一定程度上承认各大名自治，依据律法治理国政。"

"可是依法治国吗？"

“对。恢复因战乱亡失的国内秩序，营修各地街道，促进物资往来，专心整治因出兵朝鲜而疲惫不堪的内政。”

“哦，大人所言极是！”本多正信点头首肯，“若听到大人如此设想，各路大名中无疑将有许多人倾心大人。要打架斗殴，得先拉帮结派。那我们便从与伊达家通婚开始。”

“这下看石田如何接招。事情热闹起来了！”

年近六十的家康丝毫看不出老态。将要开始的人生大业令这个壮年男人一脸豪气，满面红光。

家康主动促成公子忠辉与伊达政宗公主五郎八姬的婚事。通过联姻结成裙带，无疑会组成强力的同盟关系。盟友越多越好，群党越大越强。要夺取天下，这是必不可少的条件。堺商人今井宗薰受托做月老，在德川家和伊达家之间多次往来沟通。伊达政宗本也有与德川家结盟的想法，于是联姻一事一撮即合。

随后，家康又向福岛正则提出联姻。福岛正则本为秀吉爱臣，但他对石田三成把持的现丰臣政权十分不满。家康计划把外甥松平康城之女收为自己养女，然后嫁给福岛正则世子福岛正之。用同样的手法，他计划把小笠原秀政之女（家康外曾孙女）收作养女，嫁给同样与丰臣家渊源很深的蜂须贺家世子蜂须贺至镇。

家康这一连串举动，石田三成当然早已获知。虽然表面风平浪静，但水面下早已波涛暗涌。

庆长四年（1599年）元旦，家康为向丰臣秀赖拜年，登上伏见城。

年仅七岁的丰臣秀赖，其监护人是前田利家。与秀吉常年苦乐与共的前田利家也已六十二岁，此时正受病魔折磨。前田利家强撑病体，主持完元旦大礼后，与家康交谈。

“德川大人，看来老夫没几天活头了！”

“大人切不可如此没了精神。”家康抚摸着大口喘气的前田利家后背，掌心能感到他已瘦骨嶙峋。

“不行了。老夫的身子，老夫自己最清楚。”

“前田大人……”

“德川大人必有自己的想法，但你就当作老夫遗言听吧。还是自重为好！”

两人都是经过严酷乱世终于活到今日之人。只要看一眼前田利家的眼神，家康便能感受到他受秀吉托孤的苦恼。

虽不能说出口，但家康心想：“此时绝不能为情所累。多少有些浪高波涌，也得扬帆出海！”一旦做出决断，便不能有丝毫动摇。家康下定了决心。

正月十日，根据秀吉遗言：“我死后，秀赖宜速移居大坂城，以前田利家为辅佐，统治天下。”丰臣秀赖离开了伏见城。六十艘御座船首尾相连，在寒风凛冽、雨雪交加中直下淀川，向大坂城移动。以前田利家为首，德川家康、宇喜多秀家、毛利辉元等大名亦亲陪迁居。同日傍晚，丰臣秀赖与生母淀君一起，顺利入住大坂城。秀赖母子入住后，一直住在本丸的秀吉正室北政所宁宁，便退居西之丸。

到达大坂城后，家康当即前往西之丸拜访北政所。

世子德川秀忠当年在京畿时，心肠好的宁宁同情身份类同人质的秀忠，对他照顾有加。因有这一层关系，家康对这位气质高雅大方的女性很有好感。而且，秀吉结发正室宁宁也被福岛正则、加藤清正等武功派丰臣家武将当成母亲般爱戴。

“不能与此人为敌！”

家康提着一篮令人从原领地骏河送来的小蜜橘作为见面礼，拜见宁宁。

“心好细啊！”宁宁眯眼微笑。

“当年微臣住在骏府时最喜爱此水果，不知是否合夫人贵口？”

“太阁殿下逝去后，妾身已被世人遗忘，很少有人来见。德川大人此番能来见，妾身已感激不尽，原比世上任何美味都好。”

“夫人过谦。”

“德川大人！”宁宁眉头微皱，忧心忡忡，“听闻你与伊达、蜂须贺，还有福岛要结良缘啊？”

“微臣这便是要来向夫人禀报。”

“妾身早已与世无争，禀报与否本无所谓。但石田治部少辅那边，好似相当不快。”

“哦。”

“从今往后，世道所向，谁亦不能先知。妾身望德川大人万万别像亡夫那样，被天下这一怪物所左右，失去自我。”宁宁叮嘱家康。

丰臣秀赖入住大坂城当晚，事变发生。

借居在大坂城三之丸片桐且元宅邸的家康处，有伊贺忍者急报：“石田邸有兵集结！”

家康在大坂城下没有宅邸，因此每次来大坂城，他都在片桐且元邸暂居。但家康派人在石田三成身边刺探情报，此事并未告知片桐且元。

“有在家老岛左近指挥下袭击大人的迹象！”

继承病故亡父服部半藏，成为第二代忍者头目的半藏正就，一脸紧张地禀告家康。

“乘虚而来啊！”家康凝视着夜空。

石田三成家老岛左近知道如何打架。他一定认为家康刚入住大坂，身边护卫松懈；而理由之类，事后总会找到。此时只要消灭最大敌人家康，政权主导权便会牢牢掌握在石田三成手中。

正在此时，倾心于家康的藤堂高虎也传来同样消息：“石田举动可疑。”

如此看来，此事确定无疑。

本来家康守卫便不多，且借住在丰臣家臣片桐且元宅，绝对无法防守敌人袭击。

“左近果然知道如何打架。”听到消息匆匆而来的本多正信双眼炯炯闪光。

“如何是好？”

“只有逃离此地！”

“去伏见？”

“快走！”

不得有瞬间踌躇。家康当机立断，逃出借居的片桐且元宅，率领精锐五十余骑，沿着鸟羽街道，向伏见向岛自家府第奔去。

“快！快！”马鞭拼命抽打，天空没有星月，街道伸手不见五指，寒风凛冽刺骨。“绝不能葬身此地！”

快到枚方时，远处有一群松明火把接近。

“敌人来了？”家康惊得心脏都停止了跳动，本多正信、鸟居元忠等同行的家臣们则策马围在家康周围。若在此处被袭而亡，那便是：“天亡我也！”家康感到一阵寒气。

但万幸的是，从前方赶来的不是岛左近率领的石田军，而是藤堂高虎率领的家兵。藤堂高虎获知家康危险后，当即率领手下赶来迎接。

“大人无恙吧？”藤堂高虎翻身下马，跪到家康面前，“那边准备有船，请大人速速乘船，小的愿陪大人回伏见。”

藤堂高虎带家康沿鸟羽街道奔到淀川河边。河滩枯草帐中，藏着一艘屋形船和二十余艘小河船。

“此大恩必将厚报！”家康轻轻点头致谢，然后登上船头点有熊熊篝火的屋形船。

德川家康、藤堂高虎以及本多正信钻进屋形船内，家康近侍及藤堂高虎家兵火铳手们则在周围护卫。护卫家康的五十余骑，一半分乘小船一起回伏见，另一半为诱引追敌，沿街道骑马继续向北奔去。

“三成此时或急得火烧火燎。”藤堂高虎道。摇晃的灯光，照着他的半边脸。

“对决已开始。今后不论发生何事，老夫我都不会惊讶。”

“对方正是如此害怕大人啊！”本多正信道。

“此前小的见过黑田长政。”藤堂高虎细长的眼睛看着家康。

“哦？”家康眨巴着眼睛。

黑田长政是秀吉军师黑田如水之子。黑田如水剃发出家后，家督之位传给了儿子黑田长政，领有丰前中津十八万一千九百石。

“长政大人此前在朝鲜追击蔚山撤退之敌时立有大功，但嘉赏仅有太阁遗产黄金二十枚。对三成未能论功行赏，其心中怀有大恨。”藤堂高虎压低声音，告诉家康。

“是吗？”但家康并未再接话。他双手抱在胸前，双眼微闭，仿佛入睡般陷入深思。

“丰臣直属家臣中不少人对三成心怀愤懑。福岛正则大人、加藤清正大人、池田辉政大人……不胜枚举。”

“阁下有何高见？”本多正信替沉默不语的家康问藤堂高虎。

周围一片寂静，只有船夫划动屋形船的桨声传来。从纸门缝隙中，能看到缓缓流动的河水。

“小的愿秘访反三成派大将们，说服他们，万一三成与德川内府大人对立，望大家支持内府大人。”

“藤堂大人竟愿如此尽力？”

藤堂高虎竟然提出如此大胆建议，令本来多疑的本多正信也大为吃惊。

“石田三成要天下成为丰臣家私有之物，但小的更倾心于内府大人天下为公的主张。”

“如何是好，大人？”本多正信窥视家康眼神。

“太好了！先谢过了，藤堂大人！”家康真心对藤堂高虎此番心意表示感谢，“在下若自己出面，搞不好会招来已故太阁家臣诸将的反感，为此正在一筹莫展。”

至此为止，“五大老”中还无一人与家康联手，受秀吉托孤遗命的前田利家甚至忠告他要自重，而毛利辉元、上杉景胜、宇喜多秀家都与石田三成很亲近。至于下边的“五奉行”，除与石田三成势同水火的浅野长政以外，全员皆为三成派。

要改变丰臣政权内的此种气氛，需要从与丰臣家关系最为紧密的秀吉直属将领着手，从内部瓦解他们。武功派加藤清正、池田辉政等觉得自己被吏僚派石田三成小看了。而能自然接触他们、说服他们的，只有与他们这些武功派交往很深、长期吃一锅饭的藤堂高虎，最为合适。

《公室年谱略》记载藤堂高虎：

> 秘密出迎于枚方驿站，献奇策于神君（家康），此密谋无人知晓。

翌日清晨，家康一行平安抵达伏见向岛府第。

片桐宅袭击失败后，以此为分歧点，伏见的家康与大坂的石田三成之间关系突然紧张起来。

“到手的大鱼竟然跑了！”岛左近回到大坂石田府邸，焦黑的脸上露出憾意。

“只能说德川内府有狗屎运，但还是有办法收拾那厮。”石田三成一脸轻松。

“大人是说？”

“内府未获许可便与他人联姻，违反了已故太阁殿下的法度。只要追究此事，便能逼其下台。”

“正面打击吗？”

“若对方只是暧昧辩解，便可根据太阁法度，逼其脱离‘五大老’之列。各路大将，也不能反对。”石田三成自信满满。

事实上，石田三成所举理由，以丰臣秀赖监护人前田利家为首，对家康突出举动心怀戒心的毛利辉元、上杉景胜、宇喜多秀家“四大老”均表示赞同。于是，除家康以外的“四大老”及“五奉行”联署，发出了追究家康罪状的诘问状。

手持诘问状的使者来到伏见向岛德川府。

这是家康开始便预想到的事态，因此他看到诘问状并无丝毫紧张。

“此次联姻一事，在下以为月老今井宗薰定当提出了请求书状，如此看来是在下大意了。”家康冷静地回道。

“粗心大意便能蒙混过关吗？”使者严厉质问。

“忘了便是忘了，还能如何？”

“如此态度，不可饶恕！”

“如此小事先放一边。”家康从凭几上缓缓坐起，“派人送来如此诘问状，莫非是谁设计要把我家康开除出‘五大老’之列不成？我家康可是已故太阁殿下亲自托孤之身。用此卑劣下策对付我德川家康，难道不是谋叛秀赖大人吗？”

家康怒气冲冲的表情吓坏了使者。使者无话敢说，匆匆回到大坂城。

家康当初便已下定决心：“既已决心改朝换代，便不可能回避与旧势力的对决。”人想要获得什么，就必会牺牲什么。若固执于既有成见，则不能建立新天下。“天下并非一人之天下，乃为天下之天下。最适合治国者，听天从命，届时应挺身而出，立于顶点。”

家康迄今为止的人生，绝不平坦。今后，也只能是舍身一搏，挑战不知输赢、决定命运的大赌。而即使赌输，此时的家康也问心无悔。

“是自己决心要走此路！”

坚定的信念，充满了家康的内心。

追究家康罪状的诘问状没了结果。然而大坂与伏见的对立，以此为机，却越发尖锐。

石田三成如获至宝般说道：“未能明确解释，便是德川内府心生叛意的最大证据，应坚决弹劾内府！”

“终究要有一战！”看到局势变化，各路大将皆行动起来。同情家康的，集中到伏见来；赞同石田三成、扶持丰臣秀赖、死守丰臣政权的，集中到大坂来。

集中到伏见的有伊达政宗、福岛正则、黑田长政、池田辉政、最上义光、京极高次、织田长益等大将。伊达政宗和福岛正则已决定与德川家联姻，其他大将也被藤堂高虎说服，因憎恨石田三成，加入到家康一方。

而大坂方则有前田利家、毛利辉元、上杉景胜、宇喜多秀家“四大老”，另有石田三成等“五奉行”以及佐竹义宣、立花宗茂、小西行长、长宗我部盛亲等。“四大老”“五奉行”均为敌人，完全在家康预想之中。

“局势对我方稍显严峻啊！”本多正信眉头微蹙。

“是啊。对方七分，我方三分吧。要是此时开打，我方难以取胜啊。”家康冷静地分析。

要打开这不利局面，需要策略。但若逆流而动，采取强硬之策，则势必会令眼下摇摆不定的多数武将产生反感。考虑到太阁遗孤丰臣秀赖还在大坂城，背后还有德高望重的前田利家做监护人，家康感到：“时机未成熟。”

北政所宁宁和前田利家担心大坂与伏见之间的危机事态造成丰臣政权分裂，有意要使两方和解。生驹亲正、堀尾吉晴、中村一氏“三中老”受托出面调停，风向开始转变。

“三中老”来到伏见向岛府邸，说服家康。家康于是答应：“今后不再随意联姻。”他答应暂时收敛，不再积极活动。

德川方既已停止活动，石田三成等奉行们也就不得不接受“三中老”仲裁。由此，两阵营直接冲突得以回避。前田利家等“四大老”与家康立下誓约和解。石田三成等“五奉行”因造成混乱有责，剃发谢罪。

但风波并未因此平静。病魔缠身的前田利家病情恶化后，局势又陷入不稳。

“侍医曲直濑玄朔有消息传来，前田大人活不过今明两日。大人，时机来了。”本多正信向家康进言。

“不可冒失！”家康训斥本多正信，“前田大人叮嘱我，自己若有万一，要我替代他担当秀赖监护人。那是前田大人遗言。”

“那，大人难道真要愚蠢地守约吗？”

“至少监护秀赖的姿态，今后不能变。要人服己，必须要有大义。”

“若说大义，那石田同样……”

“不可同日而语。至少对三成抱有敌意的人相信，那厮有私心，是以一己私心操控着秀赖。”

“确实如此。”

“水自然流往该流的地方！”家康沉静地道。

樱花快要落尽的闰三月三日，前田利家在大坂自家府邸死去。与伏见向岛的家康保持着一种微妙力量均衡的前田利家之死，对政局产生了巨大的影响。而被逼进死胡同的，则是此前一直以前田利家为后盾，立场强硬的石田三成一派。要求各大将保持自重的前田利家死后，大将们积蓄已久的对石田三成的不满一下子爆发出来。而且这种不满，在前田利家死去当晚便爆发了。

对石田三成怀恨在心的福岛正则、加藤清正、黑田长政、浅野幸长、池田辉政、细川忠兴、加藤嘉明等武功派“七大将”汇聚一堂，异口同声道：“应速出兵讨伐石田治部少辅！”“七大将”背后，有与家康谋臣本多正信始终保持紧密联络、煽动他们举兵的藤堂高虎存在。

福岛、加藤等“七大将”计划，等石田三成从当值的大坂城前田邸返回备前岛私邸时，设伏袭击，斩首除贼。但一直监视着反三成派举动的岛左近提前获知了这一计划。在“七大将”把计划付诸实施之前，他便把石田三成秘密带出大坂城前田邸，送回了备前岛石田私邸。

透过藤堂高虎以及本多正信等人，伏见向岛的家康掌控着瞬息万变的局势。

“看来风起云涌啊！”家康全身的每个毛孔都感觉到，千等万等，终于盼来了“时机”到来。

“千载良机。听闻知道三成逃回私邸后，‘七大将’率兵前往石田私邸追杀。我军是否应派兵增援？”

“少管闲事！”

“可……”

“我方不需出手，时局已生大变。水缸已破，无人能够重圆。”

“噢。”

“但石田并非无能白痴，绝不会束手就擒。”家康仰首凝视夜空。

与此同时，当事者石田三成已逃离私邸。为摆脱“七大将”袭击，石田三成乘坐佐竹义宣准备的妇女用的轿子，逃到位于天满川中洲的中之岛宇喜多秀家私邸。但有情报说，“七大将”又向宇喜多秀家私邸追来。走投无路的石田三成突发奇想，使出了一手连家康都想不到的奇招。

石田三成竟奔死敌家康的伏见向岛府邸而来。

“什么？石田治部少辅，竟要求助于我？”家康惊讶得探出身子。

“走投无路，竟出此下策！看来他是穷途末路，惊慌失措了。既然要来，来后是蒸是煮，还不是大人一句话？”本多正信笑道。

但家康却未笑。“好一个已故太阁殿下信赖的爱将宠臣！石田治部少辅猜知我将如何行动，于是出人预料地扑进我的怀抱。”

“难道大人不把那厮送给福岛、加藤等人吗？”本多正信的脸色好似喝了一大口醋。

“本人要的并非石田首级，而是天下。你觉得一个贪恋天下之人，会把向自己求救的困鸟扔回火坑吗？”

“世人注视着大人的一举一动。”

“不管‘七大将’有何要求，都不可把石田治部少辅交给他们！明白吗？”家康严命。

不久，获知石田三成去向的福岛正则、加藤清正等直奔德川府，要求他交出石田三成。

但家康却坚决地拒绝了“七大将”的要求：“无论有何理由，无情抛弃投奔自己之人，绝非为人之道。看在在下面上，请各位回去吧。”

前田利家死后，家康便成为各大名中实力最为雄厚之人。既然实力雄厚的家康如此请求，浑身上下杀气腾腾的福岛正则和加藤清正等也只能作罢。

“不看僧面看佛面，看在内府大人面上，这次便饶了治部少辅这贼一命！”

“七大将”骂骂咧咧，各自打道回府。

当晚，家康在宅邸内一间僻静的房子里与石田三成对面而坐。油灯光下，石田三成一夜之间，脸色憔悴。但双目之中的炯炯眼神，并未消失。

“多谢救命之恩。”石田三成直视着家康。

家康问道：“对你来说，老夫属于敌人。阁下莫非不惜对敌人低头，也要活命？”

“是想活命！”石田三成道，“万没想到今日会欠下内府大人救命之情。但微臣谨遵太阁殿下遗嘱，发誓清除一切挑战秀赖大人权威地位之人。微臣以此为天命！”

“天命啊？”家康微微一笑，“老夫亦肩负天命！”

“内府大人所谓天命，微臣并无兴趣。”

“无兴趣亦须听！”家康双目圆睁，紧盯着石田三成，“有许多人说你坏话，骂你不好。但在老夫看来，你却是丰臣家难得的忠臣。丰臣家臣中，论忠心，无有出君之右者。但若你忠心维护的大树已从根上腐烂，你作何感想？”

“内府大人言下之意，莫非丰臣天下已腐烂不成？”石田三成怒目圆睁，“你这反贼！”

“非也！老夫所谓天命，不外是砍掉腐烂之树，种上新树苗而已。老夫并无任何私利私欲，个人恩怨。”

“不管你多能言善辩，你都是一个企图篡夺天下的逆贼！”

“噢，逆贼。”

面对石田三成的破口大骂，家康心平气和。

“既然你要如此想，那说老夫是反贼也好，逆贼也罢，总之老夫相信自己的信念，愿沿着独木桥一直走下去。你应该也同样吧！”

“德川内府，咱们战场见！”

“求之不得！”家康深深点头。

此次骚动以石田三成引咎辞职而终。石田三成回避一切公务，退居居城近江国佐和山城。

以此次为契机，天下开始以家康为中心而动。率领家臣团入住伏见城的家康，掌握了统治天下的实权。一如奈良兴福寺僧侣所著《多闻院日记》所说，家康终成“天下殿”。但家康并未被一时得势冲昏头脑。越接近目标顶峰，他反而越感到一种莫名的不安，腹中针扎般阵阵刺痛。

“如此说来……”家康想起已故织田信长当年快要夺取天下时，也莫名其妙地烦躁不安。“那便是此时之我吧。”等到自己有这种感觉之时，直奔峰顶的自己身边，原来那么多争先恐后要跟自己一决雌雄的人，一个个都不见了踪影。他感到自己此时孤单一人，站在前后左右看不清望不尽的乳色白雾之中。

但话虽如此，天下霸权还并非完全掌握在家康手中。丰臣秀赖还在大坂城内，退居佐和山城的石田三成也绝不会如此轻易认输受罚。况且与石田三成想法相近的毛利辉元、上杉景胜、宇喜多秀家等如何出手，也不得不谨慎对待。

“老爷最近脸色可不太好啊！”对家康了如指掌的阿茶道。

阿茶以养母身份在江户养育世子秀忠，但因家康在京畿滞留时间延长，他便把阿茶接到了伏见来。

“老爷哪儿不舒服吗？”

“并无不适。侍医板坂卜斋也说我身体无恙。”

“老爷太劳累了。老爷已不年轻了！”

“看来老爷我已被你看作老人了！”五十八岁的家康苦笑，“但还不能服老。快了，阿茶！天下就在眼前。”

“可看在眼中，要拿到手，却是很难啊！”

“还是爱妾看得深。”家康又笑了，笑得眼都睁不开。

庆长四年（1599年）秋，家康离开伏见城，入住大坂城。名义上是辅佐年幼的丰臣秀赖，实际上却是："准备就绪，进入丰臣家主城！"

家康步步为营，稳扎稳打。

丰臣秀赖与其母淀君住在大坂城本丸；家康则住进城门大手门附近的西之丸内，处理日常政务。西之丸建在仅比本丸稍低的高台上，是大坂城内枢要之地，本为秀吉遗孀北政所宁宁的寝宫。但宁宁冷静观察局势，看到天下大势已倾向家康，遂得出结论："太阁殿下与我创立的丰臣家今后若想香火永存，只能把掌控天下的把舵交给德川大人。"于是她心甘情愿主动搬出西之丸，隐居到京城三本木。

家康开始在大坂城西之丸号令天下。

"五大老"中，除家康外的其他四人，即毛利辉元、前田利长（父前田利家死后继承前田家位）、上杉景胜、宇喜多秀家，都分别回到了自己的领国。

"好似放虎归山啊！"揉肩的阿茶前脚刚离开，本多正信后脚便来找家康。

"毛利、前田、上杉、宇喜多，每个人都不好惹。特别是回到会津的上杉，其手下的执政直江兼续与近江佐和山城蛰居的石田三成不干不净，有联手举兵之嫌。"

"上杉一事，眼下只能边走边看。"

家康喝着香味浓郁的厚朴汤。此汤是阿茶从江户给他带来的，据说能缓解肠胃疼痛。

不知是阿茶做的厚朴汤好，还是入住秀吉阴魂不散的大坂城有效，总之家康今日无论气力还是体力都逐渐恢复。

“我还未登上峰顶。况且登上天下之巅，也并非本人最终目的。”家康炯炯有神的双目，看着更远的前方。

“先收拾前田。”家康道，“继承前田家家督之位的前田利长还年轻。先拿前田开刀，以瓦解‘四大老’。”

家康派使者送诘问状给回到加贺国金泽城的前田利长：“奉行浅野长政状告阁下在大坂城中企图暗杀本官。若果有其事，辩解不能，则将出兵讨伐。”事实上是否真有此事，真相不明。送诘问状严厉谴责，实际上是家康在考验前田利长真心。

对此，年少气盛的前田利长大怒：“简直岂有此理！既被如此栽赃陷害，有口难辩，还不如与内府一决雌雄！”

但前代以来的家老们苦口相劝：“此时与德川大人对敌，当家无有胜机，只能带来我前田家存亡危机。万请三思而行！”

“你们难道都没骨头了吗？”

“世道确已大变。德川大人温厚诚实，为人称道。大人只要俯首称臣，我前田家想必定会安然无恙。”

“奶奶的！”

前田利长内心还在犹豫不决。但前田利长母亲芳春院已决定亲赴江户做人质，以换取家康息怒。

以此事件为契机，在反家康上步调一致的“四大老”终于开始瓦解。

“下一个应是上杉景胜了吧？”本多正信问，“上杉若能加入我方阵营，则大人天下便是板上钉钉。”

“上杉家自打上辈上杉谦信以来，便标榜以义为家风，不会像前田那般简单。”

“那大人作何打算？”

“只能采取强硬手段！”

虽还没刀枪相见，但家康已经开战。他派出使者前往奥州会津，质问回到居城若松城的上杉景胜为何谋反。认定上杉景胜谋反的根据是，上杉家不但在会津若松北方营建新城神指城，还修整大道，翻新桥梁，举动可疑。

“发出指令的，无疑是被称作石田三成盟友的山城守直江兼续。”家康敏锐地看出上杉家执政直江兼续企图动摇自己根基的意图。

与前田家不同，上杉家旗帜鲜明反对德川，他们不会简单屈服于家康的威胁。岂止不屈服，执政直江兼续反而送来书信激将家康：“我上杉家决不屈服于如此蛮不讲理、陷害忠良之人。若疑心不解，我上杉家不惜一战，以证清白！”

此即世称之《直江状》。

“大胆毛贼！”家康家臣本多忠胜、榊原康正、井伊直政、鸟居元忠等被激怒了。

“好一个上杉景胜！”但家康却嘴角微动，轻轻一笑，“直江兼续这是要故意激怒老夫，好吸引老夫关注东国，使老夫发兵讨伐上杉。届时，趁老夫离开京畿之机，佐和山城石田三成便可举兵造反。”

“大人！”

“大人切不可上当！”

众家臣纷纷劝阻。

“不，老夫偏要上他这个当！”家康道。

“为何？”谋臣本多正信谴责般质问家康，“大人若离开京畿，受石田三成煽动，毛利辉元、宇喜多秀家等必将趁机占领大坂城。难道明知后果不堪设想，还要——”

“众位可知道，柳生新阴流[1]剑道之极意中，有一语为‘后发制人’？”家康环视一遍手下，“故意暴露自己弱点，引诱对方先攻，然后看准对方刀势，出刀制胜！”

“就是说，大人此次行动，是为决胜天下准备舞台？”鸟居元忠咽了口唾沫。

“对。”家康点头，“此为老夫人生中最大一搏。明日命运如何，无人知晓。不成功，便成仁。但若不舍命一搏，则不可能创出新世！”

“大人！”家臣们被家康踌躇满志的决心压倒。

“老夫长久以来一直盼望有此良机。机不可失，决不后退！”家康坚定地道。

六月六日，在梅雨期少有的晴日里，家康在大坂城西之丸大广间召集诸将，商议讨伐上杉一事。

“为讨伐扰乱天下的上杉反贼，本官将亲率大军东征。”家康高声宣告。

此时集中在大广间的都是德川派大名，当然不会有人提出异

---

1. 柳生新阴流：剑道流派之一，战国末期至江户初期武将柳生宗严所创，正式名称为“新阴流”。

议。于是，家康开始部署参加东征的各路将领及其进军线路。

东征总大将为德川家康自己及世子德川秀忠。主力军为藤堂高虎、黑田长政、山内一丰等西国及东海圈武将们，他们沿东海道东下，从奥州关门白河口向会津进军。与此呼应，北方的伊达政宗从伊达、信夫口发兵；最上义光、南部利直从米泽口发兵；佐竹义宣、岩城贞龙从西边的仙道口发兵：众人分头做好进攻会津的准备。家康又命令加贺的前田利长，越后的堀秀治、村上义明、沟口秀胜等北国各路军，从越后津川口进军会津。

“信浓的真田有何任务？”各路大将退出后，本多正信问家康。

“真田信幸加入从京畿沿东海道进军的主力军。信幸父昌幸及胞弟信繁（幸村）回到本领地上田后，必会合流。”

“臣以为真田应多加小心。虽说真田信幸为本多忠胜女婿，但真田昌幸却是一个表里不一的老狐狸。当年上田合战时，曾与我军对敌。”

“老夫知道！”家康点头，“但不管真田昌幸如何行动，决堤的洪流无人能够阻拦。不可拘泥小事，反忘大业。”

十六日，家康离开大坂城，返回伏见城。为东下远征，家康命鸟居元忠留守伏见城。

“如此大任，非你无人可信。”家康拉住鸟居元忠干瘦的双手。

留守伏见城的重要任务，是要把京畿的情报不论大小随时报告给远征中的家康。石田三成等人若起兵叛乱，守将绝不可能全身而退。

“元忠，让你受苦了！”

“大人无须多言。微臣自打跟随大人那时起，便把自己的身家性命全部交给了大人。微臣决心在伏见城坚持到最后一刻，为大人鞠躬尽瘁。”鸟居元忠哽咽道。

六月十八日，家康率军离开伏见，出发东进，远征上杉。跟随家康东征的有将领八十余人，总兵力有十二万人。

越过铃鹿岭的东征军，在伊势四日市分乘海船，从伊势湾直进，在三河国吉田登陆。家康率军沿东海道向东进军，七月二日，抵达领地江户。

梅雨终于停了，仲夏的烈日照耀着作为关东政治经济中心开始起飞的江户市井。相比于家康当初刚到此地时，江户已发生了翻天覆地的变化。

“誓从此地开创新时代！”

深吸了一口江户湾充满海潮气息的空气，家康再次下定决心。为达到此目标，此时必须击败眼前的敌人。

留守伏见城的鸟居元忠源源不断地传来京畿的消息。佐和山城的石田三成还未见有何举动，估计在伺机而动。

“既如此，那我军先行，诱敌出洞！”

一边密切关注着京畿动静，家康率军于七月二十一日从江户沿奥州街道出发北上。

大军抵达下野小山时，急变的消息传到军中。

“石田三成举兵！”

昼夜兼程、快马奔来的鸟居元忠急使，在家康面前飞身下马。

“终于举兵了啊！”

受石田三成煽动，毛利辉元、宇喜多秀家等也高举反德川大旗起兵。

除了先锋先行的榊原康政以外，本多正信及本多忠胜、井伊直政等重臣们听闻此急报，一下子紧张起来。

“立刻挥军西上，讨伐逆贼石田，为大人夺取天下！”本多忠胜道。

“太性急了，忠胜！此东征大军并非本官私兵，乃为讨伐上杉之兵，军中还有福岛正则等深受丰臣恩典的大名。”

“那可如何是好？”

“忠胜大人放心，早有准备！”策士本多正信对本多忠胜道。

“有何准备？”

“一瞬间变东征军为讨伐石田军的妙策！”

本多正信得意地笑，而家康则表情严肃，沉默不语。

接到石田三成起兵急报后，家康在下野小山紧急召集军议，此即世称的“小山会议”。

会议刚开始，家康就对福岛正则、池田辉政、黑田长政、细川忠兴、加藤嘉明等家臣以外的其他大将轻描淡写地报告了石田三成举兵造反一事：“各位大将的妻子作为人质困在大坂城内，每个人都不可能忍心看着自己家人被杀。各位所思所想，在下感同身受。是立刻回京畿，与石田合流，还是愿与在下同生共死，请各位自行决断。不论各位如何决断，在下皆会尊重。”说完，家康径自走出营帐。

被搁置在营帐内的大将之间空气凝重。家康让大家自行决定去留，反而使各人难以启齿，不好说出自己的意见。参加东征的各路大将并非德川家臣，他们只是被召集来参与征讨上杉景胜，本无任何帮助家康与石田三成决战的义务和责任。于是，每个人都看着别人的表情，都想知道他人作何感想，谁都不愿意表露自己的想法。会场气氛沉重，陷入一片沉默。毕竟，此时若有任何哪怕细小的判断失误，迄今为止辛辛苦苦积累的一切，都可能如泡影般转瞬即逝。从他们的脸上能看出，他们知道，此时必须决定是跟随德川，还是去投奔石田。

“骰子到底会滚到哪个面？”家康吃着滨纳豆，等着军议的结果。

决定了军议大流的，是秀吉宠臣福岛正则。

“大家为何犹豫不决？”福岛正则以充满血丝的双眼直视着各路大将，“狡猾的小贼石田治部少辅竟挟持年幼无知的秀赖公子举兵造反，真是岂有此理！即便那贼以大坂妻子威逼在下，要在下屈服，在下也誓与内府大人同生共死，坚决讨伐石田三成那贼！”

以此为契机，各路大将如大河决堤，纷纷发誓跟随家康讨伐石田三成。军议前，亲家康派的藤堂高虎和黑田长政等在各路大将中活动，煽动大家对石田三成的敌意，此时终于修成正果。

“时机已到！”家康看到时机成熟，重新出现在营帐之中，“各位大恩，在下永不忘记！”

面对激情满腔的各路大将，家康深深俯首感谢。

军议已作出决定。家康宣布，终止讨伐上杉，挥军西上，准备与石田三成所率西军决战。福岛正则和池田辉政自告奋勇担任先锋。然后是以藤堂高虎为首，黑田长政、加藤嘉明、细川忠兴等其他大名所率大军，还有本多忠胜、井伊直政等号称德川四天王的德川家臣大军。在沙沙作响的草鞋声中，大军沿东海道向西进发。

家康命儿子结成秀康驻留小山，防止上杉偷袭，自己暂时回江户。

“决战战场在此！”家康用手中白扇直指铺在面前的舆图。白扇所指，乃是近江国与美浓国的交界处。

“不破之关啊！”仿佛家康影子般与其出入相随的本多正信道。

不破之关，自古代壬申之乱时大海人皇子与大友皇子决战以来，便作为东西关门，被看作军事上最为重要的战略要地。

“对，关原！”家康长长吁出一口积在腹中的气息，“命运，在此一决！”

“形势于石田三成不利，大势在大人一方。老天绝不会助三成这帮小贼人！”

“此言差矣。”家康摇了摇头，“天总是站在胜者一方。正因此，本官必胜！”

“大人！”

“传家臣们在大广间集合！”家康命本多正信。

一刻钟后，家康谱代家臣们全部集合在江户城本丸大广间。这些家臣满面战尘的容貌，一个个鲜明地刻印在家康眼中。

“诸位听着！”家康高声道，“诸位的武功，本官无有一刻忘记。本多忠胜在一言坂之战中，挺身救主；榊原康政、井伊直政等人在穿越伊贺时，与本官同生共死；而此次坚守伏见城的鸟居元忠，受西军攻击不幸阵亡。正是有诸位的勇敢助力，本官此时才能站在决战战场。”家康环视下臣，下臣们无声低泣。家康心中一阵激动，视线也被热泪模糊。“本官绝不会令诸位失望！希望大家与本官一起，去夺取天下！”

“夺取天下？”

“是夺取天下吗！”

“对，夺取天下！”

面对自打三河国以来便与自己苦乐与共的众臣，家康坚定地回答。

“走！出征！”

在五十九年的人生中，家康第一次使出全身力气高声呐喊。

终 章

耳边有流水声响。

家康突然感到一阵疲倦，便坐到了树影婆娑的一块岩石上。

柿田川的泉水，咕嘟咕嘟地汹涌而出。家康决定把这个富士灵峰伏流水汹涌不断的泉头，作为自己的终老之地。

“老夫的人生到此结束。”

家康心中流水般漂过一生往事。

押上全部人生的关原合战，却未用一日便以德川方大胜而终。率领西军阻挡在自己面前、终成败军之将的石田三成，也早已成为过眼烟云。

后世之人作何感想不得而知，但当时并非一场轻松大战。虽结果是一日终战，但家康知道：“不只老夫赌上了全部人生，石田三成、岛左近、毛利辉元、宇喜多、岛津、长宗我部等人，还有那日在关原原野厮杀的十几万条汉子，每个人都赌上了自己的全部身家性命。”若有任何一个闪失，胜者都可能成为败者，败者也可能成为胜者。

去年，也就是元和元年（1615年）五月，家康消灭了盘踞在大坂城的太阁丰臣秀吉遗孤丰臣秀赖，在江户设立起自己执着追求的幕府，终于成为一个真正的“天下人”。有多少英雄好汉都与自己擦身而过，消失在那遥远的彼岸。

“老夫能存命至今，是何因缘？”

看着眼前的柿田川清流，家康陷入沉思。

自己并无什么超出常人的特殊能力。既无武田信玄、上杉谦信那样出神入化的军事才略，也不具备织田信长所有的那种打破既有社会规范的突破力，更没有丰臣秀吉所具有的那种能使万人着迷的个人魅力。可是自己，如今却登上了那些人都没能登上的顶峰。

“坚持不懈吧！”

要说自己有什么，大约只有这一点。无论遇到任何困难，总是往前看，磨炼自己，贪婪地吸收别人的长处。如此土里土气的热情，再加上一点小运气，让自己登上了如此高峰。

“若在攀爬途中泄气放弃，那此时自己将一无是处，一事无成。”

家康看着天空，白云飘流，不知飘向何方。

“一个人若放弃追求梦想，那便不过是行尸走肉。或如流水，或像随风飘摇的芒草，以自由而不屈之心，不懈地追求梦想。”

如此，方为人生。家康如是想。

翠鸟从眼前飞过。这眼泉水，充满耀眼的生命力。

“是啊，老夫我……”

家康感到自己早已干涸的心中，又涌出水灵灵的活力。

“正纯！”家康招呼侧近本多正纯。

“小人在！老爷有何吩咐？”

“隐居一事往后再说，老夫还不想就此结束。”家康站起来。

家康的一双大眼，从柿田川涌水一直看向远处的富士灵峰。灵峰高耸入云，山顶白雪皑皑。

[全书完]

《德川家康》连载后记

我工作室的前方是一片大海，海面风平浪静，颜色很深。到了公休日，海面上总漂浮着几艘小船或钓船，在阳光的照射下，好像唯有此处被时间遗忘了一样，船影轻轻摇动。

但在小说连载过程中，我从未感到海面的青蓝。我感到我的面前，只是一片深灰色的广漠空间。或者说，德川家康这个人物所背负的责任之重，这种我从未感受过的重量，同时也压在作者我的肩上。

德川家康，是我开始写历史小说后，给自己设定的一个重大题材。想来也是。德川家康与同时代的织田信长、丰臣秀吉相比，一点都不显眼。但是，如果从他对日本历史产生的影响及其政绩来看，我认为，现代人对德川家康的评价过低了。毋宁说，从外交、军事、民政、经济政策等方面看，全面均衡的、真正的政治家，唯有德川家康一人而已。

我想写德川家康，其实还有一个理由，便是他自小受尽苦难。我自己开始写小说以后，也从未顺利过。三十岁时登上文坛，从公司辞职专职写小说，可是却一直默默无闻。直到五十多岁《天地人》被NHK大河剧采用为止，我一直为隔夜之粮而不安，度过的尽是寒冷彻骨的苦斗日子。即便如此，我也没有放弃写小说。当然这仅仅是因为我人笨，除了写小说以外，我不会干别的。但这种笨拙的生存方式，不知从何时起，在我心中开始与德川家康愚笨执着的人生重叠在了一起。

为了写这部小说，我多次亲自走访德川家康活跃的东海地区。这些地方，我从前都是坐在新干线上呼啸而过，从未想到中途要下车去看看。值得一提的是，某个早春寒日，在我到访静冈县磐田市时，发生了一件事，让我至今难以忘怀。位于磐田市的东海道见付驿站，当年是实力雄厚的商人们实行自治的商业都市。德川家康正是取得了掌握远州经济命脉的见付豪商们的支持，才获得了飞跃发展的基础。

我说的那件事发生在我参观当时的一个豪商安间平次弥宅邸之时。宅邸庭院内，有一个泉水滚滚涌出、周围被树木包围、泉水清澈见底的水池。采访完毕将要离开时，也不知想到了什么，我突然想从水池上的一座小桥走过。

说是桥，其实不过是架了一块木板，算是很不稳定的木板桥。我当时在木板上走了两三步，突然身子一歪，失去平衡，差点掉进池中。当时我脑中一瞬闪过返身回去的念头，但还是觉得："既然走到这里，只好走过去了。"然后就在木板小桥上东摇西摆，总算是平安无事走到了对岸。但当时我猛然想到：德川家康的人生，不正是这样的吗？一点都不帅气，但下定决心，不论多么难看别扭，都坚持走下去，结果活到最后，坚定地站立在地上。

“就在刚才，家康的灵魂附体到我身上了！”我会心一笑，向陪同我采访的记者说道。

这是我的真实感受。

感谢各位读者一年半以来没有放弃对我的支持。

（原载《日本经济新闻》2014年10月20日晚刊）

为“凡人”树碑立传

（译后记）

过去听过一个伟人的传说（虽然不知真假），说那位伟人在人生低谷，受到迫害，与人争斗处于劣势时，人问他如何是好，他的回答就三个字：“活下去。”对，活下去，比你的敌人活得更长。敌人死了，只要你还活着，不打你都胜了。（当然这只是个极端的说法，千万别全信。）

本作主人公在很大程度上，就是因为在日本战国时期活到最后，必然（并非自然）获得最大成功，成了夺得天下的“英雄”。

日本战国时期是一个枭雄辈出的时代。国内很多稍有一点日本历史常识的人，大概都能举出丰臣秀吉、织田信长、武田信玄、上杉谦信等人名，当然还有本书主人公德川家康。这些人，单从他们活跃的那个时期看，几乎人人都比德川家康更像英雄，个个都比德川家康更有本事。有人有军事才能，比如武田信玄；有人有雄才大略，比如织田信长；有人是人精，什么人只要让他盯上了，都能被他拉下水，比如丰臣秀吉。而德川家康，其貌不扬，据说是个肥胖臃肿的丑男（现存画像也确实很对不起观者）；军事才能比不上武田信玄，雄才大略比不上织田信长，看人搞人拉人下水根本不是丰臣秀吉对手（连他自己都被丰臣秀吉拉下水）：可是他最后却夺得了天下。原因很多了，但活到最后确实是原因之一。武田信玄五十三岁病死，织田信长四十九岁被杀，丰臣秀吉六十四岁病死，上杉谦信四十九岁得急病而死——只有德川家康活到七十五岁。顺便说一句，即使在和平的江户时代，日本人平均寿命也只有三十岁左右；而混乱的战国时代平均寿命当然更低，绝大部分人没活过三十岁。

我们的作者火坂雅志，就是要为这么一个没什么本事、没什么魅力、要长相没长相、要才能没才能的“凡庸之人”树碑立传。

火坂雅志，1956年出生于新潟县。从新潟县立高中毕业后，他上了早稻田大学商学部。据说，刚上大学的一两年里，他每天都喝酒打麻将，可算是不务正业。大学二年级的某一天，他偶然看到墙上贴的社团小广告，广告语是：“你想不想与龙马、信长侃大山？”一下子就被吸引了。“想呀！能与龙马、信长侃大山，谁不想？”于是他就加入了学生社团“历史文学罗曼会”。此后他每天都在图书馆看历史小说和历史资料，发誓二三十年后，以与龙马、信长侃大山为职业。

功夫不负有心人。火坂雅志大学毕业后，便在一家出版历史读物的出版社当编辑。1988年发表处女作《花月秘拳行》，接着又发表了一篇历史小说后，他觉得能拿龙马、信长当饭吃了，便炒了出版社鱿鱼，当起职业作家。1999年发表的小说《全宗》为他赢得了吉川英治文学新人奖候补，也为他引来了文坛的关注。但很不幸，历史小说家火坂雅志在随后的十几年里，虽然发表了几十部小说，可是产生的影响却未有突破。虽然他一直挣扎奋斗，非常勤奋，但基本上鲜有话题之作，也较少被文坛和普通读者关注。估计他挣的稿费连填饱肚子都不太容易，可见写历史人物这碗饭，他吃得并不怎么香甜。

作为职业历史小说家的如此惨状，直到某一天，发生了翻天覆地的变化。这一天出现在2009年。

其实在2007年就预示了这一天的出现。前一年火坂雅志发表的长篇历史小说《天地人》终于受到文坛关注，为他赢得了中山义秀文学奖。中山义秀文学奖也算日本历史小说奖中的一个很重要的奖项。《天地人》获得文学奖后，受到NHK的关注，由此迎来了火坂雅志最为辉煌的时期。

2009年，NHK将《天地人》改编成大河剧。NHK的所谓大河剧可以理解为历史连续剧，在日本的影响大概也只有我们央视的《新闻联播》能比了。能被NHK选中，对一个到那时为止一直不温不火、鲜少受关注的作家来说，绝对是中了超级大奖。职业历史小说家火坂雅志从此火爆历史小说界，他的小说也成为畅销书。人生五十年，他终于闪耀出辉煌的光芒，登上历史小说家的顶点，尝到了吃历史人物这碗饭的甜头。

如此闪亮的一个作家，追逐热点的媒体当然不会放过。于是，在日本影响极大、特别是经济界人士和一般公司职员每天都会看的《日本经济新闻》，就来请他写连载小说。日本各大报至今还保留着连载小说的传统，但因为是每天边写边连载，所以对一个作家来说，压力极大。与此压力有无关系不好说，总之2014年10月11日连载结束后，火坂雅志正在为即将出版的单行本进行修订时，不幸于2015年2月26日患急性胰腺炎病故，享年58岁。由此，日本失去了一个极有潜力、极为勤奋的历史小说家。

受《日本经济新闻》委托，自2013年4月1日至2014年10月11日，在这长达一年半的时间里，每日在上班路上陪伴经济界人士和公司职员的，便是这本《德川家康》。这本小说，也成为火坂雅志这位前途不可估量的作家的遗作（也是杰作）。

关于德川家康，其实此作之前已有山冈庄八《德川家康》、司马辽太郎《霸王之家》《关原》《城塞》三部曲等作品问世。《日本经济新闻》委托他写以德川家康为主人公的连载小说，当然有报社编辑部的目的：他们要给经济界人士树立一个奋斗不息的标杆型人物。而作为作者，火坂雅志如何才能把已经被人写过的人物，写出新意呢？

德川家康被人称作老狐狸，很多人认为他狡猾、没什么本事、其貌不扬，总之负面看法比较多。但德川家康作为江户时代创始人，四百多年以来，对直至今日的日本人以及日本社会的影响，却不可估量。我们今日认为日本的很多特点，几乎都是在江户时代形成的。而能在江户时代形成，就“得益”于德川家康“内向型”的政策，也就是他实行的锁国政策。因为二百五十余年锁国，不与外国交往，特别是不与中国大陆交往，这就把日本搞成了一个大缸，在不受外界干扰的情况下，把到那时为止吸收的大陆文化，从政治到经济到文化，甚至茶呀，花呀，陶器呀，料理等文化，统统在这个大缸里深度发酵，发酵了二百多年，最终形成了源于大陆文化却相当独特的“岛国文化”。

我当年在大阪外国语大学读研时，有一位日本文学教授开玩笑说，日本现在应该重新锁国，因为明治维新开国后已经过了一百多年，吸收了大量西方文化，现在吸收得差不多了，急需在这个大缸里发酵，形成与西方不同的、自己独特的文化。我当时就觉得这个想法很有意思，当然，这在如今这个世界是行不通的。

如此重要的一个人物，在日本，特别是在关西地区，评价却不是很高。

日本人很好玩，他们似乎很喜欢失败者。明治维新以后的近代人物里，日本人很喜欢坂本龙马、西乡隆盛、高杉晋作等。这些人其实在某种意义上说，都是失败者，都没有笑到最后。而笑到最后的那些人，在日本人气却并不高，鲜有人给他树碑立传。战国武将也是这样。有调查结果显示，一般日本人喜欢的战国武将顺序是织田信长、真田幸村、伊达政宗、上杉谦信；关西地区的人还更喜欢丰臣秀吉一些。而取得最终胜利、开创江户时代的德川家康，却排在上述几人之后。

如此看来，在江户大缸里几百年发酵出来的日本人的审美观还真是比较独特。

本书作者火坂雅志就是要正面描写这么一个平凡、伟大，却不太被人待见的人物。他要把德川家康当作战国最大的英雄来描写，而那些风光一时的枭雄却成了他的参照物，他的学习对象，他的教训，他的陪衬，他的借鉴。

德川家康能最终夺得天下，成立江户幕府，影响日本几百年，当然不仅是如前所说，只是因为在那些枭雄中活到了最后。要想获得最终胜利，光靠活到最后是不可能的。命长的人很多，并不是每个人都能成为称霸天下的人，而德川家康却成功了。他既然能脱颖而出，必然有他的独到之处，有上天眷顾他的地方。换句话说，有必然的因素。这绝非偶然。

火坂雅志便是通过本作品，发掘了这些使德川家康取得最终胜利的必然因素，并以这些必然因素为主线，塑造了一个最终夺得天下的平凡的非凡人物。

那么，火坂雅志指出的那些必然因素，到底是什么？

一是，即使一个相对于对手来说较为平凡的人，只要他活得时间长，再加上努力和运气，也是可以成功的。

作为一个人来说，德川家康是一个很无聊的男人。他几乎没有什么个人兴趣（夺得天下后兴趣才多了一些），战国大名都喜欢茶，附庸风雅，但他除了吃滨纳豆以外，既不喝茶，完全不懂那些被那个时代的人视作稀世珍宝的茶具宝贝在哪儿；也很少喝酒，除了偶尔为之；虽然也纳妾，但基本上是个“色盲”，因为他纳的妾都是离异的、拖儿带女的，长相上更是几乎没有拿得出手的。本书中唯一年轻貌美、贴心可人的奈奈，也仅是本书作者的虚构。此外，如前文所说，家康身上看不出什么出人的才能。他既没有武田信玄的军事才能，也没有织田信长的雄才大略，更没有丰臣秀吉的狡猾，会操纵人、利用人。他一开始并不会打仗，也不会搞权谋，没有远大的目标——但是他知道要逃命。一旦出现性命危机，他会不顾一切先逃命。“留得青山在，不怕没柴烧”，所以他活到了最后。

二是，要善于察言观色，审时度势，知道小不忍则乱大谋。

从受辱当人质，到给织田信长当家臣级别的小弟，最后甚至向农民之子出身的丰臣秀吉俯首称臣。为了不被织田信长怀疑，他甚至不惜逼死了自己寄予极大期望的亲生儿子。他真是该忍的都忍了，逆来顺受，结果忍到最后，其他人都死了，他成功了。

三是形而上的部分，也就是“天下为公”的思想。

德川家康亲眼看到了织田信长的残暴酷虐，丰臣秀吉的疯狂自私、穷兵黩武，搞得天下百姓疲惫不堪，所以他很保守。他吸取了这些人的教训，只想种好自己的一亩三分地，把自己国内的事情搞好，不愿流血流汗，不愿令百姓受苦受难。用本书的话说，就是德川家康找到了属于自己的人生哲学，那便是“天下非一人之天下，乃为天下人之天下”的“天下论”。这是与武田信玄、织田信长、丰臣秀吉等对天下的私利私欲截然不同的、天下为公的人生哲学。所以他最终夺得了天下。（当然这都是口头上的，他最后也没把将军位传给别人，还是给了自己儿子，还是“家天下”。此为后话。）

我这里只简单介绍这几点，非常不完全，更丰富的内容还是在书里。

总之，火坂雅志通过这一年半的连载，成功地塑造了一个从受苦受难、弱小被欺、忍辱负重，到学会合纵连横，在不断向敌人、向盟友、向枭雄学习并吸取教训的过程中，终于悟出自己的“天下论”，最后“得道多助，失道寡助”，取得大多数大名的支持，战胜敌对势力，最终夺得天下的德川家康形象。

火坂雅志前期的作品比较虚幻，富有传奇性、幻想性。但在《天地人》获奖之后，他趋于写实，在扎实地通读及吸收史料的基础上，写实性地描写主人公。本书便是作者写实性历史小说的典型。虽然他也虚构了一个年轻貌美的奈奈，但这或许是出于作者对德川家康的同情；也可能是作者觉得，作为小说的主人公，德川家康身边如果没有一个漂亮的女主角，小说势必缺乏吸引力，就像做饭缺少了调味料一样。所以，他就给德川家康虚构了一个年轻漂亮的女人，让他的人生在我们常人看来，显得更有味道一些。但除此之外的部分，基本上都是基于历史事实的。

同样出于“写实”的态度，作者虽然着力描写了德川家康善于吸收盟友甚至敌人的长处，从对手的惨痛教训中总结出自己的人生哲学和“天下观”，忍辱负重，不惜牺牲，最终夺得天下的史实；但他也没忘了写出德川家康“狡猾”的一面。每当走投无路之时，德川家康便脚底抹油走为上，逃命要紧，从不跟人拼命。但他的每次逃命，都是以家臣的牺牲为代价的。不过作者也从此推出，德川家康感到自己一生背负了许多人的追求和梦想，为了不辜负那些为他而死的人，自己也要实现夺取天下的梦想。在作者看来，这也是他最终夺得天下所包含的必然要素之一。

一般连载之后出版单行本时，作者都会进行一定的增删润色，有些甚至还会大改。原因很简单：每天连载几乎是一次性成文，所以在整体性上难免会出现一些问题。比如有些表达方式，还有章节上的安排等。但本书很遗憾没有那样的机会。因为火坂雅志在连载结束数月后就病故了，因此我们有理由怀疑，连载到后期时，作者已经被病魔缠身，感觉到人生将要走到尽头。这也就可以解释，为什么有些人认为本书后半部分相较于前半部分更为仓促。

火坂雅志在连载结束后的手记中写到，觉得德川家康的灵魂附身到了自己身上。在某种意义上，我们是不是也可以说，几百年前早已逝去的德川家康，此时化身为现实中的作者，书写了自己的传记，完成了为自己这个“凡人”树碑立传的大事呢?

金庸在《射雕英雄传》后记中说：“我所设法避免的，只是一般太现代化的词语。”意思是，《射雕英雄传》写的是元初的事情，因此有必要尽量避免用太现代的词语。与此形同，本书所写的时代距今四百余年，属于日本的中世，语言比较古雅，原作当然也注意到了这点。特别是在对话及人物内心活动的部分，基本都是“半文半白”的日语。所以在翻译时，我也注意尽量避免新词，重视语言的时代感。比如像“违和感”这样的词，虽然今日在汉语里已经不太有“违和感”了，但因为在汉语语境里毕竟是外来的新词，所以尽管很方便，终于还是没有用。

当然偶尔也有实在避免不了的情况，比如政治、经济、哲学、思想等词。一方面是，这些词比较难换成适当的古语（意思总是不能全面），另一方面是原作本来也如此使用。既然作者并没有顾忌这几个新词，那出于尊重原作者意图的考虑，在翻译时，我还是沿用了这些词。虽然如此一来，在本书的整个语境中显得很有“违和感”，但也属于无奈之举，望读者理解。

此为译后记。

何晓毅

2019年7月31日

于山口市平井村

德川家康

执行印制｜陈　金　装帧设计｜星　野　产品经理｜周　语
封面绘图｜刘研 × 星野　产品监制｜吴　涛　出 品 人｜路金波

图书在版编目（CIP）数据

德川家康 / (日) 火坂雅志著；何晓毅译. -- 济南：山东文艺出版社，2021.1

ISBN 978-7-5329-6138-2

Ⅰ. ①德… Ⅱ. ①火… ②何… Ⅲ. ①传记小说－日本－现代 Ⅳ. ①I313.45

中国版本图书馆CIP数据核字(2020)第070312号

TENGA IEYASU-DEN by HISAKA Masashi

版权合同登记号：图进字15-2019-346

德川家康
DECHUAN JIAKANG
[日] 火坂雅志 著 何晓毅 译

主管单位 山东出版传媒股份有限公司
出版发行 山东文艺出版社
社　　址 山东省济南市英雄山路 189 号
邮　　编 250002
网　　址 www.sdwypress.com

读者服务 0531－82098776（总编室）
　　　　 0531－82098775（市场营销部）
电子邮箱 sdwy@sdpress.com.cn

印　　刷 北京盛通印刷股份有限公司
开　　本 880mm×1230mm 1/32
印　　张 18.75
字　　数 403.2 千字
印　　数 1~11, 000
版　　次 2021 年 1 月第 1 版
印　　次 2021 年 1 月第 1 次印刷
书　　号 ISBN 978-7-5329-6138-2
定　　价 69.80 元